La Tueuse de dragons

De la même auteure

Les Chroniques de l'Hudres

1. *Les Conseillers du Roi*. Roman.
   Beauport : Alire, Romans 081, 2004.
2. *Les Enfants du solstice*. Roman.
   Lévis : Alire, Romans 089, 2005.
3. *L'Ourse et le Boucher*. Roman.
   Lévis : Alire, Romans 097, 2006.

Les Exilés. Roman.
Lévis : Alire, Romans 116, 2008.

La Tueuse de dragons

Héloïse Côté

ALIRE

Illustration de couverture : GRÉGORY FROMENTEAU
Photographie : HÉLOÏSE CÔTÉ

Distributeurs exclusifs :

Canada et États-Unis :
Messageries ADP
2315, rue de la Province
Longueuil (Québec) Canada
J4G 1G4
Téléphone : 450-640-1237
Télécopieur : 450-674-6237

France et autres pays :
Interforum editis
Immeuble Paryseine, 3, Allée de la Seine,
94854 Ivry Cedex
Tél. : 33 (0) 4 49 59 11 56/91
Télécopieur : 33 (0) 1 49 59 11 33
Service commande France Métropolitaine
Tél. : 33 (0) 2 38 32 71 00
Télécopieur : 33 (0) 2 38 32 71 28
Service commandes Export-DOM-TOM
Télécopieur : 33 (0) 2 38 32 78 86
Internet : www.interforum.fr
Courriel : cdes-export@interforum.fr

Suisse :
Interforum editis Suisse
Case postale 69 – CH 1701 Fribourg – Suisse
Téléphone : 41 (0) 26 460 80 60
Télécopieur : 41 (0) 26 460 80 68
Internet : www.interforumsuisse.ch
Courriel : office@interforumsuisse.ch
Distributeur : OLS S.A.
Zl. 3, Corminboeuf
Case postale 1061 – CH 1701 Fribourg – Suisse
Commandes :
Tél. : 41 (0) 26 467 53 33
Télécopieur : 41 (0) 26 467 55 66
Internet : www.olf.ch
Courriel : information@olf.ch

Belgique et Luxembourg :
Interforum Benelux S.A.
Fond Jean-Pâques, 6, B-1348 Louvain-La-Neuve
Tél. : 00 32 10 42 03 20
Télécopieur : 00 32 10 41 20 24
Internet : www.interforum.be
Courriel : info@interforum.be

Pour toute information supplémentaire
LES ÉDITIONS ALIRE INC.
C. P. 67, Succ. B, Québec (Qc) Canada G1K 7A1
Tél. : 418-835-4441 Fax : 418-838-4443
Courriel : info@alire.com
Internet : www.alire.com

Les Éditions Alire inc. bénéficient des programmes d'aide à l'édition de la Société de développement des entreprises culturelles du Québec (SODEC), du Conseil des Arts du Canada (CAC) et reconnaissent l'aide financière du gouvernement du Canada par l'entremise du Programme d'aide au développement de l'industrie de l'édition (PADIÉ) pour leurs activités d'édition.

Gouvernement du Québec – Programme de crédit d'impôt pour l'édition de livres – Gestion Sodec.

Dépôt légal : 3e trimestre 2010
Bibliothèque nationale du Québec
Bibliothèque nationale du Canada

10 9 8 7 6 5 4 3 2e MILLE

À Marie-Ève, Vincent, Saralys et Éloi,
Pour ce que vous êtes, parce que vous êtes

Table des matières

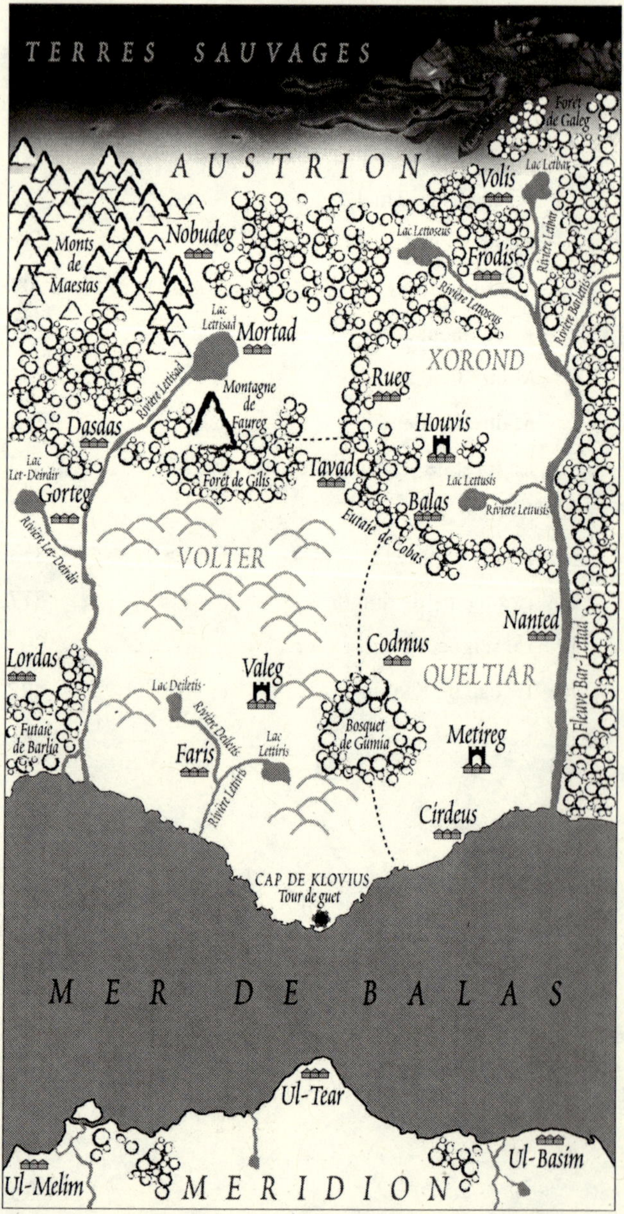
TERRES SAUVAGES
Forêt de Galeg
AUSTRION
Lac Letbar
Volis
Nobudeg
Monts de Maestas
Lac Lettoseus
Frodis
Rivière Letbar
Rivière Barletis
Rivière Letoseus
Lac Lettisad
Mortad
XOROND
Rivière Lettisad
Montagne de Faureg
Rueg
Dasdas
Houvis
Lac Let-Deirdir
Tavad
Forêt de Gilis
Lac Lettusis
Gorteg
Balas
Rivière Lettusis
Rivière Let-Deirdir
Futaie de Cobas
VOLTER
Nanted
Codmus
Lordas
QUELTIAR
Valeg
Lac Deiletis
Rivière Deiletis
Bosquet de Gumia
Metireg
Futaie de Barlia
Faris
Lac Lettiris
Fleuve Bar-Lettad
Rivière Lettiris
Cirdeus
CAP DE KLOVIUS
Tour de guet
MER DE BALAS
Ul-Tear
Ul-Basim
Ul-Melim
MERIDION

1. La montagne de Faureg

Depuis l'aube, Deirdra traquait le dragon.

Alors qu'elle remontait la rive de la rivière Lettas, un territoire rocailleux jalonné de fossés le long desquels poussaient des broussailles et des arbustes tordus, elle avait découvert les ossements éparpillés de deux vaches qui avaient eu le malheur de choisir cet endroit pour se désaltérer. D'après les traces que le carnivore avait laissées autour des restes de ses victimes, la jeune femme avait déterminé qu'elle avait affaire à un colossius (« gros dragon » dans la langue des Nordirs, le peuple du nord). Consciente qu'il n'y avait pas un instant à perdre, elle avait aussitôt pressé sa monture en direction du nord. Il s'agissait d'abattre le monstre avant qu'un autre tueur le repère. Les colossi se faisaient de plus en plus rares dans le sud de l'Austrion – six mois pouvaient s'écouler sans qu'on en voie un –, de sorte que les tueurs de dragons se livraient une compétition farouche lorsque l'un d'entre eux se manifestait. Heureusement, la plupart des rivaux de Deirdra se tenaient surtout dans la région de la forêt de Faureg (le principal territoire de chasse des dragons), ou encore dans celle des monts de Maestas (le site de nidification des créatures). Dans le but de trouver de nouvelles proies, la jeune femme avait d'ailleurs décidé d'imiter ses confrères et de gagner les montagnes du nord plutôt que de continuer à attendre que des dragons passent dans la partie occidentale de la seigneurie de Volter.

Outre la possibilité qu'un concurrent aperçoive la bête, Deirdra était préoccupée par l'avance sérieuse qu'avait prise le colossius : étant donné l'étendue de ses ailes, ce type d'animal pouvait franchir une demi-douzaine de lieues en quelques minutes. Toutefois, lorsque son estomac était alourdi par un repas copieux, il devait s'arrêter fréquemment, car une partie importante de ses énergies était consacrée à la digestion. De plus, les dragons étaient des animaux diurnes ; sauf dans des circonstances exceptionnelles, ils interrompaient leurs déplacements la nuit pour dormir. Deirdra avait donc une maigre chance de rattraper sa proie. Cette faible probabilité ne la décourageait pas, au contraire, puisque le nord était déjà sa destination. Repérer des signes du passage d'un dragon avant même d'avoir atteint les monts de Maestas était providentiel. La jeune femme en avait été si enchantée que, dans un rare accès de piété, elle avait remercié Deirdris, l'esprit du feu, d'avoir placé l'un de ses enfants sur sa route.

Deirdris, à qui elle devait son nom et dont elle avait pour mission d'éliminer la progéniture… L'ironie de maître Bradeus, l'homme qui l'avait baptisée « Deirdra », l'avait ainsi marquée pour le reste de son existence… de cette manière, et de bien d'autres encore.

La tueuse de dragons s'ébroua pour ramener ses pensées vers l'instant présent et le colossius à éliminer. La principale vertu du passé était précisément d'être derrière elle ; le ressasser ne lui apporterait rien de bon.

En fin d'après-midi, elle tomba sur une ferme dévastée. Une cheminée et deux murs partiellement effondrés s'élevaient au milieu d'un immense tas de cendres. Un filet de fumée montait vers les cieux, dernier vestige du feu qui avait dévoré l'habitation.

Sa réserve de vivres devant être renouvelée, Deirdra descendit de cheval, décrocha le léger bouclier rond fait d'écailles de colossius et passa son avant-bras dans les deux poignées de cuir à l'arrière. Ensuite, elle dégaina le cimeterre qu'elle portait dans un fourreau attaché entre ses deux omoplates et s'approcha à pas prudents des ruines calcinées. Elle n'avait pas à examiner minutieusement les décombres pour savoir ce qui s'était produit : les occupants du domicile préparaient le repas du soir quand le dragon les avait attaqués. La bête s'en était prise au toit de chaume, qui s'était écroulé. Les flammes de l'âtre avaient dévoré la paille… et au moins l'un des habitants, à en juger par les deux jambes carbonisées qui dépassaient d'une pile de gravats.

Deirdra contempla les morceaux de bois noircis, les débris de pierre et les fragments de vaisselle couverts de cendre. Elle ne pourrait récupérer ni nourriture ni ustensiles.

« Bâtard ! jura-t-elle entre ses dents. Tu vas me payer ça ! »

L'élan de colère de Deirdra reflua dès qu'elle eut prononcé ces mots. Pas mal comme choix de termes pour une illettrée ! Les marchands ambulants et les commerçants des villages étaient prêts à verser une petite fortune pour les différentes parties des dragons, particulièrement celles des colossi : les apothicaires prisaient leur venin, leur sang, leurs os et leurs dents, les tailleurs et les armuriers, leur peau extrêmement résistante, les bouchers, leurs organes… Si Deirdra réussissait à tuer le monstre, elle ramasserait une somme assez rondelette pour s'acheter tous les ustensiles et tous les aliments qu'elle désirait.

N'empêche, elle ne devait pas vendre les écailles du colossius avant de l'avoir tué : l'animal gigantesque n'était pas aisé à éliminer et elle était loin de l'avoir rattrapé.

En contournant les ruines, elle constata sans surprise que le potager avait été fermé et labouré à l'approche de l'hiver. Toutefois, deux battants de bois visibles au pied de l'un des murs lui donnèrent espoir de dénicher des denrées. Des morceaux de poutre calcinés les recouvraient.

Deirdra rengaina son cimeterre, posa son bouclier sur le sol, empoigna une pièce de bois à deux mains, la souleva, les dents serrées, les muscles contractés. Ses jambes tremblaient sous le poids du débris. Elle réussit quand même à faire un pas en arrière, puis elle lâcha son fardeau. Les bracelets de cuir brun-vert épais qui enserraient ses poignets, la chemise de lin qui couvrait ses bras et sa cuirasse de cuir de colossius étaient noirs de suie. Dégoûtée, elle tenta de nettoyer cette dernière. Ses doigts crasseux ne firent qu'empirer la situation.

« Y a du monde en haut ? »

Deirdra recula d'un bond tout en ramassant son bouclier et en dégainant son cimeterre, qu'elle darda vers les panneaux de bois. L'un d'eux fut soulevé à plusieurs reprises, mais les décombres l'empêchaient de s'ouvrir complètement.

« Y a du monde ? répéta une voix masculine. De grâce, aidez-nous ! On est coincés ! »

Deirdra hésita brièvement, puis demanda :

« Vous avez de la nourriture avec vous ?

— Ouais, répondit son interlocuteur invisible. On a d'la viande séchée, des navets, des panais, des conserves, du vin… »

Deirdra mit brutalement fin à l'énumération.

« Je vous aide si vous m'en donnez.

— Ben… Z'aurez juste à vous servir. »

La jeune femme rangea son cimeterre dans son fourreau, remit son écu par terre et entreprit d'enlever les derniers décombres qui bloquaient les panneaux. Cependant, la plus lourde des poutres était retenue par un pan de mur effondré. L'opération pour la dégager prit une dizaine de minutes, pendant lesquelles toutes les pensées de Deirdra allèrent vers le colossius qui volait vers le nord. Or, elle devait manger de temps en temps. L'approche de la saison morte imposait à tout le monde de faire des réserves, y compris aux tueurs de dragons.

La poutre enfin écartée, l'un des battants fut soulevé et un homme apparut. Du sang et de la suie maculaient son visage et ses vêtements déchirés. Des tremblements irrépressibles parcouraient son corps. Il dévisagea Deirdra, puis avisa le cimeterre et le bouclier qu'elle tenait de nouveau. Il leva aussitôt les bras.

« Vous… Tu es une… une… »

Il se signa en touchant de sa main droite son front, son nez, sa bouche puis le sol, son visage crasseux affichant un mélange de dégoût et de peur.

La jeune femme esquissa un rictus.

« Une tueuse de dragons, compléta-t-elle.

— Papa ? Je peux sortir aussi ? » appela une voix fluette en provenance de la cave.

Le paysan balbutia à l'adresse de Deirdra :

« Mon… mon fils… Je peux… ? »

La jeune femme hocha la tête.

L'autre se retourna et dit d'une voix affectée :

« Viens-t'en, Kireg. Y est parti. »

Un petit garçon apparut. Il était tout aussi sale que l'adulte et roulait de grands yeux effrayés. Dès qu'il eut gravi la dernière marche, il se blottit derrière les jambes de son père.

« Il y a quelqu'un d'autre ? » demanda Deirdra en désignant le trou de son arme.

Le paysan mordit sa lèvre inférieure tremblante et esquissa un signe de dénégation.

« Je descends, dit la jeune femme. Toi, tu ne bouges pas de là.

— Où veux-tu que j'aille ? » répliqua tristement le paysan pendant que Deirdra s'enfonçait dans la terre.

La cave baignait dans la pénombre. La tueuse de dragons distingua la forme allongée de stalactites qui se révélèrent être des saucissons. Elle les écarta du revers de la main et reconnut la forme rectangulaire d'une boîte de bois. Elle retira le couvercle et en palpa le contenu. Des pommes de terre. Elle trouva un sac de jute et se servit généreusement. Ensuite, elle poursuivit son examen des lieux et découvrit des oignons, des navets, de la farine et de l'avoine.

Après avoir rempli son sac de victuailles et l'avoir jeté en travers de son épaule, elle remonta à la surface et constata que le père et le fils n'avaient pas bougé. Le premier serrait spasmodiquement les doigts autour d'une griffe accrochée à son cou. Deirdra eut une moue sardonique, mais elle s'abstint de passer le moindre commentaire. Elle avait un dragon à tuer, aussi ne pouvait-elle pas perdre son temps avec des paysans assez naïfs pour se laisser escroquer par le premier charlatan venu.

« À quoi le dragon ressemblait-il ? » demanda-t-elle sèchement.

Le paysan la regarda comme si elle avait perdu la raison.

« Était-il petit ? gros ? brun-vert ? bleu ?

— J'ai pas pris le temps de r'garder ! J'tais dans l'jardin avec Kireg quand qu'on l'a vu arriver. On a couru s'cacher dans le caveau. Ma femme 'tait dans la maison... »

Son regard dériva vers les vestiges de la ferme et s'arrêta sur les jambes calcinées qui émergeaient des décombres. Il posa sa main sur ses yeux, la bouche tordue par la douleur.

« Est-ce qu'il était de cette couleur-là ? » insista Deirdra en montrant son bouclier brun-vert.

Le paysan l'ignora. Par contre, le petit garçon terré derrière son père secoua la tête en signe de dénégation.

« Tu es sûr ? insista Deirdra en se penchant vers l'enfant, qui acquiesça.

— Laisse-lé tranquille ! s'écria le paysan. J'veux pas qu'tu y parles ! »

L'indignation avait succédé à la peine sur le visage de l'homme.

« Je suppose que vous ne savez pas dans quelle direction il est parti ?

— Ma femme est morte, j'ai pus de toit, mais toé, tu t'intéresses juste à cette engeance ! éclata le paysan. Y doit être parti vers le nord, r'joindre ceux d'sa race maudite ! J'y souhaite de crever dans les glaces de Lettir ! »

Il accompagna sa malédiction d'un crachat, qui atterrit sur le bout de la botte d'un vert profond de Deirdra.

Sans ajouter un mot, la jeune femme s'éloigna avec son sac. Quand elle fut à bonne distance du paysan, celui-ci lança :

« Toi aussi, j'te souhaite de crever, sale fauteuse de troubles ! C'est d'vot' faute, à toé pis tes semblables, si les dragons nous attaquent ! »

La tueuse de dragons s'immobilisa. Elle se tourna vers les deux autres, sa lame dressée devant elle. Malgré la distance, le père tressaillit et s'assura d'une main que son fils était toujours caché derrière lui. De l'autre, il brandit sa griffe.

« J'espère que Deirdris vengera ses enfants pis qu'un dragon te bouffera !

— Ta malédiction ne vaut pas plus cher que ta griffe, se moqua Deirdra. Ce n'est pas une griffe de dragon, c'est une griffe d'ours. »

Elle rengaina son cimeterre et franchit en quelques enjambées la distance qui la séparait de sa monture. Elle posa le sac sur le dos du cheval, raccrocha le bouclier à sa selle, y grimpa puis fit avancer l'animal en direction du nord. Elle emporta avec elle l'image du visage ahuri du paysan, qui fixait son précieux talisman d'un air choqué.

◆

Dans le but de rattraper le dragon, Deirdra chevaucha toute la nuit, ne s'arrêtant que de courts moments pour accorder un peu de repos à son cheval. Elle avait repéré la piste de sa proie à une lieue de la ferme ravagée : la bête s'était abreuvée à la rivière Lettisad, en laissant dans la terre meuble des traces de deux pattes antérieures griffues à cinq doigts et de deux pattes postérieures qui en comptaient quatre. Les marques, larges et profondes, semblaient confirmer qu'il s'agissait d'un colossius. Néanmoins, le fils du paysan avait dit que le monstre qui avait attaqué sa maison n'était pas brun-vert. Depuis son passage à la ferme dévastée, Deirdra réfléchissait à cette information qui, si elle était véridique, avait des implications fort déplaisantes. Était-elle en train de poursuivre un sournius (« dragon rusé » dans la langue des Nordirs), le plus intelligent de tous les prédateurs, qui serait plus gros que la moyenne ? Pourtant, les sourni s'aventuraient rarement dans le sud de l'Austrion. En outre, ils chassaient toujours par deux, un mâle et une femelle appariés pour la vie, sauf au début de l'été, lorsque la femelle restait dans le nid pour couver les œufs. De mémoire de tueuse de dragons, Deirdra n'avait rencontré qu'une fois un sournius solitaire hors de la saison de la ponte.

Rêveusement, son index suivit la cicatrice qui zébrait son visage de l'arcade sourcilière gauche jusqu'au côté droit de la mâchoire. Le son de la pluie à travers les arbres emplit ses oreilles, surgi d'une autre époque, et le souvenir d'un mélange de terreur et d'excitation comprima sa poitrine…

Deirdra glissa les doigts dans sa chemise. Ils effleurèrent le cordon de chanvre qui retenait sept griffes de dragons, celles des six colossi et du sournius qu'elle avait tués, puis ils rencontrèrent un petit sac de cuir de vache fermé par un nœud serré. La jeune femme s'en empara, défit précautionneusement l'attache, ouvrit la pochette et recueillit un petit monticule de poudre rosâtre qu'elle approcha de sa narine. De la dragonne, et de la bonne. Deirdra l'avait achetée un mois plus tôt auprès d'un apothicaire du village de Rueg. L'homme était particulièrement doué pour obtenir, à partir d'une savante combinaison de sang de colossius et de plantes dont la jeune femme ignorait le nom, la précieuse drogue essentielle à l'élimination des dragons. Deirdra aspira la dose d'un coup de sa narine droite. Puis elle répéta l'opération avec sa narine gauche. Une violente décharge parcourut son corps. Son esprit s'éclaira et toute son attention se concentra sur les alentours. Le chant des insectes nocturnes résonnait en elle comme autant de cris, le hululement lointain d'un rapace lui fit l'effet d'un hurlement, aussitôt noyé par le rugissement de la rivière Lettisad qui s'écoulait tout près.

L'horizon était barré d'un épais trait noir et dominé par un immense pic sombre: la forêt de Gilis et la montagne de Faureg. Le dragon s'était-il dirigé vers cette dernière ou avait-il volé en ligne droite, directement vers les monts de Maestas où vivaient ses semblables? La seconde possibilité était la plus vraisemblable. Au lieu d'obliquer vers l'est, Deirdra continua à longer la rivière Lettisad à la recherche d'un gué pour traverser. L'odeur de résine et de feuilles mortes s'intensifia. Quelques instants plus tard, la jeune femme pénétrait dans la forêt.

Les premières lueurs du jour filtrèrent à travers les branches et miroitèrent sur la surface de la rivière sans que Deirdra ait repéré de gué. Elle allait exprimer sa frustration par un juron bien senti quand des sillons blanchâtres sur une grosse pierre moussue captèrent son attention. Une odeur musquée en émanait, celle que la griffe du pentalule (le cinquième doigt, le plus court des pattes antérieures) des dragons mâles, toutes espèces confondues, libérait pour marquer leur territoire. La jeune femme dirigea sa monture vers la saillie rocheuse. Le couvert de mousse déchiré par les ongles affûtés de la créature était encore humide. Deirdra émit un petit cri de joie: sa proie ne devait pas être très loin!

Elle se détourna de la rivière et s'enfonça dans les bois, en direction de la montagne. Peu de temps après, elle aperçut des troncs de pins lacérés qui sentaient le musc. Le dragon était en train de délimiter son territoire de chasse. D'autres effluves familiers dominèrent progressivement le parfum des conifères au fur et à mesure que la tueuse de dragons se rapprochait de sa source.

Le cheval de la jeune femme renâcla nerveusement. Elle tapota l'encolure de l'animal, l'immobilisa et en descendit. Elle passa son avant-bras dans les poignées de son bouclier, saisit la bride de sa monture dans sa main et dégaina son cimeterre de l'autre. Ensuite, elle écarta les branchages devant elle de la pointe de son arme.

Elle découvrit un tas d'excréments aussi haut qu'une oie ; il était survolé par un essaim de mouches. Deirdra s'approcha de la masse vert pâle et malodorante, lâcha les rênes de son cheval et tendit sa main libre. Les déjections étaient chaudes et n'avaient pas encore noirci sous la lumière du jour. La jeune femme se redressa et repoussa d'un geste agacé les mouches qui tournoyaient autour de sa tête.

Elle vit alors entre les branches dénudées le flanc rocheux de la montagne de Faureg, dont le sommet se perdait dans les nuages. Un point noir s'agitait sur son flanc. Deirdra grogna : de tous les endroits qu'il pouvait attaquer, le fils de pute avait choisi un site sacré ! La jeune femme se faisait un point d'honneur d'éviter tous les lieux de culte. Toutefois, la nécessité de tuer avait toujours eu préséance sur ses principes ; ce n'était pas aujourd'hui que la situation allait changer.

La tueuse de dragons enfourcha sa monture et la dirigea vers le nord-est. La pente du sol se fit plus abrupte. Le cheval s'engagea sur un chemin de pierraille étroit bordé de conifères clairsemés. Deirdra ne détournait pas le regard de la grosse tache noire, similaire à une libellule massive, qui dansait dans les hauteurs.

Les grattements que produisaient les griffes du dragon quand elles râclaient une surface dure parvinrent à ses oreilles. Des frissons d'excitation parcoururent le dos de Deirdra, qui serra plus fort la poignée de son cimeterre. Son destrier esquissa un mouvement de recul. Elle asséna un solide coup sec dans ses côtes pour le contraindre à avancer.

La mousse et des arbustes chétifs succédèrent aux pins fluets. Une odeur aigre, proche de celle de l'urine, flottait dans l'air. Deirdra la connaissait, elle en avait la certitude, seulement, elle ne parvenait pas à l'identifier. Devant elle, les ailes et la longue queue du dragon fouettaient le vide. L'attention du monstre était concentrée sur une large corniche qui donnait sur l'entrée étroite d'une grotte.

Malgré la drogue et la perspective enivrante de faire couler le sang, la jeune femme fut la proie d'une hésitation fugitive. Elle était bel et bien en présence d'un sournius, facile à reconnaître avec ses écailles bleu-vert et sa crête de la même couleur. Il devait passer pour un géant parmi ceux de son espèce : il était presque aussi gros qu'un colossius ! Or, les sourni avaient une vue beaucoup plus perçante que celle des colossi. La stratégie que Deirdra employait habituellement pour vaincre ces derniers ne fonctionnerait pas.

Le claquement sourd de ses longues ailes membraneuses n'empêcha pas la créature d'entendre les pas du cheval qui approchait. En faisant du surplace dans les airs, elle tourna son long cou gracile, aussi long que deux hommes adultes, vers Deirdra et fixa sur elle ses deux petits yeux turquoise striés d'un trait noir vertical.

Le temps de l'hésitation était terminé : Deirdra devait fuir ou combattre.

La tueuse de dragons talonna son cheval et fonça sur le monstre, sa lame levée vers le ciel.

La tête fine de la bête se balança de l'arrière vers l'avant, puis elle ouvrit la gueule et projeta un jet de liquide jaunâtre. Alors que Deirdra brandissait son bouclier devant elle pour se protéger, son cheval esquissa un bond de côté pour l'éviter. Des gouttes de salive l'atteignirent. Il poussa un hennissement de douleur et s'agita. Sa cavalière serra les cuisses et dut baisser son écu afin de se cramponner à ses rênes de sa main libre. À la limite de son champ de vision, de minces volutes de fumée montèrent du sol, là où la flaque de venin dévorait lentement la pierre.

Le sournius avait craché. Deirdra savait qu'elle disposait d'un court répit avant que les glandes dans sa gueule sécrètent une nouvelle dose de fluide brûlant.

Le dragon ramena ses ailes contre ses flancs et plongea sur la jeune femme. Cette dernière força sa monture à foncer à sa rencontre. L'animal se cabra. Deirdra dut saisir la bride à deux mains pour ne pas tomber. Son cimeterre heurta le sol avec un tintement métallique.

Les dents du sournius s'enfoncèrent dans le ventre exposé du cheval, qui hennit de douleur et se débattit. Secouée dans tous les sens, Deirdra fut désarçonnée et alla frapper violemment la paroi de pierre. L'une des lanières qui retenait son bouclier à son bras céda sous le choc, l'autre tint bon. La jeune femme crut entendre ses côtes craquer, mais n'éprouva aucune douleur. La dragonne qu'elle avait inhalée la rendait insensible à la souffrance.

Elle vit son cheval paniqué réussir à se libérer et à s'enfuir. Le martèlement de ses sabots décroissait rapidement quand l'ombre du dragon domina la jeune femme terrassée. Elle voulut se relever pour récupérer son cimeterre. Le sournius fut plus rapide : il attrapa l'arme dans sa gueule ensanglantée et la jeta dans le vide.

Le temps d'un battement de cœur, Deirdra se figea, en proie à l'incrédulité. Au lieu de se lancer à la poursuite du cheval ou de s'en prendre à elle, le sournius s'était attaqué à son cimeterre ! La tueuse de dragons n'eut pas le loisir de s'étonner davantage du comportement de l'animal : celui-ci avait reporté son attention sur elle et balançait la tête de l'arrière vers l'avant.

Deirdra haussa son bouclier. Le jet de venin éclaboussa le cuir brun-vert. Cependant, quelques gouttes atteignirent la jeune femme. Elle n'eut pas le temps de les essuyer, car le dragon attaquait, ses deux longs crocs acérés luisant au milieu de sa gueule avide.

La tueuse de dragons ramassa deux pierres de sa main libre et en jeta une à la tête fine du sournius. Il l'évita. La seconde pierre l'atteignit en plein dans l'œil. La bête sursauta et vola sur place en clignant les paupières.

La jeune femme dégaina la petite dague qu'elle portait à la ceinture. Sa cheville gauche se déroba sous elle lorsqu'elle fit porter son poids dessus. Elle s'appuya sur la paroi rocheuse pour ne pas tomber. Le sournius plongea, un œil clos mais l'autre grand ouvert. La jeune femme se jeta vers l'avant et se recroquevilla sous son bouclier dans un effort pour échapper aux griffes et aux crocs de la bête. La gueule béante de l'animal s'ouvrit. Deirdra baissa légèrement son écu et lança son poignard dans l'ouverture d'un jet assuré. La lame se planta dans le palais rose exposé. Le long cou du dragon se cambra de douleur. La créature s'envola au-dessus du vide en secouant violemment la tête et en décrivant des courbes erratiques dans le ciel.

Deirdra se releva à toute vitesse et tira de ses bottes l'un des deux couteaux qui lui restaient. Ils ne valaient pas son cimeterre, qui avait l'avantage de glisser sur les écailles dures des dragons plutôt que de demeurer bloqué, sauf qu'elle devrait s'en contenter.

Le sournius fonça soudain dans sa direction, du sang noir dégouttant de sa gueule blessée. L'extrémité de sa longue queue, qui était surmontée de pointes, fouetta l'air en direction de Deirdra. Cette dernière se réfugia derrière son bouclier. Le membre érafla la protection d'écailles et reprit sa course dans les airs. Il s'en était fallu de peu que la diagonale qui défigurait Deirdra soit transformée en croix !

Un couteau dans sa main libre, elle contempla le dragon qui se démenait et analysa la situation à toute vitesse. Elle devait frapper le collum, la région vulnérable située à la base du cou, là où passait l'une des artères carotides des dragons. Sans cimeterre à introduire sous les écailles fragiles qui couvraient le collum, et tant que le monstre s'agiterait dans tous les sens, elle avait peu de chances de réussir à éliminer sa proie.

Peu à peu, l'animal se calma. Il secoua encore la tête à quelques reprises, mais il cessa de décrire des arabesques désordonnées dans le ciel. Il approcha son nez pointu de l'une de ses courtes pattes griffues et l'ouvrit. Délicatement, il enfonça deux doigts dans sa gueule et arracha la dague qui était plantée dans son palais. Ensuite, presque négligemment, il la laissa tomber dans le vide.

Deirdra gaspilla quelques secondes à surmonter sa surprise devant l'intelligence du dragon, puis elle se releva et dévala le sentier aussi vite que sa cheville blessée le lui permettait. Le sournius la rattrapa en quelques battements d'ailes. Deirdra s'écarta pour ne pas être précipitée dans le vide, se jeta ensuite par terre, son écu par-dessus elle pour se protéger d'une patte aux ongles acérés, avant de se remettre aussitôt debout. Dans la manœuvre, elle échappa son couteau. Elle jura puis, tout en saisissant la lame cachée dans son autre botte, elle leva les yeux vers le corps du dragon. Sa cible était à portée de bras…

Une goutte de liquide brûlant tomba sur son crâne rasé. Elle se baissa. Les dents du dragon claquèrent dans le vide. Deirdra sauta en arrière, son bouclier élevé devant sa tête et son tronc. Les griffes déchirèrent son pantalon et la chair de sa cuisse. Du sang s'écoula de la plaie, mais Deirdra n'en avait cure. Toute son attention était rivée sur le collum vulnérable.

Le sournius se contorsionna afin d'achever la tueuse de dragons d'un coup de mâchoire. Cependant, le flanc de la montagne ne lui offrait pas suffisamment d'espace pour manœuvrer. Deirdra planta son couteau à la base du cou de l'animal. La pointe de la lame refusa de pénétrer la peau écailleuse. D'un coup de patte, le dragon repoussa son attaquante comme une mouche importune. La jeune femme survola la piste et échappa son couteau en atterrissant brutalement.

Une ombre gigantesque la domina. Le monstre balançait la tête de l'arrière vers l'avant. Incapable de fuir, Deirdra se recroquevilla sur le sol, son bouclier en peau de colossius couvrant son crâne, son torse et ses cuisses blotties contre sa poitrine. Elle aperçut un éclat métallique tout près des griffes du monstre, puis le venin l'éclaboussa. Une vive sensation de brûlure se fit sentir sur le bas de ses jambes qu'elle n'avait pu protéger de son écu. Deirdra écarta ce dernier, se redressa et courut vers le prédateur. Il abattit son nez pointu vers elle. Ses crocs claquèrent dans le vide: la jeune femme zigzaguait, mue par l'énergie que lui procuraient la drogue et le désespoir. Elle ramassa son couteau au pas de course, mais fut plaquée au sol par la patte du dragon. Elle se débattit vigoureusement et planta son couteau dans la jonction entre deux écailles massives qui couvraient les doigts. Surpris par la piqûre, le sournius leva son membre.

Deirdra se releva d'un bond et enfonça sa lame dans le collum avec une force et une précision telles que, cette fois, la pointe d'acier pénétra entre deux écailles et perfora l'artère. Avec un cri de rage et de triomphe, la jeune femme retira la lame. Un sang noir et épais gicla de la blessure et aspergea Deirdra avant qu'elle ait pu rabattre son bouclier. Elle se traîna hors de portée des pattes et des ailes du monstre, qui griffaient et cinglaient l'air pendant qu'il agonisait.

Le sournius bascula sur le flanc. Les spasmes violents qui secouaient son corps massif décrurent peu à peu, ses pattes cessèrent de s'agiter dans le vide et ses yeux se révulsèrent.

Deirdra s'approcha lentement de l'animal et piqua l'une de ses courtes pattes de devant avec la pointe de son couteau. Le membre ne broncha pas. La jeune femme posa son écu et remarqua que le cuir de la poignée intacte avait laissé une profonde marque cramoisie dans la chair de son avant-bras. Ensuite, elle saisit la griffe du pentalule gauche du monstre. Beaucoup plus petite que les quatre autres, elle avait pour fonction de libérer l'odeur dont les dragons se servaient pour marquer leur territoire. Comme le monstre l'avait utilisée quelques heures auparavant sur une pierre et des troncs d'arbres, sa pointe était considérablement émoussée. Deirdris avait pourvu ses enfants de deux de ces griffes (une pour chaque pentalule), ce qui n'était pas de trop : en effet, contrairement aux seize autres, celles des pentalules étaient friables et s'usaient d'autant plus rapidement que les dragons utilisaient indistinctement leurs dix-huit griffes lorsqu'ils se défendaient ou qu'ils chassaient. L'esprit du feu avait remédié à cette faiblesse en s'assurant que l'ongle repousse presque aussi rapidement qu'il se détériorait.

Puisque la partie cornée du pentalule était la seule qui pouvait être retirée aisément du cadavre d'un dragon et dont les marchands ne voulaient pas, compte tenu de sa fragilité, les tueurs de dragons la portaient autour de leur cou comme preuve de leur valeur et du nombre de monstres qu'ils avaient éliminés.

Deirdra saisit donc la petite griffe (qui était tout de même aussi grosse que sa main) afin de la prélever. D'aspect calcaire plutôt qu'ivoirin, elle était plus légère et poreuse que les autres, qui étaient plus dures et plus compactes que le roc. C'était d'ailleurs à cause de cette apparence particulière qu'il était facile de distinguer la griffe du pentalule des dragons de celle d'un ours… pour l'œil exercé à tout le moins. Tout en coupant patiemment l'extrémité épointée, la jeune femme esquissa un sourire sardonique au souvenir du paysan crédule et de son faux talisman. Que cela lui apprenne à prêter foi à la superstition ridicule voulant que la griffe du pentalule préserve des attaques des dragons !

Sa besogne terminée, elle glissa son trophée dans sa ceinture. L'exaltation du combat se dissipant, la souffrance commença à se faire sentir. Un tremblement irrépressible s'empara du corps meurtri de Deirdra. Le temps pressait, l'odeur de la mort ne tarderait pas à attirer les minusi (« petits dragons »). Toutefois, avant même de dépouiller le cadavre de tout ce qui pouvait être vendu, la jeune femme avait besoin d'une dose de dragonne. Elle voulut saisir le sac suspendu sous sa chemise, mais ne trouva que son collier de griffes. Elle glissa une main à l'intérieur de sa cuirasse d'écailles et tâta frénétiquement dans tous les sens, en vain. Le sachet avait dû tomber pendant le combat. Elle scruta les environs. Aussi bien chercher une aiguille dans une meule de foin. De frustration autant que d'épuisement, Deirdra se laissa tomber sur le sol et fixa rageusement la bête immense devant elle.

Un mouvement furtif dans l'ouverture à flanc de montagne capta son attention. La tueuse de dragons se releva, poignard brandi, bouclier à la main.

« Montrez-vous ! Je sais que vous êtes là ! »

Pendant un moment, rien ne bougea, puis une femme sortit à quatre pattes de la grotte, suivie, à la file, de cinq autres. Elles s'arrêtèrent tour à tour devant le monstre étendu de tout son long en travers de la corniche. Elles longèrent la paroi pour éviter le corps massif. Après un instant d'hésitation, elles enjambèrent le cou pour s'approcher de la tueuse de dragons. Le voile gris qui couvrait leur chevelure était de travers et leurs robes blanches étaient souillées et déchirées par endroits. Deirdra les identifia comme des devineresses. L'une des femmes replaça son voile sur ses cheveux noirs et déclara :

« Nous te devons la vie, Tueuse de dragons. »

La jeune femme acquiesça avec une attitude défensive. Elle n'avait jamais parlé à une messagère des esprits de la nature auparavant. Elle avait toujours évité de rencontrer des devineresses, convaincue que celles-ci, à l'instar de tous les habitants de l'Austrion, maudissaient sa profession et tout ce qu'elle impliquait. La mission des tueurs de dragons n'était-elle pas d'annihiler les enfants de l'un des cinq esprits de la nature auxquels les devineresses consacraient leur existence ?

Contre toute attente, nul reproche ne quitta les lèvres de l'augure. Elle dit plutôt :

« Nous avons pu observer ton savoir-faire. Tu es courageuse. Nous souhaitons te récompenser. »

Deirdra baissa son couteau et son écu.

« Je prendrais de la dragonne, un cheval, de l'or, des vivres et un cimeterre, si vous avez tout ça.

— L'or ne signifie rien pour nous, répondit gravement la femme, qui ne paraissait pas offusquée du ton lourdement ironique employé par son interlocutrice. Nous n'utilisons pas de chevaux ni de bêtes de somme. Quant aux armes, nous n'en avons pas besoin. Les esprits de la nature veillent à notre subsistance.

— C'est ce que je pensais. Puisque vous n'avez rien pour moi, fichez le camp. »

Tout en notant avec satisfaction la mine scandalisée de certains membres du groupe, Deirdra rengaina son arme, leur tourna le dos et scruta les alentours à la recherche de son sachet de dragonne.

« Tueuse de dragons ! »

Avec une irritation décuplée par la fatigue et la douleur, Deirdra reporta son attention sur les messagères des esprits de la nature.

« Quoi encore ?

— Il est une seule récompense que nous pouvons t'offrir.

— Laquelle ? »

Peut-être les devineresses avaient-elles de l'or, tout compte fait. La rumeur prétendait qu'elles recevaient parfois des offrandes de la noblesse fortunée avide de savoir ce que l'avenir lui réservait.

« Nous pouvons te faire connaître ton futur. »

Deirdra émit un rire sans joie.

« Mon futur ? Pas besoin d'une devineresse pour le connaître ! Un jour ou l'autre, je vais me faire massacrer par un dragon, comme tous les autres tueurs.

— Écoute-moi, Tueuse : "Lorsque la quête d'Ubad touchera à sa fin, le bonheur sera à ta portée. Les dignes descendants d'Ubad et les filles de Deirdris te montreront la voie, si tu souhaites l'emprunter", récita la devineresse. C'est là le sens des visions que les esprits de la nature nous ont envoyées. »

Deirdra scruta le visage calme de la femme, à la recherche d'une trace de moquerie. Ses yeux de la couleur de la nuit exprimaient seulement une grande sérénité.

La tueuse de dragons lui tourna abruptement le dos en grommelant :

« Balivernes de devineresses ! Je suis parfaitement heureuse. Et je le serai encore plus quand j'aurai pris de la dragonne. Vous êtes certaines de ne pas en avoir un peu ? »

Selon les rumeurs, les devineresses faisaient brûler la dragonne au lieu de la consommer à l'état de poudre. En effet, la fumée dégagée par la drogue étant censée leur permettre de communiquer avec les esprits de la nature et d'avoir des visions de l'avenir. On racontait également que le procédé n'était pas sans risques et que plus d'un messager de la nature était devenu fou après avoir inhalé les émanations de dragonne. Toutefois, c'était par égard pour sa santé mentale, et non pour celle des devineresses, que Deirdra redoutait que les femmes trouvent son sachet avant elle et le jettent dans le feu. La simple évocation d'un tel gaspillage suffisait à la scandaliser.

Elle aurait voulu que les augures s'en aillent, pour qu'elle puisse fouiller les alentours et nettoyer la dépouille du sournius au plus vite. Or, comment chasser les messagères des esprits de la nature, alors qu'elles étaient chez elles ? Deirdra massa ses tempes douloureuses. Elle était de moins en moins en état d'aligner deux pensées cohérentes.

Sentant que les femmes la fixaient toujours, elle leur lança sèchement :

« Si vous voulez vraiment vous rendre utiles, aidez-moi à dépecer ce dragon ! »

Les six augures échangèrent des regards hésitants. L'une d'elles, dont les mèches rousses humides de sueur adhéraient à son front, déclara gravement :

« Le sang d'un des enfants de Deirdris a été versé. Nous devons nous purifier et apaiser les esprits de la nature. Dans le grand ordre naturel des choses, chacun de nous a une fonction précise. La nôtre est de communiquer avec les esprits qui régissent la nature et de les implorer de pardonner à nos semblables les crimes qu'ils commettent. »

Sur ce, elle se signa en touchant de sa main droite son front, son nez, sa bouche puis le sol. Ensuite, elle passa devant Deirdra et descendit la sente. Toutes ses consœurs l'imitèrent, à l'exception de la devineresse aux cheveux noirs qui s'immobilisa brièvement sur le sentier pour jeter un dernier regard à Deirdra. Ensuite, elle disparut à son tour.

« Dites plutôt que votre fonction, c'est de vous en aller ! C'est là que vous êtes les plus utiles ! » leur cria la tueuse de dragons avec un sourire narquois.

Elle se dirigea en claudiquant vers l'entrée de la grotte et entreprit d'examiner soigneusement les lieux, à la recherche du sachet. Progressivement, des étourdissements s'emparèrent d'elle. Elle s'appuya contre le cadavre chaud du sournius, ferma les paupières et attendit que la nausée passe. Une douleur sourde émanait de ses côtes et de sa cheville et le sang s'échappait encore de la plaie ouverte sur sa cuisse, même si la blessure lui semblait superficielle. Des flammes invisibles semblaient dévorer sa chair rougie, là où le venin l'avait atteinte.

Manger apaiserait ses nausées et lui redonnerait des forces.

Deirdra accota son écu contre le cadavre, dégaina son couteau et clopina jusqu'à la cage thoracique du sournius. Insérer la pointe de la lame entre les écailles épaisses n'alla pas sans mal, mais elle finit par dégager le cœur du monstre, qui était de la grosseur d'une poule. Elle s'assit sur le sol et découpa l'organe ensanglanté en petits morceaux qu'elle mastiqua longuement avant de les avaler. Les devineresses ne connaissaient rien au bonheur. Pouvait-on imaginer plus grande satisfaction que de dévorer le cœur de la créature qui voulait vous tuer ?

Hélas, les effets de la drogue se dissipant de plus en plus, un constat désagréable se fraya un chemin jusqu'à l'esprit de Deirdra : elle avait perdu sa dragonne, son cimeterre, son cheval, son or, ses vivres, ses fioles pour recueillir le venin et le sang de dragon et les revendre, ses sacs pour récupérer toutes les parties du dragon que les marchands s'arrachaient, ses vêtements de rechange…

Deirdra déglutit péniblement et posa les restes du cœur. Soudain, cette chair crue lui paraissait répugnante. Et puis, elle devait se dépêcher de dépecer le cadavre : les minusi ne tarderaient pas à arriver pour le nettoyer à sa place… et dévorer tout autre être vivant qui aurait le malheur de se tenir à côté de lui.

2. Le capitaine Thad

Une semaine plus tard, le silence régnait sur la montagne de Faureg, dont le sommet était nimbé de la brume du matin. Enveloppée dans une cape, la tête couverte d'une capuche profonde, son bouclier attaché dans le dos, Deirdra gravissait en boitant le chemin qui conduisait à la grotte des devineresses. Elle s'arrêtait fréquemment sur le sentier bordé de pins graciles, les doigts crispés autour d'un bâton noueux, l'échine voûtée, le corps tremblant sous l'effort et une douleur que la dragonne ne dissipait pas totalement. Elle respirait profondément, exhalant un petit nuage de condensation dans l'air glacé de l'automne, puis reprenait sa pénible progression en prenant appui sur sa béquille de fortune.

Quand elle atteignit la dernière rangée de conifères, Deirdra s'immobilisa pour examiner les lieux, en proie à la désagréable sensation que les esprits de la nature se jouaient d'elle. Déjà que c'était un événement hautement inhabituel de voir deux sourni survoler les seigneuries, particulièrement à un intervalle aussi rapproché et chassant seuls de surcroît, voilà que le dragon bleu-vert dont elle suivait la piste depuis la veille s'était rendu à l'endroit précis où elle avait éliminé son congénère. Une plaisanterie de la part des esprits de la nature constituait l'explication la plus plausible à la coïncidence étonnante.

Sous sa capuche, la jeune femme esquissa un sourire sans joie en contemplant la large corniche. La plate-forme de pierre s'estompait dans le brouillard, de sorte que Deirdra ne pouvait pas voir l'entrée de la grotte. Bien entendu, le sournius s'était déjà envolé vers d'autres cieux.

La tueuse de dragons continua de monter. Si elle parvenait à tuer le second dragon, les augures la gratifieraient-ils d'une autre prédiction aussi utile que la précédente ?

« Devineresses ! »

Elle avait voulu imprégner son appel d'une arrogance moqueuse, mais sa voix lui parut lasse et affaiblie. Le croassement d'une corneille dans le boisé lui répondit. La jeune femme répéta :

« Devineresses ! »

Une voix à peine audible flotta dans la brume :

« Par… i… ci ! »

Deirdra repoussa son capuchon pour mieux entendre et gravit le chemin sinueux d'un pas aussi rapide que le permettaient ses blessures. Elle pénétra dans le banc de brume. L'odeur aigre étrangement familière qu'elle avait remarquée lors de sa première visite envahit à nouveau ses narines.

En s'approchant de l'entrée de la grotte, la tueuse de dragons constata que le nuage opaque lui avait dissimulé plusieurs cadavres brûlés et plus ou moins dévorés et déchiquetés – des devineresses, si elle se fiait aux lambeaux d'étoffe blanche maculés de rouge. Quelques mouches engourdies de froid voletaient paresseusement autour des dépouilles dont le sang n'avait pas fini de coaguler.

Partagée entre l'inquiétude et l'étonnement, Deirdra scruta les alentours. L'endroit grouillerait sous peu de minusi. D'ailleurs, les petits dragons nécrophages s'étaient manifestement chargés de nettoyer les parties du sournius qu'elle avait été incapable d'emporter la fois précédente, étant donné leur grosseur ou sa difficulté à les retirer de la dépouille à l'aide de son seul poignard. Elles avaient complètement disparu. Or, Deirdra avait du mal à imaginer les devineresses en train de finir de démembrer la gigantesque carcasse et de l'enterrer dans la forêt.

Un mouvement en provenance de l'entrée de la caverne la tira de ses réflexions. Une femme en émergeait, vêtue comme les cadavres d'une longue robe blanche déchirée et souillée de poussière et de sang. Le voile gris qui couvrait naguère sa chevelure noire n'était nulle part en vue. Elle leva la tête en direction de Deirdra, ce qui révéla le filet de sang s'échappant de l'une de ses narines. Une étincelle de reconnaissance illumina son regard juste avant que celui-ci devienne vitreux. La devineresse retomba sur le sol, la face la première.

Deirdra boitilla jusqu'à elle, s'agenouilla en grimaçant sur le sol de pierre lacéré par les griffes du sournius et tourna doucement la femme sur le côté. Elle et ses sœurs jouaient d'une malchance déconcertante pour des messagères des esprits de la nature. Les dragons n'étaient pas censés attaquer les devineresses. Pourtant, bien que la tueuse de dragons eût réussi à sauver les augures du premier sournius, un autre les avait assaillies à son tour, et ce, en l'espace d'une semaine.

La survivante battit des paupières et fixa la jeune femme avec une expression désorientée.

« Où le dragon est-il parti ? » demanda Deirdra.

La devineresse ouvrit la bouche, mais ses efforts pour ramper à la rencontre de Deirdra l'avaient amenée au plus près des portes de la mort. Sa tête bascula mollement vers l'avant. La tueuse de dragons lui secoua fermement l'épaule.

« Reste avec moi ! Par où est-il parti ? »

La femme leva à nouveau son visage vers son interlocutrice et balbutia :

« Un… seigneur. Un… serpent. Le dragon ! »

Ses yeux s'écarquillèrent en une expression horrifiée, puis ses muscles se détendirent et son corps s'amollit comme un tas de chiffons. Deirdra la lâcha, se releva péniblement et examina les autres cadavres. Il n'y avait plus rien à faire pour elles.

La jeune femme scruta les alentours, à la recherche d'un indice permettant de déterminer la direction empruntée par le sournius quand il avait pris son envol. Elle n'en repéra aucun. Elle s'approcha de l'entrée de la grotte et jeta un coup d'œil à l'intérieur. Une torche finissait de se consumer par terre. Deirdra la ramassa et s'enfonça dans la caverne. S'éterniser sur place était dangereux, les minusi ne tarderaient pas. Cependant, depuis son combat contre la bête précédente, la jeune femme ne possédait plus rien, sinon son écu, l'épée rouillée et la cape de laine qu'elle avait obtenues en échange d'un morceau de la peau du sournius découpé tant bien que mal grâce à son poignard. Les écailles, fort appréciées à cause de leur couleur et de leur rareté, avaient une valeur nettement supérieure aux objets que le paysan lui avait consentis en échange. Deirdra savait qu'elle aurait pu en obtenir plus si elle s'était rendue à Tavad, le village le plus proche, mais ses blessures ne lui permettaient pas de parcourir de grandes distances. Si elle avait été parfaitement honnête avec elle-même, elle aurait conclu qu'elle n'était pas plus en état d'affronter un sournius que de marcher jusqu'à Tavad. Toutefois, elle n'avait cure de sa santé… et puis, ces illuminées de devineresses ne lui avaient-elles pas prédit que la quête d'Ubad lui apporterait le bonheur ?

La jeune femme déboucha dans une salle où six paillasses constituées de chiffons, de feuilles mortes et de branches entouraient un cercle de pierres délimitant un tas de cendres. Les parois étaient ornées de représentations des cinq esprits de la nature : un saumon surmonté de trois vagues pour Lettir, l'esprit de l'eau ; un ours noir et des traits suggérant un conifère pour Barris, l'esprit de la forêt ; un bouc et un pic triangulaire pour Maestas, l'esprit de la montagne ; un aigle entouré de rayons solaires pour Noevas, celui des airs, et un dragon surmonté d'une étoile à cinq branches pour Deirdris, l'esprit du feu. Les symboles rituels étaient censés protéger des éléments ceux qui les traçaient. Deirdra esquissa une grimace ironique : tu parles si ces dessins avaient été efficaces !

Faute de trouver des onguents, de la nourriture ou de la dragonne, la tueuse de dragons rebroussa chemin. En cherchant bien, la semaine précédente, elle avait réussi à remettre la main sur la réserve de drogue perdue pendant son combat. Cependant, ses provisions diminuaient à toute vitesse. Sans venin, ni sang, ni d'autre peau de dragon à vendre que sa cuirasse, ses bottes et son bouclier (dont elle avait besoin pour exercer sa profession), elle ne pourrait obtenir l'or nécessaire pour se procurer la précieuse poudre. Le sournius qu'elle avait aperçu la veille constituait sa chance d'en obtenir de nouveau… si elle parvenait à le rattraper. N'importe quel autre tueur aurait probablement attendu l'arrivée des minusi et tenté d'en tuer un. Bien que l'élimination d'un minusius ne constituât pas un exploit aux yeux de la confrérie des tueurs de dragons (cette espèce de dragon étant trop commune et trop facile à éliminer pour des chasseurs de monstres aguerris), la dépouille de l'un de ces petits monstres pouvait procurer des revenus intéressants. En effet, rien ne valait davantage que le venin des nécrophages pour distiller de l'alcool, ou encore leur cuir pour confectionner des bottes et des besaces résistant aux intempéries, ainsi que des boucliers et des cuirasses moins chers – mais aussi moins robustes – que ceux qui étaient faits d'écailles de colossius. Toutefois, Deirdra n'était pas n'importe quel tueur, d'abord parce qu'elle était femme, ce qui, en Austrion, s'avérait extrêmement rare ; pour autant qu'elle le sache, elle était la première à se joindre à la confrérie depuis plusieurs décennies. De plus, la jeune femme tâchait généralement d'éviter l'affrontement avec les petits charognards, surtout quand elle n'avait qu'une épée rouillée pour les attaquer.

Au moment où Deirdra sortait de la caverne, elle entendit à travers la brume le martèlement de sabots sur la sente. Ses semblables ne prisant guère les tueurs de dragons, elle jugea plus prudent de disparaître. Elle entreprit de gravir le sentier le plus vite possible, en ignorant la douleur qui provenait de ses côtes et de sa cheville.

« Hé ! Toi ! Arrête ! » cria une voix masculine derrière elle.

Deirdra tira son épée et essaya de décrocher son bouclier de son dos tout en claudiquant. La manœuvre ne réussissant qu'à la ralentir, elle l'abandonna et accéléra tout en jetant un coup d'œil par-dessus son épaule. Elle vit qu'une demi-douzaine de soldats à cheval s'étaient immobilisés autour des cadavres des devineresses. L'un des hommes détacha sa monture du groupe et se lança à sa poursuite. Deirdra ramassa une pierre et la jeta sur le guerrier. Le projectile atteignit le poitrail du cheval, qui fit un écart maladroit. Pendant que le cavalier reprenait le contrôle de sa monture, la jeune femme quitta le sentier et gravit le flanc rocheux de la montagne.

« Halte ! C'est un ordre ! » cria le soldat.

La pente devenait de plus en plus escarpée. Deirdra fut bientôt obligée de s'aider de ses mains pour grimper. Ses côtes fêlées l'élançaient. Elle s'arrêta un instant pour reprendre son souffle et calmer ses souffrances. Plus bas, deux individus étaient descendus de leurs chevaux et escaladaient la déclivité à sa suite. Elle ramassa un caillou et le jeta à la tête de l'homme le plus près. Sa cible évita le projectile de justesse. Deirdra ramassa d'autres pierres et bombarda les deux inconnus. Ils levèrent leur bouclier et se remirent à monter, plus lentement certes, sauf que la jeune femme dut se rendre à l'évidence : les pierres ne les décourageaient pas.

Une dizaine de points noirs apparut dans le ciel bleu. Une terreur irrépressible s'empara de la tueuse de dragons.

« Des minusi ! »

L'un des soldats pointait son index sur la nuée qui approchait à toute vitesse. Son comparse, lui, grimpait toujours. Pétrifiée, Deirdra ne pouvait détacher les yeux des dragons. Elle sentit le gant rugueux du soldat se refermer autour de sa cheville et la tirer vers le bas.

« Amène-toi ! » lui ordonna le guerrier.

Deirdra tenta de libérer sa jambe, mais l'homme tint bon.

« Grouille, Huvad ! appela son compagnon.

— Amène-toi ! répéta le dénommé Huvad à l'adresse de Deirdra. Sinon, ce sont eux qui vont s'occuper de toi ! »

La jeune femme ne broncha pas. Elle distinguait à présent les ailes des petits dragons, leur long cou, leur nez rond, leurs petits yeux avides et le sommet crénelé de leur tête. Dans quelques instants, ils l'aspergeraient de leur venin paralysant…

« Huvad !

— Puisque tu ne veux pas venir… » grommela le soldat.

Il se laissa glisser de tout son poids sur la pente rocheuse, sans libérer la cheville de Deirdra. Incapable de résister à l'excédent de poids, la tueuse de dragons lâcha sa prise. En dégringolant, elle se frappa violemment la tête contre une excroissance rocheuse. Elle sombra dans l'inconscience, emportant avec elle l'image de la nuée de charognards qui fonçait sur la montagne.

◆

« Dragon ! Dragon ! »

Lorsque les cris d'alarme retentissent dans le village de Gorteg, les paysans se précipitent dans les caveaux de leurs maisons et referment les panneaux derrière eux. Fillette reste seule à errer entre les habitations. Des larmes coulent le long de son visage et se mêlent à la morve qui s'échappe de son nez. Elle a environ six ans et traîne dans le hameau depuis quelques jours à la recherche de sa mère. Cette dernière vivait avec Fillette à Lordas, quand elle a annoncé qu'elle partait en voyage. Fillette est demeurée chez une voisine pendant quelque temps puis, comme sa mère ne revenait pas, elle a demandé à sa gardienne où sa maman était partie. La femme a regardé Fillette avec une tristesse empreinte de pitié et lui a dit qu'elle n'en était pas certaine, mais que sa mère avait parlé de Gorteg. À la nuit tombée, Fillette a quitté la maison de la voisine. Un marchand ambulant l'a prise à bord de son chariot et l'a déposée à Gorteg. Faute d'y trouver sa mère, Fillette a voulu rentrer à Lordas, excepté qu'elle n'a rencontré personne qui voulait la ramener dans son ancien hameau.

À Gorteg, elle remarque que les paysans passent beaucoup de temps à creuser des trous pour enterrer leurs vaches mortes. Les habitants prononcent les mots « maladie » et « minusi ». Fillette ignore ce que le second terme signifie, mais elle sait que le premier décrit une chose très grave. Par contre, elle comprend parfaitement ce que « dragon » veut dire. Sa mère lui a bien expliqué que si un dragon approche, elle doit courir à toute vitesse se cacher dans la cave de sa maison.

En conséquence, dès que les villageois signalent que des dragons arrivent, Fillette s'élance sur ses petites jambes. Or, comment trouver refuge dans la cave de sa maison quand on n'a plus de chez-soi ? D'horribles dragons verts gros comme des chevaux se posent autour d'elle. Elle hurle.

Un liquide chaud et gluant atteint le dos de Fillette et coule dans son cou. Elle fait quelques pas, mais l'engourdissement la gagne peu à peu. Elle finit par s'écrouler sur le sol. Elle veut courir encore, elle veut crier, seulement, elle n'arrive plus à bouger. Un minusius se dirige vers elle de sa démarche oscillante et l'examine. Ses yeux jaunes à la pupille verticale sont froids et cruels. Le monstre referme son museau écailleux sur la manche de la tunique de Fillette, qu'il déchire en secouant vivement sa tête ronde. Il passe ensuite à la chair de son bras. Fillette veut ouvrir la bouche pour crier. Sa mâchoire n'obéit pas. Elle sent l'urine ruisseler entre ses jambes. Si elle n'était pas si terrifiée, elle éprouverait une vive honte. Avec un curieux détachement, elle songe à sa mère qui la traite de bébé et la gifle parce qu'elle a souillé son lit. Sous la claque, le sang s'écoule du nez de Fillette. Sa maman ne s'en occupe pas. Elle laisse Fillette nettoyer son dégât toute seule.

Un autre minusius se pose près de Fillette. Celle-ci devine sa présence même si elle ne parvient pas à le regarder directement, parce que son cou refuse de pivoter. Il commence aussi à la mordiller. Le premier dragon tente d'éloigner son congénère et les deux bêtes se querellent à coups de griffes et de dents. Fillette a l'impression que le temps s'est arrêté. Elle a mal. Les larmes s'échappent de plus belle de ses yeux. Elle ne peut pas les essuyer.

Tout à coup, un des minusi se met à se débattre furieusement. Du coin de l'œil, Fillette voit le manche d'un couteau dépasser de son aile. La lame a transpercé la membrane de peau verte et s'est fichée dans le sol. L'animal tire de toutes ses forces, mais ses efforts ne font qu'élargir la déchirure. L'autre dragon s'enfuit. Fillette entend des pas approcher. Une lame incurvée s'abat à la naissance du cou du minusius blessé. Le dragon remue encore un peu, puis il s'immobilise sur le sol dans une mare de sang noir.

Deux grosses mains empoignent Fillette et la retournent délicatement. Elle découvre un homme au crâne rasé. Un côté de sa bouche se prolonge curieusement le long de sa joue et une de ses oreilles manque à l'appel. L'inconnu n'est pas beau à voir. Néanmoins, Fillette ne ressent aucune crainte : malgré leurs pupilles dilatées, les yeux bruns de l'inconnu expriment une sollicitude rassurante.

« Les effets du venin ne se dissiperont pas avant une heure au moins. Je vais te ramener chez toi. Mais avant, j'ai du travail. »

Sous le regard dégoûté de Fillette, le balafré ouvre la poitrine du minusius et en retire son cœur chaud. Il coupe un gros morceau de l'organe et glisse la chair encore fumante dans sa bouche. Ensuite, il sectionne la griffe d'un des deux pentalules de l'animal. Il prend trois gourdes de cuir de sous sa cuirasse et recueille le venin et le sang du dragon mort. Finalement, il prélève les dents, la langue, la peau et les organes sexuels du monstre et essuie ses mains poisseuses d'humeurs sur son pantalon.

«Voilà! Maintenant, je te ramène chez toi.»

Il soulève Fillette sans le moindre effort et se dirige vers l'une des habitations. Son poing s'abat sur les panneaux du caveau qui émergent du sol. Le battant s'écarte, un visage hostile apparaît.

« Elle est à vous? demande le sauveur de Fillette.

— Sûr que non! Elle erre dans l'village depuis que'ques jours. C't'une orpheline.

— Une orpheline, vraiment? »

Le tueur du minusius regarde Fillette avec intérêt pendant que l'habitant referme bruyamment le battant.

« Dans ce cas, je t'emmène avec moi. »

Même si Fillette n'avait pas été muette ni paralysée, elle n'aurait su quoi répondre à une annonce aussi inattendue. Sans autre forme de procès, le balafré la transporte jusqu'à la rivière Let-Deirdid. Un cheval l'y attend. Il installe Fillette sur la selle et grimpe derrière. Ils chevauchent pendant quelque temps en direction du nord-est. Fillette sent progressivement son corps retrouver sa sensibilité. Elle articule péniblement:

« Qui… vous? Où… moi? »

Un sourire triste apparaît sur la bouche trop longue de l'homme.

« Je suis un tueur de dragons, petite. Je t'emmène chez quelqu'un qui prend soin des orphelins. Car tu es bien orpheline, pas vrai?

— Non! J'ai une maman! » proteste-t-elle.

Toutefois, comme l'inconnu lui a sauvé la vie, elle a la conviction qu'elle lui doit la vérité. Elle avoue :

« Mais je ne sais pas où elle est…

– Et ton papa ?

– Je n'ai pas de papa. Mais je veux ma maman !

– Allez, pleure pas. Regarde un peu ce que j'ai ! »

Le tueur de dragons lui tend une griffe si grosse que Fillette doit la tenir à deux mains pour ne pas l'échapper. La texture de l'objet est curieuse : même si, à première vue, elle paraît dure, au toucher, elle se révèle poreuse.

« C'est quoi ?

– C'est une griffe de colossius. Le plus gros de tous les dragons. C'est moi qui l'ai tué.

– Vous en avez tué combien ?

– C'était le troisième, tout à l'heure, sauf qu'il ne comptait pas.

– Pourquoi ? s'étonne Fillette, qui a été vivement impressionnée par le courage dont l'homme a fait preuve.

– C'est comme ça. C'est trop commun et trop simple de chasser des minusi, quand on sait s'y prendre. T'as juste à avoir un cadavre sous la main et tu peux leur tendre un piège. C'est beaucoup plus difficile de tuer les gros dragons. Tu vois ma cicatrice ? »

Il désigne la balafre qui allonge le trait mince de sa bouche et lui confère un aspect grotesque.

« C'est un colossius qui m'a fait ça. Et il a pris mon oreille aussi. »

Fascinée, Fillette examine les cicatrices.

« Moi aussi, je veux tuer des dragons. »

Le tueur de dragons éclate de rire.

« Parce que tu veux être aussi laide que moi ?

– Non. Parce que je ne suis pas un bébé. »

Son interlocuteur redouble d'hilarité.

« C'est parfait, parce que l'homme chez qui je t'emmène forme des tueurs de dragons, pas des bébés ! »

Quelques jours plus tard, le sauveur de Fillette la dépose chez maître Bradeus. Ce dernier caresse doucement le visage de l'enfant avec le bout de ses doigts courts et épais – il lui en manque deux à la main gauche et des phalanges de sa main droite ont disparu – tout en l'examinant attentivement. Il a des yeux vert-jaune qui effraient Fillette parce qu'ils lui rappellent ceux des minusi.

« Tu as un nom, petite ? »

Elle réfléchit brièvement. Même si sa maman et la voisine l'appelaient « Fillette », elle sait très bien que ce n'est pas un vrai nom : après tout, ses compagnons de jeu, à Lordas, ne répondaient pas à « Garçon » ou « Gamine », mais à « Gartond » ou « Xirane ». Elle secoue donc la tête en signe de dénégation.

« Pas de nom, hein ? dit Bradeus en lissant sa longue chevelure dorée. Ce n'est pas très commode, ça. Je vais t'appeler "Deirdra", comme Deirdris, l'esprit du feu. Ça te plaît ? »

Elle acquiesce. Maître Bradeus lui fait peur, il est presque aussi grand et plus large que les dragons qui l'ont attaquée.

Tout en continuant à jouer dans la crinière blonde de Deirdra, Bradeus porte son attention sur le tueur de dragons.

« Elle n'est pas mal. Combien tu en veux ?

– Dix pièces d'or.

– Tu escroquerais ton vieux maître ? Je t'en donne trois, pas plus !

– Huit.

– Par les couilles de Maestas ! Pendant dix ans, je t'ai élevé comme un de mes propres fils. Je t'ai nourri, logé, habillé et appris tout ce que je sais. C'est comme ça que tu me remercies ?

– Huit, s'obstine l'autre.

– Combien de dragons as-tu tués grâce à moi ? Combien d'or as-tu amassé ? Tu devrais me donner tout ce que tu possèdes, puisque c'est moi qui t'ai permis de récolter tout ça !

– La gamine est orpheline, s'impatiente le tueur de dragons. Je l'ai sauvée d'une attaque de minusi à Gorteg et je l'ai emmenée jusqu'ici. Pour tout le mal que je me suis donné, je mérite au moins sept pièces d'or. »

La large face de Bradeus s'éclaire brièvement avant de reprendre son air impassible.

« Des minusi, dis-tu ?

– J'en ai tué un. J'ai pris tout ce que je pouvais du cadavre.

– Je te donne six pièces d'or, mais pour ce prix, je veux aussi le venin du minusius.

– C'est du vol ! Les marchands de Cirdeus paient deux pièces d'or pour une fiole de venin !

– C'est ce que je te dis : deux pièces pour le venin, et quatre pour la gamine, qui ne vaut même pas ça. Et arrête d'ergoter, car je te donne en retour un sac de dragonne. Je l'ai faite moi-même. Considère ça comme un cadeau en souvenir du bon vieux temps. »

Le tueur de dragons marmonne d'un ton maussade :

« S'il y a eu un bon temps autrefois, je ne me le rappelle pas.

– Alors, marché conclu ? » insiste Bradeus.

Le tueur de dragons tire de sous sa cuirasse une petite bouteille de verre scellée qui contient un liquide de la couleur et de la texture du miel. Bradeus sourit.

« Je savais que nous finirions par nous entendre. »

Il prend le venin et disparaît quelques instants. Il revient avec six pièces d'or et un petit sac de cuir, qu'il remet au tueur de dragons. Ce dernier s'empresse de faire disparaître la pochette derrière sa cuirasse et de glisser la monnaie dans la bourse qu'il garde à sa ceinture.

« Attends-moi ici », dit Bradeus à Deirdra.

Il sort de la maison en compagnie du tueur. Tandis qu'ils s'éloignent, leurs voix se réduisent à un chuchotement…

L'écho lointain d'inflexions masculines parvenait toujours aux oreilles de Deirdra, sans qu'elle réussisse à saisir la teneur de la conversation. Elle battit des paupières dans la pénombre et découvrit que des chaînes massives retenaient ses poignets à un mur de pierre et que ses bracelets en cuir de colossius avaient disparu, tout comme son bouclier. Son premier réflexe fut de se débattre afin de se débarrasser de ses rets. Aussitôt, une onde de douleur la traversa. Elle tomba en avant, le souffle coupé, les bras en croix.

Lorsque les battements effrénés de son cœur se furent apaisés, elle détacha les yeux du sol de pierre jonché de brins de paille. Des barreaux de métal scellaient l'entrée de sa cellule. En face d'elle, de l'autre côté d'un couloir éclairé par des torches, se trouvait une geôle vide. Une paire de chaînes pendant le long du mur du fond étaient surmontées d'une fenêtre scellée par un quadrillé métallique. La lumière blafarde de l'automne éclairait faiblement le métal rouillé et les sillons d'humidité qui souillaient la pierre grise.

Un étourdissement s'empara d'elle. Elle ferma les paupières et attendit que son environnement cesse de tourner. Une veine battait douloureusement à l'arrière de sa tête, là où elle avait frappé la paroi rocheuse de la montagne. La douleur émanant de ses côtes, de sa cuisse et de sa cheville l'élançait à contretemps. Elle inspira profondément, ce qui calma un peu l'ensemble des spasmes qui agitaient son corps. Ensuite, elle se redressa lentement pour soulager ses bras sans étirer ses côtes fêlées et poursuivit son examen des alentours.

Son regard s'arrêta sur les stries profondes qui zébraient les murs de sa cellule. Des traces de griffes de dragon ! Le cachot n'était pas assez grand pour contenir un colossius et les sourni étaient trop féroces et trop futés pour se laisser capturer. L'endroit ne pouvait avoir contenu qu'un minusius.

Qui aurait eu intérêt à garder un monstre en captivité, et pourquoi : pour terrifier un ennemi ? satisfaire son excentricité ? Même si Deirdra ne s'intéressait guère à la politique de l'Austrion, elle avait entendu comme tout le monde des histoires sur les lubies du seigneur Lanfas de Xorond. Dans les tavernes, on racontait qu'il se passionnait autant pour les insectes que pour l'administration de sa seigneurie…

Les pulsations douloureuses en provenance de l'arrière de sa tête augmentèrent d'intensité, empêchant la jeune femme de se concentrer. Elle avait besoin de dragonne afin de remettre de l'ordre dans ses idées. Or, avec ses bras enchaînés, elle voyait mal comment elle pourrait atteindre le sachet à son cou.

Elle s'aperçut à ce moment qu'elle ne sentait plus le poids familier des cordons qui retenaient sa poudre et ses griffes sur sa nuque. Elle se pencha vers l'avant afin de pouvoir glisser un œil à l'intérieur de son corsage. Ni sac ni collier de griffes ne s'y trouvaient et on lui avait retiré sa cuirasse. Elle jura : ses biens les plus précieux avaient disparu ! Une vague de nausée la gagna. Combien de temps était-elle demeurée inconsciente ? La réponse était évidente : assez longtemps pour que son corps ressente les effets du manque de drogue. La panique l'envahit. Elle hurla :

« Qu'est-ce que je fais ici ? Qu'est-ce que vous me voulez ? »

La conversation lointaine se tut, mais personne ne se présenta devant les barreaux.

« Vous êtes sourds ? Rendez-moi ma dragonne, mes griffes, ma cuirasse et mon bouclier, fils de pute ! »

Frustrée, la jeune femme se laissa pendre dans le vide. La douleur dans ses épaules la distrayait des étourdissements causés par le manque de drogue.

De quel méfait s'était-elle rendue coupable pour se retrouver ainsi enchaînée ? Certes, les « mangeurs de cœurs » comme elle étaient méprisés, voire détestés par la plupart des habitants des trois seigneuries de l'Austrion. Dès qu'un fléau s'abattait, les gens accusaient les tueurs de dragons. Pourtant, qui pouvait rapporter aux marchands la peau, la langue, le venin, le sang, les organes génitaux, les os et les autres parties des dragons qui se vendaient à prix d'or, sinon les tueurs ? Qui était assez brave, ou assez fou, pour éliminer les monstres qui ravageaient l'Austrion, à part les mangeurs de cœurs ? En dépit des services qu'ils lui rendaient, la populace n'aimait guère les tueurs de dragons, notamment à cause de leur style de vie peu orthodoxe : sans terres, ils ne s'acharnaient pas à cultiver un sol rocailleux afin d'assurer la subsistance de leur communauté. Sans attaches, ils n'avaient aucune famille et ne paraissaient pas vouloir contribuer au renouvellement des générations. Sans lois sinon la leur, ils ne prêtaient de serment de fidélité à aucun seigneur et, parce qu'ils massacraient les enfants de Deirdris, ils ne semblaient pas respecter les esprits de la nature. À toutes ces raisons s'ajoutait encore leur consommation de dragonne, qui leur valait la désapprobation des bien-pensants, et leur mauvaise influence sur les individus faibles et aisément corruptibles.

Enfin, la dernière – et non la moindre – cause de la faible popularité des mangeurs de cœurs était leur nature de tueurs et les problèmes qu'elle occasionnait. Chasser dans le but de donner la mort était un besoin essentiel pour Deirdra et la plupart de ses confrères, au même titre que se nourrir, dormir ou consommer de la dragonne. Or, il arrivait qu'aucune proie ne se présente pendant quelques jours ou, depuis trois ans, pendant bon nombre de mois. Condamnés à l'inaction et incapables de se passer de dragonne, qui décuplait leur agressivité en même temps que leurs sens et leur courage, plusieurs tueurs se rabattaient souvent sur les humains et leurs possessions afin de tromper leur ennui et de satisfaire leur soif d'adrénaline. Ils déclenchaient ainsi des batailles, saccageaient tout ce qu'ils trouvaient sur leur passage et agressaient des innocents. Un tel comportement leur avait valu une solide réputation de fauteurs de troubles et la population était plus prompte à les blâmer pour les maux qui l'accablaient qu'à les remercier pour les vies qu'ils avaient sauvées.

Deirdra se redressa et reprit l'examen de sa cellule. Elle ne comportait aucun objet susceptible de lui permettre de se libérer de ses chaînes. Les bras écartés, la jeune femme laissa sa tête ballotter et patienta.

Elle n'aurait su déterminer combien de temps elle demeura dans cette position, mais ce fut suffisant pour qu'un tremblement désagréable s'empare de son corps, qui réclamait sa dose de dragonne. Elle ne se souvenait plus du moment où la consommation de poudre était devenue aussi nécessaire, sinon plus, que celle de nourriture. Tout ce dont elle se rendait compte, c'était que la substance censée être nécessaire strictement pour lui donner l'énergie et le courage de combattre les dragons s'était muée en besoin vital.

Les frissons qui la parcouraient redoublèrent d'intensité. Elle releva la tête et cria de plus belle :

« Libérez-moi, si vous êtes des hommes ! Montrez-vous, sales bâtards ! »

Cette fois, sa manifestation de colère provoqua un résultat. Elle entendit des pas qui approchaient, puis trois hommes armés d'épées apparurent de l'autre côté des barreaux de la porte. Deux d'entre eux étaient coiffés de casques et vêtus d'une cuirasse de peau de minusius et munis d'un bouclier confectionné dans le même matériau. Le troisième était vêtu d'une cape par-dessus des habits noirs. Un des deux soldats, un homme trapu à la moustache blonde et aux lèvres rouges et charnues, prit une clef au trousseau accroché à sa ceinture et déverrouilla la serrure. Il s'écarta de manière à laisser l'homme habillé en noir pénétrer dans la cellule. Beaucoup plus grand que Deirdra, il avait des cheveux longs couleur cannelle qu'il retenait en une queue-de-cheval. Malgré des traits plutôt avenants, ses yeux marron étaient durs et sa courte barbe ne dissimulait que partiellement de fines cicatrices de combats.

Deirdra bondit vers lui, les doigts crispés telles des griffes, et se retrouva aussitôt au bout de ses entraves. Faute de pouvoir l'étriper, elle le fixa d'un œil hostile.

« Qui es-tu ? Qu'est-ce que tu me veux ? »

Le nouveau venu ne sembla guère impressionné par la démonstration de colère de sa captive. D'un ton aussi froid que son expression, il dit :

« Tu es petite pour un tueur de dragons.

— J'ignorais qu'il y avait une taille prescrite, rétorqua Deirdra. Je croyais qu'il fallait seulement avoir du courage… Une qualité qui te fait défaut, puisque tu as cru bon d'enchaîner une petite femme sans défense ! »

Au lieu de répliquer, son interlocuteur tira de son pourpoint noir huit griffes de dragons retenues ensemble par un lacet de cuir. Deirdra inspira brutalement pour réprimer son envie de lui hurler de lui rendre son bien. Si elle voulait ravoir sa drogue, son collier, sa cuirasse et son bouclier, elle devrait ruser.

« Sans défense, toi ? Tu détiens pourtant huit griffes… Et aucune du même animal. Tu prétends donc avoir tué huit dragons ?

— Qui es-tu pour en douter ?

— Tu serais sur le point d'égaler le record d'Alastorus…

— Alastorus n'était bon qu'à tuer des minusi ! renifla la tueuse de dragons, méprisante. Son record ne vaut rien ! Il payait des mercenaires pour faire le travail à sa place ! Alastorus a tué seulement trois dragons sur les neuf de son record… Même que le colossius censé être sa troisième victime l'a dévoré avant que ses hommes l'achèvent ! »

Les tremblements de son corps, qu'elle avait réussi à réprimer jusque-là, s'intensifièrent alors que le besoin de drogue se faisait plus aigu. Ses rets de métal s'agitèrent sous l'effet des frémissements qui la parcouraient. Une expression de commisération parut attendrir les traits de son vis-à-vis, ce qui accrut la rage de la tueuse de dragons. Il lui fallait de la dragonne, pas de la pitié !

« Supposons que tu es le tueur… ou plutôt la tueuse de dragons que tu prétends être, reprit l'inconnu à la queue-de-cheval. Que faisais-tu sur la montagne des devineresses ?

— Je traquais le sournius qui les a tuées. »

La nausée l'envahissait de nouveau. Elle souhaitait soudain se recroqueviller sur le tas de paille et ne plus bouger. À quoi rimait cet interrogatoire ? Pourquoi ne lui rendait-on pas sa dragonne ? Ces bâtards ne voyaient-ils pas qu'elle en avait besoin ? Elle rassembla le peu d'énergie qui lui restait, planta son regard dans les yeux marron de l'homme et dit :

« Rends-moi ma dragonne et je ferai tout ce que tu veux !

— Tout ? répéta l'autre d'un ton neutre.

— Tout », insista-t-elle, aguichante.

Son geôlier lui entoura le cou d'une poigne solide et la plaqua contre le mur. L'arrière de la tête de Deirdra percuta la pierre froide et humide, à l'endroit précis où elle avait frappé la paroi de la montagne.

« Tu feras tout ce que je veux ? Je veux que tu me dises la vérité. Voilà ce que je veux !

— C'est ce que je fais ! croassa Deirdra.

— Tu mens, comme tu as menti pour le nombre de dragons que tu as tués.

— Je… je dis la vérité.

— Si tu as vraiment tué autant de dragons, pourquoi as-tu été incapable d'éliminer le sournius avant qu'il s'en prenne aux devineresses ? Tu voulais qu'elles meurent, c'est ça ? »

Deirdra ouvrit la bouche pour répondre, la referma aussitôt. Une sueur glacée coulait le long de son crâne rasé. Elle avait de plus en plus de mal à se concentrer sur autre chose que la nécessité d'aspirer la poudre rosâtre.

L'homme en noir la libéra de son emprise et sortit un petit sachet de cuir de son pourpoint.

« Tu veux ceci ? »

Réprimant le « oui ! » suppliant qu'elle avait envie de hurler, Deirdra hocha vigoureusement la tête, le visage tendu, les yeux brûlants d'avidité.

« Alors, arrête de me mentir, ordonna son interlocuteur.

— Je... je traquais un sournius, mais il avait une bonne avance sur moi. Il avait déjà massacré les femmes quand je suis arrivée à la montagne de Faureg et il était reparti, haleta Deirdra. Je dis la vérité, je le jure. »

L'autre la fixa intensément.

« Vous n'allez pas croire cette garce, capitaine, prévint le soldat responsable du trousseau de clefs. Elle ment pour avoir sa dragonne, c'est évident ! C'est comme vous dites toujours : les esprits faibles feraient tout pour avoir cette cochonnerie ! »

Le troupier à la moustache blonde cracha au sol pour appuyer ses propos.

Pendant la tirade de son subalterne, le capitaine n'avait pas détourné le regard de Deirdra. Elle eut un soubresaut de rage en entendant le guerrier l'insulter.

« Comme il a bien appris sa leçon, le petit soldat ! ironisa-t-elle.

— Mes hommes ont le droit de donner leur avis, dit l'officier.

— Surtout quand il fait écho au tien, pas vrai ? »

Un pâle sourire souleva les lèvres du barbu.

« Un chef avisé est celui qui sait bien s'entourer. »

Il se dirigea vers la porte, son escorte le suivit.

« Attends ! s'écria la jeune femme. Et moi ? Et ma dragonne ? »

Le capitaine s'immobilisa dans l'embrasure de la porte.

« Quand tu m'auras dit la vérité, tu l'auras. Pas avant. »

Ses geôliers sortirent et refermèrent la porte de la cellule.

« Ne me laissez pas comme ça ! implora Deirdra. Détachez-moi, au moins. Lâches ! Bande de fils de pute, de lâches, de… de pas de couilles ! »

Nul n'apparut devant les barreaux. Deirdra resta enchaînée au mur, seule avec les spasmes violents qui parcouraient son corps ruisselant de sueur.

◆

Les insultes des villageois la pourchassent sans relâche. Où qu'elle aille, ils la hantent, cruelles, ordurières, mais ce qui la blesse plus que tout est le silence de Saras. Elle aurait donné l'intégralité de ses possessions, y compris son collier de griffes, pour que l'homme la prenne dans ses bras et lui dise encore une fois qu'il l'aime. Si seulement ils pouvaient s'allonger côte à côte et échafauder des projets d'avenir comme aux premiers jours de leur amour ! Hélas, il ne reste plus que le vide cuisant dans sa poitrine, l'écho des invectives qui résonne dans sa tête et le besoin urgent de tout oublier, que seule la drogue parvient à satisfaire. Toutefois, il lui faut beaucoup, beaucoup de dragonne pour réduire les imprécations au silence…

Le bruit d'un pêne d'acier qui se retirait se fit entendre. Deirdra ne réagit même pas lorsque la porte pivota sur elle-même. Elle détecta une présence à ses côtés, mais elle garda les paupières closes et se contenta d'émettre un croassement indistinct :

« De… la… dragonne… Ma… dragonne… »

On lui retira ses chaînes. Les jambes molles, elle se sentit tomber vers l'avant. Deux paires de mains l'attrapèrent et la maintinrent fermement debout.

« Le capitaine veut te voir », annonça une voix masculine.

Pareille à une poupée de chiffon, Deirdra se laissa traîner par les deux soldats. Elle eut vaguement conscience qu'ils gravissaient un escalier de pierre en colimaçon et traversaient un nombre indéfini de corridors avant de grimper de nouveau. Elle distinguait, à travers ses paupières entrouvertes, des silhouettes d'hommes en armure, d'autres en livrée. Certains s'arrêtaient sur le passage des soldats et de leur prisonnière, d'autres les croisaient d'un pas pressé sans leur accorder la moindre attention. Des voix résonnaient entre les murs et, à quelques reprises, Deirdra put saisir des mots décousus.

Après avoir franchi une autre volée de marches, les soldats et leur prisonnière s'immobilisèrent devant une porte gardée par une sentinelle. Cette dernière frappa trois coups secs sur le panneau de bois.

« La prisonnière est là, capitaine.

— Faites-la entrer », dit une voix étouffée.

Le soldat ouvrit le battant. L'officier qui avait interrogé Deirdra plus tôt était assis derrière une table sur laquelle des livres et des parchemins étaient proprement empilés autour d'une plume, d'un encrier, d'un bâton de cire, d'un pichet et d'un godet d'argile. La pièce était éclairée par la lumière pâle du jour qui entrait par la fenêtre aménagée en face de la porte. Un ciel gris dominait des collines verdoyantes qui s'étendaient à perte de vue. Au loin, une rivière serpentait entre les buttes. Un étourdissement prit la tueuse, accompagnée d'une vive nausée. Sa tête retomba mollement.

« Aidez-la à s'asseoir et attendez à l'extérieur, dit le capitaine à ses hommes.

— Je l'attache ? » s'enquit le soldat trapu à l'épaisse moustache blonde.

L'officier secoua la tête.

« Ce n'est pas nécessaire, Siroeus. Dans l'état où elle est, elle n'est pas bien dangereuse. »

Deirdra aurait voulu rassembler toutes ses forces et lui sauter à la gorge pour démontrer à quel point il avait tort, hormis que la simple action de relever la tête suffit à lui donner le vertige. Les troupiers l'assirent sur le tabouret de bois, puis ils quittèrent la pièce en refermant la porte derrière eux.

Le capitaine se leva de son siège, contourna la table et s'appuya contre le meuble, en face de Deirdra, les bras croisés.

« Je suis le capitaine Thad. Et toi ? As-tu un nom ?

— Deirdra, balbutia-t-elle faiblement.

— Alors, es-tu décidée à me dire la vérité, Deirdra ?

— Quand j'aurai eu ma dragonne… bâtard. »

Un éclair menaçant traversa les yeux marron du capitaine. Toutefois, ce fut d'une voix calme qu'il observa :

« Tu n'es pas encore assez affaiblie pour perdre ton mordant. »

Deirdra prit sa tête entre ses mains. Elle se retenait de pleurer de rage et de désespoir.

« À… boire, grailla-t-elle.

— Voilà qui est plus raisonnable. »

Thad versa un liquide du pichet dans le godet en terre cuite et le tendit à sa prisonnière. Cette dernière l'examina avec suspicion, puis goûta au contenu du bout des lèvres. C'était de l'eau fraîche.

« Je veux t'interroger, pas t'empoisonner », dit Thad d'un ton agacé.

Deirdra ignora sa remarque et vida avidement le godet. L'eau dissipa quelque peu les brumes qui emprisonnaient son esprit.

« As-tu tué les devineresses ? » demanda le capitaine.

La jeune femme resta immobile un long moment, puis esquissa lentement un geste affirmatif.

« Oui.

— Es-tu une tueuse de dragons ? »

Cette fois, elle répondit par un signe de dénégation.

« Tu m'as donc menti.

— Oui, chuchota-t-elle. J'ai menti sur tout. Ma dragonne, par pitié… »

Le capitaine poussa un soupir exaspéré, empoigna Deirdra par le bras et releva la manche de sa chemise. La jeune femme se débattit faiblement, mais l'officier tenait son membre d'une main ferme.

Le tissu dissimulait un tatouage, celui d'un sournius surmonté d'une étoile à cinq branches : le symbole de Deirdris, que les maîtres de tueurs de dragons dessinaient sur le bras de leurs apprentis lorsqu'ils avaient tué leur première créature.

« Pourquoi me racontes-tu toutes ces sornettes ?

— Ma… dragonne…

— Tu ne penses décidément qu'à cette cochonnerie ! Tiens, la voilà ! »

Le capitaine Thad saisit un objet dissimulé derrière la pile de livres sur sa table et le jeta sur les genoux de la jeune femme. Les doigts tremblants, Deirdra défit le lien qui fermait le petit sac de cuir. Elle recueillit un petit monticule d'un rose neigeux sur le bout de son index et l'approcha de son nez.

« Fais attention, la prévint Thad d'un ton méprisant. À trembler comme ça, tu vas la répandre ! »

Deirdra l'ignora et aspira la drogue. Le feu embrasa ses narines, puis un éclair de lucidité illumina son esprit embrumé, accompagné d'un intense sentiment de bien-être. La jeune femme prit une deuxième dose, plus lentement cette fois, et referma le sac. Elle passa la cordelette qui le retenait autour de son cou et glissa la pochette sous sa chemise. Le capitaine saisit son poignet. Deirdra tenta de se dégager, mais l'autre ne relâcha pas sa prise.

« Je te laisse l'emporter à une condition : personne ne doit la voir. »

Aucun danger, songea Deirdra, tout en demandant à voix haute :

« Pourquoi ?

— Nul n'a plus le droit de consommer ou de vendre cette saloperie dans la seigneurie de Volter, expliqua le capitaine en libérant le bras de la jeune femme. Décret du seigneur Horacius. Au cas où tu ne l'aurais pas encore compris, tu te trouves depuis trois jours sur ses terres et dans ses geôles. »

Deirdra accusa le coup : elle n'avait pas pris de dragonne depuis trois jours ! Pas surprenant qu'elle se soit retrouvée dans un état aussi lamentable. Elle se concentra sur l'information fournie par le capitaine : elle n'était pas au courant de cette loi. Elle n'avait aucune intention de s'y conformer. Néanmoins, le décret risquait de compliquer le renouvellement de ses provisions.

« Mais les apothicaires en vendent toujours, non ? objecta-t-elle.

— Tu ne sais donc pas lire ? Le décret est placardé sur toutes les places publiques. Seuls les apothicaires reconnus par leur guilde et possédant une autorisation signée par monseigneur lui-même peuvent en vendre, mais uniquement aux gens gravement malades… quoiqu'à bien te regarder, tu entres probablement dans cette catégorie. »

Deirdra riva un œil noir sur le capitaine Thad, dont la bouche, étirée par un sourire sardonique, était indéniablement trop grande. Même si, à l'instar de plus de la moitié des habitants de l'Austrion, elle était effectivement analphabète, qu'elle sût lire ou non ne regardait personne.

La tueuse de dragons se détourna de son interlocuteur et chercha une arme. Son attention s'arrêta sur le mur à sa gauche. Le bouclier en métal qui y était accroché était décoré d'un blason représentant un serpent sur le point de mordre.

« Qu'est-ce que c'est que ça ? s'enquit-elle en désignant l'objet du doigt.

— Une tentative pour détourner la conversation, répliqua platement le capitaine. Un bouclier d'apparat décoré des armes de la famille de Volter. »

Deirdra fronça les sourcils: les armes du seigneur Horacius de Volter représentaient un serpent. Or, la devineresse mourante avait parlé d'un « seigneur » et d'un « serpent ».

« Tu as eu ta drogue, rappela le capitaine Thad. Me diras-tu la vérité, à présent?

— C'est ce que je fais depuis le début! s'exclama Deirdra, impatientée. Je traquais un sournius. Sa trace menait à la montagne de Faureg. Quand je suis arrivée, les femmes étaient mortes et le dragon était parti. Puis tes hommes sont apparus et m'ont capturée. »

Elle marqua une pause et leva une expression méfiante vers son interlocuteur.

« Au fait, qu'est-ce que tes hommes fabriquaient sur la montagne? »

Le capitaine détourna les yeux.

« C'est moi qui pose les questions », grommela-t-il.

Un silence malaisé s'établit. Deirdra se leva.

« Alors, je peux partir maintenant? Ce n'est pas que je m'ennuie, mais j'ai des dragons à tuer.

— Reste assise. »

La jeune femme se laissa retomber sur le tabouret. Thad se dirigea vers la porte, l'ouvrit et adressa un signe à la sentinelle postée à l'extérieur. Deirdra en profita pour finir de fouiller la pièce du regard en quête d'une arme. Elle n'en repéra aucune. Par contre, elle vit son collier de griffes, en partie dissimulé par les piles de parchemins et les livres. Elle tendit la main pour s'en emparer, mais le capitaine revenait vers elle.

« Tu peux le reprendre. »

Il n'eut pas à répéter son invitation. Deirdra saisit le collier et se tourna vers Thad, qu'elle toisa avec suspicion. Il appela les soldats qui attendaient derrière la porte:

« Siroeus, Vosas, ramenez-la dans sa cellule.

— Mais je t'ai dit la vérité!

— Et alors? Cela ne signifie pas que tu es libre.

— Fils de pute ! Bâtard ! »

La gifle atteignit sa joue avant qu'elle ait pu réagir.

« Surveille ta langue. Et estime-toi chanceuse que je ne leur ordonne pas de te bâillonner. »

Les guerriers entraînèrent la jeune femme hors de la pièce. La main pressée contre sa pommette douloureuse, Deirdra brûlait de se répandre en invectives. Cependant, la pensée que le capitaine pouvait lui reprendre la dragonne et son collier de griffes la retint.

◆

Les gardes qui ramenèrent Deirdra à sa cellule s'abstinrent de l'enchaîner, ce qui constituait une mince amélioration dans sa condition de prisonnière. Le soldat aux yeux verts et au menton balafré nommé Vosas lui apporta une écuelle de ragoût accompagnée de pain et d'eau. Comme elle était affamée, elle vida son plat en quelques instants. Une fois n'étant pas coutume, elle mangea aussi les morceaux de bœuf. Comme elle était rassasiée, elle garda le quignon de pain pour plus tard.

Ses esprits retrouvés grâce à la drogue et, à un degré moindre, au repas, la jeune femme s'assit au fond de sa cellule pour réfléchir. Elle connaissait désormais la raison de son emprisonnement : le capitaine de la seigneurie de Volter voulait lui faire porter le blâme de la mort des devineresses. Un tel crime lui vaudrait une exécution, publique assurément, afin d'apaiser la populace. Si un dragon avait éliminé des messagères des esprits de la nature, la justice des hommes devait intervenir pour punir ceux qui se rendaient complices des forces aveugles régissant le monde. Les masses ignares et superstitieuses seraient rassurées de voir que leur seigneur exerçait un certain contrôle sur la nature et auraient un bouc émissaire pendant quelque temps pour expliquer les maux qui s'abattaient sur leur tête. Deirdra connaissait cette méthode éprouvée, son maître lui en avait parlé ; néanmoins, ce serait la première fois qu'elle en ferait les frais… et la dernière aussi, selon toute logique.

Des voix étouffées parvinrent jusqu'à elle. Elle se leva et s'approcha discrètement des barreaux. Elle reconnut les inflexions du soldat appelé Siroeus, qui discutait avec Vosas.

« … plus pour longtemps, tu crois ? demandait ce dernier.

— C'est ce que dit Mischa, affirma Siroeus. Elle est arrivée pour nettoyer la chambre au moment où le guérisseur parlait au capitaine. Thad lui a dit de revenir plus tard, mais elle a entendu le guérisseur affirmer que monseigneur n'en avait plus pour longtemps.

— Mischa ? La petite blonde aux gros seins ? C'est sous la couverture qu'elle t'a fait ces confidences ?

— Il m'arrive de parler à une servante sans qu'elle soit déshabillée, dit le guerrier au visage rond sur un ton faussement vexé.

— C'est parce que tu la trousses debout entre deux portes ! reprit son confrère, hilare. Tout le monde sait que tu as pourfendu plus d'hymens que de soldats ennemis ! »

Les rires gras qui suivirent firent esquisser une grimace exaspérée à Deirdra, mais lorsque Siroeus reprit la parole, ce fut sur un ton beaucoup plus sérieux.

« Si Horacius meurt, il se peut bien que l'équilibre se rétablisse entre les deux. Ce sournius de Petrior rêve depuis toujours de déclarer la guerre à Jeriad et Lanfas pour prendre le contrôle de l'Austrion… Écoute mes paroles, Venin : dès que monseigneur sera mort, Petrior nous mènera au combat.

— Ça reste à voir, dit gravement l'autre, vraisemblablement surnommé « Venin ». Desmond n'est pas encore revenu.

— Ouais. Mais ça dépend aussi des esprits de la nature. Ils sont aussi imprévisibles que leurs créations… »

L'intensité de leur voix diminua, de sorte que Deirdra n'entendit pas la suite des échanges. Au bout de quelques minutes, les inflexions de Siroeus retentirent plus fort :

« Tu connais Niupe, qui travaille aux cuisines ?

— Celle qui a un derrière généreux ?

— Ouais. À ce qu'il paraît, ton histoire avec le venin de minusius l'a impressionnée au plus haut point. »

Le reste de la conversation prit la forme d'une comparaison des vertus des nombreuses femmes qui travaillaient au château de la seigneurie de Volter. Constatant qu'elle n'apprendrait plus rien d'intéressant, Deirdra se retira au fond de sa cellule.

Elle n'était pas étonnée de découvrir que le seigneur Horacius était malade, voire agonisant. Elle ne l'avait jamais rencontré, mais elle avait entendu dire qu'il n'était plus de la première jeunesse. Elle connaissait également le nom de Petrior, son fils et unique héritier. Deirdra fouilla dans sa mémoire. La dragonne décuplait la vivacité de son esprit et lui permettait de récupérer aisément toutes sortes d'informations auxquelles elle n'avait pas nécessairement prêté attention en les apprenant. Aux dernières nouvelles, Petrior était chef de garnison au cap de Klovius, mandaté par son père pour garder un œil sur le Meridion.

Deirdra n'était jamais allée si loin au sud de la seigneurie de Volter, mais elle connaissait le cap de réputation. C'était l'endroit où la mer de Balas, qui séparait l'Austrion du Meridion, était à son plus étroit. Maître Bradeus disait qu'il avait été baptisé en l'honneur du seigneur qui y avait combattu l'armée du roi du Meridion, lors de la bataille ayant marqué l'affranchissement définitif des hommes du nord de ceux du sud. Les seigneuries de l'Austrion avaient vu le jour il y avait quatre siècles de cela, quand un roi du Meridion avait ruiné des seigneurs – ils s'étaient opposés à son intronisation – en confisquant leurs terres. Forcés de fuir, les nobles avaient décidé de refaire leur vie dans les terres au nord de la mer de Balas. Ils avaient alors chassé vers les monts de Maestas la tribu qui y vivait (les Nordirs) afin de s'approprier son territoire. Ensuite, ils avaient reproduit la société qu'ils connaissaient au sud, dont les systèmes monétaire (les Nordirs pratiquaient essentiellement le troc) et politique, en divisant l'Austrion en tenures. Au cours des deux premiers siècles d'existence de ces dernières, le roi du Meridion et ses descendants avaient essayé à de multiples reprises de rétablir leur domination sur leurs anciens vassaux. Or, ce n'était pas seulement les soldats de l'Austrion qui avaient repoussé définitivement les hommes du Meridion quand ceux-ci avaient franchi la mer pour une énième invasion, deux cents ans plus tôt. Cette année-là, l'Austrion avait connu la sécheresse et la famine avait sévi, autant chez les humains que chez les dragons. Alors que la bataille faisait rage entre l'armée d'Ul-Tear III, le roi du Meridion, et celle formée par des troupes de Klovius de Volter, de Forgas de Queltiar et d'Oneg de Xorond, des sourni étaient descendus plus au sud qu'ils n'en avaient l'habitude et s'étaient jetés avidement sur les soldats. L'assaut des plus rusés de tous les dragons avait contribué à la déroute du roi du Meridion et avait dissuadé ses successeurs d'essayer de reprendre les seigneuries septentrionales. Les créatures qui avaient tenu à l'écart les colonisateurs venus du sud pendant des millénaires avaient donc instauré une certaine paix, en exterminant non seulement une bonne partie des guerriers du Meridion, mais également un nombre non négligeable de troupiers de l'Austrion. Depuis cette époque, les descendants de Klovius de Volter maintenaient en poste une garnison chargée de surveiller le Meridion, et ce, au cap nommé en l'honneur du seul chef à avoir jamais réussi à unir, le temps d'une bataille, les seigneuries de l'Austrion.

De fait, le projet d'assembler les seigneuries de l'Austrion pour former un royaume unique était loin de constituer une ambition nouvelle. En quatre cents ans d'existence, l'Austrion avait dû vivre au moins cent tentatives d'unification. Les connaissances historiques de Deirdra se limitant à ce que maître Bradeus enseignait à ses apprentis et, par le fait même, portant essentiellement sur les volets de l'histoire de l'Austrion qui concernaient les dragons, elle n'était pas au courant des détails de chaque échec. On racontait que, jusqu'à la bataille du cap de Klovius, les rois du Meridion avaient entretenu l'animosité entre les seigneurs de l'Austrion en envoyant des agents pour semer la discorde. Toutefois, les dragons avaient toujours eu un impact important sur les efforts de rassemblement des tenures de l'Austrion, plus encore que les manigances des seigneurs ou des souverains du Meridion. La peur que les créatures inspiraient avait provoqué plusieurs mouvements de panique chez les paysans, qui avaient massacré des dirigeants jugés inaptes à assurer leur protection. Des colossi avaient aussi dévoré quelques seigneurs, quand ce n'étaient pas les minusi ou, plus rarement, les sourni qui avaient scellé l'issue de certaines batailles pour la domination du territoire. Enfin, les dragons avaient contrarié les nombreux projets de construction de routes commerciales entre les seigneuries en mangeant systématiquement les malheureux ouvriers chargés de bâtir des artères pavées. Résultat: le réseau routier de l'Austrion était constitué de chemins de terre plus ou moins abandonnés.

De toute façon, les grandes routes n'étaient guère utiles, puisque l'existence de la majorité des habitants se déroulait à l'intérieur des limites de leur petit hameau et, parfois, s'étendait jusqu'au château de leur seigneur. La présence des dragons et les nombreux conflits ayant ravagé les seigneuries au fil des ans avaient dissuadé la plupart des gens d'entreprendre de longs voyages à travers l'Austrion. Seuls des fous et une poignée d'individus déterminés à s'enrichir, soit des pillards, des contrebandiers, des marchands ambulants, des troubadours et, évidemment, des tueurs de dragons, continuaient de s'y risquer.

Deirdra caressa rêveusement les sillons laissés autrefois par les griffes de la créature dont elle occupait la cellule. Les dragons étaient les véritables seigneurs de l'Austrion. Cette certitude lui suffisait. Pour comprendre le territoire, il fallait comprendre les dragons. Personne ne pourrait unifier les trois seigneuries tant qu'il n'aurait pas saisi cette vérité fondamentale.

Des éclats de voix en provenance de l'escalier tirèrent la jeune femme de ses réflexions. Elle reconnut d'abord la voix de Siroeus :

« Desmond ! Déjà de retour ! Quelles nouvelles rapportes-tu ?

— Préoccupantes, firent des inflexions inconnues qui évoquaient le tonnerre.

— Mais encore ?

— Le capitaine Thad vous le dira lui-même. Pour l'instant, il veut voir la prisonnière.

— Allez, mon petit Desmond, ne nous laisse pas sur notre appétit ! fit Siroeus d'une voix enjôleuse. Devance les désirs du capitaine encore cette fois ! De toute façon, tôt ou tard, il te demandera de nous raconter ton périple.

— Garde tes bouffonneries pour les servantes, répliqua Desmond. La prisonnière et vite !

— C'est qu'il est de mauvaise humeur, le second du capitaine ! » gouailla Vosas.

Deirdra se mit péniblement debout en entendant les gardes s'approcher. Siroeus, Vosas et un troisième soldat qu'elle supposa être le dénommé Desmond se présentèrent devant son cachot. Le nouveau venu se tenait légèrement en retrait et examinait Deirdra avec une curiosité à peine voilée. Il dominait les deux autres d'une bonne tête. Une abondante crinière rousse frisottée et striée de gris tombait librement sur ses épaules et une dense barbe cuivrée marquée de blanc mangeait la moitié de son visage. La jeune femme remarqua que, sous sa cape grise couverte de la poussière des grands chemins, le géant portait une cuirasse en peau de colossius et arborait un bouclier fait du même matériau. Or, ce dernier était onéreux pour quiconque ne pouvait se servir à même la dépouille de ce type de dragon. Même si elle n'avait pas entendu la conversation entre le colosse, Vosas et Siroeus, Deirdra n'aurait eu aucun mal à deviner que le premier avait un grade plus élevé, simplement en posant les yeux sur son équipement protecteur d'une qualité supérieure à celui des deux autres.

« Tu viens avec nous », ordonna sèchement Siroeus dès que la porte de la cellule fut ouverte.

Deirdra recula d'un pas.

« Qu'est-ce que vous me voulez encore ?

— Le capitaine ne discute pas ses ordres avec nous, répliqua Vosas. Soit tu nous accompagnes docilement, soit nous te bottons le cul jusqu'à destination. »

Deirdra n'insista pas.

Ils montèrent la volée de marches menant au rez-de-chaussée. Cette fois, la tueuse de dragons avait toute sa tête, aussi mémorisa-t-elle soigneusement le trajet que les gardes lui firent parcourir. Le château était sobrement décoré : seules quelques rares bannières représentant le serpent dressé à la gueule ouverte étaient accrochées aux murs de pierre et nul meuble n'encombrait les couloirs. Des serviteurs et des soldats circulaient, en devisant ou avec une mine affairée. Quelques hommes armés, coiffés de heaumes et vêtus de cuirasses en peau de minusius, saluèrent Siroeus, Vosas et Desmond, le troisième avec plus de respect que les deux premiers.

Deirdra et son escorte gravirent deux autres escaliers et se retrouvèrent devant une porte que la jeune femme reconnut. Le battant était entrebâillé. Siroeus passa la tête par l'ouverture et annonça que la prisonnière était arrivée.

« Fais-la entrer et laisse-nous », ordonna le capitaine.

Deirdra entra dans la pièce et, sur un signe de Thad, alla s'asseoir docilement sur le tabouret devant la table. Elle remarqua que Desmond était entré à sa suite et fixait calmement son supérieur.

« Quoi ? demanda Deirdra, agacée par le silence qui se prolongeait. Qu'est-ce qu'il y a ? Qu'est-ce que je fais encore ici ?

— Quelque chose s'est produit, répondit Thad en pesant soigneusement ses mots. Quelque chose d'inattendu.

— En quoi ça me regarde ? De quel droit me retiens-tu prisonnière, de toute façon ? Tu abuses de ton pouvoir ! »

Thad émit un rire bref.

« Je suis le chef de l'armée du seigneur Horacius de Volter. J'ai tous les droits sur son territoire. Maintenant, tais-toi et prête attention : d'autres devineresses ont été tuées par un dragon. Un sournius », précisa-t-il après avoir consulté Desmond du regard.

La jeune femme tressaillit, ce qui provoqua un nouvel éclair de douleur à son flanc.

« Par le bec de Noevas ! » siffla-t-elle entre ses dents serrées, les traits crispés.

Elle inspira profondément. La souffrance décrût et elle reprit :

« Tu veux me faire porter le chapeau pour ces mortes-là aussi ? Ce sera difficile : ça fait trois jours que je croupis dans ton sale cachot !

— Ce n'est pas de ça qu'il s'agit ! dit Thad, impatienté, avant de s'adresser au colosse roux : Raconte-lui ce que tu as vu, Desmond.

— Comme les devineresses de la montagne de Faureg sont mortes, mes hommes et moi avons eu pour mission d'aller consulter celles qui vivent dans la futaie de Cobas, expliqua l'autre. Quand nous sommes arrivés dans la clairière où elles avaient élu domicile, nous avons découvert qu'elles avaient aussi été tuées. Leur chair et leurs vêtements avaient brûlé sous l'effet du venin de sournius. Les branches des arbres aux alentours avaient été cassées et certains troncs étaient lacérés. »

Thad se tourna vers Deirdra.

« Alors ?

— Alors quoi ?

— Qu'en penses-tu ? À quelques jours d'intervalle, un sournius s'en serait pris de nouveau à des devineresses. La coïncidence n'est-elle pas un peu forte ? »

La jeune femme mordilla sa lèvre inférieure. Thad ignorait qu'en fait c'était la troisième fois en peu de temps que des sourni s'en prenaient aux messagères des esprits de la nature, ce qui était pour le moins intrigant… presque autant que le besoin urgent du capitaine de parler à des devins. Il fallait qu'il soit bien pressé – voire désespéré – pour envoyer ses hommes dans une autre seigneurie, faute de pouvoir consulter les augures de la montagne de Faureg !

Du coin de l'œil, elle fixa le bouclier orné d'un serpent qui décorait le mur gauche du bureau. Avec une indifférence feinte, elle répondit :

« Les dragons tuent tout ce qui bouge. C'est évident que c'est seulement une coïncidence. »

Thad l'étudia en silence pendant un moment, puis il tira un sac de cuir de sa tunique noire.

« Combien pour tes services ? dit-il en défaisant les liens qui fermaient la petite poche.

— Mes services ?

— Combien veux-tu pour nous accompagner, mes hommes et moi, dans la futaie de Cobas, afin d'examiner les lieux et de confirmer que la mort des devineresses a bel et bien été causée par un sournius ?

— Tes hommes sont incapables de reconnaître des blessures infligées par un dragon ? Où est-ce que tu les recrutes ? Dans une porcherie ?

— Je ne comprends pas non plus, capitaine, intervint son second d'un air mécontent. Vous doutez de mon expertise ?

— Pas du tout, Desmond, le rassura Thad. Cependant, cette histoire n'est pas claire. Monseigneur Horacius et moi voulons une opinion impartiale. »

Il reporta son attention sur Deirdra.

« Penses-y bien : tu serais payée sans avoir à tuer. Je suis prêt à te verser dix pièces d'or. Combien de fois une telle opportunité s'offre-t-elle à un tueur de dragons ? »

Pratiquement jamais, pensa la jeune femme en couvant la bourse d'un regard cupide.

Les tueurs de dragons obtenaient rarement une récompense pour avoir éliminé leur proie. Ils se procuraient leur unique revenu en vendant ce qu'ils prélevaient de leurs victimes. Sinon, personne ne voulait encourager les fauteurs de troubles à assouvir leur soif de sang en les rémunérant. Être tueur de dragons était considéré comme une vocation, au même titre que se faire devin. Ceux qui ne souhaitaient pas dévouer leur existence à la chasse quittaient le métier dès qu'ils avaient obtenu leur liberté de leur maître. Or, pour cela, il leur fallait tuer leur premier dragon. Plusieurs d'entre eux perdaient la vie dans cette épreuve. Quant à ceux qui continuaient à traquer les dragons, ils étaient condamnés à mourir jeunes, sous les griffes ou le venin d'une de leurs proies. Seul un nombre infime survivait assez longtemps pour choisir de se retirer après avoir éliminé ce qu'il estimait être une quantité suffisante de monstres.

Deirdra faisait partie de ces rares privilégiés qui avaient pu décider d'arrêter avant d'être dévorés. Deux ans plus tôt, elle avait pris sa retraite afin de vivre avec Saras. Hélas, elle s'était heurtée à la même difficulté que les quelques tueurs qui, après avoir accroché leur cimeterre, avaient essayé de s'insérer dans l'une des communautés des trois seigneuries. Mus la plupart du temps par le désir de tourner définitivement le dos à leur ancienne existence, de cultiver la terre, d'ouvrir un commerce rentable ou par l'amour, ces mangeurs de cœurs n'avaient pas opté pour la voie facile privilégiée par leurs autres confrères ayant quitté la profession. Ces derniers s'étaient en effet établis au nord parmi les Nordirs, là où ils étaient tolérés et où ils échappaient à la juridiction des seigneurs. Cependant, tous ceux qui, comme Deirdra, avaient tenté d'amorcer une nouvelle vie dans l'une des seigneuries, avaient fini par se lasser de la routine domestique ou avaient été chassés de leur village par leurs concitoyens qui avaient découvert leur passé. Ces anciens tueurs avaient repris les armes pour mourir de la seule manière honorable : massacrés par un monstre. Un véritable tueur de dragons ne pouvait jamais complètement tourner le dos à sa raison d'être. Si par miracle il y parvenait, son entourage se chargeait de la lui rappeler. Deirdra était bien placée pour le savoir.

Elle glissa un regard vers le bouclier sur lequel le serpent semblait la fixer avec insistance. Voulait-elle tremper dans une histoire qui puait autant que les excréments d'un dragon ? Elle préférait la simplicité de sa vie solitaire, régie par l'élimination des monstres, à la complexité des relations humaines. Allait-elle déroger à ses habitudes pour un peu d'or… qui lui permettrait de se procurer des vivres, des armes et un cheval ? Dix pièces d'or représentaient une somme considérable. Elle n'avait qu'à dire au capitaine ce qu'il voulait entendre et à disparaître dans la nature par la suite.

« Je veux un cheval, des vivres, des armes et des vêtements de rechange, dit-elle finalement. Et surtout, je veux récupérer mes bracelets, mon bouclier et ma cuirasse. »

Après un bref regard à l'équipement protecteur du second de Thad, elle ajouta avec un reniflement méprisant :

« J'espère qu'aucun de tes hommes ne les a portés.

— J'aurais bien voulu les donner à l'un d'eux, mais ils étaient trop petits, rétorqua le capitaine avec un rictus moqueur avant de demander : Et tu veux tout ça au lieu de l'or ?

— En plus.

— Ton arrogance est sans bornes ! » s'insurgea Desmond.

Deirdra croisa les bras et toisa le guerrier à la mâchoire carrée envahie par la barbe, ses traits affichant une expression de défi.

« Tout comme ma compétence. C'est le prix à payer pour en bénéficier. »

Ils s'affrontèrent du regard. L'intervention de Thad coupa court à leur affrontement silencieux.

« Très bien. Je donnerai des ordres pour que tu puisses avoir tout ce que tu veux. Nous partirons juste avant l'aube. Sois prête. »

Deirdra fronça les sourcils. Thad accédait très, voire trop facilement à ses demandes exagérées et payait un prix élevé dans le but de tirer parti de ses connaissances. Lui cachait-il quelque chose ? Probablement. Cependant, s'il désirait lui tendre un piège quelconque, il découvrirait le danger qu'il y avait à se frotter à une tueuse de dragons aguerrie. Pour le moment, elle entendait profiter pleinement de l'avantage qu'elle paraissait avoir sur lui.

« Pour ma dernière nuit ici, je veux coucher dans un vrai lit. Et prendre un bain. »

Desmond agita son épaisse chevelure frisée pour souligner sa désapprobation. Le capitaine se contenta d'un sourire en coin.

« Je vois. Tu as beau faire la fière, tu es une femme malgré tout.

— Ça t'a pris tout ce temps pour t'en rendre compte ? Pas étonnant que tu aies besoin de mon expertise ! »

3. Le seigneur Lanfas

Avant l'aube, Deirdra, Thad et dix soldats – parmi lesquels se trouvaient Vosas, Siroeus et Desmond – se réunirent devant le donjon du château de Volter. Un écuyer avait réuni quatorze montures, dont deux étaient chargées de larges sacs de selle pleins de vivres, de couvertures et de vêtements de rechange. Le capitaine s'adressa à Desmond :

« Emmène-nous à l'endroit où tu as découvert les corps. »

L'homme presque aussi grand qu'un cheval prit la tête du groupe et quitta la cour intérieure sous l'œil vigilant des sentinelles postées en haut des remparts. À la lumière des torches, Deirdra vit que d'énormes pics métalliques de la hauteur d'un enfant dépassaient des murs et des corniches. Elle n'était pas convaincue de leur utilité pour dissuader les dragons de se poser sur le toit et les fortifications du château. En fait, elle ne connaissait guère de moyens de faire changer d'avis un monstre qui avait décidé d'attaquer un endroit précis. Longtemps, elle avait cru que les symboles des esprits de la nature en avaient le pouvoir. La mort des devineresses sur la montagne de Faureg lui avait prouvé le contraire.

Thad, qui portait une cuirasse de cuir de colossius usée par les combats, chevauchait à côté de Deirdra. Il suivit son regard et commenta, un rictus ironique étirant sa grande bouche :

« C'est sûr qu'en guise de protection ça ne vaut pas la griffe du pentalule d'un dragon.

— Je suppose que toi et tes hommes portez la vôtre autour de votre cou ?

— Pour quoi faire ? Tu en as huit. C'est suffisant pour nous protéger, non ?

— Ce n'est pas ce qu'il croit. »

Du menton, Deirdra désigna un des soldats qui glissait discrètement une griffe dans son cou.

Thad dit froidement au guerrier :

« Beor, jette ça. »

L'homme aux traits de chérubin afficha un air innocent.

« Jeter quoi, capitaine ?

— La griffe que tu portes autour du cou. »

À contrecœur, l'autre s'exécuta. Ses compagnons ricanèrent tandis que son supérieur lui demandait d'un ton agacé :

« Quelle est la meilleure protection contre les dragons, Beor ?

— "Mon épée et mon courage", cita le soldat.

— Ce que tu fais avec ta solde ne me regarde pas, mais je veux que mes hommes croient en eux, pas en des superstitions de bonnes femmes. Compris ?

— Oui, capitaine.

— Ça vaut aussi pour vous autres, ajouta Thad à la cantonade.

— Oui, capitaine ! »

Apparemment satisfait de la réponse de sa troupe, le capitaine se concentra sur le hameau de Valeg dans lequel la troupe venait de pénétrer.

Deirdra approcha sa monture de celle de Beor et lui glissa :

« C'est juste une griffe d'ours taillée. Tu t'es fait escroquer, mon garçon. »

Une expression interloquée se peignit sur les traits du jeune soldat, tandis qu'un de ses confrères lançait :

« De quoi tu t'mêles, toi ?

— Je veux seulement vous éviter de gaspiller votre argent, rétorqua la jeune femme en haussant les épaules.

— Parce que tu veux qu'on achète tes griffes, pas celles des autres ?

— Mes griffes ne sont pas à vendre.

— Ça suffit, intervint Thad. Toi, tu reviens ici. »

Il accentua son ordre en esquissant un geste impératif à l'adresse de Deirdra. Elle obtempéra et se remit à cheminer à côté de l'officier.

« Tu as peur que je m'enfuie ou tu veux me protéger de tes hommes ?

— Une femme qui a tué huit dragons ne devrait pas craindre de simples soldats.

— Tu ne me crois pas encore, n'est-ce pas ?

— Admettons que tes griffes sont authentiques, contrairement à celle de Beor. Ces arnaqueurs qui font passer des griffes d'ours pour les griffes des pentalules des minusi sont un véritable fléau.

— Au même titre que les consommateurs de dragonne ?

— Les consommateurs de drogue sont d'abord un danger pour eux-mêmes. Les escrocs menacent la bourse des autres, vu la somme qu'ils exigent pour leurs faux talismans. Au prix qu'ils demandent, les acheteurs seraient en droit d'obtenir une griffe authentique. C'est la même chose pour toi, ajouta Thad après une courte pause. Au prix que je te paye, il est hors de question que tu me fasses faux bond.

— Je n'en avais pas l'intention. »

Du moins, pas tant que tu ne m'auras pas remis l'autre moitié de mes dix pièces d'or, compléta la jeune femme intérieurement.

Ils finirent de traverser le hameau de serfs érigé au pied de la butte de Dracordur, du haut de laquelle la forteresse de Volter dominait les environs. Les petites bicoques de bois qui constituaient l'agglomération étaient plongées dans le silence.

Sitôt Valeg derrière eux, les cavaliers se dirigèrent vers le nord-est et s'engagèrent dans la lande vallonneuse. Si les hommes de Thad s'interrogeaient sur la présence de la tueuse de dragons parmi eux, ils se gardèrent d'en souffler mot. En fait, le petit groupe n'eut guère l'occasion de bavarder: ils chevauchèrent une bonne partie de la journée à travers la seigneurie de Volter, en prenant à peine quelques moments pour permettre à leurs montures de se reposer.

Deirdra nota qu'un climat tendu régnait au sein de la bande et que la cadence imposée par Thad gagnait en intensité. De plus, la troupe évitait soigneusement les paysans qui, dans les champs qu'elle traversait, récoltaient les dernières pousses d'avoine et de blé avant que l'hiver s'installe. Le comportement des guerriers intriguait Deirdra, sauf qu'elle ne posa pas de questions. Ses compagnons de voyage ne lui adressaient pas la parole et elle ne s'en portait pas plus mal.

Quand le soleil disparut derrière les collines, ils s'arrêtèrent pour dormir quelques heures et, un peu avant que le jour se lève, ils repartirent. Bien que les nuits automnales fussent fraîches, Thad avait refusé que ses hommes fassent un feu.

Il était encore tôt lorsque le groupe pénétra dans la dense futaie de Cobas. Les chevaux se frayèrent un chemin à travers la végétation, à la suite de Desmond qui menait toujours la marche. Ils passèrent à côté de feuillus dont les branches dénudées avaient été brisées, puis ils arrivèrent dans une clairière jonchée de feuilles mortes et de morceaux de bois, et qui était bordée d'arbres dont les troncs avaient été lacérés par des griffes massives. Deirdra détecta, à travers les odeurs forestières, les relents aigres qu'elle avait déjà sentis sur la montagne de Faureg. Elle fronça les sourcils. Elle les connaissait, elle en avait la certitude, tout comme elle était sûre qu'ils étaient liés aux dragons. Émanaient-ils des sourni ? Pour n'en avoir affronté que deux, Deirdra connaissait moins ces monstres que les colossi, de sorte qu'elle n'aurait pu affirmer catégoriquement que les effluves provenaient d'eux.

L'arrivée de la troupe dans la clairière tira Deirdra de ses conjectures.

« Ça sent drôle, constata le jeune Beor.

— On dirait de la pisse de chat, renchérit Siroeus.

— Probablement les minusi, supposa Vosas en désignant des lambeaux d'une étoffe crasseuse, qui avait dû naguère être blanche ou grise, qui gisaient au centre du cercle des arbres. Ils sont passés avant nous. »

Son compagnon trapu se tourna vers Deirdra, une mimique interrogatrice sur son visage rond. La jeune femme acquiesça spontanément, même si elle était convaincue qu'il ne s'agissait pas des émanations produites par l'urine de minusius. Les guerriers pouvaient bien croire ce qu'ils voulaient. Elle souhaitait seulement partir d'ici au plus vite et, pour cela, elle était prête à acquiescer à toutes leurs élucubrations.

Comme les soldats descendaient de leurs chevaux, elle les imita. Un homme élancé aux boucles brunes tomba à genoux, se signa en touchant de sa main droite son front, son nez, sa bouche puis le sol. Ensuite, il implora les esprits de la nature d'accueillir l'âme des devineresses parmi eux.

Pendant que le guerrier se livrait à ses dévotions, Desmond disait à Thad d'un ton désolé :

« Il ne reste plus grand-chose.

— C'était évident que les minusi dévoreraient les cadavres.

— J'aurais demandé aux hommes de les enterrer, mais je voulais te prévenir le plus tôt possible…

— Tu as bien agi, dit Thad. Je ne crois pas que ton esprit soit en péril parce que tu n'as pas donné de sépulture aux devineresses. »

Deirdra s'écarta légèrement du groupe et examina le sol. Des traces de pattes antérieures à cinq doigts et de pattes postérieures à quatre appendices grosses comme celles d'un ours mouchetaient la terre meuble, preuve supplémentaire du passage des minusi. Elle se dirigea vers un arbre brisé pendant que Thad ordonnait à certains des hommes de fouiller la clairière à la recherche d'indices et à d'autres de monter la garde. Deux soldats passèrent près de Deirdra en grommelant que tout cela était parfaitement inutile.

La jeune femme tendait à être d'accord avec les guerriers. Néanmoins, elle se garda de partager son avis avec eux. À partir du moment où l'enquête lui procurait de l'or, elle n'avait cure de sa pertinence. Deirdra se pencha, palpa la souche encore plantée dans le sol, ramassa une branche calcinée du bout des doigts et la huma. Elle obtint la confirmation que l'odeur aigre ne provenait pas du venin de sournius, ce qui ne la surprit guère : n'avait-elle pas été aspergée du liquide brûlant une dizaine de jours auparavant ?

« Tu ne vas pas me dire que tu renifles également le bois ? »

Deirdra tressaillit. Thad s'était approché silencieusement d'elle.

« Si tu veux que je confirme que les devineresses ont été tuées par un dragon, laisse-moi tranquille ! » s'exclama-t-elle d'une voix agacée.

Elle lâcha la branche, se releva et arpenta le cercle des arbres brisés. Le capitaine ne la suivit pas, mais elle sentait qu'il épiait ses moindres faits et gestes. Elle tâcha de l'ignorer.

« Hé, la balafrée ! l'apostropha Vosas, qui se tenait près des morceaux de tissu avec un de ses confrères. Tu ne veux pas jeter un coup d'œil aux restes des devineresses ?

— Pour quoi faire ? Leur corps a été dévoré par des minusi, c'est évident.

— Pourquoi on te paie, alors ? Même Beor pourrait dire ça ! »

Des ricanements suivirent la remarque du grand soldat aux cheveux cendrés. Le jeune Beor piqua un fard, tandis que Deirdra maugréait pour elle-même :

« Dans une porcherie…

— Qu'est-ce que tu dis ? releva Thad.

— Les minusi sont des charognards. Ce ne sont pas eux qui ont tué les devineresses.

— Ce ne sont pas seulement des charognards, protesta Beor. Il leur arrive d'attaquer des gens. Même moi, je sais ça », ajouta-t-il avec un regard appuyé à l'adresse de ses confrères.

Deirdra ramassa la branche consumée par le venin et la montra aux soldats.

« Cette branche a été brûlée par du venin de sournius.

— Tous les dragons crachent du venin ! » objecta Siroeus.

La jeune femme leva les yeux au ciel.

« Mais qu'est-ce qu'on vous enseigne, pendant votre formation militaire ?

— À nous battre, répondit Beor.

— Je commence à en douter, grommela Deirdra en glissant un coup d'œil en direction de Thad. Il existe trois sortes de dragons : les colossi, les sourni et les minusi.

— Tu nous prends pour des imbéciles ? s'insurgea Vosas.

— Vous lui avez demandé de prouver ses dires, intervint le capitaine, alors laissez-la continuer. »

Il ajouta, à l'adresse de Deirdra :

« Arrives-en au fait.

— Je disais donc qu'il y a trois sortes de dragons. Tous crachent du venin, mais les effets varient. Le venin des colossi tue immédiatement, celui des minusi paralyse. Quant à celui des sourni, il brûle. Or, cette branche a été rongée par du venin de sournius. L'odeur est facile à reconnaître. Voici ce qui doit être arrivé : les devineresses ont été attaquées par un sournius. Puis les minusi ont été attirés par l'odeur de la charogne et sont venus terminer le travail. »

Après avoir remis la branche à Desmond, qui la huma, les plis de son front accentués par le scepticisme, Deirdra se tourna vers Thad.

« Tu as la confirmation que tu voulais. Elles ont été tuées par un dragon. Verse-moi mes cinq autres pièces. »

Elle tendit la main.

« Pas tout de suite. Je n'en ai pas terminé avec toi.

— Qu'est-ce qu'il te faut de plus ? »

Thad s'approcha et dit à voix basse, de manière à ce que ses hommes n'entendent pas :

« Je veux que tu m'expliques pourquoi le dragon a attaqué les devineresses alors qu'elles avaient dessiné les symboles rituels pour se protéger. »

D'un geste, il désigna un arbre où le saumon et les trois vagues de Lettir avaient été peints. La tueuse de dragons aperçut le symbole de Noevas tracé sur un autre tronc à courte distance du premier dessin. Elle n'eut pas besoin de balayer la clairière du regard pour comprendre qu'elle découvrirait les trois autres animaux représentant les esprits de la nature.

« Ce n'était pas prévu ! protesta-t-elle. Tu dois me payer plus cher !

— Je ne te payerai pas cinq pièces d'or pour me confirmer ce que je suis capable de déduire par moi-même. Je veux comprendre pourquoi les dragons se sont comportés d'une façon aussi inhabituelle. Si tu refuses de collaborer, mes hommes et moi repartons avec ton cheval de bât.

— C'est ignoble ! » s'exclama la tueuse de dragons.

Thad désigna les corps des devineresses.

« Le massacre de femmes paisibles, qui vivaient en harmonie avec la nature, ça, c'est ignoble ! Ta petite personne qui estime être lésée ? C'est une peccadille ! Choisis :

soit tu nous aides et tu touches ton salaire, soit tu t'en vas sans tes provisions. »

Un silence suivit la tirade du capitaine. Deirdra y mit un terme en cédant d'un ton boudeur :

« Je vais vous aider. Mais si tu crois que je me sens coupable, tu te goures complètement !

— Je n'en demande pas tant », répondit froidement son vis-à-vis.

Il rejoignit ses troupiers, jeta un coup d'œil à celui qui priait toujours, puis déclara :

« Enterrons les devineresses. On ne peut pas les laisser sans sépulture. »

Siroeus contempla les environs en grattant son épaisse moustache blonde.

« Sauf votre respect, capitaine… Je ne vois pas trop ce qu'il reste à enterrer…

— Même s'il ne restait de vous que votre chemise, vous aimeriez être mis en terre selon les lois des esprits de la nature, vous aussi, pas vrai ? »

Avec un manque d'enthousiasme flagrant, deux soldats empoignèrent une pelle et une pioche et entreprirent de creuser le sol meuble. Deirdra les fixa avec amusement jusqu'à ce qu'elle sente le poids du regard de Thad peser sur elle. Elle recommença aussitôt à examiner les alentours. Quel indice supplémentaire pouvait-il y avoir ? Le sournius avait frappé. Deux semaines plus tôt, elle aurait été convaincue que l'attaque avait été effectuée par un couple de dragons. Cependant, et contrairement aux enseignements qu'elle avait reçus, ses expériences lui avaient fait découvrir que les sourni chassaient seuls, même après la fin de la saison de la ponte.

Elle saisissait que, comme la plupart des habitants de l'Austrion, elle connaissait mal les sourni. Les dragons bleu-vert étaient généralement assez futés pour se tenir loin des humains et préféraient chasser dans la forêt de Galeg afin de se nourrir. Perplexe, Deirdra s'arrêta devant le symbole de Deirdris, le dragon surmonté de l'étoile du nord, que les devineresses avaient peint sur un arbre lacéré. Une odeur ténue de musc émanait des traces laissées par les griffes des pentalules du sournius, signe que la bête avait marqué son territoire, et se combinait aux effluves aigres que Deirdra avait déjà sentis sur la montagne de Faureg.

« Tu as trouvé quelque chose ? lui demanda Thad.

— Non.

— Je te paye pour chercher, pas pour rêvasser.

— Je réfléchis. Tu ne dois pas voir ça souvent dans ton entourage… »

Un instant, Deirdra crut que l'officier allait la gifler, comme il l'avait fait lors de leur première rencontre. Néanmoins, il se contenta de dire froidement :

« Cesse d'insulter mes hommes. Chacun d'eux en vaut au moins dix comme toi. »

Tu veux parler de leur taille ? voulut répliquer Deirdra d'un ton moqueur. Toutefois, l'expression glaciale sur le visage allongé du capitaine l'en dissuada. Il finit par reporter son attention sur ses hommes qui avaient rassemblé les lambeaux de vêtements des devineresses pour les enterrer, pendant que leurs deux collègues creusaient les tombes.

La jeune femme entreprit de faire un tour complet de la clairière. Pourquoi les protections traditionnelles des devineresses ne fonctionnaient-elles plus ? Pourquoi les sourni chassaient-ils isolément à l'approche de l'hiver ? Pourquoi deux, peut-être trois d'entre eux (selon que les devineresses de la montagne de Faureg et celles de la futaie de Cobas avaient été tuées par le même dragon), s'étaient-ils aventurés au sud de l'Austrion à un intervalle aussi rapproché, alors que voir des sourni survoler les seigneuries était rarissime ? Et pourquoi les guerriers de Volter s'étaient-ils retrouvés à deux reprises à l'endroit où des devineresses avaient été massacrées ?

Les paroles de l'augure aux cheveux noirs revinrent hanter Deirdra : « Un seigneur. Un serpent. » Pour quelle raison la femme avait-elle parlé du seigneur Horacius et des armes de Volter avant d'exhaler son dernier soupir? Thad et ses soldats étaient-ils responsables de la mort des devineresses? Pourtant, ces dernières avaient visiblement été tuées par des dragons…

Toutes ces pensées tourbillonnaient dans l'esprit de la jeune femme telle une nuée de moustiques. Agacée, elle s'immobilisa et profita de ce que personne ne lui prêtait attention pour aspirer une petite dose de dragonne. Immédiatement, ses idées se clarifièrent: sa priorité était de prendre son or et de mettre le cap sur les monts de Maestas. Le reste ne la concernait pas.

Forte de cette décision, elle se dirigea vers la troupe et annonça:

« Je n'ai rien trouvé. Je peux m'en aller? »

Thad la toisa.

« Tu es certaine? Tu as bien regardé?

— C'est moi l'experte, non? répliqua sèchement Deirdra. J'ai fait ce que tu m'as demandé. Je veux mon or.

— Qu'est-ce qui me prouve que tu ne mens pas encore une fois?

— Je ne t'ai menti à aucun moment, tu te rappelles? »

Ce n'était pas tout à fait exact, mais Deirdra soutint tout de même le regard du capitaine d'un air de bravade. Il tira une petite bourse de sous de sa cotte de mailles et la donna à la jeune femme.

« Va-t'en.

— Personne ne va nulle part », aboya une voix inconnue.

Une vingtaine d'hommes vêtus de cuirasses usées en écailles de minusius jaillirent de la forêt, leurs lances et leurs épées dardées sur la petite troupe, leurs boucliers en cuir vert foncé levés devant eux.

« Capitaine? dit Vosas en lâchant sa pelle pour porter la main à son épée.

— Les hommes d'Horacius ont massacré nos devineresses ! s'écria l'un des nouveaux arrivants. Monseigneur Lanfas sera furieux !

— Il faut être aveugle ou taré pour ne pas voir qu'elles ont été tuées par un dragon ! » protesta Siroeus.

Son interlocuteur s'approcha du soldat aux lèvres charnues et souleva la pointe de son épée sous son visage rond.

« Qui est-ce que tu traites de taré ?

— Que tout le monde garde son calme ! ordonna Thad. Nous pouvons tout vous expliquer.

— Tant mieux, répondit le chef de la patrouille de Xorond. Monseigneur Lanfas sera certainement ravi d'entendre votre histoire. Il adore écouter les trouvères. Allez, jetez vos armes !

— Pourquoi est-ce que vous ne jetteriez pas les vôtres, à la place ? » répliqua Vosas.

Les guerriers de Lanfas de Xorond avancèrent sur ceux de Volter, qui adoptèrent une posture défensive.

« Arrêtez tout de suite ! commanda Thad d'une voix pressante. Il n'y a aucune raison de se battre ici ! Baissez les armes », ajouta-t-il à l'adresse de sa bande.

À contrecœur, celle-ci obtempéra. Deirdra tendit la main vers l'épée qu'elle avait attachée dans son dos.

« Toi aussi, lui lança le capitaine. Une guerre est bien la dernière chose dont monseigneur Horacius a besoin présentement. »

La main de la jeune femme retomba. Elle se tourna vers les troupiers de Xorond et expliqua :

« Je ne suis pas des leurs, ils m'ont forcée à les accompagner. Je peux partir, à présent ? »

Pour toute réponse, deux soldats s'emparèrent d'elle et la désarmèrent.

« T'expliqueras ça à monseigneur. »

Sans se préoccuper des protestations de la tueuse de dragons, ils lui attachèrent les poignets à l'aide d'une corde. Thad et sa troupe subirent le même sort. Ensuite, les hommes de Xorond les entraînèrent à travers la futaie vers la demeure de leur seigneur.

◆

À l'instar du château de Volter, celui de la seigneurie de Xorond avait été érigé au sommet d'une colline bordée d'un côté par un bosquet et, de l'autre, par de vastes champs. Le bâtiment était trapu, flanqué de deux tours et ceinturé d'une épaisse muraille en pierre grise tirant sur le noir, le tout hérissé de pointes métalliques. En construisant leurs demeures en bois au pied des fortifications, les serfs avaient constitué le hameau appelé « Houvis ». L'apparition de la troupe poussant ses prisonniers provoqua l'arrêt des occupations et les habitants du village dévisagèrent les nouveaux venus avec une curiosité craintive. Soldats et captifs passèrent devant eux sans leur accorder la moindre attention et franchirent les hautes portes qui donnaient accès à l'intérieur des remparts. Des gardes de la forteresse se précipitèrent à leur rencontre pendant que quelques serviteurs examinaient les troupiers de Volter et Deirdra d'un air inquiet.

« Allez prévenir monseigneur Lanfas que nous avons capturé des soldats d'Horacius de Volter dans la futaie de Cobas », lança l'officier qui menait la patrouille à deux de ses hommes.

Ces derniers s'empressèrent d'obéir.

Pendant qu'elle attendait la suite des événements, Deirdra examina les lieux. Les murs du château avaient visiblement subi des attaques de dragons par le passé. La jeune femme reconnaissait le type de stries que le venin corrosif des sourni traçait sur la pierre. Des dents de colossi pendaient à certaines meurtrières et le symbole de Deirdris avait été maladroitement dessiné à la craie sur une paroi. Visiblement, les habitants de l'endroit redoutaient plus les dragons que ceux de la forteresse de Volter, ce qui n'était guère surprenant : la forêt de Galeg, dont les confins se perdaient dans les terres sauvages du nord, délimitait les frontières septentrionale et orientale de la seigneurie dirigée par Lanfas de Xorond. Les dragons y chassaient fréquemment, surtout les jeunes qui y passaient la plus grande partie de leur temps, jusqu'à ce que leurs ailes aient atteint leur maturité. Comme le château et Houvis figuraient parmi les premières agglomérations humaines importantes qu'ils croisaient à la sortie de la forêt, Deirdra n'avait aucun mal à imaginer leur enthousiasme à les attaquer, histoire de se faire les griffes…

L'évocation de l'une des terres des dragons plongea la jeune femme dans une rêverie infiniment plus agréable que la position fâcheuse dans laquelle elle se trouvait en réalité. Autrefois, s'aventurer dans le royaume des créatures constituait pour les tueurs de dragons l'ultime défi que peu osaient relever, car c'était pour eux l'occasion de combattre à sa source le mal qu'ils avaient pour mission d'endiguer… et d'y perdre la vie, étant donné la quantité de monstres jaloux de leur territoire qui peuplaient le nord et l'est de l'Austrion. La diminution considérable de la présence des colossi dans les seigneuries avait accru la témérité des tueurs. Désormais, plusieurs pénétraient dans la forêt de Galeg ou s'engageaient dans les cols entre les monts de Maestas plutôt que de se contenter de rôder à l'orée de la première ou au pied des seconds. Deirdra ne faisait pas exception à la règle : lasse d'attendre qu'un monstre apparaisse dans la partie ouest de la seigneurie de Volter, elle avait fini par mettre le cap sur les monts de Maestas. À condition de ne pas se faire tuer par les colossi, les sourni et les minusi qui y nichaient – le lot de la majorité des tueurs –, le périple dans les montagnes du nord pouvait s'avérer fort lucratif : les monstres y pondaient leurs œufs, prisés par les marchands, et y laissaient une quantité impressionnante de leur peau précieuse à l'époque de la mue.

Outre la satisfaction de leur besoin de tuer et l'appât du gain, les mangeurs de cœurs pouvaient se rendre dans les monts de Maestas parce qu'ils voulaient devenir des maîtres de tueurs de dragons. Pour être jugés aptes à instruire de nouvelles générations de chasseurs de monstres, les aspirants formateurs de tueurs devaient en effet séjourner dans les monts de Maestas pendant quelques semaines, de manière à étudier les dragons dans leur habitat naturel. Selon maître Bradeus, la plupart se contentaient de rester dans les monts pendant un mois seulement, soit la période nécessaire pour obtenir le titre de maître, car ils ne tenaient pas à être massacrés par les sujets de leurs recherches avant d'avoir terminé leur formation. Bradeus prétendait qu'il était le seul à avoir passé des années parmi les dragons au lieu d'un mois. Deirdra n'avait jamais pu (ni à vrai dire souhaité) vérifier cette information, car comme elle était peu intéressée à avoir des rivaux dans les jambes, elle avait toujours évité ses confrères et leurs maîtres. C'était pour la même raison qu'elle s'était abstenue jusqu'à maintenant de fréquenter les zones où chassaient généralement ses pairs. Il avait fallu que la présence des colossi dans les seigneuries diminue considérablement pour la convaincre de se diriger vers le nord, là où une bonne partie des tueurs était déjà en poste et où la plupart des mangeurs de cœurs à avoir pris leur retraite s'étaient établis.

De fait, les villages à proximité des monts de Maestas – Mortad et Nobudeg (nommés ainsi en l'honneur de grands chamans nordirs) – et ceux situés dans la forêt de Galeg – Volis et Frodis (qui, tout comme Faris et Houvis, tenaient leur nom d'une déformation de « oris », « village » en langue nordire) – constituaient des refuges de prédilection pour les tueurs de dragons. Les hameaux avaient été fondés par les Nordirs, la peuplade qui avait occupé l'ensemble du territoire de l'Austrion jusqu'à ce que les armées des nobles venus du Meridion l'obligent à quitter la région du sud, plus propice au peuplement.

La zone située entre le site de nidification des dragons et leur territoire de chasse étant constituée d'une terre rocailleuse, impropre à l'agriculture et particulièrement exposée aux assauts des monstres, les seigneurs du Meridion n'avaient pas cherché à y étendre leur domination. Les Nordirs s'y étaient donc installés et avaient fondé les hameaux de Mortad et de Nobudeg. D'après Bradeus, Frodis et Volis, les deux autres villages des Nordirs, existaient déjà, mais comme ils étaient situés au cœur de la forêt de Galeg, les colonisateurs de l'Austrion avaient ignoré leur existence pendant des années.

Plusieurs raisons justifiaient l'affection que les tueurs de dragons portaient aux quatre agglomérations nordires et leur intérêt à apprendre, au cours de leur formation, la langue du nord. D'abord, les quatre hameaux étaient situés au cœur des terres des dragons ; les chasseurs pouvaient donc y guetter le passage de leurs proies en compagnie des autres parias de l'Austrion. Ils ne risquaient pas d'être ennuyés par le peuple du nord, car celui-ci avait un tempérament analogue au leur. Ainsi, les Nordirs participaient aux bagarres que les mangeurs de cœurs désœuvrés causaient au lieu de s'en offusquer. Cette similitude de caractère expliquait d'ailleurs pourquoi les Nordirs toléraient mieux les tueurs de dragons que les habitants des seigneuries et pourquoi une fraction des mangeurs ayant réussi à prendre leur retraite préféraient aller vivre dans les villages septentrionaux plutôt que dans ceux du sud : là-bas, ils n'étaient pas obligés de dissimuler leur passé de crainte d'être expulsés de leur demeure par leurs concitoyens.

À cette pensée, Deirdra fit la moue. Bien que les tueurs et les Nordirs fussent des exclus, les seigneurs et la populace du sud de l'Austrion avaient besoin d'eux. Selon maître Bradeus, ils avaient compris cela dès les premières années de la colonisation de l'Austrion, peu après qu'ils eurent repoussé les Nordirs dans le nord et qu'ils eurent fondé quatre seigneuries – Deirdra avait oublié le nom de la quatrième, qui n'existait plus depuis longtemps. À cette époque, des colossi avaient quitté les monts de Maestas et avaient presque exterminé les gens qui vivaient dans la quatrième seigneurie. Les rares survivants s'étaient repliés dans les tenures de Xorond, Volter et Queltiar. Les colonisateurs s'étaient réorganisés, puis s'étaient rendus dans le village de Mortad et avaient capturé quelques Nordirs. Ils croyaient que ces derniers pourraient leur enseigner l'art d'éliminer les dragons puisqu'ils avaient cohabité avec les monstres pendant des siècles. Rancuniers, tous les captifs avaient refusé d'aider les hommes du sud, à l'exception d'une femme, une chamane appelée Argunia. Elle avait appris aux colonisateurs à respecter et à craindre les cinq esprits de la nature. Ce n'était pas exactement ce que les seigneurs avaient cherché, mais au fil du temps, les populations avaient adhéré au culte des esprits de la nature, assez similaire à celui qu'ils pratiquaient dans le Meridion. Ils avaient donné les noms de leurs dieux aux esprits vénérés par les autochtones et un petit groupe d'hommes et de femmes originaires du Meridion avaient suivi Argunia quand les seigneurs lui avaient redonné sa liberté. Les devins et les devineresses étaient nés. Suivant en cela l'exemple de leurs ancêtres qui avaient consulté Argunia, les seigneurs sollicitaient l'avis des messagères des esprits de la nature pour les affaires d'État, d'argent ou de cœur…

Deirdra songea que cela faisait bien longtemps que les augures se répandaient en niaiseries, avec leurs prophéties destinées aux crédules et aux abrutis ! Depuis qu'une des devineresses lui avait prédit un bonheur certain, elle n'avait jamais été autant dans le pétrin… du moins depuis ses années d'apprentissage auprès de maître Bradeus.

Une voix masculine vibrant d'une cordialité affectée ramena le cours de ses réflexions au moment présent.

« Thad ! Comme c'est gentil à toi de nous honorer de ta visite ! Monseigneur est ravi. »

Un homme trapu portant une cuirasse de colossius qui avait connu des jours meilleurs descendait les marches de l'entrée principale. Le front dégarni, le nez cassé, les joues et la mâchoire carrée couvertes d'une courte barbe noire, il affichait une bonne humeur que démentaient ses yeux gris aussi durs que le roc.

« Capitaine Ossiar », le salua froidement Thad.

Les soldats de Xorond s'écartèrent sur le passage de leur chef, qui s'immobilisa devant son confrère et le fixa d'un regard inquisiteur.

« Horacius veut donc mettre fin à la trêve ? »

Sans attendre de réponse, Ossiar poursuivit, un ton plus bas, de manière à ce que seuls ceux qui se trouvaient près de lui puissent entendre :

« À moins que tu obéisses à quelqu'un d'autre désormais ?

— Qu'est-ce que tu veux dire ? demanda Thad.

— Une rumeur circule voulant que Petrior ait quitté le cap de Klovius. Or, une seule chose aurait pu le pousser à abandonner son poste : la mort de son père. »

Thad afficha un air stupéfait.

« Petrior a quitté le cap ?

— Comment ? Tu ne le savais pas ? Je t'aurais cru mieux informé… Mais je suppose que tu étais occupé à tuer nos devineresses, pas vrai ? »

Les traits de Thad affichèrent une expression hostile. Il inspira profondément pour retrouver son calme et dit d'une voix contrôlée :

« Ma troupe n'a pas tué vos devineresses, Ossiar. Quant à Petrior, tout bon fils rend visite à son père de temps à autre. Cela fait déjà six mois qu'il est venu présenter ses respects à Horacius. Il devait lui manquer.

— Bien entendu, commenta son interlocuteur d'un ton qui suggérait le contraire. Chacun connaît l'affection sincère que Petrior voue à Horacius. »

Thad se garda de répondre et demeura impassible sous le regard scrutateur de son vis-à-vis. Ossiar dut finir par saisir que son prisonnier ne répliquerait pas, car il conclut :

« J'aimerais bien continuer à bavarder avec toi, cher confrère, mais monseigneur nous attend. J'espère que tu te montreras plus loquace avec lui. Il a beaucoup de questions à te poser. »

Joignant le geste à la parole, il fit un geste d'invitation empreint d'une courtoisie affectée.

Le groupe pénétra dans le château et emprunta des couloirs aux murs chargés de tapisseries représentant des guerres passées. Elles étaient bordées du blason de la famille de Xorond, un lièvre aux longues oreilles fièrement levées. Sur certaines pièces d'étoffe, l'animal sautait à la gorge de soldats en armure ; sur d'autres, il s'attaquait à des colossi.

Les prisonniers croisèrent peu de serviteurs, mais rencontrèrent bon nombre de soldats portant des cuirasses et des boucliers de minusius. Deirdra en déduisit que la seigneurie était sur un pied de guerre perpétuel et que Lanfas de Xorond était au moins aussi fortuné qu'Horacius de Volter, puisqu'il avait les moyens d'équiper tous ses guerriers de protections en cuir de minusius, voire en peau de colossius pour les officiers.

« On aurait dû apporter des araignées, glissa Siroeus à l'oreille de Desmond. Ce n'est pas poli d'arriver chez un seigneur les mains vides. »

Un sourire sombre apparut sur les lèvres minces du colosse au visage criblé de taches de son.

Sous la direction de leurs gardiens, Deirdra et les soldats de Volter atteignirent deux portes massives gardées par des sentinelles. Ces dernières ouvrirent les battants. Les captifs et leur escorte pénétrèrent dans une vaste pièce au plafond haut. Des candélabres alignés le long des murs éclairaient une grande table flanquée de deux longs bancs. Près d'eux se trouvaient deux sièges de bois recouverts de fourrures, qui faisaient face à un âtre de pierre surmonté d'une tête de sournius. Un homme était à genoux sur le sol de pierre à côté du foyer où des flammes dansaient. Il contemplait des monticules de sable entassés dans un bac en bois. Ossiar et ses soldats saluèrent l'individu agenouillé et contraignirent Deirdra et les troupiers de Volter à s'incliner sous la menace de leur épée.

Lanfas se redressa. C'était un homme de grande taille, dont le crâne dégarni était ceint d'une couronne de cheveux longs d'un blond grisonnant noués en queue-de-cheval. Des rides profondes creusaient son long visage terminé par la pointe d'une barbiche blonde. Les commissures de ses lèvres pleines étaient légèrement tombantes, ce qui conférait à ses traits une perpétuelle mine désabusée. Deirdra remarqua que des fourmis couraient sur la main que le seigneur avait posée sur la poignée de son épée. Lanfas ne paraissait nullement incommodé par les insectes.

« Qu'est-ce que ça signifie, Thad ? s'enquit-il en toisant le capitaine de ses petits yeux noirs perçants. Mes hommes m'ont dit qu'ils t'avaient surpris en train d'enterrer les restes de mes devineresses.

— Nous traquions un sournius qui a attaqué Tavad. Ses traces nous ont menés jusqu'à la futaie de Cobas. Il a assailli les devineresses. Comme nous sommes arrivés trop tard pour les sauver, nous voulions au moins leur donner une sépulture. »

Les lèvres rouges de Lanfas esquissèrent un sourire narquois qui révéla deux rangées de petites dents jaunes et usées.

« Tu as toujours été un piètre menteur, Thad. Tu voudrais me faire croire que des dragons attaquent des devineresses et qu'en plus celles-ci auraient été tuées par un sournius qui chasse seul ? Et pourquoi continuer à poursuivre le monstre au-delà des frontières de Volter ? Depuis quand te soucies-tu de protéger tes voisins contre les dragons ? »

Le regard fixé sur le seigneur, Thad resta silencieux. De toute façon, Lanfas ne semblait pas s'intéresser à sa réponse : il considérait la fourmi qui essayait de se glisser entre son majeur et son index.

« Fascinantes créatures que les fourmis. Nous avons beaucoup de choses à apprendre d'elles. Dans un monde où nous sommes face à plus grand que nous, ajouta-t-il en désignant la tête de dragon au-dessus de l'âtre d'un geste grandiloquent, il faut aussi savoir regarder ce qui est plus petit. Tu es comme cette fourmi, Thad. Pour servir ta reine, ou plutôt ton seigneur, tu es prêt à soulever des montagnes. »

En dépit de ses tentatives pour se maîtriser, Deirdra laissa échapper un rire qu'elle couvrit d'une quinte de toux. Visiblement, le seigneur Lanfas n'avait pas toute sa raison.

Le capitaine de Volter ne répliqua pas, tandis que ses soldats affichaient un visage tendu.

« Tu sais ce que je crois ? reprit Lanfas après une courte pause. Je crois que tu es venu sur mes terres avec une mission secrète, celle de tuer mes devineresses afin de plonger mes gens dans la confusion et d'affaiblir mon pouvoir. Horacius aurait profité du chaos pour m'envahir. Seulement, j'ai vu clair dans votre jeu ! Depuis le temps que nous nous côtoyons, il est surprenant que vous n'ayez pas encore appris à ne pas me sous-estimer !

— Vos devineresses ont été massacrées par un dragon ! se défendit Thad. Si vous aviez vu leurs dépouilles, vous auriez constaté qu'elles ont été brûlées par du venin de sournius !

— Javor ? » dit froidement Lanfas sans quitter le prisonnier des yeux.

L'un des soldats de Xorond s'avança. Il lui manquait une partie du nez et des lèvres et ses mains dénudées étaient couvertes d'une peau crevassée. Deirdra aurait parié son collier de griffes qu'il s'agissait d'un ancien tueur de dragons. Ses soupçons furent aussitôt confirmés par Lanfas, qui précisa à ses captifs :

« Javor est un ancien tueur de dragons qui est entré à mon service il y a quelques années. »

Il demanda ensuite à l'homme :

« Que sais-tu sur les massacres perpétrés par les dragons ?

— Ils ne s'en prennent jamais à des devineresses, monseigneur. Elles bénéficient de la protection des esprits de la nature.

— C'est aussi ce que je crois, mais d'après Thad, nous sommes tous les deux dans l'erreur. Un sournius aurait tué les devineresses de la futaie de Cobas.

— Peut-être que les devineresses ont été tuées par quelqu'un qui voulait faire croire à une attaque de dragons, suggéra Javor. Sauf que sa mise en scène ne tient pas la route, car les sourni ne chassent jamais seuls à l'automne. »

Un cri de protestation monta aux lèvres de Deirdra, mais elle le jugula. Elle ne ferait qu'attirer les soupçons sur elle en expliquant qu'elle s'était déjà trouvée sur les lieux de deux autres attaques contre les devineresses. Ce Javor pouvait-il avoir raison ? Des hommes auraient-ils été capables de travestir un assassinat en attaque de sournius, et ce, en répandant du venin sur des cadavres qu'ils auraient préalablement déchiquetés, de manière à tromper Desmond et ses hommes ? Si oui, dans quel but ? Une telle hypothèse était trop alambiquée pour tenir debout !

Deirdra tendit le cou pour distinguer son collègue parmi les hommes de haute taille qui l'entouraient, mais elle n'aperçut que le dos de Thad.

« Merci, Javor, dit Lanfas avant de s'adresser au capitaine : As-tu d'autres mensonges en réserve ?

— Pourquoi aurais-je tenté d'enterrer mes victimes après avoir soigneusement mis en scène une attaque de sournius ? Et pourquoi serais-je revenu sur les lieux de mon crime après le passage des minusi ? »

Lanfas haussa les épaules.

« Qu'en sais-je ? Peut-être que la tueuse de dragons qui t'accompagne t'a dit que ta mise en scène n'était pas crédible parce que les sourni ne chassent pas seuls… Aurais-tu oublié que je suis bien placé pour savoir que ces créatures maléfiques attaquent toujours par deux ? » demanda-t-il en désignant la tête de dragon accrochée au-dessus de l'âtre, une note amère dans la voix.

Deirdra esquissa instinctivement un mouvement de recul. Elle buta contre l'un des soldats de Xorond, qui la poussa vers l'avant et la contraignit à subir les regards soupçonneux des hommes qui l'entouraient.

« Deirdra nous aide à traquer le sournius, affirma Thad.

— Comme si tu avais besoin d'aide pour chasser un sournius ! ironisa Lanfas. Si j'étais toi, je cesserais de m'enliser et je dirais la vérité ! Un séjour en prison te convaincra peut-être de parler… ou déliera la langue d'un de tes hommes. Emmenez-les et prenez-leur leurs cuirasses ! Les armures en peau de dragons sont trop précieuses pour qu'on les laisse à de simples fourmis ouvrières ! »

Les soldats de Xorond entraînèrent leurs prisonniers hors de la salle et le long des couloirs du château. Ils descendirent un escalier sombre et raide et se retrouvèrent dans un couloir où deux rangées de portes massives cadenassées s'alignaient. Des gémissements et des suppliques étouffés s'échappaient de toutes les cellules à l'exception de la dernière, située tout au fond. Les gardes retirèrent leurs cuirasses à Thad et à sa troupe, les entassèrent dans la geôle vide, puis lancèrent :

« Bon séjour en prison, petites fourmis ! »

Le son de leurs ricanements s'éteignit dès que le battant épais fut refermé.

◆

Une demi-heure s'était écoulée depuis leur incarcération. Le capitaine l'avait passée appuyé contre la porte, l'air perdu dans ses pensées. Desmond, Siroeus, Vosas et les autres chuchotaient dans un coin. Deirdra, assise dans l'encoignure opposée, avait passé ses poignets attachés autour de ses jambes et contemplait le vide devant elle. Elle avait cru qu'on la libérerait de ses entraves une fois qu'elle serait emprisonnée, mais apparemment Lanfas ne voulait courir aucun risque, ni avec elle ni avec les soldats de Volter. Ses liens ne l'avaient pas empêchée de prendre un peu de dragonne quelques instants plus tôt. Depuis, elle tendait une oreille alerte dans la direction de ses compagnons d'infortune.

Les messes basses prirent fin. Les hommes de Volter, Desmond en tête, s'approchèrent de Deirdra et l'entourèrent en lui coupant toute possibilité de fuite. La tueuse de dragons se mit lentement debout et adopta une attitude défiante.

« Tu nous as menti, affirma le second de Thad en la dominant de toute sa hauteur. Tu nous as dit que c'est un sournius qui a tué les devineresses.

— Combien de fois devrons-nous rejouer cette scène ? s'exclama la jeune femme, excédée. C'est un dragon qui a massacré ces femmes, point final.

— Et que vaut la parole d'une tueuse de dragons ? Tout le monde sait que les tueurs de dragons disent toujours la vérité, intervint Beor d'un ton sarcastique.

— Lanfas croit un tueur de dragons sur parole, lui, souligna Deirdra.

— Pour l'instant, glissa Vosas. Lanfas peut dire une chose puis son contraire en l'espace de quelques minutes. J'ai déjà entendu dire qu'il avait fait exécuter un de ses cousins et vassal parce qu'il gardait une partie de la taille pour lui au lieu de la verser dans le trésor de la seigneurie. Le lendemain de la mise à mort de son cousin, Lanfas aurait déclaré qu'il n'avait jamais eu plus loyal serviteur.

— Le seul problème avec la décapitation, ricana un de ses confrères, c'est que même si on recoud une tête coupée parce qu'on regrette son geste, l'esprit, lui, est déjà parti pour le royaume des morts… Ça, par contre, Lanfas est trop fou et trop mégalo pour le comprendre. On dit qu'il aurait considéré comme un affront que son vassal refuse de revenir à la vie même s'il l'avait gracié !

— Si Lanfas a confiance en Javor, expliqua gravement Desmond en coupant court aux plaisanteries des guerriers, c'est parce que Javor est l'homme qui a vengé la mort de son fils et de sa femme. L'épouse de Lanfas était la sœur de son cousin, un vassal à qui il avait confié le fief de Balas.

— Ah, l'arbre généalogique des nobles de l'Austrion ! soupira Siroeus avec une grimace comique. Ses branches sont plus tordues que l'esprit de Lanfas ! »

Comme les quatre seigneurs ayant émigré du Meridion quatre cents ans plus tôt n'avaient emmené que les membres de leur famille, leurs descendants avaient été contraints de se marier entre eux afin de préserver la noblesse de leur sang. Cette consanguinité avait eu pour résultats d'embrouiller considérablement les liens unissant les membres des clans de Volter, de Xorond et de Queltiar (l'un étant marié avec sa tante, l'autre avec son neveu ou sa cousine), ainsi que d'affaiblir les lignées. Deirdra avait entendu dire que les fausses couches et les héritiers mort-nés ou à la santé fragile se multipliaient au sein des foyers seigneuriaux. Elle n'était donc guère étonnée d'apprendre que la femme de Lanfas était apparentée à son époux et qu'elle n'avait réussi à mettre au monde qu'un seul enfant.

« Un matin, reprit le second de Thad après avoir foudroyé Siroeus du regard, le fils unique et la femme de Lanfas partent pour le village de Balas avec un groupe de soldats afin de rendre visite à la belle-famille. Deux sourni les ont massacrés. Lanfas a engagé Javor pour qu'il tue les assassins de son épouse et de son héritier. Javor lui a rapporté la tête et le cuir de l'un d'eux. Depuis, il fait partie de l'armée de Xorond et Lanfas a une belle cuirasse en peau de sournius. »

Si elle n'avait pas été aussi irritée par le comportement des hommes de Volter, Deirdra aurait reniflé de dédain. Les armures en cuir de sournius avaient beau être belles, elles étaient moins robustes que celles qui étaient faites des écailles des colossi et des minusi. Il fallait que le seigneur de Xorond soit bien coquet pour privilégier l'apparence plutôt que l'efficacité !

« Toujours aussi bien renseigné, Desmond, remarqua Vosas avec une note admirative dans la voix.

— C'est mon travail.

— Tu en apprends des choses en lutinant les servantes ! ricana Siroeus.

— Ce n'est pas tout le monde qui est obsédé comme toi par les domestiques ! répliqua l'homme à la barbe rousse striée de gris.

— Silence ! » intima Thad.

Deirdra entendit le cliquetis métallique du cadenas qu'on déverrouillait. La porte s'écarta, laissant apparaître deux soldats qui dardaient leur épée sur les prisonniers.

« Reculez ! »

Les captifs obéirent. Deux autres gardiens apparurent avec une petite marmite remplie de soupe fumante, des écuelles de terre cuite et des cuillères de bois. Ils posèrent le récipient par terre et distribuèrent les bols, les ustensiles et la soupe avant de ressortir. Le battant fut refermé et un second cliquetis indiqua aux hommes que le cadenas était à nouveau en place.

En quelques bouchées expéditives, Deirdra termina son repas. Elle essuya du revers de la main le liquide qui coulait le long de son menton et promena son regard sur les alentours. Les autres finissaient de vider leur écuelle. Thad, lui, se contentait de fixer son bol d'un air pensif.

« Le repas n'est pas à ton goût ? releva Deirdra. C'est sûr que ça doit te changer des mets raffinés qu'on sert à la table de ton seigneur… »

Un sourire rusé écarta la grande bouche du capitaine.

« Tu l'as dit. La tambouille est infecte… mais elle n'est rien comparée à la laideur de la vaisselle ! »

Il jeta brutalement son bol, qui se fracassa en heurtant les dalles de pierre. Les soldats interrompirent aussitôt leur repas et considérèrent leur supérieur avec étonnement. Ce dernier s'empara d'un des fragments d'argile et examina ses arêtes affûtées dans la lumière blafarde.

« Ce n'est pas une épée, mais ça fera l'affaire… » commenta-t-il d'un ton songeur.

Deirdra comprit où Thad voulait en venir. Desmond aussi, car il ordonna :

« Brisez vos écuelles ! »

Les soldats s'exécutèrent, tout comme la jeune femme.

Le vacarme attira les sentinelles postées à l'extérieur de la geôle : les prisonniers entendirent le bruit du cadenas qu'on retirait et le battant s'ouvrit à la volée. Sept soldats de Xorond firent irruption dans la cellule, leurs épées pointées sur les captifs.

« Tous contre le mur ! » tonna l'un des gardes.

Des fragments d'argile se mirent à pleuvoir sur les sentinelles. Elles levèrent leur bouclier pour se protéger et se ruèrent sur Deirdra et les guerriers de Volter, qui engagèrent le combat. Un barbu fonça sur la tueuse de dragons. Elle esquiva sa lame et planta le morceau de vaisselle dans son bras. Le soldat lâcha son arme. La jeune femme la ramassa lestement et, en la maniant à deux mains, plongea sur son adversaire et enchaîna une série de coups rapides. Le garde les bloqua de son écu, mais sa défense faiblissait peu à peu. Finalement, Deirdra feinta. Le barbu tomba dans le piège et baissa sa protection pour bloquer l'épée de la tueuse de dragons, qui entailla lestement son flanc exposé. L'individu s'écroula. Deirdra eut à peine le temps de le transpercer que deux autres troupiers se jetaient sur elle.

Deirdra bloqua l'arme de l'un et le repoussa. Une seconde épée apparut. Elle l'esquiva en reculant et se retrouva acculée contre le mur du cachot. Son opposant fut brusquement ramené en arrière par Siroeus qui, dans un même élan, le projeta sur son confrère. Ensuite, le soldat blond et un de ses compagnons se précipitèrent sur les deux guerriers de Xorond.

Une poigne solide saisit le bras de la jeune femme pour la remettre sur pieds. Elle découvrit Vosas, qui était armé d'un poignard. Il trancha ses liens, enjamba le cadavre du barbu et se jeta dans la mêlée.

Deirdra vit un des soldats de Xorond fracasser d'un coup d'épée le gros morceau d'argile que Beor lui opposait et foncer vers la sortie de la geôle. Thad sauta sur le fuyard. Les deux belligérants roulèrent dans le couloir, hors du champ de vision de la jeune femme. Elle ramassa le bouclier du barbu mort et s'élança à leur poursuite. Un guerrier ennemi lui barra la route. Deirdra bloqua l'arme qu'il abattait sur elle grâce à son écu, puis le heurta à trois reprises de son estoc, contraignant l'homme à reculer dans le corridor.

La tueuse de dragons lui asséna une combinaison de coups d'épée. Le soldat les repoussa, mais céda à nouveau du terrain. Il se retrouva coincé contre le mur derrière lui. Deirdra balaya sa garde et ouvrit une large plaie à la naissance du cou du guerrier. Un liquide rouge sombre éclaboussa le mur. Le garde s'écroula sur les dalles de pierre. La respiration haletante, la tueuse de dragons se tourna vers Thad et son adversaire.

Même si le capitaine retenait l'autre par une cheville, celui-ci rampait lentement vers son épée. Il s'en empara et voulut frapper Thad. Ce dernier recula précipitamment. La lame heurta le sol.

Le soldat se redressa.

« Thad ! » appela Deirdra en faisant glisser son arme jusqu'à lui.

Le capitaine saisit l'épée, virevolta et bloqua le coup du soldat du Xorond. Les lames se pressèrent l'une contre l'autre, puis Thad repoussa son assaillant avec tant de vigueur que celui-ci bascula vers l'arrière et échappa son bouclier. L'officier se releva lestement et frappa sans relâche le soldat. Ce dernier finit par s'écrouler et demanda grâce.

La pointe de son épée dardée sur l'homme, Thad lança à Deirdra :

« Surveille-le. »

Il regagna la cellule au pas de course. Deirdra demeura avec le soldat. Les bruits du combat faisant rage à l'intérieur de la geôle parvenaient à ses oreilles, tout comme le chœur des clameurs étouffées des autres prisonniers.

La jeune femme brûlait de connaître l'issue de la bataille. Elle détourna brièvement la tête de son captif dans l'espoir d'apercevoir l'intérieur de la cellule. Lorsqu'elle reporta son attention sur le guerrier de Xorond, il tentait de fuir en se traînant par terre. La tueuse de dragons abattit son épée sur le mollet de l'homme, sectionnant le muscle. Il poussa un hurlement de douleur.

« Sale mangeuse de cœurs ! »

Deirdra lui asséna un coup de pied au menton. Le soldat cessa de remuer. La jeune femme se précipita dans la geôle.

Les troupiers de Volter qui tenaient encore debout étaient soit occupés à dévêtir les cadavres des soldats de Lanfas, soit à soigner les blessés. Thad était agenouillé à côté de l'un de ses guerriers, qui avait le teint pâle et les yeux révulsés. La queue de cheval qui retenait la longue chevelure de l'officier s'était défaite pendant le combat et un rideau de mèches cannelle dissimulait son visage. Alors que Deirdra s'approchait, il ferma les paupières du mort et se signa pour attirer la bénédiction des esprits de la nature. Puis, il se tourna vers la jeune femme et repoussa ses cheveux d'un geste las, révélant ses traits graves et ses yeux marron empreints de tristesse.

« Il y a un autre soldat inconscient dans le couloir, si tu veux ses vêtements », annonça Deirdra d'une voix neutre.

Thad hocha la tête et dit à Vosas de s'en charger. L'homme disparut tandis que six de ses confrères commençaient à se dévêtir.

« Elle est obligée de rester ici ? demanda Beor en essuyant le filet de sang qui s'échappait de sa narine.

— Tu ne vas pas me dire que t'es gêné de te déshabiller devant une femme ! » se moqua Siroeus, qui trouvait la force de plaisanter malgré la tache rouge foncé qui souillait sa chemise à la hauteur de l'épaule.

« Tiens, rends-toi utile ! dit Thad en lançant à Deirdra le trousseau de clefs ouvrant les cadenas des prisons.

— Tu veux que je libère les autres prisonniers ? s'étonna-t-elle.

— Ça fait partie du plan : ils vont créer une diversion. »

Deirdra esquissa une moue sceptique. Sous le regard insistant de Thad, elle obtempéra.

Dans le couloir, Vosas avait revêtu les habits de l'homme assommé par la tueuse de dragons et il le traînait par les aisselles en direction de la cellule. Des appels assourdis filtraient à travers les portes closes des autres prisons.

« Sortez-moi d'ici !

— Je suis innocent !

— Je suis condamné à mort !

— Vos gueules ! » aboya Deirdra.

Elle appuya son écu contre le mur et déverrouilla les cadenas, ce qui n'alla pas sans mal avec ses mains encore engourdies d'avoir été attachées. Une vingtaine d'hommes crasseux en haillons, le visage émacié et la barbe longue, jaillirent des prisons et se ruèrent dans l'escalier. En dépit de leur hâte, certains prirent le temps de remercier Deirdra. Leur geste la décontenança, car elle n'avait pas l'habitude des témoignages de reconnaissance.

Bientôt, des cris d'alarme en provenance des étages supérieurs résonnèrent. La jeune femme serra nerveusement la poignée de son épée : pourvu que Thad sache ce qu'il faisait !

Au même moment, Siroeus, Vosas et leurs compagnons déguisés en gardes de Xorond vinrent la rejoindre dans le couloir. Seuls Desmond, Thad et Deirdra avaient conservé leurs habits initiaux.

« Et maintenant ? demanda la tueuse de dragons au capitaine.

— Maintenant, tu donnes ton épée et ton bouclier à Siroeus, car nous sommes leurs prisonniers », répondit Thad.

La mine sceptique, Deirdra remit le tout au soldat. Ensuite, Thad enroula une corde autour de ses poignets et lui indiqua de tenir les deux extrémités dans ses mains. Beor fit de même pour Desmond, puis pour son capitaine. Ce dernier ordonna :

« Allons-y ! »

Deirdra et les guerriers gravirent les marches. Arrivés au rez-de-chaussée, ils furent accueillis par une quinzaine de soldats du château.

« Qu'est-ce qui s'est passé ? Que vous est-il arrivé ? demanda l'un d'eux à Vosas. Et où allez-vous comme ça ?

— Les prisonniers se sont échappés ! Ils nous ont attaqués quand nous leur avons apporté de la soupe. J'emmène les blessés à l'infirmerie et je conduis ces captifs à monseigneur Lanfas pour qu'il décide de leur sort. »

Pendant que le troupier de Volter s'expliquait, Deirdra ne quittait pas le visage de son interlocuteur des yeux. Sourcils froncés, il prêtait plus d'attention aux traits de Vosas qu'à son récit.

« Qui tu es, toi ? » demanda-t-il enfin.

En guise de réponse, Vosas tira son épée et frappa le soldat devant lui. Ses compagnons d'armes l'imitèrent et engagèrent le combat. Deirdra lâcha sa corde, prit l'épée et le bouclier que lui remettait Siroeus et fonça dans la mêlée. Elle esquiva lestement le coup d'estoc de l'un et, en se redressant, bloqua l'attaque de l'autre, virevolta et para un nouvel assaut de son premier assaillant. Du coin de l'œil, elle vit son second adversaire frapper. Elle écarta la lame ennemie avec un mouvement de balayage de son bouclier. L'homme, emporté par son élan, exposa son flanc. Deirdra enfonça son épée sous l'aisselle du soldat, qui lâcha son arme et s'affala aux pieds de son confrère. Ce dernier profita aussitôt du champ libre pour abattre son arme sur Deirdra de toutes ses forces. La jeune femme para le coup de justesse avec son écu en peau de minusius. La force de l'impact se répercuta de façon douloureuse dans ses poignets.

Son adversaire plongea en avant. La tueuse de dragons eut à peine le temps de l'éviter. Le guerrier trébucha sur le cadavre de son compagnon et tomba à plat ventre. Deirdra le heurta vigoureusement de sa lame. La tête de l'homme roula sur le sol.

Haletante, elle s'appuya contre le mur, son épée ensanglantée et son bouclier brandis devant elle. Desmond venait de passer son épée à travers la jambe d'un soldat, tandis qu'un peu plus loin Vosas secourait Siroeus. Ils repoussèrent trois guerriers. Thad trancha le poignet d'un garde, puis en frappa un autre au visage de son écu.

Un mouvement à l'extrémité du couloir capta l'attention de Deirdra. Deux serviteurs apparaissaient au pas de course. En voyant la bataille qui faisait rage, ils fuirent à toute vitesse.

« La balafrée ! Par ici ! »

Siroeus et Vosas indiquaient à Deirdra de les rejoindre. Deux autres soldats de Volter étaient avec eux. La jeune femme se hâta d'aller les retrouver en prenant garde de glisser sur le sang qui maculait le plancher. Au passage, elle subtilisa un poignard à la ceinture d'un ennemi vaincu. Le capitaine et Desmond la suivirent de près. Le second soutenait Beor sur son épaule, le jeune homme arborant un gros hématome sur le côté de la tête.

« À l'écurie ! s'écria Thad en pointant son épée droit devant le groupe.

— Vous savez où elle se trouve ? s'étonna Deirdra.

— Nous avons escorté Horacius lors de visites protocolaires », répondit Siroeus entre ses dents.

Livide, il pressait une main ensanglantée sur son épaule.

Dans le corridor suivant, ils croisèrent des serviteurs qui s'enfuirent devant eux, puis trois soldats qui couraient en direction des cachots. Les gardes aperçurent la troupe de blessés couverts de sang et s'arrêtèrent, l'air surpris. Siroeus s'écria :

« Dans le couloir devant les geôles, les nôtres ont besoin d'aide !

— Mais vous, où allez… »

Le guerrier ne put terminer sa phrase : le moustachu lui avait enfoncé son épée dans le ventre. Les deux autres voulurent frapper Siroeus. Vosas et Thad volèrent à son secours. À eux trois, ils terrassèrent les hommes de Xorond et reprirent leur course effrénée à travers le château.

« On laisse une piste aussi visible qu'un colossius ! haleta Deirdra à l'adresse de Thad.

— Pas le choix ! »

Le capitaine s'arrêta devant une porte et l'ouvrit brutalement. Il s'y engouffra, suivi de ses hommes et de Deirdra. L'odeur de paille et de crottin de cheval envahit les narines de la jeune femme. Derrière elle, le soldat dont elle ignorait le nom referma le battant.

« Qu'est-ce qui se passe ? Qu'est-ce qui vous est arrivé ? » demanda une voix inconnue que la panique rendait stridente.

Deirdra, dont le champ de vision était obstrué par le corps de Beor sur l'épaule de Desmond, dut se hisser sur la pointe des pieds pour apercevoir un garçon au visage exprimant une vive inquiétude.

« Des prisonniers se sont échappés, dit Vosas. Il nous faut des chevaux pour les rattraper.

— Mais des soldats surveillent déjà la sortie de l'écurie ! » objecta le palefrenier.

Vosas lui flanqua un crochet au menton. L'adolescent glissa à terre, inconscient.

« Ils m'énervent à force de toujours poser les mêmes questions ! » grommela le soldat.

Siroeus gagna la sortie de l'écurie et jeta un coup d'œil par le mince interstice entre le cadre de porte et le battant.

« Par les couilles de Barris ! Ils sont au moins trente hommes dans la cour, et je ne compte même pas les archers sur les remparts ! »

Pendant qu'un des leurs bloquait la porte par laquelle ils étaient entrés à l'aide d'un gros coffre, Thad rejoignit Siroeus et regarda à son tour par l'ouverture. Il dit d'une voix atone :

« Il faut trouver une autre issue.

— Laquelle ? demanda Desmond. Nous sommes coincés ici. »

Deirdra frappa rageusement du plat de sa main la stalle à côté d'elle. Ils étaient faits comme des rats ! Elle se prit à regretter de s'être fiée à Thad plutôt que d'avoir déguerpi de son côté. Seule, elle aurait eu beaucoup moins de difficulté à se faufiler hors du château. À présent, à moins d'être un dragon et de pouvoir fuir à tire-d'aile, elle n'avait aucune chance de s'échapper.

Elle tressaillit, en proie à une excitation soudaine, et s'adressa à ses compagnons :

« Écoutez ! Il nous faut des cadavres ! Plusieurs cadavres !

— Ça tombe bien, dit Siroeus d'un ton sardonique. C'est ce que nous allons devenir bientôt.

— D'autres que les nôtres, imbécile ! Ceux que nous avons laissés dans le couloir feront très bien l'affaire.

— Quel est ton plan ? »

Thad fixait Deirdra, une expression attentive sur ses traits.

« Il n'y a qu'une chose qui pourra vaincre les hommes dehors : un ou plusieurs dragons. Or, la forêt de Galeg est tout près d'ici.

— Tu veux attirer des minusi ? » demanda Thad.

Deirdra eut un petit sursaut d'étonnement : le capitaine devinait vite ses intentions.

« Tu lis dans mes pensées.

— C'est de la folie ! s'exclama Vosas. Le temps qu'ils arrivent, on sera tous morts.

— La forêt de Galeg grouille de minusi, dit Deirdra. Il y en a certainement un groupe qui rôde à proximité du château. Et puis, tous les dragons ont l'odorat affûté, les minusi plus que les autres. Ils peuvent détecter l'odeur de la mort à des lieues à la ronde.

— Tu veux dire qu'en plus des troupes de Lanfas on aura ces saloperies sur le dos ? protesta Desmond, sceptique.

— Les minusi sont des charognards. Ils s'en prendront d'abord aux cadavres. Ça nous donnera une chance de nous en tirer. »

Un silence pesant suivit ses paroles. Un hurlement en provenance de l'extérieur le brisa. Thad se dépêcha de presser son œil contre l'interstice, puis il se tourna vers ses compagnons.

« Les prisonniers en fuite ajoutent à la confusion, expliqua-t-il avant de demander à Deirdra : Et tes cadavres, tu prévois les récupérer comment ? »

La jeune femme avoua :

« Je n'ai pas encore réfléchi à cette partie du plan.

— J'ai une idée : que tout le monde se choisisse un cheval ! Jodar, enlève ce coffre de la porte qui donne sur le couloir. »

Quelques instants plus tard, ils menaient chacun une monture par la bride, celui de Desmond portant Beor toujours inconscient. Siroeus jeta un coup d'œil dans le vaste couloir.

« Personne.

— On fonce ! Direction les cachots ! » s'écria Thad.

À la file indienne, ils quittèrent l'écurie avec leur cheval derrière eux. Dès qu'ils furent dans le corridor, ils grimpèrent à cru sur leurs destriers et les talonnèrent.

Le long de chaque passage qu'ils traversaient dans un fracas de sabots, courtisans et domestiques détalaient en poussant des cris d'effroi. Les cavaliers revinrent jusqu'à l'escalier menant aux cellules sans rencontrer d'opposition. Les cadavres des hommes de Thad et de Lanfas gisaient toujours sur le sol. Les blessés, eux, avaient disparu.

« Tu en veux combien ? demanda Thad à Deirdra.

— Autant que nous pouvons en transporter. Les minusi doivent arriver rapidement. »

Ils descendirent de cheval et soulevèrent les dépouilles, qu'ils couchèrent en travers des montures. Ils finissaient de charger le coursier de Desmond avec un sixième mort quand une douzaine de gardes fit irruption à l'extrémité de la galerie menant aux écuries. Thad, Deirdra et les autres se hâtèrent de monter derrière les cadavres et de presser leur cheval. Les bêtes foncèrent.

D'une main, Deirdra tentait d'empêcher les deux corps empilés devant elle de basculer, tandis qu'elle se cramponnait de l'autre aux rênes de sa monture. Thad et Vosas la devançaient, pressant leurs chevaux d'avancer et négociant les virages en catastrophe. Les sabots des cavales dérapaient sur les dalles de pierre. La jument de Vosas, alourdie par son fardeau, perdit l'équilibre. Le soldat se cramponna à l'animal, sauf que son chargement macabre lui échappa. La bête reprit son aplomb et se remit à foncer, abandonnant les macchabées derrière elle.

Un groupe de guerriers apparut au bout du corridor dans lequel ils étaient engagés. Ils étaient munis de lances qu'ils dressèrent devant les fuyards. Le couloir n'étant pas assez large pour faire virevolter facilement les chevaux, Deirdra et les autres ne pouvaient rebrousser chemin.

Avec des coups de talons énergiques dans les flancs et des claquements de bride sur l'encolure, Thad obligea sa monture à virer sur la droite et à se ruer sur un battant clos. L'animal se braqua et frappa le panneau de bois de ses sabots antérieurs. La porte s'ouvrit à la volée. La monture pénétra à toute allure dans la pièce, suivie des autres.

Les fuyards se retrouvèrent dans une salle d'étude au plafond haut. Des livres et des parchemins s'entassaient dans une bibliothèque et des boîtes de verre étaient posées sur des tables. Deirdra constata qu'elles contenaient des insectes morts, le corps traversé par des aiguilles. Sous chacun d'eux se trouvait un petit bout de parchemin décoré de symboles qu'elle ne pouvait déchiffrer. À côté d'une grande fenêtre située à quatre pieds du sol et flanquée d'un secrétaire, une grosse fourmilière était emprisonnée entre deux panneaux de verre maintenus à la verticale par des morceaux de bois. Après être descendu de cheval et avoir regardé à l'extérieur, Thad annonça :

« Nous sommes sur le côté ouest du donjon. Il y a des archers et une douzaine de soldats dehors.

— Jetons les cadavres par la fenêtre pour attirer les minusi », proposa Deirdra.

Desmond et Jodar descendirent de leur monture, soulevèrent la fourmilière massive et la lancèrent à travers la fenêtre, qui vola en éclats. Deirdra et Vosas saisirent la bibliothèque et la firent basculer de manière à bloquer la porte. Ils entendirent leurs poursuivants frapper le battant afin de le défoncer. Le panneau résista à leurs assauts.

Le capitaine ordonna aux soldats :

« Balancez les morts ! »

Ils empoignèrent les dépouilles et les firent passer par l'ouverture. D'après les jurons qui s'élevèrent, le premier corps s'était écrasé sur quelqu'un. Le deuxième mort suivit le trajet du premier.

« Ils nous lancent des cadavres ! » s'exclama un homme dans la cour.

Desmond, Vosas et Thad redoublèrent d'ardeur. La troisième dépouille se retrouva à son tour à l'extérieur. Au moment où ils larguaient la quatrième, une volée de flèches déchira l'air et alla se planter dans la reliure des livres en face de la fenêtre.

Les assiégés se recroquevillèrent contre le mur sous la fenêtre et levèrent leurs boucliers au-dessus de leurs têtes, tandis que de nouveaux projectiles pénétraient dans la pièce. L'un d'eux s'enfonça dans l'encolure d'un cheval, qui s'affola et balaya les boîtes d'insectes de ses pattes antérieures. Les autres destriers poussèrent des hennissements de terreur alors que les heurts contre la porte barricadée gagnaient en force. Siroeus s'élança pour essayer de calmer les bêtes, sans grand succès.

« Et maintenant ? hurla Desmond pour couvrir la cacophonie.

— Maintenant, nous soutenons le siège et nous prions Deirdris que ça fonctionne ! » répliqua Thad sur le même ton.

À l'instar de ses compagnons d'infortune, Deirdra s'apprêta à repousser les attaques des guerriers de Xorond. Les coups répétés contre le panneau dans son dos faisaient écho aux battements affolés de son cœur. Elle constata que le battant se fissurait peu à peu. À travers la cadence des heurts sur le bois, elle percevait les ordres que les soldats dans la cour aboyaient. Selon leurs cris, ils étaient en train de s'organiser, car ils répartissaient les troupes entre différents points stratégiques.

Après une averse de flèches particulièrement drue, deux soldats ennemis apparurent à la fenêtre, épée au clair. Vosas et Jodar, placés de part et d'autre de l'ouverture, les attrapèrent par les épaules et les firent basculer. Deirdra en poignarda un à la naissance du cou, Desmond élimina l'autre sans plus de cérémonies.

« Par la fenêtre, dit froidement la jeune femme en essuyant le sang qui avait giclé sur son visage et sur sa chemise déchirée et crasseuse. Plus il y aura de cadavres dehors… »

Vosas et Jodar s'exécutaient quand une volée de flèches s'abattit. L'une d'elles transperça la gorge de

Jodar, qui s'écroula en poussant des cris étranglés. Une autre se ficha dans le bras de Vosas, qui réussit tout de même à pousser le cadavre sur deux autres soldats de Xorond qui se hissaient sur le rebord de l'ouverture. Vivants et morts tombèrent dans la cour.

« Nous ne tiendrons plus longtemps ! prévint Vosas en grimaçant de douleur.

— Les dragons n'arrivent pas, capitaine, dit sombrement Desmond. Son plan a échoué. Nous sommes fichus.

— Non ! protesta la tueuse de dragons. Ils vont venir !

— De toute façon, intervint Siroeus, toujours près des chevaux, il est trop tard pour trouver un plan de re... »

Un cri d'horreur en provenance du dehors coupa la parole au guerrier au visage rond. Il fut suivi d'ordres affolés :

« Des dragons ! Tirez ! »

Deirdra risqua un coup d'œil par la fenêtre. Les soldats de Xorond se dispersaient, le visage levé vers le ciel. Une ombre aux ailes déployées voila brièvement le soleil automnal et le minusius aussi gros qu'un cheval aspergea les hommes massés autour du donjon d'un jet de venin. Puis, il atterrit au milieu de la cour et dispersa les malheureux qui tardaient à se mettre à couvert à coups de griffes et de dents. Le minusius pointa ensuite son nez arrondi en direction des cadavres qui avaient été empilés à l'écart par les soldats de Xorond.

« Ça a marché ! annonça Deirdra à ses compagnons.

— Deirdris soit loué ! » s'exclama Thad avec ferveur.

Depuis le chemin de ronde, une pluie de flèches tomba sur le dragon. Certaines se fichèrent dans la membrane jade de ses ailes de chauve-souris, d'autres ricochèrent sur les écailles vert foncé qui couvraient son corps. Le monstre tourna sa tête surmontée de protubérances pointues vers les archers. Il balança la tête de l'arrière vers l'avant et cracha un flot de venin sur eux. Un homme bascula des remparts et heurta le sol avec un son mat. Le minusius fondit sur lui. Contrairement aux sourni, les minusi étaient pourvus de longues pattes graciles qui leur donnaient l'allure maladroite d'enfants ayant grandi trop vite.

Un autre minusius apparut pour voler la proie de son semblable, imité immédiatement par un troisième. Les deux premières bêtes tentèrent d'effrayer leur concurrent par un étalage de crocs et de griffes.

« Il y en a d'autres qui arrivent ! » s'écria Siroeus.

Sur la ligne azurée entre les remparts et le mur du donjon, Deirdra vit une demi-douzaine de points noirs qui approchaient à grande vitesse.

« On dégage ! » annonça Thad.

Les guerriers et la tueuse de dragons coururent vers leurs chevaux.

Au même moment, la porte menant au couloir éclata sous les coups répétés des soldats. Ces derniers firent irruption dans la pièce.

« Arrê… »

Le cri mourut dans la gorge du troupier de Xorond. Ses confrères et lui freinèrent brutalement en voyant un minusius de la taille d'un cerf traverser la fenêtre pour se poser sur le jeune Beor toujours inconscient. Les montures poussèrent des hennissements de terreur et se débattirent dans tous les sens. Les hommes de Volter eurent fort à faire pour garder le contrôle sur les bêtes.

Deirdra entendit la voix de Desmond s'élever, loin, très loin d'elle :

« Non, capitaine ! Beor est perdu ! »

Comme pour appuyer les dires du géant roux, le minusius trancha la tête de l'infortuné garçon d'un coup de dents.

Deirdra sentit les liens de cuir de sa monture lui glisser entre les doigts. Elle ne fit aucun effort pour les retenir. L'animal détala en semant le chaos dans son sillage, à en juger par les cris et les tintements de métal qui montèrent derrière la tueuse de dragons. Pétrifiée, elle ne pouvait détacher son regard du monstre qui avait entrepris de déchiqueter la dépouille de Beor. Un poids invisible oppressait sa poitrine et rendait sa respiration difficile. Une désagréable sueur glacée ruisselait le long de son corps et une voix répétait inlassablement dans sa tête, couvrant le reste des bruits :

Minusius, minusius…

Elle a environ six ans et elle est clouée à terre par le venin des dragons. Ces derniers commencent à la mordiller et elle ne peut s'enfuir, pas plus qu'elle ne peut laisser sortir le hurlement de terreur qui se presse contre ses lèvres. Les paysans courent se réfugier dans les caveaux, l'abandonnant à son horrible fin…

Une main agrippa son épaule et une voix masculine qui lui semblait très éloignée ordonna :

« Dépêche-toi ! »

Comme Deirdra ne réagissait pas, Thad la tira brutalement en arrière. La jeune femme vacilla, retrouva de justesse son aplomb et s'écria :

« Qu'est-ce… ? »

Thad ne lui laissa pas le temps de terminer :

« Viens ! »

L'avant-bras de la tueuse de dragons emprisonné dans sa main, il la tira hors de la pièce. Deirdra découvrit que Desmond, Vosas et Siroeus avaient dispersé les soldats de Xorond qui s'étaient pressés contre la porte. Les trois guerriers les attendaient dans le couloir, leur épée rouge de sang à la main. Deirdra et Thad grimpèrent sur la monture de celui-ci et ils parcoururent de nouveau à toute allure les couloirs sans rencontrer âme qui vive. Les habitants du château qui ne combattaient pas s'étaient probablement réfugiés dans le sous-sol.

Quand ils eurent regagné l'écurie, Thad descendit de cheval, prit un nouveau coursier et jeta un coup d'œil à l'extérieur. La tueuse de dragons nota que le palefrenier mis hors de combat par Vosas avait disparu. Avant qu'elle ait pu le faire remarquer à ses compagnons, le capitaine annonça d'une voix blanche:

« Les minusi font des ravages dans la cour. Et les portes des remparts sont fermées. »

Il s'écarta pour permettre à Deirdra de regarder à son tour.

Hors du bâtiment réservé aux chevaux, le chaos régnait: quelques dragons volaient au-dessus de la muraille qui ceinturait le château en contournant aisément les pics métalliques censés les empêcher de se poser, attrapaient les archers entre leurs pattes et les jetaient à l'intérieur ou au-delà des remparts. D'autres bêtes aspergeaient les soldats de Lanfas de leur venin paralysant. Des troupiers pointèrent une lourde catapulte vers les battants clos des fortifications, derrière lesquels se trouvait, pour Deirdra et ses compagnons, la liberté. D'autres militaires chargeaient une deuxième machine de guerre avec une flèche géante. Une fois le projectile installé dans la rainure de l'énorme arbalète, ils visèrent trois créatures qui dévoraient des cadavres juste devant les portes des remparts. Ils relâchèrent la corde tendue. Deux minusi s'envolèrent. La flèche se ficha dans le poitrail du troisième. Atteint à bout portant, le dragon fut soulevé par le trait et il alla percuter l'un des panneaux massifs derrière lui. Sous le choc, le bois se fendit et une ouverture assez grande pour qu'un homme à cheval puisse passer apparut, révélant une ligne de ciel et un segment de la pente conduisant au village de Houvis.

« On peut sortir », annonça la jeune femme aux soldats derrière elle.

Thad lui fit signe de s'écarter et vérifia ses dires.

« Alors ? demanda Desmond. On fonce ? »

Le capitaine acquiesça.

Il grimpa sur le dos de son destrier, imité par Deirdra. Les hommes et la tueuse de dragons installèrent leur bouclier sur l'un de leurs avant-bras. D'un coup de pied, Thad ouvrit l'une des portes de l'écurie et lança sa monture au galop dans la cour intérieure. Fou de peur à la vue des minusi, le cheval voulut retourner à l'abri, mais le capitaine l'obligea à poursuivre sa course en direction de la sortie.

Deirdra et les soldats s'élancèrent à la suite de Thad, écartant de leur écu les rares gardes qui osaient se dresser en travers de leur route. Deirdra vit un archer sur les remparts viser Thad et tirer. Elle cria :

« Thad ! »

L'avertissement vint trop tard : la flèche se ficha dans le bras de l'officier qui, de surprise, lâcha son arme et vacilla. Siroeus s'élança à sa hauteur, l'aida à retrouver son équilibre, puis leva son bouclier au-dessus de leurs têtes. Un minusius descendit en vrille dans leur direction. Deirdra saisit le poignard qu'elle avait pris à un soldat et le lança à la tête du dragon. La lame se ficha dans l'une des narines du monstre qui s'écrasa, les ailes de travers. Il se redressa lentement, puis se mit à secouer la tête dans tous les sens pour déloger l'arme. Siroeus et Thad purent rejoindre la brèche et se faufiler dehors. Desmond et Vosas firent de même une seconde plus tard.

Deirdra fila aussi vers les portes. D'un saut, son cheval passa par l'ouverture et dévala la colline à toute allure. Il traversa Houvis sans ralentir et galopa encore plus vite une fois qu'il eut quitté le village, si grand était son empressement à s'éloigner des minusi. La jeune femme lui laissa la bride sur le cou jusqu'à ce qu'ils pénètrent dans la futaie de Cobas, en abandonnant le château à son infestation de vermine.

◆

Deirdra, Thad et les trois soldats avaient foncé à travers la futaie pendant une heure, puis la lumière diurne avait commencé à décroître, les obligeant à s'arrêter. Les jambes raides, le corps douloureux, ils quittèrent le dos de leurs montures et examinèrent leurs plaies. Une fine pluie glaciale se mit à tomber. Les mains en coupe ou la bouche ouverte, ils burent avidement le peu d'eau qu'ils réussissaient à recueillir.

Les paupières fermées, le visage levé vers le ciel, Deirdra laissait l'averse la nettoyer. L'eau s'écoulait le long de son crâne rasé et de la rigole de sa cicatrice et tombait dans son cou en une caresse froide. Entre ses doigts serrés, elle protégeait son sachet de dragonne pour que la poudre précieuse reste au sec. Même si elle avait pris une petite dose de drogue, elle éprouvait une lassitude profonde et le désir de partir très loin dans les monts de Maestas, là où elle ne serait plus mêlée aux histoires de ses semblables. Dans la chasse, il était aisé de savoir qui était l'ennemi à abattre. C'était infiniment plus compliqué avec les humains. Elle massa sa nuque raide et se tourna vers ses compagnons, occupés à panser leurs plaies.

Avec l'aide de Desmond, Vosas avait retiré la flèche de son épaule et entouré sa blessure de morceaux de sa chemise déchirée. Thad soignait sa propre plaie avec de la charpie confectionnée à l'aide d'une de ses manches. Siroeus, pour sa part, était allongé au pied d'un arbre et paraissait dormir.

Personne ne semblait prêter attention à Deirdra. Elle se leva et se dirigea vers sa monture. Sentant le regard du capitaine et de son second se poser sur elle, elle annonça sèchement, tout en détachant les rênes de l'animal :

« Nos routes se séparent ici.

— Où vas-tu ? demanda Thad.

— Dans les monts de Maestas. »

Le capitaine avança vers la jeune femme, épée en main, suivi par Desmond. Deirdra saisit la poignée de son arme.

« Tu restes avec nous, dit l'officier d'un ton sec. Tu détiens des informations capitales sur la mort des devineresses. Tant que cette histoire n'aura pas été tirée au clair, nous avons besoin de toi.

— J'ai failli y rester aujourd'hui. Pas question que je risque encore ma peau pour vous. Je pars dans le nord, que ça vous plaise ou non. »

Thad et Desmond firent un autre pas vers elle. Elle dégaina son épée.

« N'essayez pas de m'en empêcher.

— Et tu ne risqueras pas ta peau, dans le nord ? Les dragons te massacreront. Si j'étais à ta place, je préférerais mourir pour une cause noble, au lieu de gaspiller ma vie. »

Deirdra éclata de rire.

« Les enfantillages des seigneurs de l'Austrion ? C'est ça, ta noble cause ?

— Surveille ta langue, sale vermine ! » s'indigna Desmond, ses yeux gris lançant des éclairs.

Cependant, l'expression de Thad indiqua à Deirdra que sa flèche avait atteint sa cible. Le capitaine dit à son second d'une voix apaisante :

« Du calme, Desmond. »

Il s'adressa ensuite à la jeune femme :

« Qu'est-ce que ça te donne, de tuer des dragons ? Du mépris ? Des blessures ? Éventuellement la mort ? Au moins, si tu viens avec nous, tu bénéficieras de la reconnaissance de monseigneur Horacius. Tu es courageuse et tu sais te battre. Monseigneur a besoin de personnes comme toi dans son armée.

— Capitaine ! C'est tout de même une tueuse de dragons ! protesta son adjoint.

— Tu l'as vue combattre aussi bien que moi, Desmond. Elle nous a aidés, elle a lutté à nos côtés comme si elle était des nôtres. Nous lui devons la vie, je te rappelle. »

Le visage carré de l'autre afficha un air renfrogné.

Décontenancée par les paroles de Thad, Deirdra avait baissé sa garde.

« Il ne doit pas te rester beaucoup de dragonne, ajouta l'officier à brûle-pourpoint. Quand monseigneur a interdit d'en consommer et d'en vendre, mes hommes ont confisqué une grande quantité de poudre chez des contrebandiers, des marchands et quelques paysans. Si tu reviens avec nous, je te laisserai te servir dans la réserve. »

Deirdra mordit sa lèvre inférieure. Elle avait envie de refuser l'offre de l'homme juste pour effacer le sourire arrogant qui avait soulevé ses lèvres. Toutefois, elle aurait effectivement besoin de dragonne à très court terme. Cet impératif l'emporta sur son désir puéril de contredire le capitaine.

« Très bien. Je viens avec vous. Mais je veux la dragonne dès que nous arriverons à Volter.

— Marché conclu », dit Thad en étirant sa trop grande bouche.

Il tendit sa main gantée. Deirdra la serra avec beaucoup plus de force que nécessaire. Le sourire de l'officier se figea et elle devina avec une satisfaction enfantine qu'elle avait provoqué des élancements dans son bras blessé. Elle lâcha les doigts du barbu, rangea son épée dans son fourreau et rattacha la bride de son cheval à un arbre.

Au bout du compte, ce n'était pas encore aujourd'hui qu'elle mettrait le cap sur les monts de Maestas... et qu'elle connaîtrait le bonheur promis par les devineresses.

4. Les funérailles

À l'aube, Deirdra, Thad et les trois soldats ayant survécu aux combats reprirent la route. Ils pénétrèrent sur les terres de la seigneurie de Volter au milieu de l'avant-midi et passèrent le reste de la journée à progresser en direction de la forteresse du seigneur Horacius. Alors que la lumière diurne diminuait, des cavaliers apparurent au-devant d'eux et galopèrent à leur rencontre.

« Capitaine Thad ! s'écria le guerrier qui menait la troupe. Enfin ! Que vous est-il arrivé ? Nous pensions que vous seriez au château dans la matinée !

— Nous avons été retardés, répondit succinctement son supérieur. Que se passe-t-il ?

— C'est le seigneur Horacius, capitaine. Il est mort ! »

Thad blêmit. Sans mot dire, sans même un regard pour ses hommes, il pressa sa monture. Les autres le suivirent à fond de train sur la distance qui les séparait du château. Bientôt, la troupe s'engagea entre les « Sœurs de Volter », les deux collines entre lesquelles le hameau de Valeg avait été construit. La butte de Dracordur s'élevait derrière la cinquantaine de huttes de pierre et de bois, et au sommet du monticule se dressait le château de pierre pâle haut de cinq étages, flanqué de deux tours carrées et ceinturé de sa muraille hérissée de pointes métalliques. Les larges portes de bois qui en scellaient l'accès étaient grandes ouvertes et de nombreuses torches avaient été allumées le long des parois, ce qui permit à Deirdra de voir la vive agitation qui régnait dans la cour intérieure.

Les sentinelles postées sur les murs annoncèrent l'arrivée de leur capitaine d'une voix puissante. Thad franchit les remparts, descendit précipitamment de son cheval et se rua dans la demeure.

Peu de temps après l'officier, Deirdra pénétra avec le reste du groupe dans l'enceinte et descendit lestement de sa monture. Étant donné que Siroeus éprouvait quelques difficultés à faire de même, deux de ses confrères l'aidèrent et l'entraînèrent à l'intérieur du donjon, escortés de Vosas.

La jeune femme sentit des regards méfiants, voire hostiles, peser sur elle. Comme si de rien n'était, elle s'approcha de la sortie pour avoir la possibilité de s'éclipser si les choses prenaient une mauvaise tournure. Desmond se planta devant elle, la main posée sur la poignée de son épée.

« Je pensais que j'étais des vôtres ! objecta Deirdra.

— Tu l'es… tant que tu restes à nos côtés. Si tu files, tu deviens une fugitive. Je me ferai alors un plaisir de t'infliger le sort qu'on réserve aux fugitifs par ici. »

Autour d'eux, des soldats, des serviteurs et deux servantes s'avancèrent et les questionnèrent: d'où venaient-ils ? Que leur était-il arrivé ? Deirdra nota avec amusement que les femmes semblaient particulièrement anxieuses d'avoir des nouvelles de Siroeus. Desmond répondit à leurs interrogations et s'informa des derniers événements. La tueuse de dragons apprit de la bouche de Carleg, un soldat à la barbiche noire, qu'Horacius était mort paisiblement dans son sommeil au moment même où Thad, ses hommes et elle partaient pour la futaie de Cobas. Petrior, l'héritier, était arrivé du cap de Klovius cet avant-midi même.

« Petrior est déjà ici ? s'exclama Desmond, dont le teint pâlit sous ses taches de rousseur. Je dois lui parler ! Toi, tu viens avec moi. »

L'ordre s'adressait à Deirdra, qui le suivit en compagnie de Carleg et de quelques autres soldats. Le géant gravit quatre à quatre les marches qui menaient à l'entrée du bâtiment principal. Après qu'ils eurent dépassé des dizaines de portes et emprunté plusieurs virages, des effluves de viande cuite et de pain chaud parvinrent à leurs narines, accompagnés de bruits de ripaille. Le ventre de Deirdra produisit un gargouillis pitoyable, son dernier repas remontant à la veille, dans les geôles de la forteresse de Xorond. Le groupe la conduisit jusqu'à la source de l'odeur, une grande salle au centre de laquelle un festin avait été servi à six hommes attablés. À l'arrivée des soldats, les invités les dévisagèrent, puis reprirent leur repas en les ignorant ostensiblement.

« Est-ce donc ainsi que vous veillez l'esprit d'Horacius ? s'étonna Carleg, la mine réprobatrice.

— De son vivant, monseigneur a toujours offert une bonne table et du vin à flots à ses hôtes, rétorqua l'un des convives. Nous honorons sa mémoire en préservant la tradition. »

Il leva sa chope pour appuyer ses dires. Ses compagnons entrechoquèrent les leurs et poussèrent des grognements approbateurs.

« Vous ne respectez donc rien ? reprit Carleg, ses larges narines frémissant d'indignation.

— C'est toi qui es trop sérieux, lança l'homme attablé. Détends-toi et profite de la vie ! »

En guise de réponse, le soldat porta la main à la poignée de son épée, imité par ses compagnons. Les six fêtards se levèrent à leur tour, prêts à en découdre.

« Arrêtez ! s'exclama Desmond d'une voix impérieuse. Gardez vos armes dans vos fourreaux !

— Qu'est-ce qui se passe ici ? » demanda une voix inconnue.

Un jeune homme avait fait son apparition à l'autre extrémité de la salle. De noble et belle prestance, il avait un visage aux traits réguliers, les yeux bleus et un port de tête altier. Il portait une cape noire bordée d'hermine qui rehaussait son teint de marbre et recouvrait partiellement une cuirasse d'écailles dont la teinte bleu-vert suggérait qu'elle avait été taillée dans la peau d'un sournius.

« Petrior ! » s'exclama Desmond.

Il s'inclina avec déférence devant le nouveau venu. Les six commensaux en firent autant. Les soldats qui entouraient Deirdra les imitèrent avec un manque évident d'enthousiasme. La jeune femme ne broncha pas. Les bras croisés, elle dévisageait Petrior de Volter avec curiosité : c'était donc lui, l'ambitieux héritier d'Horacius que les hommes de la seigneurie redoutaient ? Il ne semblait pas bien terrifiant.

Petrior adressa à peine un regard à la jeune femme. Il s'avança plutôt vers Carleg :

« Aurais-tu oublié ton rang ? Depuis quand un simple soldat a-t-il le droit de faire des remontrances à des membres de mon entourage ? »

Le guerrier baissa ses yeux bruns tandis que des sourires moqueurs épanouissaient le visage des fêtards.

« Réponds ! s'impatienta le jeune homme.

— Un simple soldat n'a pas le droit d'adresser des reproches à des membres de votre état-major », maugréa Carleg.

Les lèvres délicates de Petrior se crispèrent.

« Pour ta gouverne, sache que mes hommes ont bien mérité de festoyer, après tous ces mois au cap de Klovius à manger du pain dur et de la viande séchée. Et toi, que faisais-tu pendant ce temps ? Tu te gavais dans le réfectoire de mon père. En plus d'apprendre à respecter les chefs de mes troupes, il faudra que tu me témoignes plus de déférence. Je suis ton seigneur, à présent. »

Son interlocuteur rougit.

« Je suis à votre service… monseigneur. »

Petrior hocha la tête avec satisfaction.

« Tu feras mieux la prochaine fois, soldat. Vous êtes tous des membres de mon armée, maintenant. Je m'attends à ce que vous me manifestiez autant de considération et de loyauté qu'à mon défunt père. »

Ses hommes marquèrent leur approbation en frappant vigoureusement la table de leur chope et en scandant :

« Trois hourras pour le seigneur Petrior !

— De l'obéissance, peut-être, grogna un soldat tout près de Deirdra, mais de la loyauté, jamais ! »

Son commentaire ayant été prononcé d'une voix à peine audible, seule la jeune femme l'entendit. Elle s'étonnait de la réaction des partisans de Thad. Siroeus et Vosas avaient décrit Petrior comme un ambitieux avide de dominer l'Austrion. Or, n'était-ce pas là un trait de caractère qui aurait dû lui valoir le respect des troupes de Volter ? Décidément, elle ne comprenait rien à ses semblables.

Petrior leva une main impérieuse pour signaler à ses officiers de se taire. Ils obéirent sur-le-champ. Le fils d'Horacius se tourna vers Desmond.

« Où est ton capitaine ?

— Je l'ignore, monseigneur. Il est entré avant nous dans le château.

— C'est très bien à toi de donner l'exemple à tes hommes en m'appelant monseigneur, le félicita Petrior. J'en tiendrai compte quand je réorganiserai l'état-major de l'armée de Volter. »

Le second de Thad baissa sa tête rousse zébrée de gris, mais pas assez rapidement : Deirdra eut le temps d'apercevoir le ravissement qui éclaira brièvement ses traits.

« Regagnez votre dortoir, conclut le jeune seigneur en s'adressant à l'ensemble du groupe. Lorsque Lanfas et Jeriad seront ici, nous libérerons l'esprit de mon père de son enveloppe charnelle. »

Il balaya l'assemblée de ses yeux d'un bleu profond et fit alors mine de remarquer Deirdra, partiellement dissimulée derrière la rangée de soldats costauds.

« Qu'est-ce qu'une tueuse de dragons fabrique sous mon toit ? s'exclama Petrior, son visage lisse plissé par une expression dégoûtée. Ta sale engeance n'est pas la bienvenue dans mon château ! »

Deirdra avait bravé pire que des gamins, aussi soutint-elle le regard de Petrior sans broncher. Même si le seigneur semblait avoir son âge, pour elle, il n'était qu'un enfant. Les expériences d'un blanc-bec choyé de la noblesse n'étaient rien comparées aux épreuves qu'elle avait traversées, aux dangers qu'elle avait bravés et aux horreurs qu'elle avait contemplées.

« C'est aussi ce que j'ai constaté, rétorqua la jeune femme. Comme nous sommes d'accord, il vaut mieux que je parte, n'est-ce pas ? »

Elle tourna les talons. Desmond la retint. Le fils d'Horacius insista :

« J'ai posé une question, soldats : qu'est-ce que cette fille fait parmi vous ?

— Le capitaine avait besoin d'elle, monseigneur, répondit le grand homme à la mâchoire carrée.

— Besoin de cette roulure ? répéta Petrior. Il a de drôles de goûts ! »

Deirdra se raidit. Les doigts du second de Thad s'enfoncèrent dans son épaule alors qu'il répondait :

« Le capitaine l'a engagée pour son expertise concernant les dragons. »

Elle afficha un air irrité pendant que le jeune seigneur la dévisageait. Petrior reporta son attention sur Desmond.

« Toi, tu restes avec moi pour m'expliquer ce qui se passe. En attendant, la fille demeurera ici, je veux l'interroger. De toute façon, tant que les funérailles de mon père n'auront pas eu lieu, personne n'ira nulle part.

— Mais… » objecta Deirdra.

Petrior s'adressa aux autres membres de la troupe.

« Je vous charge de la surveiller.

— Où doit-on l'enfermer… monseigneur ? s'enquit Carleg.

— Pourquoi l'enfermer ? Amenez-la dans votre dortoir. Après tout, elle fait partie des hommes du capitaine Thad », conclut-il en s'appesantissant sur le mot « hommes ».

Deirdra et le groupe de Thad sortirent de la salle en emportant avec eux les rires des convives égayés par le trait d'esprit de leur monarque. La jeune femme mémorisa soigneusement le tracé du parcours conduisant au dortoir de l'armée de Volter. Après avoir gravi un escalier, elle pénétra dans une longue salle au plafond haut, où s'alignaient une vingtaine de lits flanqués de petites armoires. Au bout de la pièce, une porte ouverte menait à une seconde chambrée qui semblait identique à la première. Des hommes étaient allongés ou assis sur les lits, où ils astiquaient leur épée, discutaient ou jouaient aux dés. D'autres couches étaient libres.

À l'entrée des nouveaux arrivants, les conversations en cours s'interrompirent. Carleg se dirigea vers Vosas, qui était assis sur un lit, son bras entouré d'un bandage. Deirdra suivit le garde au bouc noir en ignorant les regards appuyés des autres soldats. Elle s'arrêta à quelques pas du matelas sur lequel Vosas était installé. Il regarda tour à tour Deirdra et Carleg.

« Où étiez-vous ?

— On a rencontré le sournius, fulmina son compagnon d'armes. Le corps d'Horacius n'est même pas encore froid qu'il fête déjà !

— C'est un fils de chienne ! appuya un troisième soldat qui écoutait la conversation. Comment un seigneur noble comme Horacius a pu engendrer ce monstre, cela demeure un mystère !

— On raconte qu'un sournius serait entré dans la chambre de Celime et l'aurait engrossée, rapporta Vosas. Si elle n'avait pas été aussi pieuse, et si Horacius n'avait pas été un époux veillant diligemment à ses devoirs conjugaux, je pourrais le croire !

— Il a vraiment le sale caractère des dragons ! approuva Carleg. Et puis, ça expliquerait pourquoi Celime a enfin réussi à mener une grossesse jusqu'au bout !

— Au moins, ça a injecté un peu de sang neuf dans la famille de Volter !

— Baissez le ton », prévint le troisième soldat en affichant un air entendu.

D'autres guerriers se rassemblèrent autour des arrivants et déversèrent sur eux un flot continu de questions :

« Venin, où est le capitaine ?

— C'est vrai que les hommes de Lanfas vous ont attrapés ?

— Est-ce que Thad va prêter allégeance à Petrior ?

— C'est qui, la nouvelle ? On recrute des femmes, maintenant ?

— Pas n'importe lesquelles ! Je parie ma solde du mois que c'est une tueuse de dragons !

— Ça pose un problème ? » riposta Deirdra.

Déjà passablement énervée par sa rencontre avec Petrior et la disparition de Thad, qui était pourtant censé lui procurer de la dragonne, elle n'était pas d'humeur à supporter les insultes habituelles sur les tueurs de dragons.

« Non seulement elle tue les dragons, mais en plus elle a leur tempérament ! Elle et Petrior feraient un beau couple.

— Pourquoi pas ? Il faudra bien qu'il se marie un jour ! Ça changera la famille de Volter des mariages entre cousins !

— Quoi ? Un tueur de dragons à la tête de la seigneurie ? »

Cette suggestion souleva l'hilarité générale.

« Combien t'en as abattus ? demanda quelqu'un. Je suis certain que t'es juste bonne à éliminer des minusi.

— Ce qui est sûr, c'est que les dragons ne l'ont pas ratée ! T'as vu sa gueule ?

— Assez ! »

L'ordre avait claqué comme un fouet. Tous se turent et se tournèrent vers Thad, qui s'était montré à l'entrée du dortoir. Il dit sèchement :

« Est-ce ainsi que vous honorez la mémoire de monseigneur Horacius ? Vous devriez être en train de vous recueillir, pas de caqueter comme une bande de poules ! Tant que l'esprit de monseigneur n'aura pas rejoint ceux de ses ancêtres, vous porterez le deuil : vous ne vous querellerez pas, vous ferez chair maigre et vous offrirez des cadeaux aux esprits de vos ancêtres et à ceux de la nature. »

La mine contrite, les soldats hochèrent la tête et retournèrent à leur couchette respective. L'officier s'adressa ensuite à la tueuse de dragons :

« Comme Beor est mort, sa couche est libre. Tu peux la prendre. »

Deirdra ouvrit la bouche. Le capitaine devança ses objections :

« Ça ne devrait pas te poser de problème de dormir avec des hommes ! Tu as certainement partagé la même grange que les autres apprentis pendant ta formation, non ? »

Trop abasourdie pour répliquer, Deirdra se contenta d'acquiescer. Comme tous les futurs tueurs de dragons, elle avait logé dans un bâtiment attenant à la demeure de son maître en compagnie d'une dizaine de ses confrères.

Thad tourna les talons et s'en fut. La jeune femme se dirigea vers le lit du défunt Beor, retira ses bottes et s'allongea, le corps douloureux et l'esprit en proie à une profonde perplexité : comment le capitaine pouvait-il être au courant de ce détail méconnu de la formation des tueurs de dragons ?

Autour d'elle, le silence s'établit peu à peu tandis que les hommes se recueillaient, conformément aux ordres de leur supérieur. La tueuse de dragons demeura seule avec ses pensées.

◆

Peu de temps après l'arrivée de Deirdra dans le dortoir, les soldats se dirigèrent vers le réfectoire pour prendre leur repas. Affamée, la jeune femme se joignit à eux en ignorant leur animosité et leur curiosité. Dans la grande salle où des bancs et des tables s'alignaient, elle chercha une place en retrait des autres.

« Tu viens avec nous, dit Vosas.

— Tu as peur que je m'enfuie ? » rétorqua-t-elle d'un ton acerbe.

Depuis la période honnie de sa formation chez maître Bradeus, elle avait pratiquement toujours vécu seule. Même au cours des mois qu'elle avait partagés avec Saras, elle avait su s'aménager des moments de solitude. Elle commençait à étouffer dans la présence constante des hommes de Volter.

« Le capitaine veut que tu restes. Je m'assure que ses ordres sont respectés.

— C'est Petrior qui a ordonné que je reste.

— Peu importe. Pour l'instant, c'est à Thad que j'obéis.

— Tu es un chien fidèle, dis donc ! »

Vosas ne releva pas le persiflage et emmena Deirdra à l'extrémité d'une table où Carleg et un autre homme étaient assis. Ce dernier lui adressa un sourire moqueur qui révéla des gencives partiellement édentées.

« Comme on se retrouve !

— On se connaît ? s'étonna Deirdra.

— Tu ne me reconnais pas, hein ? Je suis Huvad. C'est moi qui t'ai attrapée sur la montagne de Faureg. À ce qu'il paraît, il faut encore te tenir à l'œil ?

— Elle nous a été d'une grande utilité au château de Lanfas, expliqua Vosas. Sans elle, je doute que nous aurions pu nous enfuir. »

Deirdra dissimula tant bien que mal sa stupeur d'entendre pareil éloge. Elle s'installa à côté du soldat aux cheveux cendrés et tâcha de se faire oublier.

« Elle sait tenir sa langue, Venin ? » s'enquit Huvad, un ton plus bas.

Vosas acquiesça.

« Que ça nous plaise ou non, elle est impliquée jusqu'au cou dans cette histoire. Si on y met le prix, tu vas te taire, pas vrai ? »

Deirdra esquissa une grimace d'approbation. Seule l'évocation de la réserve de dragonne dont Thad avait parlé l'empêchait d'envoyer promener l'homme surnommé « Venin ».

« Qu'est-ce qui va se passer maintenant ? demanda Huvad.

— C'est pas assez évident pour toi ? répondit Carleg d'un ton amer. Petrior hérite de tout. Je parie que d'ici un mois il déclare la guerre aux deux autres seigneuries. Les dragons n'auraient pas pu choisir meilleur moment pour tuer les dev…

— Pas si fort, souffla Vosas. Ne parle pas de ça ici ! »

Son confrère se tut, la mine renfrognée.

Desmond fit son entrée dans le réfectoire. Après avoir adressé un signe aux serviteurs qui assuraient le service, il alla rejoindre Deirdra et les trois compagnons.

« Je suis passé à l'infirmerie, annonça-t-il de but en blanc, après avoir adressé un coup d'œil peu amène en direction de Deirdra. Siroeus va s'en sortir.

— Toutes les filles du château doivent vouloir le soigner », commenta Carleg.

Les autres ricanèrent. Desmond s'empara de la cruche posée sur la table et constata avec dépit :

« De l'eau.

— Le capitaine a donné des ordres, expliqua Huvad. Pas d'alcool.

— Qu'est-ce que le sournius te voulait ? s'enquit Carleg.

— C'est “Monseigneur Sournius”, maintenant », se moqua Huvad.

Les autres s'esclaffèrent, Deirdra incluse. Desmond dit sèchement :

« Arrêtez ça tout de suite ! »

Ses compagnons le fixèrent avec étonnement.

« C'est imprudent, expliqua-t-il sans desserrer les dents. Monseigneur Petrior a ses partisans. Ils pourraient lui rapporter vos paroles.

— Desmond a raison, dit Vosas. À propos, où est le capitaine ?

— Dans la crypte, répondit le colosse. Il se recueille auprès de la dépouille de monseigneur Horacius. Il ne voulait être dérangé sous aucun prétexte.

— Qu'est-ce que tu as dit à Petrior ? s'enquit Carleg.

— Ce que le capitaine nous a dit de raconter si on nous interrogeait : monseigneur Horacius voulait consulter les esprits de la nature pour savoir s'il guérirait. Comme sa maladie progressait rapidement, nous devions leur parler de toute urgence. Comme celles de la montagne de Faureg étaient mortes, nous sommes allés rendre visite à celles de la futaie de Cobas. »

Un serviteur approcha, chargé d'un bol fumant et d'une cuillère. Les autres se turent le temps que l'homme pose le plat et s'éloigne. Desmond remua sa nourriture, puis avala une bouchée.

« Donc, tu n'as rien dit sur les véritables questions que nous devions poser aux devineresses ? insista Carleg.

— Tu mérites vraiment d'être remis à ta place ! rétorqua le second de Thad. Qu'est-ce qui te prend de remettre en question les paroles de ton supérieur ? »

Le soldat rentra la tête entre les épaules, l'air mécontent. Son supérieur s'empara d'une miche de pain et en déchira un gros morceau.

Huvad intervint :

« Si Petrior savait ce que nous avions à demander aux devineresses, Desmond serait en prison à cette heure-ci, et nous avec ! »

Ils finirent leur assiette en silence. Deirdra les imita tout en se perdant en conjectures sur le sens de ce qu'elle venait d'entendre. Depuis sa première rencontre avec Thad, elle avait été si préoccupée par son besoin de drogue, l'attaque inhabituelle des devineresses, les dragons et son désir de gagner les monts de Maestas qu'elle ne s'était guère interrogée sur les raisons qui amenaient le capitaine à faire appel aux messagères des esprits de la nature, même si l'urgence qui le poussait à agir ne lui avait pas échappé. À présent, néanmoins, elle était intriguée : la mort imminente du seigneur justifiait peut-être l'empressement de Thad, mais n'expliquait pas le véritable motif ayant conduit Horacius et son capitaine à consulter les augures. Quel était-il ? Le visage fermé de ses compagnons de tablée ne l'incitait pas à leur poser des questions sur le sujet.

Alors que les soldats terminaient leur repas, un homme vêtu d'un pourpoint orné du blason de la seigneurie de Volter apparut, escorté de deux gardes.

« J'ai une déclaration à faire de la part de monseigneur Petrior, annonça-t-il d'une voix forte. Le capitaine Thad, capitaine de l'armée de Volter, a été mis aux arrêts. »

Des cris de stupéfaction fusèrent de partout, tandis que des expressions d'incrédulité apparaissaient sur de nombreux visages. Deirdra jeta un coup d'œil à Vosas et à ses confrères. Pâles comme la mort, ils fixaient le fond de leur bol.

Desmond se dressa sur son siège et rugit :

« Silence ! »

Les dîneurs se turent.

« Pour quelle raison le capitaine a-t-il été arrêté ? demanda-t-il au messager.

— Pour haute trahison. À partir de maintenant, toute personne qui lui manifestera son appui sera accusée du même crime ! »

Sur ce, il tourna les talons et quitta la pièce en compagnie de son escorte. Desmond retomba sur son banc, la mine sombre.

Autour de Deirdra, les conversations reprirent avec une vigueur renouvelée. Les soldats n'arrivaient pas à croire que leur chef, un homme estimé intègre et d'une loyauté absolue à Horacius et à Volter, puisse s'être rendu coupable de trahison. Plusieurs émirent l'hypothèse que Thad, même s'il ne l'avait jamais dit ouvertement, ne portait pas le « sournius » dans son cœur. La jeune femme apprit aussi, sans grande surprise, que les individus reconnus coupables de haute trahison étaient passibles de la peine de mort. Tout en écoutant les échanges surexcités autour d'elle, elle épiait discrètement les quatre guerriers à ses côtés. Cependant, ils ne descellèrent plus les lèvres à la suite de l'annonce de l'emprisonnement de Thad.

Tout en regagnant le dortoir, elle s'adressa des reproches virulents. Quelle sotte elle avait été d'accepter de suivre le capitaine à Volter contre la promesse d'un peu de dragonne ! Elle aurait dû s'en tenir à sa résolution de ne jamais se mêler des affaires de ses semblables. Toutes ses énergies devraient désormais être consacrées à une seule chose : se sortir de ce nid de sourni.

◆

Les ronflements qui s'élevaient des lits environnants empêchaient Deirdra de trouver le sommeil. L'insomnie était une vieille compagne : elle en souffrait depuis l'enfance, période où elle avait développé l'habitude de garder les yeux ouverts après le coucher du soleil, prête à se défendre si quiconque faisait mine de s'approcher de sa couche. Chez maître Bradeus, la nuit était encore plus redoutée que le jour, pourtant ponctué d'humiliations répétées et d'entraînements éreintants. Lorsque la nuit succédait à l'astre diurne, Deirdra devait soit suivre Bradeus dans son lit, soit repousser, la plupart du temps sans grand succès, l'un des orphelins qui logeaient avec elle et qui souhaitaient imiter leur maître.

L'obtention de sa liberté à la suite de l'élimination de son premier dragon n'avait pas permis à Deirdra de retrouver le sommeil. Dormir à la belle étoile était rarement confortable et une tueuse de dragons devait constamment rester aux aguets. Au fil des ans, des paysans, des trafiquants de produits de dragons et des pillards avaient tenté de s'en prendre à elle pendant la nuit afin de lui dérober ses maigres biens, de la violer ou de simplement lui faire comprendre qu'elle n'était pas la bienvenue sur leurs terres. Elle n'avait connu de véritable repos qu'aux côtés de Saras, alors qu'elle se blottissait contre son corps chaud, bien en sécurité dans le cercle de ses bras puissants. La fin abrupte et humiliante de leur couple avait marqué le retour de l'insomnie.

Lasse de contempler la voûte de pierre et en proie à une envie d'uriner, elle repoussa sa lourde couverture de laine, mit ses bottes de cuir souple, l'unique vêtement qu'elle avait osé retirer, et se leva discrètement. Autour d'elle, les hommes dormaient toujours. Sur la pointe des pieds, elle se dirigea vers la sortie.

« Balafrée ! »

Elle tressaillit. À la pâle lumière de la lune qui filtrait à travers les volets, elle distingua la silhouette de Vosas qui s'était hissé sur un coude.

« Où tu vas comme ça ?

— Me soulager.

— T'as qu'à utiliser le pot.

— Et pisser devant tout le monde ? Hors de question !

— Ils dorment.

— À force de parler, tu vas finir par les réveiller ! »

Elle tourna le dos à l'homme et tendit la main vers la poignée.

« Attends ! »

Vosas s'était levé et mettait maladroitement son pantalon et sa chemise, son bras blessé nuisant à la manœuvre.

« Qu'est-ce que tu fous ? feula Deirdra.

— Je t'accompagne, qu'est-ce que tu crois ? répondit-il en ceignant son épée. Je te l'ai déjà dit : le capitaine veut qu'on te garde à l'œil.

— Bâtard ! » jura-t-elle entre ses dents.

À un lit de distance, les ronflements réguliers de Carleg s'interrompirent brutalement et il s'étouffa. Il se dressa sur son lit, une main pressée contre sa bouche. Quand l'accès de toux fut passé, il remarqua Vosas et Deirdra.

« Qu'est-ce que vous faites ?

— Elle doit aller aux latrines.

— Attendez-moi, j'arrive.

— Pourquoi ne pas éveiller tout le dortoir, tant qu'à y être ? » chuchota la jeune femme d'un ton exaspéré.

Quelques instants plus tard, Deirdra et les deux hommes repoussaient doucement la porte de la chambrée. La forteresse était plongée dans le silence.

« Les fosses d'aisance sont à côté des écuries », indiqua Vosas.

Ils descendirent un escalier et sortirent du donjon. À l'extérieur, des sentinelles postées sur le chemin de ronde contemplaient la lande plongée dans les ténèbres. Les guerriers et la jeune femme traversèrent la cour intérieure en longeant les murs du bâtiment principal. La pénombre qui régnait sur les lieux les dérobait aux soldats au sommet des remparts. Un instant, Deirdra évalua la distance qui la séparait des grandes portes. Si elle courait à toute vitesse, pourrait-elle se soustraire à la surveillance de ses chaperons ? La demi-douzaine d'archers qui faisait le guet en haut des battants et la poutre passée en travers de ceux-ci la dissuadèrent de s'élancer.

Au-dessus de sa tête, les gardes remuèrent alors que le martèlement assourdi de sabots se faisait entendre.

« Des visiteurs, à cette heure ? s'étonna Vosas.

— Par ici ! » dit Carleg.

Il alla se dissimuler derrière des barils empilés contre les fortifications. Deirdra et Vosas le rejoignirent.

L'un des soldats sur le chemin de ronde aboya à l'adresse des arrivants invisibles :

« Qui va là ?

— Le seigneur Jeriad de Queltiar, venu assister aux funérailles d'Horacius de Volter », annonça une voix masculine.

Un des archers adressa un geste autoritaire vers les autres soldats. Une demi-douzaine de guerriers descendirent les marches de pierre qui aboutissaient à quelques pas de la cachette de Deirdra et de ses deux compagnons. Un messager courut dans la résidence. Les cinq autres sentinelles soulevèrent la poutre qui barrait les grandes portes.

Une vingtaine de cavaliers vêtus de capes à capuche pénétrèrent dans l'enceinte. Des serviteurs munis de torches émergèrent du donjon pour accueillir les visiteurs.

« Soyez le bienvenu, seigneur Jeriad, dit l'un des domestiques en exécutant une révérence à l'adresse d'une des personnes à cheval. Je suis Gurfir, l'intendant de monseigneur Petrior. »

La silhouette encapuchonnée que Gurfir avait saluée esquissa un vague signe de tête. Un écuyer à ses côtés s'avança et annonça d'une voix féminine :

« Mon père souhaite s'entretenir avec monseigneur Petrior sans tarder.

— Je vais vous mener à lui sur-le-champ, monseigneur », répondit Gurfir en s'inclinant à nouveau.

L'un des membres de l'escorte de Jeriad descendit de sa monture et aida son seigneur à faire de même. La femme qui les accompagnait quitta lestement le dos de son propre coursier et offrit le bras à son père, qui s'en empara.

Jeriad, toujours encapuchonné, demanda à Gurfir :

« Lanfas est-il déjà ici ?

— Non, monseigneur. Un messager est arrivé il y a quelques heures pour informer monseigneur Petrior que le seigneur de Xorond ne pourrait être ici avant demain. Il semble qu'il ait éprouvé quelques problèmes avec des dragons.

— Je me demande ce que nous avons fait à Deirdris pour que ses enfants s'acharnent sur nous de la sorte », commenta Jeriad.

Le seigneur de Queltiar grimpa lentement l'escalier, le dos voûté, le corps tremblant, soutenu par sa fille qui se tenait droite et fière. Gurfir donna quelques ordres aux serviteurs qui l'entouraient, puis il se hâta de rejoindre le couple.

« Vite ! » chuchota Vosas.

Carleg et lui se détachèrent du mur et obligèrent Deirdra à faire de même. Ils tournèrent le dos aux portes massives de l'entrée et longèrent le donjon. L'odeur prononcée des écuries monta aux narines de la jeune femme et, après quelques pas, ses gardiens et elle arrivèrent en vue d'une construction rectangulaire éclairée par des torches.

« Par ici, dit Vosas en attirant la tueuse de dragons vers la gauche.

— Hé ! Vous trois ! Qu'est-ce que vous faites ici ? »

D'un seul mouvement, Deirdra et les deux guerriers pivotèrent. Un serviteur, trois soldats et l'escorte de Jeriad arrivaient vers eux en guidant les chevaux par la bride.

« Elle veut aller à la fosse d'aisance », expliqua succinctement Carleg en désignant la jeune femme.

Le regard du soldat alla de ses deux collègues à Deirdra. Un sourire grossier de connivence apparut sur ses lèvres.

« Je vois. Et comment vont Liandre et les enfants, Carleg ? »

À la lumière des flambeaux que tenaient certains membres du groupe, la tueuse de dragons vit le teint du militaire s'empourprer.

« Aux dernières nouvelles, ils allaient très bien.

— Salue-les de ma part, veux-tu ?

— Je n'y manquerai pas, maugréa Carleg. Bonne nuit, les gars !

— Sûrement pas aussi bonne que la tienne », répliqua son interlocuteur.

Carleg et Vosas se hâtèrent d'entraîner Deirdra vers une petite cabane érigée à côté des écuries. Des effluves nauséabonds en émanaient.

« Dépêche-toi, ordonna Vosas pendant que Carleg grommelait :

— Quels imbéciles ! »

Deirdra pénétra dans la bicoque. Tout en vidant sa vessie, elle passa en revue les différentes options qui s'offraient à elle pour fausser compagnie à son escorte et se cacher en attendant de trouver une voie de sortie. Aucune des possibilités qui se révélaient à son esprit n'était satisfaisante. Elle remonta son pantalon et quitta les latrines.

Ses deux chaperons s'étaient légèrement éloignés et discutaient à voix basse. À l'arrivée de Deirdra, ils interrompirent leur conversation et Carleg annonça :

« On va par là. Pas question de parler de nouveau à ces abrutis. »

Il fit contourner les écuries aux deux autres. Ils passèrent par l'arrière du château, où se trouvait une porte plus petite. Or, comme le constata Deirdra avec une pointe de déception, elle était aussi étroitement surveillée que l'entrée principale. Les fenêtres au-dessus de leur tête étaient toutes plongées dans les ténèbres. Vosas gravit les quatre marches qui le séparaient du battant donnant accès au donjon et constata qu'il était verrouillé.

« Il faut passer par-devant. »

Ils se remirent à longer le bâtiment. Trois taches de lumière orangée éclairaient le mur est, en provenance de trois fenêtres du rez-de-chaussée. Le profil de Petrior apparut à l'une d'elles. Aussitôt, Vosas se colla contre la paroi et se glissa sous l'une des ouvertures. Carleg leva les yeux vers les sentinelles au-dessus des remparts avant d'articuler à son confrère :

« T'es fou ? »

En guise de réponse, Vosas lui signala de le rejoindre. Carleg jura entre ses dents et obéit. Intriguée, Deirdra les suivit, non sans avoir jeté un coup d'œil vers les gardes au sommet de la muraille. Il suffisait qu'un seul pivote et ils seraient repérés… Quoiqu'à bien y penser, pour elle, cela ne changerait rien : elle était déjà retenue dans la forteresse contre son gré. C'étaient les deux autres qui avaient tout à perdre s'ils se faisaient prendre.

La voix de Petrior s'éleva, parfaitement audible :

« Entrez ! »

Le dos collé contre le mur, la tueuse de dragons risqua un coup d'œil rapide à l'intérieur. Le fils d'Horacius se tenait au centre d'un petit salon décoré de tentures rouges. Il tournait le dos aux fenêtres, face à la porte. Gurfir se trouvait à côté de l'embrasure et la silhouette encapuchonnée de Jeriad entrait lentement dans la pièce. Son bras était posé sur celui d'une grande femme maigre aux traits durs, au port de tête altier et à la chevelure couverte d'un voile gris analogue à celui des devineresses.

Deirdra retira précipitamment son visage. À ses côtés, Carleg tirait sur les vêtements de Vosas, qui avait aussi glissé un œil à l'intérieur pour contempler la scène. Il finit par céder aux gestes insistants de son compagnon et s'accroupit à côté de lui et de Deirdra. Au-dessus d'eux, Gurfir souhaita une bonne nuit à la noble assemblée et quitta la pièce.

L'intendant parti, Petrior demanda :

« Vous voyagez toujours de nuit, monseigneur ?

— Ton message suggérait qu'il n'y avait pas une minute à perdre si je voulais arriver à temps aux funérailles de ton père, répondit Jeriad. Et puis, à mon âge, le sommeil devient plus rare. Marvone a l'habitude de veiller sur moi, de nuit comme de jour. Toi, tu es bien jeune pour connaître l'insomnie.

— Des années passées à faire le guet au cap de Klovius m'ont appris à ne dormir que d'un œil, monseigneur.

— Ton père a eu raison de t'envoyer là-bas. Cela forge le caractère. Je me souviens encore du jour où il t'a confié la mission de surveiller le Meridion : tu venais à peine d'avoir seize ans. Tu es parti à peine pubère et, à ton retour, te voici un homme, prêt à régner sur Volter !

— J'aurais été prêt plus tôt si mon père s'était occupé de moi, au lieu de passer son temps à défendre sa seigneurie ou à m'expédier le plus loin possible de lui. »

La voix de Petrior était chargée d'amertume.

« Horacius était un seigneur de premier ordre, commenta Jeriad avec emphase. Dès que j'ai posé les yeux sur lui, j'ai su qu'il accomplirait de grandes choses. C'était il y a bien longtemps : il venait à peine de quitter sa nourrice et j'avais tout juste commencé à me faire la barbe. Seulement voilà, les grands seigneurs ne font pas forcément d'excellents pères. Je suppose qu'Horacius t'a offert ce qu'il estimait être la meilleure éducation. Il ne m'appartient pas de juger s'il a agi correctement ou non avec toi... Tout ce que je sais, c'est que si les esprits de la nature m'avaient doté d'un fils, je l'aurais gardé près de moi pour lui transmettre toutes mes connaissances. Seulement, ma bien-aimée Paciva, qui repose maintenant avec les esprits de nos ancêtres, ne m'a donné que deux filles. »

Un ange passa, puis Petrior s'enquit :

« Qu'avez-vous de si important à me dire qui ne peut attendre le matin ? »

La femme au voile gris répondit d'une voix mélodieuse :

« Nos gens nous ont appris que les devins et les devineresses qui vivaient dans le bosquet de Gumia sont morts, massacrés par un colossius. Monseigneur Jeriad souhaite vous mettre en garde : préparez des pieux et des lances acérées, monseigneur Petrior, car un dragon rôde et la protection des esprits de la nature ne semble pas suffisante pour le tenir à distance !

— Qu'il vienne ! Ce ne sera ni le premier ni le dernier à attaquer Volter et je ne crains pas les enfants de Deirdris !

— Tu as hérité du courage de ton père, jeune Petrior, dit Jeriad d'un ton approbateur. Je me souviens du jour où il a affronté l'armée de Cardior de Xorond, le père de Lanfas. Il n'avait qu'une poignée de soldats avec lui, mais il avait de la bravoure à revendre ! Grâce à elle, il a réussi à mener ses hommes à la victoire ! »

Il y eut une nouvelle pause. Marvone reprit la parole :

« Mon père aurait une requête à vous adresser, monseigneur Petrior. La mort de nos devins l'a placé dans une fâcheuse position : il ne peut plus bénéficier des conseils des esprits de la nature pour éclairer ses décisions. Pourrait-il consulter les augures qui vivent sur vos terres ? Cela s'avère d'autant plus important que ses jours tirent à leur fin. Il a besoin des esprits de la nature pour désigner un héritier, puisque ceux-ci n'ont pas jugé bon de lui accorder un fils.

— Un héritier et un époux pour Marvone, précisa le vieux seigneur. Le choix est plutôt restreint : les Queltiar sont soit morts, soit trop faibles pour diriger la seigneurie d'une main de fer. Ma lignée a un besoin urgent de sang neuf ! J'avais d'ailleurs réussi à marier ma fille cadette Nettia à un excellent jeune homme, le fils d'un de mes neveux officiers. Seulement, il a fallu qu'il se fasse tuer au cours de la bataille de Codmus. Depuis, cette petite sotte s'est retirée chez ma sœur pour vivre son deuil. Elle refuse d'épouser un autre homme. Elle prétend qu'elle est incapable d'aimer quelqu'un d'autre… Cette tête de linotte ne comprend pas que ce n'est pas d'amour qu'il s'agit mais de descendance ! Heureusement que Marvone est l'aînée, car elle est beaucoup plus raisonnable que sa sentimentale de sœur ! »

Comme tout le monde, Deirdra connaissait l'histoire de la bataille de Codmus, qui avait eu lieu peu après qu'elle eut tué son premier dragon. L'affrontement avait marqué la fin des guerres intestines entre les seigneurs de l'Austrion. Lanfas étant à forces égales avec Horacius, c'était Jeriad qui avait scellé l'issue du combat en se ralliant finalement à l'armée de Volter, contre la promesse qu'Horacius le laisserait continuer à gouverner sa tenure. Le seigneur de Volter avait accepté de bonne grâce : non seulement l'union avec Jeriad lui assurait-elle la victoire, mais en plus, la suite des événements avait démontré qu'il ne voulait pas dominer l'Austrion. Tout ce qu'Horacius souhaitait était de cohabiter pacifiquement avec ses voisins. À cet effet, il avait signé avec les deux autres un traité stipulant qu'ils prendraient désormais les armes seulement pour faire face à un ennemi commun. En échange, Horacius s'engageait à laisser les frontières de Xorond et de Queltiar intactes et autorisait ses confrères à garder le pouvoir sur leur seigneurie respective. Depuis, une harmonie fragile existait entre les trois chefs de l'Austrion.

« J'aimerais pouvoir vous venir en aide, monseigneur Jeriad, répondit Petrior après que le vieil homme eut terminé sa tirade. Hélas, mes gens m'ont informé que les devineresses de ma seigneurie ont aussi été massacrées par un dragon !

— Quoi ? s'écria Marvone. Vous aussi ?

— Non contents de dévorer notre bétail et nos serfs, voilà que ces monstres s'en prennent à présent à nos devins. Nous vivons une triste époque… Heureusement que le nombre de colossi qui vient jusqu'à nous diminue d'année en année. Je me souviens, quand j'étais enfant, qu'il se passait rarement deux semaines sans qu'on en voie un dans le ciel. À présent, il peut s'écouler six mois sans que nous soyons ennuyés. Espérons que le jour viendra où il n'y aura plus aucun colossius en Austrion ! conclut Jeriad avec ferveur.

— En effet, approuva froidement Petrior. Et pourquoi ne pas consulter votre fille pour savoir quand ce jour arrivera ? J'ai entendu parler de votre séjour parmi les devins, demoiselle Marvone. »

Avant que la femme ait pu ouvrir la bouche, son père intervint d'un ton tranchant :

« Cette période est révolue. En tant que fille aînée, la place de Marvone est à mes côtés et, bientôt, aux côtés de son époux. Elle n'est plus dans une forêt à pratiquer l'ascèse et à côtoyer les esprits de la nature.

— C'était la volonté de mère que je devienne une devineresse, argua l'ancienne messagère des esprits de la nature avec chaleur.

— Et ta mère, paix à son esprit, est morte. Ma volonté est que tu fasses un bon mariage et que tu donnes des héritiers à la lignée de Queltiar. Le sujet est donc clos », répliqua Jeriad.

Il enchaîna brutalement à l'adresse de Petrior :

« J'espère qu'au moins tu as ordonné à Thad de prendre quelques hommes et de chasser ce monstre, au lieu de faire comme ton père. Lui, il laissait les mangeurs de cœurs s'en occuper ! Horacius était un homme de valeur, mais j'ai toujours trouvé qu'il se montrait trop tolérant à l'endroit des tueurs de dragons. »

Le commentaire du vieux seigneur étonna Deirdra : que voulait-il dire par là ? Pour autant qu'elle le sût, Horacius de Volter était loin de manifester de l'indulgence à l'égard des mangeurs de cœurs. N'avait-il pas condamné officiellement leur mode de vie en interdisant la vente et la consommation de dragonne ? La jeune femme glissa un regard vers Vosas et Carleg. Ils semblaient retenir leur souffle, ce qui n'était guère révélateur vu la position dans laquelle ils se trouvaient.

Avant que Deirdra ait pu questionner ses compagnons sur la remarque de Jeriad, Petrior annonça froidement :

« Le capitaine Thad est en prison pour haute trahison. Dès que les funérailles de mon père seront terminées, j'enverrai mes propres hommes chasser le colossius.

— Thad a toujours fait preuve d'une loyauté irréprochable à l'égard de ton père, s'étonna Jeriad. Jamais il ne l'aurait trahi !

— Il semble que le capitaine ait été un habile menteur. Demain, en présence de l'esprit de mon père, de Lanfas et de vous, la vérité sera révélée au grand jour.

— Qu'a-t-il fait ? demanda le vieux seigneur.

— J'ai été longtemps absent et la maladie a affaibli les facultés de mon père. Thad en a profité pour le manipuler et prendre ma place dans son cœur. Peu avant de mourir, mon père envisageait de faire de Thad son héritier légitime. »

Jeriad dit d'un ton pensif :

« La dernière fois que j'ai rendu visite à ton père, c'est lorsqu'il est tombé malade, il y a quelques mois. Je lui ai parlé de mes soucis à propos de mon héritage et de Marvone. Il m'a dit de désigner moi-même un héritier, qu'il épouse Marvone ou non. Bien sûr, j'ai protesté. Les terres du père doivent aller au fils aîné et, en l'absence de fils, à celui qui épouse la fille du seigneur. La seigneurie doit toujours appartenir au même sang, sous peine de briser l'harmonie de la nature et de courroucer les esprits. Jamais je n'aurais imaginé qu'il oserait outrepasser les traditions !

— C'est le cas. La maladie l'a emporté avant qu'il commette l'irréparable. C'est malheureux à dire, mais il semble qu'elle ait choisi le bon moment pour frapper.

— Il ne faut pas se croire plus puissant que la nature, déclara Jeriad d'un ton sentencieux. Ton père était un grand homme, mais l'arrogance était un de ses défauts. J'espère que tu n'en as pas hérité, Petrior, et que tu chercheras toujours à vivre en harmonie avec la nature. C'est la règle qui a gouverné mon existence. Marvone, je veux aller me reposer. La route m'a épuisé. »

Deirdra glissa un nouveau coup d'œil à l'intérieur de la pièce. Jeriad se dirigeait d'un pas lent vers la porte, soutenu par sa fille qui avançait d'une démarche raide.

La tueuse de dragons se tourna vers Vosas et Carleg. D'un signe de tête, le premier lui indiqua que le moment était venu de filer. Ils passèrent sous les trois fenêtres en position accroupie et coururent jusqu'à l'entrée principale du château, puis gagnèrent le dortoir des soldats. Bien que des serviteurs aux paupières lourdes de fatigue s'affairassent à préparer le coucher des arrivants, ils réussirent à regagner la chambrée sans être remarqués.

Deirdra avait beaucoup de questions à poser aux deux autres, particulièrement à propos de Thad et d'Horacius, mais les soldats se dirigèrent vers leur couche sans lui adresser la parole. Frustrée par leur silence et troublée par l'échange qu'ils avaient surpris, elle retira ses bottes et se glissa sous la couverture de laine.

À travers les doutes et les interrogations qui emplissaient son esprit, une certitude se fraya un chemin: même si sa liberté avait été sérieusement entravée ces derniers temps, sa position était nettement plus enviable que celle de l'infortunée Marvone, dont le statut s'apparentait à celui d'un pantin entre les mains de la tradition et de son père.

Et la dragonne? glissa la petite voix fielleuse de sa conscience.

Deirdra la fit taire. Après tout, elle pouvait cesser n'importe quand de consommer la drogue. Le besoin d'arrêter ne s'était jamais fait sentir, mais elle savait qu'elle n'était pas qu'une marionnette gouvernée par la dragonne…

…n'est-ce pas?

À cette interrogation silencieuse, la voix de sa conscience n'offrit aucune réponse.

◆

Les lueurs de l'aube qui filtraient à travers les volets tirèrent Deirdra d'un sommeil dépourvu de rêves. Autour d'elle, des hommes s'habillaient, d'autres se frottaient les yeux ou s'étiraient en bâillant. La tueuse de dragons se leva et enfila ses bottes, l'esprit préoccupé, l'humeur mauvaise à cause de sa nuit trop courte et des questions sans réponses qui la harcelaient. Elle avait besoin d'éclaircir ses idées. Elle prit son sachet et inspira une dose de poudre rosâtre le plus discrètement possible de manière à éviter d'attirer les railleries des hommes autour d'elle. Ses réserves diminuaient à une vitesse alarmante. En temps normal, étant donné son agitation, elle en aurait pris plus pour se calmer, mais il fallait qu'elle se rationne. Si la tourmente d'interrogations dans sa tête perdit en intensité, elle ne disparut pas complètement.

Tout en reniflant, Deirdra rangea son sac et regarda autour d'elle. Hormis pour Vosas, dont les yeux verts paraissaient ne jamais relâcher leur surveillance, les hommes du dortoir l'ignoraient. L'annonce de la veille au sujet de leur capitaine devait les préoccuper plus que la présence incongrue d'une tueuse de dragons parmi eux. Tout en s'habillant, la plupart avaient porté leur attention sur un guerrier qui avait entrebâillé la porte du dortoir et échangeait avec une personne invisible à l'extérieur. Le jeune soldat referma le battant et annonça à ses compagnons :

« Le capitaine par intérim Desmond ordonne de nettoyer vos cuirasses et d'astiquer vos heaumes. Le seigneur Lanfas de Xorond vient d'arriver. Les funérailles auront lieu à midi.

— Depuis quand es-tu le porte-parole de Desmond ? demanda un de ses confrères.

— Je fais juste vous transmettre le message qu'un serviteur vient d'apporter. »

Les guerriers se mirent à discuter. Deirdra s'assit sur son lit et écouta l'échange à voix basse entre Vosas, Carleg et Huvad, dans l'espoir qu'ils abordent les événements de la nuit. Le brouhaha des conversations couvrait leurs propos, sauf que la tueuse de dragons était suffisamment proche pour en saisir l'essentiel.

« Tu veux faire quoi ! s'exclamait Carleg.

— Je veux être prêt, répondit Vosas. Au cas où une occasion se présenterait. Rien de plus, rien de moins.

— Le capitaine a dit que nous ne devions pas nous battre avant la fin des funérailles, objecta le jeune Huvad.

— C'était avant qu'il se fasse arrêter. Je suis certain qu'il nous tiendrait un autre discours aujourd'hui. Si Sournius découvre que c'est nous que Thad avait chargés de consulter les devineresses… »

Vosas laissa volontairement sa phrase en suspens. À ses côtés, Huvad mordillait nerveusement l'ongle de son index à l'aide des quelques dents qui lui restaient.

« En fait, dit Carleg en caressant son bouc d'un air pensif, ce n'est qu'une question de temps avant qu'il le découvre. Surtout qu'il sait pourquoi Horacius voulait consulter les devineresses.

— Je me demande bien qui le lui a dit, s'interrogea Vosas. Ça n'a aucun sens que ce soit Thad lui-même.

— Même sous la torture, il n'aurait pas trahi monseigneur Horacius, affirma Carleg. Le capitaine est le genre d'homme à emporter un secret dans la tombe.

— Alors, c'est Desmond ? suggéra Huvad.

— Il y a une éternité qu'il est au service d'Horacius et qu'il est le second du capitaine, dit Vosas en secouant la tête. Il a toujours servi fidèlement Volter. Thad a failli mourir pour lui dans le dernier conflit contre Lanfas ! Ce serait une drôle de façon de le remercier. »

Deirdra suivait l'échange avec une incrédulité croissante. La loyauté de ces hommes confinait à l'aveuglement. Tout semblait accuser Thad de trahison. Pourtant, ils s'obstinaient à le juger innocent !

Le visage avenant du capitaine se présenta à son esprit, alors que dans sa tête résonnait le commentaire du seigneur Lanfas :

Tu es comme cette fourmi, Thad. Pour servir ta reine, ou plutôt ton seigneur, tu es prêt à soulever des montagnes.

Un homme qui, s'il fallait en croire Lanfas, était un piètre menteur pouvait-il avoir berné tout le monde, y compris les soldats pour lesquels il avait été prêt à mourir dans le château de Xorond, et avoir manipulé un vieil homme ? Deirdra n'avait jamais été douée pour lire les gens : enfant, elle avait cru que sa mère voulait d'elle, puis elle s'était brièvement attachée au tueur de dragons qui l'avait vendue à Bradeus. Quant à ce dernier, elle avait pensé pendant un temps qu'il voulait réellement faire d'elle une tueuse de dragons. Saras était le dernier individu sur la longue liste de personnes qu'elle avait mal jugées. Devait-elle ajouter le nom de Thad à l'énumération ?

« Le capitaine a toujours été prêt à se sacrifier pour nous, disait Carleg au même moment. Tu peux compter sur moi, Venin. »

Carleg et Vosas tournèrent leur regard vers Deirdra.

« Qu'est-ce qu'il y a ? demanda-t-elle.

— Tu es prête à nous aider, pas vrai ?

— Vous aider à quoi ? »

Vosas se pencha en avant et murmura :

« À faire évader le capitaine.

— T'es complètement fou, Venin ! s'écria le jeune Huvad.

— Tu t'en étais jamais rendu compte, Huvad ? » dit un soldat qui passait près d'eux au même moment.

Des éclats de rire accompagnèrent sa remarque. L'homme poursuivit :

« Faut être complètement fêlé pour avaler trois bouteilles de venin de minusius pratiquement cul sec sans rouler sous la table ! Allez, venez manger au lieu de discuter, bande de pies ! »

Deirdra et les trois soldats se levèrent.

« C'est du suicide ! chuchota Huvad à Vosas en roulant de grands yeux effrayés.

— Tu as un plan, j'espère », ajouta Carleg.

Vosas haussa les épaules.

« L'improvisation est parfois la meilleure stratégie. »

Deirdra esquissa un sourire narquois.

« Ton ami a raison. Tu es complètement cinglé.

— Écoutez qui parle ! Qui est-ce qui passe son temps à pourchasser des monstres qui pourraient l'avaler tout rond ?

— C'est moins délirant que d'attaquer une armée tout seul. Moi, au moins, je peux concentrer toute mon attention sur un adversaire unique.

— Ça signifie que tu ne nous aideras pas ? Tu as la trouille ?

— Pas du tout. J'aime les missions suicidaires. Je vous aiderai... à la condition que vous me donniez de la dragonne, comme votre capitaine me l'a promis. »

Vosas la dévisagea et un éclair fugace de mépris traversa ses yeux verts.

« J'oubliais : tu es une renifleuse de dragonne !

— Écoutez qui parle ! répliqua-t-elle en une grotesque imitation de son interlocuteur. Tu as vraiment ingurgité cul sec trois bouteilles de venin de minusius ? »

Bien qu'elle voulût se moquer, Deirdra n'avait pu réprimer une note admirative. L'alcool distillé du venin de minusius était particulièrement fort ; même la tueuse, pourtant résistante aux substances ayant des impacts sur le système nerveux, sombrait dans un trou noir après avoir avalé le contenu d'une bouteille et demie. Elle s'enorgueillissait d'ailleurs de sa coriacité, car la majorité des individus connaissaient un sort identique en absorbant seulement les trois quarts d'une bouteille.

Vosas souleva les commissures de ses lèvres tuméfiées.

« C'est pour ça que les autres m'appellent "Venin". J'avais parié deux pièces d'or avec un type que je serais capable de les boire de suite sans être ivre mort... excepté que ça n'a pas été la meilleure idée que j'ai eue :

depuis ce jour-là, je ne goûte plus rien. On dirait que mes papilles gustatives sont restées engourdies.

— Et c'est toi qui parles d'improviser ?

— J'ai bien gagné mon pari ! »

Ils se rendirent au réfectoire. Le petit déjeuner était frugal, étant donné l'obligation de faire chair maigre pendant la période de deuil. Plusieurs hommes maugréèrent parce qu'il n'y avait pas de charcuteries pour accompagner leur ration d'avoine bouillie. Deirdra, elle, ne s'en plaignit pas, puisque toutes les viandes lui répugnaient, à part celle, crue, du cœur des dragons.

Une fois que les soldats eurent terminé leur repas, ils regagnèrent leur dortoir et enfilèrent leur cuirasse vert foncé. Ensuite, ils attendirent que leur nouveau capitaine vienne les passer en revue.

◆

La cour intérieure du château de Volter était bondée : les vassaux, les serfs et les serviteurs d'Horacius s'étaient rassemblés pour rendre un dernier hommage à leur seigneur. Une partie des soldats de la seigneurie encerclait la foule, une autre la surveillait du haut du chemin de ronde. Au centre de l'espace aménagé entre les remparts, une estrade avait été érigée. Petrior, Lanfas, Jeriad soutenu par Marvone, et quelques guerriers au service des trois seigneurs entouraient le corps d'Horacius, qui était allongé sur une table drapée de blanc.

Appuyée contre le mur est en compagnie de Vosas et de Huvad, Deirdra ne pouvait en croire ses yeux : quels imbéciles ! Qu'est-ce qui leur était passé par la tête pour qu'ils décident d'exposer un cadavre à l'air libre ? Certes, le défunt Horacius ne représentait qu'une seule dépouille et son corps avait probablement été lavé et enduit de baumes pour ne pas offenser le nez des nobles qui lui rendaient hommage. Néanmoins, pourquoi prendre le risque d'attirer les minusi ?

Soudain, Deirdra fronça les sourcils. Parmi les effluves de corps mal lavés, de métal et de bois, elle décelait des relents familiers rappelant vaguement l'urine, les mêmes qu'elle avait déjà flairés sur la montagne de Faureg et dans la futaie de Cobas. L'odeur semblait provenir de la plate-forme. La jeune femme glissa à l'oreille de Vosas :

« Tu sens ça ?

— Sentir quoi ?

— L'odeur de pisse de minusius qui vient de l'estrade », précisa-t-elle en se remémorant à quoi Vosas et ses confrères avaient associé les effluves, dans la futaie de Cobas.

La mine perplexe, le soldat huma l'air ambiant et secoua la tête :

« Je ne sens rien.

— C'est ta langue ou tes narines que le venin de minusius a brûlées ? » rétorqua Deirdra, incrédule.

Elle n'arrivait pas à comprendre pourquoi Vosas ne détectait pas l'émanation prononcée. Certes, maître Bradeus l'avait soumise, comme tous ses apprentis, à une flopée d'exercices – tant, en fait, qu'elle avait du mal à se rappeler la majeure partie d'entre eux – destinés à décupler tous ses sens, son flair compris. Néanmoins, la jeune femme avait l'impression qu'il n'était pas nécessaire d'être un tueur de dragons, voire un chasseur aguerri, pour repérer les effluves aigres. Leur présence dans la cour intérieure n'augurait rien de bon, surtout que Deirdra avait déjà procédé à un repérage des issues potentielles en cas d'urgence et avait conclu qu'avec les archers en haut des murs, les soldats et les paysans à l'intérieur de ceux-ci et les portes fermées des fortifications, il n'y avait aucune sortie possible.

Petrior coupa court à ses réflexions en prenant la parole du haut de l'estrade. Il salua tout d'abord chacun des seigneurs qui l'entouraient, ainsi que Marvone et les officiers présents. Ensuite, il se tourna vers son peuple :

« C'est le cœur lourd que je me présente aujourd'hui devant vous. D'une part, je vous ai rassemblés pour que nous puissions rendre ensemble un dernier hommage à un père et à un seigneur bien-aimé ! »

Un grondement approbateur parcourut l'assistance. À côté de Deirdra, Vosas émit un grognement sceptique.

« D'autre part, enchaîna le jeune homme, je vous ai réunis pour dévoiler publiquement la trahison d'un homme qui a prétendu pendant des années être le protecteur de Volter ! »

Desmond émergea de l'entrée principale en compagnie de cinq soldats. Le colosse roux était entièrement vêtu de noir, à l'exception de sa cuirasse brun-vert. Sa troupe et lui s'écartèrent, révélant un homme couvert de chaînes. Sous sa longue chevelure emmêlée, son visage était couvert d'ecchymoses et il portait des haillons ensanglantés. Partagée entre l'incrédulité et la pitié, Deirdra n'arrivait pas à détacher son regard du prisonnier : était-ce bien le capitaine Thad qui, la veille encore, inspirait un tel respect à ses hommes que nul n'osait discuter ses ordres ?

Quelques voix s'élevèrent alors que les civils découvraient avec stupeur l'officier entravé. Sur l'estrade, Lanfas esquissa un mouvement de surprise.

À côté de Deirdra, Vosas serra la poignée de son épée, son visage taillé à la serpe affichant un air résolu. La tueuse de dragons et Huvad saisirent ses bras.

« Ce n'est pas le moment ! » souffla la jeune femme.

À contrecœur, le soldat relâcha sa prise sur son arme.

Du haut de la plate-forme, Petrior désigna le captif du doigt.

« J'accuse cet homme, connu sous le nom de Thad et qui occupait jadis le poste de capitaine des armées de Volter, de haute trahison. Il a profité de son ascendant sur mon père, celui-ci étant affaibli par la maladie, pour lui embrouiller l'esprit, le convaincre de me déposséder de mon héritage et de le nommer seigneur de Volter ! Ce renégat a perverti les lois des esprits de la nature qui déterminent que les possessions du père sont transmises seulement par le sang ! Ce sera la mort pour ce chien ! Que cela serve d'exemple à tous ! »

La foule poussa de nouvelles exclamations d'ahurissement tandis que Thad, debout sur le parvis, s'avançait malgré ses lourdes chaînes, la bouche ouverte pour protester. Un garde l'obligea à reculer sous la menace de son épée.

« Calomnies ! protesta une voix masculine quelque part dans la foule. Horacius n'avait pas plus fidèle serviteur !

— Siroeus ! » siffla Vosas entre ses dents.

Huvad et lui étirèrent le cou pour apercevoir leur compagnon d'armes. Deirdra vit qu'à l'entrée du donjon Desmond et Thad faisaient de même.

« Qui a dit cela ? demanda Petrior, furieux. Capitaine Desmond, attrapez ce complice ! Il périra avec son chef ! »

Le nouveau capitaine esquissa un signe à l'adresse des soldats postés sur les murailles et le long des fortifications. Les archers en haut des murs encochèrent des flèches à leurs arcs et scrutèrent l'assemblée. Les gardes au sol se frayèrent un chemin parmi la populace vers l'endroit où la voix s'était élevée. Cependant, l'assistance était si dense qu'ils peinaient à avancer. Deirdra eut l'impression que la masse de serfs faisait exprès pour ralentir la progression des troupiers.

« Le capitaine Thad a toujours veillé sur Volter ! cria quelqu'un.

— C'est un homme bon et loyal ! » s'exclama un autre.

Bientôt, les contestations isolées se muèrent en tollé général. Gênés dans leurs mouvements par la foule compacte, les guerriers de Petrior hésitaient à intervenir.

Le jeune seigneur leva une main impérieuse à l'adresse des archers sur les remparts. Les cordes des arcs se tendirent.

« Un instant ! » intervint Lanfas.

Un silence stupéfait s'abattit dans la cour. Deirdra leva les yeux vers le seigneur de Xorond, qui examinait Petrior avec un sourire cruel, comme s'il était en train de contempler une mouche essayant maladroitement de s'arracher à une toile d'araignée.

« Si vous me permettez de faire une suggestion, monseigneur Petrior, il y a peut-être un moyen d'éviter un bain de sang, même si je sais que vous ne vous embarrassez pas habituellement de ce genre de scrupules… »

Petrior se raidit et crispa la main qu'il gardait levée.

« Les dragons nous infligent déjà assez de torts sans qu'en plus nous massacrions notre propre populace, approuva Jeriad de sa voix chevrotante. Parlez, monseigneur Lanfas. Nous avons eu nos différends par le passé, mais tous connaissent votre intelligence.

— Merci, monseigneur Jeriad. Je pourrais vous retourner le compliment, car tous savent que vous avez la sagesse de vous rallier à plus fort que vous pour protéger vos biens… »

Le vieil homme tressaillit.

« Mais passons, poursuivit Lanfas, car le bras de notre jeune confrère commence visiblement à fatiguer. Je vous suggère, monseigneur Petrior, de montrer à ces partisans du capitaine Thad une preuve de sa trahison. »

Deirdra vit le fils d'Horacius hésiter. À côté d'elle, Huvad glissa à Vosas :

« À quoi joue donc Lanfas ? Depuis quand est-ce qu'il prend la défense du peuple de Volter ?

— On dirait qu'il veut gagner sa sympathie, répliqua son confrère, un pli profond creusant son front. Soit c'est encore son caractère de girouette qui se manifeste, soit il a une idée derrière la tête, soit c'est un peu des deux : je ne crois pas que Lanfas ait fait un seul geste désintéressé dans toute son existence. J'ignore ce que le seigneur des fourmis prépare, mais pas besoin d'être devin pour saisir que c'est un coup fourré.

– En tout cas, il a réussi à mettre Sournius dans le pétrin ! ricana Huvad. S'il suit le conseil de Lanfas, son autorité est minée devant tout le monde, et s'il ordonne aux archers de tirer dans le tas, il se retrouve avec un soulèvement sur les bras ! »

La tueuse de dragons écoutait leur échange d'une oreille distraite. Elle couvait le corps d'Horacius d'un œil inquiet. Cette célébration traînait en longueur. Pourquoi personne ne rentrait-il le cadavre dans le donjon ?

Sur l'estrade, Petrior finit par baisser lentement la main et par déclarer d'une voix aussi forte qu'exaspérée :

« Puisqu'il semble que la parole d'un seigneur ne soit pas suffisante pour convaincre tout le monde, je vous invite, messeigneurs, à m'accompagner auprès du prisonnier. Je vais vous prouver que le capitaine Thad n'est pas celui qu'il prétend être. »

Entouré de quatre de ses hommes, Petrior quitta la plate-forme. Lanfas fit de même, accompagné de trois soldats, puis Jeriad descendit à son tour de la tribune, aidé de Marvone et de son escorte. La foule leur céda le passage et ils rejoignirent Desmond, Thad et ses gardiens devant l'entrée du donjon. Le fils d'Horacius dit alors, d'une voix que la colère rendait rauque :

« Capitaine Desmond ! Prouve à tout le monde, et en particulier à monseigneur Lanfas, que le capitaine Thad n'est qu'un bâtard sans attaches et sans respect pour l'ordre, comme tous ceux de son espèce ! »

À côté de Deirdra, Vosas serra les doigts autour de la poignée de sa lame au point que ses jointures blanchirent.

Devant les spectateurs parfaitement silencieux, Desmond saisit l'un des poignets de son ancien capitaine et releva sa manche. Tout en maintenant une prise ferme autour du membre dénudé, il s'écarta pour permettre à Jeriad et à Lanfas de le contempler. Ensuite, il l'exhiba de manière à ce que les civils les plus proches de l'escalier puissent voir le tatouage qui décorait la chair de

Thad, soit un sournius surmonté de l'étoile du nord. La nouvelle se répandit comme une traînée de poudre parmi l'assistance : le capitaine était un tueur de dragons ! Le protecteur de la paix établie par Horacius entre les trois seigneuries appartenait en fait à la race des fauteurs de troubles !

« Vous voyez, habitants de Volter ? exulta Petrior. Votre capitaine vous a toujours celé sa véritable identité ! C'est à cause de lui et de sa sale engeance que Deirdris s'acharne sur vous et envoie ses enfants dévorer vos bestiaux, massacrer vos familles et raser vos demeures ! Si ce chien s'était réellement soucié de votre sécurité au lieu de ses ambitions, il aurait démissionné depuis longtemps de son poste et se serait exilé dans les monts de Maestas afin d'éviter d'attiser le courroux de l'esprit du feu ! Au contraire, il est resté à Volter en attendant le moment propice pour déclencher une guerre qui mettrait l'Austrion à feu et à sang ! Tôt ou tard, il aurait fini par détruire la paix que mon père a mis des années à faire régner sur les trois seigneuries ! Tout le monde sait que les tueurs de dragons ne peuvent pas se passer de sang ! »

Pendant que le murmure de l'assemblée s'intensifiait, que Jeriad et Marvone fixaient Thad d'un air stupéfait et que Lanfas observait le prisonnier avec une moue amusée, Deirdra réfléchissait. Quelque part au fond d'elle-même, elle soupçonnait la véritable identité du capitaine depuis longtemps. Il en connaissait trop sur les dragons et les tueurs pour ne pas avoir une affiliation quelconque avec eux. Elle était assez proche du parvis pour voir ses mains à la peau crevassée et brûlée par le venin de sournius. Combien de dragons avait-il tués avant d'entrer au service d'Horacius ? Et était-ce Thad que Jeriad avait à l'esprit lorsqu'il avait évoqué la tolérance du seigneur défunt à l'égard des mangeurs de cœurs, la nuit précédente ? Pourtant, le vieillard avait l'air aussi étonné que la plus grande partie du public. La jeune femme se tourna vers

Vosas et Huvad. Les deux hommes ne manifestaient aucune surprise devant la révélation de Petrior.

« Salaud de Desmond ! Il va me le payer ! cracha Vosas.

— Que voulais-tu qu'il fasse ? dit Huvad. Qu'il refuse ? Petrior l'aurait fait exécuter avec le capitaine !

— Alors, exulta Petrior en balayant la populace du regard, me croyez-vous à présent ? »

En guise de réponse, un cri d'alarme retentit en provenance des remparts ouest :

« Dragon ! Dragon ! »

Tous levèrent les yeux vers les hommes qui avaient crié. L'index tendu, les archers désignaient une volute de fumée teintée de rouge qui s'élevait au-dessus des collines.

« Tous aux abris ! » rugit un soldat.

Un mouvement de panique s'ensuivit : l'assemblée se rua vers la sortie, poussant et piétinant les malheureux qui avaient trébuché sous la pression de la masse.

« Contrôlez la foule ! » rugit Desmond.

Derrière lui, une double rangée de soldats tentaient de contenir l'assistance pour permettre aux trois dirigeants de l'Austrion de se réfugier dans le donjon. Peine perdue : le raz-de-marée humain plaqua les guerriers contre la muraille. Les trois seigneurs et Marvone furent bousculés par la piétaille et se retrouvèrent dans l'incapacité de se réfugier dans le bâtiment.

Thad profita de la confusion générale pour passer sa chaîne autour du cou d'un de ses gardiens. L'homme se débattit. Le capitaine ne relâcha pas sa prise.

Une flèche atteignit Thad à la cuisse. Il vacilla. Son captif se dégagea, jeta l'officier au sol d'un direct en plein visage et le roua de coups de pied.

« Maintenant ! » s'écria Vosas.

Il dégaina son épée et entreprit de se frayer un chemin parmi les civils affolés. Huvad et Deirdra l'imitèrent avec un léger retard. À contre-courant de la foule, ils se lancèrent à l'assaut des marches du parvis, repoussant quiconque se tenait en travers de leur route. La jeune femme distingua, dans la marée humaine, d'autres soldats qui convergeaient vers l'esplanade. Elle reconnut Carleg à sa barbiche noire, mais ne put identifier les autres.

En haut de l'escalier de pierre, Thad essayait d'échapper à deux adversaires en rampant. Des archers décochèrent leurs flèches sur lui. Leurs projectiles se plantèrent dans un bouclier brandi par Siroeus, qui avait bondi devant l'entrée du château et s'était interposé entre le capitaine et les tireurs.

Des guerriers jaillirent du donjon et encerclèrent les deux hommes, pendant que d'aucuns couraient prêter main-forte aux trois seigneurs et à Marvone. D'autres atteignirent le parvis en même temps que Vosas, Deirdra, Huvad et Carleg.

« Lâchez vos épées ! ordonna l'un des soldats à leurs confrères renégats.

— Je t'avais bien dit que c'était du suicide ! » lança Huvad à Vosas, tout en posant son épée.

L'autre l'ignora et s'adressa plutôt aux troupiers qui se dressaient devant lui :

« Vous êtes prompts à renier votre capitaine ! Est-ce que vous auriez attrapé la maladie de Lanfas ?

— Et toi, tu oublies que ta loyauté va à Volter, pas à Thad, rétorqua un des gardes.

— Petrior n'est pas digne de Volter ! protesta Carleg. Son mensonge à propos du capitaine est une autre preuve de sa fourberie.

— Le sang des seigneurs de Volter coule dans les veines de Petrior. Pas dans celles de Thad ! »

Thad leva une main suppliante en direction de ceux qui essayaient de lui venir en aide.

« Vous n'auriez pas dû me secourir. Vous allez être condamnés à mort, vous aussi.

— Mais, capitaine… »

Deirdra fut distraite de la scène par un mouvement furtif à la limite de son champ de vision. Elle scruta le ciel. Une silhouette familière apparut à l'endroit où la fumée s'était élevée quelques instants plus tôt. Tout d'abord minuscule dans la distance, elle grossissait rapidement, de sorte que la jeune femme vit bientôt une tête analogue à celle d'un cheval monstrueux, mais sans poils et surmontée de quatre antennes d'écaille. Son cou dépassait à peine de son corps trapu flanqué de deux ailes d'un vert tirant sur le brun.

« Un colossius », annonça-t-elle calmement.

Les tireurs coururent aux escaliers reliant les remparts à la cour intérieure, laissant à leurs confrères sur le parvis le soin de maîtriser les prisonniers.

Deirdra ramassa son épée.

« Abritez-vous ! lança-t-elle à son entourage. Son venin est mortel ! »

Une ombre immense survola la cour intérieure et un jet de venin éclaboussa les archers qui tentaient de quitter le sommet de la muraille. Les hommes furent pris de spasmes si violents que certains tombèrent dans le vide et se brisèrent le cou. D'autres s'agitèrent sur le chemin de ronde quelques instants en se tenant la gorge à pleines mains, puis s'immobilisèrent. Le colossius saisit entre ses griffes deux guerriers qui remuaient encore et remonta en les avalant l'un après l'autre, sans prendre la peine de les mastiquer ou de recracher leurs armures et leurs vêtements.

L'un des adversaires de Thad, un costaud à la moustache brune, ne se laissa pas déconcentrer par l'apparition du dragon. Aidé d'un confrère, il saisit Thad et tenta de l'entraîner à l'intérieur du donjon. Deirdra, Vosas et Huvad foncèrent sur les deux hommes pour délivrer le capitaine. Le moustachu et son compagnon fixèrent un point derrière leurs opposants. Leur visage afficha une vive terreur et ils lâchèrent leur prisonnier afin de s'enfuir aussi vite que possible.

Deirdra, Vosas et Huvad virevoltèrent. Le colossius plongeait sur eux, les ailes déployées, si proche que les humains voyaient les nombreuses cicatrices qui zébraient son poitrail.

« Attention ! » hurla la tueuse de dragons.

Elle se jeta en bas des marches du parvis, imitée par Siroeus et Carleg. Vosas et Huvad ramassèrent Thad et déboulèrent l'escalier à leur tour. Les griffes du monstre lacérèrent la cuirasse d'Huvad sans parvenir à l'attraper. L'animal remonta vers le ciel, sa queue trapue serpentant derrière lui.

« Sous les remparts ! » cria Deirdra en fonçant vers le mur est, le haut de son corps couvert de son écu.

Les quatre autres l'imitèrent en soutenant Thad. La jeune femme vit un groupe de guerriers emmener les trois seigneurs et la fille de Jeriad vers l'arrière du donjon, loin du dragon et de la populace qui cherchait désespérément à fuir.

Entre le mur et le parvis, des soldats apparurent, tirant derrière eux une catapulte. Ils visèrent le colossius qui redescendait en piqué. Au moment qu'ils jugèrent opportun, les soldats relâchèrent la corde tendue de la machine de guerre. Une flèche énorme monta dans les airs, rata le dragon pour aller percuter le linteau de pierre au-dessus des grandes portes et retomber dans la cour, en fracassant le crâne de quelques malheureux. Avec une habileté étonnante pour une créature de sa taille, le monstre avait fauché deux autres paysans et repris de l'altitude. Ses proies hurlèrent à pleins poumons, jusqu'à ce qu'il les avale l'une après l'autre. La créature avait beau être terrible, Deirdra ne pouvait s'empêcher de songer que, sur le plan alimentaire, elle tenait plus du porc que du loup, image peu effrayante s'il en était. Les colossi ayant une mauvaise vue, ils avaient la fâcheuse habitude de manger tout ce qui enrobait leurs proies, à commencer par les vêtements des humains. Heureusement pour eux – et malheureusement pour les habitants de l'Austrion –, ils avaient l'estomac assez robuste pour digérer les matériaux non comestibles.

« Il voit mal de près, annonça Deirdra à ses compagnons. Si nous restons parfaitement immobiles, il ne peut pas nous remarquer.

— Et si on reste immobile, comment on fait pour éviter son venin ? objecta Siroeus.

— Il n'y a pas de situation parfaite, répliqua la jeune femme. Si ça peut te consoler, ça prend quelques minutes avant que les glandes qui produisent le venin sécrètent une nouvelle dose, une fois qu'il a craché.

— Je me sens beaucoup mieux, merci », ironisa-t-il.

Deirdra ne releva pas. Elle observait les soldats, de l'autre côté du parvis, qui rechargeaient la catapulte.

Vosas et Siroeus paraissaient incapables de quitter le colossius des yeux. Le dragon se laissait glisser sur le côté pour revenir à la charge. À cause de la distance, son vol paraissait étrangement lent. Carleg et Huvad examinaient les chaînes de Thad, qui avait sombré dans l'inconscience. Le plus jeune des deux soldats tira un poignard de sa ceinture, l'enfonça dans la serrure du loquet qui retenait les liens métalliques du capitaine et le tourna. Avec un déclic, le verrou céda et les deux hommes purent libérer l'officier de ses rets.

« Pas mal, complimenta Carleg.

— Quand j'avais dix ans, je faisais les poches des passants, à Gorteg. Thad m'a attrapé et m'a donné le choix : la prison ou l'armée de Volter… »

Huvad n'alla pas plus loin. Le dragon plongeait de nouveau, toutes griffes dehors. Les guerriers lancèrent le second projectile, qui traversa la membrane fragile d'une des ailes de la créature. Le colossius se tourna vers les troupiers qui entouraient la catapulte, balança sa tête chevaline de l'arrière vers l'avant et expulsa un flot de venin. Certains gardes purent l'éviter, mais d'autres s'écroulèrent, en proie à des convulsions aussi brutales que de courte durée.

« Si tu as un plan, c'est le moment ou jamais d'en parler ! lança Vosas à Deirdra.

— Je préfère improviser », répliqua-t-elle en aspirant sa dernière dose de dragonne.

Elle se leva et entreprit de longer les remparts en direction de la sortie, son bouclier brandi. Siroeus et Vosas la suivirent en levant leur bouclier pour protéger Carleg et Huvad qui transportaient Thad, l'un par les pieds, l'autre par les aisselles.

Le colossius repéra les rares archers qui couraient encore sur les remparts du mur ouest. Il évita lestement les pointes qui surmontaient les fortifications et saisit deux hommes au passage. Ensuite, il disparut partiellement derrière le donjon. Deirdra distinguait uniquement son aile perforée qui fouettait l'air.

« On y va ! » s'écria Vosas.

Ils se ruèrent vers la sortie en bousculant les derniers paysans qui essayaient de s'enfuir. Deirdra jeta un ultime coup d'œil en direction de la cour intérieure. Le colossius atterrit lourdement sur la plate-forme où se trouvait toujours la dépouille d'Horacius. Sous son poids, l'estrade s'écroula. Le monstre battit des ailes pour rester en l'air, sa queue courte fouettant furieusement le vide, tandis que le cadavre du seigneur disparaissait sous les morceaux de bois.

La jeune femme se détourna de la scène et songea avec une pointe de regret que le colossius ne serait pas le neuvième dragon qu'elle tuerait, pas tout de suite du moins. Elle avait la certitude que les soldats de Petrior s'empresseraient de l'arrêter dès qu'elle aurait éliminé le monstre : ne venait-elle pas d'aider le capitaine Thad à s'enfuir ? Elle doutait que Petrior lui accorde son pardon parce qu'elle aurait occis le dragon menaçant la populace de Volter ; les derniers événements avaient démontré le peu d'intérêt qu'il portait à la survie de celle-ci. Tout en dévalant la colline en direction du hameau, elle se fit le serment que ce n'était que partie remise. Très bientôt, elle éliminerait le colossius, et ce, avant qu'un autre tueur l'aperçoive.

La voix de maître Bradeus s'éleva du fin fond de sa mémoire :

« Toi, une tueuse de dragons ? Tu es trop jolie, trop délicate ! Tu es juste bonne à tuer des minusi, et encore ! Tu ne vaux pas les pièces d'or que j'ai payées pour t'avoir ! Même comme putain, tu ne vaux pas grand-chose ! Tu n'es qu'une bonne à rien ! »

Elle a huit ans et elle est agenouillée dans la boue. Ses mains sont éraflées, son corps est douloureux. À quelques pas d'elle gît le lourd cimeterre qu'elle a échappé en tentant de frapper le taureau au galop que le maître a lâché sur elle. Ses confrères apprentis se tiennent autour de la clôture, un sourire railleur aux lèvres. Certains chantonnent :

« Deirdra est une bonne à rien ! Deirdra est une putain ! »

Lentement, elle se relève, renifle bruyamment et quitte l'enclos, les dents serrées pour retenir ses larmes. S'il y a une chose qui n'est pas tolérée parmi les apprentis de maître Bradeus, c'est la faiblesse. Certains enfants ont été rossés par leurs semblables pour avoir sangloté après une punition particulièrement dure de la part du maître ou pour s'être plaints des nombreuses ecchymoses résultant de l'entraînement. En tant que seule fille du groupe, Deirdra a rapidement compris qu'elle doit se montrer beaucoup plus résistante que les garçons pour ne pas attirer leur mépris et leurs railleries. Quant à leur respect, elle sait qu'elle ne l'aura jamais. Comment pourrait-elle l'obtenir ? Elle n'arrive même pas à se respecter elle-même.

Quand elle passe près de son maître, il lui lance d'un ton méprisant :

« Va te laver ! Je ne te laisserai pas salir mes draps. »

Une larme dévale la joue de Deirdra. Heureusement, personne ne la voit et elle se hâte de l'essuyer. Toutes les humiliations et les souffrances qui sont son lot quotidien culminent en un seul moment, celui où le taureau l'a renversée. Deirdra se jure de prouver au monde entier qu'elle n'est pas une bonne à rien. Elle ne sera pas seulement une tueuse de dragons. Elle sera LA tueuse de dragons, la meilleure de tous les mangeurs de cœurs que l'Austrion aura connus, celle dont les légendes parleront.

C'était cette promesse qui l'avait poussée à traquer et à éliminer sans relâche les monstres. Il était hors de question qu'elle laisse ce colossius en vie. Il fallait qu'elle l'élimine, pour la petite fille couverte de boue qu'elle avait été.

L'appel de Vosas la tira de ses pensées :

« Par ici ! »

Le soldat bifurqua sur la gauche et disparut entre deux habitations, accompagné de ses confrères et de Deirdra. Ils s'arrêtèrent dans une étroite ruelle de terre battue. Avec un soupir de soulagement, Carleg et Huvad posèrent leur capitaine inanimé par terre.

« Et maintenant ? s'enquit Huvad entre deux inspirations sifflantes.

— Il faut quitter Volter au plus vite ! répondit Carleg.

— Pour aller où ? Nous ne serons les bienvenus ni à Xorond ni à Queltiar !

— Nous devons d'abord trouver un endroit tranquille pour soigner le capitaine et pour faire le point, dit Vosas.

— Et les autres ? demanda Siroeus. Ceux qui sont encore fidèles au capitaine, même après ce qui vient de se passer ? Ils voudront peut-être nous rejoindre…

— Allons chez mon frère Phileus, proposa le guerrier aux yeux verts. Sa ferme est tout près de Dasdas. Nous pourrons réfléchir à un moyen de contacter les autres. »

Tandis que les hommes discutaient, Deirdra observait la sombre silhouette de la forteresse, qui les dominait de toute sa hauteur. Le colossius tournait désormais autour tel un rapace. Avec son aile blessée, il n'avait probablement pas envie de plonger à nouveau, sans compter que la plupart de ses proies avaient fini par se mettre en sécurité. La créature se lasserait sous peu d'attendre qu'elles réapparaissent et se mettrait en quête de nouvelles victimes, comme elle avait dû le faire après avoir éliminé les devins de Queltiar. Étant donné la rareté des colossi ces dernières années, il ne faisait aucun doute dans l'esprit de Deirdra que ce colossius était celui dont avait parlé Jeriad la nuit précédente.

Par le fait même, il s'agissait d'un animal au comportement inhabituel : non seulement il avait massacré les augures de Queltiar, mais en plus son arrivée au moment précis où le cadavre d'Horacius était exposé et où une foule était rassemblée ne pouvait pas relever du simple hasard. S'il s'était agi d'un groupe de minusi, la tueuse de dragons n'aurait peut-être pas nourri de tels soupçons, mais les colossi ne réagissaient pas fortement à l'odeur des morts. Et si le monstre avait été attiré par autre chose ? Deirdra aurait cru qu'après avoir éliminé six colossi, elle n'aurait plus rien à apprendre sur ce type de dragons. Apparemment, il lui restait encore bien des informations à découvrir.

La jeune femme aurait volontiers pris un peu de dragonne pour calmer le flot tumultueux de ses réflexions, sauf que son sachet était vide.

Les soldats avaient fini d'échanger et s'étaient relevés.

« Tu viens avec nous ? demanda Siroeus à Deirdra.

— Non, j'ai un dragon à tuer », rétorqua-t-elle d'une voix tendue, certaine qu'ils allaient encore la contraindre à les suivre.

Les paroles de Vosas la décontenancèrent :

« Dans ce cas, que les esprits de nos ancêtres veillent sur toi. »

Les autres acquiescèrent avant de s'éloigner.

Ce ne fut qu'après qu'ils eurent disparu que la tueuse répliqua enfin à voix basse :

« Je vous souhaiterais la même chose, mais je n'ai pas d'ancêtres : je suis sans attaches ! »

Sur ce, elle s'engagea dans les ruelles désertées à la recherche d'une monture, de vivres et de la boutique de l'apothicaire. Les habitants étaient tous terrés dans la cave de leurs maisons. C'était l'occasion de s'approprier ce qu'ils auraient dû de toute façon lui donner de leur plein gré, si la reconnaissance avait été le propre de la nature humaine : ne leur rendait-elle pas un fier service en tuant les dragons ?

L'excitation de la traque embrasa son sang et accéléra les battements de son cœur. Elle reprenait enfin sa chasse. Là se trouvait son bonheur. Là se trouvait également le moyen de restituer à l'enfant qu'elle avait été un peu de son honneur.

◆

Deirdra repéra rapidement la boutique de l'apothicaire. La demeure paraissait déserte, ses occupants étant soit réfugiés dans le caveau attenant à la maison, soit coincés quelque part dans la forteresse, soit morts. La tueuse de dragons prit de la charpie dans la réserve et des herbes médicinales. Après quelques fouilles, elle découvrit un pot à demi rempli de dragonne.

La jeune femme grimaça en constatant que la poudre était rose foncé et légèrement humide plutôt que pâle et sèche, ce qui signifiait que l'apothicaire avait mal dosé le mélange de sang de colossius et de plantes. Absorbé seul, le sang de colossius n'avait aucun impact sur l'organisme humain. Toutefois, maître Bradeus avait dit à Deirdra et à ses autres apprentis que, lorsqu'il était ajouté à un mélange de végétaux dont le secret ne se communiquait que d'apothicaire à futur apothicaire ou de maître de tueur de dragons à apprenti maître de tueur de dragons, le sang de colossius décuplait l'agressivité, les sens et la force de celui ou celle qui le consommait. Malheureusement, si la liste des ingrédients nécessaires à la confection de la dragonne s'était transmise au fil du temps, les proportions, elles, avaient été perdues. En conséquence, l'intensité des effets de la drogue variait selon le dosage effectué par celui qui l'avait fabriquée.

L'absorption d'une petite pincée de poudre confirma les craintes de Deirdra : cette dragonne était particulièrement faible. Néanmoins, comme il valait mieux avoir de la dragonne peu puissante que pas de dragonne du tout, Deirdra saisit le récipient et le jeta dans le sac de jute qu'elle avait ramassé dans un coin.

En poursuivant ses recherches, elle dénicha aussi des vivres et de l'eau, une corde, un coffret rempli de pièces d'or et d'argent et une couverture de laine grossière. Derrière l'habitation, un âne était attaché. La jeune femme avait déjà possédé des montures plus nobles, mais le temps pressait. Le colossius s'était envolé vers le nord, aussi les serfs ne tarderaient-ils pas à sortir de leur cachette. Deirdra attacha son butin sur le dos de l'âne et le mit au pas sur les traces du monstre.

Elle marcha tout l'après-midi. Le colossius l'avait distancée aisément, mais la tueuse savait qu'elle retrouverait sa trace sans problème. Avec son aile blessée et son estomac assez rempli, il devrait se poser à intervalles réguliers. La jeune femme avait donc une chance de le rattraper si elle ne traînait pas en chemin.

L'éventualité d'être poursuivie par les hommes de Petrior la préoccupait plus que celle de perdre la piste du dragon. Au début de sa traque, elle vérifiait souvent qu'aucun cavalier n'apparaissait dans le lointain. Cependant, après deux jours de marche, elle cessa de s'inquiéter, car personne ne la suivait. Tout en cheminant, elle pensa beaucoup à Thad et à ses hommes : avaient-ils réussi à gagner la ferme du frère de Vosas ? Le capitaine avait-il survécu à ses blessures ? C'était un guerrier et un tueur de dragons de surcroît ; il en avait certainement vu d'autres. Et puis, pourquoi s'inquiétait-elle pour ces hommes ? Elle ne les reverrait jamais. Son neuvième dragon l'attendait. Dès qu'elle l'aurait éliminé, elle se rendrait dans les monts de Maestas et entrerait dans la légende en ayant tué plus de dragons que n'importe quel autre mangeur de cœurs. Maître Bradeus se mordrait les doigts de l'avoir traitée de bonne à rien et sa mère, où qu'elle soit, regretterait de l'avoir abandonnée.

La lumière du jour décroissait. Deirdra repéra des traces profondes dans le sol et de nombreuses touffes de poil ensanglanté. Le colossius avait dévoré un cerf ou un bœuf sauvage et il n'avait rien laissé aux minusi. La tueuse de dragons estima que l'événement remontait au jour précédent, ce qui lui arracha un soupir de découragement. Elle perdait un temps précieux à se déplacer à pied ! Si seulement elle avait eu un cheval ! Pour une fois qu'elle avait les moyens de s'acheter une bonne monture, elle arpentait les collines de Taevenar, un territoire presque inhabité qui s'étendait à perte de vue. Elle y avait chassé à quelques reprises, alors qu'elle allait rendre visite à l'apothicaire de Rueg. Elle arrivait donc aisément à se repérer et savait qu'elle ne rencontrerait pas de village, et donc pas de vendeur de chevaux, avant au moins deux autres jours de marche.

Deux jours de marche… Elle frissonna. L'hiver approchait, la disparition du soleil marquait l'arrivée d'un souffle glacial qui balayait les landes. Si elle devait geler encore pendant deux jours, elle avait au moins droit à un toit au-dessus de sa tête et un repas chaud pour la nuit ! Chez l'apothicaire, elle avait trouvé du pain, du fromage et de la viande séchée. Le reste du premier était devenu aussi dur que de la pierre, elle avait terminé le second en guise de petit déjeuner. Quant à la viande, si elle se forçait à en manger pour se caler l'estomac, cela finissait toujours par lui donner soif, en plus de l'envie de vomir.

Je dois me faire vieille pour être aussi douillette et capricieuse, songea-t-elle avec une pointe d'autodérision.

Elle connaissait un endroit dans les landes où elle pourrait passer la nuit. Il y avait au moins un an qu'elle n'y était pas allée, mais, pour autant que rien n'eût changé au cours de cette période, son propriétaire, un veuf âgé du nom de Saussad, acceptait de servir sans rechigner les tueurs de dragons qui avaient les moyens de payer. Un examen rapide des collines environnantes lui permit d'évaluer qu'elle se trouvait tout au plus à une heure de marche de l'auberge.

La jeune femme découvrit au bout de ce laps de temps qu'elle ne s'était pas trompée: une habitation rectangulaire au toit de chaume et haute de deux étages apparut entre les collines. La demeure avait été érigée sur le bord du segment de la chaussée censée relier Tavad aux différents villages de Volter. Toutefois, à l'instar des autres projets routiers de l'Austrion, la construction de l'artère avait été rapidement abandonnée sous les assauts des dragons. Devant l'auberge, une section de chemin pavé qui commençait un peu au sud du bâtiment et se terminait à quelques pas au nord subsistait encore, dernier vestige de la voie qui n'avait jamais vu le jour. Deirdra avait déjà entendu Saussad, le propriétaire de l'auberge, affirmer qu'il entretenait jalousement son tronçon de route en balayant fréquemment les dalles et arrachant les herbes folles qui poussaient entre elles.

Une chaude lumière orangée éclairait les fenêtres de l'auberge et l'ombre d'une silhouette humaine y passait de temps à autre. La porte avant était flanquée de deux torches et surmontée d'un écriteau où un visage délavé par les intempéries était surmonté de symboles indiquant le nom de l'établissement. Faute d'être capable de déchiffrer l'écriteau, Deirdra avait surnommé l'habitation « l'auberge de Taevenar ».

Elle immobilisa son âne sur les pavés devant l'habitation et s'approcha d'une des fenêtres. Elle entrevit quatre dîneurs attablés dans la pièce au plafond bas. D'après leur apparence, elle déduisit qu'il s'agissait de deux marchands ambulants et de deux pillards. En effet, ces derniers étaient vêtus de cuirasses en peau de minusius trop petites pour eux et de capes taillées dans une étoffe de qualité qui contrastait vivement avec les hardes qu'ils portaient en dessous. Les quatre exhibaient leur épée, leur hache ou leur arbalète. Pas un voyageur, quelle que soit sa profession, n'aurait été assez fou pour s'aventurer sans armes sur les routes de l'Austrion. Un jeune serveur que la tueuse de dragons ne connaissait pas circulait entre les tables, chargé de chopes et d'écuelles fumantes. Dans le vaste âtre se trouvant à l'extrémité est de la pièce, un morceau de bœuf piqué sur une broche rôtissait, dégageant des arômes qui firent grimacer Deirdra. Elle pesa le pour et le contre de passer la nuit dans le gîte. Parmi les inconvénients figuraient ceux qu'on la remarque ou qu'on l'agresse. Néanmoins, elle ne ferait probablement qu'une bouchée des pillards s'ils décidaient de l'attaquer et il n'y avait aucun soldat dans la salle. En outre, d'ici une semaine tout au plus, elle aurait disparu dans les monts de Maestas, où personne ne pourrait la rattraper même si l'un des clients donnait son signalement aux hommes de Petrior. Parmi les avantages non négligeables figurait le fait d'avoir un lit, un bain et un repas chauds. Elle décida donc de courir le risque de se montrer. Après avoir attaché les rênes de l'âne autour d'une poutre près de l'entrée, elle jeta son sac en travers de son épaule, prit son bouclier et pénétra dans la salle commune.

Les dîneurs dressèrent la tête à son entrée et le serveur interrompit son va-et-vient entre les tables et la cuisine pour la dévisager. Deirdra plaça son bagage contre son crâne de manière à se soustraire aux regards insistants et elle gagna une table placée dans un coin sombre à proximité de l'âtre. Un grand borgne costaud aux joues couvertes d'une dense barbe poivre et sel vint se planter devant elle.

« Je ne veux pas de problèmes, alors fiche le camp.

— Où est Saussad ? demanda froidement Deirdra.

— Il est mort. L'auberge m'appartient à présent et, contrairement à l'ancien propriétaire, je ne sers pas ceux de ton espèce. Ils payent trop peu pour le trouble qu'ils causent. Déjà que les clients sont rares, je ne veux pas faire fuir ceux qui s'arrêtent ici.

— J'ai de quoi payer, objecta-t-elle.

— Prouve-le », rétorqua l'autre.

Elle fouilla dans son sac, trouva le coffret qu'elle avait volé à l'apothicaire, en tira quelques pièces d'argent et les jeta sur la table. Le chauve les saisit et les examina minutieusement de son œil unique.

« Qu'est-ce que tu veux ?

— Un bon lit, un bain et un repas chauds et du foin pour mon âne. »

Son interlocuteur compta dédaigneusement les pièces de monnaie.

« C'est pas assez.

— C'est plus qu'assez ! s'indigna Deirdra. J'ai connu des gargotes plus propres que la tienne qui coûtaient moins cher ! »

Sans surprise, elle nota que les conversations entre les deux couples d'individus attablés n'avaient pas repris depuis son entrée.

« Qu'est-ce que vous avez à écouter, vous autres ? » leur lança-t-elle d'un ton irrité.

Les dîneurs retournèrent précipitamment à leur écuelle et à leur chope. Deirdra afficha un sourire de satisfaction : la réputation des tueurs de dragons qui la précédait avait certes le désavantage de susciter la curiosité, mais la crainte qui lui était également associée compensait ce désagrément.

Le patron empocha les pièces et interpella le serveur, qui s'était remis à l'ouvrage :

« Sers-lui un bol de ragoût ! »

Puis il tourna ostensiblement le dos à la jeune femme. Un instant plus tard, le garçon déposait un bol sur la table de Deirdra avec tant d'empressement que des gouttes d'un liquide brunâtre épais en maculèrent la surface. Il fila sans demander son reste.

La tueuse de dragons piqua un morceau de pomme de terre à la pointe de son poignard et l'avala. Le ragoût était salé et laissait un arrière-goût désagréable dans la bouche. Deirdra voulut commander une boisson assez forte pour lui faire oublier la saveur, sauf que le serveur s'était réfugié à l'autre extrémité de la pièce et feignait à nouveau de ne pas la voir. Elle se tourna vers le tenancier, qui la couvait de son œil noir derrière son comptoir, et lui signala d'approcher.

« Qu'est-ce que tu veux encore ? demanda-t-il d'une voix peu amène.

— Un verre de venin de minusius. »

Le borgne esquissa un sourire amusé.

« C'est une boisson d'hommes, ça, pas de petite fille. Tu veux que je le coupe avec de l'eau ? »

En guise de réponse, Deirdra lui jeta une pièce d'argent. Le chauve l'attrapa au vol et s'éloigna. Quelques instants plus tard, il revenait avec un gobelet de terre cuite.

« Tâche de ne pas t'étouffer avec ! »

Il se retira en ricanant. La jeune femme l'ignora. Elle avala le contenu du verre d'une gorgée. Un engourdissement bienfaisant gagna sa gorge et son estomac et, pendant un instant, elle oublia où elle se trouvait. En proie à une langueur délicieuse, elle eut l'impression d'être enveloppée d'un cocon douillet. Sentant l'attention du borgne sur elle, elle se ressaisit en frottant ses paupières lourdes et en massant ses tempes. Ses doigts rencontrèrent les courts poils drus qui couvraient son cuir chevelu. Elle n'aurait pas volé un bon rasage. La langue ankylosée par l'alcool, elle mangea les légumes que contenait son écuelle, puis repoussa celle-ci.

Elle en était à penser à son bain et à son lit quand la porte de l'auberge s'ouvrit à la volée.

Un homme se tenait dans l'embrasure de la porte. Ses cheveux longs et graisseux étaient partiellement couverts d'un voile gris élimé, ses yeux exorbités roulaient dans leurs orbites et de l'écume maculait sa longue barbe, qui descendait jusqu'à la taille de sa robe blanche sale et déchirée par endroits.

« Il est là ! lança-t-il une voix de stentor tremblante d'émotion. Deirdris est revenu ! Préparez-vous à expier vos crimes ! »

Deirdra se raidit. L'individu faisait partie d'une engeance qu'elle et ses confrères fuyaient comme la peste : un messager des esprits de la nature ayant perdu la raison, sans doute parce qu'il avait inhalé la fumée dégagée par la dragonne brûlée. Déjà que la majorité des devins et devineresses ne portaient pas les tueurs de dragons dans leur cœur, ceux qui étaient devenus fous leur vouaient une haine féroce. Pour ces hallucinés, les mangeurs de cœurs étaient les incarnations mêmes du mal, puisqu'ils étaient censés briser le fragile équilibre entre les humains et la nature. La fin du monde qu'ils se plaisaient à lire dans les nuages et dans les feuilles mortes résulterait de l'ire des esprits de la nature, précisément parce que ceux-ci ne toléreraient plus l'existence de gens qui exterminaient leurs enfants.

Peu désireuse d'attirer l'attention du nouveau venu, Deirdra recula doucement son banc dans l'ombre de l'âtre et glissa la main autour du poignard qu'elle avait posé à côté de son écuelle.

« Sors d'ici, Kassius ! ordonna le propriétaire de l'établissement, tandis que les dîneurs dévisageaient le vieil homme, certains avec intérêt, d'autres avec irritation. Tu déranges mes clients.

— Je l'ai vu, Bourfad ! annonça le dénommé Kassius, le visage exprimant une vive exaltation. Je l'ai vu hier, alors qu'il dévorait un cerf ! Lui aussi m'a vu et il m'a épargné ! Des êtres impies l'ont blessé, mais Deirdris m'a épargné pour que je sois son prophète et que je répande la nouvelle de son passage et de son endurance ! Il faut plus qu'une simple flèche pour terrasser les enfants de l'esprit du feu ! »

Deirdra ne put réprimer un mouvement d'agacement. La description concordait : Kassius avait vu « son » colossius. Néanmoins, ce n'était pas une raison pour qu'il le crie sur les toits ! Heureusement qu'il n'y avait pas d'autre tueur de dragons dans la salle pour l'entendre. La jeune femme n'avait pas envie que des concurrents se lancent à la poursuite de sa proie.

« C'est ça, c'est ça, commenta le chauve d'un ton irrité. Tu as répandu ton message, alors maintenant fiche le camp avant que je te chasse à coups de pied. »

Il avança sur le devin. Ce dernier fit un pas en arrière en poussant un couinement effrayé et dit aux clients :

« Repentez-vous avant qu'il soit trop tard ! Deirdris sera clément avec ceux qui… »

Il s'interrompit brutalement en apercevant Deirdra. Ses yeux s'écarquillèrent. Il ouvrit la bouche, mais ne produisit que des sons étranglés, ses cordes vocales étant nouées par la rage. Il leva un index accusateur vers la tueuse de dragons.

« Une mangeuse de cœurs, ici ! Tu oses l'héberger ! s'indigna Kassius à l'adresse de Bourfad.

— Elle a payé comme tous les autres, alors elle peut rester. »

Le vieil exalté riva ses yeux injectés de sang sur Deirdra. Cette dernière leva lentement son poignard tout en fixant l'augure.

« Je n'ai pas peur de toi, meurtrière ! la prévint-il en crachant un jet de salive dans sa direction.

— J'ai encore moins peur de toi », rétorqua Deirdra en se dressant, la lame de son arme entre les doigts, prête à la lancer sur l'illuminé.

Kassius couina à nouveau et leva ses bras frêles pour se protéger.

« Pas de sang ici ! intervint Bourfad. C'est un établissement correct, je ne veux pas de problèmes avec le capitaine Thad et ses hommes ! »

Deirdra réprima une expression de surprise : la nouvelle de la disgrâce de Thad n'était pas encore parvenue au nord de Volter.

Kassius profita de l'occasion pour fuir à l'extérieur en hurlant :

« Deirdris vous fera payer chèrement d'avoir malmené son prophète ! Tremblez pour vos vies… »

Bourfad se dirigea vers la porte, scruta les ténèbres qui régnaient dehors et referma le battant.

« Vieux fou, grommela-t-il avant de lancer à Deirdra : Toi, le plus tôt tu auras quitté mon établissement, le mieux je me porterai ! »

La jeune femme rengaina son arme et demanda sèchement :

« Où est ma chambre ?

— Troisième porte à l'étage.

— N'oublie pas mon bain.

— Pour ça, il faut aller à l'arrière.

— Je vais aussi prendre le reste de la bouteille de venin », ajouta-t-elle après une courte réflexion.

Elle ramassa son bagage, traversa la salle et se dirigea vers la porte située au fond. Les dîneurs évitèrent soigneusement de croiser son regard. L'ouverture donnait sur les écuries, mais Deirdra vit le jeune serveur émerger d'un local sur sa droite, une chaudière à la main.

« Votre… votre bain est p… prêt », annonça-t-il avant de déguerpir.

Deirdra longea les stalles. Dans la pièce que le garçon venait de quitter se trouvait un baquet rempli d'eau fumante. Un pain de savon et une pièce de tissu élimée étaient posés sur un banc à proximité et un petit miroir était accroché au mur, à côté d'une torche. Tout en s'amusant d'avoir été vouvoyée par le garçon, la jeune femme posa son sac et son bouclier, ferma la porte, qui ne comportait pas de verrou, se dévêtit et se plongea avec un soupir d'aise dans le bassin de bois. Elle s'immergea complètement pendant quelques secondes.

Un rai de lumière filtra à travers ses paupières closes : quelqu'un était entré. Elle émergea vivement et découvrit Bourfad qui la reluquait, l'œil affamé, le sourire égrillard. Le regard de Deirdra descendit jusqu'à la main de Bourfad qui tenait une bouteille contenant un liquide ambré. Elle s'efforça de dissimuler sa surprise et dit d'une voix contrôlée :

« Donne-moi quelques minutes, puis viens me rejoindre dans ma chambre… et apporte la bouteille. »

L'homme acquiesça et s'en alla sans se presser. Il referma le battant.

La jeune femme nettoya son corps maigre et musculeux couvert d'ecchymoses et de traces de brûlures. Ensuite, elle émergea du bassin, s'essuya tant bien que mal avec le morceau d'étoffe, puis revêtit ses vêtements par-dessus sa peau moite. Elle fit ensuite mousser le savon, en couvrit le sommet de sa tête, se posta devant le miroir et entreprit de se raser à l'aide de son poignard. La glace lui renvoyait l'image de fins sourcils blonds, de grands yeux bleus aussi froids et durs que la glace qui surmontaient des pommettes hautes, un nez délicat et des lèvres pleines. Le visage aurait pu avoir une certaine beauté, si ce n'avait été de la profonde balafre qui gâchait sa régularité.

Deirdra rinça sa tête dans le baquet. Sa toilette terminée, elle repassa dans la salle principale sans accorder la moindre attention aux dîneurs, qui lui rendirent la pareille. Tandis qu'elle montait l'escalier de planches, elle sentit l'œil de Bourfad caresser sa nuque. Elle s'engagea dans le couloir et ouvrit la troisième porte. Elle donnait sur un petit lit flanqué d'une table faite de bois taillé grossièrement. Un bol en métal avait été glissé sous le meuble.

La tueuse de dragons referma la porte, posa son sac et son écu dans un coin, puis retira ses bottes, sa ceinture, son pantalon et son sous-vêtement, qu'elle déposa là où se trouvaient déjà ses autres affaires. Elle inspira une petite pincée de dragonne, puis demeura au centre de la chambre avec sa chemise pour seul vêtement. Elle frissonna dans l'air glacé de la nuit qui s'infiltrait par la fenêtre dépourvue de rideaux.

Elle n'eut pas à attendre longtemps. Deux coups secs furent frappés à la porte. Le battant s'écarta, révélant Bourfad avec la bouteille de venin. Il avait roulé les manches de sa chemise et Deirdra vit le colossius surmonté d'une étoile à cinq branches qui décoraient son bras.

« Je n'ai jamais baisé de tueur de dragons », dit Bourfad en refermant le panneau de son coude.

La jeune femme retira sa chemise.

« Moi, si », dit-elle en l'attirant à elle.

◆

Le bras tatoué de Bourfad en travers de sa poitrine nue, Deirdra fixait les poutres du plafond. L'ancien tueur de dragons savait s'y prendre avec les femmes. L'expérience n'avait donc pas été désagréable et elle ne regrettait pas d'avoir dérogé à son habitude d'éviter ses confrères. De toute façon, étant donné que le borgne avait cessé de chasser les monstres, il ne constituait pas un rival potentiel. Dommage que, contrairement à lui, elle n'ait retiré aucun plaisir de leurs étreintes, et ce, en dépit de la dragonne qui avivait ses sens. Alors que les doigts du chauve la caressaient et que son membre viril la pénétrait, le visage de Bradeus s'était superposé à celui de Bourfad. La jeune femme avait incité son amant à la prendre en levrette pour ne pas voir ses traits. La figure de son ancien maître était apparue sur l'édredon. Fermer les yeux n'avait rien changé. Heureusement, le barbu et elle avaient bu une bonne partie de la bouteille de venin de minusius entre deux étreintes. Il avait été trop abruti par l'alcool pour se rendre compte que Deirdra ne partageait pas sa jouissance. Et même s'il avait été parfaitement lucide, elle doutait qu'il l'eût remarqué : au fil des ans, elle était devenue une experte dans l'art de feindre la volupté. Seul Saras, à force de patience et de tendresse, avait réussi à lui faire connaître l'extase, et cela, bien trop rarement.

Le souvenir de son ancien amant serra le cœur de Deirdra. Une vague nausée s'empara d'elle. Elle repoussa le bras de Bourfad, qui grogna et roula sur le côté, et s'assit sur le bord du lit. L'air de la nuit s'infiltrait par la fenêtre, apportant avec lui une trace infime des relents âcres familiers. Deirdra plissa le front. Était-elle en train de devenir obsédée par cette odeur au point de la sentir partout, y compris dans un endroit aussi isolé que l'auberge de Taevenar ?

Des frissonnements parcoururent son corps privé de la chaleur de son compagnon et détournèrent son attention des effluves si ténus qu'ils paraissaient être le produit de son imagination. La pleine lune éclaira la bouteille d'alcool à côté de la couche. Deirdra l'attrapa et avala les dernières gouttes qui s'y trouvaient. L'engourdissement dissipa ses haut-le-cœur et ralentit ses grelottements, le temps qu'elle rassemble ses vêtements et les enfile. La hauteur de l'astre nocturne indiquait que l'aube poindrait sous peu.

Avant de quitter la chambre, son épée à sa ceinture, son sac en travers de l'épaule et son bouclier à son bras, elle jeta un dernier coup d'œil à Bourfad. Une ombre fugitive passa devant la lune. Deirdra échappa son écu et son sac, bondit sur le lit et plaqua son visage contre la fenêtre.

« Que… qu'est-ce qu'il y a ? grogna le borgne d'une voix pâteuse.

— Un dragon ! J'ai vu un dragon !

— Quoi ! »

Parfaitement éveillé, Bourfad s'assit sur le lit et étira le cou pour regarder par l'ouverture.

« Un dragon, en pleine nuit ? Tu as dû rêver. »

Comme pour lui faire ravaler ses paroles, une silhouette immense passa à nouveau devant l'astre nocturne.

« Pousse-toi ! » aboya le borgne.

Pendant qu'il mettait son pantalon à toute vitesse, Deirdra saisit son arme, son sac et son bouclier en égrenant un chapelet de jurons entre ses dents : pourquoi ne s'était-elle pas fiée immédiatement à son flair ? Foutu venin de minusius, qui avait engourdi son instinct !

Tout en passant les bras dans les manches de sa chemise, Bourfad lui demanda :

« Tu penses tuer un dragon avec ce couteau ? Ce truc est juste bon à peler les légumes !

— Tu as mieux à me proposer ?

— Viens avec moi. »

Deirdra suivit le barbu dans le couloir. Ils dévalèrent l'escalier. En atteignant la salle principale, la tueuse de dragons remarqua que les relents aigres s'étaient intensifiés et dominaient ceux de la braise froide, de la nourriture et des chevaux. D'où pouvaient-ils provenir ? Étaient-ce eux qui attiraient le colossius ? Pourtant, à l'exception de l'assaut survenu lors des funérailles d'Horacius, c'était sur les lieux où des sourni avaient attaqué que Deirdra les avait sentis…

« Tu arrives ? » lui demanda Bourfad d'un ton impatient.

Deirdra courut le rejoindre à l'arrière de la salle. Alors qu'ils pénétraient dans les écuries, des voix endormies parvinrent de l'étage supérieur :

« Qu'est-ce qui se passe ? »

Devant Deirdra, les chevaux, parfaitement éveillés, avaient flairé le dragon et poussaient des hennissements effrayés.

« Vite ! » la pressa le chauve, qui fonçait vers le fond du bâtiment, où se trouvait un coffre massif.

Il le saisit par une poignée.

« Aide-moi ! »

Grâce à leurs forces conjuguées, les deux tueurs de dragons parvinrent à dégager le panneau qui se trouvait dissimulé sous le coffre. Bourfad le souleva, ce qui révéla un trou creusé dans la terre meuble. Il s'agenouilla et en tira deux cimeterres, deux boucliers, une large cuirasse de cuir rigide brun-vert et un casque taillé dans le même matériau.

« Je me suis dit que ça pourrait peut-être me servir à nouveau, un jour, dit le chauve. Prends-en un, ajouta-t-il en désignant les cimeterres.

— Où les as-tu trouvés ? s'émerveilla la jeune femme en admirant les deux lames. Le maître qui m'a formée m'avait donné le mien après mon premier dragon, mais je l'ai perdu… Je n'en ai jamais vu d'autres chez les armuriers !

— Il faut savoir où chercher et se montrer patient, répondit Bourfad en enfilant la cuirasse et en coiffant le casque. J'ai habité pendant un bout de temps près du port de Cirdeus. Un jour, un marchand en provenance d'Ul-Basim a accosté. J'ai pu me procurer ces deux cimeterres contre mes deux griffes de dragon.

— Tu as échangé tes griffes contre des cimeterres ? » s'exclama Deirdra, scandalisée.

Elle avait vendu la plupart des parties des dragons qu'elle avait tués, mais elle aurait préféré se couper un doigt plutôt que de se défaire des preuves de ses exploits.

Bourfad haussa ses épaules imposantes.

« Je croyais qu'avec ces armes je tuerais bien plus que deux dragons. Je voulais battre le record d'Alastorus, pour ce qu'il vaut. Le troisième colossius auquel je me suis frotté a failli avoir ma peau et m'a crevé un œil. J'ai décidé qu'il était temps que je prenne ma retraite. »

Deirdra s'apprêtait à lui demander comment il avait pu s'acheter l'auberge quand un choc fit trembler toute la bâtisse. Les poutres au-dessus de sa tête craquèrent et une ouverture béante apparut dans le toit de chaume. Les hennissements terrifiés des montures firent écho au cri d'alarme qui quitta les lèvres de Deirdra. La lumière des torches mourantes éclaira une monstrueuse tête chevaline couverte d'écailles brun-vert qui se faufilait par le trou. Les petits yeux jaunes à la pupille verticale du colossius se posèrent sur les destriers qui s'agitaient dans leur stalle. La jeune femme s'obligea à rester parfaitement immobile malgré les battements effrénés de son cœur et fut soulagée de constater que Bourfad faisait de même.

La tête du dragon bascula vers l'arrière, puis il déversa un jet de venin sur les chevaux. Les tueurs en profitèrent pour courir se mettre à l'abri. Deirdra se réfugia derrière un tas de foin et découvrit que Bourfad ne l'avait pas suivie. Elle le chercha des yeux, tout en épiant le colossius. À un compartiment d'elle, le monstre saisit entre ses dents un cheval qui agonisait sous les effets du venin. Le dragon voulut emporter sa proie hors de l'écurie, mais elle ne passait pas dans l'ouverture du plafond. Le prédateur tira. La manœuvre n'était guère aisée, car des spasmes violents agitaient encore le corps de la cavale.

« Bourfad ? » appela Deirdra à travers les hurlements des montures et le claquement furieux des ailes du colossius.

L'aubergiste émergea d'une stalle vide et il se rua sur le collum exposé du dragon, cimeterre brandi, bouclier levé. Cependant, le colossius aperçut le mouvement et braqua ses deux yeux jaunes sur le borgne qui accourait. Il lâcha la dépouille du cheval.

« Attention ! » hurla la jeune femme.

Bourfad dut faire un bond désespéré pour ne pas être écrasé par le cadavre. Il tomba sur le sol en échappant son arme. Au-dessus de lui, la gueule béante du dragon s'ouvrit, sur deux rangées de dents acérées. Une expression de terreur se peignit sur les traits du chauve : demeurer immobile ne servait plus à rien, le colossius l'avait repéré. Il virevolta pour fuir. Les dents du monstre se refermèrent sur lui au niveau des épaules. La bête leva le museau et le barbu disparut.

Un cri d'horreur muet figé sur ses lèvres, Deirdra brandit son cimeterre et se rua sur le collum de nouveau exposé du dragon.

Au même moment, la tête monstrueuse se retira. Par l'ouverture dans le plafond, la tueuse de dragons vit l'animal s'acharner à démolir le toit de l'auberge. Elle sortit alors que les premières lueurs de l'aube déchiraient le voile de la nuit.

Poussée par le vent froid qui soufflait sur les landes, l'odeur aigre envahit de plus belle les narines de Deirdra et des glapissements attirèrent son attention. C'était Kassius, le devin dérangé, qui bondissait et gesticulait à quelques pas de là.

« Vas-y, Deirdris ! Mange-les ! Venge ton prophète !

— Arrête de bouger, vieux fou ! hurla Deirdra. Tu vas te faire tuer ! »

L'augure se tourna vers elle, un sourire dément aux lèvres. Il interrompit brièvement sa danse grotesque et lança :

« Deirdris a fini par répondre à mon appel ! J'étais sûr qu'il se reposait tout près d'ici ! Pendant que vous faisiez vos libations, je l'implorais de venir et d'attaquer, comme seuls les devins savent le faire ! Tu peux toujours fuir, sale mangeuse de cœurs, mais Deirdris te rattrapera ! Repens-toi et il fera peut-être preuve de clémence ! »

Deirdra esquissa une mimique irritée : il n'y avait plus une once de raison dans la tête du vieux fou.

« Il faut se passer de mots pour parler aux esprits de la nature ! Leurs messagers connaissent leur secret ! Allez, Deirdris ! Tue ces impies ! »

Kassius reporta son attention sur le colossius qui enlevait la paille du toit de ses pattes griffues. Le dragon glissa la tête par l'ouverture. La faible lumière matinale et les flammes mourantes en provenance de l'intérieur de la bâtisse illuminèrent la blessure dans l'une des ailes qui s'agitaient furieusement et les flancs couturés de cicatrices. Deirdra éprouva un élan de joie. Il s'agissait du colossius qu'elle poursuivait depuis le château de Volter ! Elle avait retrouvé sa proie !

Un mouvement furtif détourna la jeune femme de la créature. Les quatre clients de l'auberge et le serviteur fuyaient dans la lande. Elle voulut leur crier de ne pas bouger, sauf que le comportement du dragon rendait son avertissement inutile. Il n'accorda aucune attention aux fuyards. Pourtant, ces derniers ne pouvaient pas avoir échappé à son regard…

Encore une fois, le colossius se comportait de façon anormale. Prise d'une inspiration subite, Deirdra agita vigoureusement les bras.

« Hé ! Par ici, sale bête ! »

Le monstre continua à arracher le chaume de l'auberge.

« Détruis tout, Deirdris ! ricanait Kassius. Rase cette demeure maudite ! »

Perplexe, Deirdra se tut et se contenta d'observer l'animal. Il plongeait la tête dans le trou de la toiture, la ressortait pour humer l'air ambiant, puis reprenait son manège. Il était évident qu'il cherchait quelque chose. Quoi que ce fût, ses recherches ne portaient guère leurs fruits puisqu'il ne cessait de s'acharner contre le bâtiment.

Tout ce temps, Kassius riait et dansait. Deirdra se demanda si elle ne rêvait pas, tant la situation lui paraissait incongrue. La dernière fois qu'elle avait eu vent d'une agression nocturne commise par des dragons, il s'agissait de minusi, et ce, dans un contexte particulier. Un été, une épidémie avait frappé les porcs du village de Dasdas et les paysans avaient voulu enterrer les cadavres de nuit afin de profiter du sommeil des charognards. Toutefois, la rumeur prétendait que l'odeur de la mort était telle, après que les dépouilles eurent passé une chaude journée estivale dans un caveau hermétique, qu'elle avait éveillé un groupe de dragons nécrophages. Ils avaient immédiatement assailli le village. Or, si ce comportement pouvait paraître presque normal pour des minusi, il l'était beaucoup moins pour un colossius.

Finalement, l'animal sembla se lasser. Il redressa la tête et balaya les alentours du regard. Il repéra enfin les mouvements de l'illuminé.

« Arrête de bouger, imbécile ! » répéta la tueuse de dragons en se jetant à terre et en brandissant son bouclier au-dessus d'elle.

Le vieux devin tomba à genoux, se signa en touchant son front, son nez, ses lèvres et le sol de sa main droite, puis il écarta les bras et se mit à psalmodier. Le dragon étendit les ailes, se laissa tomber mollement du toit et cueillit Kassius entre ses griffes. Le vieillard émit un long hurlement d'extase et d'effroi mêlés. Alors que la bête reprenait de l'altitude, le cri mourut.

Deirdra demeura quelques instants sur le sol. Ensuite, elle se dressa sur un de ses coudes douloureux, et scruta les alentours en quête du monstre. Elle avait eu tort de penser qu'il était parti. Une fois sa proie engloutie, il se rabattit sur l'auberge, l'aspergea de venin et recommença obstinément à la démolir en s'attaquant de plus belle au deuxième étage et en projetant de la paille et des morceaux de bois dans tous les sens. La jeune femme rentra précipitamment dans les écuries, les traversa en courant et fit irruption dans la salle principale. Elle monta l'escalier menant à l'étage deux marches à la fois. Il n'y avait plus de toit, le couloir était rendu presque infranchissable par les débris. Le colossius tourna sa grosse tête chevaline vers elle.

Comme il venait de projeter du venin, Deirdra bénéficiait de quelques minutes de répit avant qu'il puisse cracher de nouveau. Le poitrail de l'animal était passé par l'ouverture et ses deux longues pattes antérieures s'appuyaient sur le plancher. Sous son poids, les lattes de bois grinçaient et craquaient.

La tueuse de dragons cessa aussitôt de bouger. La tête du colossius passa à côté d'elle, si près que les extrémités de deux des quatre fins appendices qui émergeaient de son front effleurèrent Deirdra. Aussitôt, le monstre s'immobilisa et son œil jaune se braqua sur l'intruse, qu'il détectait sans la voir. Ses narines se contractèrent spasmodiquement, puis sa pupille verticale se dilata : il avait repéré l'odeur de Deirdra ! La jeune femme planta immédiatement son cimeterre dans le globe oculaire de la bête. Un flot de sang noir jaillit et couvrit la tueuse de dragons de pied en cap.

Une convulsion de surprise agita l'immense corps du colossius. Le plancher céda sous le choc. Dans un vacarme assourdissant, Deirdra tomba en compagnie du monstre dans la salle commune, dont le plancher s'effondra à son tour.

◆

La jeune femme reprit lentement ses esprits. Elle était allongée sur le sol de terre battue de la cave, dans un amas de poutrelles, de tonneaux et de bouteilles. Des braises rougeoyaient autour d'elle et des débris achevaient de se consumer, dégageant une fumée âcre. Elle avisa son bouclier qui avait glissé de son bras et était tombé à courte distance d'elle.

Deirdra toussa dans l'air chargé de poussière de chaume, de suie et de cendres froides. Tous ses membres lui faisaient mal, mais une douleur plus intense que les autres provenait du bas de son dos. Elle tenta de remuer les jambes. Ces dernières n'eurent aucune réaction. Elle voulut se relever. Une masse énorme comprimait les trois quarts de son corps. En grimaçant, elle constata qu'elle était coincée jusqu'à la poitrine sous les décombres. Elle posa la main gauche sur une poutre et poussa. Le morceau de bois ne broncha pas.

La jeune femme retomba sur le sol. Elle enfonça les doigts de son bras valide dans la terre et essaya de ramper. Le reste de sa personne refusa de suivre. Elle tenta de se tortiller pour se dégager. L'onde de souffrance qui l'envahit la fit cesser immédiatement de bouger. Découragée, elle leva les yeux vers le ciel. S'il avait fait nuit, elle aurait vu l'étoile du nord à cette période de l'année. Cependant, le soleil prenait possession des cieux, succédant à l'astre censé guider les tueurs de dragons depuis qu'Ubad, le premier d'entre eux, s'était mis à éliminer les monstres qui ravageaient l'Austrion…

Les origines d'Ubad étaient obscures : certains prétendaient qu'il était le fils d'une noble et d'un serf, d'autres d'un seigneur et d'une paysanne. Les légendes qui l'entouraient ne concordaient pas sur ce point précis, mais un fait demeurait : Ubad était un bâtard et, comme la plupart des individus aux origines troubles, il n'avait pas eu droit au respect de ses pairs. Il avait donc grossi les rangs des parias de l'Austrion en allant vivre dans le village nordir de Nobudeg, à l'extérieur des tenures des seigneurs. Ubad avait épousé une jeune fille qui lui avait donné deux fils et gagnait sa vie comme apothicaire. Il coulait des jours heureux en compagnie de sa famille quand un colossius avait attaqué le village et tué sa femme et ses enfants.

Fou de douleur, Ubad s'était mis en quête du monstre qui avait décimé les siens. La légende voulait que l'étoile du nord ait guidé ses pas dans les monts de Maestas où, armé d'un pieu et d'une vieille épée rouillée, il avait réussi à terrasser le colossius. Ubad avait coupé la griffe d'un des deux pentalules de l'animal en symbole de sa victoire et mangé son cœur pour s'emparer de sa force et de sa puissance. Ensuite, comme la mort du prédateur n'avait pas apaisé son courroux, il s'était mis en quête d'autres dragons à tuer. L'histoire prétendait qu'il avait échoué à éliminer plus d'une créature. Le second monstre qu'Ubad avait eu le malheur d'affronter l'avait conduit aux portes de la mort et l'homme avait survécu seulement parce qu'il avait réussi à se traîner jusqu'à une grotte.

Ayant perdu une jambe dans l'aventure, Ubad renonça à la chasse aux dragons et quitta les monts de Maestas. Cependant, il souhaitait que d'autres reprennent le flambeau afin que sa vengeance perdure de génération en génération. Il recueillit des enfants qui erraient dans les villages, des orphelins ou des bâtards comme lui, afin de leur transmettre son savoir sur les dragons. Lorsque ses apprentis atteignaient l'adolescence, Ubad les armait d'une épée et les envoyait affronter leur premier dragon. Pour aviver leur courage, il leur faisait aspirer un peu de la poudre qu'il produisait en combinant du sang de colossius et des plantes. Afin que le secret du mélange ne se perde pas, Ubad l'avait partagé avec des membres des deux professions qu'il avait pratiquées et qui pouvaient toutes deux trouver une utilité à la dragonne: des apothicaires et ses deux élèves qui, contrairement au reste de ses apprentis, avaient survécu à la chasse aux dragons et décidé de contribuer à assouvir la vengeance de leur maître en formant d'autres tueurs. Parmi ces derniers, un ou deux prirent leur retraite à temps et devinrent à leur tour des maîtres de tueurs de dragons.

Ainsi, depuis trois siècles, des maîtres entraînaient des apprentis tueurs pour qu'ils accomplissent la vengeance d'Ubad, avec l'étoile du nord pour guider leurs pas. Parmi les apprentis qui survivaient, un ou deux revenaient voir leur maître après avoir éliminé autant de dragons qu'ils l'avaient souhaité et lui demandaient de les préparer à devenir des maîtres de tueurs à leur tour. Bien qu'ils eussent conscience qu'ils aidaient des rivaux à s'établir, les maîtres étaient soucieux de former une relève. Ils accédaient donc généralement au vœu de leurs anciens élèves. Néanmoins, un petit nombre refusait d'entraîner de nouveaux formateurs de tueurs de dragons, précisément parce qu'ils n'acceptaient pas d'avoir de la compétition. Bradeus, le maître de Deirdra, faisait partie du lot : la jeune femme l'avait déjà entendu se vanter qu'après son décès il n'y aurait plus jamais d'aussi grand maître de tueurs de dragons que lui…

Et il n'y aurait plus jamais d'aussi grande tueuse de dragons que Deirdra, lorsqu'elle aurait péri sous le poids d'un amoncellement de débris dans un trou perdu au milieu de nulle part, sans même savoir si elle avait bel et bien tué son septième colossius. La blessure qu'elle lui avait infligée était grave, mais Deirdra n'était pas certaine d'avoir réussi à enfoncer son cimeterre assez profondément pour le tuer. Si elle y était arrivée, la bête était probablement en train d'agoniser quelque part dans les collines de Taevenar. Sinon, elle devait être en route pour les monts de Maestas, emportant dans son orbite le cimeterre que Bourfad avait donné à Deirdra. Un goût amer envahit la bouche de la tueuse de dragons. Elle ignorait ce qui était le pire : savoir qu'elle avait laissé sa proie filer ou que d'autres – humains ou minusi – tireraient profit de sa dépouille ? Au fond, la seule chose qui importait était qu'elle avait failli à assouvir la vengeance d'Ubad. Peut-être méritait-elle de mourir dans ce trou perdu, finalement : elle n'était pas une si grande tueuse de dragons que cela, pour s'être retrouvée dans ce pétrin au lieu de réussir à éliminer le colossius.

Lorsque la quête d'Ubad touchera à sa fin, le bonheur sera à ta portée. Les dignes descendants d'Ubad et les filles de Deirdris te montreront la voie, si tu peux l'emprunter.

Deirdra esquissa une grimace sardonique. *Si tu peux l'emprunter…* Tout reposait sur cette condition. Coincée sous des décombres et avec peu de perspectives d'être secourue, la jeune femme doutait sérieusement de pouvoir emprunter une voie quelconque, qu'elle fût ou non montrée par les descendants d'Ubad et les filles de Deirdris. Les minusi trouveraient sans doute son cadavre avant les humains, de sorte que personne ne découvrirait que celle qui avait aspiré à devenir la meilleure tueuse de dragons de l'Austrion avait commis l'erreur terrible de laisser une de ses proies, pourtant grièvement blessée, lui échapper. Cette certitude réconforta quelque peu la tueuse de dragons. Elle se résigna à attendre la mort, en espérant que celle-ci ne serait pas trop longue à venir.

5. Le seigneur Jeriad

« Hé ! Regarde, Barvis ! Tu crois qu'elle est encore en vie ? »

Deirdra eut l'impression qu'on palpait son cou à la recherche de son pouls. Délirait-elle ou les doigts sur sa chair étaient-ils bien réels ?

« Ouais, elle vit encore. Les esprits de ses ancêtres veillent drôlement bien sur elle !

— T'es sûr que c'est elle ? Ça me tente pas de m'escrimer à dégager n'importe quel tueur de dragons !

— Elle correspond à la description. Et puis, t'en connais beaucoup, toi, des tueuses de dragons ?

— C'est juste qu'elle est p'tite pour tuer des monstres. »

Deirdra voulut parler, mais sa gorge brûlait autant que si elle avait avalé du venin de sournius.

« Elle veut dire que'que chose !

— Donne-lui de l'eau. »

Un goulot fut appuyé contre ses lèvres. Deirdra les écarta et un flot de liquide tiède pénétra dans sa bouche. Elle s'étouffa et tourna aussitôt la tête sur le côté pour recracher en toussant. Ensuite, elle battit des paupières. La lumière du soleil l'éblouit.

Les points brillants qui dansaient devant ses yeux se dissipèrent et elle découvrit trois hommes penchés audessus d'elle.

« Qui… vous ? articula-t-elle, la bouche pâteuse.

— On est les hommes du seigneur Jeriad. On te cherche depuis quatre jours. Tiens le coup, on va te tirer de là. »

Quatre jours ? L'information se fraya lentement un chemin à travers les brumes de son esprit. Deux jours s'étaient écoulés entre le moment où elle avait fui le château de Volter et son arrivée à l'auberge. Elle avait passé deux journées coincée dans les décombres du gîte ! Elle tendit la main vers sa poitrine pour prendre son sachet, mais elle était trop faible. Son bras retomba mollement le long de son flanc.

Les soldats entreprirent de retirer la plupart des lourds débris qui la couvraient, puis ils disparurent de son champ de vision. Ils revinrent avec un long fragment de planche, qu'ils placèrent sous la pièce de bois qui l'écrasait. Deirdra sentit des mains se glisser sous ses aisselles. D'autres soldats exercèrent une pression sur le levier improvisé. La poutre se souleva du sol.

« Grouille ! » s'écria l'un des hommes qui pesaient sur la barre.

La jeune femme fut brutalement hélée en arrière. Une onde de souffrance parcourut son corps et ses yeux secs picotèrent, faute de pouvoir produire des larmes. La poutre retomba.

« On rentre à Queltiar ! » ordonna un soldat.

Un de ses sauveteurs la saisit par les chevilles et, aidé d'un autre qui la tenait sous les aisselles, il la sortit de la cave malgré ses gémissements. Ensuite, ses deux porteurs l'allongèrent dans les herbes folles.

« 'Faudrait un brancard », annonça un guerrier.

Deirdra n'en entendit pas plus. Elle avait replongé dans l'inconscience, là où ni inconnu ni douleur ne pouvaient l'atteindre.

◆

Située à l'est de Volter, la seigneurie de Queltiar se résumait à un territoire ingrat et rocailleux, bordé au sud par la mer de Balas. À l'instar de la quasi-totalité des habitants de l'Austrion, Deirdra n'avait jamais traversé la mer, les opportunités pour voyager par-delà l'étendue d'eau saline étant peu fréquentes. De fait, seuls des pirates et quelques commerçants du sud assez téméraires pour braver l'embargo du roi du Meridion osaient mouiller l'ancre dans le port de Cirdeus. Compte tenu du risque qu'ils prenaient, ils exigeaient d'ailleurs une fortune pour embarquer les individus qui, las d'une rude existence dominée par la peur des dragons, souhaitaient partir pour les terres du sud. Toutefois, une rumeur circulait selon laquelle les gens de l'Austrion n'étaient pas les bienvenus au Meridion, les descendants d'Ul-Tear III nourrissant une rancune tenace à l'endroit de ceux qui leur avaient infligé une cuisante défaite, environ deux siècles plus tôt. Un vieil édit, apparemment toujours en vigueur, voulait en effet que tout habitant du nord surpris sur le territoire du Meridion soit jeté en prison et exécuté pour laver l'affront fait au royaume lors de la bataille du cap de Klovius. Cette histoire était suffisante pour réduire à néant la plupart des désirs de migration vers le sud, que ce soit à bord d'un vaisseau étranger ou d'un bateau construit sur le territoire de l'Austrion.

Quant à la frontière orientale de la tenure de Queltiar, soit la forêt de Galeg, Deirdra ignorait ce qui se trouvait au-delà. Des braves – généralement mus par l'appât du gain – s'aventuraient chaque année dans la dense végétation qui constituait l'un des terrains de chasse des dragons et de leur progéniture. La dépouille des petits dragons était fort prisée par les apothicaires car, lorsqu'elle était infusée, leur chair était censée avoir des vertus curatives puissantes et préserver les enfants de tous les maux. Toutefois, rares étaient les individus à revenir de la forêt de Galeg pour rapporter des cadavres de jeunes monstres ou raconter ce qu'ils y avaient découvert. Certains prétendaient que la sylve s'étendait à l'infini, d'autres que des peuples sanguinaires ou des monstres encore plus terribles que les dragons vivaient dans un territoire sauvage qui ne pouvait être atteint qu'après des mois de marche dans la forêt. Deirdra, elle, ne s'était plus risquée dans cette dernière depuis qu'elle avait terminé son apprentissage auprès de maître Bradeus. Contrairement à ses confrères, qui établissaient leur campement à l'orée de la forêt pour attendre qu'un dragon en sorte, la jeune femme n'était même pas allée rôder à proximité de celle-ci après la fin de sa formation. Elle avait toujours préféré se tenir dans la région à l'ouest de la rivière Lettisad et comprise entre la forêt de Gilis et la futaie de Barlia. Il s'agissait d'une zone moins fréquentée par les dragons, certes, mais aussi par les autres tueurs, ce qui constituait sa grande qualité aux yeux de Deirdra. Elle l'avait même explorée jusqu'à son extrême limite occidentale, située à l'ouest de Lordas et aux confins de la seigneurie de Volter. À cet endroit, la forêt de Gilis rejoignait la futaie de Barlia et toutes deux se muaient en une sylve si dense qu'après avoir parcouru quelques lieues dans la végétation enchevêtrée, la jeune femme avait décidé de rebrousser chemin. De toute façon, elle avait repéré peu de traces du passage des dragons, ceux-ci préférant se tenir à proximité de la forêt de Galeg et du centre de l'Austrion, là où les chairs humaine et animale étaient plus abondantes.

Pendant les cinq jours que dura la chevauchée jusqu'à la forteresse de Queltiar, Deirdra put reprendre quelques forces. Les soldats avaient visiblement reçu pour instructions de la garder en vie puisqu'ils pansèrent son poignet brisé et sa jambe blessée, qu'ils appliquèrent du baume sur ses plaies et que, la première journée, ils l'aidèrent à se nourrir et à boire. Ils le faisaient visiblement à contrecœur et, dès qu'elle fut en mesure de se soigner et de se sustenter seule, ils se mirent à la traiter avec le mépris qui était le lot des tueurs de dragons. Ils n'étaient guère créatifs, aussi eut-elle droit aux accusations habituelles :

mangeuse de cœurs, fauteuse de troubles, bâtarde, droguée, elle attisait la colère de Deirdris en tuant ses enfants, etc. Deirdra affichait une parfaite indifférence, mais les commentaires des soldats l'atteignaient d'autant plus qu'elle était rongée par la culpabilité et la honte d'avoir laissé le colossius blessé lui échapper. Dire qu'elle avait été à une écaille d'égaler le record d'Alastorus ! Si seulement elle n'avait pas agi avec précipitation, si seulement elle n'avait pas laissé la panique la gagner, elle aurait pu frapper le collum du monstre, au lieu de se rabattre sur son œil ! Peut-être maître Bradeus avait-il raison. Peut-être n'était-elle bonne qu'à tuer des minusi… et encore.

Et comme si ce n'était pas suffisant, elle avait perdu tous les biens qu'elle avait dérobés chez l'apothicaire de Valeg, à commencer par le pot de dragonne. Il ne lui restait que la poudre que contenait son sac. Au moins, les tarés l'emmenaient dans une seigneurie où aucun décret stupide n'interdisait de vendre ou de consommer de la drogue. Elle avait bon espoir de trouver là quelqu'un pour lui en vendre, mais avec quel argent pourrait-elle le payer ? Si elle avait tué le colossius, elle aurait eu des matériaux précieux à échanger contre la dragonne… ce qui la renvoyait à ses regrets et à son amertume, dans un cercle vicieux auquel elle ne parvint pas à s'arracher de toute la durée du trajet vers le château de Jeriad.

D'après ce qu'elle avait compris des conversations entre les soldats de Queltiar, qui se déroulaient généralement quand ils croyaient qu'elle dormait sur son brancard de fortune, Jeriad avait dépêché un petit contingent de ses hommes à Volter afin d'accommoder Petrior. Fou de rage à cause de l'évasion de Thad, l'héritier d'Horacius avait organisé une battue dans sa seigneurie pour retrouver le capitaine et ses complices. Cependant, Volter était vaste et Petrior ne pouvait affecter l'intégralité de son armée à la recherche des fuyards. Tout à son désir d'entretenir les relations de bon voisinage qu'il avait établies lors de la bataille de Codmus, Jeriad avait prêté quelques membres de ses propres troupes à Petrior, qui leur avait confié la mission de patrouiller dans le nord de la seigneurie.

« Ça m'surprendrait pas qu'on célèbre un mariage avant longtemps ! avait ricané l'un des soldats. Monseigneur va entrer dans les bonnes grâces de Petrior et le convaincre d'épouser Marvone !

— Pas sûr qu'il va accepter ! 'Faudrait vraiment être désespéré pour s'marier avec c'te vieux laideron !

— Sauf qu'en s'mariant avec c'te "vieux laideron", comme tu dis, t'hérites de la seigneurie de monseigneur. Ça compense largement l'allure de la mariée ! »

Le premier guerrier à avoir parlé renifla.

« Pas sûr que j'voudrais de Queltiar. T'imagines, toutes ces dettes à payer ? J'veux dire, déjà que monseigneur a même pas les moyens de nous acheter des cuirasses pis des boucliers en peau de dragon ! ronchonna-t-il en désignant sa cotte de mailles.

— Moi, j'pense que ça fait son affaire qu'on soit mal équipés. Un soldat mort, c'est une solde de moins à verser !

— Lui pis ses ancêtres, ils ont dépensé tellement d'or pour avoir l'air riches qu'astheure ils ont plus un sou !

— En tout cas, Darfad, ça t'enlève toutes tes chances d'épouser Marvone ! Avec tout ce que tu m'dois, c'est sûr que monseigneur te laissera pas te marier avec sa fille ! Il cherche un prétendant plein aux as, pas un gueux qui a pas un rond dans ses poches !

— Qui tu traites de gueux ? avait demandé sèchement le dénommé Darfad.

— Seigneurie ou pas, avait coupé l'officier qui menait l'escouade, je n'épouserais pas une ancienne devineresse. Ça risquerait de mettre les esprits de la nature en colère. Déjà que ceux-ci ne devaient pas être très contents quand monseigneur est allé la chercher dans la forêt pour qu'elle revienne l'aider au château…

— 'Faut pas provoquer les esprits de la nature », avait déclaré un dernier soldat d'un ton sentencieux.

Ses compagnons avaient approuvé vigoureusement et la conversation s'était orientée vers d'autres sujets.

Au milieu de la cinquième journée, Deirdra et ses gardiens arrivèrent en vue de la butte sur laquelle le château de Queltiar était érigé. Il s'agissait d'un bâtiment constitué d'un large donjon rectangulaire haut de quatre étages qui dépassait des murailles d'un jaune poussiéreux, le tout surmonté d'un toit pyramidal de tuiles rouges. À l'instar des remparts des places fortes de Xorond et de Volter, ceux de la forteresse de Queltiar étaient hérissés de pics, à la différence près que ceux-ci étaient de bois plutôt que de métal. À courte distance du pied de la colline, des mansardes formaient le hameau de Metireg. Un vaste espace circulaire en terre battue avait été aménagé entre le village et le début de la dénivellation conduisant au château. Au centre de ce cercle se trouvait une petite estrade de pierres. Deirdra supposa qu'il s'agissait de la grande place de l'endroit.

La troupe de soldats traversa les champs qui entouraient l'agglomération et la forteresse. Les paysans qui préparaient les sols pour l'hiver interrompirent leur travail et couvèrent les cavaliers d'un regard curieux. Ces derniers dépassèrent Metireg sans ralentir, franchirent la grande place, gravirent la butte et pénétrèrent dans l'enceinte du château. Deirdra remarqua que la cour intérieure était beaucoup plus petite que celles des forteresses de Volter et de Xorond et que, dans l'ensemble, le château de Queltiar paraissait moins bien entretenu que les deux autres. Le mortier s'effritait à plusieurs endroits, des pierres jaunâtres étaient fissurées et la rouille dévorait les gonds des portes d'entrée massives. Du crottin jonchait à profusion le sol dénudé de la cour, mais personne ne semblait se soucier de le ramasser.

Tandis qu'elle examinait les lieux, le soldat dont elle partageait la monture descendit du coursier. Ensuite, il aida la jeune femme à faire de même. Deirdra avait recouvré assez de forces pour tenir en selle, sauf que sa jambe et son bras restaient fragiles. Les soldats la menèrent à l'intérieur du donjon. La décoration de la demeure de Jeriad était riche jusqu'à l'excès, ce qui contrastait fortement avec la sobriété des habitations de Lanfas et de Petrior. Des tapisseries et des têtes de cerfs, d'ours et de loups étaient accrochées aux murs ; un fatras de statuettes, de vases et d'assiettes en argent noirci s'empilaient sur les coffres et les tables basses qui s'alignaient dans les corridors. L'ensemble semblait vétuste sous sa couche de poussière épaisse, apparemment aussi ancienne que la résidence. Même si Deirdra et ses gardiens croisèrent quelques serviteurs, pas un ne paraissait se soucier de faire le ménage.

Bientôt, les soldats firent descendre un escalier à la tueuse de dragons. Elle se retrouva dans un sous-sol plongé dans la pénombre. Grâce à la faible lumière qui émanait d'une torche accrochée au mur, elle distingua des grilles de métal et un rat qui détalait.

Un gardien se tenait devant les dernières cellules. Sur un signe de l'escorte de Deirdra, il prit une clef au trousseau qu'il portait à la ceinture et déverrouilla la porte de la geôle en face de lui. La tueuse de dragons entendit des murmures étonnés s'élever des cachots devant lesquels elle était passée. Cependant, il faisait trop sombre pour qu'elle puisse distinguer les prisonniers. Ses gardiens l'obligèrent à avancer dans la pièce vide, puis ils refermèrent la grille derrière elle.

Deirdra claudiqua jusqu'aux barreaux de fer. Au fur et à mesure que ses yeux s'habituaient à la pénombre, elle constata que les prisonniers dans les cellules autour d'elle l'avaient imitée.

« Par les nageoires de Lettir ! C'est qu'on fréquente les mêmes prisons ! » ironisa Siroeus.

Le soldat avait été à ce point brutalisé que Deirdra ne l'aurait jamais reconnu sans sa grosse moustache blonde. Tout le côté gauche de son visage était enflé et arborait des marques violacées. De plus, une large ecchymose déformait sa lèvre supérieure charnue.

« Qu'est-ce que vous fabriquez ici ? demanda Deirdra.

— La même chose que toi, je suppose, fit la voix de Vosas en provenance de la geôle voisine. Nous nous sommes fait capturer par les hommes de Petrior, qui nous ont emmenés ici.

— Ils ont peur de nous enfermer à Volter, parce que nos compagnons qui sont encore là-bas pourraient nous délivrer », expliqua Carleg.

L'homme au bouc noir était enfermé en compagnie de Huvad dans la cellule de biais avec celle de la tueuse de dragons. Une vilaine balafre zébrait sa joue et son nez était plus épaté que jamais en conséquence des coups qu'il avait reçus au visage. Ses vêtements déchirés révélaient à quel point il avait été malmené. Son jeune confrère n'était guère en meilleur état et tenait un bras pressé contre ses côtes. Comme Deirdra, tous avaient les mains liées.

« Thad est-il parmi vous ? » s'inquiéta la jeune femme.

Siroeus s'écarta pour qu'elle puisse contempler la forme humaine allongée dans le cachot derrière lui. Il faisait trop sombre pour que Deirdra juge de l'état du capitaine. Néanmoins, son absence de réaction, sa chevelure défaite et la pâleur de son visage lui indiquèrent qu'il n'était pas au meilleur de sa forme.

« Qu'est-ce que ces fils de minusi lui ont fait ? s'écria-t-elle.

— De quels fils de minusi parles-tu ? demanda Siroeus. Ce sont les nôtres qui l'ont abîmé comme ça. On l'a soigné de notre mieux, mais nous ne sommes pas des guérisseurs... »

Deirdra inspira profondément afin de retrouver son emprise sur elle-même. Que lui arrivait-il ? Pourquoi l'état du capitaine la rendait-il aussi furieuse ? Elle reprit, un ton plus bas :

« Je croyais que vous deviez vous rendre chez le frère de Venin.

— C'est ce que nous avons fait, dit Vosas. Cependant, ce salaud de Desmond connaît mon frère. Il a dû dire à Petrior que nous nous cacherions là-bas. Les soldats nous ont trouvés trop rapidement pour que ce soit un coup de chance. »

Son regard se perdit dans le vague et un pli amer crispa sa bouche.

« Je ne sais pas ce qu'il est advenu de mon frère. Si jamais j'attrape ce traître de Desmond, je jure de lui briser les os l'un après l'autre !

— Maintenant, commenta Huvad d'un ton abattu, Petrior a beau jeu, avec le capitaine d'Horacius en prison…

— Sans oublier les principales têtes fortes de l'armée, compléta Carleg. Nous sommes ici depuis hier.

— Je suis convaincu qu'un pigeon de Jeriad vole déjà pour prévenir Petrior de notre capture. Comme ça, le fossile va rester dans les bonnes grâces de Volter. Je ne donne pas cher de la peau de ce cinglé de Lanfas si les deux autres s'allient. Horacius va manquer au seigneur des fourmis. Au moins, il lui avait laissé le pouvoir sur Xorond. Je doute que Sournius ait les mêmes projets.

— C'est une de tes hypothèses, ça, ou tu as déjà fait copain-copain avec les servantes d'ici ? plaisanta Vosas.

— T'as vu ma gueule ? Je ne peux pas séduire la moindre fille avec la tête que ces imbéciles m'ont faite ! »

Un martèlement de pas résonna dans le couloir. Tous se turent et se retirèrent au fond de leur prison. Quatre gardiens apparurent avec du pain, du fromage et des outres d'eau.

« Pas de viande ? s'indigna Huvad en s'emparant de la nourriture.

— Désolé, mon prince ! fit l'un des hommes d'un ton moqueur. Du fromage, c'est déjà bien généreux de la part de monseigneur.

— Vous préféreriez un peu de cœur cru de dragon ? suggéra un autre.

— Moi, je pense qu'ils ont besoin de dragonne !

— Ouais, je les trouve un peu pâles ! »

Tout en déclinant la vaste palette des insultes liées aux tueurs de dragons, les hommes de Jeriad finirent de distribuer le repas et s'éloignèrent, hilares.

Quand l'écho de leurs rires se fut éteint, Siroeus poussa un soupir exaspéré.

« Quels abrutis ! Ils ne voient pas que nous ne sommes pas des tueurs de dragons ?

— Parle pour toi, grommela Deirdra.

— Je vous avais dit qu'en me sauvant la vie, vous partageriez mon lot », fit une voix éteinte dans la pénombre du fond de la cellule du costaud blond.

Thad se releva lentement. Siroeus s'empressa d'aider son capitaine à s'asseoir. Ce dernier promena un regard désorienté sur les alentours. Il se posa sur Deirdra.

« C'était bien ta voix, fit-il faiblement. Je pensais que j'avais la berlue. »

La jeune femme aurait voulu répondre, sauf que les mots restèrent coincés dans sa gorge. Elle se contenta d'esquisser un signe de tête.

« Je ne peux pas effacer ce que j'ai fait jadis, enchaîna le capitaine à l'adresse de ses hommes. Comme tous les tueurs, j'ai consommé de la dragonne. J'ai même mangé un cœur de sournius cru… Ou plutôt une bouchée, rectifia-t-il en adressant un pâle sourire à Deirdra, que j'ai vomie aussitôt.

— C'est au deuxième cœur qu'on commence vraiment à apprécier le goût », affirma machinalement la jeune femme.

Le rictus de Thad s'élargit et un peu de couleur envahit ses joues. Néanmoins, lorsqu'il prit à nouveau la parole, ses traits étaient empreints de gravité.

« Je ne veux pas que vous traîniez le boulet d'un passé qui n'est pas le vôtre. Et d'abord, cessez de m'appeler capitaine. Petrior a raison. J'ai détourné monseigneur Horacius de la tradition. C'est à cause de moi qu'il a voulu contrevenir aux lois de la nature. Je ne mérite plus mon titre. En fait, la seule chose que je mérite, c'est la mort. »

Deirdra tressaillit : c'était donc vrai ! Thad avait bel et bien manipulé son seigneur pour devenir son héritier !

« Vous serez toujours notre capitaine, affirma Vosas avec véhémence. Monseigneur Horacius se fiait à vous et il savait reconnaître la valeur des hommes. Je vous ferai toujours confiance. J'ai fait mon choix. Je me fous d'être traité de tueur de dragons.

— Moi aussi, approuvèrent en chœur Siroeus et Huvad.

— Moi de même, conclut Carleg, qui ajouta, après une brève hésitation : Tant que ça ne cause pas d'ennuis à Liandre et aux enfants. »

Une larme brilla dans l'œil de Thad et un silence ému régna jusqu'à ce qu'il retombe mollement sur le tas de paille.

« Qu'est-ce qu'il a ? s'enquit Deirdra.

— Difficile à dire, répondit Siroeus. J'ai pansé ses plaies, mais il a besoin d'un guérisseur. Les soldats nous ont promis qu'ils enverraient quelqu'un. On l'attend toujours.

— Ça les arrangerait bien que le capitaine crève ! s'insurgea Vosas.

— Venin, ils ont dit qu'ils avaient besoin de lui vivant, rappela son compagnon au visage rond avec une pointe d'impatience. Sournius veut probablement avoir le plaisir de l'exécuter lui-même. »

Pendant qu'ils échangeaient, Deirdra réfléchissait aux relations entre Petrior, Thad et Horacius. Les supposés talents de manipulateur de Thad constituaient-ils une explication suffisante aux sentiments qu'Horacius avait éprouvés pour son fils ? Elle était bien placée pour savoir que ce n'étaient pas tous les parents qui démontraient un instinct protecteur envers leur progéniture. Cependant, pourquoi Horacius avait-il jeté son dévolu sur Thad, un ancien tueur de dragons, plutôt que sur quelqu'un aux origines moins troubles et au statut moins sujet à l'opprobre ?

« Pourquoi Horacius voulait-il déshériter Petrior ? demanda-t-elle à la cantonade. Et pourquoi le détestez-vous autant ?

— Parce qu'il ne respecte ni la paix que son père a réussi à établir, ni le code d'honneur des soldats, expliqua Vosas. Quand il était jeune, Petrior frappait ses partenaires d'entraînement dans le dos, ordonnait au petit groupe de soldats sous ses ordres d'attaquer un serviteur qui l'avait mécontenté et prenait un malin plaisir à torturer les animaux. Je n'étais pas encore dans l'armée de Volter à cette époque, mais c'est ce qu'on raconte.

— Quand Petrior a eu seize ans, continua Siroeus, Horacius lui a confié sa première mission d'importance. Un groupe de serfs du hameau de Faris avait tué le percepteur d'impôts en alléguant que ceux-ci étaient trop élevés. Petrior et ses hommes devaient interroger les paysans – quitte à les rudoyer un peu –, découvrir les meurtriers du percepteur et les ramener au château afin qu'ils subissent leur procès. Petrior a interprété les instructions à sa manière : il a massacré tout le village, femmes, vieillards et enfants compris. Consterné par la cruauté et le manque de jugement de son fils, Horacius l'a expédié au cap de Klovius en compagnie de sa troupe. Ça faisait quatre ans qu'il était en poste là-bas. Horacius n'était pas pressé de lui permettre de revenir au château ou de le préparer à occuper le trône de Volter.

— Et maintenant, c'est notre seigneur, commenta Carleg d'un ton amer.

— On est foutus », conclut Vosas en secouant sa courte chevelure cendrée.

Pour résister à l'état d'abattement général, Deirdra ne connaissait qu'un remède : elle aspira une dose de dragonne. Aussitôt son esprit s'embrasa et ses blessures cessèrent de l'élancer. Elle se sentait suffisamment forte pour soulever un colossius.

« Il faut sortir d'ici, déclara-t-elle d'une voix décidée. Quelqu'un a un plan ?

— Si nous en avions un, il y a longtemps que nous l'aurions mis en pratique », grommela Huvad.

La jeune femme se mit à claudiquer en long et en large dans sa cellule. La drogue accélérait considérablement le cours de ses réflexions. Elle analysait les derniers événements et les classait par ordre de priorité, distinguant l'anodin de l'important, combinant les informations disponibles en vue de trouver une solution. Elle avait beau examiner les plans d'évasion qui défilaient dans sa tête à une vitesse fulgurante, ses pensées dérivaient sans cesse vers les paroles de Siroeus à propos du désir de Jeriad de maintenir son alliance avec Volter même après la mort d'Horacius, afin de protéger ses frontières et d'envahir la seigneurie de Xorond.

Elle tritura son collier de griffes de dragon. Au cours du trajet qui l'avait menée jusqu'à Queltiar, elle avait abondamment réfléchi au comportement étrange des derniers dragons qui avaient croisé sa route. Depuis quelques semaines, elle n'arrivait plus à prévoir les actions des créatures qu'elle avait pourtant passé sa vie à étudier. D'abord, il y avait eu les deux sourni de la montagne de Faureg. Déjà que de voir deux de ces monstres à une semaine d'intervalle était exceptionnel, ils avaient chassé seuls au lieu d'être en couples et ils avaient attaqué des devineresses, sans oublier l'intelligence exceptionnelle dont celui que Deirdra avait tué avait fait preuve. Ensuite, un sournius avait massacré les augures de la futaie de Cobas. Puis, un colossius avait éliminé les devineresses du bosquet de Gumia, assailli le château de Volter et rasé l'auberge de Taevenar. Au-delà de leurs différences physiologiques, ces dragons avaient en commun de s'en être pris à des individus auxquels ils n'étaient pas censés toucher. De plus, leurs assauts semblaient avoir pour objectif la destruction de cibles précises plutôt que la simple satisfaction de la faim. Après toutes les scènes dont elle avait été témoin, Deirdra était plus convaincue que jamais que les actes des monstres étaient liés à l'odeur aigre. Pour une raison qui lui échappait, celle-ci exerçait un attrait puissant à la fois sur les sourni et les colossi, si fort en fait que les animaux pouvaient la repérer à une distance considérable.

Elle secoua la tête : rien de tout cela n'avait de sens ! Même s'ils étaient tous des dragons, les sourni et les colossi étaient aussi différents que pouvaient l'être les renards et les loups ! De plus, bien que tous les dragons eussent du flair, les sourni et les colossi en possédaient moins que les minusi. Tous les tueurs savaient qu'ils pouvaient approcher les sourni et les colossi sous le vent sans être repérés. C'est dire qu'aucun effluve n'était en mesure d'attirer à la fois les sourni et les colossi et d'être reconnu de très loin par les deux espèces !

La silhouette gesticulante de Kassius émergea du flot tumultueux des réminiscences de Deirdra. Elle avait croisé la route d'autres devins atteints de folie avant lui et aucun de ces illuminés n'avait affirmé contrôler les actions des monstres ; pour ses confrères et consœurs, c'eût été un sacrilège de prétendre posséder un tel pouvoir. Certes, ils affirmaient communiquer avec les créatures des esprits de la nature, mais c'était la première fois que l'un d'eux parlait de les « appeler ». Comment Kassius avait-il dit cela ?

Il faut se passer de mots pour parler aux esprits de la nature ! Leurs messagers connaissent leur secret !

Et si le vieux fou avait raison ? Et si l'odeur âcre était le moyen de diriger les dragons ? Une émanation n'était pas des mots, mais elle pouvait attirer des animaux. Un homme qui détiendrait le secret de l'odeur qui appelait les créatures pourrait dominer le monde…

Un homme… ou une femme.

Deirdra massa ses tempes. Elle déraisonnait. Le pouvoir ne l'intéressait pas. Tout ce qu'elle voulait, c'était éliminer autant de dragons que possible avant que la mort la terrasse. Or, ce but pourrait être atteint beaucoup plus facilement si, au lieu de perdre du temps à traquer les monstres ou à attendre que l'un d'eux survole la région où elle se trouvait, elle n'avait qu'à les attirer... Alors, elle n'aurait plus jamais à regretter d'avoir perdu une de ses proies !

Par contre, si le moyen d'appâter les sourni et les colossi existait et qu'il tombait entre les mains d'un de ses rivaux, elle pouvait dire adieu à son ambition de devenir le plus grand tueur de dragons que l'Austrion ait connu. Ce serait ce collègue, et non elle, qui se servirait des relents pour piéger les sourni et les colossi, les abattre et établir un record plus authentique que celui d'Alastorus. Ce serait son nom, et non celui de Deirdra, qui serait retenu par la postérité. Elle, elle serait seulement la tueuse qui avait laissé un colossius gravement blessé lui échapper.

La jeune femme secoua vivement la tête: non, cela ne pouvait être ! C'était elle qui devait résoudre le mystère entourant les émanations âcres. Seulement, pour ce faire, elle avait besoin de connaissances sur les dragons beaucoup plus approfondies que les siennes... celles que possédaient les maîtres de tueurs de dragons, par exemple.

Cette pensée ébranla sa volonté de découvrir la clef de l'énigme entourant les actions récentes des dragons. S'il avait été possible de diriger les monstres, maître Bradeus l'aurait forcément mentionné au cours de sa formation. N'était-il pas le maître qui avait étudié le plus longtemps les dragons dans les monts de Maestas ?

Peut-être, mais il n'était pas le seul à les avoir observés.

Soudain, l'excitation gagna la jeune femme: elle détenait la stratégie qui lui permettrait à la fois de sortir de Queltiar et de trouver la réponse à ses interrogations !

Elle boitilla jusqu'aux barreaux et lança à Thad:

« J'ai un plan, mais je dois vérifier quelque chose avec toi. De tueur de dragons à tueur de dragons », ajouta-t-elle après une courte pause.

Avec l'aide de Siroeus, Thad se leva en grimaçant et s'approcha lui aussi des barreaux de sa cellule.

« Je t'écoute.

— Pourquoi avais-tu besoin de moi pour examiner la scène du massacre des devineresses, dans la futaie de Cobas ? Tu en es arrivé aux mêmes conclusions que moi, non ?

— Pour l'essentiel, je t'ai dit la vérité. Je ne saisis toujours pas pourquoi les dragons s'en prennent aux devineresses. Je voulais comprendre ce qui s'était passé et j'avais besoin d'un avis supplémentaire pour ça. Et puis, si les informations sur les dragons étaient venues de moi, ça aurait pu trahir mon secret. N'étant pas un très bon menteur, j'ai toujours évité soigneusement les situations qui auraient pu m'amener à révéler mon passé.

— Pour un mauvais menteur, vous avez tout de même réussi à dissimuler qui vous étiez pendant vingt ans, capitaine ! s'exclama Huvad.

— J'ai toujours su m'entourer de soldats dignes de confiance, dit Thad. Ou, du moins, c'est ce que je croyais jusqu'à tout récemment... »

Les hommes s'entreregardèrent. Deirdra n'avait aucun mal à deviner qu'ils pensaient tous à Desmond.

« Il va répondre de ses crimes, dit Vosas, sans juger nécessaire de préciser de qui il parlait.

— Ça doit faire tellement d'années qu'il attend le moment de prendre la place de Thad ! renchérit Carleg.

— Pour vous venger, vous devez d'abord sortir d'ici, rappela Deirdra. Et pour ça, j'ai besoin de savoir une chose, Thad: est-ce que le maître qui t'a formé a déjà évoqué un moyen de contrôler les dragons ? »

Les soldats de Volter parurent étonnés par cette question. Le visage ovale du capitaine afficha une expression pensive.

« S'il l'a fait, c'est de façon détournée, répondit-il enfin. Pendant ma formation, je me souviens qu'une fois il a raconté l'histoire du seigneur Creatond de Volter. Ce seigneur était si fasciné par les dragons que certains prétendaient qu'il en était devenu un à force de les étudier. Il avait engagé des tueurs de dragons pour attraper un de ces monstres. Il voulait le domestiquer. Les tueurs ont réussi à lui ramener un minusius. Creatond l'a fait enfermer dans une des prisons du château de Volter. »

Deirdra se souvint des profondes marques de griffes sur les murs de sa cellule.

« Jour après jour, continua l'officier, Creatond allait s'installer devant la cellule pour apprivoiser l'animal. En vain. Rendu fou par la captivité, le minusius s'est fracassé le crâne contre l'une des parois. Creatond l'a pleuré abondamment, mais le reste des habitants du château a plutôt poussé un grand soupir de soulagement. Quelques mois plus tard, Creatond est allé rejoindre son dragon bien-aimé dans la tombe. Il tenait tant à ressembler aux dragons qu'il a essayé de voler en se jetant du haut du donjon avec des ailes de sa fabrication.

— Je connaissais l'histoire, dit Deirdra. Mon maître me l'a racontée. »

En effet, il s'agissait d'un des nombreux récits dont Bradeus bassinait ses apprentis afin de leur enseigner que nul ne pouvait se prétendre supérieur aux dragons. Certes, il était possible de les tuer, mais Bradeus tenait à ce que ses élèves les considèrent comme des égaux, des adversaires valeureux qui méritaient leur respect, et non de simples proies à dominer. Deirdra avait entendu tellement de légendes à visée didactique au fil de sa formation qu'elle en était venue à ne leur prêter qu'une oreille distraite et avait repoussé la plupart au fin fond de sa mémoire, dans un magma confus de narrations entremêlées.

« Ce que l'histoire ne dit pas, reprit Thad, c'est ce que Creatond a appris pendant les longues années qu'il a passées à étudier les dragons. Peut-être avait-il découvert le moyen de les contrôler ?

— Qui l'aurait cru ? intervint Huvad. Il était cinglé.

— Encore une malheureuse victime de la consanguinité, soupira Siroeus avec une grimace comique.

— Je ne sais pas s'il était fou, dit Thad en jetant un regard de reproche à son compagnon de cellule, mais il avait assez de jugeote pour se montrer revanchard. Il n'a laissé aucune note, aucun dessin qui aurait permis à ceux qui s'étaient moqués de lui de connaître les résultats de ses recherches. »

Deirdra songea au dernier halluciné qu'elle avait rencontré. Comme Creatond, Kassius avait semblé être en proie au délire. Cependant, ces supposés détraqués n'étaient peut-être pas aussi insensés qu'ils le paraissaient, finalement.

« Comment s'appelait ton maître ? demanda-t-elle à Thad.

— Corsas. Pourquoi veux-tu savoir ça ?

— Il est toujours en vie, tu crois ? » reprit la jeune femme sans fournir de réponse au capitaine.

Ce dernier gratta sa longue barbe cannelle.

« J'en doute. Il était déjà vieux à l'époque de ma formation et je l'ai terminée il y a une vingtaine d'années environ. »

Afin d'atteindre le double but de s'évader et de percer à jour le mystère de l'odeur aigre, Deirdra avait absolument besoin d'un maître à consulter. Or, même si cet aspect était essentiel, elle n'avait aucunement l'intention de rendre visite à Bradeus. Elle préférait encore croupir dans les geôles de Queltiar.

« Tant pis, je prends le risque, déclara-t-elle avant d'appuyer le visage contre les barreaux et d'appeler de toutes ses forces : Hé ! Les gardiens ! Je dois parler à votre seigneur de toute urgence !

— Qu'est-ce que tu fabriques ? demanda Vosas.

— Il est de la première importance que je m'entretienne avec le seigneur Jeriad ! insista Deirdra en ignorant la question de l'homme au visage taillé à la serpe. C'est à propos de l'attaque prévue par Lanfas ! »

Deux soldats apparurent dans le couloir et s'approchèrent de la cellule de la jeune femme.

« De quelle attaque parles-tu ?

— Je ne révélerai ce que je sais qu'à votre seigneur.

— Monseigneur Jeriad déteste qu'on lui fasse perdre son temps.

— Pourquoi crois-tu que Petrior lui a demandé de capturer une vulgaire tueuse de dragons ? C'est parce qu'il sait que je détiens des informations importantes. »

Les deux hommes se consultèrent en silence. Au visage sceptique de l'un, l'autre répondit par un haussement d'épaules qui semblait signifier : qu'avons-nous à perdre ?

Ils ouvrirent la porte et entraînèrent Deirdra à l'extérieur. Elle sentait les regards des autres prisonniers vrillés sur elle, mais elle ne leur prêta pas la moindre attention.

L'escorte de la tueuse de dragons la conduisit aux appartements du seigneur de Queltiar, situés au dernier étage du donjon. Plus la troupe approchait des pièces occupées par Jeriad et plus l'entretien des lieux s'améliorait. Sans la couche de poussière qui couvrait les autres tentures dans le château, la jeune femme pouvait voir les images brodées sur les tapisseries. Certaines relataient la création des seigneuries en Austrion, d'autres représentaient la bataille du cap de Klovius et le massacre des armées de Klovius de Volter, de Forgas de Queltiar, d'Oneg de Xorond et d'Ul-Tear III par les dragons. Plusieurs montraient également des combats entre les troupes des ancêtres de Jeriad et celles des seigneurs avoisinants et, d'après le bouc de Queltiar auréolé de fils d'or qui frappait les légions ennemies, Deirdra jugea que les broderies dépeignaient les victoires plutôt que les défaites.

Une sentinelle en poste devant les appartements de Jeriad repoussa la porte entrebâillée derrière elle et annonça que des visiteurs souhaitaient voir le seigneur de Queltiar. Un instant plus tard, Deirdra et ses gardiens furent introduits dans une pièce dont l'austérité contrastait avec l'opulence du reste du château. L'ameublement se limitait à quelques chaises et à une table recouverte d'une nappe maculée de taches sombres et de miettes de pain. À quelques pas du meuble, un vieillard habillé de velours rouge et d'une cape brodée d'or était assis dans un fauteuil de bois recouvert d'une peau de mouton. Deirdra reconnut Jeriad. Son crâne dégarni était ceint d'une couronne de longs cheveux blancs, sa peau était mouchetée de taches brunes et un tremblement perceptible parcourait son corps voûté, même s'il se tenait immobile. Les paupières à demi closes, il paraissait somnoler.

Marvone était debout à côté de son père. Quelques mèches brunes s'échappaient du voile gris qui couvrait sa tête et elle portait une simple robe blanche. Son visage en lame de couteau affichait un air impassible. Elle était flanquée de deux individus arborant un pourpoint orné du bouc de Queltiar. Le premier, un homme moustachu affublé d'une tonsure, tenait un parchemin et une plume. Le second, dont la chevelure blonde et frisottée retombait dans ses yeux, avait du mal à réprimer un bâillement.

« Monseigneur », saluèrent les gardes qui accompagnaient Deirdra en esquissant une petite courbette.

L'un d'eux empoigna la jeune femme par la nuque et l'obligea à se pencher à son tour.

« Qu'y a-t-il ? s'enquit Jeriad de sa voix chevrotante.

— Les nôtres ont attrapé cette bâtarde au nord des terres de Volter, monseigneur, expliqua l'un des soldats. Elle fait partie des complices de Thad. Elle prétend avoir un message de la plus haute importance pour vous. »

Le vieux seigneur se tourna vers sa fille et les deux hommes, un air interrogateur sur ses traits. L'homme à la tonsure ordonna :

« Parle, femme ! Monseigneur n'a pas beaucoup de temps à gaspiller avec une fauteuse de troubles ! Il a des affaires de la première importance à discuter avec nous.

— Il est vrai, énonça lentement Jeriad, que de lourds tracas pèsent sur mes épaules. La désignation de mon héritier et d'un époux pour Marvone occupe mon esprit en permanence. Il en va de l'avenir de Queltiar.

— Nous vous l'avons déjà suggéré à maintes reprises, monseigneur : si votre fille acceptait de mettre un peu plus en valeur ses… charmes, peut-être que la liste des prétendants s'allongerait ? » persifla le conseiller aux boucles blondes.

Deirdra crut voir, le temps d'un battement de cœur, le masque inexpressif de Marvone se fissurer et laisser apparaître une pointe de mépris à l'égard des deux conseillers. Toutefois, quand la fille de Jeriad prit la parole, son visage n'affichait que froideur.

« Et moi, je vous répète, Elieus, que je n'ai pas à avoir honte d'avoir servi loyalement les esprits de la nature. Si cela pose un problème à mes prétendants, c'est leur piété qu'il faut remettre en question, pas mes charmes. En outre, il est imprudent de discuter des problèmes de la seigneurie devant des oreilles étrangères, ajouta-t-elle en se tournant vers Deirdra et en lui demandant de but en blanc : Quel message apportes-tu à monseigneur Jeriad ?

— Je suis ici parce que je connais les projets de Lanfas de Xorond, commença la tueuse de dragons. Je sais que, maintenant qu'Horacius est mort, il veut déclarer la guerre à Queltiar et à Volter ! »

Une moue méprisante apparut sur les traits du conseiller à la tonsure.

« Tout le monde sait que Lanfas maintient l'armée de Xorond sur le pied de guerre et qu'il veut devenir le seul souverain de l'Austrion. Si c'est ça ton message, tu devrais regagner ta cellule et attendre que la date de ton exécution soit fixée ! »

Interprétant ces propos comme un ordre, les gardiens de la tueuse de dragons firent mine de l'entraîner vers la sortie.

« Un instant ! intervint Marvone avant de s'adresser de nouveau à la jeune femme : Qui es-tu donc pour prétendre connaître les plans de Lanfas ?

— Je fais partie de son armée.

— Nous savons que Lanfas a intégré à ses troupes le tueur qui a vengé la mort de son fils et de sa femme, commenta l'homme blond appelé Elieus avec un rire condescendant, mais nous ignorions qu'il avait mué l'exception en règle. Une autre de ses nombreuses excentricités, sans doute…

— La vengeance n'est pas l'unique raison pour laquelle monseigneur Lanfas s'associe à des tueurs de dragons, annonça Deirdra.

— Explique-toi ! somma l'ancienne devineresse.

— Monseigneur Lanfas nous engage parce qu'il sait que nous pouvons capturer des dragons. Nous les menons jusqu'à lui et il en prend le contrôle. Il sait comment les diriger. Grâce à eux, il pourra dominer l'Austrion ! »

Un silence abasourdi suivit ses propos, puis le tonsuré s'esclaffa.

« Contrôler les enfants de Deirdris ! Comme si les hommes pouvaient être aussi puissants que les esprits de la nature ! Tu dois servir de fou à monseigneur Lanfas, pour tenir de tels propos !

— Je dis la vérité et je peux le prouver ! » affirma Deirdra.

Jeriad dit à ses deux conseillers :

« Lanfas aime trop s'amuser pour gouverner sérieusement Xorond. Déjà, lorsqu'il était enfant, il passait des heures dans le potager à observer les vers de terre. Queltiar faisait front commun avec Xorond contre Volter à l'époque et je rendais parfois visite à Cardior, le père de Lanfas. Il m'a confié que le comportement de son fils le préoccupait beaucoup. J'ai bien peur que son état se soit aggravé avec l'âge. Lanfas devrait se soucier de désigner un héritier et de le placer sur le trône avant que son caractère fantasque l'emporte sur sa raison. De grandes responsabilités pèsent sur les épaules des seigneurs. Il ne faut pas les prendre à la légère. »

Avant que les éminences grises aient eu le temps de répliquer, Marvone s'enquit :

« As-tu un nom, tueuse ?

— Deirdra.

— Quelles sont tes preuves, Deirdra ?

— Penses-tu, monseigneur, que l'attaque du dragon lors des obsèques d'Horacius était le fruit du hasard ? Lanfas voulait vous tuer, toi et Petrior !

— Il aurait pu périr lui aussi, objecta la femme.

— Il avait amené l'un de ses tueurs de dragons avec lui, rappela Deirdra. Il se tenait sur ses gardes, au cas où le colossius échapperait à son contrôle.

— Tes affirmations ne sont pas des preuves », intervint Elieus.

Deirdra se braqua.

« Des dragons ont éliminé les devins et les devineresses de Queltiar et de Volter. Monseigneur Lanfas est à l'origine de toutes ces morts. »

Elle retint son souffle et espéra que Jeriad et ses conseillers ignoraient que les devineresses de Lanfas avaient subi le même sort que celles de Queltiar, ce qui aurait affaibli les assises de son argumentation.

Le vieux seigneur tressaillit.

« Rares sont ceux qui savent comment mes devins et mes devineresses sont morts.

— Monseigneur ! protesta le conseiller à la tonsure. Tout le monde sait que les tueurs de dragons sont des menteurs ! Elle aura inventé ce détail !

— Ils ne sont pas plus menteurs que la majorité des conseillers, répliqua Marvone, mordante. Reste à savoir, Deirdra, pourquoi tu révèles tout cela à monseigneur.

— La solde que Lanfas me verse n'est pas assez élevée, expliqua Deirdra. Je veux t'offrir mes services, monseigneur. »

Jeriad hocha gravement la tête.

« Il est vrai que les tueurs de dragons feraient n'importe quoi pour obtenir l'or qui leur permet de se procurer de la dragonne. Je me souviens du premier tueur que j'ai croisé. Sachant que j'étais le seigneur de Queltiar, il m'a offert de travailler pour moi en échange d'un salaire mensuel de trois pièces d'or. J'ai refusé et je l'ai fait chasser du château. Contrairement à Horacius et à Lanfas, je ne veux pas offenser les esprits de la nature en embauchant dans mon armée ceux qui éliminent les enfants de Deirdris. »

Il se tourna vers ses conseillers, en quête d'approbation. Ce fut Elieus qui la lui fournit avec une ostentation que Deirdra jugea quelque peu moqueuse :

« Vous avez bien fait, monseigneur. Nous pourrions agir de même avec cette bâtarde, surtout que les finances de la seigneurie ne nous permettent pas de verser un salaire aussi élevé. »

Marvone lui jeta un regard agacé.

« Nous pourrions la chasser, c'est vrai, mais en faisant cela, nous nous mettrions monseigneur Petrior à dos. Les instructions qu'il nous a données sont claires : il veut s'occuper lui-même du capitaine Thad et de ses complices. »

Elle reporta son attention sur la tueuse de dragons.

« Qu'as-tu donc à proposer à monseigneur Jeriad contre tes services ?

— Je ne te mentirai pas, monseigneur : j'ignore comment Lanfas fait pour contrôler les dragons. Cependant, je m'engage à découvrir son secret en consultant les maîtres de tueurs de dragons. Personne ne connaît mieux les monstres qu'eux. Donne-moi de l'or, une monture, une escorte, une armure, un cimeterre et des vivres et je le ferai. L'homme qui contrôle les dragons peut contrôler bien plus que l'Austrion. Il peut contrôler le monde. »

Le visage ridé de Jeriad se fit rêveur.

« Contrôler le monde... Je n'ai jamais eu la puissance d'Horacius. Hélas, je ne suis plus de la première jeunesse.

— Avec les dragons, tu pourrais obtenir cette puissance plus rapidement que tu le penses, insista Deirdra. Il suffit d'une dizaine de colossi pour écraser une armée. Tu vivras assez longtemps pour voir les gens trembler en prononçant ton nom ! Désormais, tu n'auras plus à faire comme à la bataille de Codmus : ce sont les seigneurs de Volter et de Xorond qui te supplieront de devenir tes alliés ! Ils craindront tant ton courroux qu'ils payeront sans rechigner la taille que tu leur imposeras. »

Les yeux du vieil homme se perdirent dans le brouillard pendant un long moment.

« Monseigneur ? appela timidement le conseiller tonsuré. Ne vous laissez pas charmer par ce serpent ! Elle vous mordra à la moindre occasion !

— Je ne suis pas encore sénile, Zakis ! déclara Jeriad d'un ton irrité. Cinq de mes hommes l'accompagneront pour la surveiller de près. Vous autres, détachez-la ! »

Deirdra tendit ses mains à l'un de ses gardiens, qui trancha ses liens à contrecœur. Tout en massant ses poignets endoloris, elle dit à Jeriad :

« Monseigneur, les maîtres de tueurs de dragons sont difficiles à trouver. Or, je pense que celui qui m'a formée est mort, depuis le temps. Comme Lanfas peut frapper à tout moment, il s'agit de ne pas perdre de temps en allant rencontrer quelqu'un qui est probablement décédé. Heureusement, j'ai un compagnon qui sait où trouver un maître encore en vie. »

Les traits du vieux seigneur et de ses conseillers exprimèrent aussitôt de la méfiance.

« Qui as-tu à l'esprit ? s'enquit Marvone.

— Un ancien tueur de dragons qui se trouve actuellement dans vos geôles : le capitaine Thad de Volter. Les informations qu'il détient me seront précieuses si tu lui permets de m'accompagner.

— Te moques-tu de nous ? s'insurgea le conseiller appelé Zakis. Thad est un traître, et monseigneur Jeriad a promis à Petrior de le garder ici jusqu'à ce que tous ses complices aient été arrêtés.

— C'est sa complice, monseigneur, renchérit Elieus. Elle veut aider Thad à s'échapper ! Ne l'écoutez pas !

— Je ne suis pas sa complice mais son ennemie ! Thad et ses hommes m'ont faite prisonnière, car ils connaissaient les desseins de Lanfas. Ils voulaient que je livre son secret à Horacius ! Pourquoi croyez-vous, monseigneur, que Petrior souhaite me récupérer ? Lui aussi, il veut unifier les trois seigneuries sous sa coupe. La rumeur court même, au château de Volter, qu'il convoite également le Meridion.

— Il a toujours été ambitieux, commenta Jeriad. J'étais comme lui, jadis. C'est une qualité chez un seigneur. Elle a toujours fait défaut à Horacius. Tout ce qu'il voulait, c'était la paix. »

Le vieil homme s'emmura dans ses pensées. Sentant que sa concentration se relâchait, Deirdra décida de conclure :

« À toi de déterminer, monseigneur, l'ampleur du risque que tu es prêt à courir pour obtenir le pouvoir que tous convoitent. Petrior et Lanfas sont ambitieux et ont les moyens d'assouvir leurs rêves. Ce sera leur nom que l'histoire retiendra, pas le tien. »

Elle croisa le regard des deux conseillers qui la fixaient, l'air mauvais. Les paupières du vieux seigneur demeuraient closes, tandis que le visage de Marvone était attentif. Jeriad ouvrit enfin les yeux, se tourna vers sa fille et lui demanda :

« Qu'en penses-tu, Marvone ? Est-il trop tard pour que j'accomplisse un coup d'éclat ?

— Les propos de la tueuse sont justes, père. Si vous n'agissez pas, Petrior conquerra Queltiar. »

L'attention de Deirdra se porta sur l'ancienne devineresse. Le visage fermé de cette dernière ne devait pas trahir souvent ses émotions ; seulement, la tueuse de dragons crut voir les commissures de ses lèvres frémir comme si Marvone retenait un sourire triomphant. En donnant raison à la tueuse de dragons, la fille de Jeriad ne repoussait-elle pas la perspective d'un mariage arrangé et ne détournait-elle pas l'attention de son père de son obsession de trouver un héritier pour Queltiar ?

Jeriad resta silencieux pendant un long moment. Zakis et Elieus, visiblement démontés par la tournure des événements, n'osaient plus prendre la parole. Finalement, le vieillard adressa un signe à sa fille, qui se pencha vers lui. Il lui glissa quelques mots à l'oreille. Marvone hocha la tête et annonça à Deirdra :

« Monseigneur Jeriad te laisse partir. Nuceg, le second du capitaine Fardir, t'accompagnera, ainsi que quatre de ses meilleurs soldats. À toi de veiller à ce qu'il ne leur arrive rien. Tu prendras aussi le capitaine Thad avec toi. Ses hommes resteront ici, comme otages. Si vous n'êtes pas revenus d'ici deux mois, Petrior et monseigneur Jeriad organiseront leur exécution. D'ici là, monseigneur tâchera de dissimuler à Petrior votre disparition, à Thad et à toi. Vous partirez cet après-midi.

— Une dernière chose, si monseigneur le permet, dit Deirdra.

— Parle, répondit Marvone.

— J'ai oublié de demander à monseigneur de la dragonne. »

Les traits du conseiller tonsuré affichèrent un air scandalisé. Cependant, le regard dissuasif de Marvone lui fit ravaler ses protestations.

« Tu en as absolument besoin pour mener ta mission à bien ? s'enquit la fille de Jeriad.

— Je suis une tueuse de dragons, madame.

— Tu recevras tout ce qui t'est nécessaire, conclut Marvone d'un ton sec. Maintenant, laissez-nous, vous tous. Monseigneur Jeriad est las. »

Les conseillers prirent leur congé. Les gardiens de Deirdra affichaient un air de profond mécontentement, tandis que la jeune femme avait du mal à réprimer un cri victorieux. Elle n'arrivait pas à croire qu'elle avait réussi à convaincre Jeriad et Marvone de la laisser partir en compagnie de Thad ! Dès qu'elle aurait découvert le fin mot de l'histoire à propos de l'odeur qui appâtait les dragons, elle ferait faux bond à son escorte, recouvrerait sa liberté et connaîtrait le bonheur en attirant à elle autant de sourni et de colossi qu'elle pourrait en tuer. Bientôt, le sort du capitaine et celui de l'Austrion ne la concerneraient plus. Elle avait hâte de retrouver la sensation du vent sur son crâne rasé et de se vouer entièrement à la quête d'Ubad, qu'elle accomplirait jusqu'à ce que la mort se mette en travers de son chemin.

6. Maître Corsas

Deirdra et Thad chevauchaient depuis quelques jours vers le nord, surveillés de près par les cinq guerriers de Queltiar. L'expédition longeait pour l'heure la futaie de Cobas par l'ouest. Conformément aux indications données par Thad, ils allaient bientôt gagner la partie nord de la forêt de Gilis, la région où le capitaine avait été initié à l'art de tuer les dragons par un maître appelé Corsas.

Le silence qui régnait parmi les voyageurs pesait à la tueuse de dragons, car il permettait à ses pensées de vagabonder dans des directions peu plaisantes. Souvent, elle revoyait l'expression que les quatre soldats de Thad demeurés dans les geôles de Jeriad avaient affichée quand ils avaient appris qu'elle serait libre avec leur capitaine, alors qu'eux resteraient prisonniers. Un mélange de déception, d'envie et de colère avait assombri leurs traits. Ils la soupçonnaient de les avoir trahis, elle en avait la conviction.

Deirdra ne pouvait pas s'offusquer de leur manque de confiance en elle, puisqu'il était parfaitement justifié… Ou, du moins, il l'aurait été si elle avait mis l'ensemble de son plan à exécution. Toutefois, comme elle n'avait pas encore rencontré l'ancien maître de Thad pour l'interroger sur le moyen de contrôler les dragons, le moment n'était pas encore arrivé pour elle de filer. En outre, même lorsqu'il serait temps, s'enfuir ne se ferait pas sans difficulté: Nuceg, le chef de la troupe, un rude gaillard à qui il manquait trois doigts à la main droite, était loin d'être un ingénu, tout comme les quatre soldats sous ses ordres. Ils ne quittaient pas leurs prisonniers d'une semelle, de sorte que ceux-ci étaient dans l'impossibilité de discuter en tête-à-tête.

La perspective de se sauver en abandonnant Thad dérangeait Deirdra plus qu'elle ne voulait se l'avouer. Elle avait beau se répéter que ses hommes et lui l'avaient malmenée quand elle était leur prisonnière, elle ne puisait aucun réconfort dans cette idée.

Alors que le jour déclinait, Nuceg tendit sa main réduite à une pince droit devant lui:

« Le village de Tavad est tout près. Nous pourrons y trouver le gîte et le couvert. »

Thad, le visage hâve et las, laissa l'officier passer devant lui pour mener le groupe jusqu'à l'agglomération. Les premiers jours de chevauchée avaient été particulièrement pénibles, car les hommes de Queltiar acceptaient mal d'être guidés par deux tueurs de dragons, d'autant plus que l'un d'eux était une femme. Néanmoins, le seigneur Jeriad (ou plutôt Marvone) avait donné des instructions à Nuceg; le vétéran à la barbe grise devrait maintenir l'ordre et la discipline parmi sa troupe.

Le village de Tavad était constitué d'une vingtaine d'habitations aux murs de rondins et au toit de chaume. Des volutes de fumée s'élevaient des cheminées et l'odeur alléchante de mets en train de mijoter s'échappait des maisons. Sur un signe de Nuceg, l'un des soldats descendit de sa monture et s'avança vers l'une des résidences.

« Ouvrez! appela-t-il d'une voix forte. Par ordre de monseigneur! »

Étant donné que Jeriad ne tenait pas à ce que Petrior ait vent de la présence de ses hommes et de Thad et Deirdra sur sa seigneurie, les membres de la petite troupe avaient jugé plus prudent de s'abstenir de nommer le seigneur qu'ils servaient, quitte à prétendre obéir à Petrior si on les questionnait plus avant.

Le battant s'entrouvrit.

« Nous avons besoin d'un gîte pour la nuit et d'un repas chaud », dit sèchement le guerrier, que ses compagnons surnommaient « Femin » à cause de ses traits efféminés.

Après un échange bref avec un interlocuteur invisible, Femin revint vers ses confrères et leurs prisonniers.

« Ils vont nous héberger pour la nuit. »

Tandis que les voyageurs descendaient de leur cheval, un individu râblé et un jeune garçon sortirent de la maison et menèrent le groupe à l'arrière, où une étable avait été construite au fond d'un potager. Les soldats attachèrent leurs montures à l'intérieur, les pansèrent et leur donnèrent du grain sous le regard placide de quelques vaches, puis entrèrent dans l'habitation du paysan.

Cette dernière comptait deux étages. Une échelle dans un coin permettait d'accéder au second. Au centre, quatre enfants étaient assis autour d'une longue table. Une femme approchait un banc supplémentaire tout en pressant sa progéniture de finir de manger. À l'arrivée des inconnus, elle se tut. Les gamins dévisagèrent les nouveaux venus avec des expressions craintives. Une petite fille demanda à sa mère, tout en indiquant Deirdra du doigt :

« Pourquoi elle a pas de cheveux, elle ? »

La femme fixa la tueuse de dragons d'un regard inquiet tout en disant :

« Parce qu'elle ne laissait pas sa maman lui laver les cheveux et qu'elle a eu des poux. »

Avant que Deirdra ait pu réagir, Nuceg fit diversion en saluant l'assemblée. Une grimace amusée flotta sur les lèvres de la tueuse de dragons – des poux ! C'était la première fois qu'elle l'entendait, celle-là ! Puis elle poursuivit son exploration visuelle. Un feu crépitait dans l'âtre et des bouquets d'herbes et de fleurs séchaient au plafond, feuillage vers le bas, attachés aux poutres par des bouts de ficelle. Près des flammes, des chaudrons et de la vaisselle en bois étaient rangés sur une table de travail. Un chat avait couru se cacher en dessous. Deirdra distinguait seulement ses grands yeux dorés et l'extrémité de sa queue, qui dépassait dans la lumière.

Le cœur de la jeune femme se serra. Bien que le souvenir fût lointain, la scène évoquait, par son odeur et son intérieur chaleureux, la maison de la voisine qui s'occupait d'elle quand sa mère s'absentait. Hormis son court intermède avec Saras, c'était le seul véritable foyer que Deirdra avait connu.

Elle inspira brutalement pour réprimer la vague de nostalgie. Une présence se fit sentir à ses côtés.

« Ça va ? » lui demanda Thad à voix basse.

Deirdra lui jeta un regard partagé entre la méfiance et la surprise. Le capitaine avait donc décidé de mettre un terme à son silence ? Elle répliqua sèchement :

« Tu as retrouvé ta langue ? »

Thad grimaça comme si elle l'avait frappé. Elle éprouva un pincement de culpabilité, les traits de l'homme ayant exprimé de la sollicitude. Toutefois, comme elle ne parvenait pas à trouver les mots justes pour exprimer ses regrets, elle s'abstint de les formuler à voix haute.

« Je sais ce que tu essaies de faire et je sais que ça ne se passe pas tout à fait comme prévu », reprit Thad sur le même ton.

Deirdra garda le silence. Elle n'était pas certaine de comprendre ce que le capitaine sous-entendait. Or, avec les soldats de Queltiar constamment à portée d'oreille, elle était dans l'incapacité de le questionner plus avant. Elle s'écarta de Thad, le cœur battant la chamade. Avait-il compris qu'elle tentait de lui fournir une occasion de s'échapper ? Le cas échéant, pourquoi ses hommes et lui avaient-ils affiché une attitude hostile à son endroit, au moment du départ ? Pour ne pas éventer leur complicité ?

Elle reporta machinalement son attention sur l'ancien capitaine de Volter. Ce dernier lui souriait. S'agissait-il d'un signe de connivence ? Le feu aux joues, Deirdra se concentra sur la famille. Les enfants ramassaient leurs assiettes vides et quittaient leur banc. La maîtresse de maison désigna le banc qu'elle avait approché de la table et les sièges désertés :

« Asseyez-vous, messires. Notre repas est simple, mais il est chaud. »

Les voyageurs s'exécutèrent. La mère prit des écuelles sur le petit établi près de l'âtre, y versa la soupe épaisse qui constituait le mets du soir et servit ses hôtes. Arrivée à Deirdra, elle hésita. La tueuse de dragons lui prit le bol des mains et grommela :

« Merci. »

Les gamins s'étaient réfugiés dans un coin de la pièce et la jeune femme sentait qu'ils la dévisageaient. Elle leur lança :

« Qu'est-ce que vous avez à me fixer, vous autres ? »

Le plus jeune des enfants courut se réfugier dans le giron de sa mère, qui le cajola tout en adressant une expression de reproche à Deirdra.

« Il n'a jamais vu une femme aussi laide ! expliqua Plasdos, l'un des soldats de Queltiar.

— Non, il se demande pourquoi une teigneuse a le droit de manger avec des individus en bonne santé ! renchérit Femin.

— Ça suffit », intervint Nuceg d'une voix ferme.

La tueuse de dragons et les guerriers s'affrontèrent du regard, puis la première repoussa son écuelle.

« J'ai terminé. Je n'avais pas très faim. »

Elle se leva de table et s'en fut en direction de la sortie. Avant de refermer le battant de l'habitation, elle entendit Plasdos appeler :

« Hé ! Où vas-tu ? Reviens ici ! »

Deirdra quitta la maison, le sang en ébullition, les tempes en feu. Elle entendit la porte s'ouvrir derrière elle.

Elle n'avait pas à se retourner pour savoir que les soldats l'avaient suivie. Elle donna un coup de pied vigoureux à un caillou qui s'envola dans la nuit.

Une main tapota son épaule. Deirdra virevolta, le poing brandi. Une main de fer lui agrippa le poignet.

« Tu ne trouves pas qu'on m'a assez malmené ? dit Thad.

— Lâche-moi. »

Le capitaine obtempéra. Elle lui tourna le dos, sauf qu'elle ne s'éloigna pas. Trois des soldats de l'escorte leur avaient emboîté le pas. Néanmoins, ils ne semblaient pas vouloir la contraindre à rentrer avant qu'elle se soit calmée, ce qui constituait une mince consolation.

Au bout d'un moment, Thad demanda doucement :

« Pourquoi as-tu laissé ces imbéciles te blesser ? C'est la vue de la famille qui t'a troublée ? »

Deirdra désigna la troupe du menton.

« Ces bâtards t'ont demandé de m'amadouer ? »

Les traits avenants de l'officier se crispèrent. Il dit sèchement :

« Je suis venu de mon propre chef. Et je t'ai déjà dit de surveiller ton langage.

— Tu n'as pas à être chatouilleux sur tes origines. Nous sommes tous des bâtards.

— Arrête ! »

La colère de son vis-à-vis surprit la jeune femme. Il reprit, le visage fermé :

« Je dis toujours à mes hommes de faire attention aux mots qu'ils emploient.

— Je ne suis pas un de tes hommes.

— Ça paraît.

— Hé ! Les tourtereaux ! Si la furie est calmée, on rentre ! La soupe refroidit ! »

Les deux tueurs de dragons obéirent. Une fois le repas terminé, Nuceg dit à ses hommes :

« Nos compagnons vont dormir dans l'étable. Emmenez-les là-bas. »

Les soldats entraînèrent Deirdra et Thad au fond du potager, dans l'abri des bestiaux. Femin et Plasdos restèrent pour les surveiller.

Deirdra s'assit sur un ballot de paille en face de Thad. À voix basse afin de ne pas être entendue des deux sentinelles postées à l'entrée de l'étable, elle dit :

« Tu veux que tes hommes pensent par eux-mêmes, tu leur apprends à soigner leur langage… Cherches-tu à les transformer en nobles ?

— Quand monseigneur Horacius m'a trouvé, j'étais un tueur de dragons sans attaches, sans éducation, complètement dépendant de la dragonne. Il m'a sorti de la fange et a fait de moi un chef. Je tiens à offrir à mes hommes la même chance.

— J'ignorais que tu étais un idéaliste !

— Il y a de pires défauts, ironisa Thad. Ceci dit, c'est à cause de moi que mes hommes sont prisonniers de Jeriad. »

Il s'abîma dans ses réflexions.

Deirdra s'allongea sur le dos en grimaçant, certaines de ses blessures récentes n'étant pas totalement guéries, et ferma les paupières.

« Tu n'as pas répondu à ma question, tout à l'heure, murmura Thad. Pourquoi est-ce que les remarques des abrutis t'ont atteinte ? Tu as pourtant dû en entendre des pires que ça pendant ta carrière… »

Peu désireuse de s'attarder sur le sujet, la tueuse de dragons haussa les épaules.

Le capitaine insista de nouveau :

« C'est la famille qui t'a perturbée, pas vrai ? Pourquoi ça ? »

En guise de réponse, Deirdra cita la phrase que Bradeus répétait à ses apprentis jour après jour, tout au long de leur formation :

« Ceux qui s'attachent sont des faibles. Les forts se suffisent à eux-mêmes. »

Elle espérait que l'officier se satisferait de ses paroles. Malheureusement, il revint à la charge :

« Qu'est-il arrivé à ta famille ?

— Pourquoi me fais-tu parler pour rien ? riposta-t-elle d'un ton agressif. Je n'ai pas de famille, pas plus que les autres tueurs de dragons. Tu es bien placé pour le savoir ! »

Thad secoua la tête comme pour chasser une pensée désagréable, puis s'enquit à brûle-pourpoint :

« D'où viens-tu ?

— Je ne m'en souviens pas. Pourquoi est-ce que tu veux savoir ça ?

— Parce que tu as essayé de nous sauver, mes hommes et moi. Ce n'est pas le comportement habituel d'un tueur de dragons. »

Deirdra scruta le visage du capitaine, presque invisible dans la noirceur. Rares étaient les individus qui avaient éprouvé le besoin de connaître ses origines. Elle était une tueuse de dragons. Cela suffisait à la majorité des gens, qui n'avaient pas à chercher d'autres raisons pour la mépriser, l'insulter et la chasser de leurs terres.

Du bout des lèvres, elle répondit :

« J'ai passé les premières années de ma vie à Lordas. »

Thad hocha la tête.

« Tu es donc une femme de Volter. Et pourquoi veux-tu interroger mon ancien maître, Deirdra de Lordas ?

— Je te l'ai dit, rappela-t-elle d'un ton impatient. J'ai promis au seigneur Jeriad que je trouverais la manière de diriger les dragons, afin qu'il soit plus puissant que Lanfas et Petrior.

— En effet, c'est ce que tu lui as raconté. Quel est ton véritable plan ? »

Deirdra jeta un coup d'œil en direction des soldats à l'entrée. Ces derniers étaient en grande discussion. Elle chuchota :

« J'espérais garder cette connaissance pour moi et vous fausser compagnie à la première occasion.

— Ah ! Voilà qui te ressemble un peu plus… »

La jeune femme se sentit rougir. L'obscurité empêchait son compagnon de percevoir son trouble, mais son silence était suffisamment éloquent en soi.

« Il est tout de même étonnant que tu aies pu berner les conseillers de Jeriad aussi facilement, reprit Thad au bout d'un moment.

— J'ai eu l'aide d'une messagère des esprits de la nature ! expliqua Deirdra en pensant à Marvone.

— Effectivement, c'est à peu près la seule explication possible… »

La tueuse de dragons s'attendait à ce qu'il ajoute un commentaire caustique, mais il demeura songeur.

« Je doute qu'un maître qui sache comment contrôler les dragons partage son savoir avec qui que ce soit, dit-il finalement. Et il est surprenant que celui qui possède une telle connaissance n'ait pas employé la puissance qu'elle procure avant aujourd'hui.

— Bien vu, reconnut Deirdra, mais à tout prendre, ça ne coûte rien de poser quelques questions à ton maître, n'est-ce pas ?

— Surtout si ça te permet de trouver le moyen de battre le record d'Alastorus, pas vrai ?

— Silence, vous deux, ou je vous sépare ! » les avertit l'un de leurs gardiens.

Deirdra accueillit l'intervention du soldat avec un vif soulagement, car cela lui évitait de répondre à Thad. Le comportement du capitaine à son endroit la déconcertait tant qu'elle n'arrivait plus à distinguer ce qu'elle pouvait lui confier de ce qu'elle devait garder pour elle.

◆

Le lendemain, la troupe quitta le hameau de Tavad et reprit la direction du nord. Bientôt, elle quitta les terres vallonnées de Volter pour se retrouver dans la forêt de Gilis. Comme Deirdra s'était essentiellement tenue à la limite sud de cette dernière pour chasser, elle connaissait mal le nord de la sylve et n'avait pas cherché à remédier à la situation, puisque cela l'aurait amenée trop près à son goût de Mortad et de ses confrères. Aujourd'hui, néanmoins, le trajet lui convenait parfaitement, car il la rapprochait des monts de Maestas, sa destination ultime.

La jeune femme et les soldats se frayèrent un chemin parmi les conifères. Le silence, troublé de temps à autre par le croassement d'une corneille isolée, régnait sur les environs. Les hommes, tendus, crispaient machinalement les doigts autour de leurs rênes. La tueuse de dragons n'était guère plus calme et scrutait nerveusement les alentours, surtout depuis qu'elle avait aperçu des troncs d'arbres lacérés par des griffes énormes. À vue de nez, les marques dataient d'environ une semaine et ne dégageaient plus d'odeur (ou, du moins, en émettaient une si faible qu'elle était imperceptible à l'odorat humain), de sorte que le colossius pouvait être en train de chasser à des lieues de là. Néanmoins, dans l'éventualité où il reviendrait sur son territoire, elle voulait se tenir prête. Ses comparses de voyage paraissant ne pas avoir remarqué les traces du monstre, Deirdra s'était gardée d'attirer leur attention sur elles. Tant que le dragon ne se manifesterait pas, elle ne voyait pas ce que les guerriers pouvaient faire de plus pour se protéger, sinon rebrousser chemin et rentrer à Queltiar.

Tout à coup, la lumière blafarde du jour fluctua. Une silhouette gigantesque survola silencieusement les cavaliers. Les chevaux hennirent de terreur.

« Un colossius ! dit Thad.

— Ne bougez surtout pas ! ordonna Deirdra. Immobilisez vos montures ! »

Les hommes tirèrent de toutes leurs forces sur la bride des chevaux, mais ceux-ci se débattirent frénétiquement. Thad avait sauté lestement en bas de son destrier. Il l'entraîna dans les fourrés. Femin fut jeté durement sur le sol. Son coursier affolé détala dans la forêt.

Le cheval de Deirdra se calma peu à peu. Plasdos courut aider Femin à se relever. Thad revint vers le groupe. Tous levaient les yeux au ciel, maintenant déserté.

« Il nous a vus, vous pensez ? demanda Nuceg à l'adresse des deux tueurs de dragons.

— Peut-être pas, répondit Thad. Le plafond de la forêt de Gilis est particulièrement dense.

— Avec beaucoup de chance, il se contentera du cheval en fuite et il nous laissera tranquilles, dit Deirdra. Avec un peu moins de chance, il reviendra vers nous après avoir tué la monture.

— Ça nous laisserait le temps d'aller nous abriter chez mon ancien maître. Nous ne sommes plus très loin de chez lui, si mes souvenirs sont exacts, intervint Thad en promenant un regard pensif sur les environs.

— Et avec aucune chance ? s'enquit Femin en roulant de grands yeux effrayés.

— Prie pour que les esprits de tes ancêtres veillent sur toi, dit Thad.

— Donne-moi mon cimeterre et mon bouclier ! » lança Deirdra à Nuceg, qui s'exécuta.

L'officier n'ayant nullement confiance en elle, il avait refusé de lui remettre le cimeterre promis par Marvone. Néanmoins, il avait emporté l'arme et un écu supplémentaire et avait déclaré à Deirdra, au début du voyage, qu'il les lui remettrait si la troupe était contrainte d'affronter un dragon.

Alors que la jeune femme attachait son cimeterre dans son dos et la plaque circulaire sur son bras, des craquements retentirent à proximité, suivis d'un choc sourd. Les chevaux s'agitèrent de plus belle.

« Il s'est posé ! chuchota précipitamment Deirdra en bondissant en bas de sa monture.

— À couvert, vite ! » souffla Nuceg.

À l'instar de Thad et de la tueuse de dragons, les hommes de Queltiar quittèrent le dos de leurs chevaux et menèrent ceux-ci par la bride. Deirdra, Femin et un autre soldat appelé Quiltas trouvèrent refuge sous un grand pin dont les branches étaient assez hautes pour que les montures puissent se glisser en dessous. Comme il n'y avait pas assez de place pour loger tout le monde, Thad et les trois autres hommes disparurent entre les arbres.

Quelques instants s'écoulèrent en silence, puis des craquements retentirent à proximité, suivis d'un choc sourd.

Les deux troupiers serrèrent la poignée de leur épée et les courroies de leur bouclier. Les chevaux se débattirent, mais leurs cavaliers les avaient attachés solidement au tronc de l'arbre. Deirdra inspira une pincée de dragonne et dit à son escorte :

« Je reviens ! »

Elle se faufila silencieusement entre les conifères. Elle aperçut rapidement le corps du colossius et ses ailes repliées. Les arbres dérobaient sa tête à la vue de la tueuse de dragons. Il était plus petit que la moyenne et ses écailles tiraient plus sur le brun que sur le vert. Une femelle. Machinalement, Deirdra porta la main à la quatrième griffe de son collier. La dernière fois qu'elle avait affronté une femelle colossius remontait à plus ou moins quatre ans.

La créature balayait les alentours de son regard, à l'affût d'un mouvement qui trahirait la présence d'une proie. Deirdra dégaina lentement son cimeterre. Elle remonta vers l'animal en évitant tout geste brusque et en posant le pied si délicatement sur les feuilles mortes jonchant le sol que celles-ci craquaient à peine. En approchant le monstre par l'arrière, elle pourrait se glisser jusqu'à son collum et le tuer avant que celui-ci l'ait repérée. Alors qu'elle longeait le flanc de la femelle colossius, un hennissement de panique déchira le silence.

« Bâtard ! » jura Deirdra entre ses dents.

La bête déplia ses ailes, fauchant quelques arbres au passage. La jeune femme évita de justesse la membrane en se jetant à terre. Elle resta parfaitement immobile alors que le monstre se dressait sur ses pattes. Une pluie d'aiguilles recouvrit la tueuse de dragons quand la créature bondit et se hissa au-dessus du plafond de la forêt d'un coup d'ailes puissant.

Deirdra se releva lestement et courut en direction du pin sous lequel les deux soldats avaient trouvé refuge. Les chevaux se débattaient avec l'énergie du désespoir. Au même moment, la femelle dragon s'abattit sur le conifère, qui se rompit sous le choc. Femin resta pétrifié, son confrère s'enfuit. Mal lui en prit, car la femelle colossius étira son cou vers lui et l'emprisonna dans sa gueule, en négligeant les deux chevaux qui fuyaient beaucoup plus vite. Elle reprit son envol en fracassant le restant des branches qui lui barraient la route.

« Cours ! » dit Deirdra à Femin.

Elle n'eut pas à le répéter: le soldat disparut entre les arbres.

Cimeterre brandi, écu levé, muscles bandés, la tueuse de dragons attendit le retour du colossius. Elle était certaine qu'il passerait à nouveau à l'attaque, puisqu'ils étaient sur son territoire. La femelle ne cesserait de les assaillir que lorsqu'elle les aurait tous dévorés, montures incluses. Un mouvement à la limite de son champ de vision capta son attention. Tortir et Plasdos jaillirent d'entre les arbres, leur épée à la main, leur bouclier au bras, les yeux rivés sur le ciel blafard.

« Visez la base du cou ! » leur cria Deirdra.

Au même moment, conformément à ses prévisions, la femelle colossius redescendit vers eux, toutes dents et griffes dehors. Elle inclina le corps pour passer entre les troncs dans un grand fracas de branches brisées et tenta de saisir Tortir, qui l'évita. Une des griffes du monstre lui lacéra le visage. Le soldat recula en titubant, une main pressée contre sa figure. Plasdos, qui s'était écarté de justesse, frappa la patte à cinq doigts tendue vers lui. Deirdra savait que l'épée avait à peine rayé l'épaisse peau écailleuse.

Elle sautilla sur place en agitant son cimeterre en direction du colossius qui reprenait de l'altitude.

« Amène-toi ! »

La créature esquissa un demi-tour d'une lenteur trompeuse, puis attaqua de nouveau. Cette fois, elle visait spécifiquement Deirdra. Cette dernière fonça sur la bête, qui dut atterrir un peu de travers pour éviter la pointe des troncs cassés. La tueuse de dragons était si proche qu'elle sentit le souffle de la femelle et son haleine âcre. Sans ralentir, elle se rua sur le collum, son cimeterre pointé devant elle. La lame s'enfonça dans la région vulnérable comme un couteau dans du beurre. D'un coup sec, elle retira le cimeterre. Un flot de sang gicla sur elle.

Aveuglée par le liquide chaud et épais, Deirdra recula en s'essuyant frénétiquement les yeux. Sa victime s'agita dans tous les sens à quelques pas d'elle, balayant les arbres de sa queue et de ses pattes et aspergeant les environs de sang. Deirdra se plaqua à terre et constata que le soldat à quelques pas d'elle l'avait imitée.

Les forces quittèrent le dragon à l'agonie et il s'écroula. Des spasmes dont la puissance diminuait peu à peu parcoururent le monstre. Au bout d'un moment, il finit par s'immobiliser.

Lentement, Deirdra se releva, ramassa une poignée de feuilles mortes et essuya tant bien que mal le sang qui couvrait son visage. Plasdos la rejoignit, le visage blême de stupeur.

« Rien de cassé ? » lui demanda-t-il.

Deirdra secoua la tête et jeta négligemment les feuilles mortes gluantes par terre. Elle désigna Tortir qui se relevait, le visage ensanglanté.

« Occupe-toi plutôt de ton collègue. »

Son interlocuteur alla sur-le-champ porter secours à son confrère.

La tueuse de dragons se débarrassa de son bouclier et se dirigea vers l'une des pattes antérieures du monstre afin de couper la griffe du pentalule. Elle venait d'éliminer son neuvième dragon et cette fois il était hors de question qu'elle laisse son trophée lui échapper. À défaut d'avoir la certitude d'avoir tué dix monstres (après tout, elle n'avait aucune preuve que le colossius de l'auberge de Bourfad était mort), elle pourrait au moins prouver qu'elle avait égalé le record d'Alastorus. À grands coups de cimeterre, elle taillada la griffe du cinquième doigt de la patte droite de la femelle. Aussitôt, une odeur ténue monta jusqu'à son nez. Deirdra retint une exclamation de surprise, se pencha précipitamment sur l'entaille qu'elle avait créée dans l'ongle poreux et huma celui-ci de près. Son intuition fut confirmée : l'effluve aigre qui attirait les dragons émanait des griffes du pentalule des femelles colossi ! Voilà pourquoi il lui était familier, mais qu'elle avait eu du mal à le reconnaître ! Elle ne l'avait flairé qu'à quelques reprises, la plus récente remontant au moment où elle avait tué sa première femelle colossius. Quant aux autres occasions, elles dataient de son apprentissage auprès de Bradeus.

« Alors, Zalderas, qu'est-ce que ça sent ? »

Dans la grange attenante à la maison de Bradeus, l'apprenti aux longs cheveux noirs brillants et à la peau basanée a les yeux bandés et il est assis à une table. Devant lui, le maître a disposé des petites fioles de verre qui contiennent des bouts d'étoffe imbibés de diverses humeurs produites par les dragons. Étant donné qu'il pleut, Bradeus a écourté les entraînements physiques et concentre ses enseignements sur des aspects théoriques. Comme à son habitude, Deirdra, âgée de dix ans, se tient en retrait des autres apprentis et tâche de se faire oublier, tout en écoutant attentivement les informations données par le maître. Elle sait que si elle s'approche trop, quelqu'un finira tôt ou tard par l'insulter et la repousser. Alors, maître Bradeus l'enverra faire le ménage de sa maison en arguant que ce serait un miracle si elle parvenait à éliminer ne fût-ce qu'un minusius.

Au-dessus de la bande de tissu qui lui voile les yeux, le front de Zalderas se creuse tandis que le garçon cherche à reconnaître l'odeur. Finalement, il répond :

« Du venin de minusius ? »

Comme il est aveuglé, il ne peut voir la main de Bradeus se lever pour lui décocher une solide claque sur la joue. Le maître frappe avec une force telle que l'enfant bascule sur le côté. Il relève précipitamment son bandeau. Deirdra constate sans surprise qu'il essaie de dissimuler les larmes de douleur qui picotent ses yeux avant que les autres les remarquent. Toutefois, sa réaction survient trop tard, car les neuf garçons se mettent à fredonner d'un ton railleur :

« Zalderas veut sa maman ! Tout le monde sait que les mamans des Nordirs sont des chiennes ! C'est pour ça que Zalderas pleure comme un chiot ! »

Bradeus les laisse chanter pendant un temps, suffisamment pour que Zalderas se mette à renifler ostensiblement tant il peine à retenir ses pleurs, puis il s'écrie :

« Silence ! »

Aussitôt, les apprentis se taisent.

« Quelqu'un d'autre peut me dire ce que c'est ? Deirdra ? »

Il esquisse un rictus cruel. Un tremblement irrépressible s'empare du corps de la petite fille. Elle sait ce qui l'attend : l'humiliation subie par Zalderas n'est rien, comparée à la sienne si elle échoue. Le petit Nordir lui cède sa place avec empressement. Elle s'installe sur le banc et serre les poings à en avoir les jointures blanches afin de réprimer ses frissonnements. Bradeus lui bande les yeux et lui remet une fiole.

« Tu peux me dire ce que c'est ? » lui demande-t-il.

La question semble innocente, mais Deirdra connaît suffisamment son maître pour savoir qu'il est convaincu qu'elle va se tromper. La pluie tombe lourdement sur le toit de la grange. Comme celui-ci fuit, elle entend des gouttes s'infiltrer dans le bâtiment et atterrir dans les seaux placés à différents endroits pour recueillir l'eau. Derrière elle, des garçons pouffent de rire et Bradeus ne fait rien pour les obliger à se taire. Eux aussi, ils sont sûrs qu'elle va échouer.

Elle n'a pas droit à l'erreur.

Deirdra se concentre sur les effluves qui émanent de la bouteille. Ils sont âcres et évoquent l'urine. Néanmoins, la petite fille se souvient des exercices précédents et elle a la certitude que ce n'est pas cela. Ce serait trop facile…

« Tu vas finir par répondre, Deirdra ? s'impatiente Bradeus. Quand tu chasseras un dragon, tu n'auras pas tout ton temps, crois-moi ! »

Elle se rappelle le jour où le maître a parlé des effluves émis par les dragons.

« Il est facile de les confondre, a-t-il dit, parce qu'ils sont presque identiques pour l'odorat humain. Les dragons, eux, connaissent la différence. »

Les griffes des pentalules des colossi et des sourni dégagent les mêmes émanations, se remémore-t-elle. Pour les mâles, elles sont musquées, et pour les femelles…

« C'est l'odeur produite par la griffe du pentalule des femelles colossi ! s'exclame-t-elle. Ou bien par celle des femelles sourni, parce que pour nous, elles sont pareilles. »

Le cœur battant à tout rompre, elle relève son bandeau, juste à temps pour remarquer la moue de déception de Bradeus. Finalement, il dit :

« Pas besoin de crier. Vigond ! »

Elle quitte le banc, un sourire victorieux flottant sur ses lèvres, tandis que Vigond, un blondinet de six ans, s'approche d'un pas hésitant. Pendant qu'il noue l'étoffe derrière sa tête, Bradeus se tourne vers Zalderas et lui lance d'un ton dégoûté :

« Même une fille a réussi à avoir la bonne réponse ! Ça prend juste un attardé de Nordir pour rater un test aussi facile ! »

« Pourquoi est-ce qu'il n'a pas craché de venin ? » fit la voix de Tortir.

Deirdra sursauta et constata que les deux soldats de Queltiar s'étaient approchés d'elle pendant qu'elle réfléchissait. Elle se hâta de finir de sectionner la griffe, la glissa dans ses vêtements et dissimula son agitation derrière un masque impassible.

« Tu disais ? » demanda-t-elle d'une voix neutre.

Le guerrier, qui maintenait un morceau de charpie rouge de sang contre son visage, répéta sa question. La jeune femme n'eut pas à accomplir de grands efforts pour feindre l'exaspération : l'ignorance de ses semblables en matière de dragons la désarçonnait invariablement... quoiqu'en ce moment précis, cette lacune l'arrangeait.

« Parce que c'est une femelle, répondit-elle.

— Comment tu fais pour le savoir ?

— Parce qu'elle ne crache pas de venin, rétorqua platement la jeune femme. Et aussi parce qu'elle est plus petite que les colossi mâles et que ses écailles sont plus brunes que brun-vert. C'est évident, non ?

— Quand je vois un dragon, je cours me mettre à l'abri. Je ne cherche pas à voir la couleur de ses écailles. »

Deirdra renifla dédaigneusement et reporta son attention sur la dépouille. À la condition de ne pas perdre de temps, elle tenait une occasion en or de substituer une « vraie » cuirasse au tas de ferraille lourd et malodorant qui passait pour une armure dans la seigneurie de Queltiar. Elle commençait à écorcher le monstre quand le martèlement étouffé de sabots sur le sol forestier se fit entendre. La tueuse de dragons brandit son cimeterre et les guerriers levèrent leur épée. Les branches des pins s'écartèrent, révélant Thad, suivi d'un vieillard inconnu et de deux adolescents, ainsi que de Nuceg et de Femin. Le soldat était juché sur le cheval de Tortir et menait par la bride les deux destriers qui s'étaient enfuis, tandis que son chef faisait de même avec la monture de Plasdos. La bande s'avança vers Deirdra et les deux hommes.

« Je vois que vous ne nous avez pas attendus, commenta Thad.

— Pourquoi ? Je me débrouille très bien toute seule !

— Nous étions allés chercher des renforts, au cas où... »

Il désigna le vieillard et les deux garçons. Ces derniers portaient des cuirasses de cuir de minusius et étaient armés d'un cimeterre. À leur vue, Deirdra se campa devant la dépouille de la femelle colossius et dit sèchement :

« Elle est à moi. »

L'un des jeunes gens aida le vieil homme à descendre de son destrier. Des taches brunes couvraient sa tête glabre et ses mains. Le dos voûté, il s'approcha lentement de la tête du dragon et étudia la plaie qui s'ouvrait dans le collum de la bête.

« C'est du bon boulot », déclara-t-il d'une voix chevrotante.

Deirdra demanda à Thad d'un ton méfiant :

« Qui c'est, ceux-là ?

— Maître Corsas et deux de ses apprentis. Je savais que la maison de mon maître n'était pas très loin. Seulement, comme je ne me souvenais pas de l'emplacement exact de sa demeure, nous avons cherché un peu, d'où notre arrivée tardive… »

Plasdos observait attentivement le plus âgé des nouveaux venus, qui évoquait plus un vieux tronc d'arbre rabougri qu'un humain.

« Ça, un maître de tueurs de dragons ? dit-il avec scepticisme.

— Du respect pour maître Corsas ! » clama l'un des deux élèves en dardant son cimeterre sur le soldat.

Le vieil homme leva une main aux doigts tordus par l'arthrite et dit :

« Du calme, Nilars. Viens plutôt examiner ce dragon. Toi aussi, Galfros. »

Les deux garçons s'exécutèrent. Deirdra se dressa sur leur passage.

« Ne t'en fais pas, la rassura le vieux maître. Nous ne te priverons pas de ton honneur ni de tes richesses. Je veux seulement que mes élèves apprennent quelques petites choses sur les dragons. »

Deirdra s'écarta à contrecœur, tout en grommelant :

« Grouillez-vous, les minusi ne tarderont pas. »

Les deux jeunes gens examinèrent le cadavre avec intérêt pendant quelques instants, puis l'un d'eux annonça :

« C'est une femelle.

— Très bien, Galfros. Et pourquoi dis-tu ça ? »

Le garçon énuméra les mêmes caractéristiques que Deirdra avait déclinées plus tôt. Quand il eut terminé, le maître le félicita.

« En effet, c'est une femelle. C'est la première que je vois depuis un sacré bout de temps.

— Qu'est-ce que tu racontes ? intervint Deirdra.

— Ça doit faire environ trois ans que je n'ai plus vu de colossius ou de sournius femelle, expliqua Corsas, apparemment peu offusqué par le manque de manières de son interlocutrice. Tous les tueurs avec qui je parle me rapportent la même chose. Or, pas de femelle, pas de reproduction. Pourquoi crois-tu qu'il n'y a presque plus de gros dragons qui descendent dans le sud de l'Austrion depuis un bout de temps ? Les colossi et les sourni sont en train de disparaître. La vengeance d'Ubad sera bientôt assouvie. »

◆

Comme le temps pressait, Deirdra avait consenti à ce que les deux apprentis de Corsas l'aident à retirer tout ce qu'elle pourrait vendre du cadavre et avait chargé son butin sur son cheval. Ensuite, elle avait extrait l'énorme cœur de la femelle. Sans se soucier de l'expression dégoûtée de Nuceg et de ses hommes, elle avait avalé une petite portion de l'organe. Corsas lui ayant demandé si ses apprentis et lui pouvaient en avoir une bouchée, elle leur avait coupé un morceau de cœur. Le vieux maître l'avait abondamment remerciée et avait expliqué qu'il n'avait pas eu l'occasion de manger du cœur de dragon depuis longtemps et que la saveur lui manquait. Les deux adolescents avaient affiché un air sceptique à l'idée qu'un tel goût puisse inspirer de la nostalgie, mais ils avaient mâché leur portion du muscle en s'abstenant de commenter. Avec un sourire malicieux, Deirdra avait invité Thad à se joindre à la dégustation. Le capitaine avait décliné poliment.

Le nettoyage de la carcasse fut rapidement terminé. Nuceg confisqua le cimeterre et le bouclier de la tueuse, puis Corsas et ses apprentis se hâtèrent de mener le groupe à travers la forêt avant l'arrivée des minusi. Ils atteignirent une clairière où se dressait une petite hutte flanquée d'une grange, dans laquelle les tueurs de dragons en devenir logeaient et s'entraînaient. Les soldats confièrent leurs montures aux deux garçons, qui les emmenèrent dans le bâtiment de planches grossières. Corsas insista pour que les visiteurs s'installent dans sa demeure afin de soigner les blessés.

Deirdra et Thad s'assirent avec le vieux maître près de l'âtre. Ce dernier prit un chaudron qui chauffait au-dessus des flammes et en versa le contenu dans sept gobelets. Il en remit un à chaque soldat, puis à Deirdra. En servant Thad, il scruta attentivement son visage.

« Tes traits me sont familiers. Je n'y ai pas prêté attention tout à l'heure, mais maintenant que je te regarde, je suis certain de te reconnaître. Quel est ton nom ? »

Thad esquissa un rictus.

« Quand j'étais ton apprenti, tu m'appelais généralement “chien” ou “sale bâtard”. Mais je constate que tes méthodes ont changé au fil du temps. Je te regardais tout à l'heure avec les deux garçons. Tu es doux et compréhensif et tu les complimentes… À l'époque, tu préférais recourir aux insultes, aux coups de poing et au fouet ! »

Son interlocuteur haussa les épaules.

« Le passage des ans aplanit bien des choses… Et puis, les temps sont durs. Le nombre de gamins abandonnés diminue en même temps que celui des dragons. Je tiens à garder le peu d'apprentis que j'ai. »

Tout en parlant, il continuait d'examiner Thad. Soudain, son visage s'éclaira.

« Je savais bien que je te connaissais ! Montre-moi ton tatouage. »

L'homme aux yeux marron s'exécuta en roulant la manche de sa chemise. Corsas saisit son avant-bras et fronça ses sourcils minces.

« Thad ! Je te reconnais à présent. Mais où est ton collier de griffes ? Et pourquoi as-tu laissé pousser tes cheveux et ta barbe ?

— Je ne suis plus un tueur de dragons depuis des années. Tout ce qu'il me reste de mon ancienne vie, c'est ce tatouage et mes brûlures aux mains.

— Et combien de dragons as-tu tués, avant d'arrêter ?

— Deux.

— Seulement deux ? s'exclama le maître d'un ton réprobateur. Qu'est-ce que tu as fichu pendant tout ce temps ?

— Pas grand-chose. Je suis devenu le capitaine de l'armée de Volter. »

Corsas poussa un sifflement admiratif.

« Pas mal pour un tueur de dragons ! Quoique ce n'est pas étonnant : je t'ai forgé le caractère. Mon enseignement a fait de toi un homme, pas une mauviette… »

Les plis de sa figure ridée se creusèrent et il murmura :

« Ce serait donc pour ça !

— Quoi donc ? s'enquit le capitaine, intrigué.

— Que des soldats sont venus me poser des questions sur toi, il y a quelques mois.

— Quoi ! s'exclama l'officier. À quoi ressemblaient-ils ? Portaient-ils un blason ?

— Ils ne portaient aucun uniforme, mais je sais reconnaître un soldat quand j'en vois un. Ce qui était particulier, c'est que l'un d'eux était un ancien tueur de dragons.

— Un tueur de dragons reconverti en soldat ? Il n'en existe pas des tonnes… Il n'aurait pas eu le nez et les lèvres arrachés par un dragon, par hasard ?

— Tu le connais ? »

Thad acquiesça.

« Il se nomme Javor et il est au service du seigneur Lanfas de Xorond. Qu'est-ce qu'il voulait savoir ?

— Il m'a demandé si j'avais formé un apprenti dont les mains avaient été brûlées par du venin de sournius et qui s'appelait Thad. Je n'ai pas vu l'intérêt de mentir. »

L'impatience de Deirdra croissait au fur et à mesure que la conversation entre Thad et Corsas se prolongeait. Que Javor ait interrogé le maître à propos du capitaine était intrigant, certes, mais ce n'était pas la raison première pour laquelle ils étaient venus consulter Corsas. Profitant de la pause qui suivit la dernière affirmation de ce dernier, elle dit :

« Vous poursuivrez cet échange de souvenirs plus tard. Pour l'instant, j'ai des questions à te poser. »

Corsas lui jeta un regard de biais.

« C'est comme ça que tu traites les gens qui t'accueillent sous leur toit ?

— C'est comme ça que tu me remercies d'avoir accepté de partager mon cœur de colossius avec toi et tes apprentis ? rétorqua la jeune femme.

— Ton maître t'a peut-être appris à tuer les dragons correctement, mais il ne t'a pas enseigné la politesse !

— Je ne dois rien à mon maître ! Tout ce que je sais, je l'ai appris par moi-même. Ça ne m'a pas trop mal servie, comme tu peux le constater ! »

La jeune femme posa son gobelet fumant et exhiba son collier de griffes, tout en regrettant que l'une d'entre elles brille par son absence.

« Pas mal, commenta Corsas en dévisageant Deirdra avec intérêt. Tu devais être assez jolie, avant que le dragon te défigure…

— Qu'est-ce que ma beauté a à voir avec ma compétence ? J'ai égalé le record d'Alastorus !

— Qui n'est pas un vrai record, comme tout le monde sait. Tu fais preuve de beaucoup d'arrogance… Je ne connais qu'un maître qui possède autant de superbe et qui n'hésite pas à recruter des gamines délicates. »

Deirdra sentit le sang se retirer de son visage. Elle referma ses doigts tremblants sur les griffes qui pendaient à son cou. Si le vieil homme faisait allusion devant tous ces soldats aux relations que Bradeus entretenait avec les jeunes orphelines, elle l'étranglerait à mains nues.

« Maître Corsas, intervint Thad, si nous sommes venus te voir, c'est parce que nous avons besoin de tes lumières. »

Tout en parlant, le capitaine s'était approché de Deirdra. Un sourire apparut sur la bouche édentée du vieillard. Le ton respectueux du capitaine et le compliment que sous-entendait sa mention des « lumières » avaient apparemment atteint leur cible. Quant à la jeune femme, le contact de l'épaule de Thad contre la sienne l'amena à se détendre quelque peu.

« Pose-moi tes questions.

— Une rumeur circule... D'après elle, il serait possible de diriger les dragons. Qu'en penses-tu ?

— Sottises ! déclara Corsas en secouant vigoureusement la tête. On ne peut pas diriger les dragons.

— Tu mens, s'exclama Deirdra. C'est possible et tu le sais ! Que fais-tu de... »

Elle se mordit aussitôt la lèvre inférieure et jeta un coup d'œil aux hommes de Jeriad. Ils ne paraissaient pas avoir remarqué qu'elle avait coupé court à sa question. Tout à son désir de connaître le lien entre l'odeur sécrétée par la griffe du cinquième doigt des femelles colossi et les attaques des dragons, elle avait failli questionner le vieux maître sur le sujet. Cependant, si elle voulait connaître le secret des monstres, c'était pour elle et non pour tous les hommes présents dans la pièce. Comment soutirer à Corsas tout ce qu'il savait sans que les autres l'entendent ? C'était pratiquement impossible ; aussi Deirdra jugea-t-elle plus prudent, tant qu'elle n'aurait pas une meilleure idée, de s'abstenir de participer à l'interrogatoire.

« Le seul qui ait été assez fou pour croire que c'était possible, c'est le seigneur Creatond, poursuivait Corsas. Il n'existe aucun moyen connu de se faire obéir des dragons. De toute façon, ça n'a aucune importance, car la race des dragons va bientôt s'éteindre.

— Qu'est-ce qui te rend si sûr ? s'enquit Thad.

— Je l'ai dit tout à l'heure : tous les colossi et les sourni que j'ai vus depuis trois ans – et j'en vois de moins en moins – sont des mâles. Les tueurs qui sont passés par ici ont confirmé qu'ils avaient éliminé seulement des mâles. Je suis certain que tu as constaté la même chose. »

Déterminée à ne rien laisser filtrer de ses découvertes, Deirdra dissimula son mensonge sous un voile de mécontentement :

« Je ne me soucie pas du sexe des dragons que je traque. Mâle ou femelle, je les tue. C'est tout ce qui m'importe.

— Ton maître a décidément mal accompli son travail. Ta formation comporte beaucoup de lacunes.

— Aurais-tu oublié ce que je t'ai dit ? gronda la jeune femme avec une irritation sincère cette fois. Je ne dois rien à mon maître. J'ai tout appris par moi-même, alors laisse-le en dehors de cela !

— Pourquoi en est-il ainsi ? s'interposa Thad après avoir jeté un coup d'œil désapprobateur à Deirdra. Pourquoi les femelles disparaissent-elles ?

— La cause m'est inconnue, dit Corsas. Je me limite à constater les effets. Une femelle ne pond qu'un ou deux œufs par an, et la maturation des petits dragons dure quinze ans… Or, s'il n'y a plus de femelles, les dragons ne peuvent plus se reproduire. Pas besoin d'être un spécialiste pour comprendre ça.

— Le fait qu'on voit moins de femelles ne signifie pas forcément que leur nombre a diminué. Après tout, elles restent dans les montagnes pour couver les œufs, pendant la période de la ponte… »

Corsas, impatienté, secoua la tête.

« Tu n'as donc rien retenu de ce que je t'ai enseigné ? Juste avant la saison de la reproduction, ce sont surtout les femelles colossi qui descendent dans les seigneuries pour chasser. Elles font le plein de graisse, car lorsqu'elles couvent leurs œufs, elles quittent rarement le nid. Les mâles s'occupent de les nourrir. Ça fait trois printemps que, à ma connaissance, les femelles colossi n'ont pas été vues. Si elles ne descendent plus au sud des monts de Maestas, c'est qu'elles ne font plus le plein de graisse. Il n'y a pas assez de nourriture dans les montagnes pour qu'elles puissent manger à satiété. Et si elles ne font plus le plein de graisse, c'est qu'elles ne se préoccupent plus de la reproduction ou qu'elles ont disparu. Quant aux sourni, mes deux anciens apprentis qui sont postés à l'orée de la forêt de Galeg m'ont rapporté que, les rares fois qu'ils en voient, ce sont des mâles qui chassent seuls. Peu importe la raison, la conséquence reste la même : les colossi et les sourni vont s'éteindre. Quant aux minusi, comme ils se déplacent toujours en groupe, ils sont moins faciles à observer. Par conséquent, je ne sais pas trop quelle est leur situation. Cependant, pourquoi le mystérieux mal qui s'attaque aux femelles colossi et sourni les épargnerait-il ? »

Il se tourna vers Deirdra.

« Si la race des dragons s'éteint, alors celle des tueurs mourra avec elle. En fait, l'extinction est déjà commencée : les maîtres de tueurs dont j'ai entendu parler ont mon âge ou sont déjà morts. Personne ne veut prendre ma relève. La plupart de mes apprentis sont soit décédés, soit reconvertis et, le cas échéant, ils dissimulent soigneusement leur passé. D'après ce que j'ai appris lors de mon passage à Mortad, l'été dernier, il doit rester tout au plus une trentaine de tueurs en activité… si on peut vraiment parler d'activité dans leur cas : comme il y a peu de dragons à tuer, ils trompent leur ennui en se bourrant de dragonne et en ingurgitant du venin de minusius. En plus, il n'y a guère de remplaçants. Les villageois veillent sur les orphelins, car ils ne veulent pas qu'ils deviennent des mangeurs de cœurs. Même les Nordirs refusent désormais de me confier leurs enfants. Les descendants d'Ubad vont bientôt sombrer dans l'oubli », conclut-il, fataliste.

Deirdra frissonna et éprouva un désir aussi soudain que violent de dragonne. Sa raison d'être allait disparaître. Que deviendrait-elle ?

Elle saisit son sachet et en absorba une dose si généreuse que des larmes picotèrent ses yeux et qu'un filet de sang s'échappa d'une de ses narines. Elle essuya son nez du revers de la main.

« À ce rythme-là, fit le vieux maître de sa voix éraillée, tu vas en manquer demain matin. Avant de partir, tu n'auras qu'à te servir. Je crois que tu en as plus besoin que mes apprentis. »

Il désigna un pot de terre cuite sur une tablette au-dessus de l'âtre. La jeune femme se leva pour aller prendre le récipient et l'ouvrit. Il était plein à ras bord de poudre rosâtre.

« Elle n'est pas aussi bonne que celle de l'apothicaire de Rueg, mais elle devrait tout de même t'aider à digérer la nouvelle », dit Corsas.

Il soupira.

« Je suis vieux, je ne connaîtrai pas la fin de l'ère des tueurs de dragons. Mais toi, tu es encore jeune. »

Mal à l'aise devant l'expression de pitié qui adoucissait les traits durs du vieil homme, Deirdra s'empressa de remplir le petit sac de cuir qu'elle portait en permanence autour de son cou, puis décida d'emporter la totalité du pot, indifférente à la mine désapprobatrice de Thad et au mépris qu'affichaient Nuceg et ses hommes. Son monde s'effritait ; que lui importait l'opinion d'autrui ?

Le capitaine mit un terme au silence qui se prolongeait en demandant à Corsas :

« S'il n'y a aucun moyen de diriger les dragons, pourquoi certains d'entre eux ont-ils massacré des devins et des devineresses ?

— Les enfants de Deirdris ne s'attaquent pas aux messagers des esprits de la nature.

— Va dire ça aux augures qui ont été tués.

— Le hasard, alors, supposa Corsas en haussant les épaules.

— Je doute que la mort de trois groupes de devins et de devineresses dans trois seigneuries distinctes soit le fruit d'une coïncidence. »

Une expression d'étonnement se peignit sur la figure du maître.

« Par les dents de Barris ! C'est la première fois que j'entends une telle histoire. Nous vivons décidément une époque bizarre…

— Alors ? insista Thad. Qu'en penses-tu ?

— Je ne sais pas, confessa le vieil homme. Les dragons n'ont jamais agi comme ça. Ça dépasse mes connaissances.

— Dans ce cas, connais-tu un autre maître à qui nous pourrions nous adresser ? »

Corsas réfléchit un moment, puis dit :

« Je connais trois maîtres de réputation. La rumeur circule que deux d'entre eux sont morts. Aux dernières nouvelles, le troisième vit toujours. Il habite à l'orée de la forêt de Galeg, à la hauteur du lac Lettisad. Tu vois de qui je veux parler ? » ajouta-t-il d'un air entendu à l'adresse de Deirdra.

Une sueur glacée ruissela le long du dos de la jeune femme.

7. Maître Bradeus

Dans la lande située entre les forêts de Gilis et de Faureg, les voyageurs campaient sur une butte rocheuse au centre d'un bosquet de jeunes pins. La nuit était froide et ils avaient fait un feu de fortune à l'aide du bois résineux qu'ils avaient coupé à même les arbres. Ils s'étaient regroupés autour des flammes, leur couverture de laine frileusement serrée autour d'eux.

Déprimée par la rencontre avec Corsas et terrifiée à la perspective de revoir son ancien maître, Deirdra s'était assise légèrement en retrait. Elle tournait le dos aux hommes qui discutaient à voix basse et jouait machinalement avec sa nouvelle griffe de femelle colossius. C'était donc elle, la source de l'odeur aigre qui attirait les dragons ? La jeune femme avait du mal à le croire : elle portait une griffe similaire sur elle depuis quelques années et elle n'avait jamais attiré de colossius ou de sournius. Sans doute fallait-il égratigner une surface avec l'ongle pour qu'elle libère ses relents…

Elle contempla les ténèbres. Si elle lacérait un arbre, est-ce que des colossi ou des sourni attaqueraient le campement ? Elle n'avait rien à perdre à tenter le coup : pendant que le dragon assaillirait les soldats, elle pourrait s'enfuir et éviter de rencontrer Bradeus. En outre, tant qu'elle n'aurait pas essayé, elle n'aurait aucune preuve que c'était bel et bien l'odeur dégagée par les griffes des pentalules des femelles colossi qui attirait les dragons.

Thad la rejoignit.

« Je ne m'échapperai pas, l'accueillit-elle d'un ton acerbe tout en rangeant sa griffe. Tu n'es pas obligé de me coller au cul.

— Je viens simplement te tenir compagnie. J'espère même te remonter le moral, mais c'est peut-être un peu trop… idéaliste de ma part.

— Justement, tu dois être content, l'idéaliste ! Tes rêves vont devenir réalité, une fois que l'Austrion sera débarrassé des tueurs et des dragons !

— Tu crois vraiment que c'est ce que je ressens ?

— Tu as entendu ton ancien maître : j'appartiens à une race en voie d'extinction. Sous peu, il n'y aura plus de dragons à tuer.

— Ne perds pas espoir. Tu trouveras certainement l'occasion de te faire massacrer avant !

— Au cas où tu ne l'aurais pas remarqué, je suis la meilleure tueuse qui ait jamais vécu en Austrion. Ne suis-je pas sur le point de battre le record d'Alastorus ? »

Peut-être même l'ai-je déjà battu, songea-t-elle en ayant une pensée pour le colossius qui avait rasé l'auberge de Taevenar. Comme chaque fois qu'elle évoquait celui qui aurait pu être son dixième dragon, elle éprouva le regret amer de l'avoir laissé s'échapper.

« Je ne pensais pas aux dragons, dit Thad, mais aux hommes. Cela fait plusieurs semaines que tu es prisonnière.

— Je traverse une mauvaise passe. Ça arrive à tout le monde.

— Oui, mais on dirait que ça arrive plus fréquemment aux tueurs de dragons qu'aux autres. »

Le regard de Deirdra s'abîma dans l'obscurité. Elle préféra ne pas répondre.

« À Tavad, je t'ai demandé si tu avais déjà eu une famille, reprit Thad à la suite d'une pause. Tu m'as dit que seuls les faibles nouaient des relations. »

La jeune femme haussa les épaules. Thad poursuivit :

« Il faut croire que je suis un faible, car j'ai déjà été marié. J'étais très jeune.

— Que s'est-il passé ?

— Ma femme est morte. Elle s'est suicidée.

— Pourquoi ? »

Le visage de Thad exprimait une vive souffrance.

« Je travaillais pour un paysan, dans le village de Rueg. C'est là que j'ai rencontré Valia. Des rumeurs circulaient sur moi au village. Quand un étranger arrive dans un hameau, il suscite inévitablement beaucoup de commérages. Faute de preuves, les villageois pouvaient seulement me soupçonner d'avoir été un tueur de dragons. Je leur avais raconté qu'un sournius m'avait attaqué et qu'il avait brûlé mes mains, mais mon histoire n'avait pas convaincu tout le monde. Un jour, une bande de gamins a croisé ma femme et ma petite fille. Ils se sont mis à dire du mal de moi devant elles. Je n'étais pas là, je travaillais aux champs. Valia a pris ma défense. Les gamins ont riposté en lui lançant des cailloux. L'une des pierres a touché Blusie, qui avait quelques mois à peine, et lui a fendu le crâne. Un accident. Un stupide accident. Valia a jugé qu'elle était l'unique responsable de sa mort. Elle avait tort. J'étais le seul coupable. C'est ma faute si Blusie est morte. J'aurais dû avoir la force de ne pas épouser Valia et d'éviter de la vouer par le fait même au malheur. J'aurais dû avoir la force de rester seul. Seulement, quand Valia et moi sommes tombés amoureux, nous avions à peine seize ans. Je suppose que je peux toujours accuser la naïveté de la jeunesse, pour avoir cru que moi, un ancien tueur de dragons, je pourrais fonder une famille et couler des jours paisibles…

— Pourquoi me racontes-tu tout ça ? » demanda Deirdra d'une petite voix, troublée plus qu'elle l'aurait voulu par l'histoire du capitaine.

Son vis-à-vis secoua la tête.

« Je ne sais pas. Peut-être parce que j'ai l'impression que tu peux comprendre. Si les gens toléraient mieux les tueurs de dragons, Blusie et Valia ne seraient pas mortes, et ni toi ni moi ne serions ici aujourd'hui. Ton maître a raison : les tueurs de dragons ne doivent pas s'attacher. Il faut que nous comptions seulement sur nous-mêmes. Je n'ai pas eu assez de volonté pour résister à l'amour que j'éprouvais pour Valia et je les ai perdues, Blusie et elle. C'est pareil avec mes hommes. Ils sont comme des frères pour moi et ils sont prisonniers de Jeriad par ma faute. Même chose avec Horacius. Je l'ai aimé comme un père et il m'a aimé comme un fils. Regarde où nous en sommes aujourd'hui ! Les tueurs de dragons sont une race maudite.

— Nous ne pouvons pas connaître le bonheur… murmura Deirdra avec une pointe d'amertume en se remémorant la prédiction des devineresses.

— C'est ce que j'ai cru à la mort de Valia et de Blusie. Puis, monseigneur Horacius m'a trouvé et m'a aidé à découvrir une autre raison de vivre. J'ai alors cru que le bonheur était encore accessible. Je me suis à nouveau bercé d'illusions. »

Il marqua une pause.

« Peut-être as-tu raison, finalement. Peut-être ne suis-je qu'un idéaliste.

— Que veux-tu dire par "Horacius m'a trouvé" ?

— Il me cherchait, comme Javor et les hommes de Lanfas qui ont interrogé Corsas à mon sujet.

— Qu'est-ce que tu veux dire ? » insista la jeune femme.

Au lieu de répondre, le capitaine se leva brusquement et décréta :

« Il faut dormir. Une dure journée nous attend. »

Il regagna le cercle des flammes. Deirdra maugréa :

« Pour quelqu'un qui espérait me remonter le moral… »

Thad était trop loin pour l'entendre.

Elle jeta un coup d'œil aux guerriers rassemblés autour du feu, puis elle prit la griffe de la femelle colossius et raya discrètement une pierre à côté d'elle. Le trait était mince et nul effluve ne semblait en émaner. Deirdra approcha le caillou de son nez et détecta un timide relent aigre. Ce n'était assurément pas suffisant pour attirer un dragon. Pourtant, la jeune femme hésita à tracer une nouvelle marque : la ligne étroite qu'elle avait dessinée avait suffi à émousser la pointe du trophée qu'elle avait durement gagné. Deirdra était-elle prête à gaspiller la preuve qu'elle avait éliminé un neuvième dragon dans le but de se livrer à une expérience ?

La voix de Nuceg s'éleva derrière elle :

« Hé ! La balafrée ! Qu'est-ce que tu fabriques ? Viens te coucher ! »

Avec un soupir, la tueuse de dragons posa la roche, rejoignit les soldats, s'allongea près d'eux et de la chaleur bienfaisante des braises. Elle ferma les paupières. Bien qu'elle fût rompue de fatigue, elle demeura éveillée toute la nuit, l'oreille tendue, à l'affût du moindre signe de l'approche d'un dragon.

◆

Un peu avant l'aube, Deirdra dut se rendre à l'évidence : la griffe n'avait pas fonctionné. L'odeur n'avait probablement pas été assez puissante. Peut-être fallait-il la joindre à autre chose pour attirer les dragons ? Est-ce que cela fonctionnait comme le sang de colossius dans la fabrication de la dragonne, c'est-à-dire qu'on devait mélanger les sécrétions de la griffe avec des plantes précises afin d'en décupler les effluves ?

Quelle que soit la réponse à ces interrogations, la jeune femme allait revoir son ancien maître et ce ne seraient pas les dragons qui l'aideraient à éviter cette rencontre. La mort dans l'âme, elle ramassa sa couverture de laine et, sans même avaler une bouchée du petit déjeuner frugal préparé par Tortir, elle se prépara à partir. Sitôt qu'ils eurent terminé leur repas, les autres l'imitèrent et, lorsqu'ils furent prêts, Deirdra prit la tête de leur groupe et les guida vers la résidence de Bradeus.

À la fin de l'après-midi, les cavaliers arrivèrent en vue de la forêt de Galeg. En apercevant le dense rideau d'arbres auprès duquel elle avait grandi, la jeune femme sentit son cœur se serrer. Plus ou moins six ans s'étaient écoulés depuis qu'elle s'était affranchie de son maître en tuant son premier dragon. Or, la vue de la futaie lui donnait l'impression que l'événement remontait à la semaine précédente. Une vive chaleur émana de la cicatrice qui zébrait son visage, celle que la queue du premier monstre qu'elle avait supprimé lui avait infligée. Il l'avait marquée à vie, comme maître Bradeus…

À cette pensée, ses lèvres esquissèrent un sourire sans joie. Bien que la cicatrice laissée par le dragon la défigurât, Deirdra songea que c'étaient les blessures causées par Bradeus dont elle se serait débarrassée le plus volontiers. Elle frissonna.

« Deirdra ? »

La voix de Thad l'arracha à ses pénibles réminiscences. La jeune femme s'aperçut que sa monture s'était arrêtée pour manger quelques brins d'herbe jaunis et que les soldats de Queltiar la fixaient d'un air agacé.

« Tu nous montres le chemin, oui ou non ? » s'impatienta Nuceg.

Résignée, elle remit lentement sa monture en route vers le nord en longeant la forêt de Galeg. Les hommes cheminèrent à la file derrière elle. Une vague de souvenirs la submergea et elle fut incapable de l'endiguer.

L'adolescente nue est allongée sur un matelas si usé que la paille s'échappe par plusieurs trous de l'enveloppe d'étoffe. À ses côtés, l'homme aussi gros qu'un minusius semble dormir. Deirdra ne s'y fie pas : maître Bradeus dort comme les dragons. Il est toujours à l'affût et peut attaquer à n'importe quel moment la proie qui fait l'erreur de croire qu'il est plongé dans un sommeil profond.

La pâle lumière de la lune s'infiltre sous les rideaux bloquant la fenêtre et éclaire faiblement la chambre. L'aube ne se lèvera pas avant quelques heures, mais Deirdra est incapable de trouver le repos. Tandis qu'elle contemple le plafond sombre au-dessus de sa tête, elle sent un liquide chaud couler entre ses cuisses. Troublée, elle en récolte un peu. L'extrémité de ses doigts humides est noire.

L'inquiétude s'empare de Deirdra. Elle se lève discrètement et se dirige vers la porte de la chambre. En quittant le lit, elle entend maître Bradeus remuer. Elle n'en a cure. Elle sort et se retrouve dans la pièce principale, où un feu rougeoie faiblement dans l'âtre. Sous l'éclairage orangé des dernières flammes, elle constate qu'elle perd bel et bien du sang. Ce n'est pas nouveau. Son premier saignement remonte à l'âge de six ans, la première fois que Bradeus est entré en elle. Or, cette nuit, son maître ne l'a pas déchirée en la pénétrant. En outre, aucun des autres apprentis ne l'a agressée depuis des jours.

Le plancher craque derrière elle et une ombre la domine. Les battements du cœur de Deirdra accélèrent.

« Qu'est-ce que tu as ? »

L'adolescente esquisse un signe d'ignorance.

« Je... Je saigne, là... »

D'un index tremblant, elle désigne son sexe.

Les courts doigts ronds auxquels il manque certaines phalanges se referment sur son poignet. Les yeux de Bradeus se rivent sur la main de Deirdra. Elle évite son regard et fixe plutôt le pendentif de bois rond gros comme un fer à cheval et se terminant par un bec qu'il porte en permanence autour de son cou.

« Viens, dit-il enfin. Et mets un dessous, avant de salir le plancher ! »

Il regagne la chambre.

Elle le suit en frissonnant plus de peur que de froid.

Sur son cheval, Deirdra fut prise de frémissements. Elle n'avait gardé qu'un souvenir confus du reste de la nuit ayant marqué ses premières règles, mais la perspective de revoir son ancien maître a fait remonter à la surface de sa mémoire un afflux de détails affreux qu'elle espérait ne plus jamais se rappeler.

Pendant qu'elle met son caleçon, Bradeus écarte les draps et découvre, furieux, la tache sombre qui souille le matelas.

« Regarde ce que tu as fait à mon lit ! » aboie-t-il.

Deirdra s'approche peureusement mais pas assez vite au goût de son maître. Il l'empoigne par le cou et l'oblige à se baisser vers la tache. L'adolescente gémit et essaie de se relever.

« Tu n'es qu'une souillon, une salope ! » s'écrie Bradeus.

Il la tire brutalement en arrière et la jette sur le plancher. Tout en l'insultant avec une hargne d'une virulence exceptionnelle, il la bat vigoureusement. Elle ne sait pas ce qui la blesse le plus, les mots durs, empreints d'un dégoût profond, ou les coups d'une violence inouïe. Elle hurle, encore et encore, jusqu'à ce qu'elle finisse par sombrer dans l'inconscience.

Néanmoins, Bradeus n'en a pas terminé avec elle. D'une gifle, il la réveille. Elle se recroqueville sur le sol en gémissant. Tous les pores de sa peau lui font mal et elle se sent sale au point que ni eau ni savon ne pourront la nettoyer.

Son maître lui lance ses vêtements.

« Retourne dans ta porcherie, sale truie ! Tu ne viendras plus jamais salir ma maison ! »

Le sang qui s'échappe du nez et des lèvres fendues de Deirdra a formé une flaque sombre sur les planches qui couvrent le sol. Les doigts tremblants, le corps douloureux, un flot continu de larmes s'échappant de ses yeux tuméfiés, l'adolescente s'habille et sort dans l'air glacé. Dans le bâtiment attenant à la maison du maître, ses compagnons dorment profondément. Elle va s'installer dans le coin où elle a rassemblé ses maigres possessions et déchire sa chemise de rechange. Elle espère avoir suffisamment de charpie pour étancher le sang qui s'échappe d'elle.

Les larmes picotaient les yeux de la jeune femme et ses doigts cherchaient frénétiquement son sac de dragonne. Elle s'escrimait à défaire le nœud qui le fermait malgré le tremblement de ses mains quand Thad amena sa monture à côté de la sienne.

« Tu ne crois pas que tu en as assez pris pour aujourd'hui ?

— Mêle-toi de tes affaires. »

La fraîcheur de l'accueil ne sembla pas troubler le capitaine, qui dit d'une voix douce :

« Ça n'effacera pas ton passé, tu sais.

— Laisse-moi tranquille ! »

Le nœud finit par céder. Deirdra aspira avidement deux pincées, une par narine. Ses sens s'avivèrent, mais le flot de ses pensées reprit le chemin des souvenirs.

« Ton tour est enfin arrivé, Deirdra, dit maître Bradeus en entrant dans la grange. Deirdris a accédé à ma prière et a envoyé un sournius. Il vole au-dessus de la forêt de Galeg. »

Le soulagement succède à l'inquiétude chez les confrères de la jeune fille. Ce n'est pas leur heure tant redoutée qui est venue, mais celle de Deirdra. Rares sont ceux qui reviennent vivants de leur premier combat en solitaire contre un dragon, encore plus rares sont ceux qui en réchappent avec tous leurs membres.

L'adolescente, elle, a besoin de toutes ses énergies pour retenir les larmes qui picotent ses yeux et réprimer le tremblement de ses mains. Elle suit docilement le maître dans un coin de la grange. Il lui fait signe de s'asseoir sur un banc et tire de sa ceinture un long couteau à la lame effilée. Un second afflux de larmes submerge alors Deirdra, car elle sait ce qui l'attend. Elle ravale de nouveau ses sanglots. De sa main potelée, maître Bradeus lisse la longue chevelure dorée de l'adolescente, puis effleure sa joue. Au lieu d'apercevoir sur les lèvres de son maître le sourire affamé auquel elle s'est habituée, Deirdra lit une grimace de dépit, presque de révulsion. Bradeus retire sa main en soupirant et touche au passage les seins naissants de la jeune fille à travers ses haillons crasseux. Il hausse les épaules, fataliste.

« Vraiment trop vieille... » murmure-t-il pour lui-même.

Il s'installe derrière Deirdra et empoigne sa crinière si vigoureusement que la jeune fille bascule. Sous la lame aiguisée, les longues mèches blondes tombent telles des feuilles à l'automne.

Le rasage terminé, l'apprentie effleure son crâne dénudé d'une main tremblante. Maître Bradeus se campe devant elle, l'examine et déclare d'un ton satisfait :

« Comme ça, le venin de dragon ne brûlera pas tes cheveux et ta crinière ne restera pas prise partout. Tu seras plus libre de tes mouvements. »

Elle hoche la tête d'un air absent, tout en continuant à caresser son cuir chevelu exposé à l'air libre. Elle a toujours su que le rasage précéderait son combat, puisque tous les tueurs de dragons depuis Ubad gardent leur tête nue. Le premier tueur de dragons de l'histoire a perdu un membre parce que le sournius qu'il affrontait l'a attrapé par la tignasse et l'a hissé sous son nez. Ubad a asséné un coup de pied au museau du monstre. Ce dernier a saisi sa jambe dans sa gueule et l'a tranchée net. Ubad s'est dégagé au même moment. Il a heurté durement le sol et rampé jusqu'à la caverne qui lui a sauvé la vie. À la suite de cet incident, Ubad a exigé de ses apprentis qu'ils se rasent la tête avant d'affronter un dragon. La tradition s'est poursuivie de tueur de dragons en tueur de dragons. Bien que Deirdra connaisse l'histoire d'Ubad, voir ses cheveux éparpillés autour d'elle et sentir la peau lisse de sa tête sous ses doigts constitue une expérience bouleversante. Elle a l'impression d'avoir perdu les derniers vestiges de sa féminité et de sa beauté. Bradeus lui a pris tout ce qu'elle avait, tout ce qu'elle était. Elle n'a plus rien. Elle n'est plus rien.

Le maître range son couteau et ramasse un cimeterre et un bouclier en peau de minusius dans un coin. La lame incurvée de l'arme est protégée par une gaine de cuir. Il la remet à son apprentie. La jeune fille vacille sous le poids du cimeterre, mais l'attache tout de même sur son dos. C'est ainsi qu'elle a appris à le faire au cours de sa formation, afin que ses mouvements soient parfaitement libres quand elle affrontera un dragon.

« J'ai attaché un bœuf dans une clairière à une demi-lieue d'ici. Ça va attirer le sournius. Tu sais ce que tu as à faire ? lui demande son maître, tout en lui donnant l'écu.

– Oui, dit-elle d'une voix à peine audible.

– Oui qui ?

– Oui, maître Bradeus », répète-t-elle, plus fort cette fois, prête à lever son bouclier pour se protéger de la gifle qui risque de s'abattre.

Le colosse se détourne d'elle, apparemment satisfait de sa réponse. Ils grimpent sur sa monture et se dirigent vers la forêt de Galeg sous l'averse déchaînée par Lettir. Bradeus tient Deirdra serrée contre lui. L'odeur familière de son corps rappelle à la jeune fille la dernière nuit passée avec lui et la nausée l'envahit.

« Saleté de pluie, grommelle le maître. Avec toute cette eau qui tombe, le sournius risque de ne pas détecter l'odeur du bœuf! »

Deirdra s'abstient de commenter, mais elle songe qu'elle sera la première à se réjouir si le dragon ne se présente pas dans la clairière.

Ils longent en silence l'orée de la sylve pendant une quinzaine de minutes, puis le maître immobilise son cheval et pousse Deirdra à terre. Avant de s'en aller, il lui tend un petit sac de cuir et la prévient :

« Ne me déçois pas ! »

Sur ce, il disparaît, abandonnant l'adolescente tremblante et affamée sous la pluie. Pour la première fois depuis le début de son apprentissage chez maître Bradeus, elle est seule et libre d'agir comme bon lui semble.

Son ventre émet un gargouillement pitoyable. Si elle suit la route sur laquelle elle s'est engagée à l'âge de six ans, son prochain repas sera le cœur du sournius… si elle réussit à le tuer. Si elle échoue, elle n'aura plus jamais à se soucier de manger.

Deirdra ramasse le petit sac de cuir tombé dans l'herbe mouillée. Elle sait ce qu'il contient, maître Bradeus a expliqué à ses apprentis que la dragonne donne du courage et décuple les forces, d'où l'importance d'en consommer avant de combattre un monstre. Seuls ceux qui sont prêts à lutter et qui ne redoutent pas la mort méritent de l'aspirer. Deirdra a conscience de l'honneur qui lui est fait.

Maître Bradeus lui donne enfin la chance de tuer un dragon et de devenir plus qu'une gamine abandonnée dont personne ne se soucie. Il lui accorde la possibilité de devenir quelqu'un. Il s'agit du premier geste de générosité de l'homme à son endroit.

Deirdra ouvre le sac, prélève un peu de la poudre rose qu'il contient et l'aspire. Le feu envahit son nez, embrase son esprit et emballe son cœur. Elle secoue la tête en clignant des yeux, prise de court par la sensation de puissance qui l'envahit. Elle répète l'opération avec sa deuxième narine. La pluie qui frappe le sol produit à présent un vacarme analogue à des coups de marteau, l'odeur d'humidité qui sature l'air devient presque intolérable. La peur et la faim de Deirdra se sont dissipées comme par magie et la jeune fille n'a plus qu'une idée en tête : tuer le sournius. Elle serre impulsivement ses hardes autour de ses épaules… et se rend compte que la sensation de froid s'est aussi envolée. Deirdra s'enfonce dans la forêt dans la direction indiquée par Bradeus. Elle trouve la clairière au centre de laquelle le bœuf est attaché à un piquet et attend que sa proie se manifeste.

La pluie drue continue de tomber. L'eau ruisselle de la tête rasée de frais de l'adolescente sur les os saillants de ses membres. La jeune fille se cramponne à son bouclier et à la poignée du cimeterre qu'elle a appris à utiliser dès l'âge de sept ans, alors que l'arme était beaucoup trop lourde et trop longue pour elle. À force de s'entraîner contre des taureaux et des chevaux, que maître Bradeus emploie afin de former ses apprentis, les muscles de ses bras se sont développés et elle manie maintenant le cimeterre aussi aisément que la baguette souple qui a constitué sa première arme.

À travers le rideau de l'averse, le sournius apparaît enfin. Le bovin meugle de terreur et se débat frénétiquement pour se libérer du licou qui le retient à son poteau, mais les nœuds sont trop serrés. Le corps immense du dragon survole Deirdra et le bœuf paniqué, les protégeant momentanément de la pluie, puis il descend vers le sol, ses quatre pattes griffues grandes ouvertes. L'adolescente court se réfugier sous le couvert des arbres avant de se retourner et d'étudier la bête. De délicieux frissons d'excitation parcourent son échine.

Le dragon plante ses griffes dans les flancs de l'appât et lui arrache la tête de ses dents. Il la recrache aussitôt et entreprend de dévorer le corps du bœuf. Pendant ce temps, Deirdra observe le sournius avec étonnement. Maître Bradeus enseigne que les sourni chassent toujours par deux, un mâle et une femelle, sauf pendant la saison de la reproduction, au printemps. Comme il a vécu parmi les dragons dans les monts de Maestas, le maître connaît son sujet. Pourquoi le sournius est-il seul ?

L'adolescente ramène ses pensées vers sa mission. Elle s'interrogera plus tard sur le comportement du dragon. Ce qui importe, ici et maintenant, c'est de le tuer. Elle raffermit sa prise autour des poignées du cimeterre et du bouclier devenus glissants sous la pluie et elle bande ses muscles. Son cœur bat à tout rompre et son sang est en ébullition tant il lui tarde d'en découdre. Mentalement, elle repasse dans son esprit la stratégie enseignée par maître Bradeus. Contrairement aux gros colossi, les sourni sont difficiles à surprendre. Certes, leur odorat est moins développé que celui des minusi, mais il demeure tout de même puissant. En outre, leur ouïe est affûtée. Afin de vaincre le monstre, Deirdra doit miser sur sa vitesse, sur la pluie qui couvre son odeur et sur les difficultés qu'éprouve le dragon à se mouvoir sur ses courtes pattes dans l'espace restreint de la clairière.

Silencieusement, elle contourne l'animal tout en restant sous le couvert des arbres. Tout à son repas, le sournius ne semble pas avoir détecté sa présence. Instinctivement, elle retient son souffle, comme si le vacarme de l'averse n'était pas suffisant pour couvrir le bruit de sa respiration. La dragonne l'empêche d'éprouver une émotion plus forte qu'une légère inquiétude. Elle devrait être terrifiée ; au contraire, elle se sent en pleine possession de ses moyens et elle est capable d'évaluer froidement la situation. De l'endroit où elle se trouve, elle calcule qu'elle peut longer discrètement le flanc de la bête et atteindre le collum assez vite pour surprendre l'animal.

Quand elle émerge du sous-bois, le dragon lève son nez fin ruisselant d'eau et de sang de bœuf et pivote sur lui-même. La manœuvre ne va pas sans mal, car les sourni sont plus à l'aise dans les airs que sur terre. Deirdra n'a plus une seconde à perdre. Elle fonce droit sur le collum en brandissant sa lame. Le monstre l'a repérée, mais Deirdra continue à courir. Au moment où elle va abattre son arme sur la zone vulnérable, une des ailes la percute et la projette dans les airs. L'adolescente atterrit dans les branches d'un érable à proximité et échappe son écu et son cimeterre. L'animal virevolte. Au passage, la pointe acérée de sa queue fouette la végétation environnante, dont elle casse les frêles buissons. Instinctivement, Deirdra se laisse choir au sol pour éviter l'appendice. Sa réaction arrive trop tard: la queue zèbre son visage. Du sang envahit l'œil de la jeune fille tout en se mêlant à la pluie. Elle porte les mains à sa figure. La douleur est cuisante, elle a l'impression que sa face entière a pris feu.

Une respiration furieuse s'élève à quelques pas d'elle. À travers l'eau et le sang qui voilent sa vision, elle distingue une tête triangulaire et des yeux d'un bleu glacial. Le dragon balance la tête de l'arrière vers l'avant...

« Regardez, là-bas ! »

L'exclamation de Plasdos arracha Deirdra à ses réminiscences. Tous suivirent le doigt pointé du soldat. Au nord-est, une masse sombre s'éloignait à tire-d'aile.

« C'est un colossius, commenta Thad, la main en visière. Heureusement qu'il a une mauvaise vue: il ne nous a pas repérés.

— Ne nous éternisons pas ! s'écria Femin. Hé ! La balafrée ! On arrive bientôt ? »

Deirdra confirma d'une voix absente :

« Nous ne sommes plus très loin.

— Tu ne sembles pas très contente de revoir ton ancien maître, constata Nuceg qui chevauchait derrière elle.

— Et alors ? » demanda-t-elle sèchement.

Quelque chose dans son regard dut intimider l'officier, car il se hâta de répondre :

« Rien. »

Deirdra pressa légèrement sa monture afin de l'éloigner de celle du vétéran. Elle examina les environs. La sueur humectait ses paumes et ses jointures avaient blanchi tant elle serrait ses rênes. Elle ne connaissait que trop bien l'endroit où ils se trouvaient. La dernière fois qu'elle avait posé les yeux sur ce paysage, les arbres étaient dénudés, et la pluie battante ainsi que le sang l'avaient empêchée de distinguer les environs. Aujourd'hui, quelques feuilles brunies s'accrochaient encore à leurs branches et le ciel était clair, tout comme son champ de vision. Ses doigts effleurèrent la cicatrice qui zébrait son visage.

L'averse fait rage et l'eau se mêle au sang qui dégouline le long de la figure de l'adolescente. Cette dernière titube, soutenue uniquement par les effets de la drogue. La nausée qui s'est emparée d'elle lorsqu'elle a avalé la première bouchée du cœur du dragon l'assaille avec une force accrue. Elle s'est entêtée à manger le quart de l'organe avant d'abandonner. Or, à l'instar de tous les tueurs de dragons, elle est censée s'approprier la puissance du dragon en mangeant la totalité de son cœur. Bradeus y lira-t-il le signe qu'elle n'est pas faite pour ce métier ?

Pourtant, elle tient bel et bien entre ses doigts sa première griffe de dragon, et pas n'importe laquelle : une griffe de sournius. Elle ignore encore comment elle a réussi à triompher du plus intelligent de tous les prédateurs. Elle se rappelle uniquement avoir été mue par une vague d'énergie et de rage qui, en refluant, l'a vidée de toutes ses énergies. Elle est si épuisée qu'elle n'a récolté ni le venin du dragon, ni sa peau, ni ses dents, ni ses organes génitaux, bref rien de ce qu'elle pourrait revendre afin de s'enrichir. Elle a seulement arraché son cimeterre planté dans le collum du monstre, pris son cœur, coupé la griffe d'un de ses pentalules et ramassé son bouclier. Puis elle s'est enfuie, terrifiée à l'idée que les minusi pouvaient arriver alors qu'elle était encore à côté du cadavre de sa proie.

Un spasme violent contracte son estomac. Elle tombe à genoux et vomit une substance chaude et rougeâtre.

Elle veut se relever, mais un nouvel élancement l'oblige à régurgiter une deuxième fois. Quand son corps a complètement évacué le cœur, elle essaye de se remettre sur pied. Ses jambes tremblent et ses muscles refusent de lui obéir. Elle se laisse choir et demeure sous la pluie, allongée dans les herbes hautes, parcourue de frissons de fatigue et de douleur. Une sensation de brûlure irradie sa peau là où la queue du dragon l'a lacérée et où son venin l'a atteinte.

L'eau glacée de l'averse de Lettir apaise quelque peu le feu qui dévore la chair de son visage. La conviction qu'elle va mourir l'envahit, en même temps qu'une grande sérénité. Elle va enfin quitter ce monde de souffrance. Elle le fera sans rougir de honte, car elle est devenue une tueuse de dragons.

Elle sombre dans un état de léthargie avec la bienheureuse certitude qu'elle ne s'éveillera plus.

« Hé ! Regardez ! C'est la gamine ! Elle est encore plus moche que d'habitude ! s'écrie une voix fluette.

– Qu'est-ce qu'elle a entre les mains ? Une griffe de dragon ?

– Elle aurait réussi à en tuer un ? Impossible !

– Prenez-lui ! »

Les paroles des garçons tirent brutalement Deirdra des ténèbres. Elle ouvre les yeux au moment où une main se tend pour s'emparer de la griffe qu'elle serre entre ses doigts. Instinctivement, elle se relève d'un bond. Aussitôt, son corps lui fait regretter son mouvement brusque, car la douleur l'envahit à nouveau. Elle titube et reste debout seulement grâce à sa détermination de ne manifester aucune faiblesse devant ses pairs. Trois apprentis l'entourent et la contemplent avec une expression stupéfaite.

« Qu'est-ce que vous faites ici ? demande-t-elle sèchement.

– Maître Bradeus nous a envoyés pour voir si nous pouvions récupérer ton équipement, répond le gamin appelé Vigond. Vu que tu ne revenais pas…

— Poussez-vous », dit-elle.

Elle avance lentement, chaque pas provoquant des élancements dans tout son corps. Les garçons s'écartent. En passant devant eux, elle remarque qu'une étincelle envieuse brille dans leur regard. Elle devine qu'ils jalousent sa liberté chèrement acquise ; eux doivent encore attendre que maître Bradeus juge leur heure venue. Ils la suivent à une distance respectueuse et ne cherchent pas à la devancer même si elle progresse à la vitesse d'un escargot. Ils gardent le silence tout le temps que dure le trajet, jusqu'à ce qu'ils aperçoivent la petite habitation flanquée d'une grosse grange au toit de planches.

« Je ne suis pas morte, murmure alors Deirdra avec une pointe de regret, et je suis de retour à la maison. »

Son cœur se serre à ces propos, mais elle puise un certain réconfort dans la pensée qu'elle va enfin quitter ce foyer, puisqu'elle tient la clef de sa délivrance entre ses doigts. Elle est une tueuse de dragons maintenant. Ce sera la dernière fois qu'elle mettra les pieds chez maître Bradeus…

… ou du moins l'avait-elle cru, jeune naïve de quatorze ans qu'elle était alors. En contemplant pour la première fois depuis des années la petite maison flanquée d'une grange au toit de planches, Deirdra murmura :

« Je ne suis pas morte… et je suis de retour à la maison. »

À ce constat, l'angoisse noua ses entrailles.

Au fur et à mesure que les cavaliers approchaient de la résidence, le bruit sourd de heurts répétés provenant de la grange parvint à leurs oreilles. La salive se retira de la bouche de Deirdra et elle porta la main à son sachet.

« Ça suffit ! dit Thad. Tu auras besoin de toute ta tête. Personne ici ne connaît Bradeus sauf toi. Tu l'interrogeras. »

Elle riva sur le capitaine un regard noir, mais relâcha la pochette et saisit son collier de griffes. Même si elle était trop orgueilleuse pour l'admettre à voix haute, le capitaine avait raison. Elle devait garder la tête froide, ce qui n'était pas censé être difficile. Après tout, elle n'avait rien à redouter : ne portait-elle pas autour du cou la preuve de sa valeur ? Dans ce cas, pourquoi avait-elle l'impression d'être de nouveau une gamine paralysée par la terreur ?

La grange était identique à celle des souvenirs de Deirdra : les planches grossièrement taillées mises à mal par les intempéries n'avaient pas été remplacées, pas plus que les rondins pourris des murs. La porte ouverte révélait deux jeunes garçons armés d'épées de bois qui se livraient un duel sous l'œil d'un homme massif à la calvitie naissante. À l'arrivée du groupe, les belligérants interrompirent leur combat et l'instructeur dévisagea les nouveaux venus de ses yeux gris durs comme la pierre. Ces derniers s'arrêtèrent sur Deirdra et un rictus se dessina sur les lèvres minces de l'homme.

« Ainsi, tu es revenue », constata-t-il.

Deirdra serra les doigts autour de ses rênes au point que celles-ci s'imprimèrent dans ses paumes. À l'instar de la grange, Bradeus n'avait pas changé : sa tête partiellement recouverte de courts cheveux gris et sa mâchoire saillante et volontaire étaient telles que la jeune femme se les rappelait. Hormis pour les fines rides qui striaient son front, les coins de ses yeux et de sa bouche, le temps ne paraissait pas avoir eu de prise sur le colosse. Son dos était toujours droit, son corps immense ferme et musclé. En outre, il ne paraissait pas avoir changé de vêtements depuis sa dernière rencontre avec Deirdra, à l'exception de son pendentif, qui avait disparu.

Nuceg descendit de sa monture, salua le maître des lieux et annonça :

« Nous avons des questions à vous poser. »

Bradeus n'accorda qu'une attention distraite à l'officier.

« Tu as donc besoin de moi », dit-il à Deirdra d'un ton satisfait.

La jeune femme trouva la force de s'arracher à l'examen de son visage et riva son attention sur la crinière de son cheval.

Le maître demanda à Nuceg :

« Mon temps est précieux. Vous avez de l'or ? »

L'autre acquiesça.

« Venez. Nous serons plus à l'aise pour discuter dans ma maison. Vous autres, continuez l'entraînement ! Si je vous prends à flemmarder, ce sera le fouet ! »

Les garçons reprirent leur combat avec une vigueur décuplée par la menace de leur maître. En passant devant Deirdra, celui-ci lui adressa un sourire railleur. Elle crut déceler le fantôme de la grimace affamée qu'elle avait appris à redouter. Les larmes picotèrent ses yeux. Elle mordit sa lèvre inférieure au sang pour ne pas pleurer.

Les soldats de Queltiar, Thad et, avec un instant de retard, Deirdra descendirent de leurs montures. Tandis que les hommes emboîtaient le pas à Bradeus, la tueuse demeura sur place à observer d'un air absent les deux garçons qui poursuivaient leur entraînement. Elle sentit une main se poser sur son épaule.

« Viens, Deirdra. »

Elle se dégagea brutalement de la main de Thad en évitant de croiser le regard qu'il fixait sur elle, de crainte de ne pas réussir à retenir ses sanglots.

« Hé ! Les tourtereaux, vous venez ? lança Tortir.

— Il faut y aller », insista Thad.

Comme Deirdra ne faisait toujours pas mine de bouger, il lui attrapa le bras. Cette fois, elle ne le repoussa pas. Au contraire, elle se laissa docilement conduire, la mine résignée, le dos voûté, telle une victime se rendant à l'abattoir. Bien des années s'étaient écoulées depuis qu'elle avait quitté la demeure de son maître mais, comme elle le découvrait à présent, certaines choses ne changeaient jamais.

◆

Comme pour tout le reste, l'intérieur de la maison de maître Bradeus était identique au souvenir que Deirdra en gardait : des vêtements sales jonchaient la table et les bancs qui occupaient un coin de la pièce principale et de la suie maculait la pierre de l'âtre. Une porte entrouverte à l'autre extrémité laissait voir le coin d'un lit défait. En l'apercevant, la tueuse de dragons sentit les battements de son cœur accélérer et elle pressa une main sur ses lèvres pour empêcher la bile de jaillir. Sa réaction n'échappa ni à Bradeus ni à Thad. Ce dernier se pencha vers elle et s'enquit à voix basse :

« Ça va aller ? »

Deirdra déroba son visage sans répondre. Le maître des lieux lui dit :

« Ça rappelle des souvenirs, pas vrai ? »

La jeune femme blêmit même si, venant de Bradeus, l'allusion grossière ne la surprenait guère. Elle n'y voyait qu'une confirmation supplémentaire que les images qu'elle avait gardées de lui étaient fidèles à la réalité.

Le maître invita ses visiteurs à s'asseoir. Les soldats hésitèrent devant les sièges couverts de vêtements. Bradeus appela sèchement :

« Jiria ! Viens ici ! »

Une ombre s'agita dans la chambre et une jeune fille en sortit, les cheveux roux ébouriffés, les hardes qui lui tenaient lieu de vêtements enfilés de travers. À travers les longues mèches frisottées qui voilaient partiellement son visage moucheté de taches de rousseur, les visiteurs virent ses yeux gris en forme d'amande vrillés au sol et son cou enfoncé entre ses épaules. Deirdra se raidit à l'apparition de l'adolescente et la dévora des yeux, la mine horrifiée. Même si elle était grande et costaude, ses traits juvéniles suggéraient qu'elle n'avait pas plus de douze ans. Dans l'expression intimidée de la rouquine, Deirdra se revoyait au même âge.

« Ramasse ce bordel ! » aboya Bradeus.

La rouquine s'empara hâtivement des vêtements épars et, tout en serrant le paquet de linge entre ses bras maigres, elle regagna prestement la chambre.

Le maître roula les yeux, l'air exaspéré.

« Dire qu'elle souhaite devenir une tueuse de dragons, soupira-t-il en prenant les soldats à témoin. Elle se fera bouffer par le premier minusius venu ! Quoique ce serait lui rendre service : avec son père qui a été mon élève et sa mère qui était une Nordire, quelle place peut-elle avoir dans ce monde, je vous le demande... Je fais œuvre de charité en offrant mon toit et mes connaissances à cette pauvre petite orpheline ! Je lui ai même enseigné notre langue, même si ce serait surprenant que des gens civilisés parlent à cette petite bâtarde ! »

Deirdra ouvrit la bouche pour l'accabler d'injures. Cependant, la rage qui sourdait en elle nouait ses cordes vocales. Elle s'assit sur l'un des bancs, le plus loin possible de Bradeus, et s'absorba dans la contemplation de la table couverte de reliefs de repas.

« C'est bien la première fois que je vois une Nordire avec ce teint et des cheveux de cette couleur, commenta Nuceg.

— Elle est seulement à demi nordire, rappela Bradeus, heureusement ! Elle est déjà assez sauvage comme ça au lit ! »

Il fut le seul à s'amuser de son commentaire.

« Je vous offre un verre de venin ? enchaîna-t-il, nullement ébranlé par l'absence de réaction de ses visiteurs.

— Ce ne serait pas de refus », approuva vivement Nuceg.

Bradeus se dirigea vers une armoire appuyée contre le mur à côté de la porte de la chambre et en tira six verres en cristal de roche ainsi qu'une bouteille contenant le liquide ambré. Il déposa les verres sur la table et entreprit de servir ses invités.

« J'ai déboursé une somme rondelette pour cette bouteille ! annonça-t-il avec une fierté quelque peu puérile.

Vingt ans d'âge au bas mot ! Deirdra vous l'a peut-être dit, mais avant, je distillais moi-même mon venin de minusius. »

Il se tourna vers la jeune femme avec une expression complice. La tueuse de dragons contemplait le vide devant elle.

« Vous semblez avoir les moyens », commenta Thad en faisant tourner l'alcool dans le verre de cristal.

Bradeus esquissa un sourire modeste.

« La fortune m'a souri récemment. Un vieil homme a le droit de se payer quelques gâteries. Mon goût pour le venin de minusius est l'un de mes rares vices... »

Deirdra émit un son étranglé, que seuls le capitaine et son ancien maître parurent entendre.

« Mais c'est que je ne t'ai rien offert, Deirdra. J'oublie que tu es une femme à présent. Pour moi, elle sera toujours cette petite orpheline que j'ai recueillie, il y a une quinzaine d'années, ajouta-t-il à l'adresse des hommes attablés. C'est tout de même fâcheux que je n'aie pas de verre pour toi. »

Prise d'un haut-le-cœur et incapable de supporter plus longtemps l'expression sardonique de Bradeus, la jeune femme se dressa à demi. Thad attrapa son poignet et l'obligea à se rasseoir. Elle le foudroya du regard, mais resta sur son siège.

« Nous avions des questions à vous poser, enchaîna Nuceg à l'adresse de leur hôte. Quelqu'un nous a dit que vous connaissiez le moyen de diriger les dragons. »

Bradeus partit d'un grand éclat de rire.

« J'ignore qui vous a dit ça, mais il racontait des bêtises ! Seul Creatond était assez fou pour croire qu'un tel moyen existait et qu'il pouvait le découvrir.

— Nous avons de l'or pour vous payer, insista l'officier de Queltiar.

— Un tel moyen n'existe pas, s'entêta le maître. On vous a raconté n'importe quoi. »

Son attention se porta sur Deirdra.

« C'est toi, l'auteure de ces niaiseries ? Je croyais t'avoir mieux éduquée que ça ! Tu ne mérites pas le tatouage que tu portes ! »

La jeune femme se leva si rapidement que cette fois Thad n'eut pas le temps de la retenir.

« Et toi, fils de pute, tu ne mérites pas d'avoir des apprentis sous ta coupe ! Peut-être que tu en connais plus que n'importe qui sur les dragons, mais ça ne fait pas de toi un bon maître pour autant, enfant de chienne ! Ne t'avise pas de parler de l'éducation que tu m'as donnée, sale bâtard ! Tout ce que j'ai appris, c'est malgré toi ! »

Le colosse rigola de plus belle.

« Et moi qui pensais que tu m'avais quitté en colère ! Elle a raison sur un point, dit-il au reste de l'assistance. Je suis le meilleur. J'ai passé des années dans les monts de Maestas à étudier les dragons. Ils sont d'une compagnie plus agréable que les hommes, quand on prend le temps de bien les connaître.

— Pourquoi former des tueurs de dragons si vous aimez tant ces monstres ? demanda Tortir pendant que Deirdra se campait devant une fenêtre et tournait le dos au groupe.

— Parce que c'était pour cette raison que je m'étais d'abord rendu dans les monts. J'y suis resté cinq ans. Ces petites bêtes n'ont plus aucun secret pour moi… Elles sont beaucoup plus intéressantes que les hommes et ont énormément de choses à nous enseigner. Par exemple, les sourni ont développé un langage de signes extrêmement élaboré. Comme les cordes vocales des mâles colossi, sourni et minusi brûlent dès qu'ils crachent leur premier jet de venin, les sourni ont trouvé d'autres moyens pour communiquer, d'où leur langage par signes. Nos muets devraient s'inspirer d'eux. »

Il marqua une pause et fit tourner doucement le venin de minusius dans son verre avant d'en avaler une gorgée.

« Passer des mois à risquer la mort à toute heure du jour parce qu'on suit les dragons de trop près fait vieillir prématurément, et dormir à la belle étoile est dur sur les os, à la longue. Un homme devient douillet avec l'âge et il a besoin d'un toit au-dessus de sa tête, d'une soupe chaude sur sa table, d'or dans sa bourse et d'une salope dans son lit. Au bout de cinq ans, j'ai décidé que le moment était venu de revenir parmi les hommes. J'ai quitté les monts de Maestas et je me suis établi ici, de façon à garder un pied dans le monde des dragons et un autre dans celui des humains.

— Comment est-ce que vous arrivez à gagner de l'or dans ce coin perdu ? releva Femin. Vous recueillez des enfants errants. Ce ne sont sûrement pas eux ou leurs parents qui vous payent !

— Certainement pas. Maintenant, quand je me rends dans leur hameau, les villageois cachent les orphelins pour s'assurer que je ne les emmène pas ! Ces abrutis ne comprennent pas que les tueurs de dragons sont nécessaires à leur survie... Tout ce qu'ils voient, ce sont des bâtards, des gens égoïstes et violents, sans attaches et sans principes, qui tuent les enfants de Deirdris pour le plaisir et qui mangent leur cœur ! Non, ce ne sont pas ces bien-pensants qui me payent ! Mon salaire, je le dois aux seigneurs. Ils versent une petite somme annuellement à tous les maîtres pour que nous produisions des tueurs de dragons. Enfants de Deirdris ou pas, il n'y a pas un de ces nobliaux qui veut d'un dragon sur ses terres en train de dévorer ses gens et son bétail ! Cependant, ils se gardent bien de révéler qu'ils soutiennent financièrement la formation des tueurs de dragons ! La populace entrerait dans une colère folle si elle apprenait que les seigneurs encouragent en cachette la dépravation ! »

La stupeur s'était peinte sur le visage des visiteurs de Bradeus au fur et à mesure que ce dernier avait déballé son sac.

« Voulez-vous vraiment dire qu'Horacius, Jeriad et Lanfas vous payent ? » s'exclama Tortir.

Bradeus ricana.

« Pas Jeriad. Je coûte trop cher pour lui ! »

Il dut constater l'étonnement des hommes qui l'entouraient, car il gratta sa joue d'un air songeur.

« Je suppose que c'est logique que vous ne soyez pas au courant. Après tout, je n'ai jamais rencontré un seul de ces nobles seigneurs. Ce sont toujours leurs hommes de main qui viennent me remettre ma bourse. »

Le silence suivit les propos de Bradeus, alors que les soldats absorbaient les informations qu'il venait de leur révéler. Face à la fenêtre, Deirdra écarquillait les yeux de stupeur. Au cours de ses années passées chez Bradeus, elle avait eu connaissance que le maître recevait de l'or de la main de cavaliers qui s'arrêtaient chez lui de temps à autre. Comme les hommes ne portaient aucun blason, elle avait toujours cru qu'il s'agissait de trafiquants qui venaient acheter des parties de dragons ou de la dragonne à son maître. Les marchands ambulants et les apothicaires vendaient la poudre et les restes de dragons à prix d'or, de sorte que quelques individus n'hésitaient pas à se livrer à du recel. L'activité était d'autant plus lucrative que les habitants les plus fortunés de l'Austrion et les rares commerçants et pirates du Meridion à accoster à Cirdeus prisaient tout ce qui se rattachait de près ou de loin aux monstres et n'appréciaient guère les prix exorbitants fixés par les seigneurs en accord avec les guildes des marchands. En effet, les dirigeants de l'Austrion intervenaient dans le commerce des produits dérivés des dragons afin de ne pas encourager le mode de vie des tueurs de dragons et – Deirdra le soupçonnait, mais n'avait aucune preuve à ce sujet – afin d'être les seuls à pouvoir se procurer les biens précieux extraits des cadavres des monstres. Elle-même avait rarement fait affaire avec les trafiquants, car les marchands payaient mieux pour le fruit de sa chasse, et ses rencontres fortuites avec les contrebandiers s'étaient soldées par des plaies et des bosses. Ils se méprenaient sur son apparence frêle et croyaient qu'ils pouvaient lui dérober le bien qu'elle avait eu tant de mal à récolter. Elle s'était invariablement fait un devoir de leur prouver à quel point ils avaient tort.

Pendant que la jeune femme s'abîmait dans ses réflexions, Bradeus s'était levé.

« Si vous n'avez pas d'autres questions, je vous demanderais de me payer et de partir. Je suis un homme occupé. »

Thad ne broncha pas et aucun des soldats de Queltiar ne fit mine de se lever.

« La seule chose que vous nous avez révélée n'a rien à voir avec notre quête, observa Nuceg sans cacher sa déconvenue.

— C'est parce que je n'ai rien à vous révéler.

— On nous a dit que les dragons femelles étaient en voie de disparition. Vous pensez que c'est vrai ? »

Bradeus fit un geste agacé.

« La vérité, c'est que votre source d'information vous a fait marcher ! Qui vous a raconté tout ça ?

— Maître Corsas, intervint Thad. Il prétend que ça fait trois ans que personne n'a vu de colossius ou de sournius femelle.

— Et puis après ? Il est très rare de voir des femelles colossi. Vous savez pourquoi ? »

Les guerriers secouèrent la tête.

« Les colossi s'accouplent avec leurs femelles dès que celles-ci sont pubères. Quand elles ont mené à terme leur première couvée, ils les éliminent. Ils ne laissent pas leurs femelles vieillir et se flétrir. Ils préfèrent la chair jeune et tendre. En outre, les colossi sont des monstres solitaires. Ils préfèrent ne pas s'embarrasser d'une femelle. »

Bradeus sourit en découvrant ses grosses dents pointues luisantes de salive.

« Comme je vous disais, nous avons beaucoup à apprendre des dragons. »

Deirdra appuya son poing contre ses lèvres afin de retenir le cri dans sa gorge. Une envie de meurtre la submergea. Le regard acéré de Thad la retint.

« Mon maître m'avait parlé de ça il y a longtemps, mais je pensais qu'il plaisantait, commenta ensuite le capitaine de Volter d'une voix contrôlée dans laquelle perçait une note de dégoût. Et les sourni ? Je croyais qu'ils s'appariaient pour la vie.

— Même les créatures les plus intelligentes ont leurs faiblesses, ricana Bradeus avant d'enchaîner d'un ton plus sérieux : on voit peu de femelles sourni parce que les sourni, peu importe leur sexe, sont assez brillants pour éviter les humains lorsqu'ils chassent. Il arrive aussi que des mâles colossi tuent des femelles sourni en les confondant avec les leurs. J'ai été témoin d'une telle scène pendant mon séjour parmi les dragons. Les représailles du mâle sournius ont été terribles. Toutefois, ce type d'erreur est plutôt rare, même si ça explique que certains mâles sourni se retrouvent veufs. Croyez-moi, vous perdez votre temps. Rentrez chez vous.

— Cet homme a raison, admit finalement Nuceg en se levant. Nous perdons notre temps. Partons. »

Il déposa une pièce d'or et trois pièces d'argent sur le coin de la table et se dirigea vers la sortie, précédé de Deirdra et suivi de Thad et de ses hommes.

« Rien que ça ? persifla Bradeus avant qu'ils quittent la maison.

— Peu d'informations, peu d'or, répliqua Nuceg.

— Que Deirdris place des embûches sur votre route !

— Que Barris te dévore pendant ton sommeil », grommela l'officier dans sa barbe.

Une fois dehors, ils récupérèrent leurs montures et tournèrent le dos au bâtiment de rondins. Dès qu'ils furent hors de vue de la demeure de Bradeus, le vétéran immobilisa son cheval devant celui de Deirdra. Le reste du groupe s'arrêta à son tour.

« Tu t'es assez moquée de nous, dit Nuceg en brandissant l'un de ses doigts aux phalanges manquantes vers Deirdra. Nous avons rencontré deux maîtres, et tous les deux sont unanimes : il n'existe aucun moyen de diriger les dragons ! Nous retournons à Queltiar et j'espère que monseigneur te punira comme tu le mérites ! »

La jeune femme leva un regard morne vers l'officier. Sa rencontre avec Bradeus l'avait vidée de toutes ses énergies. Jeriad pouvait faire d'elle ce qu'il voulait. Plus rien n'avait d'importance.

« La nuit va bientôt tomber, intervint Thad. Je propose que nous établissions notre campement et que nous discutions de tout ça demain matin. »

Nuceg lui jeta un coup d'œil méfiant. L'expression approbatrice sur les traits de ses hommes l'amena néanmoins à se rallier à la proposition de son prisonnier.

« Toi, tu es mieux d'avoir des arguments convaincants à me donner à l'aube ! » prévint-il Deirdra.

La jeune femme se contenta de le fixer d'un air absent.

Les soldats descendirent de leurs chevaux et installèrent un campement de fortune à l'orée de la forêt de Galeg. Thad s'approcha de Deirdra, qui était occupée à bouchonner son destrier.

« Je t'ai procuré un sursis, lui chuchota-t-il, mais demain, il faudra que tu nous sortes de ce pétrin !

— Je ne t'ai rien demandé. Je me fous de ton aide et de ta pitié ! Je veux seulement qu'on me fiche la paix une fois pour toutes ! »

Son interlocuteur se raidit.

« Comme tu veux, rétorqua-t-il froidement. Seulement, n'oublie pas que c'est de la vie de mes hommes qu'il s'agit, et pas juste de la tienne ! »

Deirdra ouvrit la bouche, mais le capitaine lui avait tourné le dos avant qu'elle trouve une réplique adéquate.

◆

Il faisait nuit depuis longtemps, mais Deirdra souffrait de son insomnie coutumière. Les yeux grands ouverts, le cœur emballé sous les effets conjugués des émotions et de la dragonne, elle contemplait le feu. Autour d'elle, Thad et la troupe de Nuceg dormaient d'un sommeil profond, à l'exception de Femin qui avait pris le deuxième tour de garde. Le soldat s'était brièvement éloigné pour se dégourdir les jambes. La jeune femme devinait sa présence hors du cercle de lumière orangée. Derrière les flammes qui dansaient, le rideau impénétrable de la forêt se dressait. Deirdra avait l'impression que si elle tendait une oreille assez attentive, elle pourrait entendre le souffle régulier des jeunes dragons endormis sous le couvert des arbres. Combien d'entre eux étaient des femelles sourni ou colossi ? Parmi ces dernières, combien seraient dévorées à la puberté, sitôt qu'elles auraient mis bas leur première couvée ? Et combien de femelles sourni seraient victimes de la mauvaise vue et de la brutalité des mâles colossi ?

Deirdra roula sur le dos et fixa son attention sur les étoiles. Évidemment, si Bradeus avait menti, toutes ces questions étaient vaines. Qui devait-elle croire, de son ancien maître ou de Corsas ? Et, surtout, que devait-elle croire de leurs différentes affirmations ? Bradeus était celui qui avait étudié les dragons le plus longtemps dans leur habitat naturel ; une telle expérience lui conférait plus de crédibilité qu'à Corsas. Cependant, elle avait assez vécu avec son maître pour savoir qu'il était aussi sournois qu'un sournius. Plus largement, pouvait-elle simplement faire confiance aux maîtres de tueurs de dragons ? La tueuse avait suffisamment menti au cours de sa carrière pour savoir qu'il ne fallait jamais se fier à ceux de sa confrérie.

Deirdra soupira : si seulement le sommeil pouvait venir ! Il apaiserait, même brièvement, la confusion qui régnait dans son esprit ! Elle ferma les yeux dans une énième tentative pour dormir.

Deirdra pénètre dans la grange, les trois garçons sur les talons. Le bâtiment est vide. Des bruits de lutte, ponctués des ordres secs et des insultes de Bradeus, s'élèvent à l'arrière. Elle suit les voix et contourne la grange. Le maître lui tourne le dos et observe les sept apprentis qui s'entraînent à foncer sur une courte distance, cimeterre et bouclier à la main, et à donner des coups d'estoc à une cible accrochée à un arbre. L'un d'eux aperçoit Deirdra et s'immobilise, l'air stupéfait. Les autres suivent son regard et se figent à leur tour. Maître Bradeus est le dernier à se retourner. En voyant la jeune fille, il avance vers elle, en proie à la colère.

« Deirdra! Petite salope! Comment oses-tu revenir ici après t'être enfuie devant le sournius? »

En guise de réponse, l'adolescente brandit la griffe du pentalule du dragon. Bradeus s'immobilise, s'empare de l'objet, l'examine. Un rictus chasse lentement la colère sur ses traits. Le maître paraît sur le point de dire quelque chose. Deirdra le prend de vitesse.

« Tu voulais te débarrasser de moi, l'accuse-t-elle.

— Qu'est-ce que tu racontes? Je savais que tu étais prête, aussi j'ai demandé à Deirdris de m'envoyer un sournius pour que tu puisses l'affronter. Remettrais-tu en question mon jugement? »

La note irritée qui fait vibrer sa voix a toujours terrifié Deirdra. Toujours, sauf aujourd'hui. Peut-être sont-ce là les effets de la dragonne ou de l'adrénaline; quelle qu'en soit la raison, la jeune fille se sent de taille à tenir tête à son maître.

« Non, mais tu m'as quand même envoyée à la mort. Tu n'as jamais cru que je réussirais à vaincre le sournius. Tu l'as dit toi-même: "Tu es juste bonne à tuer des minusi, et encore", cite-t-elle.

— Tu ne sais pas ce que tu dis! »

La main aux doigts écourtés se lève, prête à s'abattre. Deirdra ne bronche pas.

« Tu n'as plus le droit de me frapper ! Je suis une tueuse de dragons maintenant ! Fais-moi mon tatouage, que je puisse quitter ce trou pour de bon ! »

Elle soutient le regard de Bradeus, qui suffoque de rage mais ne la frappe pas. Les apprentis ne perdent pas une miette de l'affrontement. Envient-ils Deirdra de pouvoir s'opposer à leur maître ? Souhaitent-ils au contraire qu'il punisse celle qui ose lui manquer de respect ? Elle l'ignore et, pour tout dire, s'en moque éperdument. Maître Bradeus n'a jamais été aussi ignoble avec eux qu'avec elle.

Finalement, la main retombe le long du corps de Bradeus.

« Tu veux ton tatouage ? dit-il froidement. Très bien, tu vas l'avoir. Continuez à vous entraîner, vous autres ! »

En silence, Deirdra et son maître gagnent la maison. Elle s'installe sur un banc pendant qu'il fait chauffer une aiguille. Elle finit de déchirer la manche de sa chemise, qui a été presque arrachée quand le dragon l'a projetée dans les branches de l'arbre.

Bradeus s'assied à côté d'elle et commence à tracer l'étoile du nord sur sa peau. Le processus est loin d'être indolore. Deirdra s'oblige à demeurer impassible en recourant à son mécanisme de défense habituel. Ce corps n'est pas le sien, elle est ailleurs, très loin, en train de traquer un dragon.

Au bout d'un moment, maître Bradeus se relève et annonce :

« C'est terminé. Tu m'auras dans la peau toute ta vie ! »

Elle lui crache au visage et court vers la porte. Tout en essuyant la salive de sa figure, Bradeus lui lance d'un ton railleur :

« Ne t'inquiète pas, Deirdra, ça ne durera pas longtemps ! Ce sournius n'était qu'un coup de chance ! Moi, je sais que tu n'es qu'une bonne à rien ! Tu n'es même plus bonne au lit ! »

Deirdra sursauta et promena un regard désorienté autour d'elle. Les flammes crépitaient toujours devant elle et l'un des soldats endormis s'était mis à ronfler. Femin n'avait pas encore repris sa place près du feu.

Lentement, elle se leva et fit quelques pas dans la nuit, ses pensées prisonnières des brumes du passé.

« Hé ! Où tu vas comme ça ? »

Femin venait vers elle, une main posée sur la poignée de son épée.

« Me dégourdir les jambes, comme toi.

— N'essaie pas de filer. Je t'ai à l'œil.

— Ça ne me viendrait même pas à l'idée. Au fait, Femin, c'est quoi ton vrai nom ?

— C'est Gikad, mais j'pense que depuis le temps que les autres m'appellent Femin, ils l'ont oublié... Tout ça parce qu'ils trouvent que j'ai l'air d'une fille, soupira l'homme. C'est quand même pas ma faute si je ressemble à ma mère !

— Ça doit être drôlement frustrant que les autres se moquent comme ça de ta virilité... Le reste de ton corps, il ressemble aussi à celui de ta mère ?

— Par le bec de Noevas, pas du tout !

— Prouve-le », dit Deirdra en posant un regard sans équivoque sur le pantalon du soldat.

À quelques pas d'eux, Tortir remua dans son sommeil. Femin inspira brutalement.

« Retourne te coucher, balafrée. Je dois monter la garde.

— On a juste à ne pas faire de bruit, dit-elle en s'approchant du guerrier. Ils ne sauront même pas que nous nous sommes absentés. »

Elle murmura la fin de sa phrase à l'oreille de l'autre avant de lui en caresser le lobe du bout de sa langue. La respiration du soldat devint saccadée. Deirdra se détacha de lui et se dirigea vers l'orée de la forêt. Plutôt que de chercher à la retenir, Femin lui emboîta le pas. Ils s'enfoncèrent dans les bois jusqu'à ce que le feu ne soit plus qu'un point orangé entre les troncs, puis ils s'immobilisèrent.

« Fais vite », ordonna Femin en détachant sa ceinture.

Deirdra s'agenouilla devant lui et l'aida à baisser son pantalon.

« Alors ? insista le soldat. Tu trouves toujours que je ressemble à une femme ? »

Deirdra recula la tête comme si elle voulait avoir une meilleure vue, prit son élan et percuta de toutes ses forces le bas-ventre de l'homme de son crâne rasé. Elle érafla son cuir chevelu contre la cotte de mailles du soldat. Femin bascula. La jeune femme sauta sur lui et lui asséna un crochet au menton qui l'envoya rouler au sol. Elle lui décocha un coup de pied au visage, saisit sa ceinture et lui ligota les mains derrière le dos. Ensuite, à l'aide du poignard du soldat, elle découpa son pantalon pour le bâillonner et lui attacher les jambes. Enfin, elle glissa la courte lame dans sa botte, ramassa l'épée que Femin portait à la ceinture et prit le bouclier qu'il avait échappé dans sa chute. Elle fixa l'arme et son fourreau contre son échine, puis passa son bras dans les liens de cuir derrière l'écu de métal. Sans un autre regard pour le soldat assommé, elle se faufila à travers les arbres en direction des chevaux. En veillant à faire le moins de bruit possible, elle sella sa monture, la détacha et monta sur son dos. Elle s'éloigna d'abord au pas, mais dès qu'elle fut à bonne distance du campement, elle lança le destrier au galop en direction de la demeure de son ancien maître.

Deux carrés lumineux apparurent bientôt dans les ténèbres et la forme sombre de la grange se dessina sur le rideau noir de la forêt. Deirdra tira sur les rênes de son cheval, en descendit, dégaina sa lame et longea le bâtiment endormi jusqu'à la maison. Elle n'avait aucune stratégie en tête, aucun plan précis, seulement une conviction et une colère dévorante qui s'était cristallisée l'après-midi même lorsqu'elle avait vu l'adolescente rousse surgir de la chambre de son ancien maître. Bradeus devait cesser d'abuser des jeunes filles.

Malgré la lumière, nul bruit n'émanait de l'habitation, sinon le crépitement des flammes dans l'âtre. Deirdra se glissa sous la première fenêtre et jeta un coup d'œil à l'intérieur. La pièce principale était déserte. La tueuse de dragons se rendit à la porte, l'entrouvrit en silence et pénétra dans la maison. Le battant de la chambre était fermé. Elle y colla son oreille et perçut un faible râle.

Elle a six ans et elle est étendue sur le lit. Complètement nue, le corps couvert d'ecchymoses, elle gémit doucement. Un liquide rouge s'échappe de son nez et de ses lèvres fendues. Maître Bradeus est debout à côté de la couche et la contemple d'un air glacial. Ses mains sont souillées d'un sang qui n'est pas le sien et sa chemise entrouverte révèle de fines égratignures autour de son pendentif de bois rond pourvu d'un bec.

« La prochaine fois, tu y penseras à deux fois avant de me dire non! » prévient-il l'enfant avant de quitter la pièce.

La rage embrasa l'esprit de Deirdra. D'un coup de pied vigoureux, elle repoussa le panneau de bois et fit irruption dans la chambre en brandissant son épée.

L'apprentie aux cheveux roux se tenait debout à côté du lit. Elle était nue, une lame ensanglantée à la main. Le liquide rouge ruisselait de l'arme et maculait sa peau claire, ainsi que les draps défaits. Sur la couche gisait l'énorme corps dévêtu de Bradeus. Une large plaie s'ouvrait sur sa poitrine et la vie s'en échappait à gros bouillons. Il tentait en vain de comprimer le sang à l'aide de ses mains. Il leva les yeux vers Deirdra.

« T'es venue te repaître du spectacle, je suppose », commenta-t-il avec une moue ironique qui n'était déjà plus que le fantôme de celle qu'il affichait autrefois.

Tétanisée, la tueuse de dragons ne trouva rien à répondre.

« Des salopes… Toutes des salopes qui rêvent de me voir crever, grommela-t-il. Vous allez être déçues, par Deirdris ! »

Il fit mine de se redresser.

« Ne bouge pas ! » s'écria Deirdra en dardant son épée sur lui.

Un sourire mauvais apparut sur les lèvres pâles du moribond.

« J'ai toujours su que j'aurais dû te régler moi-même ton compte. Je comptais sur le sournius, mais il m'a fait faux bond… »

La jeune femme pâlit.

« Tu as dit que j'étais prête ! »

Bradeus ricana, mais son rire se termina en une quinte de toux. Une écume rosée dégoulina le long de son menton carré. Quand l'accès fut passé, il reprit d'une voix sifflante :

« Et tu m'as crue ? Tu n'as vraiment rien appris à mon contact ! Je t'ai dit que Deirdris avait répondu à mes prières, mais en fait Deirdris n'avait rien à voir là-dedans. C'est moi qui ai fait venir le dragon pour qu'il me débarrasse de toi ! »

Une vague de rage submergea Deirdra, accompagnée d'un besoin de tuer inextinguible, tel qu'elle n'en avait jamais éprouvé. Avant même de saisir ce qu'elle faisait, elle avait jeté son bouclier à terre et avait bondi sur le lit. Bradeus leva les mains pour se protéger, mais ne put soutenir son geste. Deirdra lui trancha la gorge. Un flot de sang gicla sur le lit.

« Comme ça, tu ne veux pas qu'on salisse tes draps, hein ? Tu te prends pour un colossius et tu extermines tes femelles pubères, pas vrai ? vociféra la tueuse de dragons tout en assénant des coups d'épée à la dépouille, indifférente au liquide rouge qui éclaboussait ses habits déjà souillés par le sang de la femelle colossius. Espèce de gros porc ! Ça, c'est pour ma jeunesse ruinée ! Ça, c'est pour toutes les humiliations que tu m'as infligées ! Ça, c'est pour la gamine ! »

Petit à petit, l'épuisement commença à affaiblir son bras. Elle baissa son épée et se mit à marteler de son pied les restes sanglants de son maître en ponctuant chaque heurt d'un :

« Tiens ! Tiens ! »

Elle n'arrêta de frapper le cadavre que lorsque ses jambes furent lourdes de fatigue. Elle se tourna alors vers la fille, qui la fixait d'un regard effaré. Lentement, Deirdra descendit de la couche, ramassa son épée, l'essuya sur les draps sales et la rangea. Puis, elle s'approcha de l'adolescente, qui esquissa instinctivement un mouvement de recul.

« Ça va aller », dit la tueuse de dragons dans un murmure.

Elle retira sa cape rougie du sang de son ancien maître et de son neuvième dragon et en couvrit les épaules de la jeune Nordire. Cette dernière frissonna et baissa vers Deirdra son visage terrifié humide de larmes.

« C'est fini, reprit la tueuse de dragons. Nous sommes débarrassées de lui à jamais. »

Les yeux de la rouquine quittèrent Deirdra pour se poser sur la bouillie sanglante étalée dans le lit, puis revinrent vers la femme maculée de liquide rouge.

« Il avait promis de faire de moi une tueuse de dragons », murmura-t-elle.

La jeune femme leva le bras et enlaça avec une tendresse toute maternelle les épaules de la Nordire, qui la dépassait d'une bonne tête. Des tremblements violents agitèrent le corps maigre de l'adolescente, mais elle ne desserra pas les doigts de son poignard.

« Il a tenu parole, dit Deirdra. Tu viens de m'aider à tuer le pire dragon de l'Austrion. »

L'autre la fixa d'un air hébété. La tueuse de dragons lui tapota maladroitement le bras.

« Prends tes vêtements et habille-toi, ordonna-t-elle en la poussant gentiment hors de la chambre. Je te rejoins dans un instant. »

La fille s'exécuta machinalement, le poignard dans une main, les haillons dans l'autre.

Restée seule, Deirdra ferma la porte. Ses jambes se dérobèrent sous elle. Elle tomba à genoux à côté de la couche, puis elle se recroquevilla sur le sol, le corps agité de douloureux sanglots silencieux. L'épuisement vint à bout de ses pleurs. Elle se releva doucement et essuya ses yeux du revers de sa chemise. Ensuite, elle ramassa son écu et écarta le panneau.

L'orpheline était devant la chambre et lui tournait le dos, toujours nue, ses vêtements à ses pieds et le poignard pointé vers l'entrée de la maison, où se découpait une figure familière.

« Pourrais-tu lui dire de baisser son poignard ? demanda Thad. Je ne veux pas lui causer du mal en la désarmant.

— Lâche ton arme, Jiria, dit Deirdra. C'est un allié. »

La grande rousse ne broncha pas. Deirdra lui prit doucement la main. Jiria n'eut aucune réaction. Un par un, la jeune femme retira les doigts de l'adolescente de la lame. Elle annonça succinctement à Thad :

« Bradeus est mort. Elle… nous l'avons tué. »

L'officier hocha la tête, comme si rien de ce qu'il apprenait ne pouvait l'étonner. Toutefois, Deirdra remarqua que les yeux marron de son compagnon s'attardaient sur ses habits souillés de sang frais. Elle tâcha d'ignorer la question muette qui était apparue sur son visage. Elle n'était pas en état, pas plus qu'elle n'avait envie de fournir la moindre explication.

Quand la tueuse de dragons lui eut retiré le poignard, la jeune fille contempla sa paume vide et murmura :

« Je l'avais caché sous le matelas il y a des mois de ça. »

Son air absent suggérait qu'elle s'adressait plus à elle-même qu'à Thad et à Deirdra. Cette dernière se souvenait d'avoir fait la même chose, lorsqu'elle avait à peu près l'âge de Jiria. Toutefois, Bradeus lui inspirait une telle frayeur qu'elle n'avait jamais osé passer à l'acte. Elle avait fini par retirer la lame, car elle craignait que son maître la tue sans hésiter s'il trouvait l'arme. La jeune femme reconnaissait avec une pointe d'admiration que Jiria avait eu plus de cran qu'elle. Elle lui demanda :

« Pourquoi ce soir ? »

La Nordire ne répondit pas. Elle semblait ne pas avoir entendu la question. Thad s'approcha des deux femmes, prit la plus jeune par les épaules et l'entraîna vers le feu qui agonisait à l'autre bout de la pièce. Il y avait une pile de bois sec à côté de l'âtre. Le capitaine prit une bûche et la jeta dans les flammes, qui la léchèrent avec une ardeur renouvelée. Il tira un banc près de la source de chaleur et aida Jiria à s'asseoir. L'adolescente n'eut aucune réaction. Deirdra ramassa les vêtements restés près de la chambre et les posa à côté de la fille, puis elle se retira avec Thad dans le coin opposé de la salle, où ils discutèrent à voix basse.

« Qu'est-ce qui t'a pris de filer ? chuchota l'officier.

— Je n'ai pas de comptes à te rendre.

— Moi, j'en ai à rendre à mes hommes ! C'est eux qui payeront parce que nous avons fait faux bond à Nuceg et à ses hommes !

— Ils savent que nous nous sommes enfuis ? »

Thad acquiesça.

« Quand je me suis éveillé, j'ai vu que Femin et toi aviez disparu et qu'un cheval manquait à l'appel. Je me suis douté de ce qui s'était passé. Je me suis levé et me suis dirigé vers les chevaux. Plasdos a essayé de m'arrêter. Je m'en suis débarrassé. Les deux autres se sont réveillés à leur tour, mais j'étais déjà loin quand ils se sont rués sur leurs chevaux. Dès que le soleil sera levé, ils repéreront nos traces, s'ils ne sont pas déjà en route pour ici. Après tout, Nuceg a peut-être deviné aussi bien que moi quelle serait ta destination.

— Nous n'avons plus rien à faire dans cette porcherie », conclut abruptement la jeune femme.

Thad désigna Jiria, qui s'était habillée entre-temps.

« Et elle ? »

Deirdra, qui avait atteint l'embrasure de la porte, s'immobilisa, les sourcils froncés.

« Quoi, elle ?

— Qu'est-ce qu'on en fait ? On ne peut pas la laisser ici ! »

Deirdra jeta un coup d'œil à la Nordire, dont les traits hâves avaient adopté une expression craintive et qui écoutait l'échange attentivement.

« Elle nous ralentirait et tu es pressé de retrouver tes hommes », dit Deirdra.

Thad esquissa un rictus.

« Tiens donc ! Ainsi, ce sera ma faute si nous l'abandonnons ?

— Emmenez-moi ! »

Deirdra et Thad dévisagèrent Jiria. Elle s'était levée de son banc en serrant sur ses épaules solides la cape que Deirdra lui avait donnée. Elle se précipita vers Thad et tomba à genoux devant lui :

« Je peux me rendre utile, monseigneur ! Je sais faire plein de choses ! Ne me laissez pas ici ! Les autres me tueront !

— Relève-toi », dit Thad, mal à l'aise.

Au lieu d'obéir, Jiria se prosterna, le front posé sur le plancher.

« Les deux autres apprentis de maître Bradeus vont me massacrer quand ils découvriront sa mort, reprit-elle. Emmenez-moi, monseigneur, je me montrerai très gentille… Je sais me montrer très, très gentille… »

Non sans impatience, Thad se pencha vers la jeune fille, la saisit par les bras et la remit debout.

« Personne ne se montrera gentil avec personne... commença-t-il avant de lever les yeux au ciel et de rectifier: Ce n'est pas ce que je voulais dire... Et puis, pourquoi je vaudrais mieux que les apprentis ?

— J'ai tout de suite vu dans vos yeux, dans la façon dont vous me regardiez, que vous n'étiez pas comme les autres. Que vous étiez bon.

— C'est ça, maugréa l'officier. Ramasse tes affaires, il faut partir d'ici au plus vite. »

Jiria parut perplexe.

« Je ne possède rien.

— Enfile des vêtements chauds, au moins, intervint Deirdra. Dépêche-toi ! »

La fille rousse se dirigea vers un placard duquel elle tira des habits appartenant à son ancien maître. Pendant ce temps, Deirdra et Thad procédèrent à une fouille rapide des lieux et prirent toute la nourriture qu'ils pouvaient emporter. La jeune femme profita de ce que son compagnon était occupé ailleurs pour ouvrir l'armoire où Bradeus rangeait ses bouteilles de venin de minusius et ses autres produits de dragons. Elle repoussa un tas d'os de minusius, repéra la fausse paroi au fond de l'armoire et l'écarta. Elle découvrit qu'au cours de toutes ces années son ancien maître n'avait jamais changé de cachette. Elle en sortit deux lourds sacs de cuir. L'un d'eux tinta quand elle s'en empara, tandis que l'autre paraissait contenir une quantité appréciable de dragonne. Elle glissa le second dans son paquet, puis ouvrit le premier. Il débordait de pièces d'or.

Thad apparut à ses côtés. En découvrant le contenu de la bourse, il poussa un sifflement admiratif.

« J'ignorais qu'être maître de tueurs de dragons pouvait être aussi payant...

— Bradeus disait que la fortune lui avait souri récemment. Je crois savoir pourquoi.

— Nous tirerons ça au clair plus tard. Pour l'instant, fichons le camp. »

Deirdra approuva.

Jiria avait enfilé un manteau de laine beaucoup trop grand pour elle et les attendait près de la porte. Malgré les vêtements chauds qui l'enveloppaient, elle tremblait de tous ses membres.

« Allez, viens ! » lui lança Deirdra en lui tendant la main.

La jeune fille referma ses longs doigts sur ceux de la femme.

Chargés de leurs sacs, les fugitifs rejoignirent rapidement leurs montures, Deirdra entraînant Jiria à sa suite. La grande main glacée de l'orpheline était si fermement cramponnée à la sienne que la tueuse de dragons avait presque mal. Elle aida la rouquine à se hisser sur son cheval, fixa son sac à sa selle, puis grimpa à son tour sur le dos de l'animal.

« Et maintenant ? demanda-t-elle à Thad.

— Filons dans la forêt avant que la troupe de Nuceg nous rattrape. »

Deirdra sentit le corps de Jiria trembler contre le sien. Elle tapota maladroitement le genou de la Nordire et dit :

« Ne t'en fais pas, tu es avec deux tueurs de dragons chevronnés… et, en plus, l'un d'eux est bon. »

Avant que l'homme talonne sa monture et disparaisse dans la sylve, Deirdra vit sa trop grande bouche esquisser une grimace. Elle tourna le dos à son enfance malheureuse et s'élança à la suite de Thad.

8. La forêt de Galeg

Après avoir progressé pendant quelques heures vers l'est, Deirdra et Thad dirigèrent leurs montures vers le sud. La barrière dense des arbres, un mélange d'érables et de conifères, les contraignait parfois à descendre de leur cheval et à le mener par la bride. Le rugissement lointain des affluents du fleuve Bar-Lettad parvenait à leurs oreilles, tout comme le chant des oiseaux et le grognement de gros prédateurs. La forêt de Galeg était non seulement le royaume des jeunes dragons, mais aussi celui des enfants de Barris, l'esprit de la forêt symbolisé par un ours. Heureusement, si les deux tueurs de dragons repérèrent des traces de dragons et d'ours, aucun ne croisa leur route au cours de la journée.

À la tombée de la nuit, les voyageurs étaient tous les trois moulus de fatigue. Ils arrêtèrent les cavales au pied d'une talle de feuillus, non loin d'un cours d'eau qui pouvait être la rivière Letbar ou la rivière Barlettis. Ils évitèrent de faire du feu, pour ne pas attirer tant les bêtes sauvages que la troupe de Nuceg, au cas où celle-ci serait sur leurs traces. Tandis que Thad s'occupait des montures, Deirdra emmena Jiria en direction de la rivière qui s'écoulait doucement. La jeune fille n'avait pas desserré les lèvres de la journée et, au cours de leurs quelques pauses, elle avait fixé le vide d'un air absent. Pressés de creuser l'écart entre eux et d'éventuels poursuivants, Deirdra et Thad n'avaient pas pris le temps de tirer l'orpheline de sa catatonie. La tueuse de dragons commençait toutefois à trouver son état inquiétant et les coups d'œil préoccupés que lui jetait Thad indiquaient qu'elle n'était pas la seule à s'en alarmer.

L'adolescente sur ses talons, Deirdra s'approcha de l'eau et y lava ses mains. L'onde était glacée. La jeune femme s'aspergea la tête. Au contact de l'élément, elle émit un hoquet sonore. Elle se hâta d'éponger son visage sur sa manche crasseuse et se tourna vers Jiria, qui était elle aussi toujours maculée du sang de Bradeus.

« Viens, on va te nettoyer. »

La fille s'accroupit à côté de Deirdra.

« Inspire un bon coup. »

Jiria aspira une grande bouffée d'air et la tueuse de dragons lui plongea la tête dans la rivière. Lorsqu'elle l'en sortit, les longs cheveux roux de la fille étaient plaqués contre son visage et elle clignait vivement des paupières tout en cherchant à respirer. Entre deux claquements de dents, elle prononça ses premières paroles de la journée :

« C'est froid ! »

Deirdra sourit.

« Tu l'as dit ! Allons te réchauffer ! »

Elles regagnèrent leur campement et Deirdra frictionna vigoureusement la grande adolescente pendant que Thad allait recueillir de l'eau et se nettoyer à son tour. Quand il les eut rejointes, les bras enroulés autour de son corps, ils s'installèrent pour manger, enveloppés dans les couvertures de laine qu'ils avaient prises chez Bradeus. Deirdra apprit au capitaine que son ancien maître avait affirmé connaître le secret des dragons. Elle se garda toutefois de répéter ses mots exacts, car cela l'aurait contrainte à partager avec son compagnon des éléments de son passé sur lesquels elle ne voulait plus jamais revenir.

Tout en mastiquant un morceau de pain, elle ajouta :

« Je me demande à qui Bradeus a pu vendre son secret pour obtenir une telle fortune.

— En tout cas, avec sa mort, il y a une personne de moins à le connaître, grommela Thad, et donc une chance de moins de l'échanger contre la vie de mes hommes. »

Deirdra songea à la griffe de femelle colossius maintenant accrochée avec les autres autour de son cou. Était-ce un tel objet que Bradeus avait cédé contre de l'or ? Son maître avait toujours détenu des restes de dragons, que ses anciens apprentis lui vendaient ou encore qu'il prélevait lui-même sur les dépouilles des monstres éliminés par ses élèves. Il avait donc forcément possédé des griffes du pentalule de femelles colossi ou sourni... Peut-être avait-il obtenu plus de succès qu'elle en essayant d'attirer les dragons à l'aide des effluves aigres.

Pourtant, Bradeus avait affirmé avoir attiré le sournius pour qu'il le débarrasse d'elle. Or, Deirdra ne se souvenait pas d'avoir humé l'odeur produite par les griffes du cinquième doigt des femelles sourni dans la clairière où elle avait affronté son premier dragon. Et même si son maître l'avait utilisée, elle ne serait sans doute pas restée assez longtemps pour appâter le monstre : la pluie torrentielle qui tombait ce jour-là aurait nettoyé les surfaces rayées par Bradeus. Avait-il donc suffi d'un bœuf pour que le sournius se présente à l'endroit choisi par son maître ?

Deirdra avait du mal à le croire : l'averse avait couvert sa propre odeur, elle avait probablement eu le même effet sur les émanations du bovin. Bradeus avait donc dû recourir à un autre moyen pour attirer le dragon, mais lequel ?

« Tu es certaine qu'il n'a jamais laissé filtrer la moindre information devant toi au cours de ta formation ? insista Thad en interrompant ses conjectures.

— Je peux peut-être vous aider... » fit une toute petite voix avant que Deirdra ait eu le temps de répondre.

Sous l'attention soutenue de ses deux compagnons, Jiria rougit.

« Qu'est-ce que tu sais ? s'enquit avidement Thad

— Pas... pas grand-chose, se dépêcha de prévenir la jeune fille.

— Parle sans crainte », dit Deirdra d'un ton rassurant.

Jiria se tourna vers la tueuse de dragons le temps de reprendre contenance et débuta :

« Il y a un soldat qui vient voir maître Bradeus régulièrement. Je le sais parce qu'il n'y a pas beaucoup de gens qui nous rendent visite et parce qu'il apporte toujours de l'or à maître Bradeus.

— À quoi ressemble-t-il ? demanda Thad.

— Je n'ai jamais eu le temps de bien le regarder, parce que je suis généralement dans la maison quand il vient et que lui se tient dehors tant que maître Bradeus ne l'autorise pas à entrer. Il porte toujours une cuirasse en peau de dragon et un heaume, comme les soldats. J'ignore comment il s'appelle.

— En peau de dragon ? releva Deirdra. Quelle sorte de dragon ?

— Je ne sais pas. Il passe à la fin de la journée, il fait toujours trop sombre pour que je distingue bien la couleur.

— Des écailles de dragon... répéta Thad d'un ton songeur. Ça peut être n'importe quel membre de l'armée de Xorond ou de Volter. Tu peux nous dire autre chose sur son apparence ? »

Jiria hocha la tête.

« Il est très grand, presque aussi grand et costaud que maître Bradeus. C'est comme ça que je le reconnais chaque fois. Avant d'aller à sa rencontre, maître Bradeus m'ordonne toujours de m'enfermer dans la chambre. Il fait ça d'habitude quand il reçoit des gens chez lui. »

Un frisson parcourut son corps.

« Continue, l'encouragea Deirdra.

— Ce que je sais, je l'ai entendu en collant mon oreille sur la porte une fois, il y a quelques mois. Maître Bradeus m'aurait tuée s'il avait su que j'avais écouté, mais j'étais curieuse.

— Qu'est-ce que tu as entendu ? s'enquit le capitaine.

— Que le soldat servait un seigneur. Il n'a pas dit lequel. Ce seigneur voulait maintenant connaître le moyen de diriger les dragons, c'est ce que le soldat a dit, et qu'il avait tout l'or qu'il fallait pour payer. Maître Bradeus a longtemps parlementé, comme s'il ne voulait pas céder, mais l'autre lui a rappelé qu'il lui en devait bien une, je n'ai pas compris pourquoi. Alors, maître Bradeus a accepté et il lui a dit comment s'y prendre pour diriger les dragons. Ensuite, le soldat est parti et maître Bradeus m'a permis de sortir de la chambre.

— Alors, quel est ce moyen ? la pressa Thad.

— Il parlait bas et je n'entendais pas tout, répondit Jiria piteusement. Tout ce que je sais, c'est que ça a un lien avec les femelles, parce que j'ai entendu maître Bradeus dire que les dragons mâles sont toujours attirés par leurs femelles et que le soldat a fait des blagues à propos des hommes. »

Ses joues rougirent de plus belle.

Ils gardèrent le silence un moment, puis l'officier revint à la charge :

« Tu ne te souviens de rien d'autre ? »

Le visage carré de la Nordire se crispa sous l'effort. Thad et Deirdra étaient suspendus à ses lèvres. Soudain, les traits de la fille s'éclairèrent.

« Quand je suis sortie de la chambre, j'ai remarqué que maître Bradeus n'avait plus son pendentif. Vous savez, ajouta-t-elle à l'adresse de Deirdra, l'espèce de morceau de bois rond avec un bec… »

La tueuse de dragons hocha vigoureusement la tête. Comment aurait-elle pu oublier cet objet dont la texture râpeuse avait égratigné sa chair un nombre incalculable de nuits ? Elle avait toujours supposé que le pendentif était la reproduction d'une partie quelconque d'un dragon – un os de la queue ou de la colonne vertébrale d'un sournius ou d'un minusius, d'après sa taille.

« Il a dû le lui donner, parce que je ne l'ai jamais revu après », conclut Jiria en mordant pensivement dans un bout de fromage.

◆

Épuisée par sa journée, l'adolescente dormait profondément, roulée en boule au pied d'un érable. Thad et Deirdra avaient échangé à voix basse pendant quelque temps. La tueuse de dragons en avait profité pour parler au capitaine de la découverte qu'elle avait effectuée dans la forêt de Gilis, quand elle avait coupé la griffe du pentalule de la femelle colossius. Elle s'abstint néanmoins de lui révéler qu'elle avait testé l'ongle, car elle soupçonnait que le capitaine ne serait pas ravi d'apprendre qu'elle avait essayé d'appâter un dragon à proximité de la forêt de Galeg et des monts de Maestas.

Quand elle eut fini de lui parler de l'odeur dégagée par la griffe, Thad lui demanda :

« D'après toi, à qui Bradeus aurait-il cédé le secret pour contrôler les dragons : Petrior, Jeriad ou Lanfas ? J'aurais tendance à soupçonner Petrior, mais disons que je ne suis pas tout à fait impartial en ce qui le concerne… »

Il esquissa une moue ironique.

« N'oublie pas que Lanfas a envoyé Javor interroger ton ancien maître. Au fait, ajouta-t-elle en se remémorant un détail, pourquoi a-t-il posé des questions sur toi ? »

L'officier haussa les épaules.

« Qui peut deviner les motifs qui animent l'esprit tordu de Lanfas ? J'ai parfois l'impression que Lanfas lui-même a du mal à saisir les raisons qui le poussent à agir ! Comme j'ai contribué à la plupart de ses défaites contre Horacius, avant le traité de Codmus, il voulait peut-être jeter le discrédit sur moi, mais Petrior l'a pris de vitesse...

— Peut-être, fit Deirdra, d'autant plus sceptique que l'officier avait évité son regard en parlant. Ou peut-être qu'il y avait autre chose.

— Ce n'est pas suffisant que je sois un tueur de dragons ? » rétorqua son compagnon, exaspéré.

La jeune femme n'insista pas. Elle ne voulait pas blesser Thad une deuxième fois, même si elle était de plus en plus convaincue qu'il lui mentait. Elle dit plutôt :

« En tout cas, c'est certain que ce n'est pas Jeriad qui détient le secret. Il ignorait qu'il était possible de contrôler les dragons et Bradeus a dit qu'il n'avait pas assez de fonds pour s'offrir ses services... Il n'en a même pas assez pour équiper son armée avec des cuirasses en peau de dragon. En plus, il ne veut pas avoir affaire aux tueurs de dragons, ajouta-t-elle en se remémorant l'échange qu'elle avait surpris entre le vieux seigneur et Petrior.

— Je ne l'écarterais pas tout de suite. Il pourrait feindre le dénuement et son ignorance du secret pour donner le change à Lanfas...

— Mais pourquoi nous aurait-il confié cette mission, alors ?

— Tu as affirmé travailler pour la seigneurie de Xorond. Jeriad espère peut-être que tu diras à Lanfas qu'il ne connaît rien aux dragons. Tu connais mal Jeriad. Horacius m'a raconté que, dans sa jeunesse, il passait son temps à fomenter des complots tous plus compliqués les uns que les autres. Et même s'il était en position d'infériorité à la bataille de Codmus, il a su s'allier au seigneur le plus fort sans perdre ses terres. Ça en révèle long sur sa rouerie. Je le soupçonne d'ailleurs de s'être entouré de conseillers à son image... et j'inclus Marvone dans le lot. Les fois où je l'ai rencontrée, elle m'a donné l'impression d'être prête à tout pour retourner dans les bois d'où son père l'a tirée.

— Ça se comprend, dit Deirdra, pensive. Entre la possibilité de débiter des bêtises en prétendant qu'elles viennent des esprits de la nature et celle d'être l'esclave des caprices d'un vieillard sénile puis d'un mari, le choix n'est pas difficile à faire. Et c'est vrai que Jeriad n'est pas différent des autres seigneurs quand il s'agit de vouloir prendre le contrôle de l'Austrion. Ils sont tous assoiffés de pouvoir.

— Ce n'était pas le cas d'Horacius. Il a toujours affirmé que c'était dangereux de confier la direction de la totalité de l'Austrion à seul homme, que cela risquait d'entraîner des abus de pouvoir, des guerres et des séparations. Il disait que nous devions tirer une leçon du conflit qui avait amené les seigneurs à quitter le Meridion et à s'établir ici. C'est pourquoi il a refusé de prendre le contrôle des trois seigneuries, même s'il en a eu l'occasion à la bataille de Codmus. Tu imagines Lanfas, Petrior ou Jeriad gouvernant l'ensemble de l'Austrion? lança Thad en grimaçant.

— J'oubliais le noble Horacius, ne put s'empêcher de persifler la jeune femme. Et toi aussi, d'ailleurs. Pourquoi l'as-tu écarté de ta liste, alors qu'il payait les maîtres afin qu'ils continuent à former des tueurs de dragons? N'essaie pas de me faire avaler que tu n'étais pas au courant! Le fidèle capitaine d'Horacius connaissait forcément une telle information.

— Bien sûr que je le savais. Monseigneur me disait tout… ou presque. Je suis convaincu que s'il avait détenu le moyen de contrôler les dragons, il m'en aurait informé. En ce qui concerne le financement de l'apprentissage des tueurs de dragons, j'ai souvent recommandé à monseigneur d'arrêter; ses soldats étaient assez braves et assez bien formés pour qu'il évite de s'en remettre aux tueurs de dragons. Monseigneur affirmait que son armée était trop précieuse pour qu'il la sacrifie à ces monstres. C'était notre seule source de désaccord, et la seule affaire liée à l'administration de Volter dont il s'abstenait de me parler ou même de garder des traces. J'ignore encore aujourd'hui combien il leur versait ou qui de mes hommes il chargeait d'aller leur livrer leur salaire.

— Il faut protéger les petits soldats, mais les tueurs de dragons, eux, on peut se permettre de les sacrifier en quantité, pas vrai ? s'insurgea la jeune femme. Et surtout, il ne faut pas admettre publiquement qu'on trouve drôlement utile qu'ils débarrassent des dragons les seigneuries !

— Je t'ai dit que je n'étais pas d'accord, Deirdra. J'ai essayé de modifier les choses. Peut-être même que j'y serais arrivé, si seulement…

— Si seulement Horacius n'était pas mort avant ? Si seulement Petrior n'était pas venu troubler tes plans ?

— Je pensais que tu ne croyais pas à cette histoire de manipulation, surtout maintenant que tu commences à me connaître. Si j'étais si doué pour tirer les ficelles, pourquoi monseigneur ne m'a-t-il jamais écouté quand je lui disais de ne plus verser de salaire aux maîtres des tueurs de dragons ? »

Deirdra haussa les épaules.

« Qu'en sais-je ? Je ne suis pas dans ta tête !

— Si j'étais un si bon manipulateur, je ne serais pas ici en train de fuir les trois armées de l'Austrion ! » s'exclama Thad.

Jiria s'agita dans son sommeil et gémit doucement. Deirdra lissa ses cheveux dans un geste réconfortant. La jeune fille se rendormit et le capitaine reprit, un ton plus bas :

« Si j'avais ce talent, j'aurais convaincu mes hommes de ne pas partager ma disgrâce. C'est ma faute s'ils sont sur le point d'être exécutés. Je jure sur l'esprit de ma femme et de ma fille que je mettrai tout en œuvre pour les sauver, même si je dois y perdre la vie. »

Devant la ferveur du capitaine, Deirdra éprouva un peu de remords de l'avoir accusé de manipulation. Elle laissa quelques secondes s'écouler, pendant lesquelles son compagnon s'abîma dans ses réflexions, puis elle dit doucement:

« Ce n'est pas ta faute si tes hommes ont été capturés par les soldats de Jeriad. Ce sont de grands garçons, ils peuvent prendre leurs décisions par eux-mêmes... sans compter que tu les encourages à le faire. »

Thad resta silencieux. La jeune femme poursuivit:

« Tu l'as dit toi-même: tu n'es plus leur capitaine. Ce choix, ils l'ont fait de leur plein gré. »

Comme le barbu ne réagissait toujours pas, Deirdra poussa un soupir agacé et s'allongea sur le sol irrégulier pour dormir. Elle entendit Thad l'imiter après quelques instants. Il murmura à contrecœur, d'une voix à peine audible:

« Tu as sans doute raison, mais j'ai l'habitude de me porter garant de mes hommes. »

Sur ce, il se tut. Un loup hurla au loin. Un rapace nocturne lui répondit. Le silence leur succéda, troublé uniquement par l'écoulement régulier de la rivière. Fidèle à son habitude, Deirdra échoua à trouver le sommeil et, à en juger par la respiration saccadée et les mouvements brusques de Thad qui se tournait et se retournait par terre, elle n'était pas la seule.

◆

Un peu avant les premières lueurs du jour, la tueuse de dragons se leva, lasse de chercher un repos qui refusait de venir. Thad avait pris une décision identique avant elle, puisqu'elle l'avait entendu s'éloigner dans la forêt quelques instants plus tôt. Jiria, elle, dormait toujours à poings fermés.

L'esprit embrouillé par le manque de sommeil, la jeune femme préleva un peu de dragonne de son sachet et l'aspira. Elle voulut se mettre en quête de l'officier, mais celui-ci apparut au même moment sur le chemin menant à la rivière.

« Bien dormi ? demanda-t-il d'un ton ironique, un nuage de condensation s'échappant de ses lèvres.

— Très bien, rétorqua Deirdra sur le même ton. Toi aussi ?

— En effet.

— Je réveille Jiria ?

— Attendons l'aube. Il y en aura au moins une parmi nous qui se sera reposée. »

Deirdra acquiesça et, pendant que Thad préparait le petit déjeuner, elle descendit à la rivière et lava son visage. L'eau glacée acheva de dissiper la brume qui avait envahi son cerveau à cause du manque de sommeil. Un bruit diffus capta son attention. Intriguée, elle le suivit en évitant de produire le moindre son. Elle reconnut bientôt des grognements qui s'élevaient derrière le rideau des arbres. Deirdra s'approcha furtivement d'un tronc large et jeta un coup d'œil derrière.

Deux jeunes sourni se disputaient la dépouille d'un cerf. Leurs écailles étaient d'un bleu-vert plus pâle que celui des adultes et ils avaient la grosseur d'un minusius. Deirdra les identifia comme des mâles à cause de leur couleur unie et brillante plutôt que terne et mouchetée de bleu foncé. Vu leur taille, ils ne devaient pas avoir plus de sept ans, les sourni parvenant à maturité vers l'âge de quinze ans. Comme la capacité à cracher du venin apparaissait à la puberté, Deirdra savait que les deux petits dragons n'étaient pas en mesure de le faire. Ils n'en étaient pas moins dangereux : leurs griffes, bien qu'elles fussent minuscules par rapport à celles d'un adulte, auraient pu éviscérer un homme d'un seul coup et, d'après le combat âpre qu'ils se livraient, leur vitesse n'avait rien à envier à celle d'un minusius.

Instinctivement, la jeune femme porta la main à la poignée de son épée. Si elle tuait les petits monstres, elle pourrait empocher un joli pactole pour leur dépouille, surtout en y ajoutant ce qu'elle avait retiré du cadavre de la femelle colossius dans la forêt de Gilis.

Les paroles de maître Corsas retentirent dans son esprit :

La race des dragons va bientôt s'éteindre.

La jeune femme lâcha son arme et recula silencieusement. Tuer les mâles qui ravageaient l'Austrion ne lui posait aucun problème moral. Néanmoins, depuis sa rencontre avec l'ancien maître de Thad, elle n'était plus certaine de vouloir exercer la vengeance d'Ubad sur les petits dragons ou les femelles : à quoi bon devenir la plus grande de tous les tueurs de dragons, si sa profession sombrait dans l'oubli, faute de proies à éliminer ?

Elle retourna au campement. Thad et Jiria avaient commencé à manger.

« Nous avons un problème, annonça-t-elle de but en blanc en s'emparant d'un bout de pain. Plus bas, le long de la rivière, des petits sourni sont en train de se disputer une proie. Il va falloir faire un détour. »

Le capitaine caressa sa barbe d'un air songeur.

« Si nous traversons la rivière, nous allons encore gaspiller un temps précieux.

— Revenons vers l'ouest, dans ce cas. La troupe de Nuceg a probablement perdu notre piste et mis le cap sur Queltiar.

— Les soldats ne sont pas tous aussi incompétents que tu le penses, Deirdra, objecta Thad. Néanmoins, tu as raison. Regagnons l'orée de la forêt. »

Ils ramassèrent rapidement leurs couvertures et se remirent en route en direction du sud-ouest. La tueuse de dragons et l'officier exerçaient une vigilance constante et changeaient de trajectoire dès qu'ils repéraient des arbres ou des pierres lacérés ou les traces fraîches d'un monstre. Agir de la sorte les ralentissait considérablement, mais cela leur évitait des mauvaises rencontres dans la forêt.

Vers la fin de la journée, ils atteignirent un à-pic au pied duquel une rivière s'écoulait.

« C'est la Lettoseus, dit aussitôt Jiria. Maître Bradeus m'a trouvée ici, quand j'avais environ sept ans. Je vivais avec mon père adoptif, un ancien tueur de dragons qui s'était reconverti en chasseur. C'est lui qui m'a dit que mon vrai père était aussi un tueur de dragons qui s'était fait dévorer par un colossius. Quant à ma mère, il m'a raconté qu'elle était morte en me mettant au monde. Lorsque mon père adoptif partait dans la forêt, je voulais toujours aller avec lui, mais il me laissait chez nos voisins. Un jour, par contre, il m'a amenée ici. Maître Bradeus nous attendait. Mon père adoptif et lui ont discuté à voix basse pendant quelques instants, puis Bradeus est venu m'examiner. Il a dit qu'il allait me prendre avec lui, mais mon père adoptif a dit qu'il avait changé d'idée et qu'il n'était plus d'accord. C'est alors qu'un jeune sournius a attaqué. Je l'ai vu foncer sur mon père adoptif et le dévorer. Pendant que le dragon était occupé à manger mon père, maître Bradeus en a profité pour filer avec moi. Il m'a ramenée chez lui… »

Sa voix se brisa.

« Tu n'as jamais essayé de t'enfuir ? » demanda Thad.

Jiria secoua la tête.

« Je savais qu'il me tuerait si j'essayais. En plus, il avait promis de me montrer comment devenir une tueuse de dragons pour que je puisse venger mon père adoptif et mon vrai père…

— Il savait comment s'y prendre, maugréa Deirdra.

— Silence ! » souffla Thad en dégainant son épée.

Deirdra l'imita aussitôt. Jiria se raidit. Seuls parvenaient à leurs oreilles le gazouillis d'un oiseau et le grondement de la rivière.

« Qu'est-ce que… » murmura la grande Nordire.

La tueuse de dragons perçut le son d'un cheval qui s'ébrouait quelque part dans la forêt.

« On fonce ! » s'écria-t-elle en talonnant sa monture.

Le destrier bondit. Celui de Thad l'imita et dépassa rapidement la cavale des deux femmes. Alors que la lumière diurne décroissait, ils galopèrent sur la pente abrupte qui longeait le torrent. Le bruit de sabots lancés à la course s'éleva derrière Deirdra. Elle jeta un coup d'œil par-dessus son épaule et découvrit la silhouette de quatre cavaliers qui descendaient vers eux à toute allure, leur coursier grignotant à chaque enjambée une parcelle de l'avance de la tueuse de dragons.

« Par les couilles de Maestas ! » jura-t-elle.

Sa monture était trop chargée pour distancer ses poursuivants. Devant elle, Thad ralentit sa cadence. Deirdra et Jiria le rejoignirent.

« Qu'est-ce que tu fabriques ? lui cria la jeune femme. Va-t'en !

— Je ne vous abandonnerai pas ! dit le capitaine sur le même ton.

— On peut se défendre toutes seules ! Fiche le camp ! »

Le cheval des deux femmes hennit de douleur et l'une de ses pattes postérieures se déroba. La tueuse de dragons découvrit le manche d'une dague qui dépassait de sa croupe, à courte distance de la jambe gauche de Jiria.

« Notre monture est blessée ! lança-t-elle à Thad alors que celui-ci les dépassait à nouveau. File ! Je vais les retenir ! »

Le destrier perdit peu à peu de la vitesse, jusqu'à s'arrêter complètement sur le bord de la falaise abrupte. Quelques pieds plus bas, le torrent s'écoulait dans un rugissement furieux.

« Salut, la balafrée ! » fit la voix glaciale de Tortir.

Tout en obligeant la monture à tourner d'une main, la jeune femme dégaina son épée de l'autre. Elle eut du mal à manœuvrer, la présence de l'adolescente derrière elle entravant ses mouvements.

Une expression hostile sur leurs traits, les quatre soldats de la troupe de Queltiar s'étaient déployés pour leur barrer le chemin. Tous avaient leur épée à la main et leur bouclier au bras, à l'exception de Femin, qui tenait seulement une courte dague.

« Rendez-vous sans causer d'ennuis », dit Nuceg.

Deirdra s'aperçut que Thad avait rebroussé chemin et qu'il était revenu à leur hauteur.

« Qu'est-ce que tu fais encore ici ? » lui demanda-t-elle sèchement.

Un sourire étira la trop grande bouche du capitaine. Il descendit de sa monture sans répondre à la question de la tueuse de dragons. Il ordonna plutôt, en fixant cette dernière avec insistance :

« Deirdra, Jiria, obéissez. Cette fois, ils ont gagné. »

Deirdra le toisa d'un air perplexe : le capitaine voulait donc qu'elles se rendent sans livrer bataille ? Jiria obéit avec une mine inquiète. Elle ne semblait pas comprendre non plus le geste et les paroles de Thad.

« Qu'est-ce que vous fabriquez ? s'enquit Nuceg. Reste en... »

Il ne put terminer : Thad avait saisi la main de Jiria et s'était jeté en bas de l'à-pic en tirant l'adolescente à sa suite. Deirdra vit deux têtes, l'une brune, l'autre rousse, crever brièvement la surface de la rivière avant de disparaître, emportées par le courant.

« Par les nageoires de Lettir ! » jura Plasdos.

Profitant de la distraction des guerriers de Queltiar, la tueuse de dragons bondit en bas de sa monture, passa en courant devant celle de Thad et sauta à son tour de la falaise.

Elle heurta si durement la rivière qu'elle lâcha son épée, puis elle coula. Au contact de l'élément glacé, son cœur rata un battement. Comme sa cotte de mailles l'attirait vers le fond, elle remua vigoureusement les bras et les jambes pour remonter à la surface. Elle parvint à avaler une goulée d'air, puis sombra de nouveau. Elle sentit le fluide s'infiltrer dans ses poumons alors que le courant l'entraînait toujours plus vers le centre du torrent. Dans une tentative désespérée pour se hisser hors de l'eau, elle glissa un bras, puis l'autre hors de sa cotte de mailles et la fit passer par-dessus sa tête. L'armure disparut au fond de la rivière et la jeune femme réussit à remonter à la surface. Elle cracha le liquide qui emplissait sa bouche et aspira une profonde bouffée d'air froid. La rivière la charriait de plus belle dans sa course folle. Deirdra tenta d'y résister, sauf que la pression de l'eau était trop forte. Tout à coup, une forme sombre se dressa devant elle. La jeune femme percuta le récif de plein fouet. Une onde de souffrance la submergea et elle perdit connaissance.

◆

Deirdra avait froid, terriblement froid. Tout son corps tremblait, prisonnier d'un cocon glacé de vêtements humides. Son bras l'élançait terriblement. Autour d'elle, les silhouettes obscures des arbres se dressaient, dominées par le ciel moucheté d'étoiles indifférentes. La jeune femme entendait la rivière gronder à quelques pas d'elle. Il s'en était fallu de peu que les flots noirs l'engloutissent à jamais. Comment avait-elle réussi à leur échapper et à se traîner sur la rive ? Où étaient Thad et Jiria ? Étaient-ils arrivés à s'arracher, eux aussi, aux griffes du courant ?

Cela faisait trop de questions pour son esprit épuisé. Elle referma les paupières et demeura prostrée sur le sol dur. Au bout d'un laps de temps indéterminé, elle sentit des mains se glisser sous elle et la soulever. Elle voulut protester, seulement elle ne parvint qu'à émettre un vague grommellement avant de sombrer de nouveau dans l'inconscience.

Deirdra se réveilla en sursaut. Un éclair de douleur traversa son avant-bras blessé. Elle entendit des voix masculines indistinctes à proximité. Elle entrouvrit les paupières avec difficulté. Elle était allongée sur un matelas et une couverture de laine épaisse couvrait son corps. Les poutres du toit de chaume au-dessus de sa tête se mirent à tourner. Elle s'empressa de refermer les yeux et les ténèbres l'engloutirent.

Des murmures lointains et des rires d'enfants la tirèrent encore une fois du sommeil. Elle se trouvait toujours sur le lit, enveloppée dans la chaude pièce d'étoffe. Elle risqua un coup d'œil autour d'elle et découvrit qu'elle se trouvait dans une petite chambre aux murs de pierre qui était plongée dans la pénombre. Des rideaux avaient été tirés devant une fenêtre et un battant de planches scellait l'entrée de la pièce. Des vêtements soigneusement pliés avaient été posés sur un banc à côté de sa couche. Deirdra se rendit compte qu'elle portait une longue chemise de lin au lieu de ses habits. Elle repoussa la couverture et s'assit sur le matelas, ce qui lui donna le tournis. Un élancement émana de son avant-bras. Elle posa la main dessus et constata qu'un bandage protégeait sa plaie.

Nauséeuse, la bouche pâteuse, l'esprit embrouillé, elle gratta son crâne râpeux et songea qu'elle n'aurait pas volé un rasage ni – surtout – une dose de dragonne. Elle tâcha de mettre de l'ordre dans ses idées. Les événements qui avaient précédé sa perte de conscience lui revinrent en bloc. Elle porta immédiatement la main à son cou. Le collier de griffes de dragons n'y était plus et, plus préoccupant encore, son sachet non plus.

Deirdra se leva. Ses jambes flageolèrent, mais ne se dérobèrent pas. Elle ferma brièvement les paupières pour apaiser ses étourdissements, puis elle se dirigea vers la porte et appuya sur la poignée. Le battant ne s'ouvrit pas. Elle le secoua un peu plus fort, sans obtenir d'autre réaction. Elle était enfermée.

La jeune femme s'approcha de la fenêtre, qui était trop petite pour qu'elle puisse s'y faufiler, et écarta légèrement les rideaux. Elle plissa les yeux sous les rayons du soleil, puis distingua des petites maisons au toit de paille et aux murs de pierre. Trois enfants habillés de tuniques et de pantalons bruns s'amusaient avec des cailloux et des bâtons près d'une habitation, tandis que deux femmes les surveillaient en reprisant et en bavardant. Tous avaient la peau olivâtre, les cheveux noirs et les yeux en forme d'amande des Nordirs. Deirdra supposa qu'elle était soit à Volis, soit à Frodis, les deux villages du peuple du nord situés au cœur de la forêt de Galeg.

La tueuse de dragons replaça le rideau et constata que la couche de crasse qui s'était incrustée dans ses ongles avait disparu. Elle enfouit son visage dans sa chemise, huma son corps et reconnut le parfum du savon. On l'avait lavée ! Qui donc l'avait ramassée, soignée et nettoyée ?

Elle se mit à fouiller la chambre en quête d'indices, de dragonne ou d'un moyen pour gagner l'extérieur. La pièce sobrement meublée n'était pas grande, il y avait donc peu de choses à examiner. Elle souleva les draps et regarda en dessous du lit. Bien qu'elle dût s'arrêter fréquemment pour réprimer les vagues de nausée et les vertiges causés par le manque de drogue, elle fit rapidement le tour de l'endroit. Il fallait qu'elle se rende à l'évidence : il n'y avait ni clef, ni arme, ni dragonne dans la pièce. La colère embrasa l'esprit de Deirdra, alors qu'un nouvel accès de mal de cœur l'assaillait. Elle devait absolument sortir de là pour se procurer de la dragonne… mais pas dans son accoutrement actuel. Elle s'empara des vêtements posés sur le banc et les enfila. Il y avait une tunique et un pantalon bruns identiques à ceux que portaient les gamins à l'extérieur, de gros bas de laine, une courte culotte blanche et ses vieilles bottes en cuir de minusius. Les habits flottaient autour d'elle, elle les ajusta du mieux qu'elle put en glissant la tunique dans le pantalon et en roulant le bas de celui-ci.

La porte de la chambre s'ouvrit alors qu'elle finissait de s'habiller. Deirdra leva péniblement les poings, prête à défendre chèrement sa vie. Une femme replète aux longs cheveux poivre et sel retenus en un chignon serré apparut, chargée d'un plateau sur lequel reposaient un gobelet, un morceau de pain et un bol fumant. Le ventre de Deirdra émit un gargouillement pitoyable. Elle l'ignora : l'inconnue pouvait être dangereuse. Même si ses jambes vacillaient, elle réussit à conserver sa position défensive.

« Tiens, vous êtes réveillée ! constata la femme dans le langage des Nordirs. Ne vous inquiétez pas, allez, je ne vous veux pas de mal ! »

Elle fit un pas en direction de Deirdra. Cette dernière recula, méfiante, et chercha à extirper du chaos de ses pensées ses notions de langue nordire :

« Qui… être-vous ? Où… être moi ? Que… moi fais ici ?

— Je m'appelle Clode. Vous êtes dans le village de Frodis. Un homme vous a confiée à nous quand vous étiez inconsciente. Il nous a demandé de vous soigner.

— Un homme ? Qui ? Quand m'amener ici ? Qui être “nous” ? »

La bouche de la femme se crispa. Sans doute éprouvait-elle une certaine nervosité à côtoyer une « fauteuse de troubles » en manque de dragonne.

« Nous, c'est moi et mon mari, Bretis. Quant à l'homme qui vous a amenée ici, il a refusé de se nommer.

— Lui a… cheveux longs et yeux bruns, barbe… et bouche… ? »

Faute de se rappeler le mot nordir pour « grande », Deirdra fit mine d'étirer ses propres lèvres à l'aide de ses doigts. Elle avait conscience de commettre plusieurs erreurs en formulant ses questions, mais il y avait longtemps qu'elle n'avait pas tenu de conversation en langue nordire.

Heureusement, son interlocutrice semblait comprendre son baragouinage, car elle acquiesça. Deirdra se détendit quelque peu et s'enquit :

« Moi être… combien de temps ? »

Elle mima l'inconscience.

« Deux jours. Vous devez être morte de faim. Tenez, je vous apporte une bonne soupe. »

La Nordire posa le plateau sur le lit et regagna l'embrasure de la porte.

« Si vous avez besoin d'autre chose, faites-moi signe. »

De fait, la tueuse de dragons avait besoin de réponses aux dizaines de questions qui se pressaient à ses lèvres, mais elle voyait que Clode n'aspirait qu'à couper court à la conversation et à refermer le battant. En conséquence, elle se limita à formuler une seule interrogation :

« Pourquoi moi enfermée ici ?

— C'est un ordre de l'homme qui vous a confiée à nous.

— Quoi ? Mais pourquoi ?

— Il faudra le lui demander.

— Où être il ?

— Probablement au village. Il cherchait un cheval. Il devrait passer bientôt, il vient s'informer de vous régulièrement. Allez, mangez, ça vous fera du bien. Vous êtes toute pâle. »

Sur ce, Clode saisit la poignée de la porte et la referma dans un claquement sec.

De son bras valide, Deirdra saisit le quignon de pain et le lança brutalement contre le battant. De quel droit Thad se permettait-il de la garder prisonnière ? De quel droit l'empêchait-il de se procurer de la dragonne ?

Un étourdissement suivi d'un nouveau gargouillis freina sa rage. Elle eut l'impression qu'un gouffre béant s'ouvrait en elle. Elle revint vers la couche, saisit le bol fumant qui contenait une soupe épaisse où flottaient des morceaux de viande et de légumes. Elle engloutit ces derniers et le bouillon sans se soucier de la cuillère que Clode lui avait fournie. Elle alla ensuite récupérer le morceau de pain et le dévora en alternant avec des gorgées prises à même le pichet, qui était rempli d'eau tiède.

Le repas terminé, elle se laissa tomber sur le lit, le ventre plein et assaillie de nouvelles nausées parce qu'elle avait mangé trop vite... et qu'elle n'avait toujours pas comblé son besoin le plus pressant. Elle devait absolument sortir de la chambre et trouver un apothicaire.

Elle se dirigea d'un pas vacillant vers la porte et fit encore un essai pour l'ouvrir. Le panneau résista à sa faible tentative et de nouveaux vertiges s'emparèrent d'elle, accompagnés de bouffées de chaleur désagréables. Deirdra fut obligée de se coucher et de fermer les paupières. Elle entendit une clef s'enfoncer dans la serrure de la porte et la déverrouiller.

« Bonjour Deirdra, dit Thad.

— Tu m'apportes de la dragonne ? »

Elle n'eut pas à écarter les paupières pour savoir qu'il secouait la tête avec une expression de découragement.

« Je te porte dans mes bras jusqu'ici, je te lave, je te soigne et tu me demandes où j'ai mis ta drogue ? De rien, Deirdra, ça m'a fait plaisir. »

La jeune femme se redressa précautionneusement sur le lit, le dos raide et le cou droit afin d'éviter de provoquer un accès de tournis. Elle s'assit sur le matelas et toisa froidement le capitaine. Comment aurait-elle pu éprouver de la gratitude ? Ne lui avait-il pas pris sa drogue et son collier de griffes une deuxième fois ?

« Tu m'en devais une de toute façon, dit-elle. Alors, tu as de la dragonne ?

— Non, je n'en ai pas. Tu n'avais pas ton sachet sur toi quand je t'ai dévêtue. Il doit être tombé dans la Lettoseus avec ton collier. »

Deirdra eut une pensée pour la griffe du pentalule de la femelle colossius : l'une des clefs du mystère entourant les attaques des dragons était désormais au fond d'une rivière ! Cependant, son besoin de dragonne était trop puissant pour qu'elle éprouve une émotion plus violente qu'une contrariété aussi brève que faible.

« Il doit bien y avoir un apothicaire dans ce trou perdu ! s'exclama-t-elle. Va lui en acheter !

— Non, Deirdra », dit-il fermement.

La dureté de son regard fit comprendre à la jeune femme qu'elle n'obtiendrait rien par la rage et les insultes. Elle se composa un masque enjôleur et dit :

« Si tu m'apportes de la dragonne, je t'offrirai tout ce que tu veux.

— Très bien. Je veux que tu arrêtes de consommer cette cochonnerie.

— Je m'offre tout entière et c'est ça qui t'intéresse ? s'exclama-t-elle, incrédule. C'est quoi, le problème ? Tu as évalué la marchandise quand tu m'as déshabillée et tu n'as rien trouvé à ton goût ? Je ne suis pas ton type ?

— Non, en effet. Je préfère les femmes qui se donnent à moi parce qu'elles me désirent, pas parce que je suis susceptible de leur procurer de la drogue en échange.

— Tu ne dois pas en trouver beaucoup.

— J'en avais trouvé une. Je l'ai même épousée.

— Pour ce que ça t'a rapporté… »

Une vive colère envahit le visage de Thad et il crispa les poings.

« Vas-y, frappe-moi ! s'écria Deirdra. Ça t'a plu la première fois, hein ? Tu meurs d'envie de recommencer, je le vois bien. Bats-moi, si ça te fait du bien, puis rapporte-moi de la dragonne ! »

Le barbu inspira profondément et, au prix de ce qui semblait exiger un grand effort, il reprit le contrôle de lui-même.

« Je repasserai plus tard », dit-il froidement.

Il referma la porte derrière lui. Deirdra se précipita sur le panneau et le roua de coups de poing et de coups de pieds en hurlant :

« Tout ça, c'est ta faute ! J'étais bien avant de te rencontrer ! J'étais heureuse ! »

Elle s'acharna quelques instants sur le battant en injuriant Thad, puis l'épuisement la gagna. Elle posa le dos contre la porte et se laissa doucement descendre jusqu'au sol. Des larmes s'échappèrent de ses yeux et glissèrent le long de sa cicatrice.

« J'ai tout perdu ! J'ai tout perdu à cause de toi ! murmura-t-elle. Même le peu de fierté qu'il me reste ! Je ne veux plus jamais te voir ! »

Elle asséna encore quelques coups rageurs sur le sol, puis la nausée la terrassa. Elle replia ses jambes contre sa poitrine, les entoura de son bras valide et donna libre cours à ses sanglots.

◆

Avec chaque heure qui passait, les symptômes du manque devenaient de plus en plus cuisants. Recroquevillée sur le lit, le corps parcouru de frissons irrépressibles, Deirdra rongeait l'ongle d'un de ses pouces tout en fixant le mur. Son esprit monopolisé par son besoin dévorant de dragonne échouait à produire la moindre pensée lucide.

La pénombre avait succédé à la lumière diurne sans que Thad revienne. Clode était passée et avait posé un nouveau plateau près du lit. Malgré l'odeur alléchante qui en émanait, Deirdra avait tourné le dos à la nourriture et n'avait pas adressé le moindre mot à la femme. Cette dernière n'avait d'ailleurs pas cherché à engager la conversation.

Un rai orangé dissipa une partie de l'obscurité alors que le battant pivotait sur lui-même. Une silhouette apparut dans l'embrasure de la porte. Deirdra ne se donna pas la peine de détacher son regard du mur. Elle se contenta de murmurer :

« Achève-moi. Je veux crever. »

Thad referma le panneau et s'assit au chevet de la tueuse.

« Toi qui as éliminé neuf dragons, tu veux mourir ? dit-il en feignant l'étonnement. Ça ne te ressemble pas. »

Les traits de Deirdra se crispèrent, mais la réplique assassine ne vint pas. Au contraire, la tueuse de dragons resserra les bras autour de son corps tremblant et rectifia d'un ton à peine audible :

« Peut-être dix… pas la peine… plus de preuves.

— Qu'est-ce que tu dis ? »

Toute trace d'humour s'était évanouie de la voix de Thad et avait été remplacée par une inquiétude qui paraissait sincère. Il posa la main sur le front brûlant et humide de sueur de Deirdra.

« A… chève-moi, sale bâtard. »

Elle cherchait à le provoquer. L'homme, contrariant, ne releva pas l'insulte. Il se leva et s'éloigna. La lumière des flammes qui crépitaient dans l'âtre de la pièce principale envahit la chambre. Deirdra grimaça et enfouit son visage dans le creux de son bras intact. Thad revint vers le lit et prit son membre blessé. La jeune femme tenta faiblement de se dégager, mais elle n'avait plus de forces. Le capitaine défit le bandage, examina brièvement l'entaille et secoua la tête.

« La blessure s'est infectée, annonça-t-il en enroulant à nouveau la charpie autour de l'avant-bras de la tueuse de dragons. Tu fais de la fièvre.

— Ma… dragonne… gémit Deirdra. A… chève… moi.

— Si on ne désinfecte pas ta plaie, je n'aurai pas à t'achever. Le mal s'en chargera à ma place.

— Veux… cre… ver.

— Oui, je sais. »

Elle voulut demander à Thad pourquoi il se préoccupait de son sort. Seul un faible râle quitta sa bouche desséchée tandis que le capitaine s'écartait à nouveau du lit.

Il sortit de la chambre, laissant la porte ouverte derrière lui. Deirdra put l'entendre s'adresser dans un nordir impeccable à des gens de l'autre côté :

« Je dois partir à l'aube. Je la laisse à vos bons soins.

— Nous veillerons sur elle, promit un homme. C'est la moindre des choses, après ce qu'elle a fait pour cette petite.

— Je vous en suis très reconnaissant. Maintenant, voici ce que je veux que vous fassiez… »

L'officier baissa la voix. Deirdra eut beau tendre l'oreille et mordiller son poing pour garder son attention sur l'échange et calmer les frissonnements de son corps, elle fut incapable d'entendre ses recommandations.

Quelques instants plus tard, Thad revenait dans la chambre. Cette fois, il referma doucement le battant et prit la main moite et tremblante de la jeune femme alitée dans la sienne.

« Il faut que j'aille sauver mes hommes.

— C'est ça, va te faire tuer ! » dit-elle en claquant des dents.

Son visiteur ignora le commentaire.

« Nuceg et les autres ont probablement filé informer Jeriad de l'échec de notre expédition. Quand je suis retourné dans les bois, j'ai repéré leurs traces. Ils ont suivi la rivière pendant un moment, puis ils ont pris vers l'ouest pour sortir de la forêt. Il n'y a donc pas de danger qu'ils débarquent ici. Tu es en sécurité. Clode, Bretis et Jiria prendront soin de toi. »

Deirdra ne répondit pas. Elle fixait à nouveau le mur en frémissant. Thad libéra sa main, contempla la tueuse de dragons sans un mot pendant un long moment, puis il prit la couverture de laine ramassée en boule au pied du lit et la couvrit.

« Peut-être nous reverrons-nous dans ce monde ou dans l'autre, dit-il finalement. Et peut-être qu'à ce moment-là tu m'auras pardonné d'avoir gâché ta vie. Que les esprits de tes ancêtres veillent sur toi. »

Il se dirigea vers la porte.

« Non, attends ! » souffla Deirdra.

Entre ses paupières entrouvertes, elle vit que l'homme s'était immobilisé.

« Ne… me… laisse pas… seule… ici. »

Thad ne broncha pas. Les tremblements s'emparèrent de plus belle du corps de la jeune femme. Elle parvint à articuler :

« Je veux… venir avec toi.

— J'accepte seulement les gens qui sont capables de penser par eux-mêmes comme compagnons de voyage.

Ce qui exclut d'emblée ceux qui laissent la dragonne penser à leur place. »

Deirdra se remit à claquer des dents. Elle avait si froid et si chaud en même temps ! Elle ferma brièvement les yeux. Quand elle regarda Thad à nouveau, celui-ci s'était retourné et la fixait d'un œil empreint de compassion, mais son visage était de marbre. La jeune femme comprit que toute tentative de négocier serait vaine. Elle devait choisir entre la dragonne et… et quoi, en fait ? Que constituait une existence sans dragonne ? sans griffes ? Des images confuses tournoyaient dans son esprit, la nausée et les frissons devenaient de plus en plus violents. Au prix d'un ultime effort, elle répéta :

« Je… veux… venir… avec… »

Elle ne put terminer : un spasme violent secoua son corps et le besoin de drogue relégua à l'arrière-plan toute pensée cohérente.

◆

Deirdra ne garda que des souvenirs confus des jours qui suivirent. Elle avait l'impression que des gens s'étaient succédé à son chevet, sans réussir cependant à faire le tri entre ceux qui provenaient de sa mémoire et les personnes réelles. Maître Bradeus et ses apprentis défilèrent ainsi à côté de son lit, tout comme le tueur qui l'avait sauvée des minusi à l'âge de six ans, sa mère, Saras, Clode et Bretis, Bourfad, Vosas, Desmond, Jiria et Thad, Kassius, les hommes inconnus qui avaient partagé sa couche une nuit… et, surtout, une nuée de minusi qui voulaient dévorer son corps affaibli par le manque et l'infection. Chaque fois qu'ils revenaient, elle hurlait, cherchait frénétiquement le sachet à son cou et, ne le trouvant pas, lacérait sa poitrine de ses ongles cassés. Des individus – dans son délire, elle crut qu'il s'agissait de maître Bradeus et de Saras – finirent par la ligoter en dépit de ses cris de protestation afin d'éviter qu'elle s'inflige plus de blessures. Parfois, elle croyait que Thad se tenait à côté du lit et la fixait d'un regard triste. Alors, elle le suppliait de l'attendre, de ne pas partir sans elle, mais ses prières n'étaient qu'un flot de paroles incohérentes.

Enfin, après ce qui lui parut durer une éternité, elle se calma. Les frissons qui parcouraient son corps diminuèrent et les battements frénétiques de son cœur ralentirent. Elle avait l'impression que toutes ses énergies avaient été drainées. Le besoin cuisant de dragonne avait décru lui aussi et s'était mué en regret lointain. Deirdra était vide. La mort ne pouvait plus être loin. Elle était prête.

Plus tard, un pas léger s'éleva dans la chambre. La tueuse de dragons ouvrit les paupières et aperçut Jiria qui s'approchait du lit avec un bol fumant et une cuillère. La Nordire l'examina d'un air craintif, puis dut repérer dans les traits de la femme quelque chose qui lui plut, car elle esquissa un sourire timide et dit :

« Bonjour ! »

Deirdra avait la bouche trop sèche pour répondre. Jiria s'assit sur le banc à côté du lit.

« J'ai apporté à manger. Vous devez avoir faim. »

Deirdra aurait voulu lui faire savoir qu'elle ne ressentait même plus la faim, sauf que sa tentative pour parler se solda par un râle. Jiria interpréta le son comme une marque d'approbation. Elle prit la cuillère remplie de soupe et l'approcha des lèvres de la convalescente. La soupe était chaude. Deirdra avala. Déglutir lui fit mal, mais la nourriture, en descendant en elle, éveilla son estomac qui se mit à en réclamer plus. Elle souhaita prendre le bol et constata que ses membres étaient retenus au cadre du lit par des sangles de cuir. Au lieu de se débattre, elle ouvrit à nouveau la bouche. Le sourire de Jiria s'élargit et elle entreprit de nourrir la tueuse de dragons cuillerée par cuillerée, telle une mère avec son enfant.

Quand le bol fut vide, la jeune fille se leva en disant :

« Je vais vous laisser vous reposer.

— Attends ! l'arrêta Deirdra d'une voix faible. Il… il faut que je pisse. Détache-moi. »

L'adolescente mordilla sa lèvre inférieure avant de déclarer d'un ton désolé :

« Je ne peux pas. Tant que nous ne serons pas sûrs que vous ne vous ferez plus de mal.

— Que veux-tu dire ? »

Jiria pointa son index en direction de la poitrine de Deirdra. Cette dernière baissa la tête. Le col de sa chemise, entrouvert, révélait de vilaines stries rouges sur la peau blanche de son torse.

« Oh », fit-elle, faute de savoir quoi dire d'autre.

Jiria sortit et revint quelques instants plus tard avec une large écuelle de terre cuite.

« Je n'ai plus faim, dit Deirdra.

— Non, non, rectifia l'autre en rougissant. C'est pour… euh… l'autre besoin. »

Elle désigna du menton le bas-ventre de la tueuse, qui soupira, résignée.

« Très bien, vas-y.

— C'est moi et moi seule qui m'en suis occupée pendant que vous étiez… euh… malade, précisa la jeune fille en glissant l'écuelle sous les draps.

— On t'a laissé la meilleure tâche, ironisa Deirdra. Ça ne doit pas te changer beaucoup de chez Bradeus !

— Ne dites pas de mal de Clode et de Bretis ! s'insurgea Jiria. Ils sont très gentils et comme ils n'ont pas d'enfants, ils me traitent comme leur fille. Ils ont dit qu'ils voulaient bien que je vive avec eux. Mon passé d'apprentie ne les dérange pas, mais… euh… je ne leur ai pas dit pour maître Bradeus. »

Elle rougit à nouveau.

« Je comprends parfaitement. Je ne dirai rien non plus. Et je suis désolée d'avoir plaisanté à leur sujet.

— Pas de problème. Et merci, dit la jeune fille avec un vif soulagement.

— J'ai terminé. »

Jiria retira le plat et l'emporta.

« Jiria ? la rappela Deirdra. Combien de temps ai-je été malade ?

— Une semaine. »

Elle quitta la chambre en abandonnant Deirdra à ses pensées. Une semaine ! Elle avait déliré pendant une semaine ! Thad devait déjà avoir atteint Queltiar. Elle éprouva un pincement au cœur à la pensée qu'il était parti sans elle. Un autre qui l'avait abandonnée, comme sa mère et Saras avant lui. Elle soupira et tira sur ses liens, sans parvenir à les relâcher. Résignée, elle n'insista pas.

◆

À travers ses paupières closes, Deirdra sentait une présence qui l'observait. Elle ouvrit les yeux et découvrit le visage anxieux de Thad.

« Tu n'es pas parti ? »

De surprise, elle se redressa si brutalement que des vertiges l'assaillirent. Elle serait retombée sur l'oreiller si le capitaine ne l'avait aidée à se recoucher. Elle nota qu'elle n'était plus sanglée.

« Doucement, lui dit-il. Tu reviens de loin.

— Tu m'as attendue !

— Je te l'ai dit : j'accepte les compagnons qui sont capables de penser par eux-mêmes. Maintenant que tu t'es débarrassée de ta dépendance, tu fais partie de ce groupe. »

Il affectait un ton neutre. Néanmoins, il semblait avoir du mal à empêcher les commissures de sa grande bouche de se soulever.

Deirdra sentit qu'elle souriait en retour, un sourire sincère, joyeux, comme elle n'en avait pas esquissé depuis des années. Aussitôt, elle se morigéna : qu'est-ce qui lui arrivait ?

Un éclair d'étonnement traversa les yeux marron de Thad devant sa réaction inhabituelle, mais il s'abstint de la commenter. Il annonça plutôt :

« Comme tu as fini de te prélasser, nous allons pouvoir partir. J'espère seulement que Jeriad n'a pas encore fait exécuter mes hommes. »

Quand il fut arrivé à la porte de la chambre, elle le rappela :

« Thad ! Pourquoi m'as-tu attendue ?

— J'ai besoin de ton aide. Tu connais mieux les dragons que moi. Je suis convaincu que, d'ici peu, le moyen de les diriger sera employé à nouveau, si ce n'est déjà fait.

— Serais-tu devin, par hasard ?

— À ce que je vois, ta langue a recouvré son énergie ! » plaisanta l'homme avant de sortir.

Deirdra laissa sa tête retomber sur son oreiller, en proie à un mélange d'émotions allant de la déception à la joie, en passant par la colère parce qu'elle se laissait troubler trop facilement par le comportement de Thad envers elle.

9. Xorond

Il fallut à Deirdra trois jours de repos supplémentaires avant qu'elle soit en mesure de tenir sur un cheval. Thad montrait de la patience. Néanmoins, la jeune femme sentait qu'il rongeait son frein. Dès qu'elle fut capable de grimper sur une monture et de la faire avancer sans avoir envie de vomir, le capitaine annonça que le moment du départ était venu. Il avait déjà rassemblé un bagage constitué de vivres, de vêtements chauds et de couvertures, qu'il avait acheté aux paysans de Frodis. Le temps de seller les chevaux et ils étaient prêts à partir.

Clode et son époux les saluèrent chaleureusement et leur souhaitèrent que les esprits de la nature veillent sur eux. Bien que Deirdra doutât que ces derniers acceptent de protéger deux tueurs de dragons, elle n'en fut pas moins touchée par le geste de ses hôtes. Jiria, elle, avait du mal à retenir ses larmes et elle fit promettre à Thad qu'il reviendrait la voir. La jeune femme trouvait qu'elle en faisait un peu trop, mais l'officier se montra compréhensif. Il remercia encore une fois le couple de Nordirs, enfourcha sa monture, et Deirdra et lui mirent le cap au sud.

Quand ils se furent enfoncés dans la forêt, la tueuse de dragons demanda :

« Comment t'es-tu procuré ces chevaux ?

— As-tu oublié que nous étions riches ? »

Thad tira de sa cuirasse le sac d'or de maître Bradeus. Deirdra nota qu'il était nettement moins gonflé qu'au moment où elle l'avait trouvé.

« Je croyais que les Nordirs pratiquaient encore le troc.

— Il leur arrive de déroger à leurs traditions, surtout quand c'est pour vider la bourse des habitants des seigneuries, commenta Thad. J'ai remis la moitié des pièces à Clode et à Bretis pour les remercier de leur hospitalité et pour qu'ils prennent soin de Jiria. Cette petite a trop souffert. Elle mérite de connaître une existence plus heureuse. »

Deirdra acquiesça, le visage impassible. Toutefois, l'aiguille de la jalousie piqua ses entrailles. Elle faillit dire au capitaine qu'il aurait pu lui demander son avis avant de se montrer aussi généreux envers les autres, sauf qu'elle jugea plus prudent d'abandonner le sujet. Son compagnon ne semblait pas plus avoir envie de poursuivre la conversation, puisqu'il talonna sa monture. Ils filèrent en direction de Queltiar aussi rapidement que le permettait l'état de Deirdra.

Lors d'une de leurs nombreuses pauses, la tueuse de dragons demanda à l'officier s'il avait un plan.

« Il n'a pas changé : je veux marchander le secret des dragons contre la liberté de mes hommes.

— S'ils sont encore en vie, dit la jeune femme.

— Si Petrior et Jeriad tiennent à me capturer à nouveau, ils savent qu'ils ont besoin de mes hommes pour m'appâter. Cela devrait être suffisant pour retarder leur exécution.

— Tout de même, tu as fait un pari dangereux en décidant de m'attendre.

— Je te l'ai dit : j'ai besoin de ton aide. J'ai perdu le compte de ce que chacun doit à l'autre, mais je pense qu'après que nous aurons sauvé mes hommes, nous serons quittes.

– En effet », murmura Deirdra en éprouvant une pointe de déception.

Pendant qu'ils chevauchaient, elle songea que la dernière fois qu'elle avait été aussi sentimentale remontait à plus ou moins deux ans, lorsque Saras avait croisé sa route.

Le jeune homme chassait un cerf près de la forêt de Gilis et avait été assailli par le colossius que Deirdra traquait. En éliminant le monstre, elle avait sauvé la vie du chasseur. Il lui avait demandé de le raccompagner à Gorteg, son village. Deirdra avait d'abord refusé, mais Saras lui avait manifesté tant de gratitude et il était si beau qu'elle avait fini par céder.

Alors qu'ils cheminaient, ils avaient discuté et découvert qu'ils partageaient les mêmes vues sur la chasse et sur la vie, notamment le désir de liberté et le refus de liens trop étroits avec d'autres personnes. Ils s'étaient arrêtés sur le bord de la rivière Lettisad pour pêcher. Saras avait renversé toutes les barrières de Deirdra en lui disant qu'il la trouvait attirante et que son statut de tueuse de dragons le séduisait.

Après quelques jours – et, surtout, quelques nuits – de passion sur la berge du cours d'eau, ils avaient décidé de s'établir dans le village de Lordas, où ni Saras ni Deirdra n'étaient connus. La voisine qui gardait cette dernière pendant son enfance était décédée depuis longtemps et, de toute façon, qui aurait pu se souvenir d'une gamine qui avait disparu une douzaine d'années auparavant ?

Saras et Deirdra avaient vécu heureux au village pendant quelques mois. La tueuse de dragons avait rangé son cimeterre, caché son collier de griffes et s'était laissé pousser les cheveux. Certes, elle avait continué à consommer de la dragonne, mais elle avait diminué progressivement ses doses afin d'en arriver à cesser complètement d'en prendre.

C'est jour de marché à Lordas. Munie de son panier, Deirdra se dirige vers la grande place en fredonnant, le sourire aux lèvres et le cœur léger. Ses jours de tueuse de dragons sont révolus et maître Bradeus ne la reconnaîtrait plus. Sous son bonnet blanc, ses cheveux de la couleur des blés sont noués en une courte natte. Elle porte un corsage de la même teinte, brodé de fleurs, et une jupe brune taillée dans une étoffe légère. Les habitants qu'elle croise lui adressent des signes de tête. Quand Saras et elle se sont installés au village, la communauté évitait de les saluer et les toisait avec la méfiance qu'ils affichent à l'endroit de tous les étrangers. Au fil du temps, ils se sont habitués à la présence du jeune couple et, à défaut d'engager la conversation chaque fois qu'ils les rencontrent, ils daignent au moins les saluer. Le passage des ans viendra sans doute à bout de leur animosité instinctive à l'égard de l'inconnu. Deirdra se rend compte qu'il triomphe de bien des choses, qu'il parvient même à faire cicatriser les blessures les plus profondes.

À cette pensée, son sourire rêveur s'élargit. Qui aurait cru, il y a quelques mois à peine, qu'elle se laisserait pousser les cheveux et deviendrait une maîtresse de maison accomplie ? Qui aurait pu dire qu'elle envisagerait d'avoir des enfants, elle qui avait toujours rincé ses parties intimes avec du venin de minusius dilué après ses aventures d'une nuit, de manière à tuer la semence en elle ? Peut-être même que le premier bébé sera conçu ce soir, qui sait ? Saras est revenu d'un long voyage de chasse la nuit dernière – comme il lui a manqué ! – et elle veut lui préparer une petite fête pour l'accueillir comme il se doit. Elle aurait volontiers passé la journée pressée contre lui. Néanmoins, ce matin, il lui a dit qu'il se rendrait au marché avant elle afin de négocier un bon prix pour la viande fraîche et les peaux qu'il rapportait. Il n'obtient jamais avec ses cerfs d'aussi fortes sommes que Deirdra avec ses dragons, mais elle se garde de le mentionner pour ne pas heurter son orgueil. En outre, ils vivent confortablement avec ce que la chasse rapporte à Saras. Elle n'a donc aucun reproche à lui adresser.

Elle a supplié son amant de la laisser l'accompagner au marché, arguant qu'elle avait trouvé leur séparation trop longue. Saras lui a opposé une résistance douce, mais inébranlable, en affirmant que le processus de négociation était long et fastidieux et qu'elle avait certainement mieux à faire. Ils en sont arrivés à une entente : Deirdra le rejoindrait au marché et ils feraient les courses ensemble.

Quand elle atteint la grande place, la jeune femme constate que pratiquement tout le village est présent. Une fois par mois, trois marchands ambulants viennent agrémenter le marché hebdomadaire de Lordas, un rituel important dans l'existence tranquille et routinière des habitants. Contrairement à la majorité, Deirdra ne prise guère ces visites mensuelles : elle craint toujours de croiser un marchand à qui, par le passé, elle aurait vendu le fruit de sa chasse. Jusqu'à maintenant, cela ne s'est pas produit et, au fil du temps, elle a baissé graduellement sa garde. Ce sont presque toujours les mêmes vendeurs qui reviennent et elle commence à douter que ceux-ci la reconnaissent, malgré sa balafre. Après tout, elle n'est pas la seule femme de l'Austrion à arborer des cicatrices !

N'empêche, elle presse le pas devant les étals où sont exposées des griffes (autres que celles des pentalules, que les tueurs gardent évidemment pour eux), des dents et des morceaux de peau de colossius et de minusius, ainsi que des fioles de venin et autres humeurs extraites du corps des monstres. Deirdra n'a pas besoin de s'attarder pour séparer le grain de l'ivraie : un seul coup d'œil lui suffit pour repérer les vraies dents et griffes parmi celles qui ont appartenu à des ours. Elle n'aurait qu'à renifler la bouteille pour faire la différence entre de l'authentique sang de dragon et une imitation. Toutefois, elle se garde de confondre les escrocs avec son expertise qui appartient à son ancienne vie. Cette dernière est enfermée à clef dans une armoire au fin fond de sa mémoire. Deirdra se rend plutôt à l'étal de Pauliad, le boucher de Lordas. Saras raffole de la viande de ses bœufs et, même si celle-ci est un peu chère, la jeune femme veut faire une surprise à son amoureux. Il s'agit donc d'acheter un morceau avant que son compagnon la rejoigne.

Quand elle arrive près de l'endroit où le boucher est installé, elle aperçoit les boucles blondes de Saras, qui est planté devant le kiosque et semble en grande conversation avec la fille de Pauliad, une brunette aux yeux clairs. Deirdra presse le pas et se faufile entre les habitants du village. Comme elle est petite et que la foule est dense, ni Saras ni la fille ne la voient approcher. Soudain, son compagnon se penche au-dessus du comptoir et embrasse la brunette longuement sur la bouche.

Deirdra s'arrête net, les yeux écarquillés de stupéfaction. Petit à petit, la rage remplace la surprise : comment ose-t-il ? Comment ose-t-il la tromper ? Et devant tout le village de surcroît ! Pourtant, si les habitants regardent le couple avec des sourires indulgents ou désapprobateurs, personne n'intervient en s'étonnant que le chasseur embrasse une autre femme que la sienne.

Saras se détache finalement de la fille. Sans doute sent-il la présence de Deirdra, car il se tourne dans sa direction. En l'apercevant, il rougit et baisse les yeux. Furieuse, la tueuse de dragons franchit à grandes enjambées la courte distance qui les sépare. Pauliad le boucher s'interpose, un couteau à la main.

« Pas un pas de plus ! la prévient-il. Je sais de quoi les gens de ton espèce sont capables ! »

Abasourdie, Deirdra s'immobilise. Elle remarque que le marché est très silencieux tout à coup. Une moiteur désagréable envahit ses paumes, les battements de son cœur accélèrent. Elle s'oblige à garder son calme. Elle a pris une dose de dragonne avant de partir de la maison, aussi est-ce plus facile pour elle de ne pas céder à la peur.

« Qu'est-ce que tu racontes, Pauliad ? demande-t-elle en poussant un petit rire forcé.

— On sait ce que t'es ! fait une voix derrière son dos, qu'elle reconnaît comme celle de son voisin Oultis.

– Ah oui ? Et qu'est-ce que je suis, Oultis ? »

En se retournant, elle croise le regard de Saras. Il se dérobe précipitamment. Deirdra remarque qu'il serre la main que la brunette a posée sur l'étal.

« Une fauteuse de troubles ! » accuse Oultis.

Des murmures scandalisés parcourent la foule. Deirdra marque le coup, mais réussit une fois de plus à conserver son sang-froid.

« Qui a bien pu te dire une chose pareille ? »

En guise de réponse, Oultis tend son index. La jeune femme sait qui est pointé par le doigt accusateur avant même de regarder dans la direction qu'il désigne. Une seule personne dans tout le village connaît sa véritable identité. Elle déglutit et, tout en peinant à empêcher sa lèvre inférieure de trembler, elle pivote lentement sur elle-même.

Saras fixe le sol. Pauliad se place devant lui et dit :

« Pas de scène, Deirdra. Fiche le camp. On n'veut plus d'toi ici. »

Elle l'ignore.

« Pourquoi ? lance-t-elle à son amant. Pour elle ? »

Elle se hausse sur la pointe des pieds et arrive à apercevoir la tête baissée de Saras par-dessus l'épaule du boucher. Elle l'entend marmonner :

« C'était un accident…

– Comment peux-tu révéler par accident que ta femme est une tueuse de dragons ? Comment peux-tu glisser ça dans une conversation par inadvertance ? »

Elle veut ironiser, mais la voix qui sort de sa gorge est geignarde, pathétique. La colère relative à la situation autant qu'à elle-même finit par l'emporter sur sa douleur. Deirdra insiste, plus fort, plus sèchement :

« Tu sais ce que je pense, moi, Saras ? C'est que tu t'es défilé, comme d'habitude ! Tu confies à tout le village la tâche de te débarrasser de moi, plutôt que de t'en occuper ! Un chasseur comme toi pourrait éliminer des dragons s'il en avait le courage ! Sauf que toi, tu préfères

tuer des cerfs, des créatures qui ne peuvent pas te causer de mal ! Tu n'es qu'un sale lâche ! Un trou du cul, un fils de pute ! »

Le premier légume l'atteint à la tempe. Comme s'il s'agissait d'un signal, une pluie de projectiles s'abat sur elle. Morceaux ensanglantés d'animaux, légumes et fruits pourris, cailloux, mottes de terre boueuse, tout ce que trouve la foule atterrit sur elle, souille son bonnet et son corsage blanc. Deirdra replie ses bras au-dessus de sa tête pour se protéger, jette à Saras un dernier regard où les larmes sont en train de succéder à la colère, puis elle s'enfuit à toutes jambes. Quelques gamins la suivent. Elle court jusqu'à sa maison et s'enferme à l'intérieur. Les adultes ne l'ont pas poursuivie, sans doute pour réconforter le malheureux Saras et féliciter Pauliad d'avoir trouvé un gendre aussi beau et aussi bon chasseur et de l'avoir sauvé des griffes d'une tueuse de dragons.

Deirdra ravale les larmes qui picotent ses yeux et donne libre cours à sa fureur. Elle saccage tout ce qui lui tombe sous la main. Il ne sera pas dit que la fille du boucher héritera de son nid douillet ainsi que des quelques objets qu'elle a accumulés amoureusement ! Elle se dirige vers la chambre attenante à la pièce principale et, armée d'un couteau, elle déchire tous les vêtements qui y sont rangés, à l'exception d'une cape, d'un pantalon, d'une chemise et de quelques sous-vêtements. Ensuite, elle s'empare de la couverture de laine et la jette dans un coin. Elle repousse le lit témoin d'étreintes passionnées et révèle une trappe dans le plancher. Saras étant souvent parti chasser, elle a réussi à tenir secrète l'existence de ce rangement. À l'intérieur se trouvent les quelques pièces d'argent qu'elle garde pour les situations d'urgence, la dragonne qu'elle achète à l'apothicaire en prétendant qu'elle l'envoie à sa tante devineresse, ainsi que son ancien attirail de tueuse de dragons. Elle l'enfile, puis s'approche d'un miroir au fond de la chambre, prend le couteau que Saras emploie pour se raser et réduit à néant sa courte crinière blonde. Lorsque la peau de son crâne est à nouveau exposée à l'air libre, Deirdra se sent beaucoup plus calme. Elle aspire une pincée de dragonne, qui finit de lui redonner sa lucidité.

De retour dans la cuisine, elle prend des vivres et de l'eau, glisse le tout dans un sac avec la couverture de laine, vérifie son paquetage pour s'assurer qu'elle n'a rien oublié. Ensuite, elle se dirige vers l'âtre, en tire une branche enflammée et met le feu à la maison. Tandis que l'habitation de bois s'embrase, elle sort par-derrière et quitte Lordas à jamais. Il est hors de question qu'elle remette les pieds dans le village maudit qui a été témoin à deux reprises de son rejet par la personne qu'elle aimait : d'abord sa mère, ensuite Saras. Avec la maison, ce sont ses rêves d'une vie normale qui sont réduits en cendre.

« Deirdra, tout va bien ? »

La jeune femme tressaillit et vit que Thad avait immobilisé sa monture et la fixait d'un œil inquiet.

« Oui, oui, se dépêcha-t-elle de répondre en essuyant discrètement la larme qui dévalait sa joue. Qu'est-ce qu'il y a ?

— Je te demandais si tu voulais t'arrêter pour la nuit. »

À travers les branches au-dessus de sa tête, elle constata que la lumière diurne décroissait rapidement. Or, elle savait que s'ils faisaient une pause maintenant, elle passerait la nuit à évoquer la fin douloureuse de sa relation avec Saras et, par le fait même, de ses rêves de bonheur.

« Non. Continuons un peu. »

Comme Thad la regardait toujours, elle se sentit obligée d'ajouter :

« J'ai besoin de dragonne, voilà tout. »

Ce n'était pas tout à fait un mensonge : la drogue l'aurait aidée à dissiper les souvenirs pénibles.

« Raison de plus pour nous arrêter ici pour la nuit, insista son compagnon. D'ailleurs, j'ai quelque chose pour toi. »

Il descendit de son cheval. Intriguée, Deirdra l'imita. Il tira du sac accroché à sa selle une longue feuille ovale.

« Qu'est-ce que c'est? demanda la jeune femme en fronçant les narines.

— Une feuille de mama inala. L'apothicaire de Frodis en faisait pousser. Il n'a pas voulu me l'avouer, mais je pense qu'elle entre dans la composition de la dragonne, puisqu'il m'a dit qu'il en fabriquait pour les deux anciens tueurs de dragons qui vivent dans son village. Il m'a confié que ces deux-là avaient toujours besoin de se réapprovisionner… Curieux, non? commenta-t-il d'un ton narquois avant d'enchaîner: Allez, mâche-la, ça comblera un peu ton manque. »

Plus ou moins convaincue, Deirdra glissa la feuille dans sa bouche. Tout en mastiquant, elle s'enquit:

« Pourquoi avoir attendu avant de m'en donner?

— Quand nous étions au village, tu pouvais te permettre d'avoir des faiblesses à cause de la carence en dragonne. Ici, par contre, je préfère ne pas courir le risque que tu piques une crise. »

Une légère sensation d'excitation gagnait la jeune femme au fur et à mesure qu'elle mâchait la feuille, sauf que ce n'était rien en comparaison de ce qu'elle avait pu ressentir en consommant de la dragonne.

« Comment ça se fait que tu en connais autant sur le sujet? demanda-t-elle. Serais-tu passé par là, toi aussi?

— Bien sûr. Mais ce ne sont pas de très bons souvenirs. »

Tout en installant le campement, il expliqua:

« C'est monseigneur Horacius qui s'est chargé de me sevrer. Il m'a installé dans une des geôles du château de Volter et m'a empêché d'en sortir avant que j'aie complètement vaincu ma dépendance.

— Toi, Thad le bon, tu avais développé une dépendance à la dragonne? ironisa Deirdra.

— Pourquoi penses-tu que j'interdis à mes hommes d'en prendre? Je sais à quel point elle peut être néfaste!

Comme toi sans doute, j'ai commencé à en consommer pour tuer mon premier dragon. J'ai continué à en prendre pour être capable d'affronter le deuxième. Ensuite, j'ai rencontré Valia, mais je n'ai pas arrêté: j'en avais besoin pour faire face chaque jour aux villageois, à leur méfiance, voire à leur hostilité à mon endroit.

— Surtout que tu vivais à Rueg… » glissa Deirdra.

Elle se mit à mastiquer plus fort afin de dissiper les regrets que suscitait l'évocation de l'excellente dragonne produite par l'apothicaire de l'endroit.

« Puis ma petite fille est morte et Valia s'est suicidée, poursuivit Thad en ignorant l'intervention de la tueuse de dragons.

— Ça n'a pas dû t'aider à arrêter…

— Bel euphémisme. J'ai mélangé la dragonne à l'alcool. J'étais une loque, allant de taverne en taverne, appelant la mort à grandes rasades de venin de minusius. Après quelques semaines de ce régime, monseigneur Horacius m'a trouvé.

— Que veux-tu dire ? Il te cherchait ? Pourquoi ?

— Si tu tiens à le savoir, je veux bien te le raconter. Seulement, ça risque d'être un peu long… »

Thad lui tendit une couverture de laine. Deirdra s'enveloppa dans l'étoffe avec gratitude. L'officier sortit ensuite quelques vivres d'une besace et commença son récit.

◆

Un soir de beuverie, alors que Thad s'écroulait en pleurant sur une table, un verre de venin de minusius vide à la main, le seigneur de Volter en personne avait fait son entrée dans la taverne. Bien qu'il fût passablement éméché, Thad se rappelait la grimace méprisante qui était apparue sur les traits dignes et fiers d'Horacius quand il avait parcouru l'assemblée du regard. Il était accompagné d'une dizaine de gardes en uniforme, de sorte que même les buveurs les plus ivres avaient tenu leur langue.

« Je cherche un homme, avait déclaré Horacius d'une voix de stentor. Un tueur de dragons.

— Il n'y a pas de tueurs de dragons ici, avait répondu le tavernier. Nous ne servons pas à boire à cette sale engeance ! »

Le seigneur ne s'était pas laissé décourager.

« Y aurait-il alors un jeune homme nommé Thad ici ? Un jeune homme qui vivait à Rueg et qui a récemment perdu sa femme et sa fille ? »

Thad avait blêmi. Que lui voulait donc ce noble ? Il avait trop bu pour combattre et ses jambes étaient trop alourdies par l'alcool pour qu'il songe à fuir. La seule solution qui s'offrait à lui était de se faire oublier et d'espérer que la troupe passe son chemin.

C'était sans compter la mémoire du tavernier, à qui il avait raconté ses malheurs le soir précédent. Le propriétaire des lieux, heureux de pouvoir se débarrasser d'un client qu'il avait dû mettre lui-même à la porte, avait désigné Thad du doigt. Deux des soldats d'Horacius avaient empoigné l'ivrogne et l'avaient entraîné à l'extérieur. Horacius les avait rejoints et s'était penché sur Thad. En constatant l'état d'ébriété avancée dans lequel il se trouvait, le seigneur avait ordonné :

« Faites-le dessoûler. »

Les soldats avaient plongé Thad la tête la première dans un baril plein à ras bord d'eau de pluie. L'eau glacée avait dissipé l'engourdissement causé par le venin de minusius distillé et Thad avait suffisamment repris ses esprits pour injurier les guerriers et clamer haut et fort qu'il n'avait rien fait d'illégal.

« Laissez-nous un instant », avait dit Horacius à ses hommes.

Une fois les gardes hors de portée de voix, le seigneur de Volter avait déclaré :

« C'est donc toi, Thad le tueur de dragons. Orphelin de père et de mère, tu as été élevé par maître Corsas.

— Qui êtes-vous pour savoir tout ça sur moi ? avait demandé Thad d'un ton hostile.

— Sache que c'est mon père qui t'a confié à Corsas, à la mort de ta mère.

— Vous avez connu ma mère ? »

Une expression de regret avait traversé le visage d'Horacius, puis il était redevenu impassible.

« Elle s'appelait Sadra. Elle était belle comme l'été, avec ses yeux marron et ses cheveux de la couleur de la cannelle. Tu as hérité ces deux traits d'elle. Pour le reste, tu tiens plus de ton père.

— Mon père ? » avait répété Thad.

Il était abasourdi que cet homme ait connu ses parents alors que lui-même n'en gardait aucun souvenir. Maître Corsas lui avait toujours affirmé, comme aux autres gamins à sa charge, que ses parents étaient morts et que sa seule famille était leur petite confrérie de maître et d'apprentis tueurs de dragons.

« Qui êtes-vous ? » répéta Thad, cette fois d'un ton appréhensif.

Horacius avait retiré son casque de métal et révélé une tignasse noire striée de mèches grises.

« Je suis un homme qui a connu ta mère et qui l'a aimée. Malheureusement, elle était fille de serf et moi, fils de seigneur... Un soir pourtant, bravant tous les interdits, elle s'est donnée à moi. Cela a été le moment le plus heureux de mon existence. »

En écoutant ces paroles, Thad s'était raidi dans l'expectative de la nouvelle à venir.

« Neuf mois plus tard, ses parents m'ont fait mander. Je me suis rendu chez eux. Ils m'ont annoncé que Sadra était morte en couches. Elle ne leur avait pas dit qui était le père de son enfant, mais ses parents connaissaient notre affection mutuelle. Ils m'ont demandé d'adopter l'enfant. J'ai accepté. Toutefois, lorsque je t'ai ramené dans ma demeure, mon père m'a fait comprendre qu'il était hors de question que j'adopte un bâtard. Il s'est emparé de toi et t'a emporté. Ce n'est que sur son lit de mort qu'il m'a révélé qu'il t'avait confié à un maître de tueurs de dragons, le seul endroit convenable pour un bâtard. Mon père est décédé il y a quelques mois. Dès qu'il a été enterré, je me suis lancé à ta recherche. »

Thad avait dévisagé Horacius, dont les yeux s'étaient mis à briller. Son père. Ainsi, il avait un père, lui qui s'était cru orphelin la plus grande partie de son existence. Il avait balbutié :

« P… père ! »

Horacius avait essuyé ses yeux du revers de sa manche, avant de glisser un regard en direction de ses hommes.

« Ils ne doivent pas connaître ta véritable identité. Pas tout de suite, en tout cas. Thad, il faut que tu saches que j'ai été marié avec ma cousine, la fille du frère de mon père. Celui-ci m'a contraint à m'unir à Celime afin d'assurer la survie de la lignée. Elle était pieuse et fidèle, mais je ne l'ai jamais aimée. Pas comme ta mère. Tels bien des membres de la famille de Volter, Celime a toujours eu la santé fragile. Elle est morte d'une fièvre il y a deux ans, peu après avoir donné naissance à Petrior, notre fils. Il est censé hériter de Volter.

— Pourquoi me révélez-vous tout ça, alors ? »

Une pointe d'amertume avait percé dans la voix de Thad. Il ne s'était jamais nourri d'illusions sur son lignage, mais en ayant la confirmation de son statut, il n'avait pas compris pourquoi Horacius tournait ainsi le fer dans la plaie.

« C'est pour préserver ta sécurité que je veux que ton identité demeure secrète. Petrior s'en fiche pour le moment, il n'a que deux ans. Mais il y a trop de gens au courant de l'amour que je portais à Sadra pour que la vérité ne finisse par être connue. Certains pourraient se liguer contre moi au nom de mon fils légitime et chercher à me destituer et à te tuer ! Je pense entre autres aux seigneurs de Xorond et de Queltiar. Nul ne doit savoir pour l'instant que tu es mon fils.

— Pourquoi tenir à ce point à me trouver, dans ce cas ? Vous voulez injecter en douce du sang neuf dans la lignée de Volter ? »

Le seigneur avait secoué la tête.

« C'est pour la mémoire de Sadra. Et pour réparer mes torts envers elle et envers toi, en accomplissant ce geste que j'aurais dû accomplir il y a dix-huit ans. Pour que… Pour que tu me pardonnes, si tu le peux. »

Encore sous le choc des révélations du seigneur, Thad n'avait rien trouvé à répondre. Horacius s'était ressaisi et avait annoncé d'un ton catégorique :

« Tu vas te joindre à mon armée. J'ai toujours besoin de nouveaux bras pour protéger mes terres. Si tu réussis à gravir les échelons et à montrer ton mérite, je saurai que tu es digne d'être mon fils. Et si tu l'es, je ferai en sorte que tu sois reconnu comme mon héritier. De cette façon, j'espère que l'esprit de ta mère me pardonnera, et toi aussi. »

Ainsi le destin de Thad avait-il été scellé. Cependant, avant même de l'autoriser à se joindre à son armée, le seigneur avait posé une exigence : son fils devait cesser de consommer de la dragonne et modérer son absorption d'alcool.

« Je n'accepterai jamais que les actes de mon héritier soient dictés par autre chose que sa conscience. Il en va du salut de Volter. »

Thad avait obéi et avait connu des souffrances similaires à celles de Deirdra. Une fois engagé dans l'armée, il avait passé les années suivantes à défendre Volter. Tout en montant en grade, il en était venu à admirer Horacius et à le respecter. En peu de temps, il avait obtenu le poste de capitaine, supplantant du même souffle un certain Desmond. Pour éviter tout conflit avec Petrior, qui commençait à manifester des signes de jalousie et qui, en massacrant les villageois de Faris, avait démontré à quel point il était indigne d'hériter de la seigneurie, Horacius l'avait mandé de surveiller le cap de Klovius. De mauvais gré, Petrior avait obéi.

Au cours des derniers mois, Horacius était tombé gravement malade. Il savait que le temps lui était compté.

Par conséquent, il avait annoncé à Thad qu'il était prêt à le reconnaître publiquement comme son fils légitime et son héritier incontesté. Or, Thad avait certains scrupules. Puisqu'il n'existait aucun précédent de ce type dans la courte histoire de l'Austrion, il ignorait si faire d'un bâtard un héritier au détriment d'un fils légitime allait à l'encontre des lois de la nature. Il avait donc souhaité que son père consulte les devins. Horacius avait accepté à contrecœur; avec la mort qui risquait de l'emporter d'un jour à l'autre, il ne voulait pas retarder indéfiniment la nomination de Thad…

◆

« Finalement, les devineresses ont été tuées et mon père est décédé avant de pouvoir me nommer son héritier légitime », conclut Thad.

La nuit était tombée depuis longtemps quand il termina son récit. Deirdra avait écouté attentivement et s'était gardée d'émettre le moindre commentaire, de crainte que le capitaine interrompe à jamais le flot de ses confidences. Ces dernières ne l'avaient pas surprise outre mesure: elle avait commencé à nourrir certains soupçons à propos de la relation entre l'officier et Horacius depuis qu'elle avait rencontré maître Corsas, bien qu'elle ne fût pas allée jusqu'à supposer qu'ils étaient unis par les liens du sang.

Elle observa son compagnon. Ses yeux marron reflétaient la lumière du petit feu qu'il avait allumé et la jeune femme n'arrivait pas à déterminer si l'éclat de ses pupilles était dû aux larmes ou aux flammes. Elle attendit un moment avant d'ouvrir la bouche, tant pour permettre à son interlocuteur de se reprendre que pour digérer les informations qu'il venait de lui révéler.

« Et tes hommes sont au courant?

— Seulement ceux en qui j'ai la confiance la plus totale. C'est à eux que j'ai confié la mission de demander aux devins si je pouvais devenir l'héritier d'Horacius sans offenser les esprits de la nature.

— Et l'un d'eux t'a trahi. Il a tout déballé à Petrior, qui s'est dépêché de faire exterminer les augures. Peut-être qu'il a même été raconter tout ça à Lanfas. Ça expliquerait pourquoi Javor est allé interroger Corsas. »

Thad secoua la tête.

« Ça ne tient pas debout: si Lanfas avait connu mes origines, il n'aurait pas eu besoin de questionner Corsas. De toute façon, mon maître a dit qu'il n'avait rien révélé à ce sujet à Javor.

— Et tu te fies à la parole d'un maître de tueur de dragons ? répliqua Deirdra d'un ton moqueur. C'est nouveau, ça !

— Je commence à penser que les tueurs et les maîtres qui les forment peuvent être dignes de confiance…

— J'ai toujours cru que « naïveté » et « bonté » étaient synonymes !

— Il faut croire que nous ne fréquentons pas les mêmes tueurs de dragons. »

Leurs regards, complices, se croisèrent au-dessus des flammes. Deirdra sourit. Les commissures des lèvres de son compagnon se soulevèrent légèrement, bref moment pendant lequel la tristesse qui l'avait gagné à l'évocation de son passé parut dissipée. Puis, le voile de chagrin retomba sur son visage.

« Et Petrior? reprit la jeune femme afin de distraire le capitaine de ses pensées sombres.

— Je ne vois pas comment il aurait pu connaître Bradeus et savoir qu'il était possible de diriger les dragons, répondit l'officier en secouant la tête. Même moi, je n'étais pas au courant !

— Petrior a grandi au château de Volter. Il a entendu l'histoire de son ancêtre fou qui étudiait les dragons.

— Je sais qu'un homme désespéré peut croire en bien des choses, mais de là à… »

Le capitaine s'interrompit brutalement, une expression soudaine de stupeur sur ses traits.

« Qu'y a-t-il ? s'inquiéta Deirdra.

— Desmond ! C'était Desmond qui était chargé d'aller porter l'or que mon père versait à Bradeus !

— Tu es sûr ?

— C'est évident, maintenant que j'y réfléchis. Non seulement il correspond à la description que Jiria a faite du soldat qui avait l'habitude de rendre visite à Bradeus, mais, en plus, c'est le genre de tâche qu'il faut confier à un homme de confiance... Tellement de confiance, en fait, que mon père devait être sûr qu'il n'irait pas déballer les détails de ses affaires avec les maîtres de tueurs de dragons à son entourage, même à moi qui n'approuvais pas son geste. Or, en dehors de moi, sur qui pouvait-il compter sinon Desmond, le fidèle second à qui il se fiait tant ? »

Devant l'air perplexe de Deirdra, Thad précisa:

« Mon père a passé la plus grande partie de sa vie adulte à guerroyer contre Queltiar et Xorond. Desmond commandait les soldats qui avaient pour tâche de veiller sur sa femme pendant son absence. Un jour, alors que mon père et le gros de son armée attaquaient la frontière sud de Xorond, le père de Lanfas a dépêché un petit contingent de guerriers pour attaquer le château de Volter et enlever Celime. C'est Desmond qui a organisé la défense de la forteresse et de la châtelaine. Le capitaine de l'époque, impressionné par sa loyauté, a fait de Desmond son second et lui a remis une cuirasse en peau de colossius.

— Sauf qu'il n'était pas si loyal que ça, tout compte fait.

— Au contraire: il a continué à veiller sur la mémoire de Celime en servant son fils. De la sorte, ce dernier a pu conserver son héritage. Toutefois, étant donné sa fidélité à Celime et à Petrior, je vois mal Desmond aller vendre des informations à Lanfas... Tu es fatiguée, pas vrai ? » ajouta-t-il en remarquant que la jeune femme avait du mal à garder les paupières ouvertes.

Deirdra étouffa un bâillement.

« Si ça ne t'ennuie pas, monseigneur, je vais dormir un peu.

— Ne m'appelle pas comme ça, dit Thad. J'ai tout perdu, sauf mes hommes. Sans eux, je ne suis plus rien.

— Bienvenue dans le groupe », commenta-t-elle en s'allongeant sur le sol.

Exceptionnellement, elle sombra aussitôt dans un sommeil sans rêves.

◆

Lorsqu'ils s'éveillèrent, un voile blanc couvrait le sol et leurs couvertures. Thad raviva le feu pendant que Deirdra serrait frileusement son drap de laine autour d'elle. Après avoir avalé une bouchée en vitesse, ils se remirent en route.

Tout en progressant dans la forêt enneigée, le capitaine lança :

« Tu connais toute mon histoire, mais je ne sais pratiquement rien de la tienne.

— Mieux vaut que ça reste comme ça. J'ai connu l'existence classique du parfait tueur de dragons, dit-elle d'un ton amer en évitant soigneusement le regard pénétrant de son compagnon.

— Deirdra, insista Thad, Jiria et moi avons discuté pendant que tu étais... inconsciente. Elle m'a raconté les années qu'elle a passées chez Bradeus. Il t'a fait subir la même chose, n'est-ce pas ?

— Ce ne sont pas tes affaires. »

Thad n'insista pas et les deux cavaliers cheminèrent un moment en silence. Tout à coup, la jeune femme aperçut un aigle entouré de rayons solaires qui avait été maladroitement tracé à la craie sur le tronc d'un arbre.

« Deirdra ! » chuchota l'officier.

Il avait immobilisé sa monture et son index tendu désignait le pic et le bouc représentant Maestas, l'esprit de la montagne, qui avait été dessiné d'une main tremblante sur une grosse pierre. La jeune femme arrêta son destrier à son tour et dit sur le même ton :

« J'ai vu. »

En balayant les alentours du regard, elle repéra les symboles de Deirdris, de Barris et de Lettir, qui avaient été gribouillés sur deux troncs et une roche. Elle jura entre ses dents : de tous les endroits où ils pouvaient aboutir dans la forêt, il fallait qu'ils se retrouvent dans un lieu sacré ! Elle darda un œil noir sur le symbole de Noevas, convaincue que les esprits de la nature se moquaient encore une fois d'elle.

Les branchages à côté de Thad remuèrent. Deirdra porta la main à la poignée de son épée, mais le capitaine lui fit signe de ne pas bouger. La végétation s'écarta et laissa apparaître une vieille femme coiffée d'un voile gris et vêtue d'une robe blanche. Elle leva sa face ridée vers eux en révélant ses yeux d'une couleur laiteuse.

« Je sais que vous êtes là, dit-elle d'une voix chevrotante. Barris m'a envoyé une vision il y a quelques jours. Je me suis vue en train de vous accueillir à cet endroit précis. J'ai compris qu'il me fallait quitter la clairière où mes frères et sœurs devins sont installés et venir ici pour vous attendre.

— Évidemment, ironisa Deirdra. Il faut absolument avoir reçu une vision de la part de Barris pour entendre les sabots de deux chevaux qui approchent.

— Je sais aussi que tu ne portes pas les messagères des esprits de la nature dans ton cœur, fit l'aïeule en s'adressant à Deirdra.

— Que sais-tu d'autre, toi qui connais tant de choses ?

— Deirdra ! protesta Thad. C'est une sainte femme !

— Ne t'inquiète pas, fils d'Horacius, car je connais aussi la cause de son animosité à notre égard. Tu penses que nous t'avons trompée, tueuse des enfants de Deirdris. Apprends que les augures ne sont pas à blâmer pour leurs prédictions. Ils se contentent d'interpréter et de livrer les visions que leur envoient les esprits de la nature. C'est le sens que le récepteur ou la réceptrice accorde à ces prédictions qui fait toute la différence.

— C'est ça, c'est ça, grommela Deirdra avant de demander à Thad d'un ton pressant : On s'en va ?

— Une minute, dit le capitaine sans détacher les yeux de l'aveugle. Comment savez-vous que je suis le fils d'Horacius ?

— Les esprits de la nature me l'ont montré, tout comme ils m'ont permis d'entrevoir les événements vous ayant conduits jusqu'ici.

— J'en étais sûre, remarqua la tueuse de dragons en reniflant, sans parvenir à dissimuler totalement que les propos de la devineresse sur les origines de Thad avaient ébranlé son incrédulité. Et je suppose que tu es là pour nous aider ? »

La vieille femme hocha gravement la tête.

« Et comment ? En nous offrant une prédiction ?

— Non. En te parlant de Kassius. »

Cette fois, Deirdra fut incapable de réprimer sa surprise.

« Quel nom as-tu dit ? s'exclama-t-elle.

— Kassius, notre malheureux frère égaré, répéta la devineresse.

— Qui est Kassius ? s'enquit Thad.

— Le vieux fou qui prétendait avoir attiré le colossius, lui rappela Deirdra.

— Hélas, dit la vieille aveugle, il faisait plus que le prétendre. Il a bel et bien attiré le dragon.

— Quoi ! s'écrièrent presque simultanément les deux cavaliers.

— Grand est le péril d'inhaler la fumée que dégage la dragonne lorsqu'elle est jetée dans le feu, commença la devineresse en secouant tristement la tête. Seuls ceux qui ont étudié la création des esprits de la nature pendant nombre d'années y sont autorisés, et ils savent que cela requerra un sacrifice de leur part. J'y ai perdu la vue afin de contempler un monde plus vaste que ce que les yeux humains permettent de percevoir. D'autres y ont laissé leur raison en échange d'un savoir si grand que leur esprit ne pouvait le contenir tout entier. Quelques-uns de ces infortunés ont ensuite employé leur science à mauvais escient. Pour éliminer des gens sans que les esprits de la nature le demandent, par exemple.

— Comment Kassius s'y est-il pris ? demanda Deirdra d'un ton pressant. Comment a-t-il pu attirer le colossius ?

— Tu le sais en partie, Tueuse de dragons : il avait la griffe du pentalule d'une femelle colossius, qu'un tueur de dragons lui avait donnée en échange d'une prédiction. Le fils de Deirdris n'était pas très loin de l'auberge, de sorte qu'il a pu repérer l'odeur dans la nuit. Il faut en effet qu'un dragon passe à proximité de la trace olfactive. C'est ce qui explique en partie que le secret des dragons est demeuré inconnu aussi longtemps. Certains rayaient une surface d'une griffe de femelle, mais comme il n'y avait aucun mâle dans les environs pour la détecter, ils croyaient qu'ils s'étaient trompés. D'autres employaient une griffe de mâle, celle d'un autre doigt que le pentalule, ou bien n'utilisaient pas toute la griffe, de sorte qu'ils ne produisaient pas une odeur assez forte. Il est aussi arrivé que le dragon qu'ils avaient appelé les élimine et les empêche ainsi de révéler à d'autres ce qu'ils avaient découvert. Exceptionnels sont ceux qui ont survécu ou persévéré parce qu'ils possédaient plusieurs griffes de pentalules de femelles sourni ou colossi. Parmi ce nombre infime se trouvent le seigneur Creatond de Volter et Bradeus.

— Mais alors, déduisit Thad, tous les devins connaissent le moyen de contrôler les dragons ? Y compris Marvone et par le fait même Jeriad ? »

La devineresse esquissa un signe de dénégation.

« Qui peut prétendre vraiment contrôler les enfants de Deirdris, sinon Deirdris lui-même ? Seuls quelques élus détiennent ce savoir, parce qu'ils se sont risqués à inhaler le feu de la dragonne, et parmi eux, ils sont peut-être deux ou trois à avoir gardé toute leur tête ou à avoir interprété correctement les images envoyées par les esprits… Quant à la fille de Jeriad, elle n'a pas achevé sa formation. Son père est venu l'arracher aux nôtres bien avant qu'elle soit autorisée à aspirer la fumée de dragonne. Elle aurait fait un excellent augure, mais elle est partie trop tôt. Elle a fortement contrarié les esprits en ne respectant pas la dernière volonté de sa mère. Elle aurait dû s'opposer à son père.

— Pourtant, c'est la loi des esprits de la nature d'honorer son père… glissa Deirdra.

— Seulement quand cette loi n'implique pas de se détourner des esprits. Servir la nature est plus important que tout », conclut la femme, sentencieuse.

La tueuse de dragons dévisagea l'augure, troublée plus qu'elle ne souhaitait l'admettre par ses propos. Comment la devineresse aurait-elle pu savoir pour l'origine de Thad, Kassius et les griffes de dragons, n'eût été des visions que lui avaient envoyées les esprits de la nature ?

Thad s'enquit d'une voix vibrante d'indignation :

« Pourquoi est-ce que vous n'avez jamais rien dit de tout ça aux habitants de l'Austrion ? Ils auraient pu se protéger des dragons depuis longtemps !

— Les esprits de la nature l'ont interdit à Argunia, la première d'entre nous. Nous respectons leur loi.

— Mais ça ne vous empêche pas de faire des prédictions à ceux qui vous payent et de les mettre en garde contre le danger ! souligna Deirdra. Et ce sont les tueurs de dragons qu'on accuse d'être âpres au gain…

— Ce n'est pas la cupidité qui nous anime, tueuse de dragons, protesta l'augure, mais la volonté des esprits eux-mêmes. Nous pouvons révéler aux hommes les visions qui les concernent, mais nous n'avons pas le droit de partager avec eux les secrets qui leur permettraient de dominer la nature. Trop souvent, ils brisent son harmonie par leurs guerres, leur chasse et leur soif de richesses… Avant que les gens du Meridion s'installent en Austrion, ceux que vous appelez les Nordirs vivaient en paix avec les créatures de Deirdris, de Barris, de Noevas, de Maestas et de Lettir. Il a fallu que les seigneurs et leurs serfs viennent tout gâcher avec leur désir de domination et de possession, sans oublier Ubad lui-même, dont les descendants ont contribué à éliminer bien des enfants de Deirdris !

— Tout de même, ces descendants sont bien utiles quand les esprits de la nature ne vous protègent plus, susurra la jeune femme. Et c'est une chose que j'aimerais comprendre : comment des sourni et des colossi ont-ils pu massacrer les devins malgré les protections habituelles ? Et comment ont-ils fait pour repérer l'odeur des griffes de femelles à une aussi grande distance ? »

Le visage plissé de la vieille femme se crispa sous l'effort. Deirdra, estimant que la devineresse en faisait un peu trop, esquissa une moue sceptique, mais Thad semblait retenir son souffle. Finalement, l'augure exhiba ses paumes en signe d'impuissance.

« Pour ce qui est de la distance, je ne puis te répondre. L'image que les esprits nous ont envoyée à ce sujet est incompréhensible et partielle, hélas ! Tout ce que nous savons, c'est que ce sont les filles de Deirdris qui détiennent une partie de la clef de ce mystère. L'autre est liée aux humains. Or, les esprits de la nature nous transmettent seulement les visions qui concernent leurs créatures : les créations des hommes leur échappent. Il appert que le moyen d'attirer les dragons à une grande distance relève de ces dernières, ce qui expliquerait que les esprits ne parviennent pas à nous envoyer des indications claires. Quant aux protections traditionnelles, elles perdent de leur puissance parce que l'odeur des femelles devient de plus en plus irrésistible pour les colossi et les sourni mâles, puisque leurs compagnes ont pratiquement disparu. Ils sont si avides d'en trouver qu'ils réussissent à surmonter la répulsion que leur inspire l'union des cinq symboles. Au moins, ceux-ci tiennent encore à l'écart les enfants des autres esprits de la nature, aussi n'avons-nous à nous soucier que des dragons… Et puis, cela ne m'étonnerait pas d'apprendre que les sourni ont trouvé le moyen de tout simplement contourner la protection des esprits de la nature. »

Elle enchaîna, sa face ridée affichant un air songeur :

« Il n'appartient pas à de simples mortels de juger les esprits, mais Deirdris a rendu les sourni trop intelligents. Ils sont si imprévisibles que même nous avons du mal à prédire leurs actes ou à comprendre leurs agissements. Pourtant, à l'origine, Deirdris les a créés pour repousser ceux qui menacent l'harmonie de l'Austrion, au cas où les hommes ne s'en occuperaient pas. La preuve : les esprits les ont envoyés exterminer l'armée d'Ul-Tear III et une bonne partie de celle des trois seigneurs, lors de la bataille du cap de Klovius. De la sorte, les troupes du roi du Meridion n'ont plus remis les pieds en Austrion et les seigneurs n'ont pas pu se faire la guerre pendant quelques années. En fait, chaque fois qu'un dirigeant de l'Austrion ne convient pas aux esprits, ceux-ci chargent des dragons, et plus particulièrement des sourni, de les éliminer. »

Deirdra se rappela l'histoire de l'Austrion que Bradeus lui avait enseignée et éprouva un certain trouble : l'interprétation du passé proposée par la devineresse faisait écho à celle de son maître, à la différence près que Bradeus n'avait jamais présenté les dragons comme des instruments des esprits de la nature. Il affirmait simplement que les monstres étaient les véritables seigneurs de l'Austrion et que, pour gouverner le territoire, il fallait comprendre les créatures qui le peuplaient. Or, les similitudes entre les deux récits plongeaient la jeune femme dans la perplexité : la devineresse avait-elle raison ? Les dragons étaient-ils mus par la vindicte des esprits de la nature ?

Elle se frotta vigoureusement les yeux. Son esprit affaibli par le sevrage de dragonne se laissait perturber trop aisément. Elle devait se ressaisir. C'était la femme qui fabulait, pas elle : après tout, ce n'étaient pas tous les détails de son explication des attaques de dragons qui fonctionnaient et Deirdra pouvait le prouver. Elle lança :

« Ce sont tout de même des sourni et des colossi qui ont tué plusieurs de tes frères et de tes sœurs. Serais-tu en train de dire que les esprits veulent se venger de vous, leurs plus loyaux serviteurs ?

— Il ne m'appartient pas de juger les actes des esprits de la nature, réitéra l'aïeule avec obstination. Leurs desseins sont plus grands que notre existence. S'il faut que plusieurs d'entre nous se sacrifient afin que leurs intentions se concrétisent, alors c'est de bonne grâce que nous nous plions à leur volonté.

— Étant donné que quelques-uns d'entre vous connaissent le moyen d'attirer les dragons, pourquoi est-ce que vous ne vous protégez pas contre lui ? s'enquit Thad avec une expression troublée.

— Je vous l'ai dit, fils d'Horacius : les esprits communiquent avec nous par images, non par sons ou par odeurs. Si un ou deux d'entre nous ont réussi à interpréter correctement ces visions et à comprendre que l'odeur produite par les griffes du pentalule de femelles dragons et le meurtre de nos sœurs et de nos frères sont liés, nous ignorons ce que sentent ces effluves. De toute façon, si les esprits de la nature ont décidé que la mort de nos frères et de nos sœurs était nécessaire pour servir leur dessein, il n'est rien que nous eussions pu faire pour l'empêcher, conclut-elle, fataliste.

— Et bien sûr, tu ne peux pas nous dire quel est ce dessein, supposa la tueuse de dragons.

— Tu as bien compris », dit la vieille femme.

Plutôt que de laisser le temps à Deirdra de répliquer, elle tourna ses yeux blancs vers Thad et déclara brusquement :

« Je connais la question que tu veux me poser, fils d'Horacius, et je te donnerai la réponse des esprits de la nature. Devenir l'héritier de Volter n'ira pas à l'encontre des traditions, puisque le sang d'Horacius coule dans tes veines. Ce qui risque d'offenser les esprits de la nature, par contre, c'est la façon dont tu t'empareras de ton héritage, si tu décides de le faire.

— Et comment dois-je procéder pour ne pas les offenser ?

— "Les dignes descendants d'Ubad et les filles de Deirdris te montreront la voie, si tu souhaites l'emprunter", déclara la messagère d'un ton solennel. C'est là ce que signifie la vision que les esprits de la nature m'ont transmise.

— C'est comme ça que vous vous y prenez ? releva Deirdra, mordante. Vous faites la même prophétie à tout le monde, en variant deux ou trois petites choses ?

— Qu'est-ce que tu veux dire ? demanda Thad.

— Il y a quelques semaines, ses consœurs de la montagne de Faureg m'ont servi la même salade ! Je ne me rappelle pas leurs mots exacts, mais elles disaient que les dignes descendants d'Ubad et les filles de Deirdris me conduiraient au bonheur, si je souhaitais emprunter la voie qu'ils me montraient.

— C'est moi l'aveugle, mais c'est toi qui es incapable de voir que vos destinées sont liées ! rétorqua la devineresse.

— Ah oui ? Pourtant, c'est curieux, mais depuis que j'ai rencontré Thad, j'ai connu plus de malheurs que de bonheurs ! À moins que notre bonheur réside dans le fait d'être tués par des sourni, selon la volonté des esprits de la nature !

— Je ne suis que la messagère. C'est à toi de donner un sens aux paroles spirituelles.

— Si c'était vraiment à moi, tu me décrirais ce que tu as vu et tu me laisserais me forger ma propre idée, rétorqua Deirdra. J'ai l'impression que tu as sacrifié ta vue en vain : au lieu de te permettre de contempler un autre monde, tu es devenue aveugle dans deux d'entre eux ! »

Sur ce, elle talonna sa monture et la fit contourner l'aïeule. Cette dernière ne broncha pas, même quand le cheval l'effleura. Avant que le rideau des arbres sépare Deirdra du capitaine et de l'augure, elle entendit le premier implorer :

« Vous avez le pouvoir de vous faire entendre des esprits. Dites-leur que ce ne sont pas tous les habitants de l'Austrion qui méritent d'être détruits…

— Je leur livrerai ton message, fils d'Horacius, mais il n'est pas certain que les esprits puissent encore intervenir auprès de leurs enfants. Ceux-ci sont comme moi et les forces de la nature : ils sont aveugles.

— Il n'y a donc rien à faire pour mes semblables ? »

Deirdra pouvait toujours saisir leur conversation. Elle immobilisa sa cavale et tendit l'oreille, curieuse de connaître la réponse de la vieille femme.

« Tu es un homme bon, fils d'Horacius. Je vais te donner un conseil : au lieu de chercher à les contrôler, comprends et respecte les enfants des esprits de la nature. Et surtout, quand tu auras découvert l'abomination qui permet de capter l'attention des fils de Deirdris à une grande distance, détruis-la. Alors, tu auras droit à l'appui des esprits.

— Je ferai ce que je peux », promit l'officier.

Deirdra l'entendit saluer l'augure et remettre son cheval en route. Elle se hâta de pousser son propre destrier.

« Tu n'es pas rendue plus loin que ça ? » constata Thad d'une voix glaciale.

Il amena sa cavale à côté de la sienne et enchaîna sur le même ton :

« En tout cas, tu sais vraiment comment témoigner aux saintes femmes le respect auquel elles ont droit.

— Je pensais qu'il fallait penser par soi-même, non croire aux prédictions des autres !

— Je souhaite seulement ne pas offenser les esprits de la nature.

— Si la vieille folle a raison, tu fais partie des exceptions ! »

Il resta coi. Après quelques instants, Deirdra lui demanda :

« Il ne te resterait pas de ces feuilles que tu m'as données hier soir ?

— Peut-être, répondit le capitaine d'un ton neutre.

— J'en prendrais bien une… »

Thad leva les yeux vers le ciel.

« Deirdra, je ne t'ai pas libérée d'une dépendance pour que tu en développes une autre !

— Allez, Thad, s'il te plaît…

— Tu feras tout ce que je veux, c'est ça ? »

Elle piqua un fard.

« Tu peux les garder pour toi, tes saloperies de feuilles ! »

Elle obligea sa monture à passer devant celle du capitaine et s'isola dans un silence boudeur. Elle avait conscience que son comportement était totalement puéril. Cependant, sans dragonne pour apaiser ses nerfs, elle n'arrivait toujours pas à contenir les émotions qui l'assaillaient… surtout que la rencontre avec la vieille femme l'avait troublée au plus haut point, l'amenant, pour la première fois de son existence, à se demander si les propos des augures relevaient vraiment du délire ou s'ils pouvaient avoir un fond de vérité. Un tel doute était d'autant plus préoccupant qu'il impliquait que les esprits de la nature avaient confié aux dragons la mission d'exterminer quiconque perturbait l'harmonie de l'Austrion. Or, il n'y avait pas d'individus plus perturbateurs que les fauteurs de troubles eux-mêmes.

Le besoin de dragonne de Deirdra s'accrût. Faute de pouvoir le satisfaire et trop fière pour supplier Thad de plus belle, elle fut contrainte d'affronter à jeun les réflexions désagréables qui découlaient des paroles de l'augure.

◆

À l'orée de la forêt de Galeg, tout près de l'endroit où la rivière Barlettis se jetait dans la rivière Letbar pour devenir le fleuve Bar-Lettad, des paysans s'affairaient à couper du bois, les deux pieds enfoncés dans une épaisse couche de neige. À la vue des deux cavaliers, ils suspendirent leur geste et les dévisagèrent d'un air suspicieux. Deirdra et Thad les ignorèrent et espérèrent que la rumeur que des étrangers avaient pénétré dans Xorond ne se rende pas trop rapidement aux oreilles des soldats qui sillonnaient la seigneurie. Ils chevauchèrent de jour comme de nuit à travers les champs enneigés en longeant le fleuve Bar-Lettad. Dès qu'une patrouille apparaissait dans le lointain, ils veillaient à se dissimuler. Leurs échanges, ramenés à l'essentiel depuis qu'ils avaient croisé la devineresse aveugle, prirent la forme d'ordres brefs et d'avertissements à partir du moment où ils s'engagèrent sur les terres de Lanfas. La prudence leur imposait un qui-vive constant.

À la fin d'une journée, ils contournèrent le lac Lettusis et traversèrent le champ qui les séparait de la futaie de Cobas. Des petites fermes de pierres au toit de chaume apparurent sur l'horizon, éclairées par la lune argentée. Une mince volute de fumée s'échappait de leur cheminée. Deirdra et Thad bifurquèrent pour les contourner. Le champ prit fin et ils aboutirent sur un petit sentier de terre battu couvert d'une fine pellicule de neige. Sans se consulter, ils l'empruntèrent et continuèrent en direction du sud. Des flocons glacés quittèrent le ciel nocturne et tombèrent sur les cheveux attachés de Thad et sur la capuche qui protégeait la tête hérissée de poils drus de Deirdra. Comme elle avait perdu tout ce qui faisait d'elle une tueuse dans la rivière Lettoseus, elle ne se souciait plus de les raser.

Le martèlement sourd de sabots de chevaux lancés au galop brisa le silence. Deirdra voulut presser sa monture, mais Thad esquissa un signe de dénégation.

« Non ! Ça va éveiller leurs soupçons ! On continue à avancer lentement. Ils vont peut-être nous prendre pour de simples voyageurs. »

Il rabattit le capuchon de sa cape sur sa tête.

Peu après, les cavaliers les dépassèrent, puis s'immobilisèrent sur la sente. Deirdra et Thad les imitèrent. Sous son manteau de laine, la jeune femme serra la poignée de son arme.

Une dizaine de soldats vêtus de cuirasses en peau de minusius recouvertes de capes de drap épais se tenaient devant eux. De lourdes épées pendaient à leur côté. En cas d'affrontement, Deirdra évalua que Thad et elle ne feraient pas le poids.

« Holà, voyageurs ! dit l'homme de tête. Qu'est-ce qui vous amène à Xorond ? »

Thad se raidit et Deirdra réprima un tressaillement en reconnaissant l'homme au nez cassé qui avait parlé : c'était Ossiar, le capitaine de la seigneurie. Il pouvait les identifier facilement. Heureusement, les capuches profondes de Thad et de Deirdra dissimulaient la majeure partie de leurs traits. Il ne restait plus qu'à empêcher Thad de parler, car Ossiar reconnaîtrait assurément sa voix. Deirdra se dépêcha de déclarer d'une voix qu'elle souhaitait calme :

« Mon mari et moi nous rendons à Queltiar. Des affaires de famille.

— Depuis quand une femme parle-t-elle à la place de son mari ? releva Ossiar.

— Mon mari est muet. Il est né comme ça, le pauvre, mais il a toute sa tête, vous savez !

— Et d'où arrivez-vous ?

— De Frodis, dans la forêt. »

Les hommes échangèrent un regard surpris. Deirdra se mordit les lèvres. Elle n'avait peut-être pas opté pour le meilleur mensonge.

« Vous venez des terres sauvages ? Vous êtes plutôt pâles, pour des Nordirs ! »

Le regard d'Ossiar s'était posé sur les mains nues de la tueuse de dragons. Elle réfléchit à toute vitesse, en quête d'une solution pour se tirer de ce mauvais pas. Deux groupes vivaient dans le nord et un troisième y rôdait. Or, Ossiar venait de la priver de la possibilité de prétendre appartenir aux Nordirs. Il ne lui restait plus qu'à affirmer faire partie de la bande d'individus qui voulait se soustraire à l'autorité des seigneurs, ou alors dire qu'elle était une tueuse de dragons…

« Seuls ceux qui souhaitent échapper à la justice des seigneurs vont vivre parmi les Nordirs, déclara Ossiar en faisant écho aux déductions de Deirdra. Montrez-nous votre visage, tous les deux ! »

La jeune femme asséna un vigoureux coup de talon à sa monture, qui fonça dans le champ à la droite du sentier. Thad la suivit et ils galopèrent côte à côte. Leurs capuches glissèrent de leur tête et ils entendirent Ossiar s'exclamer :

« C'est le capitaine Thad ! Rattrapez-les ! »

Le grondement sourd de chevaux à la course résonna derrière les deux fuyards, dont les destriers filaient à toute allure en soulevant des monceaux de neige. La tueuse de dragons jeta un coup d'œil derrière elle. Les poursuivants se rapprochaient à toute vitesse.

Deirdra et Thad contraignirent leurs montures à accélérer. Cependant, les hommes de Xorond possédaient visiblement des bêtes en meilleure forme que les leurs et ils grignotèrent peu à peu leur avance. Deux guerriers se glissèrent de part et d'autre de l'homme et de la femme. L'un des soldats tendit la main pour attraper la bride du cheval de Deirdra, mais perdit l'équilibre. Il abandonna la manœuvre pour reprendre son aplomb.

La jeune femme vit que Thad avait dégainé son épée et tenté de repousser son opposant. Ce dernier pressa sa monture, qui gagna en vitesse et dépassa celle de l'officier. Il s'immobilisa à quelques pas devant lui pour lui barrer la route. Deux autres hommes de Xorond doublèrent Deirdra par la gauche et rejoignirent leur confrère. La tueuse de dragons obligea sa monture à décrire une courbe. Les soldats qui la suivaient avaient prévu sa réaction : ils formèrent un demi-cercle pour lui couper la voie. Elle fit virevolter son cheval. Toutefois, le cavalier qui avait tenté de saisir ses rênes s'était arrêté lui aussi et avait tiré son épée.

« Rends-toi ! »

De mauvaise grâce, la jeune femme obéit et constata que Thad était obligé de faire de même. Les soldats s'approchèrent d'eux et leur prirent leurs armes. Ensuite, Ossiar vint placer son cheval devant les coursiers des deux prisonniers.

« Thad ! Tu as enfin décidé de te montrer ! Je commençais à m'inquiéter !

— C'est trop gentil de t'en faire pour moi.

— Qu'est-ce que tu fabriques au sud de Xorond ?

— Ça ne te regarde pas.

— À partir du moment où tu pénètres dans Xorond, Thad, tout ce que tu fais me regarde… tout comme cela concerne monseigneur Lanfas. Comme tu ne veux pas me parler, monseigneur saura te tirer les vers du nez. Attachez-le, ordonna-t-il à ses hommes. Monseigneur sera très content d'écouter ce que l'ancien capitaine de la garde d'Horacius a à raconter.

— Et elle ? demanda un soldat en désignant Deirdra.

— Emmenez-la aussi. Monseigneur décidera de son sort. »

Pendant que les soldats les ligotaient, Thad lança à Ossiar :

« Qu'est-ce que vous fichez dans le sud ? Lanfas aurait-il déclaré la guerre à Jeriad ?

— L'harmonie règne entre Xorond et Queltiar, décréta Ossiar. En route ! »

Les soldats et leurs captifs s'exécutèrent. Le capitaine de Xorond veillait à mener personnellement le cheval de Thad par la bride. Ce dernier en profita pour demander :

« Jeriad a-t-il fait exécuter mes hommes ? »

Son gardien fronça les sourcils.

« Que veux-tu dire ?

— Jeriad a fait emprisonner les hommes qui me sont restés fidèles. Il a menacé de les mettre à mort. Je veux savoir s'ils sont toujours en vie.

— Pourquoi tes hommes sont-ils prisonniers alors que toi, tu es libre ?

— C'est une longue histoire. Dis-moi seulement si Jeriad a organisé une exécution quelconque au cours des dernières semaines.

— Je n'ai rien entendu de tel. Et comme je rôde souvent par ici, je serais le premier à être au courant si un tel événement avait eu lieu. »

Thad poussa un profond soupir de soulagement.

« J'en déduis que tu espionnes fréquemment Jeriad ?

— Il est tout naturel que monseigneur Lanfas veuille être le premier informé s'il y a un mouvement important de troupes sur les terres de ses voisins, justifia l'homme au nez cassé. Ce n'est pas de l'espionnage, c'est de l'information !

— Si tu tiens à jouer sur les mots… »

Plutôt que de répondre, Ossiar s'emmura dans un silence hostile. Deirdra et Thad firent de même.

◆

Sitôt qu'Ossiar, ses hommes et leurs prisonniers eurent pénétré dans les murs du château de Lanfas, le capitaine de Xorond fit prévenir son seigneur qu'il avait une nouvelle de la plus haute importance à lui apprendre. La réponse ne fut pas longue à venir : Lanfas allait le recevoir.

Les liens de corde qui retenaient les poignets de Thad et de Deirdra furent remplacés par des fers. Ossiar, quatre gardes et les captifs se dirigèrent vers la salle d'étude de la forteresse. Quand ils y entrèrent, Deirdra remarqua que la plupart des dégâts que Thad, elle et les soldats de Volter avaient infligés à la pièce lors de leur évasion avaient été réparés. Quelques éraflures laissées par les fers des chevaux, les flèches et les griffes des minusi sur la pierre du plancher et des murs attestaient leur passage. Les boîtes de verre qui contenaient les insectes n'avaient pas été remplacées.

Lanfas était assis derrière une écritoire et contemplait rêveusement une grosse araignée piquée au bout d'une aiguille. À l'entrée des visiteurs, ses traits affichèrent une vive surprise, puis il se hâta de la dissimuler derrière un rictus.

« Le capitaine Thad et sa pétulante consœur ! s'écria-t-il en posant délicatement son araignée. L'attaque des minusi, très chère, c'était ton idée ou est-ce que Thad t'a aidée ? »

À travers la jovialité affectée, une colère mal contrôlée faisait vibrer la voix du seigneur. La jeune femme soutint son regard noir et déclara :

« C'était mon idée.

— Donne-moi une bonne raison pour que je ne te fasse pas exécuter sur-le-champ.

— Nous avons d'importantes informations pour vous, monseigneur, intervint précipitamment Thad. Si importantes, en fait, que vous, et vous seul, devez les entendre. »

Lanfas examina l'ancien capitaine de Volter quelques instants, comme pour jauger sa sincérité. Il dit finalement :

« Laisse-nous, Ossiar. Je veux écouter ce que Thad a à me dire.

— Monseigneur, ce n'est pas prudent !

— Ils sont couverts de chaînes, Ossiar, et je sais me battre. Sors. Et la prochaine fois, abstiens-toi de me réserver une surprise. Je déteste être surpris.

— Oui, monseigneur. »

L'officier salua Lanfas avec raideur et quitta la pièce en compagnie de son escorte.

« Les bons capitaines sont difficiles à trouver, commenta Thad.

— Ce ne sont pas tous les seigneurs qui ont eu la chance d'Horacius. »

Thad dévisagea Lanfas avec étonnement : le compliment ne paraissait pas relever de l'ironie. Deirdra, tout aussi stupéfaite que son compagnon par le commentaire du seigneur, songea qu'il s'agissait peut-être d'une de ces fameuses volte-face imprévisibles de Lanfas dont Vosas avait parlé.

« Je croyais que vous nous détestiez, monseigneur et moi ! s'exclama l'officier.

— Au contraire. J'ai toujours respecté Horacius comme guerrier et comme meneur d'hommes, tout comme j'ai toujours reconnu ta valeur, déclara calmement Lanfas. C'est précisément pourquoi je me suis toujours méfié de vous. Des combattants de votre trempe auraient pu s'emparer de Xorond. Heureusement qu'Horacius tenait plus à me faire signer un traité de paix qu'à dominer l'Austrion. Alors, que faisiez-vous de nouveau sur mes terres ?

— Nous ne faisions que les traverser quand Ossiar nous a arrêtés, répondit le capitaine. Nous avons des choses à régler.

— Des choses plus importantes que votre vie ?

— Jeriad détient mes hommes. Je suis revenu pour les libérer avant qu'il les exécute.

— Le capitaine Thad : un homme si bon et si loyal qu'il aurait été un excellent devin, si Horacius n'avait pas eu besoin de lui, énonça Lanfas avec un gloussement moqueur. Et elle ?

— Elle m'accompagne.

— Ah ? Il faut me raconter.

— C'est une longue histoire.

— J'ai tout mon temps. Asseyez-vous. »

D'un geste, il désigna les chaises devant l'écritoire. Deirdra et Thad obéirent. À la vive surprise de la jeune femme, Thad ne se fit pas prier pour narrer au seigneur ses mésaventures depuis qu'il s'était enfui de Volter, ne passant sous silence que le lien entre les griffes du pentalule des femelles sourni et colossi et l'odeur aigre, ainsi que la rencontre avec la vieille devineresse. La tueuse de dragons s'abstint de lui couper la parole, soulagée qu'il ne révèle pas les découvertes les plus importantes de leur périple. Néanmoins, en son for intérieur, elle espérait que son compagnon avait un plan, car il en révélait beaucoup plus au noble excentrique que la prudence ne l'autorisait.

Lanfas écouta attentivement le récit de l'ancien capitaine de Volter, ne l'interrompant que dans le but de lui demander une précision ou de régler quelque affaire en cours lorsqu'un de ses hommes venait le consulter. Au bout d'une heure, Thad mit un point final à son histoire. Le seigneur demeura pensif un long moment, puis dit :

« Je suppose que vous avez faim.

— J'ai surtout soif », avoua le capitaine tandis que Deirdra acquiesçait.

Lanfas se dirigea vers la porte, l'ouvrit et glissa quelques mots à une sentinelle dans le couloir. Ensuite, il revint s'installer en face de ses prisonniers.

« À présent, tu vas nous jeter en prison, pas vrai ? dit Deirdra.

— Faux, répondit Lanfas. Il n'est pas nécessaire que je vous enferme : vous n'avez nulle part où aller ! Vous signez votre arrêt de mort si vous vous aventurez à Volter ou à Queltiar, précisa-t-il avant de s'adresser à Thad : Notre conversation n'est pas terminée. Je veux en savoir plus à propos de la possibilité de contrôler les dragons. Je dois consulter Javor à ce sujet. Peut-être son propre maître avait-il mentionné quelque chose. »

À la mention de Javor, Thad et Deirdra échangèrent un coup d'œil.

« À ce propos, fit l'ancien capitaine de Volter, pourquoi Javor est-il allé poser des questions sur moi à mon maître ? »

Si Lanfas fut étonné que Thad soit au courant, il le dissimula parfaitement sous un éclat de rire si ostentatoire que Deirdra se rappela que le seigneur avait la réputation de ne pas avoir toute sa tête.

« Disons que c'est par intérêt scientifique, répondit le seigneur lorsque son accès d'hilarité fut passé. Quand ma curiosité est piquée, j'aime aller au fond des choses. En devenant capitaine de Volter à vingt ans, tu m'as intrigué, Thad. Après tout, Horacius avait des officiers beaucoup plus expérimentés que toi dans son état-major, à commencer par Desmond. J'ai donc voulu te connaître un peu mieux.

— J'espère que vous avez été content de ce que vous avez découvert, dit froidement le capitaine.

— Très, fit Lanfas avec une expression indéchiffrable avant d'annoncer: Il est tard. Vous devez être fatigués…

— Une question encore, intervint son vis-à-vis. Et mes hommes ? »

Lanfas fit un geste agacé.

« Leur sort m'indiffère. Je vais vous faire préparer des chambres… À moins bien sûr que vous ne préfériez partager le même lit ?

— Nous prendrons des chambres séparées », se dépêcha de répondre Thad en jetant un regard d'avertissement à Deirdra.

Pourtant, cette dernière n'avait nullement envie de répliquer. Décontenancée par la bienveillance surprenante de Lanfas et la franchise de Thad, elle se mordait les lèvres pour ne pas laisser s'échapper les dizaines de questions qui se pressaient contre elles. La première et non la moindre de ces interrogations portait sur la visite récente de Javor à maître Corsas: si Lanfas avait été aussi intrigué par le jeune capitaine de Volter, pourquoi avait-il attendu tout ce temps avant d'ordonner à Javor d'effectuer une recherche sur ses origines ?

◆

Deirdra tournait en rond dans la chambre où Lanfas l'avait logée. Cinq jours s'étaient écoulés depuis son arrivée au château de Xorond. Elle avait peu vu Thad pendant cette période. Lorsqu'il était passé en coup de vent dans ses appartements pour s'assurer qu'elle allait bien, il lui avait dit qu'il s'entretenait fréquemment avec le maître des lieux. Lanfas était désormais obsédé par la possibilité de diriger les dragons et avait toujours de nouvelles précisions à demander à Thad. Même si la jeune femme avait plus d'expertise que le capitaine de Volter en la matière, Lanfas évitait de la consulter, il préférait à la rigueur s'en remettre à Javor, l'ancien tueur de dragons à son service, s'il avait besoin de certaines informations supplémentaires sur les monstres.

Pour meubler ses longues journées de solitude, Deirdra avait pris l'habitude de gagner la salle d'entraînement des soldats. À son vif étonnement, elle avait découvert dès le premier jour qu'elle était libre d'aller où bon lui semblait dans le château, du moment qu'elle n'en sortait pas. Elle tâchait donc de récupérer la force et la souplesse qu'elle avait perdues au cours de sa convalescence. La première fois qu'elle s'était présentée devant les soldats d'Ossiar avec l'intention de participer à leur entraînement, ceux-ci l'avaient accueillie avec les moqueries habituelles. Après qu'elle eut réussi à terrasser l'un d'entre eux, son agressivité compensant la raideur de ses muscles, les soldats avaient toléré qu'elle se joigne à eux, à défaut de l'accepter comme l'une des leurs. De toute manière, elle n'en demandait pas tant.

En dehors de ses séances d'entraînement, elle restait à ruminer dans sa chambre. Elle avait promis d'aider Thad à sauver ses hommes et à élucider le mystère des dragons. Toutefois, lorsque ces deux affaires seraient réglées, que ferait-elle ? Elle avait perdu tout ce qui faisait d'elle une tueuse de dragons : pourrait-elle tout de même reprendre son ancienne vie ? À moins qu'elle aille s'établir dans l'un des villages des Nordirs… seulement, à part tuer des dragons, elle ne savait pas faire grand-chose de ses dix doigts. Se rendre dans les monts de Maestas et périr sous les griffes d'un dragon était en définitive son unique solution…

En supposant évidemment qu'elle ne se fasse pas tuer avant cela par des humains.

Des coups frappés à la porte de sa chambre la tirèrent de ses pensées.

« Entre ! » dit-elle, certaine qu'il s'agissait de Thad.

Le battant s'écarta en révélant un domestique qui lui adressa une salutation hésitante, à mi-chemin entre le salut familier et la révérence.

« Le seigneur Lanfas sollicite votre présence, demois… »

Il s'interrompit. Puisque son masque poli se fissurait tant son mépris à l'endroit de Deirdra était grand, il dit plutôt :

« … tueuse de dragons. »

La jeune femme, amusée par son trouble, suivit l'homme dans le couloir. Apparemment, il avait pour instructions de la traiter avec la déférence due aux invités. Or, l'une des règles d'or de l'étiquette de l'Austrion était précisément de ne pas associer bienséance et tueurs de dragons, de sorte que le serviteur peinait à obéir aux ordres de son maître.

Deirdra emprunta le parcours désormais familier qui menait à la salle d'étude. Quand elle y entra, elle découvrit que le seigneur n'était pas seul : Thad, Ossiar et un paysan aux vêtements épais humides de neige fondue se tenaient devant une table sur laquelle une carte était déroulée. Sous le long manteau de laine de l'inconnu, la tueuse de dragons aperçut la pointe d'une épée. Thad lui adressa un signe de salutation. Elle allait lui rendre la pareille lorsque Lanfas prit la parole d'un ton agacé :

« Approche-toi, tueuse de dragons, mais sache que c'est Thad qui désire ta présence. Je m'en serais passé.

— Monseigneur, Deirdra fait partie de mes hommes. Elle a le droit de connaître le sort qui attend ses compagnons d'armes, justifia Thad. Je ne voulais surtout pas vous manquer de respect.

— Tu as décidément de curieux critères pour choisir les membres de ton armée. Les abeilles ne fraient pas avec les araignées.

— Je vous l'ai dit, monseigneur : elle détient des informations importantes sur l'affaire qui vous intéresse.

— Oui, oui, rétorqua Lanfas d'un ton impatient. Commençons, nous avons perdu assez de temps. Voici Pulir, annonça-t-il en désignant le paysan à l'épée. C'est l'un de mes hommes. Il possède une terre près de Codmus.

— Je ne pensais pas que Jeriad acceptait que les guerriers de Xorond logent sur ses terres, s'étonna Thad.

— Ce que le seigneur Jeriad ignore ne trouble pas son sommeil, dit Pulir. J'ai acheté cette terre à un vieil homme dont les fils avaient été tués par un colossius. Comme il n'avait plus assez de force pour s'en occuper, il a été très heureux de la vendre.

— Je doute que la solde d'un soldat soit suffisante pour payer une terre, commenta Thad. Je suppose que quelqu'un t'a prêté un peu d'or… »

Lanfas esquissa un sourire.

« Je voyais cela comme un investissement. Il faut toujours se tenir au courant des agissements de nos voisins.

— Est-ce indiscret de demander combien de ces "paysans" sont postés sur les terres de Jeriad… et sur celles de Petrior ?

— Oui, c'est indiscret. Disons seulement que j'aimerais en avoir plus. Ainsi, je ne serais plus obligé de dépêcher mes hommes à Volter et à Queltiar pour me tenir au courant de ce qui s'y trame.

— Monseigneur ! prévint Ossiar, alarmé.

— Thad avait parfaitement compris que tes hommes et toi reveniez des terres de Jeriad quand vous lui êtes tombés dessus. À qui veux-tu qu'il aille nous dénoncer ? Il n'a plus d'alliés dans les seigneuries voisines. Quant à elle… Eh bien, c'est une mangeuse de cœurs ! conclut-il en jetant un regard méprisant à Deirdra. Mais revenons à nos affaires : Pulir, dis-leur ce qui se passe sur les terres de Jeriad. »

Le faux paysan se tourna vers Thad.

« Les crieurs publics ont annoncé qu'une exécution aura lieu à la fin de la prochaine lune. Les coupables, qui sont accusés de traîtrise, seront décapités publiquement sur la grande place de Metireg. »

Deirdra fit un calcul mental rapide : Thad n'avait plus qu'une semaine pour sauver ses hommes.

« Merci, dit Lanfas à Pulir. Tu peux te retirer. Passe voir mon argentier. Il te donnera dix pièces d'or.

— Monseigneur est très généreux, dit le soldat en réprimant mal sa joie.

— Ce n'est pas de la générosité, c'est un salaire. Continue à me tenir au courant de ce que fait Jeriad et il y aura toujours un sac de pièces pour toi. »

Pulir salua et se retira. Lanfas se tourna vers Thad et Ossiar.

« À présent, que faisons-nous ? »

Les deux capitaines le dévisagèrent, interloqués.

« Nous ? répéta Thad.

— Cette histoire ne nous concerne pas, monseigneur ! protesta Ossiar.

— Les ennemis de Jeriad et de Petrior sont nos amis, Ossiar. Et toute occasion de contrarier mes voisins doit être saisie.

— Mais je croyais que le sort de mes hommes vous indifférait ? s'étonna l'ancien tueur de dragons.

— Seuls les fous ne changent pas d'avis », énonça Lanfas d'un ton sentencieux.

Ou en changent trop souvent, songea Deirdra, tout aussi surprise que son compagnon par le revirement du seigneur.

« Monseigneur, avec tout le respect que je vous dois, c'est de la pure folie ! protesta Ossiar. Si vous intervenez dans un conflit qui ne concerne que Thad, Jeriad et Petrior verront cela comme une déclaration de guerre ! Et je vous rappelle que nous n'avons pas assez d'hommes pour affronter les armées réunies de Volter et de Queltiar ! »

En levant une main autoritaire, Lanfas coupa court aux contestations de son capitaine.

« J'ai bien appris ma leçon lors de la bataille de Codmus : je sais que mes troupes ne peuvent rivaliser avec les forces réunies de mes voisins. Il est trop tôt pour engager le combat contre eux. Je compte sur vous pour concevoir un plan qui, s'il échoue, empêchera Jeriad et Petrior de remonter jusqu'à moi. Thad et toi êtes les deux plus fins stratèges de l'Austrion. À vous deux, vous devriez arriver à concocter quelque chose !

— Pourquoi est-ce que j'accepterais de travailler avec mon ennemi ? demanda Ossiar.

— Parce qu'il n'est plus tout à fait ton ennemi et qu'il a le moyen de nous aider à remporter la victoire quand nous serons prêts à affronter Jeriad et Petrior.

— Lui ? répéta Ossiar d'un ton incrédule.

— Moi ? fit Thad en écho. Vous parlez du moyen de diriger les dragons ? Mais je vous l'ai dit, monseigneur : même si nous savons qu'il existe, nous ne le connaissons pas encore !

— La victoire ne dépend pas uniquement des dragons. Le combat au cap de Klovius contre Ul-Tear III nous a appris que ce serait plutôt le contraire. Je veux parler de ton armée.

— Je n'ai plus d'armée, rappela l'ancien capitaine de Volter. Elle est sous les ordres de Desmond et de Petrior, à présent.

— Temporairement sous leurs ordres, rectifia Lanfas. Tes soldats se hâteront de se rallier à toi quand ils apprendront que Petrior a usurpé le trône de l'héritier légitime d'Horacius.

— Quoi ! » s'écria Ossiar.

Thad blêmit tandis que Deirdra écarquillait les yeux, sous l'effet tant de la surprise que d'une certaine admiration pour la rouerie de Lanfas, qui avait dissimulé pendant tout ce temps qu'il était au courant des origines de Thad.

« Co… comment avez-vous appris ça ? balbutia le fils d'Horacius.

— Croyais-tu vraiment pouvoir me cacher une information aussi importante ? Quand la rumeur qu'Horacius était gravement malade a commencé à circuler, il y a quelques mois, je me suis demandé pourquoi il n'ordonnait pas à Petrior de revenir du cap de Klovius pour le préparer à régner sur Volter. J'ai donc confié à Javor la mission de creuser un peu plus ton passé. Je me doutais bien que tu étais un bâtard, puisque tu as été un tueur de dragons. Il ne restait plus qu'à obtenir la confirmation que tu étais le fils illégitime d'Horacius. Ton ancien maître avait bien collaboré par le passé, en me révélant que tu étais un mangeur de cœurs. Il a volontiers coopéré de nouveau, une fois que Javor lui eut versé suffisamment d'or pour lui délier la langue… »

Thad et Deirdra échangèrent un regard consterné. La jeune femme n'était guère étonnée d'apprendre que maître Corsas avait été l'informateur de Lanfas : elle était bien placée pour savoir qu'il ne fallait jamais se fier aux tueurs de dragons ni à leurs maîtres.

◆

Le temps pressait. Thad s'enferma avec Ossiar et Deirdra dans l'armurerie, là où le capitaine de Xorond travaillait généralement, et ils tâchèrent de mettre au point un plan pour secourir les soldats de Volter. Visiblement, la présence de la tueuse de dragons déplaisait à Ossiar, aussi Thad dut-il lui expliquer que Deirdra avait été de bon conseil par le passé. Comme l'officier au nez cassé savait désormais qu'elle était à l'origine de l'attaque des minusi et de l'évasion spectaculaire de Thad et de ses hommes quelques semaines plus tôt, il reconnut du bout des lèvres qu'elle pouvait avoir son utilité. Néanmoins, il fit clairement comprendre à la jeune femme qu'elle avait intérêt à n'ouvrir la bouche qu'en cas d'extrême nécessité. Autrement, elle serait expulsée de l'armurerie. Lasse d'avoir été tenue à l'écart des discussions au cours des derniers jours, Deirdra accepta de se plier aux conditions d'Ossiar.

Au fil des échanges entre les deux capitaines, elle remarqua que l'officier de Xorond évitait soigneusement de poser la moindre question à Thad à propos de la révélation de Lanfas. Toutefois, Deirdra avait l'impression que l'attitude d'Ossiar avait changé : sans aller jusqu'à la déférence, il était désormais plus résigné que froid. Si Thad s'en rendait compte, il ne paraissait pas s'en soucier. En effet, toute son attention était consacrée au plan à concevoir pour sauver ses hommes.

Le nœud de l'affaire était de s'assurer que, dans l'échec comme dans la victoire, Jeriad et Petrior ne puissent remonter jusqu'à Lanfas. Cependant, étant donné que les traits d'Ossiar et de Thad étaient connus de bon nombre d'habitants de l'Austrion, les deux capitaines discutèrent un moment de l'idée de se déguiser en serfs. Malgré le fait qu'un tel accoutrement leur permettrait de passer inaperçus, le problème était qu'un serf portant une épée aurait tôt fait d'attirer l'attention des sentinelles de Queltiar. Or, ils auraient besoin de toutes les armes possibles pour aider les hommes de Thad à s'enfuir.

« Des contrebandiers, proposa Ossiar. Vêtus d'une cuirasse en peau de minusius, d'un heaume et de perruques, personne ne pourra nous reconnaître. C'est souvent comme ça que mes hommes et moi avons procédé pour surveiller les autres seigneuries. »

Thad secoua la tête.

« Ça fonctionne pour une troupe restreinte. Cependant, nous devrons être plus qu'une demi-douzaine pour sauver mes hommes. Une vingtaine de trafiquants qui voyagent ensemble se feront inévitablement remarquer. Et comment s'assurer qu'on ne nous mettra pas aux arrêts ? »

Ossiar acquiesça à contrecœur.

« Varions les déguisements. Certains hommes s'habilleront en serfs, d'autres en marchands ambulants, d'autres en contrebandiers. Comme ceux-ci ne transporteront pas de morceaux de dragons avec eux, ils seront peut-être fouillés, mais on ne les jettera pas en prison. Pas de preuves, pas de geôles. Ça fonctionne à tous les coups.

— Très bien. Et en quoi nous habillerons-nous, afin de ne pas être reconnus ? »

Les deux hommes se turent, le front plissé, les sourcils froncés. Deirdra réprima un sourire moqueur. La réponse était tellement évidente que les capitaines, absorbés par les détails les plus infimes de l'opération, ne la voyaient pas.

« Vos barbes permettent de vous identifier facilement, dit-elle. Vous devrez donc les raser. En fait, je vois deux déguisements possibles pour vous : ceux de devins ou de tueurs de dragons. »

Un sourire étira la grande bouche de Thad. Ossiar afficha un air suspicieux.

« Tu te fiches de nous ?

— Y aurait-il quelque chose de choquant à l'idée de se déguiser en tueur de dragons ? demanda-t-elle en affichant un air exagérément candide.

— C'est une bonne idée, Ossiar, intervint Thad. Et je suggère que tu te déguises en tueur et moi, en devin. Les hommes de Jeriad risquent de me repérer aisément si j'incarne le tueur, puisqu'ils m'associent déjà aux mangeurs de cœurs. »

Son vis-à-vis ne répliqua pas, mais ses traits exprimaient un vif dégoût. Thad se tourna vers Deirdra.

« Et toi ? Si tu te déguises en tueuse, tu vas être reconnue tout de suite.

— Évidemment. C'est pourquoi je vais m'habiller en devineresse… et affirmer à tous ceux qui désirent des prédictions que, peu importe comment j'interprète mes visions, les esprits de la nature finiront tôt ou tard par déchaîner leurs enfants sur eux », conclut-elle avec un rictus sarcastique.

10. L'exécution

Un peu avant l'aube, une vingtaine de soldats menés par Thad et Ossiar quittèrent le château de Xorond et mirent le cap sur Queltiar. En dépit de l'heure matinale, Lanfas avait tenu à saluer le petit groupe. Deirdra avait jugé que ce dernier n'était pas très imposant pour affronter l'armée de Jeriad ; en contrepartie, il était composé d'hommes âgés et donc, espérait la tueuse de dragons, de guerriers d'expérience.

« Je vous ai sélectionnés parce que j'ai confiance en vous, avait dit Lanfas à la troupe réunie devant l'entrée principale de sa forteresse. La tâche que vous avez à exécuter n'est pas facile. Dans l'éventualité où vous vous feriez prendre, vous ne devrez révéler en aucun cas que vous êtes à mon service. Néanmoins, je ne suis pas inquiet, car vous avez passé plus de temps sur les champs de bataille que tous les autres soldats de mon armée. En outre, vous êtes menés par les deux meilleurs capitaines de l'Austrion. Vous êtes les plus à même de triompher, aussi périlleuse que soit votre mission. Que les esprits de mes ancêtres vous protègent. »

Tandis que les hommes de Xorond acclamaient leur seigneur, Deirdra avait entendu Thad glisser à l'oreille d'Ossiar :

« S'agit-il réellement des plus expérimentés ou de soldats sur leur déclin que ton maître peut se permettre de perdre ? Ils me semblent bien vieux et peu nombreux.

— Ce sont des vétérans aux portes de la retraite, avait chuchoté Ossiar. Ils savent se battre, mais leur bras n'a plus sa vigueur d'antan. Seulement, monseigneur souhaite garder ses plus braves et ses plus forts, ainsi que le plus grand contingent de troupiers, auprès de lui pour protéger Xorond.

— J'admire sa prudence », avait commenté Thad en peinant visiblement à réprimer la note ironique dans sa voix.

Alors qu'ils approchaient de la futaie de Cobas, la troupe se sépara en trois groupes. Plusieurs guerriers étaient vêtus de vêtements grossiers qui couvraient leur cuirasse en cuir d'un vert profond et les dagues qu'ils avaient dissimulées sur eux, faute de pouvoir porter une épée. Ils abandonnèrent leur monture pour cheminer à pied, en compagnie de Deirdra et de Thad.

D'autres soldats, qui se déplaçaient en chariots de marchands, partirent de leur côté. Dans les sacs d'avoine dont leurs véhicules étaient chargés se trouvaient des arcs, des flèches, des épées et des boucliers. Ils étaient menés par Javor, l'ancien tueur de dragons.

Une dernière troupe de guerriers étaient déguisés en contrebandiers avec leurs cuirasses en peau de minusius et leurs casques usés par les intempéries. Ossiar, habillé en tueur de dragons, les devança pour éviter d'attirer les soupçons. Le soir précédent, il avait rasé son crâne et sa barbe et Deirdra avait tracé à l'encre sur le bras du capitaine un tatouage similaire au sien.

Les soldats dirigés par Thad coupèrent à travers les champs. Comme ils étaient ceux qui progressaient le plus lentement, ils empruntaient le chemin le plus court pour atteindre la résidence de Jeriad. Ils marchèrent deux jours durant, ne s'arrêtant que pour prendre un peu de repos ou manger une bouchée. Au début de leur périple, ils croisèrent peu d'habitants.

Le matin du troisième jour, alors qu'une chute de neige accompagnait le lever du soleil, le groupe de Thad tomba sur une douzaine de paysans qui cheminaient vers le sud, certains menant un âne transportant des paquets. Comme ils ne pouvaient les éviter sans éveiller leur suspicion, les voyageurs en provenance de Xorond se dirigèrent vers les serfs.

« Par la fourrure de Barris ! s'exclama l'un des habitants de Queltiar en apercevant Thad et Deirdra. Des augures ! C'est un honneur ! »

Il s'agenouilla, imité par le reste de sa bande.

« Relevez-vous, bonnes gens, dit Thad. C'est nous qui sommes honorés de croiser votre route !

— Les esprits de la nature nous avaient prévenus que nous croiserions des âmes pures aujourd'hui, ajouta Deirdra d'un ton sentencieux.

— S'cusez mon audace, reprit le paysan, mais qu'est-ce que vous faites par ici ? J'croyais qu'vous viviez en forêt.

— Parfois, mon fils, les messages que nous envoient Noevas, Deirdris et Lettir nous poussent à quitter les mondes de Barris et de Maestas pour nous intéresser aux affaires des hommes, expliqua Thad.

— Et où est-ce qu'vous allez comme ça ?

— Les esprits de la nature nous envoient à la forteresse de Queltiar pour parler à monseigneur Jeriad de l'exécution qui doit avoir lieu. Nous accompagnons ces paysans, qui souhaitent assister à l'événement.

— C'est là qu'on va ! s'exclama un autre serf. Voulez-vous vous joindre à nous ? Ce s'rait un honneur ! »

Deirdra s'apprêta à refuser poliment. Thad la prit de vitesse.

« L'honneur est pour nous. Ce sera un grand plaisir pour nous de voyager avec vous. »

Les membres de la troupe accueillirent la nouvelle avec un sourire ravi.

« Moi, c'est Glarig », annonça l'homme qui semblait être le chef de la bande, avant de présenter ses compagnons aux soi-disant devins.

Thad et Deirdra s'inclinèrent avec la modestie qui seyait aux messagers des esprits de la nature, tandis que les vétérans déguisés de Xorond esquissaient un salut familier à l'adresse des paysans.

Tandis qu'ils se remettaient en route, l'ancien capitaine de Volter glissa à la tueuse de dragons :

« Nous courons moins de risques en accompagnant de bonnes gens convaincus que nous sommes des augures qu'en cheminant seulement avec nos paysans. »

À contrecœur, Deirdra finit par admettre que Thad avait eu une bonne idée. Cheminer vers le château de Queltiar avec de véritables habitants de la seigneurie eut l'avantage de tromper les patrouilles qu'ils croisèrent au fil de leur périple. Jeriad redoutait visiblement que quelqu'un tente d'empêcher l'exécution et avait ordonné à ses hommes de contrôler les individus qui se rendaient à la grande place de Metireg. Lorsque des soldats arrêtaient la troupe de Glarig, celui-ci se chargeait de répondre à toutes leurs questions, de sorte que Thad, Deirdra et les guerriers qui les accompagnaient n'eurent pas à mentir sur leur identité.

En outre, les faux messagers de la nature ne furent guère dérangés par leurs compagnons de voyage : si les hommes et les femmes qui composaient la troupe ne se privaient pas de les dévisager avec une crainte révérencieuse, la plupart évitaient de leur adresser la parole. Certes, Glarig leur posa quelques questions. Néanmoins, Thad et Deirdra lui répondirent de manière si sibylline qu'ils découragèrent sa curiosité. Un autre serf se montra plus entreprenant. Thad réussit à le convaincre de les laisser tranquilles en affirmant qu'ils devaient se concentrer pour saisir les visions que les esprits de la nature leur envoyaient.

Quant aux prétendus paysans, ils avaient suffisamment d'expérience dans le domaine du subterfuge pour donner le change à la famille de Glarig et à ses voisins, parlant récolte et bétail avec l'aisance d'agriculteurs authentiques. Deirdra dut admettre que Lanfas avait bien choisi les soldats qu'il avait assignés à la mission de sauvetage.

Au matin du cinquième jour, ils arrivèrent en vue de la forteresse du seigneur de Queltiar. Des archers étaient postés sur le chemin de ronde et des soldats contrôlaient les allées et venues des visiteurs qui franchissaient les grandes portes de l'enceinte faite de pieux aiguisés. La fine couche de neige qui couvrait le sol avait été retirée de la grande place séparant le hameau de Metireg de la forteresse et un échafaud avait été érigé sur la petite estrade de pierre en son centre. Déjà, des paysans commençaient à se masser autour de la plate-forme de bois surmontée d'un billot.

Tout en traversant le hameau aux toits de chaume saupoudrés de blanc, Deirdra scruta les environs à la recherche du reste de la troupe de Xorond. Elle reconnut le cheval bai d'Ossiar, attaché avec d'autres montures à l'un des poteaux installés autour de la grande place, mais elle ne repéra pas les chariots des « marchands » dirigés par Javor. Normalement, les soldats auraient dû être arrivés bien avant ceux qui cheminaient avec Thad et elle. Un mauvais pressentiment la gagna. La voix de l'épouse de Glarig l'en tira :

« Ces exécutions sont si horribles ! Moi, j'chuis toujours à veille d'perdre connaissance. »

La femme parlait à une de ses compagnes, mais son regard était fixé sur les deux devins. Deirdra afficha un air absent, comme si elle écoutait la brise qui soufflait sur le village. À plusieurs reprises pendant le trajet, l'épouse avait tenté d'attirer l'attention des deux messagers des esprits de la nature afin qu'ils se joignent aux conversations qu'elle entamait. Apparemment, l'absence de réaction qui avait toujours suivi ses essais ne l'avait pas dissuadée de persévérer.

Le bruit de chevaux au trot s'éleva dans leur dos et un homme cria :

« Place ! »

Derrière un porte-étendard arborant le serpent de Volter, une cinquantaine de cavaliers s'approchaient. Petrior, le front ceint d'un fin cercle d'or, se tenait au centre du groupe.

Les compagnons de Glarig s'écartèrent le plus rapidement possible du chemin. Les soldats passèrent au milieu d'eux sans daigner leur jeter un regard. Instinctivement, Deirdra, Thad et les guerriers de Xorond avaient discrètement reculé pour se dissimuler dans l'ombre d'une maison. Il n'y avait guère de danger qu'ils soient reconnus dans leur accoutrement, mais ils ne souhaitaient prendre aucun risque inutile.

Lorsque Petrior et sa troupe eurent disparu à l'intérieur des murailles du château, Thad murmura à Deirdra et aux hommes qui les escortaient :

« Il est temps de dire adieu à nos amis. »

Tous acquiescèrent, Deirdra avec plus d'enthousiasme que les autres. Même si le déguisement avait prouvé son utilité, elle commençait à en avoir plus qu'assez d'afficher une sérénité qu'elle était loin d'éprouver.

Thad et elle s'approchèrent de Glarig et le remercièrent de les avoir accueillis parmi eux pendant que les soldats de Xorond saluaient la famille du paysan. Rayonnant, ce dernier affirma que tout le plaisir avait été pour lui, puis il ajouta timidement :

« Dites, j'aimerais vous demander... Ça s'rait-tu possible d'avoir une prédiction ? »

Amusée, Deirdra se tourna vers Thad, qui esquissa une mimique dissuasive. Prenant la jeune femme de vitesse, il dit au serf d'un ton d'excuse :

« Je suis navré, mais les esprits de la nature ne m'ont pas envoyé de vision qui vous concerne. »

Devant la mine dépitée de l'homme, il se hâta d'ajouter :

« C'est signe qu'il n'y aura aucun changement majeur dans votre existence. Si j'étais vous, je m'en réjouirais. »

Glarig n'ayant pas l'air réconforté outre mesure, Thad le salua, puis saisit Deirdra par le bras et chuchota tout en s'éloignant :

« Tu as vu les autres ?

— J'ai repéré le cheval d'Ossiar, mais lui, je ne l'ai pas vu.

— Moi non plus. Par les cornes de Maestas ! Où sont-ils tous passés ? »

Thad échangea quelques mots avec les faux serfs, qui allèrent se mêler à la foule en train de se rassembler autour de l'estrade. Ensuite, Deirdra et le capitaine s'installèrent sous le toit de chaume d'une habitation située dans un coin de la grande place, de manière à tout voir sans attirer plus d'attention que les occasionnels regards révérencieux que l'on accordait généralement aux messagers des esprits de la nature.

La tueuse de dragons procéda à un bref repérage des lieux : outre les soldats qui entouraient l'échafaud, des archers avaient été postés sur le chemin de ronde du château et d'autres se tenaient à côté des portes des remparts. Au pied de ces derniers, elle remarqua que quatre catapultes armées d'énormes flèches avaient été postées. Jeriad était prêt à repousser d'éventuels dragons.

« J'y vais, lui annonça Thad à voix basse. Toi, tu restes ici et tu guettes l'arrivée des marchands et des contrebandiers.

— Mais… »

Avant que la tueuse de dragons ait pu protester, le capitaine s'était faufilé entre les habitants qui s'attroupaient graduellement. Elle vit son voile gris se frayer un chemin jusqu'au centre des spectateurs. Le capitaine s'arrêta à côté d'un serf grand et maigre que la tueuse de dragons identifia comme l'un des soldats de Xorond. Un examen plus poussé de la foule lui permit de repérer tous les faux paysans. Si les « marchands » et les « contrebandiers » brillaient par leur absence, les « serfs », eux, avaient pris leur position.

Une heure s'écoula. Une foule nombreuse s'était entassée autour de l'échafaud. Fébrile, Deirdra retenait son souffle chaque fois qu'un soldat quittait l'enceinte des remparts. Cependant, ni Jeriad ni les prisonniers ne se montraient. La jeune femme avait beau scruter les alentours, Ossiar, les mercenaires et les marchands n'avaient toujours pas fait leur apparition.

« Devineresse ! Ma fille est gravement malade ! Pouvez-vous me dire si elle guérira ? »

Deirdra se retourna et découvrit le faciès hideusement défiguré de Javor.

« Où étiez-vous passés ? chuchota-t-elle.

— Nous avons été retardés, répondit l'ancien tueur de dragons sur le même ton. Certains hommes de Jeriad ne fouilleront plus jamais des chariots de marchands. Où sont Ossiar et son groupe ?

— Je l'ignore. Le cheval d'Ossiar est là, mais lui et sa bande ne sont nulle part en vue.

— Et Thad ? »

Deirdra indiqua discrètement le voile gris du capitaine, au cœur de l'attroupement. Elle croisa le regard de quelques badauds.

« Je suis désolée, dit-elle à Javor d'une voix plus forte. Les esprits de la nature refusent de me révéler la destinée de ta fille. Néanmoins, la baigner dans l'élément de Lettir pourra certainement l'aider.

— Merci, devineresse. »

Javor disparut entre les habitations. Peu après, Deirdra vit des marchands prendre position autour de la grande place. Certains demeuraient près des chariots où leurs armes étaient dissimulées, tandis que d'autres s'étaient postés près des faux serfs, de manière à entourer le lieu de l'exécution.

Le plan qu'Ossiar et Thad avaient mis au point était simple : au signal du capitaine des troupes de Xorond, Javor et les siens dégageraient une voie pour permettre à tous de s'enfuir. Ossiar et sa troupe étaient censés se tenir à proximité de l'entrée de la forteresse. Quand Thad et ses hommes jailliraient du public pour délivrer les prisonniers rassemblés au pied de l'échafaud, l'officier au nez cassé et ses soldats refermeraient les portes des remparts afin d'empêcher les renforts de quitter l'enceinte. Or, leur absence contrariait sérieusement le projet. Deirdra espéra que Thad avait une stratégie de rechange.

Le son clair d'un cor en provenance du château interrompit les conversations. L'attention de l'assemblée se porta sur l'accès à la forteresse, où un groupe de soldats armés était apparu. Il escortait un héraut en tenue d'apparat. Ce dernier déroula le parchemin qu'il tenait à la main et annonça d'une voix de stentor :

« Habitants de Queltiar ! Vous êtes rassemblés ici aujourd'hui pour assister au châtiment de sinistres individus qui ont fomenté un complot visant à porter atteinte à la vie de notre seigneur bien-aimé ! »

Le crieur marqua une pause et leva les yeux vers le donjon. Sur le balcon, une demi-douzaine de gardes en livrée entourait Jeriad, assis sur un banc recouvert de peaux de bêtes. Le vieillard était enveloppé dans une cape d'hermine blanche. Petrior, d'une élégance froide dans un manteau de zibeline, se tenait debout à côté de lui. Marvone et les deux conseillers de son père, habillés d'hermine et de vison, étaient derrière les seigneurs.

« Conformément aux lois régissant notre seigneurie, reprit le héraut, le sort qui attend ces chiens est la mort par décollation ! »

Une vive clameur monta de la foule, tandis que le crieur s'écartait pour céder la place au bourreau, un homme costaud de taille moyenne et au faciès dissimulé sous une cagoule noire qui transportait une lourde hache affûtée. En compagnie de deux porte-étendards transportant des enseignes à l'effigie du lièvre de Queltiar, il se dirigea vers l'échafaud et monta les quelques marches jusqu'à la plate-forme. Les spectateurs retinrent leur souffle sur le passage de l'exécuteur.

Le cor retentit à nouveau. D'autres guerriers apparurent, escortant quatre hommes couverts de chaînes. Deirdra ne put empêcher son cœur de se soulever en reconnaissant Siroeus, Vosas, Carleg et le jeune Huvad, tous faméliques, sales et vêtus de guenilles. Ils se rendirent jusqu'au pied de l'échafaud sous les huées et les projectiles de l'assemblée, qui leur lançait des cailloux et des balles de neige. Dans la foule, elle aperçut un devin qui, lentement mais avec une autorité certaine, avait repris son avancée vers le lieu de l'exécution.

Le cri d'airain emplit l'air une troisième fois et le héraut déclara:

« Aujourd'hui, d'autres traîtres seront également exécutés ! Monseigneur Jeriad, dans son infinie clairvoyance, a démasqué les complices de ces canailles, qui venaient jusqu'à nous pour les libérer ! Honte sur eux, qui ont cru pouvoir tromper la vigilance de monseigneur ! Ils sauront ce qu'il en coûte de s'attaquer à Jeriad le tout-puissant ! »

Prise d'un terrible pressentiment, Deirdra mordilla nerveusement sa lèvre inférieure. Une nouvelle bande de soldats apparut et conduisit des hommes enchaînés jusqu'à la plate-forme. Certains boitaient, d'autres avaient le visage tuméfié et les vêtements déchirés. En tête de file venait Ossiar, une arcade sourcilière fendue et une narine bouchée par un gros caillot de sang. Le chœur d'injures des spectateurs reprit de plus belle et de nouveaux projectiles volèrent en direction des prisonniers. Deirdra jeta un coup d'œil aux soldats déguisés qui se tenaient près d'elle: ils semblaient désorientés. Personne ne prêtait attention au devin, qui n'était plus qu'à quelques pas de l'échafaud.

Les gardes de Queltiar obligèrent les captifs à s'arrêter au pied de l'estrade et firent monter Huvad. Le jeune homme s'immobilisa à quelques pas du billot. Deux guerriers le contraignirent à s'agenouiller et à poser la tête sur la bûche. Le bourreau s'approcha et leva sa hache.

La tueuse de dragons, qui ne perdait pas une miette de la scène, étouffa un cri : le devin venait de bondir vers la plate-forme en bousculant les gens en travers de son passage. Cependant, sa réaction était survenue trop tard. Le couperet s'abattit et la tête d'Huvad roula sur le plancher de la tribune.

Deux soldats qui montaient la garde de part et d'autre des marches se précipitèrent sur Thad et tentèrent timidement de le retenir, apparemment mal à l'aise de devoir lever la main sur un individu auquel tous devaient le respect.

« Comment osent-ils poser la main sur un saint homme ? protesta à haute voix l'un des guerriers de Xorond dans la foule, avant de s'élancer à la rescousse de Thad. À moi, peuple de Queltiar ! À moi ! »

Profitant de l'embarras de ses opposants, Thad saisit la dague glissée dans sa robe blanche et trancha la gorge de l'un d'eux. Le soldat chuta en éclaboussant de sang l'escalier de bois à côté de lui.

L'autre garde pointa alors sa lance vers Thad, qui fit un bond en arrière pour éviter le coup.

« Sus aux profanateurs ! hurla un autre homme de Xorond déguisé en serf. Sus aux soldats qui attaquent le devin ! »

L'appel, repris aussitôt par les autres alliés de Thad, échauffa vivement les esprits de la foule. Plusieurs habitants se ruèrent sur les soldats qui accouraient pour maîtriser les agitateurs, ce qui permit aux guerriers de Xorond de passer à l'assaut à leur tour.

Une violente bousculade s'ensuivit. Les troupes de Queltiar essayaient de repousser les paysans qui leur tombaient dessus de toutes les directions à la fois. Du haut des remparts, les archers tentèrent de calmer la cohue avec quelques flèches, mais leur tir n'était guère nourri, puisqu'ils redoutaient d'atteindre leurs confrères dans la pagaille. L'escorte des prisonniers resserra ses rangs et leva ses boucliers. Les hommes de Xorond fondirent sur elle afin de libérer les captifs. Épées et dagues s'entrechoquèrent.

Deirdra avait voulu se jeter à son tour dans la mêlée, mais un mouvement de foule l'avait repoussée contre le mur d'une maison. Elle se dégagea tant bien que mal et, faute de pouvoir se frayer un chemin jusqu'à Thad, elle se hissa sur le toit de chaume de l'habitation.

Un projectile perdu traversa la paille à côté d'elle, l'obligeant à reporter son attention sur le combat. De son perchoir, elle vit Thad se dépêtrer de l'emprise des paysans qui se pressaient contre lui afin de le protéger des flèches et des coups. Il ramassa l'épée d'un soldat mort et se fraya un chemin jusqu'à Ossiar en frappant les gens devant lui du plat de sa lame. Un garde jaillit de la foule et lui barra le chemin en brandissant sa lance. Un trait s'enfonça dans sa clavicule et il échappa son arme. Il se baissa pour la ramasser. Deux paysans qui couraient vers l'échafaud le heurtèrent de plein fouet. Tous trois roulèrent sur la neige piétinée. Thad les contourna lestement et rejoignit le capitaine de Xorond, qui leva ses poignets menottés et dit quelque chose que les bruits de la bataille empêchèrent Deirdra d'entendre.

L'un des faux paysans qui aidaient Thad reçut une flèche dans le dos. Il perdit l'équilibre et entraîna l'ancien capitaine de Volter dans sa chute. Les deux hommes roulèrent sur le sol. Thad voulut se relever. Toutefois, l'homme blessé mortellement le coinçait sous son poids.

Une nouvelle salve de flèches s'abattit. Dans le but de rétablir l'ordre, les archers avaient vraisemblablement balayé leur crainte d'atteindre leurs confrères.

Deirdra cherchait un chemin qui la conduirait jusqu'à Thad quand elle aperçut dans le ciel une tache qui s'approchait à toute vitesse. En mettant sa main en visière, elle reconnut le long cou d'un sournius. Avant qu'elle ait pu réagir, un second point noir apparut à la limite de son champ de vision. La silhouette grossissant rapidement, Deirdra put bientôt l'identifier comme un second sournius.

« Dragons ! » cria-t-elle de toutes ses forces afin de surmonter le tumulte ambiant.

L'avertissement se répandit comme une traînée de poudre et les habitants se mirent à quitter la grande place à vive allure.

« Repliez-vous ! » s'écrièrent quelques guerriers de Queltiar.

Le chaos qui régnait sur les lieux s'accrut. Pendant que les soldats tentaient de se dégager de la population pour remonter vers le château, les paysans se ruaient vers le hameau, renversant tous ceux qui se tenaient en travers de leur chemin. Les chevaux attachés aux poteaux près des maisons poussèrent des hennissements de terreur et se débattirent vigoureusement pour se libérer de leurs liens.

Le long des murs du château, les gardes postés auprès des catapultes faisaient pivoter leurs engins en direction des sourni, qui fouettaient l'air de leurs ailes immenses pour gagner de la vitesse.

De son perchoir, Deirdra s'était ressaisie et scrutait la foule, folle d'inquiétude de ne plus voir Thad. Elle tira son épée et plongea dans la marée humaine au moment où l'un des sourni s'abattait sur une catapulte et aspergeait les soldats de son venin brûlant. Le second monstre l'imita. À eux deux, ils mirent les quatre armes de guerre massives hors d'état de nuire. Indifférents aux flèches qui ricochaient sur leurs écailles, les deux dragons entreprirent ensuite de nettoyer les remparts de leurs occupants.

En repoussant de son épée les habitants qui se pressaient contre elle, Deirdra parvint à se frayer un chemin jusqu'à l'échafaud. Elle localisa enfin Thad, qui passait son arme à travers le corps d'un guerrier et courait retrouver ses hommes, réfugiés sous l'estrade. La tueuse de dragons ramassa une lame abandonnée sur la grande place et les rejoignit. En se glissant sous l'échafaud, elle découvrit que Siroeus et Carleg étaient penchés sur Vosas, qui gisait à terre.

Siroeus esquissa un sourire tendu en reconnaissant la devineresse.

« Je me doutais bien que tu n'étais pas loin…

— Prends ça au lieu de badiner ! » rétorqua Deirdra en lui mettant l'une de ses deux épées dans les mains.

Le soldat dont la moustache blonde était désormais entourée d'une barbe raide accepta l'arme avec une expression reconnaissante. Thad chassa un serf affolé qui se précipitait vers eux d'un coup de poing au menton.

« Que lui est-il arrivé ? demanda la jeune femme en reportant son attention sur Vosas.

— Une flèche », expliqua succinctement Carleg.

Il pointa la tempe ensanglantée de son confrère inconscient.

« Juste une écorchure, constata Thad. Tu peux le porter ? »

L'autre hocha la tête.

Deirdra détourna le regard et vit que la plupart des troupiers de Queltiar avaient regagné les murs de la forteresse, où ils seraient plus aptes à repousser les sourni. Ces derniers continuaient à massacrer les archers sur les remparts, indifférents aux chevaux au bas de la colline qui s'agitaient toujours pour rompre leurs entraves. Certains avaient d'ailleurs réussi à se libérer et s'étaient enfuis dans les champs environnants. Sur la grande place désertée ne se tenaient plus que les hommes de Xorond et des cadavres. Javor, le visage empourpré, ses habits de marchand déchirés et l'épée rouge de sang, cria :

« On dégage ! »

Les faux commerçants détachèrent sur-le-champ les montures paniquées des chariots et tâchèrent de les calmer. Leurs compagnons déguisés en serfs rejoignirent les supposés contrebandiers, qui prirent les trois hommes de Thad avec eux. Ce dernier maîtrisa le destrier qui avait appartenu à Ossiar, l'enfourcha et tendit la main à Deirdra.

« Monte !

— Je vous rattraperai !

— Tu es folle ! »

Plutôt que de répondre, elle courut vers le château.

Un coup d'œil par-dessus son épaule lui apprit que Thad restait là et avait beaucoup de difficulté à garder en place sa monture terrorisée. Impatientée, la jeune femme lui signala de partir. Le capitaine finit par obtempérer et disparut derrière la troupe de Xorond.

Deirdra atteignit rapidement la muraille de la forteresse de Queltiar. Elle la longea jusqu'à l'entrée, étira le cou et regarda à l'intérieur. L'odeur aigre qu'elle avait sentie avant chaque attaque de dragon la prit aux narines. Bien que son nez fût incapable de faire la différence, elle supposa que les effluves familiers provenaient d'une griffe du pentalule d'une femelle sournius, puisqu'ils avaient attiré deux sourni mâles.

Bien que de nombreux cadavres jonchassent le sol, les deux créatures ne leur accordaient aucune attention. Ils avaient fini de disperser les archers sur les remparts et s'attaquaient aux soldats regroupés dans la cour. Boucliers brandis pour se protéger du venin, ces derniers tentaient de repousser les monstres de leurs lances. Toutefois, leur défense manquait de conviction, car le liquide brûlant attaquait le métal de leurs écus et plusieurs gardes rompaient les rangs et filaient se réfugier à l'intérieur du donjon. Bientôt, la panique gagna les braves qui s'acharnaient à tenir tête aux gros animaux et ils détalèrent à leur tour.

Deirdra constata qu'au lieu de se disputer le territoire, les deux dragons mâles faisaient front commun contre les humains. Méthodiquement, ils plongeaient tour à tour sur les guerriers et se relayaient pour les asperger de venin. Détail tout aussi déconcertant, les monstres ne tuaient pas pour manger, à l'instar du colossius qui avait assailli le château de Volter : une fois qu'ils avaient éliminé un groupe de troupiers, ils passaient à un autre, sans dévorer leurs victimes. Ce n'était pas là le comportement habituel de prédateurs en chasse. Pour la première fois depuis qu'elle avait été attaquée par des minusi à l'âge de six ans, la jeune femme sentit la panique pure nouer ses entrailles à la vue de dragons. Les paroles de la devineresse aveugle revinrent la hanter :

Deirdris a rendu les sourni trop intelligents. Ils sont si imprévisibles que même nous avons du mal à prédire leurs actes ou à comprendre leurs agissements. Pourtant, à l'origine, Deirdris les a créés pour repousser ceux qui menacent l'harmonie de l'Austrion, au cas où les hommes ne s'en occuperaient pas.

La tueuse de dragons secoua la tête. Voilà qu'elle délirait autant que l'augure ! C'était sans doute dû au costume qu'elle portait. Les sourni étaient de simples animaux en chasse, pas des instruments animés par la volonté des esprits de la nature…

Des animaux qui tuaient avec rigueur et discipline.

« Arrêtez, enfants de Deirdris ! Entendez la voix de la messagère des esprits de la nature ! »

Deirdra découvrit alors que Marvone se dressait sur le balcon de pierre surplombant la cour intérieure et avait levé les bras en direction des sourni. La tueuse de dragons jura entre ses dents : pourquoi l'ancienne devineresse ne courait-elle pas se mettre à l'abri ?

« Marvone ! firent les inflexions chevrotantes de Jeriad. Qu'est-ce qui te prend ? Reviens ! »

Le vieil homme apparut à son tour près de la balustrade. Il saisit sa fille à bras-le-corps et essaya de la ramener à l'intérieur.

« Laissez-moi, père ! s'écria la femme en se débattant. Je suis une devineresse. Ils m'écouteront, car Deirdris parle à travers moi ! »

Deirdra assistait à la scène avec ahurissement. Elle avait cru que Marvone était une personne posée, pas une illuminée ! Pourtant, son attitude lui rappelait le vieux Kassius. La tueuse de dragons voulut hurler à son tour à Marvone de rentrer dans le donjon, sauf que l'un des sourni, qui avait repris de l'altitude, fut plus rapide : il descendit en piqué sur le père et la fille et les attrapa entre ses griffes. Ensuite, il remonta vers les cieux à grands renforts de battements d'ailes. Ses deux proies hurlaient tandis qu'au sol les soldats impuissants criaient :

« Monseigneur ! Damoiselle ! »

Le deuxième sournius se jeta alors sur son semblable. Il referma ses griffes au milieu du dos de l'autre, qui se cambra de douleur et lâcha Jeriad. Le dragon agresseur libéra aussitôt son congénère, se laissa tomber pour attraper lestement le seigneur entre ses pattes avant qu'il ne touche le sol. L'autre sournius attaqua à son tour et saisit le cou de son adversaire entre ses dents.

Jeriad et Marvone ne criaient plus. Entre les griffes des combattants, leurs corps étaient secoués comme des poupées de chiffon. Le dragon qui tenait le cou de son semblable relâcha sa prise et ferma la gueule sur les jambes de Jeriad. Écartelé entre les mâchoires des dragons, le noble fut déchiré en deux.

Deirdra en avait assez vu. Elle s'éloigna subrepticement du château et regagna la grande place. Une dizaine de petites silhouettes noires se dessinèrent sur l'horizon. Les sourni interrompirent leur lutte pour fixer leur attention sur les minusi qui arrivaient. La jeune femme traversa le hameau de Metireg à toute allure et fonça vers la frontière occidentale de Queltiar.

Elle entendit une volée de sabots qui venait à sa rencontre. Un instant plus tard, Thad apparaissait. Deirdra courut vers lui. Le capitaine l'aida à se hisser sur son destrier, puis il le fit virevolter.

« Tu as perdu la tête ? lui cria-t-il une fois qu'il fut assuré qu'elle était saine et sauve.

— Jeriad et Marvone sont morts ! Les sourni les ont emportés !

— Comment est-ce possible ?

— L'attaque des sourni n'était pas spontanée ! Quelqu'un les a attirés !

— Ça, je l'avais compris, déclara Thad après une pause. Il faut rentrer au plus vite au château de Xorond. Petrior va attaquer Lanfas d'un jour à l'autre.

— Petrior ? répéta Deirdra. Mais il était là, lui aussi ! Il aurait pu se faire tuer avec Jeriad et Marvone !

— Précisément. Ce n'est pas la première fois qu'il prend un tel risque, souviens-toi : une scène similaire s'est produite au château de Volter, lors des funérailles de mon père. Seul Sournius est assez perfide pour feindre que sa vie est autant en danger que celle de ses victimes. »

◆

Deirdra assise derrière lui, Thad mena sa monture à travers les champs enneigés afin de creuser l'écart entre eux et la demeure de Jeriad. Conformément au plan qu'il avait conçu avec Ossiar, le capitaine et la troupe de Xorond s'étaient donné rendez-vous au bosquet de Gumia, qui était situé à bonne distance de la forteresse de Queltiar.

En arrivant à destination, les deux tueurs de dragons virent les survivants de la mission de sauvetage qui reprenaient leur souffle, soignaient les blessés et retiraient les chaînes des prisonniers. Thad sauta en bas de sa monture et se précipita vers Siroeus, Carleg et Vosas. Ce dernier avait repris connaissance. Il salua son chef et Deirdra d'un signe de tête.

« Merci d'être venu à notre secours, capitaine.

— Vous avez fait la même chose pour moi, répondit Thad. Je regrette seulement de ne pas avoir réagi assez vite pour sauver Huvad. »

La tristesse se peignit sur le visage de ses trois hommes et ils gardèrent le silence pendant quelques instants. Deirdra remarqua que Javor se dirigeait vers eux à grandes enjambées.

« Thad ! Où est Ossiar ?

— Les archers l'ont eu, annonça l'officier. Quel est le bilan des pertes ?

— Avec Ossiar, ça donne sept morts et cinq blessés, répondit Javor.

— Je suis désolé. »

L'autre haussa les épaules.

« Les hommes savaient à quoi ils s'exposaient. De toute façon, ce n'étaient pas mes compagnons. Un tueur de dragons n'a pas d'amis. »

Ni Deirdra ni Thad ne commentèrent. Ce dernier demanda plutôt à Javor :

« Qui commande maintenant ?

— Moi, puisque Lanfas a ordonné à Maneg, le second d'Ossiar, de rester auprès de lui. Il faut croire que monseigneur craignait qu'il arrive quelque chose au capitaine…

— Dans ce cas, je suggère que tu dises à tes troupes de se mettre en route. Je doute que les soldats de Jeriad se lancent à notre poursuite, mais mieux vaut ne courir aucun risque.

— Je connais mon rôle, alors mêle-toi de tes affaires », rétorqua sèchement Javor.

Il marqua une pause, un pli profond creusant son front.

« Et pourquoi est-ce qu'ils ne nous pourchasseraient pas ? s'enquit-il.

— Parce que les sourni ont tué Jeriad. »

Un air étonné se peignit sur les traits hideux de l'homme, mais il se ressaisit promptement. Deirdra comprenait sa réaction : en tant qu'ancien tueur de dragons, Javor avait assurément entendu plus que son lot d'histoires de morts causées par des sourni. N'avait-il pas vengé le trépas de la femme et du fils de Lanfas, éliminés par deux de ces dragons ?

« Allez, vous autres, lança le balafré à la cantonade, on y va ! »

Tous obtempérèrent. Les quelques chevaux furent réservés aux blessés, de sorte que les hommes valides durent marcher. Javor prit la tête du groupe. Thad et Deirdra auraient souhaité cheminer en compagnie de Vosas, Carleg et Siroeus, mais Javor leur signala de le rejoindre.

« Vous avez remarqué le comportement des sourni ? s'enquit-il abruptement.

— J'ai remarqué, en effet, répondit Thad d'un ton prudent.

— Deux mâles sourni qui attaquent une même cible cherchent habituellement à s'entretuer, pas à s'entraider. En outre, ils ne se sont pas jetés sur les paysans pour les dévorer. Au contraire, ils s'en sont pris directement aux catapultes. Ce n'est pas normal.

— Ce n'est pas la première fois qu'un sournius attaque des armes, dit Deirdra. Le dernier sournius que j'ai tué a jeté mon cimeterre dans le vide avant de m'assaillir.

— Les sourni auraient compris qu'ils doivent nous désarmer ? s'exclama Javor. Ça n'a aucun sens !

— Les sourni sont les prédateurs les plus intelligents qui soient. Ils ont dû finir par comprendre que nos principaux moyens pour les tuer sont nos armes. »

Le visage de la devineresse aux yeux blancs se présenta à l'esprit de Deirdra. Elle le dissipa immédiatement avec un soupir exaspéré.

« Ça n'explique pas pourquoi ils ont collaboré, objecta Javor. Ni pourquoi ils ont préféré un seigneur à la piétaille.

— Ils se sont ligués contre nous en premier lieu, puis ils se sont affrontés, dit Deirdra. C'est logique : d'abord, ils font front commun contre l'ennemi, ensuite ils règlent leurs différends. Quant à la mort de Jeriad, je ne crois pas qu'elle se soit produite parce que les sourni l'avaient planifiée. »

Ses propos avaient pour objectif de détourner l'attention de Javor de l'existence du moyen de diriger les dragons. Néanmoins, tout en décrivant les circonstances du décès du vieux seigneur à son confrère, elle ne put s'empêcher de penser à l'odeur aigre et à la réaction de Marvone. Cette dernière avait-elle présumé que les sourni étaient envoyés par Deirdris pour la punir d'avoir renoncé à son rôle de devineresse ? Les dragons avaient-ils attaqué Jeriad par la suite afin de le châtier d'avoir détourné sa fille du service des esprits de la nature ?

La présence des effluves aigres, elle, suggérait une tout autre histoire : les monstres avaient été attirés par Petrior dans le but d'éliminer Jeriad. Quelle que fût la version retenue, quelqu'un – Petrior ou les esprits de la nature – s'était organisé pour que les monstres tuent le seigneur de Queltiar.

« Qu'ils aient visé ou non Jeriad, commenta Thad, il n'en reste pas moins que les sourni sont d'une efficacité redoutable. Heureusement qu'ils descendent rarement dans le sud. Sinon, ils nous extermineraient en un rien de temps !

— Encore une fois, ça démontre que cette attaque n'était pas habituelle, persista Javor. Deux sourni mâles qui apparaissent simultanément dans le ciel, alors qu'on peut être deux ans sans en voir un seul ? Ça ne se peut pas ! On dirait que… que quelqu'un les avait appelés. Ce que m'a dit Lanfas serait donc vrai ? Petrior détiendrait le moyen de diriger les dragons ? »

Deirdra se raidit et elle remarqua que le visage de Thad se crispait brièvement.

« Affirmer une telle chose est un peu prématuré, dit le capitaine d'une voix neutre. C'est d'ailleurs ce que j'ai dit à monseigneur Lanfas. Nous ne possédons aucune preuve que ce moyen existe ou que Petrior le détient. Tout ce que nous avons, ce sont des hypothèses.

— C'est aussi ce que j'ai répondu à Lanfas quand il m'a interrogé sur le sujet, sauf que je commence à me demander si je ne l'ai pas induit en erreur. »

Il gratta les restes de son nez d'un air pensif.

« Et si la légende de ce vieux fou de Creatond était vraie ? J'ai toujours pensé que c'était juste un récit pour effrayer les enfants et inciter les gens à suivre les préceptes des esprits de la nature, mais peut-être qu'il y avait un fond de vérité…

— Qu'est-ce que tu veux dire par "suivre les préceptes des esprits de la nature" ? demanda Deirdra. Je pensais que nos maîtres nous racontaient cette histoire pour que nous apprenions à respecter les dragons.

— Il y a un peu de ça, concéda Javor, mais mon maître disait qu'à force d'étudier le jeune sournius qu'il gardait dans son château, Creatond en était arrivé à comprendre son langage des signes. Or, le dragon lui aurait dit que Deirdris avait créé sa race pour veiller sur l'Austrion et s'assurer que les humains vivent conformément aux lois de la nature. Chaque fois que quelqu'un désobéirait à ces dernières ou, pire encore, chercherait à contrôler la nature, Deirdris enverrait des sourni pour l'éliminer. Mon maître se servait de cette histoire pour nous obliger à l'écouter. Il nous disait : "Sois attentif ou le sournius viendra te manger !" La menace n'avait pas beaucoup d'impact sur moi, aussi mon maître a-t-il fini par lui préférer le fouet pour me contraindre à lui obéir. »

Il esquissa un sourire féroce pendant que Thad et Deirdra gardaient le silence. La jeune femme se demanda si le capitaine pensait à la même chose qu'elle : les sourni étaient-ils bel et bien mandés par les esprits de la nature pour veiller à ce que leurs lois soient respectées ? Avaient-ils éliminé Marvone et Jeriad parce que ceux-ci avaient mécontenté Deirdris, Lettir, Noevas, Barris et Maestas ? Dans ce cas, qu'en était-il de l'odeur aigre qui attirait les dragons ?

Entre mysticisme et explication rationnelle, Deirdra hésitait pour la première fois de son existence à privilégier la seconde.

Au bout d'un moment, Thad dit à Javor :

« Tu as dit que Creatond avait attrapé un jeune sournius. Je pensais que c'était plutôt un minusius !

— C'est ce que les gens ont affirmé par la suite. Pour eux, la sorte de dragons importait peu. La seule chose qui comptait vraiment, pour les rumeurs, c'est que Creatond ait été assez cinglé pour emprisonner un petit dragon.

— Et comment Creatond a-t-il réussi à piéger un sournius ? s'enquit Deirdra. Habituellement, ils sont trop futés pour se laisser attraper !

— Mon maître disait que ça avait un lien avec les femelles sourni et la reproduction.

— Tu es certain que tu ne veux pas dire minusi ? insista Thad. Après tout, ils sont plus faciles à capturer : il suffit d'avoir un cadavre sous la main !

— Après avoir tué quatre dragons, je pense que je sais distinguer un sournius d'un minusius. Mon maître a bien parlé des femelles sourni », conclut Javor d'un ton catégorique.

11. Les tueurs de dragons

La troupe menée par Javor regagna Xorond sans encombre. Lettir, l'esprit de l'eau, veillait sur eux, car il fit tomber une fine neige qui recouvrait leurs traces au fil de leur progression.

Dès que les soldats eurent pénétré dans l'enceinte de la forteresse, Lanfas en personne vint à leur rencontre, son visage ridé affichant une mine inquisitrice.

« Où est Ossiar ?

— Il est mort, monseigneur, annonça Javor. Les archers de Queltiar l'ont abattu. »

Lanfas jura.

« Vous auriez dû ramener son corps ! Les hommes de Jeriad vont le reconnaître !

— Avec tout le respect que je vous dois, monseigneur, s'immisça Thad, ils ont bien d'autres chats à fouetter que de vous déclarer la guerre.

— Et pourquoi ça ?

— Parce que Jeriad est mort. »

La stupéfaction succéda au scepticisme sur les traits de Lanfas.

« Jeriad est mort ? répéta-t-il. Que s'est-il passé ?

— Deux sourni ont attaqué le château de Queltiar, monseigneur. Ils ont tué Jeriad et sa fille Marvone. »

Le noble blêmit sous l'effet de cette révélation.

« Vous devez impérativement me raconter ce qui s'est passé. Venez.

— Et mes hommes, monseigneur ? demanda Thad. Ils ont besoin de soins et de repos.

— Oui, oui, on s'occupera d'eux, fit son interlocuteur avec impatience. Il y a des affaires infiniment plus importantes à régler !

— Pas pour moi, monseigneur », répondit l'officier, le visage sombre.

Lanfas ferma momentanément les paupières, puis il reprit plus calmement, en s'adressant tant au capitaine qu'à Javor et à Deirdra :

« Allez m'attendre dans la salle d'étude. Je donne des instructions pour qu'on prenne soin de tes soldats, Thad, et je vous y rejoins. »

Les deux tueurs de dragons s'exécutèrent pendant que l'ancien capitaine de Volter prévenait Siroeus, Carleg et Vosas qu'il irait s'assurer de la qualité de leur installation dès que l'audience avec Lanfas serait terminée.

Deirdra et les deux hommes n'eurent pas à patienter longtemps. À peine Thad venait-il de s'asseoir à son tour dans la salle d'étude que Lanfas les y retrouvait. Il s'installa en face d'eux et déclara, les traits attentifs :

« Je vous écoute. »

Javor exposa les événements ayant conduit à la rescousse des hommes de Thad et à la mort d'Ossiar. Deirdra prit ensuite la relève pour raconter le trépas de Jeriad et de Marvone.

Quand elle eut terminé, le seigneur de Xorond réfléchit à voix haute :

« Ce n'est sûrement pas Nettia qui va réclamer la seigneurie de son père. Elle est trop occupée à jouer les veuves éplorées. Et puis, l'armée n'accepterait jamais d'obéir à une femme. Désormais, il ne reste qu'un obstacle entre Petrior et le trône de Queltiar… »

Il esquissa un sourire féroce.

« Vous êtes en danger de mort, monseigneur, dit Thad.

— Rien de bien nouveau sous le soleil. Néanmoins, ton souci à mon égard me touche beaucoup… même si je sais pourquoi tu te préoccupes autant de ma santé ! Ne suis-je pas ta dernière chance d'éliminer Petrior ?

— Nos intérêts se rejoignent sur ce point, répondit le capitaine. N'empêche, maintenant que Petrior s'est débarrassé de Jeriad, il va s'en prendre à vous !

— Nous n'avons aucune preuve formelle que c'est bien Petrior qui dirige les dragons, rappela Deirdra.

— Le doute est une vertu à la condition qu'il ne paralyse pas l'action, énonça Lanfas avec grandiloquence. Je dois attaquer Petrior avant qu'il décide de me frapper. Or, si je veux avoir une chance de le vaincre, il me faut comprendre comment il attire les dragons. Je vous ai réservé la pièce située au sommet de la tour nord. Mes serviteurs y ont apporté tout ce qu'ils ont pu trouver sur les dragons : griffes, dents, peau, livres, venin, os… Après-demain, à l'aube, je donnerai le signal du départ à mes troupes pour que nous marchions sur Volter. Je passe la journée de demain avec le capitaine Maneg pour mettre une stratégie au point… ou plutôt deux : une avec attaque de dragons, l'autre sans. Je préférerais opter pour la deuxième, mais pour ça, je dois connaître le moyen d'empêcher Petrior de diriger ces sales bêtes. Vous avez toute la nuit pour le trouver.

— Bradeus et Creatond ont consacré des années à découvrir ce moyen en étudiant des dragons vivants et tu exiges que nous accomplissions la même prouesse en une seule nuit, avec des morceaux de dragons morts ? protesta Deirdra.

— Oui. Et vous avez tout intérêt à me procurer les réponses que je cherche. Sinon, ce sera un plaisir pour moi de vous punir comme vous le méritez. Pour toi, ce sera la mort, précisa-t-il à Deirdra.

— Vous ne doutez tout de même pas de mon honneur, monseigneur, ni de mon dévouement ? s'indigna Javor, une note d'inquiétude vibrant dans sa voix outrée.

— Je compte sur toi pour t'assurer que ces deux-là n'essaient pas de me tromper pour sauver leur peau, le rassura Lanfas. Garde-les à l'œil. »

L'ancien tueur de dragons acquiesça, visiblement soulagé. Lanfas se tourna vers Thad, qui demeurait silencieux.

« Quant à toi, le sort de tes hommes dépend de ce que tu feras cette nuit.

— Mes hommes ?

— Je donnerai l'ordre qu'on les mette à mort si tu ne collabores pas !

— Monseigneur, ils n'ont rien à voir dans cette histoire !

— Bien au contraire : ils me servent de levier pour te contraindre à m'obéir. Tu auras leur trépas sur la conscience si tu ne m'apportes pas les réponses que je souhaite. »

Les traits furieux, le capitaine argua :

« Vous avez entendu ce que Deirdra a dit, monseigneur : son maître et Creatond ont consacré leur vie à chercher le secret des monstres ! »

Lanfas prit un petit objet sur l'écritoire et le brandit sous le nez de Thad. Deirdra vit qu'il s'agissait d'une libellule morte, le corps traversé par une aiguille.

« Tu vois cette libellule ? En une nuit, j'ai découvert comment elle se reproduisait. Tu sais de quelles informations je disposais ? De quelques livres sur les insectes, d'une loupe, de deux libellules mortes et de mon intelligence. Si, en une nuit, j'ai réussi à comprendre seul comment fonctionne ce minuscule organisme, vous pouvez certainement accomplir la même chose ensemble à propos des dragons ! Surtout que vous avez tous reçu une formation sur le sujet, contrairement à moi… Utilisez votre entendement ! »

Incrédule, Deirdra dévisagea le seigneur. Elle devait partager avec cet hurluberlu les informations que Thad et elle avaient récoltées sur les griffes des pentalules des dragons femelles ? Une telle pensée suffisait à lui glacer le sang. Pourtant, si elle voulait avoir la vie sauve, elle n'avait pas le choix.

« Javor, va chercher les gardes dans le couloir. Ils vous escorteront jusqu'à la tour. »

L'homme défiguré s'exécuta. Deux soldats apparurent un instant plus tard et escortèrent les trois tueurs de dragons en direction de la tour nord. Tout en cheminant, Deirdra glissa à Thad :

« Tu vois où ça mène, toute cette histoire de penser par soi-même et d'utiliser son intelligence ? »

Le capitaine ne l'écoutait pas, de sorte que Deirdra n'insista pas. Elle n'était pas d'humeur à lui chercher noise, encore moins à le réconforter. En effet, elle le connaissait suffisamment à présent pour deviner que toutes ses pensées allaient vers ses hommes et le pétrin dans lequel il les avait mis. La culpabilité le rongeait assurément et, cette fois, la jeune femme jugeait qu'elle était quelque peu justifiée : Thad n'avait-il pas manifesté une grande naïveté en croyant que Lanfas le traiterait en allié ? Au moins, il n'avait pas encore parlé au seigneur des griffes du cinquième doigt des femelles colossi et sourni. Sans doute était-il aussi réticent qu'elle à partager avec un individu imprévisible comme Lanfas les indices qu'ils avaient réunis jusqu'à maintenant, ou alors il avait préféré taire ces informations afin d'avoir quelque chose à offrir au noble en échange de sa vie ou de sa liberté, si celui-ci faisait l'une de ses fameuses volte-face… Quoi qu'il en soit, Deirdra était soulagée que le capitaine n'ait pas tout révélé au seigneur.

De toute façon, même s'il avait souhaité déballer leur secret, il lui manquait encore certains détails, à commencer par le moyen d'appeler les dragons à une grande distance. L'odeur des griffes paraissait capter leur attention et les diriger vers une cible quand ils passaient dans une zone spécifique, mais comment les attirer jusque-là ? Si Thad décidait d'aborder le rôle des griffes de femelles avec Lanfas le lendemain, il faudrait qu'il trouve une manière de procéder qui ne trahirait pas que leur connaissance du secret des dragons était incomplète. Sinon, c'étaient ses hommes et elle qui risquaient d'y laisser leur peau… La jeune femme en arriva à la conclusion que le capitaine et elle devaient discuter stratégie. Néanmoins, avec Javor en guise de chaperon, ce serait compliqué. L'idée d'échanger avec son compagnon dans la langue des Nordirs lui traversa l'esprit. Elle la rejeta aussitôt : Javor était un ancien tueur de dragons, il avait donc forcément appris la langue des tribus du nord pendant sa formation.

Le besoin lancinant qui ne la quittait pas gagnait en force et l'incident à la forteresse de Queltiar l'avait épuisée. Comment pourrait-elle avoir les idées claires et découvrir le moyen de diriger les dragons alors qu'elle n'aspirait qu'à dormir… ou à prendre de la dragonne ?

Sur un signe des deux gardes, le groupe s'immobilisa devant un escalier de pierre en colimaçon.

« Nous y sommes », annonça Javor aux deux autres tueurs de dragons.

Deirdra gravit les marches la première et pénétra dans une petite pièce circulaire éclairée par des torches. Le centre du local était occupé par une table de bois ronde couverte d'un bric-à-brac. Quatre bancs tachés de cire entouraient le meuble. La jeune femme s'avança et fourragea dans le tas d'objets hétéroclites. Elle écarta un livre et découvrit une fiole de venin de minusius.

« Lanfas a vraiment réuni l'essentiel, ironisa-t-elle. Je propose qu'on commence par boire ceci… ou alors nous pourrions faire flamber de la dragonne, ça pourrait nous aider à y voir plus clair. Tu en as sur toi ? » demanda-t-elle à Javor.

L'homme défiguré secoua la tête.

« C'était la condition posée par monseigneur Lanfas pour que j'entre dans son armée. Il ne voulait pas que j'incite ses hommes à en consommer.

— Il voulait que tu penses par toi-même ? s'enquit la tueuse de dragons en coulant un regard vers Thad, qui paraissait absorbé dans la contemplation du fatras.

— Non, en fait, il ne voulait pas que son armée soit influencée par autre chose que sa propre volonté.

— C'est rassurant, quand on sait à quel point elle est stable, commenta machinalement Thad avant d'ajouter précipitamment : Je sais que c'est ton maître, Javor, mais… »

Le tueur de dragons haussa les épaules.

« J'ai toujours trouvé Lanfas très… disons… particulier, et ça ne s'améliore pas avec les années. Mais l'important, c'est qu'il m'a toujours bien payé… et qu'il n'a pas révisé trop souvent son opinion à mon sujet.

— Typique des tueurs de dragons, ricana Deirdra d'un ton sarcastique tout en débouchant la bouteille de venin.

— Nous allons avoir besoin de toute notre tête cette nuit », objecta Thad en confisquant le contenant.

Dépitée, la jeune femme se laissa tomber sur l'un des sièges. Avisant une griffe, elle s'en empara et grommela :

« Une griffe d'ours, évidemment… Si au moins on nous avait fourni la griffe du pentalule d'une femelle colossius ou sournius, ç'aurait été plus simple !

— Qu'est-ce que tu veux dire ? » demanda Javor.

Deirdra mordilla sa lèvre inférieure et leva vers Thad une expression interrogatrice.

« Il faut lui expliquer, dit le capitaine d'un ton résigné. Au point où nous en sommes, nous n'avons plus le choix. Il en va de la vie de mes hommes et de la tienne. »

La tueuse de dragons acquiesça d'un hochement de tête résigné et commença :

« Nous savons que le moyen d'attirer les dragons a un lien avec les griffes du pentalule des femelles colossi et sourni. Elles produisent une odeur aigre que j'ai sentie sur les lieux des plus récentes attaques de dragons.

— Quoi ? s'exclama Javor. De quoi parles-tu ? »

Deirdra lui résuma ce qu'elle avait découvert depuis le premier assaut contre les devineresses de la montagne de Faureg.

Quand elle eut terminé, Javor tirailla son lobe d'oreille de sa main brûlée par le venin de sournius.

« C'est logique que les effluves attirent les dragons mâles, je suppose. Je n'ai jamais tué de femelle colossius ou sournius, je n'ai donc pas senti l'odeur que dégage la griffe de leurs pentalules depuis ma formation, il y a longtemps de ça. Quand monseigneur m'a engagé pour venger sa femme et son fils, c'est le mâle sournius que j'ai réussi à éliminer, pas la femelle... précisa-t-il avant de résumer: Donc, si je comprends bien, il faut rayer une surface à l'aide d'une griffe de pentalule de femelle colossius pour attirer un colossius mâle et utiliser une griffe de pentalule de femelle sournius pour attirer un sournius mâle. »

Il marqua une pause, son visage défiguré affichant un air pensif.

« Seulement, il y a un détail qui ne colle pas: même en utilisant la totalité de la griffe pour que l'odeur soit suffisamment puissante, elle ne peut certainement pas agir à une grande distance. Les sourni et les colossi n'ont pas autant de flair que les minusi. Il faut donc autre chose pour les appâter jusqu'aux châteaux de Queltiar et de Volter.

— En effet, approuva Thad. Or, ça ne peut pas être un cri, puisque le venin des dragons brûle leurs cordes vocales quand ils parviennent à maturité... »

Il écarquilla les yeux sous le joug de la stupeur.

« Comment avons-nous pu être aussi stupides ! Les femelles ne crachent pas de venin ! Elles peuvent donc crier !

— Je veux bien, dit Deirdra, mais l'un de vous a-t-il déjà entendu une femelle émettre le moindre son ? J'ignore totalement à quoi ressemblerait un tel bruit. »

Les deux hommes esquissèrent un signe de dénégation.

« Nous non plus, conclut Javor. Peut-être faisons-nous fausse route.

— Réfléchissons à tout ce que nous savons sur les mâles et les femelles dragons, suggéra Thad. Nous savons que les femelles colossi, comme les mâles, marquent leur territoire grâce à l'odeur sécrétée par les griffes de leur pentalule et que cette odeur exerce un attrait d'autant plus fort sur les mâles qu'il y a de moins en moins de femelles en Austrion… Un attrait tel, en fait, qu'ils en viennent à triompher des protections établies par les augures.

— Et les femelles sourni et colossi disparaissent notamment parce que ces gros imbéciles de colossi tuent leurs femelles à la puberté, commenta Deirdra d'un ton amer.

— Ça ne règle pas la question de la distance », remarqua le tueur défiguré.

Le silence succéda à l'effervescence tandis qu'ils s'abîmaient dans leurs réflexions. Thad triturait un bout d'os et Javor paraissait perdu dans la contemplation d'une bouteille de sang. Deirdra jouait distraitement avec sa griffe d'ours. L'évocation du traitement que les mâles colossi infligeaient à leurs femelles pubères lui avait rappelé comment Bradeus avait tenté de se débarrasser d'elle, après qu'elle avait eu ses premières règles.

Deirdris n'avait rien à voir là-dedans. C'est moi qui ai fait venir le dragon pour qu'il me débarrasse de toi !

Et si maître Bradeus avait trouvé le moyen de reproduire le cri que poussaient les femelles pour appeler les mâles, à l'époque de la reproduction ?

« Par les dents de Deirdris ! s'écria-t-elle. Le pendentif !

— Qu'est-ce que tu veux dire ? De quel pendentif parles-tu ? demanda Javor.

— Le pendentif de mon maître ! précisa la jeune femme d'une voix surexcitée. Il ne s'en séparait jamais du temps de ma formation, mais Jiria a dit qu'il ne l'avait plus. C'était une espèce de rondelle de bois qui se terminait par un bec… bref, comme un sifflet ou un appeau ! Maître Bradeus pouvait reproduire le cri des femelles ! Il aura eu l'occasion de tester son appeau lorsqu'il vivait parmi les dragons, afin de vérifier si l'instrument produisait le bon bruit ! Il l'aura vendu aux hommes de Petrior ! »

Elle se remémora sa dernière visite chez son maître. Connaissant Bradeus, elle avait la certitude qu'il avait fallu que les hommes paient plus qu'un sac d'or, des verres en cristal de roche ou du venin de minusius afin de le convaincre de se départir d'un objet aussi précieux qu'un appeau pour appeler les dragons. Qu'est-ce que Petrior – par l'intermédiaire de Desmond – avait pu donner à son maître en échange ?

Avant qu'elle ait pu trouver la réponse, Javor objecta :

« Mais si c'est un appeau, pourquoi est-ce qu'on n'a rien entendu, à Queltiar, lors de l'attaque des sourni ? Ou même pendant les funérailles d'Horacius, quand le colossius a attaqué ? Et pourquoi est-ce que l'appeau attire les deux sortes de dragons ?

— Et s'il émettait des sons inaudibles ? » proposa le capitaine.

Deirdra le contempla comme s'il avait perdu l'esprit.

« Qui entendrait des sons inaudibles ? C'est le principe même de quelque chose d'inaudible : on ne peut pas l'entendre !

— C'est pas bête, commenta Javor. Les cris sont peut-être inaudibles pour nous, mais pas forcément pour d'autres créatures. Mon maître disait souvent que les dragons sont comme des grosses chauves-souris, à cause de leurs ailes. Or, les chauves-souris émettent des cris qui ne peuvent être perçus que par les rares personnes qui ont l'ouïe plus que fine. Peut-être que les femelles colossi, et peut-être aussi les femelles sourni, émettent des sons qui échappent à notre audition…

— Et l'appeau permettrait de reproduire ces sons, déduisit Deirdra, parce que Bradeus lui a donné la forme de la gorge d'une femelle, c'est ça ? »

Joignant le geste à la parole, elle effleura son cou avec sa griffe d'ours.

« Et la vieille devineresse qui disait qu'elle ne comprenait pas le message envoyé par les esprits... Or, elle a affirmé que les esprits communiquaient avec elle par images. Elle ne peut donc pas voir un bruit ! En outre, elle a dit qu'elle ne pouvait pas voir les créations des hommes, et l'appeau est l'invention de Bradeus, un humain. Oui ! Ça tient la route ! approuva Thad.

— Tu te souviens vraiment de toutes ces niaiseries dans le détail ? s'émerveilla Deirdra.

— Il faut savoir écouter les esprits de la nature, Deirdra, fit le capitaine en ne plaisantant qu'à moitié.

— Sauf que ça n'explique pas pourquoi les colossi répondent aussi bien à l'appel que les sourni, insista Javor. Les femelles des deux espèces ne poussent certainement pas le même cri. »

Thad et Deirdra se consultèrent en silence : fallait-il mentionner que les dragons agissaient peut-être sous l'impulsion des esprits de la nature ?

« N'oublions pas que nous parlons de sons qui voyagent à une grande distance, dit finalement le capitaine. Les bruits sont certainement déformés. Les colossi peuvent se méprendre et croire qu'il s'agit de l'appel d'une de leurs femelles, plutôt que celui d'une femelle sournius.

— Sans oublier, ajouta Deirdra en se remémorant sa dernière rencontre avec un colossius, que les mâles colossi ont une mauvaise vue. C'est pour ça que les esprits de la nature les ont pourvus d'antennes : celles-ci leur permettent de remédier à leur vision limitée. Peut-être qu'en fait elles pallient leurs sens parce qu'ils sont tous défectueux, y compris leur ouïe. Outre la déformation des bruits par la distance, ça expliquerait que les colossi confondent les cris de leurs femelles avec ceux des femelles sourni.

— Et une fois qu'ils sont rendus sur place et qu'ils découvrent que ce n'est pas la bonne femelle qui a marqué son territoire, qu'est-ce qui se passe ? demanda Javor.

Un colossius peut percevoir le son déformé, rappliquer et découvrir que c'est l'odeur d'une femelle sournius qui a été répandue.

— Il va attaquer quand même la cible, dit Deirdra en haussant les épaules. Après tout, il arrive à un endroit où il y a des proies. Toutefois, comme c'est le cri d'une femelle qui l'a attiré, il va la chercher, que ce soit pour s'accoupler avec elle ou pour l'éliminer, si elle appartient à une autre espèce. Les sourni, les minusi et les colossi ne s'aiment guère. »

Le tueur de dragons la fixa quelques instants de ses yeux d'un vert analogue à celui des écailles des minusi. Finalement, il dit :

« Bravo. Tes connaissances sur les dragons sont impressionnantes ! Combien en as-tu tués ?

— Neuf, répondit-elle en éprouvant son pincement au cœur coutumier à l'évocation du dragon qui aurait pu être sa dixième victime.

— Tu as égalé le record d'Alastorus… s'il avait tué autant de dragons qu'il le prétendait !

— Ouais, maugréa Deirdra. Seulement maintenant, la chasse est finie.

— Comment ça ? »

Thad les interrompit :

« Vous discuterez plus tard. Il faut informer Lanfas du résultat de nos réflexions avant qu'il fasse exécuter mes hommes. »

Ils quittèrent la table et s'engagèrent dans l'escalier. La jeune femme rangea la griffe d'ours dans ses vêtements.

« Tu veux escroquer un esprit crédule ? s'étonna le capitaine qui descendait derrière elle.

— Elle m'a porté chance, je la garde. À moins que tu juges que ça m'empêche de penser par moi-même ? ajouta-t-elle avec un clin d'œil.

— Tu viens de prouver le contraire. Mes hommes et moi te devons une fière chandelle…

— Ça devient une habitude », dit-elle d'un ton cassant afin de dissimuler à quel point les paroles de Thad lui faisaient plaisir.

Au pied de l'escalier, Javor annonçait aux gardes qu'ils voulaient parler au seigneur Lanfas. Les sentinelles les ramenèrent à la salle d'étude, où le dirigeant de Xorond examinait les allées et venues d'un petit groupe de fourmis sur une carte de l'Austrion.

« Déjà de retour ? La nuit vous a donc porté conseil ? »

Les trois tueurs de dragons acquiescèrent et Javor exposa le fruit de leurs réflexions. Lorsqu'il eut terminé, Lanfas demeura un long moment silencieux à observer les fourmis qui s'aventuraient à présent sur les monts de Maestas, pendant qu'un petit groupe se rassemblait sur le château de Volter pour ramasser les miettes du repas de Lanfas qui étaient tombées sur la carte.

« Il faut trouver cet appeau et des griffes de femelles, conclut le seigneur.

— Ainsi que ce qui permet de produire un souffle assez puissant pour que les bruits émis par l'appeau couvrent une grande distance », compléta Javor.

Une des fourmis du château de Volter se détacha de sa bande et revint vers la forteresse de Xorond, où d'autres reliefs du repas avaient été répandus. Elle se saisit d'une graine avant d'aller retrouver ses semblables à toute allure.

« L'un de vous sait-il à quoi cet appeau ressemble ?

— Elle, répondit Javor en désignant Deirdra.

— Combien ? demanda brusquement Lanfas à la jeune femme, qui suivait les déplacements des insectes sur la carte.

— Combien quoi ?

— Quel est ton prix pour fabriquer cet appeau ? Et de combien de temps as-tu besoin ?

— Il y a quelques heures à peine, tu voulais me tuer et maintenant, tu veux me payer ? » s'étonna Deirdra, décontenancée par ce soudain revirement.

Le seigneur hocha la tête.

« La situation évolue, je dois m'adapter. Tu es une tueuse de dragons, ta loyauté peut donc être achetée à la condition qu'on y mette le prix. »

Deirdra jeta un coup d'œil à Thad. Il l'ignora, le visage inexpressif.

« Donne-moi une cuirasse et un bouclier en peau de colossius, trois sacs d'or, un cheval, des vivres, un cimeterre, des vêtements de rechange… »

Elle fut sur le point d'ajouter « de la dragonne », mais la présence de Thad à ses côtés la retint.

« Et ce sera tout ? fit Lanfas d'un ton glacial.

— Je veux aussi que tu rendes la liberté au capitaine Thad et à ses hommes. »

Lanfas fronça les sourcils et parut considérer sérieusement l'offre de Deirdra.

« Et combien de temps te faut-il ? »

La tueuse de dragons avait du mal à y croire : le seigneur marchait dans son mensonge !

« Tu pourras l'avoir demain matin, quand tu iras envahir Volter.

— Monseigneur, s'immisça Javor, ne lui faites pas confiance ! L'appeau produit des sons qui sont inaudibles pour l'oreille humaine ! Vous n'aurez aucun moyen de vérifier qu'elle ne vous a pas trompé !

— Me prends-tu pour un niais, Javor ? Tu penses vraiment qu'une mangeuse de cœurs au cerveau à demi détruit par la dragonne peut se jouer de moi ?

— Bien sûr que non, monseigneur ! s'indigna son interlocuteur avec une ferveur quelque peu artificielle.

— Je la garderai prisonnière ici, en compagnie de Thad et de ses hommes, le temps de m'assurer qu'elle n'a pas tenté de me berner, poursuivit Lanfas. Et si l'appeau ne fonctionne pas, ils seront tous massacrés. »

Deirdra déglutit. La mort ne l'effrayait pas, surtout depuis qu'elle avait perdu tout ce qui faisait d'elle une tueuse de dragons et, par le fait même, sa raison d'être.

Par contre, elle avait du mal à accepter l'idée que Thad soit exécuté, et à cause d'elle de surcroît.

« Alors ? enchaîna le seigneur à l'adresse de la jeune femme. Si je m'engage à te donner ce que tu veux, accepteras-tu de fabriquer l'appeau ? »

Deirdra tâcha de soutenir calmement le regard perçant du seigneur, tout en réfléchissant à toute allure. Lanfas était d'autant plus dangereux qu'il combinait mégalomanie et machiavélisme et qu'il était totalement imprévisible. Elle devait jouer aussi serré que lorsqu'elle chassait un sournius.

« Je pourrais te fabriquer un appeau pour demain, monseigneur, sauf que cela ne garantit pas qu'il va émettre le bon son. Pour ça, il va falloir que je teste l'instrument. Je vais aussi avoir besoin de griffes du pentalule des femelles sourni ou colossi afin de m'assurer que tout fonctionne. Ce processus va nécessiter du temps. Or, je doute que tu en aies beaucoup : les dragons déchaînés par Petrior auront dévoré toute la population de Xorond avant que ton appeau puisse être utilisé…

— Aurais-tu une autre proposition à me faire ?

— Si tu me donnes tout ce que je te demande, je m'engage à m'infiltrer dans le château de Volter et à trouver l'appeau, puisque je sais à quoi il ressemble. Et je déroberai aussi les griffes de femelles colossi et sourni de Petrior.

— Deirdra ! s'exclama Thad. C'est de la folie ! Le château sera rempli de soldats ! Ils te tueront avant même que tu aies franchi la cour intérieure ! »

La jeune femme l'ignora. Toute son attention était fixée sur Lanfas, qui lissait sa barbiche d'un air songeur. Finalement, il reporta ses petits yeux noirs sur Thad et répliqua :

« Qui a dit que la forteresse serait remplie de soldats ? Elle sera presque abandonnée, je te le garantis. »

Il tira une petite boîte en argent finement ouvragée de son pourpoint. Il l'ouvrit et en sortit une perle d'un jaune mat, qu'il posa sur la carte dans les landes séparant la futaie de Cobas du château de Volter. Aussitôt, les deux colonnes de fourmis quittèrent les monts de Maestas et la place forte de Volter pour s'agglutiner autour de la sphère.

« Un bonbon de miel, expliqua le seigneur.

— Et ce bonbon, c'est… ? »

Thad laissa sa phrase en suspens.

« Toi, évidemment. Pendant que vous vous amusiez à secourir tes hommes à Queltiar, mes espions postés dans la seigneurie de Volter ont répandu la rumeur que le capitaine Thad, celui dont Horacius voulait faire son héritier légitime, a trouvé refuge ici et s'est allié à moi. Je suis prêt à parier que le gros de l'armée de Petrior est déjà en train de quitter la forteresse de Volter et de marcher vers la futaie de Cobas pour t'éliminer une bonne fois pour toutes et me vaincre par la même occasion. »

Abasourdi, son interlocuteur ne trouva rien à répondre.

Lanfas fit rouler le bonbon au miel vers le château de Petrior, écrasant au passage quelques fourmis, qui se relevèrent et poursuivirent la friandise.

« Pendant que le château de Volter sera presque abandonné, j'en prendrai possession, continua Lanfas. L'armée de Petrior n'aura d'autre choix que de faire demi-tour, mais il sera trop tard : je serai maître des lieux et je pourrai soutenir un siège. Comme je vous l'ai dit, je vais prévoir deux plans pour devenir le maître absolu de l'Austrion. L'un avec le moyen de diriger des dragons, l'autre sans ce moyen. Dans les deux cas, Thad, tu sers d'appât. Javor, conduis le capitaine jusqu'à ses hommes ! »

L'ancien tueur de dragons dégaina son épée et la pointa vers l'officier. Ce dernier fixa Javor d'un air de reproche. Les traits défigurés de l'autre n'exprimèrent aucune émotion en retour.

« Quant à toi, je peux te donner tout ce que tu demandes, à un élément près », poursuivit Lanfas à l'adresse de Deirdra, tandis que les deux anciens tueurs de dragons disparaissaient dans le couloir.

La jeune femme détourna son attention de Thad et de Javor qui s'éloignaient et s'enquit, même si elle soupçonnait déjà la réponse :

« Lequel ?

— La vie du capitaine Thad et de ses hommes. Tant que le bâtard d'Horacius vivra, je ne serai pas le maître incontesté de l'Austrion. Il ne peut y avoir deux reines dans une ruche, tu comprends ?

— Dans ce cas, oublie l'appeau à dragons.

— Je vais te faire mettre à mort tout de suite ! la menaça le noble, qui avait visiblement oublié qu'un instant plus tôt il était prêt à l'engager et à négocier son salaire.

— Vas-y. Je suis une tueuse de dragons. Je n'ai pas peur de la mort. »

Lanfas la toisa un long moment en silence. Deirdra s'efforça de rester impassible, en espérant que son interlocuteur n'entende pas son cœur qui battait la chamade.

Les fourmis avaient rejoint le bord de la carte et quittaient l'écritoire en emportant la friandise.

« Très bien, dit tout à coup Lanfas. Si le capitaine Thad et ses hommes ne sont pas tués pendant la bataille contre Petrior, ils auront la vie sauve, mais à une condition : dès que le combat est fini, je vous mets tous dans un bateau en partance pour le Meridion et vous ne remettez plus jamais les pieds en Austrion, compris ? Si vous vous avisez de revenir, je m'assurerai que votre mort se déroule dans la souffrance. »

Un léger sourire flotta sur ses lèvres charnues.

« Compris », dit Deirdra.

Elle tendit la main pour sceller l'entente. Lanfas ne broncha pas. Le bras de la jeune femme retomba le long de son flanc et elle se dirigea vers la sortie. Avant de quitter la pièce, elle s'arrêta et ajouta :

« J'ai failli oublier : si Thad ou l'un de ses hommes meurent pendant l'affrontement, tu peux dire adieu à l'appeau. Un accident est vite arrivé pendant un combat. Tu as donc tout intérêt à veiller soigneusement sur eux.

— Est-ce que ce sera tout? demanda Lanfas d'une voix glaciale.

— Pas tout à fait. Je sais à quoi ressemble l'appeau, sauf que je ne connais pas tous les recoins du château de Volter. L'idéal serait qu'un des hommes de Thad m'accompagne. »

Le seigneur paraissait sur le point d'exploser. Consciente qu'elle avait peut-être poussé le bouchon un peu trop loin, Deirdra sortit sans attendre sa réponse. Elle refermait le battant derrière elle quand elle entendit la voix de Lanfas s'élever:

« Choisis ton homme. Mais le capitaine Thad reste avec moi. »

C'était déjà beaucoup plus que ce que la jeune femme était en droit d'espérer.

12. Le seigneur Petrior

Un messager arriva à la forteresse le lendemain et annonça à Lanfas que l'armée de Volter se dirigeait vers Xorond. Peut-être Petrior redoutait-il que la futaie de Cobas soit étroitement surveillée ou peut-être souhaitait-il prendre Lanfas par surprise : quelle que fût sa raison, ses troupes avaient fait un léger détour par Queltiar afin d'attaquer Xorond par le sud.

« Nous serons au château de Volter avant même que les hommes de ce petit bourdon aient atteint la Lettusis, s'était réjoui Lanfas, ravi que Petrior agisse conformément à ses prévisions. Ils n'auront pas le choix de faire demi-tour ! »

En effet, le régiment de Xorond était prêt depuis longtemps. Il suffit au seigneur de donner un ordre pour que ses effectifs se mettent en marche vers la futaie de Cobas.

Les soldats mirent une journée à atteindre cette destination. Après une brève concertation avec Maneg, l'ancien second d'Ossiar promu au titre de capitaine de Xorond, ainsi qu'avec ses officiers, Lanfas octroya un peu de repos à ses hommes. Il avait été convenu qu'ils franchiraient la frontière au cours de la nuit, de manière à ne pas être localisés. Les éclaireurs, qui étaient venus à intervalles réguliers tenir leur seigneur au courant de ce qui attendait le bataillon, rejoignirent le contingent alors que le soleil hivernal était bas dans le ciel.

Lanfas avait exigé que Deirdra reste avec ses troupes jusqu'à la frontière naturelle qui séparait Xorond de Volter. Il s'agissait de trouver l'appeau au plus vite, afin que Lanfas puisse attirer les dragons sur l'armée de Petrior quand celle-ci reviendrait à Volter pour tenter de reprendre le château envahi par les troupes de Xorond. Malgré son impatience, la jeune femme avait obtempéré; elle ne voulait surtout pas perdre les avantages qu'elle avait réussi à soutirer au seigneur.

À présent, elle rongeait son frein, en attendant que Lanfas daigne lui donner l'autorisation de partir. Siroeus se tenait à ses côtés, enveloppé dans une cape de laine, son visage impassible derrière sa barbe blonde. La jeune femme n'avait pas eu de mal à arrêter son choix sur le soldat: des trois hommes de Thad emprisonnés à la forteresse de Xorond, Siroeus était celui qui était vraisemblablement le plus au fait de tous les recoins du château de Volter. N'était-il pas censé avoir couché avec la plupart des servantes de l'endroit? Cette réputation du soldat supposait une connaissance approfondie de la place forte, de manière à ce qu'il puisse s'adonner à quelques ébats avec ses conquêtes sans craindre d'être dérangé.

L'attention de la jeune femme dériva par-delà Siroeus jusqu'à Thad, qui se trouvait avec Lanfas et l'état-major de Xorond. Qui aurait pu soupçonner, en le voyant droit et fier dans son uniforme décoré d'un lièvre aux oreilles dressées symbole de la seigneurie, qu'il était sous étroite surveillance et que le moindre comportement suspect de sa part entraînerait la mort de Carleg et de Vosas, maintenus en otages au château de Xorond?

L'angoissante certitude qu'elle posait les yeux sur Thad pour la dernière fois noua les entrailles de Deirdra. Le capitaine tourna son visage avenant vers elle. Elle aurait aimé lire de la bienveillance et de l'inquiétude dans son regard. Cependant, ils étaient trop éloignés l'un de l'autre pour qu'elle puisse y déchiffrer quoi que ce soit.

Elle se contenta de lui adresser un vague signe de tête. Son mouvement capta l'attention de Siroeus.

« Sentimentale, hein ? dit-il, un sourire soulevant ses lèvres charnues. J'oublie parfois que tu es une femme…

— Avec ta réputation, j'espérais que toi, au moins, tu t'en rendrais compte…

— Aah… mais je ne suis pas le seul à m'en être rendu compte, je peux te l'assurer… »

Lanfas mit un terme à sa discussion avec ses officiers et se dirigea vers Deirdra et Siroeus. Javor lui emboîta le pas. L'ancien tueur de dragons portait une cape de laine grise similaire à celle de Siroeus, tel un simple voyageur, puisqu'il accompagnait Deirdra dans sa mission. La jeune femme n'avait pas eu la naïveté de croire que Lanfas la laisserait partir sans gardien.

Le seigneur de Xorond, vêtu de sa cuirasse taillée à même la peau de l'un des deux sourni qui avaient tué sa femme et son fils, se campa devant la tueuse de dragons et déclara, en ignorant Siroeus :

« C'est ici que tu nous quittes. Tu as intérêt à me rapporter l'appeau.

— Et toi, à respecter les termes de notre accord. »

Un éclair de perplexité traversa le regard de Lanfas. Deirdra insista :

« Tu dois garder le capitaine Thad et ses hommes en vie. »

Lanfas ne parut pas offusqué par l'insolence de son interlocutrice. Il poursuivit, comme si elle n'avait pas ouvert la bouche :

« Maneg a chargé des hommes de tuer les soldats que Petrior a postés le long de la futaie. Vous profiterez de la confusion pour traverser. Si tout va comme prévu, nous serons aux portes du château de Volter après-demain. »

Il virevolta, signalant de la sorte que l'entretien était terminé. Deirdra, Javor et Siroeus grimpèrent sur le dos de leurs montures et les mirent en marche. Ils se séparèrent du contingent imposant sans accorder d'attention à l'air intrigué des hommes qui frictionnaient vigoureusement leurs mains et bougeaient sur place pour se réchauffer. Pour éviter de trahir la présence du régiment, Lanfas avait interdit d'allumer des feux.

Alors que les trois cavaliers atteignaient l'orée de la futaie, ils distinguèrent dans le lointain une patrouille qui se détachait de la masse des soldats et fonçait à son tour vers la forêt. Siroeus proposa d'attendre qu'elle ait traversé la frontière avant de la franchir.

« Comme ça, toutes les sentinelles de Petrior se précipiteront vers eux et nous aurons le champ libre. »

Deirdra et Javor approuvèrent. Ils se frayèrent un chemin à travers les conifères saupoudrés de neige et s'immobilisèrent à quelques rangées d'arbres de la lisière ouest de la sylve.

« Maintenant, on attend », conclut l'homme trapu.

Ils n'eurent pas à patienter très longtemps: des appels et des cris retentirent, accompagnés du martèlement de sabots qui piétinaient le sol en direction du nord. Les éclats de voix redoublèrent d'intensité, accompagnés du tintement métallique de lames qui s'entrechoquaient.

Siroeus signala à ses deux compagnons qu'il était temps de se remettre en route. Ils quittèrent la futaie et distinguèrent une masse sombre et mouvante sur leur droite, celle des colonnes de Xorond qui combattaient celles de Volter. Les trois cavaliers talonnèrent leurs chevaux et filèrent au galop vers la demeure de Petrior. Le vacarme de la lutte diminua jusqu'à s'éteindre sans qu'ils sachent qui l'avait emporté.

Deirdra songea que cela n'avait guère d'importance.

◆

Le soleil disparaissait derrière l'horizon lorsque la jeune femme et les deux hommes arrivèrent en vue des Sœurs de Volter, après une journée de chevauchée à travers les landes enneigées. Aussitôt, Siroeus fit bifurquer sa monture vers le sud-est afin de contourner le château. Les tueurs de dragons l'imitèrent. Tous trois immobilisèrent leurs chevaux derrière l'une des buttes à bonne distance du mur occidental de la forteresse.

« Et maintenant ? » demanda Javor.

Deirdra jeta un coup d'œil interrogatif à Siroeus.

« Attendez-moi ici », dit-il

Il leur confia son cheval et s'en fut en direction du hameau de Valeg.

« Ras-le-bol qu'il nous dise de faire le pied de grue », grommela Javor tout en descendant de son coursier.

Même si Deirdra partageait son avis, elle se garda de le dire à son confrère. Elle se contenta de quitter le dos de sa monture, puis ils gravirent le monticule à pied. Ils se couchèrent dans la neige à courte distance du sommet, de manière à ne pas être repérés par les sentinelles sur les remparts. De l'endroit où ils se trouvaient, ils voyaient des serfs aller et venir sur la route menant au château. Nulle agitation ne régnait sur les lieux ; apparemment, la nouvelle de l'attaque de la frontière nord-est n'était pas encore parvenue aux oreilles des occupants de la forteresse.

Une quinzaine de minutes s'écoula sans que Siroeus donne signe de vie.

« S'il s'est enfui, dit Javor, tu as de sérieux problèmes.

— J'en ai maté des plus gros que toi, répliqua Deirdra avant d'ajouter : le voilà. »

L'homme blond approchait rapidement, chargé d'un ballot de vêtements. De la condensation s'échappait de ses lèvres par bouffées saccadées.

« J'ai croisé d'anciens confrères, annonça-t-il, ses yeux bleus brillant d'excitation, mais ils ne m'ont pas reconnu avec ma barbe et ma capuche. Tenez, mettez ça. »

Il leur lança son paquet. Deirdra et Javor en tirèrent de gros habits de laine élimés. Tout en mettant une houppelande trop grande pour elle par-dessus ses vêtements, la jeune femme s'enquit :

« Quel est ton plan ?

— Mischa, une servante du château, passe la nuit chez ses parents, à Valeg. Ils vont nous offrir le gîte et le couvert. Demain à la première heure, elle va nous faire entrer au château comme si on était des aides-cuisiniers.

— Pourquoi ne pas plutôt profiter de l'obscurité pour nous y infiltrer ? demanda le tueur de dragons.

— Parce que les ténèbres ne nous seront pas profitables, répliqua platement le guerrier. Mischa m'a dit que Petrior est nerveux depuis que Thad lui a échappé. Apparemment, il a peur que le capitaine vienne le poignarder dans son sommeil, alors il a donné des ordres pour que la garde soit doublée pendant la nuit.

— On gèle, ici, intervint Deirdra en exhalant de la fumée blanche. Est-ce qu'on pourrait discuter de tout ça au chaud ? »

Les deux autres acquiescèrent. Tout en revêtant à son tour les habits apportés par l'homme blond, Javor lui demanda :

« Pourquoi est-ce qu'une servante et les aides-cuisiniers ne logent pas au château ? »

Les pommettes et le bout du nez de Siroeus, déjà rougis par le froid, virèrent au cramoisi.

« Eh bien… disons que Mischa préfère éviter le plus possible les autres serviteurs ces temps-ci.

— Elle ne risque pas d'attirer les soupçons en se présentant au château, dans ce cas ? » insista Javor.

Son interlocuteur eut un geste d'agacement devant la persistance de l'autre.

« Non, non, elle continue à faire son travail. C'est juste que son… apparence alimente certains ragots. »

Deirdra comprit aussitôt de quoi il retournait. Elle s'exclama :

« Siroeus !

— Je sais, je sais. Pourtant, nous avons été prudents… mais pas assez, apparemment. Si on se sort du pétrin, je jure sur les esprits de mes ancêtres que je vais l'épouser.

Venez. Et laissez les chevaux ici, ils vont attirer l'attention des sentinelles. »

Ils contournèrent la colline enneigée et se rendirent au village de Valeg. À l'entrée de ce dernier, une jeune fille aux cheveux clairs et aux joues rondes les attendait en frissonnant dans la cape d'étoffe grossière qui la couvrait de pied en cap. Son ventre protubérant dépassait légèrement par l'ouverture. La servante se dépêcha de rabattre le pan de son vêtement. Elle jeta un regard craintif aux deux tueurs de dragons, qui dissimulaient leurs traits sous la large capuche de leur houppelande.

« N'aie pas peur, lui dit Siroeus.

— C'est pour toi que j'ai peur, pas pour moi. »

Elle leur indiqua de la suivre le plus silencieusement possible. Ils se faufilèrent discrètement entre les maisons. Des bruits de conversations et de vaisselle entrechoquée et des odeurs de viande cuite s'échappaient des fenêtres. Mischa s'arrêta devant l'une des habitations. Deirdra constata avec soulagement que ce n'était pas celle qu'elle avait pillée lors de son dernier passage à Valeg ; elle aurait eu des remords à la pensée qu'elle avait volé le bien de son hôte. La jeune servante ouvrit la porte et pressa son escorte d'entrer.

À l'intérieur, une femme d'une quarantaine d'années aux cheveux châtains striés de blanc était occupée à remuer le contenu d'une marmite accrochée au-dessus de l'âtre. Un homme costaud à la chevelure et à la moustache poivre et sel était assis à la table près du feu et dégustait une chope de bière. En guise de salutation, il lança aux trois arrivants dès que Mischa eut refermé la porte :

« Comme ça, c'est vous qui allez nous délivrer du sournius ? »

Javor se raidit et Deirdra jeta un coup d'œil réprobateur au soldat : qu'est-ce qui lui avait pris de tout raconter au paysan ? Il ne manquait plus que la nouvelle de leur présence à Valeg parvienne aux oreilles de Petrior !

« Siroeus m'a dit que vous essayez de sauver Volter du sournius, ajouta le paysan à l'adresse de Deirdra. Les serfs de Valeg vous en remercient et vous souhaitent bonne chance. Si jamais vous avez besoin d'un coup de main, vous pouvez compter sur nous. »

Prise de court, la jeune femme ne trouva rien à répondre. Siroeus lui expliqua :

« Kantas est très influent à Valeg.

— Disons que j'ai rendu un petit service ici et là, expliqua Kantas d'un ton modeste, ce qui fait qu'à peu près tout le monde au village me doit quelque chose.

— Et en nous offrant le gîte et le couvert, vous allez ajouter notre nom à la liste des gens qui ont une dette envers vous ? déduisit Deirdra.

— Non, rectifia le serf en secouant sa chevelure clairsemée. J'ai combattu sous les ordres du capitaine Thad à la bataille de Codmus. Pour ceux qui servent ses intérêts, c'est gratuit.

— Et pour ceux qui sont au service de Lanfas ? » intervint Javor.

Kantas hésita légèrement avant de répondre :

« Pour tous ceux qui veulent nous débarrasser du sournius, c'est gratuit.

— Il faut vraiment détester Petrior pour qu'un ancien combattant de Codmus accepte d'aider des gens à la solde de Lanfas ! commenta le tueur de dragons avec un rictus sardonique.

— Petrior veut détruire la paix que monseigneur Horacius a mis des années à établir ! répondit le serf avec chaleur. Une paix pour laquelle tout Volter a combattu ! Et si ce n'était pas suffisant pour le haïr, il a massacré les habitants de Faris. Ce n'est sans doute qu'une question de temps avant qu'il nous fasse subir le même sort ! »

Sa femme s'approcha de lui et lui prit la main. L'homme tourna vers elle son visage exalté, tandis que Mischa s'appuyait contre Siroeus. Le soldat trapu passa son bras autour des épaules de la jeune fille.

Quand Kantas s'adressa de nouveau à ses invités, ce fut d'une voix plus calme.

« Vous passerez la nuit dans le caveau. Ce n'est pas très confortable, mais c'est plus sécuritaire. Avec le capitaine Thad en liberté, Petrior a ordonné à ses hommes de patrouiller régulièrement dans les villages. Il veut s'assurer que personne n'aide le capitaine à se cacher. C'est sûr que depuis que le gros de son armée est parti pour Queltiar, c'est plus tranquille, mais j'aime mieux ne pas courir de risque. »

Pendant qu'il prononçait ces derniers mots, son attention s'était fixée sur Mischa. Quelque chose sembla passer entre le père et la fille, puis Kantas conclut :

« Siroeus, tu connais les airs de la maison. Amène tes compagnons dans vos appartements. Mischa vous apportera quelque chose à manger. »

L'homme au visage rond approuva et dit aux tueurs de dragons :

« Venez. »

Après avoir remercié la famille de serfs et lui avoir souhaité bonne nuit, le soldat prit une chandelle allumée, entrouvrit la porte, jeta un coup d'œil à l'extérieur et sortit. Javor et Deirdra le suivirent. Les rues de Valeg étaient désertes. Les trois guerriers se glissèrent dans l'ombre de la maison. Javor et Siroeus écartèrent l'un des battants sur le côté de l'habitation et descendirent l'échelle qui s'enfonçait dans la terre, imités par Deirdra qui referma le panneau derrière elle.

Peu de temps après qu'ils se furent installés dans la cave fleurant la terre humide et les oignons, l'un des battants s'ouvrit et Mischa entra, chargée d'un plateau de victuailles fumantes et d'un pichet. Siroeus s'empressa d'aller la débarrasser de son fardeau et remit le tout à Javor, puis enlaça tendrement la taille rebondie de la servante et l'aida à dévaler les échelons de bois. Elle posa un baiser léger sur ses lèvres et se dégagea de son étreinte.

« Je dois remonter, lui dit-elle d'un ton d'excuse avant de se tourner vers Deirdra et de dire : Siroeus m'a raconté qu'il vous devait la vie. Moi et mon enfant, nous vous en remercions. »

Elle caressa son ventre rond. La tueuse de dragons jeta un coup d'œil au barbu. Ce dernier esquissa un sourire timide, puis nota, en désignant Javor qui avait déjà commencé à manger :

« Il faudrait se mettre à table. Sinon, il ne nous en restera plus !

— Bonne nuit », fit Mischa.

Elle entreprit de remonter l'échelle. Malgré le soutien de Siroeus, la manœuvre n'allait pas sans mal avec son gros ventre.

« Une minute ! la retint Deirdra en se remémorant un détail. Est-ce que c'est toi qui t'occupes des appartements de Petrior ?

— Oui, mais maintenant que j'ai du mal à me pencher, Niupe fait le gros du travail. Pourquoi ? Ne me dites pas que vous voulez vous y rendre ! »

Elle roula de grands yeux effrayés en direction de son amant, qui garda le silence. Deirdra confirma :

« Malheureusement, nous devons les fouiller. Tu n'aurais pas vu un objet bizarre parmi les affaires de Petrior ? une sorte de gros sifflet en bois ? »

Mischa secoua la tête en signe de dénégation.

« Désolée.

— Ce n'est pas grave, la rassura Siroeus. Va dormir. Une dure journée nous attend. »

Mischa acquiesça. Elle sortit et referma le panneau, laissant les guerriers dans la pénombre du caveau avec la bougie de Siroeus pour les éclairer. Ce dernier soupira, puis rejoignit Javor et se mit à manger. Deirdra fit de même, bien qu'elle n'eût guère d'appétit. Le repas terminé, ils tâchèrent de prendre un peu de repos. Toutefois, la promiscuité garda la jeune femme éveillée la plus grande partie de la nuit.

◆

À l'aube, Siroeus, les deux tueurs de dragons et Mischa gravirent le sentier qui les séparait de l'entrée principale du château de Volter. Deirdra entendit le soldat murmurer à sa maîtresse :

« Dès que tu nous as menés aux cuisines, tu retournes immédiatement chez tes parents, compris ?

— Mais je dois travailler… Je suis chargée de…

— Mischa, d'ici quelques heures, ça va barder par ici. Je veux que toi et le bébé, vous soyez en sécurité. »

La servante acquiesça à contrecœur, puis baissa la tête. Les trois autres calquèrent leur attitude sur la sienne. Deux gardes contrôlaient l'accès au château. Ils étaient secondés dans leur tâche par des archers postés au-dessus des portes. L'une des sentinelles au sol salua Mischa pendant que l'autre vérifiait l'identité de deux serfs qui transportaient des sacs de jute rebondis sur un chariot.

La fille se mit à converser avec le soldat qui l'avait apostrophée. Siroeus, Deirdra et Javor voulurent en profiter pour se faufiler, mais un archer les interpella depuis les remparts :

« Hé, vous trois ! Où allez-vous comme ça ? »

Le planton qui discutait avec Mischa coupa court à l'échange et se dirigea vers Deirdra et les deux hommes.

« Ce sont les aides-cuisiniers, Baldareg, protesta la jeune servante d'une voix que la panique rendait suraiguë. Tu ne les reconnais pas ? »

Le dénommé Baldareg dévisagea Deirdra et Javor, puis son regard se posa sur Siroeus. Deirdra eut l'impression que son cœur allait jaillir de sa poitrine tant il battait violemment. Devait-elle fuir à toutes jambes ou transpercer le soldat de son épée ?

Le garde hocha lentement la tête et annonça d'une voix soudainement empreinte d'une certaine grandiloquence :

« Ça va, passez. Dépêchez-vous, les hommes attendent leur repas avec impatience.

— Merci, Baldareg », dit Mischa d'un ton reconnaissant.

Dès qu'ils eurent gagné la cour intérieure, ils gravirent les marches les séparant du donjon et filèrent en direction des cuisines. La jeune fille s'arrêta devant une porte close et l'écarta, révélant une pièce vide.

« L'ancien bureau de monseigneur Horacius, annonça-t-elle. Plus personne n'y vient. Nous serons tranquilles. »

À peine Deirdra eut-elle refermé le battant derrière eux que Javor s'exclama :

« La sentinelle t'a reconnu, Siroeus !

— Beaucoup de soldats sont restés fidèles au capitaine Thad, affirma Mischa. Baldareg en fait partie. Si ça n'avait pas été le jour où il est posté aux portes, je ne vous aurais pas fait passer par là !

— Tu es géniale, déclara son amant en l'embrassant. Merci infiniment pour ton aide. Maintenant, rentre chez toi et n'oublie pas ce que je t'ai dit. »

Pendant qu'ils s'étreignaient une dernière fois, Deirdra jeta un coup d'œil à l'extérieur. Des serviteurs circulaient, les bras chargés de plateaux, de literie et de vaisselle. Elle se tourna vers Siroeus.

« Les appartements de Petrior ?

— Par ici », dit l'homme en libérant Mischa et en rabattant sa capuche.

Ils s'engagèrent dans le couloir. Absorbés par leurs tâches, les serviteurs ne leur accordèrent aucune attention. Par contre, ils saluèrent la jeune servante enceinte qui, conformément aux instructions de son amant, gagnait la sortie du château, dans la direction opposée à celle empruntée par Deirdra et ses deux comparses.

« Qu'est-ce qu'on fait si ce qu'on cherche ne se trouve pas dans les appartements de Petrior ? demanda Siroeus à Deirdra.

— Toutes les suggestions seront les bienvenues.

— On peut aussi chercher dans les anciens appartements d'Horacius. Ou dans la salle d'audience…

— Prie Deirdris pour que l'appeau soit dans les appartements de Petrior, le coupa sèchement Javor. L'armée de Lanfas sera ici dans le courant de la matinée. Nous n'avons pas un instant à perdre. »

Des pas retentirent soudain dans la galerie ; ils venaient vers eux. Deirdra repoussa la porte sur sa gauche et s'y engouffra, Siroeus et Javor derrière elle. Ils se retrouvèrent dans un petit boudoir dont les meubles avaient été recouverts de housses. Les tapisseries accrochées aux murs représentaient les cinq animaux associés aux esprits de la nature. Le portrait d'une femme très belle trônait audessus de l'âtre poussiéreux. Elle portait une robe brodée de fils d'or et tenait un bébé dans ses bras. Les traits de l'inconnue étaient vaguement familiers à Deirdra, mais la tueuse de dragons aurait été en peine de préciser l'endroit ou le moment où elle aurait pu la croiser.

« Qui est-ce ?

— C'est Celime, dit Siroeus. La défunte femme d'Horacius. Et cet adorable bambin, c'est Petrior. On raconte qu'il se montrait déjà cruel. Il mordait sa nourrice au sang quand elle lui donnait le sein.

— Silence ! » souffla Javor.

Des voix s'élevaient de l'autre côté de la porte. Deirdra reconnut les inflexions courroucées de Petrior et le timbre grave et mesuré de Desmond.

« Comment se fait-il que je ne l'ai pas su avant ? Je croyais que tu étais l'homme le mieux informé de tout l'Austrion ! C'est invraisemblable !

— Monseigneur, les troupes de Lanfas massacrent tous les paysans sur leur passage pour s'assurer que personne ne nous prévienne, répondit le colosse. Heureusement, un de mes espions, qui possède une terre près de Rueg, a vu l'armée de Xorond se mettre en marche. Il s'est dépêché de venir ici pour m'avertir et mes hommes m'ont envoyé un pigeon. J'ai aussitôt interrompu la progression de nos troupes vers Queltiar et je me suis hâté de revenir pour… »

Les voix décrurent et les paroles devinrent incompréhensibles.

« Ça y est ! dit Siroeus. Petrior a compris que Lanfas tente d'envahir Volter.

— C'est justement le nœud du problème, non ? souligna Deirdra. Si j'étais Petrior et que je détenais l'appeau, je m'empresserais d'attirer des dragons pour qu'ils affaiblissent les bataillons de mon adversaire. Surtout que le plus gros de mon régiment est quelque part entre Volter et Queltiar…

— Il faut donc suivre Petrior, conclut Javor.

— Ce sera une perte de temps, objecta Siroeus. Il va donner des ordres pour que le château se prépare à subir un siège, organiser les soldats, tenir une conférence avec Desmond… Il ne peut pas se contenter d'appeler des dragons !

— Séparons-nous, suggéra Deirdra. Deux d'entre nous vont fouiller les appartements de Petrior pendant que l'autre le prendra en filature.

— Non, dit Javor d'un ton catégorique. C'est contraire à mes instructions. Je dois vous surveiller en tout temps.

— Javor, il en va du triomphe de ton seigneur ! s'exclama Siroeus.

— Nous restons ensemble, s'entêta le tueur de dragons. Pas question que l'un de vous trouve l'appeau sans que je le sache. »

Deirdra se rua sur l'homme et le saisit à bras-le-corps. Ils tombèrent sur un fauteuil, qui bascula vers l'arrière et heurta le sol avec un choc sourd. Les deux adversaires roulèrent sur le plancher. Javor se retrouva sur le dessus. Il saisit la gorge de Deirdra et serra. Siroeus se dressa derrière le tueur de dragons et l'assomma de la garde de son épée.

La jeune femme se releva lentement en massant son cou endolori et asséna un coup de pied au menton de son opposant inconscient.

« Juste pour être certaine qu'il ne se réveille pas, dit-elle en réponse à l'interrogation muette de Siroeus. Je suis convaincue que Lanfas lui avait donné l'ordre de nous tuer dès que nous aurions trouvé l'appeau. »

Son compagnon eut un geste fataliste.

« Ça se peut bien. Pour lui, nous ne sommes que des fourmis. Mais il aurait pu changer d'idée.

— Je ne miserais pas trop là-dessus. Il aurait pu tout aussi bien réviser sa position l'instant d'après. Revenons au plan initial : je fouille les appartements de Petrior. Toi, tu tentes de le retrouver, d'accord ? »

L'autre hésita.

« Qu'est-ce qu'il y a ? s'impatienta Deirdra.

— Je pensais à ce que Mischa m'a dit tout à l'heure. Si les hommes apprennent que le capitaine ne s'est pas rallié à Lanfas, je suis certain qu'ils refuseront d'obéir à Petrior. Il est possible d'éviter un bain de sang.

— Et s'ils décident d'attaquer quand même, non pas parce qu'ils obéissent à Petrior, mais parce qu'ils veulent délivrer leur capitaine des griffes de Lanfas ?

— Peu importe. Tout ce qui diminue la puissance de Petrior aidera notre cause. Je dois aussi parler à Kantas. Il peut convaincre les serfs de Valeg de se rallier au capitaine. Un soulèvement de population, ça peut toujours être utile. »

Au visage déterminé du soldat et à son ton assuré, Deirdra comprit qu'elle ne parviendrait pas à le détourner de son intention.

« Très bien. Fais ce que tu crois juste. Mais d'abord, indique-moi où sont les appartements de Petrior. »

Siroeus lui fournit les informations qu'elle avait demandées, puis il s'enquit :

« Que feras-tu avec l'appeau, quand tu l'auras trouvé ?

— Mes talents de devineresse ne vont pas jusque-là, dit Deirdra avec un ricanement. J'aviserai le moment venu. Que les esprits de tes ancêtres veillent sur toi !

— Sur toi aussi. »

Le couloir était de nouveau vide. Deirdra quitta le boudoir et se dirigea vers l'escalier qui se trouvait devant elle. Elle entendit Siroeus sortir à son tour et s'éloigner dans la direction opposée.

Conformément aux indications de l'homme blond, elle gravit les marches jusqu'au quatrième étage, où se trouvaient les appartements de Petrior. Un serviteur passa à côté d'elle sans lui accorder la moindre considération. Apparemment, les habits fournis par Mischa la rendaient invisible ou, du moins, banale.

Le tintement d'une cloche brisa le calme qui régnait dans le château. Des échos de pas précipités s'élevèrent et des soldats surgirent à l'extrémité du corridor que Deirdra longeait.

« Écarte-toi ! » lui aboya le guerrier de tête en la repoussant brutalement.

La jeune femme heurta durement la paroi de pierre. Les gardes passèrent devant elle à toute vitesse. Le tocsin continuait de sonner à tout rompre. Deirdra resta contre le mur en retenant son capuchon sur sa tête et en feignant d'être trop affolée pour se joindre à la frénésie ambiante. Des serviteurs et d'autres soldats défilèrent devant elle au pas de course. Tout à leur énervement, aucun d'eux ne parut la remarquer.

L'étage se vida et la cloche se tut. La tueuse de dragons avança prudemment sur sa droite, les sens aux aguets. Personne ne se présenta dans le couloir.

Alors qu'elle atteignait l'extrémité de la galerie, qui se terminait par une fenêtre, de vives clameurs montèrent jusqu'à elle. L'ouverture donnait sur la cour intérieure du château. Deirdra constata que les soldats et les serviteurs couraient dans tous les sens, certains pour se hisser sur les remparts, d'autres pour pénétrer dans le donjon.

Des palefreniers sortaient les chevaux harnachés des écuries et les rassemblaient au centre de la cour. Devant l'entrée du bâtiment, la jeune femme aperçut Desmond qui organisait les troupes en distribuant des ordres à droite et à gauche. Petrior se tenait derrière lui, l'interrompant fréquemment pour lui parler.

Par-delà les remparts, l'appel d'un cor retentit. L'agitation dans la forteresse cessa brièvement, avant de reprendre avec une fébrilité renouvelée qui ne pouvait signifier qu'une chose : Lanfas approchait ! Deirdra en déduisit que, pour arriver aussi tôt au château de Volter, le seigneur avait dû priver ses troupes d'une nuit complète de sommeil.

Petrior adressa encore quelques mots à Desmond, puis rentra dans le donjon.

Le cœur de Deirdra se mit à battre à tout rompre. Le jeune seigneur allait appeler un dragon, elle en avait la conviction. Il fallait qu'elle agisse au plus vite. Elle parcourut le passage à toute allure, négocia un virage en catastrophe et faillit percuter deux servantes.

« Où tu vas comme ça, toi ? demanda la première d'un ton peu amène.

— Et qui t'es ? J't'ai jamais vue !

— Personne, répondit sèchement Deirdra en écartant les femmes et en fonçant de plus belle.

— Hé ! Reviens ici tout de suite ! »

La tueuse de dragons les ignora et s'engagea dans une nouvelle galerie, celle du nord. Elle compta trois portes et s'immobilisa devant la quatrième, qu'elle écarta légèrement. Le silence régnait à l'intérieur de la pièce. Deirdra s'y glissa et referma le panneau derrière elle. Elle aboutit à une antichambre déserte close par un second battant. Elle posa l'oreille sur ce dernier, mais n'entendit aucun bruit. La jeune femme écarta prudemment la porte et se glissa à l'intérieur de la pièce.

Un lit imposant décoré d'une peau d'ours se trouvait près d'une fenêtre. Un gros coffre de bois finement sculpté était appuyé contre la base du meuble. Au-dessus d'un foyer où les flammes crépitaient, un portrait représentait Celime en train de broder. Ses yeux d'un bleu profond, identiques à ceux de son fils, étaient rivés sur l'intruse. Deirdra s'approcha du coffre avec l'impression désagréable d'être épiée.

Les motifs décorant le coffre représentaient des serpents, l'animal emblématique de Volter. La jeune femme souleva le couvercle et découvrit des vêtements soigneusement rangés. Elle se mit à les écarter. Ses doigts rencontrèrent rapidement le fond du coffre. Elle le referma et balaya la chambre du regard. Elle remarqua alors les bûches empilées près de l'âtre. Le tisonnier était accroché au-dessus, à côté d'un soufflet.

Un instant, Deirdra fut saisie d'étonnement, puis elle se leva, prit le soufflet et l'examina : il était grand, d'une facture grossière qui jurait avec le raffinement de la chambre. La taille fine de son embouchure, à peine aussi large que la lame d'un poignard, contrastait avec sa grosseur. En l'examinant de plus près, la jeune femme découvrit qu'on avait tenté maladroitement d'effacer une marque gravée dans le manche. Elle avait si souvent contemplé un dessin identique sur son propre bras qu'elle l'identifia sans difficulté, même s'il était à demi disparu : il s'agissait de l'étoile du nord surmontant un sournius. L'excitation la gagna, car elle reconnaissait l'objet. Il avait été suspendu pendant des années au mur jouxtant l'âtre de la demeure de Bradeus.

Les derniers morceaux du casse-tête se mirent en place dans son esprit. Il fallait combiner l'appeau et le soufflet pour émettre le son qui attirait les monstres. La taille du soufflet suggérait que le bruit pouvait être entendu à une grande distance pour les créatures capables de le percevoir.

Cependant, il manquait à Deirdra la partie la plus importante de l'appareil : l'appeau. Toujours sous la surveillance étroite de Celime, la jeune femme reprit son inspection des lieux. Elle déplaça les bûches, regarda sous le lit et sous les couvertures, palpa l'édredon. Ses recherches se révélèrent infructueuses.

Avant de quitter la pièce avec le soufflet, la tueuse de dragons la scruta une dernière fois. Elle s'arrêta sur le portrait de Celime. Prise d'une inspiration subite, elle s'avança vers le tableau et le fit glisser sur le côté. Une niche apparut. À l'intérieur, Deirdra trouva une griffe de dragon à la texture friable. Petit pour la race des colossi, l'ongle devait appartenir au pentalule d'une femelle ou, à la rigueur, à celui d'une femelle sournius. La jeune femme s'en empara et le remplaça par la griffe d'ours qu'elle avait dérobée chez Lanfas.

Elle n'avait plus qu'à repérer le pendentif de maître Bradeus. Encouragée par sa trouvaille, Deirdra allait reprendre sa fouille quand elle entendit des gens pénétrer dans l'antichambre. Elle se dépêcha de replacer le soufflet avant de plonger sous le lit. La porte s'ouvrit et deux bottes se présentèrent à l'entrée de la pièce.

« Attendez-moi ici », ordonna Petrior.

Le battant pivota et le jeune seigneur se dirigea vers l'âtre. Deirdra entendit le cadre frotter sur la pierre en s'écartant. Elle rampa sous la couche dans la direction de l'homme, en veillant à ne produire aucun bruit. Le tableau glissa à nouveau et le fils d'Horacius tendit la main vers le soufflet. Ce faisant, il tourna brièvement le dos au lit. Deirdra se releva le plus silencieusement possible et porta la main à son épée. Et si elle le tuait maintenant ?

« À moi, la garde ! » hurla Petrior en pivotant sur lui-même, le tisonnier à la main.

Deirdra dégaina juste à temps pour parer le coup de la barre de fer qui s'abattait vers son visage. Elle repoussa le seigneur, qui recommença à attaquer. Deux gardes firent irruption dans la pièce. Deirdra bloqua le second assaut du jeune homme, feinta et lui entailla la cuisse. La vue du sang qui humectait son pantalon arracha un cri de rage à Petrior. Il plongea sur la tueuse de dragons en fouettant l'air de son tisonnier. Deirdra recula et se retrouva coincée contre le lit. Elle saisit l'édredon et le lança à la figure de Petrior. Le tisonnier creva le coussin, ce qui provoqua une explosion de plumes. La jeune femme enfonça son épée dans la cuisse intacte du jeune homme distrait par l'oreiller et l'averse de duvet. Petrior s'écroula en échappant son arme improvisée. Deirdra posa la pointe de sa lame sur la gorge de son adversaire à terre et dit aux deux soldats :

« Un pas de plus et il est mort. »

Les hommes s'immobilisèrent.

« Tuez cette salope ! cracha Petrior.

— Reculez ou je l'égorge ! »

À contrecœur, les gardes obéirent à l'injonction de Deirdra.

« Debout, fils de pute ! »

La jeune femme ponctua son ordre d'un coup de pied impatient à son otage.

« Comment m'as-tu appelé ? feula Petrior.

— Debout ! Ne m'oblige pas à le répéter. »

Le fils d'Horacius s'agrippa au lit et se hissa sur ses jambes blessées. Deirdra l'empoigna par la taille et appuya le fil de son épée contre son cou.

« Avance. Vous deux, poussez-vous ! »

Les soldats s'écartèrent sur le passage de la jeune femme et de son prisonnier.

« Si vous vous avisez de me poursuivre, je le tue ! »

Elle gagna l'antichambre avec Petrior, puis sortit dans le couloir désert.

« Où que tu ailles dans le château, mes hommes vont t'attraper, espèce de chienne !

— Ça reste à voir. »

Deirdra entraîna le jeune seigneur le long du corridor. Siroeus avait dit que les appartements d'Horacius se trouvaient à six portes sur la gauche de ceux de son fils. Petrior laissait derrière lui une piste de sang et de plumes, mais Deirdra n'avait pas le temps de s'en préoccuper.

De toute façon, les soldats n'auraient pas besoin de cet indice pour la retrouver.

Arrivée devant le sixième battant, elle le repoussa d'un coup de pied. Un parfum de poussière s'échappa de la pièce. Elle jeta Petrior à l'intérieur, referma le panneau et, avisant un banc à côté de celui-ci, elle le plaça en travers.

Ensuite, Deirdra se pencha sur son otage et le saisit par le col de sa chemise.

« Où est-il ? Où est l'appeau ?

— Lâche-moi, sale garce ! »

Les yeux injectés de sang, l'écume aux lèvres, il se débattit de toutes ses forces. Deirdra le gifla afin de l'obliger à se calmer. Il lui cracha au visage. Elle lui asséna un crochet au menton. Le jeune seigneur s'écroula, sonné.

Tout en le gardant à l'œil, Deirdra essuya la salive qui coulait le long de sa joue. Elle remarqua alors le cordon de cuir au cou de Petrior. Elle fit glisser la pointe de son épée sous le lien et le souleva. Un cylindre en bois aplati apparut : l'appeau de Bradeus ! La corde était passée à travers un anneau fixé sous une ouverture juste assez grande pour y glisser l'embouchure du soufflet.

Deirdra arracha brusquement le pendentif. Le noble remua en marmonnant des paroles incompréhensibles.

Des chocs violents percutèrent la porte derrière eux.

« Monseigneur ! firent des voix masculines. Vous êtes toujours vivant ?

— Tuez-la ! Tuez cette chienne ! hurla Petrior en se dressant sur ses coudes.

— Tu commences à te répéter », commenta froidement Deirdra.

D'un coup de poing, elle le renvoya au plancher. Le fils d'Horacius roula lentement sur lui-même, l'œil vitreux. Il fallut un autre coup de pied de Deirdra pour qu'il sombre dans l'inconscience. Derrière elle, le battant craqua.

La tueuse de dragons fit rapidement l'inventaire des lieux. Les meubles étaient couverts de draps poussiéreux et la lumière du jour filtrait faiblement à travers les volets clos. Deux portes fermées se trouvaient à sa gauche et à sa droite. Deirdra attacha le lien retenant l'appeau autour de son cou et courut jusqu'au panneau à sa droite, mais fut incapable de l'ouvrir. Elle franchit la pièce au pas de course et vérifia le second battant. Il n'était pas verrouillé. Comme aucun bruit ne lui parvenait de l'autre côté, elle l'écarta. Il donnait sur une pièce occupée par des bibliothèques remplies de livres et par une table de travail.

Le cliquetis d'un loquet qui pivotait retentit dans son dos. Deirdra se retourna juste au moment où des soldats apparaissaient dans l'ouverture située à l'autre extrémité de la salle.

« Monseigneur ! » s'écrièrent-ils en apercevant le jeune homme inanimé étendu sur le plancher de pierre à quelques pas d'eux.

La tueuse de dragons n'avait pas le temps d'aller ramasser Petrior. Elle bondit dans la pièce aux bibliothèques et referma le battant derrière elle. En poussant de toutes ses forces, elle parvint à jeter une bibliothèque par terre de manière à bloquer la porte. Les ouvrages se répandirent sur le sol de pierre. Elle fit de même avec un second panneau, qui donnait sur le corridor. Elle était prise au piège, mais au moins les soldats ne pourraient pas entrer pendant un moment.

Une clameur monta de la cour intérieure, quatre étages plus bas. La jeune femme ouvrit les volets et distingua une masse sombre et mouvante qui avançait dans le lointain: l'armée de Lanfas. Sous Deirdra, les remparts de la forteresse fourmillaient de soldats. Elle eut une brève pensée pour Siroeus et se demanda s'il avait réussi à parler à ses confrères.

Un petit groupe se sépara de l'armée de Xorond et s'approcha du château. Il s'arrêta à une distance raisonnable des murs, afin de demeurer hors de portée des flèches. Le soldat de tête retira son casque, révélant le crâne dégarni du seigneur de Xorond. Deirdra eut un sursaut d'étonnement. Personne n'aurait pu l'accuser de pusillanimité.

Lanfas s'adressa aux soldats de Petrior d'un timbre puissant :

« Hommes de Volter, écoutez mes paroles ! Je suis Lanfas, le seigneur de Xorond ! Je me tiens devant vous, à votre merci, dans le but de vous rappeler à qui vous devez véritablement allégeance ! Votre bras a servi fidèlement Horacius pendant des années ! À sa mort, au lieu de continuer à défendre la paix qu'il chérissait plus que tout, vous avez dû vous plier aux ordres d'un usurpateur qui ne veut qu'une chose : la guerre ! Petrior ne respecte pas le traité que son père lui-même nous a fait signer à Codmus, pas plus qu'il ne respecte ce à quoi l'Austrion aspire ! Servez la paix, mes amis, mes compagnons, mes frères ! Renversez Petrior et ralliez-vous à moi ! »

Un silence lourd suivit le discours, puis une voix railleuse s'éleva :

« Pourquoi on se rallierait à toi ? T'es pas l'héritier d'Horacius !

— T'es juste Lanfas le fêlé ! » lança une autre voix.

Quelques rires gras s'élevèrent. Le sifflement d'une flèche déchira l'air. Elle se planta à quelques pas du cheval de Lanfas, qui se cabra. Le seigneur reprit le contrôle de son destrier avant de rétorquer :

« Il est vrai que je ne suis pas l'héritier légitime d'Horacius, mais celui-ci s'est joint à moi ! »

Le seigneur fit signe à un cavalier resté à l'arrière de son escorte de venir le retrouver. Le cœur de Deirdra se mit à battre plus fort quand elle reconnut la silhouette familière de Thad.

Le capitaine immobilisa sa monture à côté de celle de Lanfas puis, avec une lenteur calculée, il retira le heaume qui dissimulait son abondante chevelure brun clair.

Un murmure de stupéfaction jaillit des remparts et se propagea parmi les troupes assemblées à l'intérieur des fortifications. À travers les chuchotis qui montaient de la foule, Deirdra entendit le mot « capitaine » revenir comme une litanie.

« Vous l'avez bien reconnu ! clama Lanfas. Voici Thad, l'héritier légitime d'Horacius ! Il a préféré s'associer à moi plutôt que de servir Petrior, le plus cruel et le plus fourbe des usurpateurs. Ferez-vous comme lui, soldats de Volter ? »

Des heurts s'élevèrent derrière la porte à droite de Deirdra. Le panneau était solide, il résisterait. Elle reporta son attention sur les événements qui se déroulaient à l'extérieur du bâtiment.

En bas, un homme facile à identifier avec sa chevelure rousse et grise et sa taille imposante s'élança depuis l'entrée principale. Il gravit la volée de marches qui le séparait du chemin de ronde et courut jusqu'au sommet des grandes portes des remparts.

« Mensonges ! tonna Desmond. Monseigneur Horacius n'a qu'un fils légitime : Petrior ! Vous n'allez quand même pas croire les paroles du pire ennemi de Volter ? »

Une voix anonyme s'éleva, perdue dans la masse des soldats rassemblés devant le donjon :

« Je m'en fous de Lanfas ! J'ai plus confiance dans le capitaine Thad que dans le sournius !

— N'écoutez pas cet homme ! ordonna le colosse. C'est un agitateur qui a infiltré nos rangs !

— C'est pas vrai ! protesta un autre. C'est un soldat fidèle à Volter, comme moi !

— Comme nous tous ! rugirent quelques individus.

— Aidons le capitaine Thad ! » s'écrièrent des guerriers disséminés dans la cour intérieure.

La rumeur s'amplifia en dépit des efforts de Desmond et des autres officiers qui tentaient de la réduire au silence. Le ton monta entre les membres de l'infanterie au sol et ils se mirent à échanger des coups.

Lanfas choisit ce moment pour donner l'assaut. Son armée déboula dans Valeg, puis gravit la colline de

Dracordur afin d'assiéger le château. Des grappins furent lancés sur les fortifications et des troupiers qui transportaient un lourd bélier entreprirent de marteler les grandes portes closes. Sur les remparts assiégés, des archers aspergeaient les belligérants de flèches, sauf qu'ils devaient interrompre fréquemment leur tir pour lutter contre les partisans de Thad à l'intérieur des murs. Les battants du donjon s'ouvrirent et des soldats firent irruption dans la cour intérieure avec un cri de triomphe.

Sous la poussée des hommes de Petrior, le panneau à côté de la tueuse de dragons se fissura. Une vérification à l'extérieur lui apprit que la fenêtre n'était bordée par aucune corniche qui lui aurait permis de fuir par l'ouverture. Cette fois, elle n'avait aucune possibilité de se sauver, mais quoi qu'il arrive, Petrior ne devait récupérer ni l'appeau ni la griffe.

La lézarde dans le battant s'élargit. Avisant une pile de parchemins sur l'étagère de l'une des bibliothèques, Deirdra glissa le pendentif de bois entre les rouleaux et la griffe derrière des livres. Ensuite, elle retourna près de la fenêtre. Dans la cour intérieure, la bataille faisait toujours rage. Comme la majorité des guerriers arboraient la même livrée, il était impossible de deviner l'issue du combat.

Le panneau vola en éclats et trois soldats apparurent, le visage ruisselant de sueur. Ils repoussèrent les morceaux de planches, enjambèrent la bibliothèque et les livres épars et menacèrent Deirdra de leur épée.

« Jette ton arme ! »

La tueuse de dragons s'exécuta.

Deux autres gardes repoussèrent le second meuble et ouvrirent la porte à leurs confrères dans le couloir.

« Où est cette garce ? »

Les hommes s'écartèrent pour laisser passer Petrior. Il se planta devant Deirdra, le teint cramoisi de fureur, une grosse tache violacée décorant son menton là où la jeune femme l'avait frappé.

« Donne-moi mon appeau !

— Je l'ai jeté par la fenêtre », annonça-t-elle calmement.

Le sang se retira du visage du jeune seigneur.

« Elle ment ! Fouillez-la ! »

Deux des membres de son infanterie attrapèrent Deirdra par les bras et un troisième lui fit subir une inspection brutale. Il annonça finalement à Petrior :

« Elle n'a rien sur elle. »

Le seigneur s'écria :

« Je veux que vous la balanciez par… »

La fin de sa phrase se perdit dans un craquement sonore à l'extérieur.

« Les portes des fortifications ont cédé ! notifia l'un des soldats qui tenait Deirdra. Monseigneur, nous devons aller prêter main-forte à nos compagnons !

— Débarrassez-moi de cette salope avant. »

Aussitôt, les gardes soulevèrent la tueuse de dragons afin de la passer par l'ouverture.

« Arrête ! cria-t-elle en se débattant. Je peux t'être utile ! J'en connais plus sur les dragons que Bradeus ! »

Petrior signala à ses troupiers de s'immobiliser.

« Qui est Bradeus ? demanda-t-il à la femme, le visage frémissant d'une colère mal contenue. Et en quoi peux-tu m'être plus utile que lui ? »

Deirdra n'eut pas à feindre l'étonnement. Si le jeune homme ignorait l'identité de Bradeus, comment avait-il appris l'existence du soufflet et de l'appeau ?

Étant donné l'urgence de la situation, la tueuse de dragons passa outre la première question du fils d'Horacius et se concentra sur la deuxième :

« J'ai tué neuf femelles de dragons et j'ai prélevé les griffes des pentalules de chacune d'elles. Tu vas en avoir besoin si tu veux continuer à diriger les dragons sur tes ennemis. Or, je peux te dire à quel endroit j'ai caché mon butin. En plus, j'ai été l'apprentie de celui qui a fabriqué l'appeau. Je peux t'en faire un nouveau.

— Monseigneur ! protesta l'un des soldats. C'est une tueuse de dragons ! Elle ment comme elle respire !

— L'armée de Lanfas entre dans le donjon ! » l'avertit un autre.

Petrior émit un cri strident de rage et de frustration.

« Ne la tuez pas tout de suite, finit-il par ordonner aux gardiens de Deirdra. Je m'occuperai d'elle plus tard. »

Tandis que les deux hommes posaient leur captive à terre, un guerrier qui se trouvait à côté de Petrior lui rappela d'un ton pressant :

« Monseigneur, nos compagnons…

— Courez à leur secours. Vous deux, vous venez avec moi, ajouta-t-il à l'adresse de l'escorte de la tueuse de dragons. Et emmenez la garce. Je veux qu'elle comprenne ce qu'il en coûte de s'en prendre à moi. »

Alors que leurs compagnons filaient soutenir les troupes luttant quatre étages plus bas, les soldats qui retenaient Deirdra la contraignirent à suivre Petrior. Ce dernier se dirigea vers une chambre d'invités qui n'avait pas servi depuis longtemps, à en juger par l'épaisse couche de poussière qui couvrait les meubles et par l'absence de matelas sur le sommier. Petrior se rendit sur le large balcon au bout de la pièce. Les gardes obligèrent Deirdra à l'imiter.

Du haut de la plate-forme, ils pouvaient contempler les troupiers qui se livraient bataille, pareils à des essaims rivaux de gros insectes colorés. Malgré la confusion générale, Deirdra jugea que le plan de Lanfas portait ses fruits, car la plupart des archers avaient renoncé à décocher leurs flèches sur les assaillants et luttaient chèrement pour leur vie contre les guerriers qui avaient grimpé sur le chemin de ronde. Dans un coin de la cour intérieure, le combat avait cessé, les troupes de Volter ayant capitulé. La tueuse de dragons n'avait pas une grande expérience de la guerre, mais même elle était capable de dire que l'affrontement arrivait à sa conclusion.

« C'est fini, Petrior, déclara-t-elle. Tes hommes se rendent. Pourquoi n'en fais-tu pas autant ? »

Le seigneur leva le poing, les traits déformés par la colère. Deirdra ferma les paupières et attendit le choc, qui ne vint pas. La voix d'un de ses gardiens s'éleva :

« Elle a raison, monseigneur, c'est terminé. Tout le monde se rend. »

Deirdra ouvrit les yeux et constata que Petrior hésitait. Finalement, il baissa sa main devant la reddition de son armée.

« Lâches ! Tous des lâches, tous autant que vous êtes ! »

Sur ce, il tourna le dos à la cour intérieure et dit à ses hommes :

« Fichons le camp d'ici ! »

Sans attendre les deux soldats, il fonça vers la sortie de la pièce.

Probablement perturbé par la réaction de son seigneur, le garde qui maintenait Deirdra relâcha sa prise autour de son bras. Elle lui asséna un violent coup de coude sous le menton. Le guerrier tituba. La tueuse de dragons le poussa vigoureusement et saisit son épée. Son second geôlier voulut la heurter de son arme. Leurs lames s'entrechoquèrent. Le soldat frappa encore. Deirdra para de son mieux, mais son adversaire avait l'avantage de la puissance et, contrairement à elle, il n'avait ni passé une nuit blanche dans une cave humide, ni affronté un seigneur armé d'un tisonnier, ni besoin de dragonne afin de livrer bataille.

Par l'espacement entre le flanc de son assaillant et la rambarde, elle aperçut Petrior qui s'était immobilisé dans l'embrasure de la porte. Il lança à ses hommes :

« Oubliez la garce et amenez-vous ! »

Le troupier à terre se releva et courut rejoindre son seigneur. L'adversaire de Deirdra abattit son épée vers ses côtes. Elle baissa sa lame pour se protéger et repoussa la charge en jurant sous l'effort. Plutôt que de revenir à l'attaque, le guerrier tourna les talons et s'enfuit à la suite de son seigneur et de son confrère. La tueuse de dragons poussa un nouveau juron et se lança à sa poursuite. Elle atteignit le couloir alors que le soldat disparaissait dans un virage. Quant à Petrior et à l'autre soldat, ils avaient disparu.

La jeune femme fonça jusqu'à la bibliothèque. La pièce était déserte. Elle écarta frénétiquement les parchemins et les livres et découvrit avec un soulagement intense que l'appeau et la griffe y étaient toujours. Elle passa la corde retenant l'appeau autour de son cou, le glissa à l'intérieur de sa chemise, dissimula la griffe dans ses vêtements, puis revint dans le corridor et retourna à l'escalier en colimaçon, qu'elle dévala d'un pas rapide. Arrivée au rez-de-chaussée, elle croisa des soldats de Xorond qui ouvraient chacune des portes du château à la recherche d'éventuels ennemis et de butin.

« Où est Lanfas ? demanda-t-elle. J'ai un message d'importance pour lui ! »

Les guerriers la dirigèrent vers la cour.

À l'extérieur, les hommes de Volter restés fidèles à Petrior étaient agenouillés dans un coin, sous la surveillance de quelques gardes dont le bouclier en cuir de minusius était décoré d'un lièvre. Des guerriers de Xorond emportaient les cadavres hors des murs pour les enterrer avant qu'ils attirent les minusi, pendant que d'autres ramassaient les armes de leurs adversaires et les empilaient à proximité de leur seigneur. La mine réjouie, ce dernier échangeait avec Maneg, le capitaine de son armée, et deux autres officiers. Javor se tenait légèrement en retrait et paraissait écouter la conversation. De grosses ecchymoses coloraient le visage de l'ancien tueur de dragons. Quand il aperçut Deirdra, une grimace haineuse apparut sur ses traits défigurés. La jeune femme en fit peu de cas. L'absence de Thad l'inquiétait plus que la rancune de l'homme : Lanfas se serait-il empressé de faire tuer l'ancien capitaine de Volter, maintenant qu'il avait rempli son rôle ?

Le seigneur de Xorond avait interrompu son dialogue avec Maneg en remarquant la jeune femme.

« Te voici donc. Javor m'a raconté votre petit... différend. Je pensais bien ne plus jamais te revoir. J'allais justement donner des ordres pour qu'on passe mes prisonniers au fil de l'épée. »

Deirdra sentit la salive qui se retirait de sa bouche. Conformément à ses soupçons, Lanfas n'envisageait pas de tenir sa promesse. Son esprit se mit à fonctionner à toute vitesse à la recherche d'un nouveau plan pour sauver la vie de Thad et de ses hommes. Il lui fallait gagner du temps. Elle s'efforça d'afficher un air détaché et de conserver une voix neutre pour demander :

« Devant des hommes qui viennent de démontrer leur fidélité au capitaine Thad ? Est-ce bien sage ?

— Certaines choses peuvent être accomplies discrètement. Tu as l'objet que tu devais me rapporter ?

— Envoie quelqu'un dans les appartements de Petrior. À côté du foyer, il trouvera un soufflet. C'est une des parties de l'objet.

— Une des parties ? releva Lanfas en fronçant les sourcils. Ce ne sera pas très utile. J'ai besoin de l'objet complet !

— Petrior s'est enfui en emportant le reste.

— Ce petit sournius ! Et qu'est-ce qui me prouve que tu me dis la vérité ? »

Deirdra haussa les épaules avec une nonchalance affectée. Heureusement, le seigneur ne pouvait voir les gouttes de sueur glacée qui ruisselaient le long de son dos.

« Penses-y : si tu détenais le moyen de diriger les dragons, est-ce que tu t'en séparerais ? Petrior le porte autour de son cou. Je le sais parce que je l'ai vu sans pouvoir m'en emparer.

— Dans ce cas, pourquoi Petrior n'a-t-il pas emporté le soufflet ? »

La jeune femme tâcha de dissimuler sa nervosité croissante. Pour quelqu'un de supposément fêlé, Lanfas démontrait une perspicacité redoutable.

« Parce que je ne lui ai pas laissé l'occasion de le prendre. Petrior et moi, nous nous sommes battus. C'est pendant notre combat que j'ai vu la partie principale de l'appeau à son cou. J'ai été incapable de le lui enlever, mais au moins, j'ai pu lui barrer l'accès au soufflet. »

Lanfas lissa pensivement sa barbiche blonde.

« Nous pourrions interroger tous les fidèles de Petrior pour connaître son refuge, mais cela lui laissera le temps de disparaître dans la nature. »

Deirdra remarqua que Maneg et ses officiers échangeaient un regard atterré dont elle n'avait aucun mal à deviner la cause : le seigneur de Xorond s'était complètement désintéressé de savoir si elle mentait ou non.

« Interrogez le capitaine de Petrior, proposa Javor.

— Le capitaine Desmond est introuvable, annonça Maneg, tout comme les hommes de son entourage.

— Thad connaît bien Petrior et Desmond, avança Deirdra. Tu pourrais l'interroger. Où est-il ?

— Ta gueule ! éructa Javor. Tu n'es pas ici pour poser des questions mais pour répondre aux nôtres !

— Du calme, dit Lanfas en levant une main apaisante vers le tueur de dragons. Elle a raison. Consultons Thad. Il a toujours été de bon conseil, après tout. »

Deirdra laissa échapper un soupir de soulagement en apprenant que son compagnon était toujours vivant. Autour d'elle, la consternation des officiers de Xorond augmentait devant la nouvelle volte-face de leur seigneur, qui souhaitait à présent consulter celui qu'il voulait faire exécuter un instant plus tôt comme s'il s'agissait d'un vieil ami.

Le noble riva ses petits yeux noirs sur la tueuse de dragons.

« Toi, tu viens avec nous. Si tu m'as menti, je jure sur l'esprit de mes ancêtres que je t'attache à un cadavre et que je te jette en pâture aux minusi, histoire de te faire goûter à ta propre médecine. »

Les entrailles de la jeune femme se nouèrent et elle songea que, tout compte fait, ce n'étaient pas tous les revirements du seigneur de Xorond qui l'arrangeaient…

◆

Les troupes de Lanfas avaient érigé une tente pour leur seigneur à l'extérieur du hameau de Valeg. Rien ne bougeait dans le village, aussi Deirdra supposa-t-elle que les serfs s'étaient tous réfugiés dans les caveaux de leurs demeures. Elle eut une pensée pour Siroeus, Mischa et Kantas. Siroeus avait-il réussi à parler à ce dernier ? S'étaient-ils tous cachés dans le caveau de la demeure familiale ? Étaient-ils en train de préparer un soulèvement ? Elle espéra que l'homme trapu n'avait pas été blessé ou, pire encore, tué pendant les combats.

En pénétrant dans le vaste abri de toile à la suite de Lanfas, de Javor et d'une escorte, Deirdra découvrit Thad et, à sa grande surprise, Carleg et Vosas. Tous trois étaient assis sur le sol, mains et pieds liés. Le capitaine portait toujours son uniforme de Xorond.

À l'arrivée de la jeune femme, de Lanfas et de son entourage, le soulagement succéda au désarroi sur les traits de Thad.

« Deirdra ! Tu vas bien ? »

Elle acquiesça en le scrutant avidement.

« C'est plutôt moi qui devrais te poser la question.

— Où est Siroeus ? s'enquit Vosas.

— Toujours au château, je pense… »

Elle jeta un coup d'œil discret en direction de Lanfas. La présence des trois captifs constituait une confirmation supplémentaire que le seigneur avait prévu se débarrasser d'eux le plus rapidement possible. En conséquence, il avait probablement ordonné à ses hommes de capturer Siroeus, de manière à éliminer les têtes fortes les plus susceptibles de miner son autorité sur les troupes de Volter.

Lanfas lança à brûle-pourpoint aux prisonniers :

« Petrior et Desmond se sont enfuis. Je veux savoir où ils sont allés. »

La grande bouche de Thad s'étira en un rictus ironique.

« Et je suis évidemment censé le savoir, puisque je suis dans leurs confidences…

— Où Petrior et Desmond peuvent-ils être allés ? insista Lanfas, sans réagir au commentaire du capitaine. Est-ce qu'ils ont des alliés, parmi la population, qui pourraient les héberger ? »

La suggestion amusa Carleg, tandis que deux des membres de l'escorte du seigneur levaient les yeux au ciel.

« Le sournius ne trouvera personne pour l'accueillir ! Depuis qu'il a massacré tous les paysans du hameau de Faris, il n'est pas exactement populaire auprès des serfs… »

Lanfas lui décocha un regard noir.

« Logiquement, s'interposa promptement Vosas, il doit être en route vers le cap de Klovius. Des hommes à lui sont encore en poste là-bas. Qu'en pensez-vous, capitaine ? »

Thad appuya la suggestion de l'homme aux yeux verts d'un hochement de tête.

« Je pense qu'il convient de vous hâter, monseigneur, si vous voulez lui mettre la main au collet. Desmond et lui vont probablement embarquer à destination du Meridion le plus vite possible.

— J'imagine que c'est ce qu'ils feront, en effet, approuva le seigneur de Xorond d'un ton songeur. Ce serait assez contrariant. »

13. Le cap de Klovius

Après sa discussion avec Thad, Lanfas ne perdit pas son temps en vaines palabres. Il assembla rapidement une compagnie formée de ses cinquante meilleurs cavaliers et se lança à la poursuite de Petrior et de Desmond en abandonnant le contrôle du château à Maneg et à son état-major. Deirdra, Javor et Thad accompagnaient le seigneur de Xorond, celui-ci voulant garder à ses côtés l'homme qui lui avait permis d'obtenir une nouvelle seigneurie presque sans péril. Vosas et Carleg restèrent en arrière, sous la surveillance étroite de quelques soldats, car Lanfas tenait à s'assurer de l'entière collaboration de Thad. De fait, il jugeait que le capitaine l'aiderait à appâter Petrior. En outre, Thad connaissait mieux que Lanfas la tour de guet du cap de Klovius ; le seigneur de Xorond estimait donc que son prisonnier pouvait lui être utile. Comme il voulait le tenir à l'œil et discuter avec lui du meilleur moyen de prendre la tour d'assaut, le noble avait donné des ordres pour que Thad chevauche à ses côtés, en tête de son bataillon.

Quant à Deirdra, elle voyageait au milieu de la troupe, sous l'étroite surveillance de Javor. Même si Lanfas avait tenu à ce qu'elle se joigne à ses guerriers, il lui avait interdit d'approcher Thad, car il redoutait qu'ils échafaudent quelque complot ou plan d'évasion dans son dos. Apparemment, il avait changé d'avis sur son intelligence, puisqu'il était passé du mépris associé à la consommation de dragonne et à ses hypothétiques méfaits sur son cerveau à la crainte de sa supposée rouerie.

La jeune femme comprenait fort bien la raison pour laquelle Lanfas avait voulu qu'elle se joigne à ses hommes, malgré la méfiance qu'elle lui inspirait: puisque Javor apportait le soufflet fabriqué par maître Bradeus, le seigneur demanderait assurément à la tueuse de dragons de faire fonctionner l'appeau dès qu'ils auraient récupéré le sifflet censé être au cou de Petrior. Pendant qu'ils fonçaient à bride abattue vers le cap de Klovius, Deirdra sentait le pendentif sur sa poitrine et la griffe dans ses vêtements. Elle possédait le moyen de diriger les dragons. Avec ces deux objets, elle pourrait retrouver son ancienne vie et connaître de nouveau le bonheur. Finalement, la devineresse de la montagne de Faureg avait bien interprété les visions que lui avaient transmises les esprits de la nature: les filles de Deirdris et les descendants d'Ubad avaient conduit Deirdra aux instruments qui lui permettraient d'atteindre son objectif ultime, celui de devenir la plus grande tueuse de dragons que l'Austrion aurait connue. Il fallait seulement qu'elle parvienne à tromper la vigilance des hommes de Lanfas et elle recouvrerait sa liberté.

Cette perspective aurait dû lui faire éprouver de l'exaltation et la détermination farouche d'affronter la troupe de Xorond pour s'enfuir. Cependant, Deirdra ne ressentait aucune émotion forte, sinon un vide douloureux à l'idée de se séparer de Thad.

Elle jeta un coup d'œil au capitaine, dont elle ne pouvait apercevoir que la tête brune en tête du groupe, aux côtés de Lanfas et d'un officier. Faute de pouvoir discuter avec lui des récents événements ou de trouver une manière de tromper la vigilance de Javor et des autres hommes du seigneur de Xorond, la tueuse de dragons réfléchit à sa rencontre avec Petrior.

Ainsi, le fils cadet d'Horacius ne connaissait pas Bradeus – elle ne voyait pas pourquoi il aurait menti à ce sujet. C'était donc que Desmond ne lui en avait pas parlé. Or, comment le colosse roux avait-il su que le maître de tueurs de dragons détenait le moyen de diriger les dragons ? Deirdra elle-même avait passé environ huit ans chez Bradeus et n'avait jamais été au courant qu'il possédait un tel moyen… En outre, comment Desmond avait-il pu convaincre Bradeus de le lui vendre ? Il était forcément passé par une tierce personne. La jeune femme connaissait suffisamment son ancien maître pour savoir qu'il n'aurait jamais accepté de céder son trésor à un non-initié, voire à un tueur de dragons qu'il n'aurait pas formé lui-même. Seul un de ses anciens apprentis aurait pu obtenir qu'il lui donne son appareil et des griffes de pentalules de femelles colossi et sourni. Y avait-il un membre de l'entourage de Petrior et de Desmond qui aurait pu être un ancien tueur de dragons ? S'il s'était agi de Desmond lui-même, Thad l'aurait su et il l'aurait dit à Deirdra. De fait, seul le capitaine aurait été en mesure de lui répondre, si seulement elle avait pu lui parler. À défaut d'avoir le droit de l'approcher, la jeune femme devait s'en remettre à ses propres conjectures. Elle jugeait cette situation plutôt frustrante, étant donné qu'elle n'avait pas la possibilité de vérifier ses hypothèses auprès de quiconque.

Au bout d'une demi-heure de chevauchée, les cavaliers s'immobilisèrent à proximité de traces de sabots imprimées dans la pellicule de neige qui couvrait les champs. Javor sauta en bas de sa selle et examina les marques.

« Cette piste est fraîche, constata l'ancien tueur de dragons. Ils sont une vingtaine.

— Nous sommes sur la bonne voie », conclut Lanfas.

Une journée de chevauchée séparait le groupe de Xorond du cap de Klovius et de la mer de Balas. Les cavaliers ne firent que le strict nombre de pauses nécessaires afin de permettre aux chevaux de souffler un peu. La neige se mit à tomber à gros flocons collants au milieu de la nuit en dissimulant les empreintes de Petrior et de ses hommes. Toutefois, ces dernières n'étaient plus utiles, puisque Lanfas connaissait la destination des fugitifs.

Il neigeait encore lorsque, à la fin de l'avant-midi du lendemain, les guerriers s'arrêtèrent au sommet de la colline de Sarnime, nommée ainsi en l'honneur de l'épouse de Klovius. Une tour trapue et délabrée flanquée d'un petit bâtiment rectangulaire – Deirdra supposa qu'il s'agissait de l'écurie – s'élevait au bas de la butte, sur la pointe d'un cap qui dominait une étendue d'eau grise. Cette dernière semblait ne prendre fin qu'avec la ligne d'horizon diffuse.

Les hommes de Lanfas dégainèrent leurs épées et prirent leurs boucliers, dévalèrent la pente et se déployèrent en demi-cercle à la base du cap, les yeux rivés sur les meurtrières qui s'ouvraient aux étages supérieurs de la tour. Avec ses murs noirs mouchetés de neige, la place forte évoquait une ruine abandonnée; seulement, son apparence ne trompait pas les guerriers et Deirdra avait l'impression de sentir peser sur elle le regard des observateurs invisibles derrière les arbalétrières.

« Petrior, rends-toi ! cria Lanfas. Tu ne peux pas t'échapper ! »

En guise de réponse, une flèche traversa les airs, à peine visible parmi les gros flocons qui tombaient du ciel. Les cavaliers levèrent automatiquement leur bouclier et contraignirent leurs montures à reculer. Néanmoins, l'un d'eux ne fut pas assez rapide et le trait se planta dans son épaule.

« À couvert ! » s'écria un officier alors qu'une averse de projectiles se mêlait à celle de la neige.

Les hommes talonnèrent leurs chevaux et gravirent la colline à toute allure. Quelques soldats s'écroulèrent avec des gémissements de douleur. Des hennissements leur firent écho tandis que les chevaux étaient touchés par des flèches.

Dès qu'ils eurent trouvé refuge derrière la butte, les guerriers descendirent de leurs coursiers et procédèrent au décompte de leurs pertes.

« Au moins, nous savons que Petrior n'a pas encore filé, dit placidement Lanfas.

— Il peut aussi bien s'être enfui en ordonnant à ses hommes de nous retenir, objecta Javor.

— Il faut faire sortir les fourmis de la fourmilière. Tant qu'elles y seront, nous ne pourrons pas savoir si elles ont encore une reine.

— Détruisons la tour », suggéra l'ancien tueur de dragons.

Lanfas fronça les sourcils.

« Nous n'avons aucun engin de siège. Je préférerais une solution plus rapide et moins coûteuse en hommes. »

Deirdra avait approché sa monture et suivait attentivement l'échange. Elle saisit la chance qui s'offrait à elle d'agir.

« Je peux t'aider, mais à une condition : tu respectes notre marché.

— Rafraîchis-moi la mémoire.

— Tu épargneras la vie de Thad, de ses hommes… et la mienne. »

Lanfas émit un soupir agacé.

« Ton sens politique est englué dans le sentimentalisme. Je ne pourrai jamais gouverner l'Austrion tant qu'un héritier d'Horacius sera vivant et prêt à saper mon autorité.

— Rappelle-toi : nous avons accepté de nous exiler dans le Meridion ! Pourquoi Thad comploterait-il contre toi ? Il n'a jamais voulu être seigneur, de toute façon. Est-ce que je me trompe ? »

Deirdra tourna son visage implorant vers Thad. Il confirma les dires de la jeune femme en hochant gravement la tête.

« Je préfère voir l'Austrion uni et en paix sous ta férule plutôt que déchiré par des guerres intestines interminables...

— Douterais-tu de la parole de Thad, Lanfas ? » renchérit Deirdra.

Le seigneur parut hésiter. La tueuse de dragons retint son souffle : de quel côté pencherait-il cette fois ? Elle décida d'orienter elle-même la girouette en pressant le noble de prendre une décision :

« Alors ? Tu as la parole de Thad. Je veux maintenant la tienne. Ainsi qu'une garantie.

— Quel est ton plan ?

— Ta parole et une garantie d'abord.

— Ton arrogance est sans bornes !

— Je sais, on me l'a déjà dit », rétorqua-t-elle.

D'un ton furieux, Lanfas grommela quelques paroles incompréhensibles, à l'exception du mot « pucerons » (ce que Deirdra jugea être mauvais signe), puis il dit d'une voix solennelle :

« Bien, tu as ma parole. Mais quelle garantie puis-je te donner ?

— Tu laisses le capitaine Thad partir immédiatement.

— Tu as perdu la tête ! » s'exclama Javor.

Le seigneur de Xorond rit doucement.

« Tu ne manques décidément pas de culot ! Je te soumets mon dilemme : d'un côté, je crois la parole de Thad. Même s'il voulait mentir, il en serait incapable. De l'autre, je n'accorde aucun crédit à la tienne. »

Deirdra tira de sa ceinture la griffe du pentalule d'une femelle colossius ou sournius qu'elle avait dérobée dans la chambre de Petrior.

« Cette griffe fait partie du moyen d'attirer les dragons.

— Javor, vérifie si elle est authentique.

— Elle l'est », confirma l'ancien tueur de dragons après avoir examiné l'objet.

La jeune femme et Lanfas se toisèrent un long moment. Un rictus découvrit les petites dents jaunes du seigneur.

« Très bien. Javor, libère le capitaine Thad.

— Monseigneur !

— C'est un ordre, Javor. »

Une expression oscillant entre l'incrédulité et la désapprobation apparut sur le visage défiguré de l'ancien tueur de dragons, mais il trancha les liens du prisonnier.

« Va-t'en, maintenant ! » ordonna Deirdra à Thad.

Ce dernier secoua la tête en signe de refus.

« Je reste ici. Que vas-tu faire ?

— Va-t'en, te dis-je !

— Finalement, nous n'avions même pas besoin de l'attacher, commenta Lanfas d'une voix gouailleuse en prenant Javor à témoin. C'est stupéfiant en vérité, mais il appert que la diligente fourmi ouvrière est liée au puceron parasitaire par des rets plus solides que des chaînes… Allez, petit puceron balafré, laisse cette fourmi et remplis ta part du marché ! »

La jeune femme jeta un ultime regard à Thad. Pourquoi ne protestait-il pas avec véhémence ou ne se moquait-il pas du seigneur de Xorond ? Le commentaire de ce dernier était pour le moins saugrenu : comme si le noble, le vertueux Thad pouvait être amoureux d'elle ! Cependant, venant de Lanfas, il n'y avait plus grand-chose qui pouvait surprendre Deirdra. La réaction du capitaine, elle, l'étonnait davantage. En effet, il gardait le silence : les propos de Lanfas semblaient l'avoir pétrifié.

Deirdra grimpa sur sa monture et la talonna. L'animal fonça droit sur Javor et son cheval. L'homme s'écarta. La tueuse de dragons avait prévu sa réaction et elle saisit le soufflet accroché à sa selle avant de presser son destrier de plus belle. Les soldats qui se tenaient entre Deirdra et la tour de guet s'écartèrent devant la bête qui galopait vers eux à bride abattue.

Dans son dos, Deirdra entendit Javor hurler quelque chose – probablement une insulte –, mais le vent marin qui sifflait à ses oreilles couvrit les paroles du tueur de dragons.

Au moment où elle allait se retrouver à la portée des flèches des guerriers réfugiés dans le bâtiment cylindrique, la jeune femme força son cheval à bifurquer en direction de l'ouest et de l'écurie. Quelques projectiles se plantèrent dans le sol à courte distance de son coursier. Aucune ne l'atteignit.

Deirdra immobilisa sa monture au bord de la falaise. Les flocons collants tombaient toujours du ciel morne. Sous elle, les vagues d'eau grise s'écrasaient sur les rochers en soulevant des gerbes d'écume. L'air hivernal, chargé de sel et d'embruns, emplissait ses narines. Masquerait-il l'odeur de la griffe du pentalule de la femelle colossius ou celle-ci, conjuguée aux sons produits par l'invention de Bradeus, serait-elle suffisante pour attirer un dragon ? Une fois n'étant pas coutume, la jeune femme pria Deirdris de lui venir en aide, puis elle tenta de fixer l'appeau à l'extrémité du soufflet. Elle avait les doigts gelés, aussi eut-elle du mal à exécuter la manœuvre. Une nouvelle salve de flèches se planta dans la neige près d'elle, mais elle était hors d'atteinte.

Enfin, Deirdra réussit à installer le sifflet. Elle appuya sur le soufflet à plusieurs reprises. L'instrument émit une stridulation faible, aiguë et désagréable à l'oreille. La tueuse de dragons décida de ne pas s'en préoccuper : les femelles n'étaient-elles pas censées attirer les mâles à l'aide de sons inaudibles ? Elle prit plutôt la griffe et la considéra brièvement. Elle devait l'utiliser entièrement pour que les effluves soient suffisamment puissants, ce qui n'irait pas sans mal... Dans l'éventualité où elle échouerait, elle pressa encore le soufflet à répétition, puis hésita quant au sort à réserver à l'appeau. Si elle l'emportait jusqu'à la tour et que son plan échouait, Petrior le récupérerait. Par contre, si son plan fonctionnait mais qu'elle-même était blessée ou tuée, ce serait Lanfas qui prendrait possession de l'instrument.

Au lieu de chercher à les contrôler, comprends et respecte les enfants des esprits de la nature. Alors, tu auras droit à leur appui, avait dit la devineresse à Thad.

Un instant, elle caressa le projet de jeter l'appeau au bas de la falaise. Vu le caractère suicidaire de son plan, l'appui des esprits de la nature ne serait pas de trop…

D'un autre côté, elle détenait le moyen de devenir la plus grande tueuse de dragons de l'Austrion. Pouvait-elle se débarrasser de l'objet qui lui garantissait d'assouvir son ambition… et qui lui permettrait peut-être de rester en vie ?

Des cavaliers apparurent au sommet de la colline qu'elle venait de quitter. Il fallait qu'elle choisisse maintenant, avant que Lanfas envoie des hommes pour la rattraper ou que les gardes de Petrior effectuent une sortie pour la capturer.

Deirdra se décida : lorsqu'il était joint au soufflet, l'instrument était trop gros pour être dissimulé. Elle arracha l'appeau de l'extrémité du soufflet et le recouvrit de neige. Les gros flocons qui tombaient du ciel achèveraient de le dissimuler. Puis, elle glissa le soufflet dans son dos et le coinça entre sa chemise et sa cuirasse.

Ensuite, elle inspira profondément et, la griffe à la main, elle lança son destrier à toute vitesse en direction du bâtiment rectangulaire attenant à la tour de guet. Les flèches s'abattirent autour de Deirdra, mais elle obligeait sa monture à changer constamment de direction afin de ne pas constituer une cible facile. La neige adhérait aux sabots de son coursier et entravait ses mouvements, de sorte que les archers invisibles réussirent à atteindre la jeune femme et son cheval. Or, si la cuirasse en peau de minusius que Lanfas lui avait remise gardait efficacement le torse de Deirdra des pointes métalliques des projectiles, le reste de son corps n'était pas aussi bien protégé. Un trait se planta dans sa jambe, un autre se ficha dans son bras, d'autres dans le poitrail et l'encolure de sa monture. Cette dernière hennit de douleur et lutta contre sa cavalière afin de s'enfuir. Deirdra eut besoin de toutes ses énergies pour garder le contrôle de l'animal et le contraindre à avancer.

À travers les gros flocons de neige et les larmes de souffrance qui s'échappaient de ses yeux, la tueuse de dragons distingua la masse sombre de l'écurie, qui n'était plus qu'à quelques pas d'elle. Dans un dernier élan, elle fit bondir sa monture vers la paroi, qu'elle raya de toutes ses forces à plusieurs reprises à l'aide de la griffe. L'odeur aigre s'éleva aussitôt des égratignures. Elle était beaucoup plus concentrée que les effluves que Deirdra avait pu sentir jusqu'alors.

Alors que la jeune femme s'acharnait sur le mur, d'autres flèches atteignirent son cheval. Affolé par la douleur, le destrier se débattit de toutes ses forces. Sa cavalière, occupée à user la griffe contre la paroi de pierre, vida les étriers et heurta durement le sol gelé. Elle sentit le soufflet craquer dans son dos et le minuscule résidu d'ongle rouler hors de ses doigts. Un étourdissement la submergea.

Quand elle revint à elle, un homme vêtu d'une cuirasse en peau de minusius et coiffé d'un heaume la tenait par les bras et la traînait sur la neige. Les émanations aigres décrurent en force, jusqu'à ne plus être qu'un relent ténu se mêlant à l'odeur saline de la mer. Un instant plus tard, un plancher sec, formé de planches râpeuses, remplaçait le sol froid et humide. L'odeur puissante des chevaux envahit les narines de Deirdra et elle entendit des cavales remuer à proximité, alors qu'une lumière orangée succédait à l'éclairage blafard du ciel hivernal. Des voix masculines s'élevaient dans une pièce voisine. L'homme qui la tirait lâcha brièvement ses poignets. Deirdra entendit une porte claquer et le bruit du vent fut réduit à un sifflement. L'individu revint, reprit ses bras et lui fit franchir un nouveau cadre de porte, puis un second panneau fut fermé. Les conversations indistinctes qu'elle avait perçues se turent et une onde de souffrance issue de la base de son cou la traversa. Un flot de liquide chaud humecta sa chemise sitôt qu'on eut arraché la flèche plantée à proximité de sa clavicule. Deirdra ouvrit les paupières. Des visages inconnus surmontés de heaumes étaient penchés sur elle.

« Faites place ! » ordonna la voix de Petrior.

Des soldats s'écartèrent et les traits familiers du seigneur déchu apparurent. Il avait perdu de sa superbe : le pourtour de ses iris d'un bleu profond était rouge d'irritation et une écume blanche avait séché aux commissures de ses lèvres. Il saisit le col souillé de sang de la chemise de Deirdra et hissa son visage à la hauteur du sien.

« Toi, tu vas regretter de m'avoir pris en otage et d'avoir détruit mon appeau ! »

Il ponctua son commentaire d'un coup de poing au visage de la tueuse de dragons. Une vive chaleur irradia la joue de Deirdra et elle sentit sa lèvre inférieure se fendre.

« Ça te rappelle quelque chose ? exulta le jeune homme, les yeux fous. Pour chaque coup que tu m'as donné, tu en recevras mille ! Tiens ! »

Les jointures s'abattirent à nouveau. Deirdra perçut le craquement de l'os de son nez et l'écoulement du sang. Elle tenta faiblement de se protéger à l'aide de son bras valide et écarta les lèvres. Le goût métallique du sang envahit sa bouche. Elle voulut parler, mais elle ne parvint à émettre qu'un faible râlement.

« Monseigneur, arrêtez ! s'écria Desmond, qui se tenait derrière Deirdra. Regardez ce qui dépasse de sa cuirasse ! »

Les coups cessèrent. La jeune femme écarta son bras. La main de Petrior s'était immobilisée au-dessus de sa tête. Les traits distendus par la fureur, le jeune seigneur aboya :

« Retournez-la ! »

Deirdra fut brutalement placée sur le ventre, puis quelqu'un tira sur le soufflet dans son dos. Elle leva brièvement la tête, juste assez longtemps pour voir que l'objet entre les mains de Desmond était cassé.

« Où est l'autre partie ? lui demanda le géant roux.

— Cette garce l'a jetée du quatrième étage du château de Volter », répondit Petrior en flanquant un coup de pied à Deirdra.

Lentement, chaque mouvement déclenchant une nouvelle onde de souffrance, la jeune femme se recroquevilla sur les planches grossières du sol.

« Et vous l'avez crue, monseigneur ? s'étonna Desmond.

— Qu'est-ce que tu veux dire ?

— Quelqu'un aurait entre les mains le moyen de dominer l'Austrion et il le détruirait ? Une tueuse de dragons se débarrasserait de l'instrument qui lui permettrait de battre le record d'Alastorus ? Monseigneur, je suis convaincu qu'elle vous ment et que le morceau manquant de l'appeau n'est pas très loin d'ici. La preuve, c'est qu'elle a gardé le soufflet. »

Un éclair de lucidité traversa l'esprit de Deirdra : Desmond en connaissait beaucoup sur les tueurs de dragons. Était-ce donc lui, le tueur à qui Bradeus avait confié qu'il détenait le moyen de diriger les monstres ?

Une poigne ferme la souleva à demi. Entre ses paupières tuméfiées, elle vit le faciès empourpré de Petrior.

« Où est-il ? Où est-ce que tu as foutu mon appeau, salope ? »

Malgré l'impression que la vie la quittait en même temps que le sang répandu par ses nombreuses plaies, Deirdra rassembla ses derniers relents de conscience. Il fallait qu'elle gagne du temps, afin de permettre au colossius d'arriver. Elle écarta les lèvres pour parler.

« Je te le dirai… si tu me rends ma liberté. »

Une étincelle d'hésitation brilla dans les yeux injectés de sang du jeune seigneur.

« Monseigneur ! fit la voix d'un homme dans les hauteurs. Venez voir, vite !

— Gardez-la à l'œil », ordonna le fils cadet d'Horacius aux guerriers qui entouraient la jeune femme.

Elle fut soulevée et jetée brutalement contre un mur. Elle demeura allongée, les paupières closes, tandis que des appels retentissaient dans la place forte.

« Dépêchez-vous !

— Encochez vos flèches ! Attention, préparez-vous… Tirez ! »

D'après les ordres et les appels qui retentissaient autour et au-dessus d'elle, Deirdra déduisit que les hommes de Lanfas chargeaient de nouveau la tour. Des voix se firent entendre en provenance du nord du bâtiment, alors que les guerriers de Xorond réorganisaient leur attaque. Les bruits du combat semblaient de plus en plus lointains à la tueuse de dragons et des points lumineux dansèrent devant ses yeux. Elle ferma les paupières alors que les ténèbres l'aspiraient. Elle éprouva un bref regret à l'idée que sa mort ne serait pas causée par un sournius, puis s'attrista encore plus à la pensée qu'elle ne reverrait plus Thad.

Un cri d'alarme la tira brutalement de son inconscience et se répandit comme une traînée de poudre :

« Dragon ! Dragon à l'ouest ! »

Deirdra battit des paupières : combien de temps était-elle demeurée évanouie ? Elle n'aurait su le dire, pas plus qu'elle n'aurait pu déterminer si les gardes de Petrior avaient réussi à repousser les cavaliers de Lanfas.

« C'est un colossius ! annonça Desmond quelque part au-dessus d'elle. Il vient droit sur nous !

— Il faut aller chercher les chevaux ! » hurla quelqu'un.

Un choc sourd retentit, suivi de l'écho de pas descendant l'escalier à toute allure. Le vacarme fut suivi du hurlement des montures terrifiées.

« Tout le monde dehors ! fit la voix grave du géant roux. Oubliez les chevaux, ils sont fichus ! »

Aussitôt, une bouffée d'air froid balaya les lieux. Des hommes passèrent près de la tueuse de dragons en courant. À travers le brouhaha produit par les guerriers en déroute, elle reconnut le bruit d'ailes gigantesques qui battaient furieusement l'air, ainsi que le son de pattes griffues qui tentaient apparemment d'arracher le toit du bâtiment voisin. Deirdra songea qu'elle aurait dû ramper vers la sortie, mais ses membres engourdis refusaient de remuer.

Peu à peu, les cris de détresse des destriers se turent. Les sons du bois qui se brisait et de pierres qui heurtaient le sol à l'extérieur emplirent l'air, accompagnés des bruits du vent soulevé par les ailes du colossius et du combat au nord de la tour.

« Deirdra ! »

Au prix d'un effort douloureux, la jeune femme leva la tête. Thad apparut auprès d'elle et la souleva. Elle grimaça de souffrance tandis qu'il l'emportait à l'extérieur. Le tintement métallique d'épées qui s'entrechoquaient gagna en force. Elle écarta les lèvres pour dire au capitaine de ne pas bouger. Elle n'émit qu'un faible râle. Un immense fracas retentit, celui produit par l'écurie qui s'effondrait sous le poids du colossius.

La tueuse de dragons serrée contre sa poitrine, Thad courut vers l'est, pressé de s'éloigner du colossius qui s'attaquait à présent à la tour, probablement furieux de ne pas avoir trouvé sa femelle dans l'écurie. Des cris d'hommes et des hennissements de chevaux détournèrent l'attention de Deirdra de l'ombre gigantesque du dragon. Sur la pente de la colline face à la tour, les cavaliers de Lanfas et les guerriers de Petrior croisaient le fer. Les premiers avaient un net avantage, puisqu'ils étaient à cheval là où les seconds avaient été contraints d'abandonner leurs montures au dragon.

« Ç… ça… articula-t-elle péniblement.

— Chut », dit Thad tout en continuant à creuser l'écart entre la tour et eux. Il longeait la falaise et se dirigeait le plus vite possible vers une butte à l'est de la tour.

Son ton apaisant contrastait avec la tension qui crispait son visage.

« Ça… mar… che… L'appeau… marche…

— Il marche même mieux que tu penses. En prime, il a attiré deux sourni !

— Des… sourni ? Mais la griffe… je croyais que c'était une griffe de colossius ! »

Décontenancée par l'annonce du capitaine, la jeune femme suivit son regard. Deux silhouettes sombres arrivaient du nord-ouest à grande vitesse. Le colossius, qui s'était agrippé à la paroi de pierre de la place forte, tourna sa tête chevaline vers les nouveaux arrivants. Il lâcha immédiatement sa prise et vola à la rencontre du couple, survolant au passage les belligérants humains. Les chevaux, complètement paniqués, se débattirent avec l'énergie du désespoir. Plusieurs désarçonnèrent leurs cavaliers et s'enfuirent au galop. Des hommes de Petrior réussirent à attraper les rênes de certains d'entre eux au passage et à les enfourcher.

Deirdra reporta son attention sur les deux sourni. Au fur et à mesure que ceux-ci approchaient, elle put distinguer les écailles d'un bleu terne du plus petit des deux monstres : une femelle !

« Monseigneur sera ravi d'apprendre que l'appeau fonctionne, fit une voix inconnue. Dès qu'il aura réglé son compte à Petrior, nous lui annoncerons la nouvelle. »

Au prix d'un effort douloureux, Deirdra tourna la tête dans la direction de l'homme qui avait parlé. Une dizaine de cavaliers de Xorond avaient émergé de l'arrière de la colline devant Thad et elle et venaient à leur rencontre. L'un d'eux tenait le cheval de Thad par la bride. La jeune femme leva un regard interrogateur vers le capitaine. Un sourire contraint crispa sa grande bouche :

« Lanfas ne voulait pas me laisser te secourir tout seul… ou, plutôt, récupérer moi-même l'appeau. Il craignait que je le garde pour moi. Il a aussi ordonné à ses hommes de ne pas m'accompagner dans la tour. Je crois que ça l'aurait soulagé qu'elle s'écroule sur nous, même si ça aurait impliqué la destruction de l'appeau. »

Deirdra voulut esquisser une moue compréhensive, mais celle-ci se termina en une grimace de souffrance. Elle laissa mollement tomber sa tête contre la poitrine de Thad. Elle vit les sourni s'écarter gracieusement et l'un d'eux, dont les écailles étaient d'un bleu-vert brillant, cracha un jet de venin brûlant sur le colossius. Ce dernier s'agita dans tous les sens. La femelle sournius enfonça ses griffes dans le ventre du gros dragon et planta ses dents dans son cou, ratant de peu le collum.

« Par… Deirdris… » souffla la tueuse de dragons, hypnotisée par la scène, avant de gémir, en proie à une intense onde de douleur.

Thad l'avait remise à l'un des cavaliers de Xorond qui l'avait installée sans ménagement sur sa monture.

« Par les nageoires de Lettir, doucement ! jura le capitaine à son tour.

— Toi, pas un mot ! aboya le soldat. C'est déjà beau que monseigneur ait accepté que tu la ramènes, au lieu de la laisser crever dans la tour ! »

Les poings crispés, l'officier leva un regard noir vers l'homme.

« Allez, on fout le camp ! » s'exclama un autre guerrier, qui observait d'un œil inquiet le combat que se livraient les sourni et le colossius.

Pendant ce temps, les cavaliers de Xorond s'enfuyaient vers l'est, entraînant avec eux une poignée de soldats de Volter.

Thad grimpa sur son cheval et la troupe s'éloigna au galop. Bientôt, les collines leur dérobèrent la vue des affrontements entre les monstres, même si le bruit furieux produit par leurs ailes qui fouettaient l'air parvenait toujours à leurs oreilles.

◆

Soucieux de s'éloigner des dragons, les soldats de Xorond franchirent trois buttes avant de s'arrêter. Ils venaient à peine de descendre de leurs montures et d'aider Deirdra à faire de même que le reste de leurs confrères les rejoignait, leur seigneur et Javor à leur tête. Les chevaux s'écartèrent et Deirdra put voir qu'ils entouraient des prisonniers de Volter à pied. Son attention fut aussitôt captée par le crâne roux et gris de Desmond, qui dépassait de la dizaine de captifs. L'homme se raidit en apercevant Thad. La jeune femme n'eut pas l'occasion d'étudier davantage les retrouvailles des anciens compagnons d'armes, car le garde qui l'avait soutenue jusque-là l'allongea dans la neige, où elle se mit à grelotter de froid et d'épuisement. Un instant après, l'ancien capitaine de Volter la retrouvait. Il désigna les flèches qui dépassaient toujours de son corps.

« Il va falloir les enlever. »

Elle acquiesça.

Thad déchira un pan de sa livrée de Xorond, le roula en boule et ordonna :

« Mords là-dedans. »

Deirdra s'exécuta.

Des larmes s'échappèrent de ses yeux lorsqu'il retira les traits, puis elle l'entendit se lever. Un instant plus tard, un froid intense succéda à la sensation de brûlure qui émanait de ses blessures. La tueuse de dragons vit que Thad les avait couvertes de neige.

« C'est fini », annonça le capitaine en retirant délicatement le morceau de tissu de la bouche de la jeune femme.

Il prit ensuite le bout d'étoffe et s'en servit pour panser l'une des plaies de Deirdra. Cette dernière essuya ses yeux et découvrit les projectiles posés à terre près d'elle. Thad s'était relevé. Il dit au guerrier qui les surveillait :

« Il lui faut des couvertures. Sinon, elle va mourir. »

Lanfas se campa alors devant eux, Javor sur les talons. Deirdra songea que si le noble ressentait la moindre gratitude parce qu'elle avait fait sortir Petrior de la tour, il dissimulait ses sentiments de manière impeccable.

« Où est Petrior ?

— Laissez-la tranquille, fulmina Thad. Vous ne voyez pas qu'elle n'est pas en état de répondre ?

— Toi, tu te tais. C'est à elle que je parle !

— Je... l'ignore, murmura Deirdra. Il a dû... sortir avec les autres. »

Le seigneur de Xorond poussa un soupir exaspéré.

« Personne ne sait donc où est passé ce sale petit minusius ? »

Il balaya les alentours du regard et s'arrêta sur les prisonniers. Avisant Desmond, il lui demanda sèchement :

« Où est ton seigneur ?

— Je ne le sais pas. Dans la confusion, il a peut-être pu grimper sur un cheval et s'enfuir.

— Et tu sais où il comptait aller ? »

Desmond dévisagea Lanfas d'un air atterré. Sans doute n'avait-il pas saisi avant ce moment que la raison du seigneur de Xorond l'avait déserté.

« Je l'ignore, monseigneur. Il va probablement vouloir se cacher quelque part.

— Peut-être seras-tu plus coopératif sous la torture. Javor ! »

Le tueur de dragons s'avança.

« Coupe-lui la main. »

Javor dégaina son épée d'un air impassible et adressa un signe à deux des cavaliers les plus costauds. Ils saisirent les bras de Desmond et relevèrent l'une des manches de sa chemise, qui émergeait de sa cuirasse en peau de colossius. Le prisonnier se débattit pour se libérer. Il fallut que deux autres guerriers prêtent main-forte à leurs confrères pour maintenir le captif en place. Javor souleva sa lame, puis il suspendit son geste.

« Qu'attends-tu ? s'impatienta Lanfas.

— Regardez, monseigneur ! »

Lanfas s'approcha du bras dénudé. Thad aida Deirdra à se redresser légèrement pour qu'elle puisse voir elle aussi. Une partie de la chair de l'avant-bras de Desmond paraissait avoir été arrachée des années plus tôt et une large cicatrice hideuse couvrait le membre, à l'endroit exact où la plupart des tueurs de dragons arboraient leur tatouage.

« C'est lui… chuchota Deirdra. C'est lui, le lien entre Bradeus et Petrior. Il a tout manigancé ! »

Lanfas entendit les propos de la jeune femme. Il hocha gravement la tête en contemplant le bras de Desmond.

« Ainsi, c'est toi qui as remis le moyen de diriger les dragons à Petrior, n'est-ce pas ? Ce n'est pas étonnant, de la part d'un ancien tueur de dragons !

— Non, c'est faux ! » nia Desmond.

Cependant, même aux oreilles de Deirdra, sa dénégation avait des accents désespérés.

« Monseigneur, il avait ceci avec lui quand nous l'avons capturé », indiqua l'un des guerriers de Xorond en remettant le soufflet brisé à son chef.

Une expression paniquée apparut sur les traits du barbu roux tandis que Lanfas examinait l'objet d'un air pensif.

« Comment as-tu su que Bradeus possédait ce secret, Desmond ? Et qu'est-ce que tu lui as donné en échange ? intervint Thad en avançant vers celui qui avait naguère été son second. Tu as dû payer le prix fort pour qu'il accepte de te céder son secret ! »

Desmond baissa les paupières. Des soldats s'approchèrent de Thad pour le retenir, mais Lanfas les arrêta d'un geste. Les yeux pétillants, il paraissait captivé par l'affrontement entre les deux capitaines de Volter. Encore une fois, ses priorités avaient été modifiées radicalement en l'espace d'un moment: la disparition de Petrior semblait avoir été reléguée au fin fond de son esprit.

Pendant ce temps, Deirdra examinait attentivement le colosse, sa mâchoire carrée étrangement familière sous sa barbe. Elle avait déjà contemplé une version beaucoup plus jeune de ce visage encadré de frisottis roux, celui de quelqu'un qui avait aussi une taille supérieure à la moyenne… Il y avait très peu de choses en ce bas monde que Bradeus aurait acceptées en échange du moyen d'attirer les dragons et le venin de minusius et l'or n'étaient pas suffisants.

C'est bien la première fois que je vois une Nordire avec des cheveux de cette couleur, avait dit Nuceg, l'homme de Queltiar, en posant les yeux sur Jiria.

La lumière de la compréhension déchira le voile qui obscurcissait l'esprit de Deirdra et une vague de fureur déferla en elle. Elle se redressa tant bien que mal, soulevée par un sentiment de colère si puissant qu'il généra un effet analogue à celui de la dragonne et repoussa à l'arrière-plan sa souffrance et son épuisement.

« Charogne ! hurla-t-elle de toute la force de ses poumons.

— Deirdra ! » s'écria Thad.

La réaction du capitaine se produisit trop tard: la tueuse de dragons s'abattit sur Desmond. La souffrance éclata dans tout son corps, mais la jeune femme était au-delà de la douleur. Sous ses ongles, c'était Bradeus qu'elle griffait, sous ses poings, c'était le monstre de son enfance qu'elle frappait pour le réduire de nouveau en une bouillie sanglante.

Quatre paires de mains la tirèrent en arrière, même si elle continuait à se débattre comme une forcenée.

« Deirdra ! Arrête ! lui ordonna Thad.

— Sa propre fille ! feula la jeune femme. Il a livré sa propre fille à ce porc ! »

Une expression d'horreur apparut sur le visage du capitaine. Il scruta les traits de Desmond comme s'il le voyait pour la première fois sous son vrai jour.

« Jiria était ta fille ? »

Son interlocuteur haussa les épaules. Thad reprit, incrédule :

« Tu as livré Jiria à Bradeus en échange de l'appeau ? »

Desmond émit un ricanement méprisant.

« Comme si une vulgaire bâtarde avait la même valeur que le précieux appeau de Bradeus ! Pour avoir l'appeau, Petrior a dû vider ses coffres ! Jiria, elle, elle ne valait pas plus que sa putain de mère.

— Mais… mais alors, tu n'avais pas à lui confier Jiria ! s'exclama Thad d'un air horrifié. Tu aurais pu la laisser grandir en paix parmi les Nordirs ! »

Desmond secoua la tête.

« Tu ne comprends rien à rien, n'est-ce pas, Thad ? Le capitaine Thad, si noble, si vertueux, si… idéaliste ! Il est temps de t'ouvrir les yeux, mon capitaine ! Si j'ai confié Jiria à Bradeus, c'est pour m'assurer de sa collaboration pendant les années à venir ! De toute façon, elle n'avait nulle part où aller. Le tueur à qui je l'avais confiée avait fait son apprentissage chez Bradeus en même temps que moi. Quand il a pris sa retraite, il s'est établi à Frodis. Lorsque j'allais porter de l'or à Bradeus de la part d'Horacius, je passais par le village pour rendre visite à mon confrère. On prenait un coup à la taverne de Frodis et on discutait du temps où on tuait des dragons. C'est là que j'ai connu la mère de Jiria, un soir où j'avais bu trop de venin de minusius. Il fallait vraiment que je sois soûl pour baiser une de ces sauvages de Nordires ! Elle est morte en donnant naissance à Jiria. Mon ami l'a recueillie et l'a élevée comme sa fille. Puis, tu m'as confié que tu étais le fils d'Horacius. Or, c'était aussi visible qu'un colossius en plein jour que monseigneur te préférait à son fils légitime… J'ai commencé à échafauder un plan pour empêcher Horacius de déshériter Petrior. J'ai écrit à mon ancien confrère pour lui dire que j'avais conclu une entente avec notre maître. Il devait amener la fille dans la forêt et la remettre à Bradeus. Bien sûr, je lui ai versé quelques pièces pour le dédommager, mais d'après ce qu'on m'a raconté, ça ne lui a pas été très utile, car il se serait fait bouffer par un jeune sournius en livrant Jiria à Bradeus. Et comme Bradeus était très content de la gamine – après tout, une Nordire aux cheveux roux, c'est rare ! –, il m'a cédé son appeau et des griffes des pentalules de femelles colossi et sourni quand je suis venu les lui demander, peu après que monseigneur fut tombé malade. Je savais depuis longtemps que Bradeus possédait l'appeau, je l'avais surpris un jour, pendant ma formation, alors qu'il le testait. Évidemment, ce vieux dragon m'a escroqué de l'or et du venin de minusius en plus de la gamine que je lui avais fait livrer quelques années plus tôt, mais ce qu'il m'a donné en échange en valait la peine…

— C'était ta fille, Desmond ! Elle n'était qu'une enfant innocente ! Tu connais ton maître ! Tu sais ce qu'il faisait des gamines ! s'exclama Thad d'une voix vibrante de rage.

— Chaque information a son prix, répliqua froidement Desmond. Il suffit de deviner les désirs de ceux qui les détiennent. Ça t'a toujours arrangé d'être le capitaine le mieux informé de tout l'Austrion, mais tu ne t'es jamais soucié de connaître mes sources. Tu sais ce que je pense ? Tu joues les purs, mais tu as toujours préféré l'ignorer ! Et puis, admets qu'au bout du compte, j'ai assuré l'avenir de ma bâtarde ! Quel futur s'offrait à elle parmi les Nordirs ? En la plaçant chez Bradeus, je lui ai donné l'occasion d'apprendre un métier… Il faut toujours offrir à nos bâtards une chance de connaître une vie meilleure. C'est la seule chose qu'Horacius m'aura apprise ! »

Il fixa Thad d'un air triomphant. Ce dernier le toisa un moment, les poings crispés au point que ses jointures avaient blanchi. Il finit par secouer la tête d'un geste empreint de dégoût.

« Dire que monseigneur t'avait en haute estime…

— Pas assez pour me nommer capitaine, apparemment, répliqua Desmond d'un ton amer. Quand j'ai fait avorter la tentative d'enlèvement de Celime, Horacius aurait dû me donner le poste, il me l'a dit lui-même. Seulement, il craignait que ses hommes n'acceptent pas d'obéir à un ancien tueur de dragons. Il aurait dû y penser avant même de m'engager dans son armée, mais comme à l'époque j'avais éliminé un colossius qui causait des ravages dans le fief de Dasdas, il m'avait proposé d'entrer dans son armée en guise de remerciement… C'est quand il t'a promu au rang de capitaine, toi, un ancien tueur de dragons, que j'ai commencé à avoir des soupçons sur tes origines. Si tu ne m'avais pas confié que tu étais son fils, je l'aurais probablement découvert par moi-même.

— Maintenant que vous avez réglé vos comptes, s'interposa Lanfas, tu peux me dire où je peux trouver Petrior ?

— Plutôt crever, répondit le père de Jiria.

— Monseigneur ! »

Un cavalier venait d'apparaître au sommet de la colline. Il brandissait une épée et le vent marin porta son appel jusqu'à la troupe :

« Lanfas ! Rends-toi, tu as perdu ! »

Au pied de la butte, le seigneur fronça les sourcils et se tourna vers Javor.

« Et c'est moi qu'on traite de fou ?

— Excentrique serait un meilleur qualificatif, monseigneur. Et vous savez ce qu'on dit : au royaume des fous, les excentriques sont rois.

— Voilà une raison supplémentaire pour empêcher Petrior de prendre le pouvoir, approuva Lanfas, avant de hurler à l'adresse du seigneur sur la colline : Et pourquoi ferais-je une chose pareille ?

— À cause de ceci ! »

Petrior brandit la griffe qu'il avait prise dans ses appartements, au château de Volter.

« Tu as peut-être l'appeau, mais j'ai encore des ressources ! Il me suffit de lacérer le sol et le colossius arrivera ! Je serai enfin débarrassé de toi… et du bâtard de mon père en plus ! Craignez la fureur de Deirdris ! »

De l'endroit où elle se trouvait, Deirdra ne pouvait ni voir ni entendre les trois dragons en train de lutter, car les hommes devant elle, la pente de la butte et Petrior sur son cheval occupaient la quasi-totalité de son champ de vision. Elle voulut dire à Thad que le jeune homme avait en fait une griffe d'ours entre les mains, mais le capitaine s'était éloigné d'elle pour parler à Desmond et paraissait à présent captivé par son frère cadet.

« Je peux appeler les dragons, moi ? s'étonna Lanfas à l'adresse de Javor en brandissant le soufflet brisé.

— Non, monseigneur. Il vous manque la partie la plus importante », rectifia le tueur de dragons en jetant un coup d'œil suspicieux à Deirdra.

La jeune femme s'efforça d'afficher un air de parfaite innocence malgré la sueur qui dévalait son visage. Javor s'apprêta à partager ses soupçons avec son seigneur, mais celui-ci avait déjà changé l'ordre de ses priorités. Le doigt pointé vers Petrior, il lança aux gardes qui l'entouraient :

« Tuez-le ! »

Les hommes hésitèrent.

« Mais monseigneur… et les dragons ?

— Il est seul ! s'impatienta Lanfas. Que vous faut-il de plus ?

— Et puis, dit Javor à ses confrères, les dragons sont soit occupés à se battre, soit en train de dévorer les cadavres près de la tour. Sans l'appeau pour attirer leur attention sur l'odeur produite par la griffe, ils vont mettre un petit moment à la détecter. »

Desmond, qui avait suivi l'échange, cria d'un ton suppliant :

« De grâce, Petrior ! Fuyez ! Ils veulent vous… »

Il ne put terminer, car l'un de ses gardiens lui asséna une gifle vigoureuse.

« Ta gueule ! »

Le géant décocha un regard furieux à son agresseur, qui l'ignora, puis il se concentra de nouveau sur Petrior.

Tandis que les soldats tergiversaient, le jeune homme n'avait pas perdu de temps. Il était descendu lestement de sa monture. Après avoir balayé la neige d'un geste, il avait entrepris de rayer frénétiquement le sol à l'aide de la griffe.

« Allez-vous-en, Petrior ! » hurla Desmond à pleins poumons, ce qui lui valut un second coup en pleine figure.

Les gardes de Xorond se ressaisirent. Une quinzaine d'entre eux enfourchèrent leurs chevaux et les lancèrent à l'assaut de la colline. Le fils d'Horacius grimpa à toute vitesse sur son propre destrier et lui fit dévaler le versant opposé de la butte, se dérobant ainsi à la vue de Deirdra. Ses poursuivants disparurent à leur tour.

Lanfas se tourna vers Desmond, le front plissé en signe de perplexité.

« Tu tiens beaucoup à ton seigneur ! J'aimerais que mes hommes fassent preuve d'une telle loyauté envers moi ! »

Occupé à masser sa mâchoire endolorie, l'homme roux demeura coi.

« Javor, ajouta Lanfas sans quitter Desmond des yeux, va récupérer la griffe. »

L'homme balafré objecta :

« Monseigneur, c'est que le sol est gelé… Il ne doit plus rester grand-chose de la griffe…

— Que veux-tu dire ? s'enquit son chef en rivant ses petits yeux noirs sur le tueur de dragons.

— Je vous l'ai expliqué, monseigneur : comme les griffes du pentalule des dragons sont friables, elles s'usent très vite quand on les emploie pour rayer une surface, surtout si celle-ci est dure. »

Lanfas lissa sa barbiche blonde d'un air pensif. Javor, lui, se tourna vers la jeune femme toujours maintenue par ses confrères.

« Monseigneur, dit-il à son chef sans quitter Deirdra des yeux, ne trouvez-vous pas curieux que Petrior ait cru que vous possédiez l'appeau ? »

Sourcils froncés, le seigneur de Xorond reporta son attention sur sa prisonnière. Les plis creusant son front dégarni montraient qu'il peinait à rassembler ses pensées pour formuler un commentaire quelconque. Au même moment, le vent en provenance du nord-ouest apporta à leurs oreilles le bruit d'ailes gigantesques qui fouettaient furieusement l'air. À travers le rideau de flocons tombant toujours du ciel, Deirdra vit une ombre monstrueuse qui tentait de fuir vers la forêt de Galeg. Deux silhouettes plus petites lui barrèrent la route et plongèrent vers son crâne. Le colossius décrivit lentement une courbe dans le ciel et obliqua vers le sud pour échapper à ses adversaires. Tous purent constater que la membrane d'une de ses ailes avait été lacérée.

« Ils viennent vers nous ! hurla quelqu'un. Monseigneur, il faut fuir ! »

Lanfas ne broncha pas. Il paraissait fasciné par le combat aérien que se livraient les bêtes. Les sourni rattrapèrent le colossius blessé et se mirent à attaquer sans relâche ses flancs. Le plus gros des trois monstres ne semblait plus savoir où donner de la tête. De sa gueule massive, il essaya de happer le sournius mâle, mais ses mâchoires claquèrent dans le vide : le dragon bleu-vert s'était dérobé au dernier moment et avait plongé sur le collum de son adversaire. Il y planta ses griffes acérées. Le colossius vomit son venin sur son assaillant. Ce dernier le lâcha lestement pour éviter le liquide meurtrier et disparut derrière les buttes environnantes. Le venin atterrit de l'autre côté de la colline où Lanfas, ses prisonniers et sa troupe s'étaient réfugiés. Des hennissements et des cris de terreur s'élevèrent. Deirdra devina qu'ils provenaient des cavaliers que Lanfas avait envoyés à la poursuite de Petrior.

La femelle sournius passa à l'assaut : elle s'abattit sur le dos du colossius et s'accrocha fermement à ses écailles. L'énorme dragon se mit à voler dans tous les sens pour se débarrasser de sa passagère. La femelle tint bon. Elle détendit son long cou gracile et mordit sauvagement la figure du colossius. Ce dernier se cambra et chuta brutalement en direction de la tour. Le mâle sournius revint alors à la charge et remonta avec force battements d'ailes vers le collum. Sa femelle immobilisa la tête du colossius de ses dents plantées dans l'œil de sa proie et il put attaquer la base du cou vulnérable. Les trois créatures s'évanouirent derrière les collines, puis une secousse fit trembler le sol couvert de neige. Deirdra devina que le colossius s'était écrasé.

Un silence funèbre accompagna la disparition des belligérants monstrueux, puis les cavaliers que Lanfas avait dépêchés à la poursuite de Petrior apparurent sur le flanc gauche de l'élévation, qui bordait la falaise. L'un d'eux avait jeté le corps inanimé du jeune seigneur en travers de sa monture.

« Petrior ! » appela Desmond.

Il voulut se lever pour courir à la rencontre des soldats. Ses gardiens eurent besoin de toutes leurs énergies pour le maintenir en place.

Les arrivants immobilisèrent leurs chevaux devant Lanfas. L'homme qui transportait Petrior jeta son fardeau à terre. Le jeune seigneur n'eut aucune réaction en heurtant le sol et Deirdra put voir que ses yeux étaient révulsés et que sa bouche blanche d'écume et de neige demeurait ouverte.

« Des gouttes de venin du colossius l'ont atteint, expliqua succinctement le guerrier de Xorond en réponse à l'interrogation muette de son seigneur. C'est fini.

— Non ! »

Le cri de désespoir de Desmond déchira l'air. Il s'arracha à l'emprise de ses geôliers et se rua vers Lanfas et la dépouille de Petrior.

« Monseigneur ! Att… »

L'avertissement jaillit trop tard : le géant barbu avait bondi sur Lanfas. Les deux hommes roulèrent dans la neige. Même s'il avait les mains liées, le soldat surpassait le seigneur de Xorond en taille, en poids et en force et, avant que les hommes de Lanfas aient pu l'arrêter, Desmond avait enserré la gorge de son adversaire.

« C'est ta faute ! vociféra-t-il. C'est ta… »

L'ancien second de Thad écarquilla les yeux et le sang se retira de son visage. Six soldats de Xorond le saisirent à bras-le-corps et le tirèrent en arrière. Tétanisé, il n'opposa aucune résistance. Lanfas se hissa lentement sur un coude en crachotant. Deirdra aperçut alors le poignard qui émergeait du bas-ventre de Desmond et la traînée rouge qu'il laissait sur la neige.

« Monseigneur ! s'écrièrent des guerriers en se précipitant vers Lanfas pour l'aider à se remettre debout. Vous n'avez rien ? »

Les hommes qui maintenaient Deirdra la libérèrent afin d'aller prêter main-forte à leur seigneur. Elle tomba à quatre pattes. Thad apparut à ses côtés et la soutint pendant qu'elle s'asseyait. Les traits tendus, le capitaine vérifia brièvement qu'une nouvelle blessure ne s'était pas ajoutée à la longue liste de ses plaies puis, une main posée sur l'épaule de Deirdra, il reporta son attention sur Desmond et Lanfas. Le noble ramassa le soufflet qui s'était encore plus détérioré quand Desmond et lui avaient roulé dessus en se battant et, tout en réajustant sa cuirasse en peau de sournius, il s'avança vers le guerrier à l'agonie.

« Quel gâchis, grommela-t-il en contemplant la flaque de sang. Que représentait donc Petrior à tes yeux pour que tu risques tout pour lui ?

— Horacius n'était qu'un petit vaniteux obsédé par sa foutue paix, souffla Desmond entre ses dents serrées. Il n'a jamais aimé Celime. Elle ne l'aimait pas non plus. Elle souffrait de solitude. Je l'aimais comme un fou. C'était une sainte femme.

— Une sainte femme qui trompait son époux ? releva le seigneur de Xorond. Voilà un concept nouveau !

— Monseigneur, fit un soldat d'un ton pressant, il faut partir ! Les sourni ne sont pas loin ! »

Deirdra était d'accord avec le guerrier. Elle nota qu'elle n'était d'ailleurs pas la seule : d'autres troupiers acquiescèrent vigoureusement à la remarque de leur confrère, tandis que ceux qui surveillaient les autres prisonniers gardaient les yeux rivés sur le ciel, dans la direction où les sourni et le colossius avaient disparu. Cependant, Lanfas balaya distraitement le conseil du garde du revers de la main, comme s'il s'agissait d'une mouche importune. Toute son attention était rivée sur Desmond, qui poursuivait entre ses dents serrées :

« Celime était fidèle. Elle n'a jamais trompé Horacius. Comme preuve de mon amour, elle m'a demandé de veiller sur son fils comme si c'était le mien. Horacius voulait trahir la mémoire de Celime. J'ai tout fait pour que Petrior touche son héritage et qu'il devienne le seigneur suprême de l'Austrion. Celime aurait été contente. Horacius n'était jamais là pour elle. Il n'était pas un bon mari… pas un bon père. »

Deirdra leva les yeux vers Thad. Le capitaine paraissait tout aussi captivé par le récit de Desmond que Lanfas. Elle posa sa main sur la sienne pour l'obliger à la regarder et murmura :

« Thad, il faut partir d'ici avant que les sourni arrivent ! »

Avant qu'il ait pu réagir, la tête grise et rousse de Desmond tomba mollement en avant. Les soldats de Xorond lâchèrent la dépouille. L'un d'eux se pencha, arracha le poignard du cadavre, le nettoya dans la neige et le remit à son seigneur, qui le passa à sa ceinture.

« Balancez-moi tout ça en bas de la falaise et fichons le camp, dit-il aux soldats qui entouraient les corps de Petrior et de Desmond. Il y a suffisamment de dragons dans les parages sans qu'en plus les minusi s'en mêlent... »

Il s'interrompit brutalement, esquissa une moue songeuse, puis reprit :

« Non, attendez. Ne vous en débarrassez pas trop vite. Après tout, selon ce puceron, c'est Petrior qui a la partie manquante de l'appeau !

— Monseigneur, n'oubliez pas que, selon Petrior, c'est plutôt la garce qui l'aurait ! » lui rappela Javor en montrant Deirdra du doigt.

Une mimique perplexe apparut sur les traits de Lanfas, qui ordonna à ses hommes :

« Mieux vaut ne prendre aucune chance. Fouillez-le avant de vous en débarrasser.

— Mais monseigneur, objecta un soldat après avoir toisé la dépouille de Petrior d'un air hésitant, et le venin de colossius ?

— Êtes-vous donc incapables de penser par vous-mêmes ? s'exclama Lanfas d'un ton excédé. Utilisez votre épée ! »

Deux soldats se penchèrent sur le cadavre du fils cadet d'Horacius et entreprirent d'écarter ses vêtements et son armure de la pointe de leur lame.

Le seigneur de Xorond se tourna vers les guerriers qui surveillaient les captifs de Volter.

« Maintenant que je sais ce qui est arrivé à Petrior, ils ne me sont plus d'aucune utilité. Tuez-les, ordonna-t-il froidement.

— Monseigneur, je vous rappelle que ce n'est pas prudent de nous éterniser », dit Javor en jetant un coup d'œil inquiet en direction du ciel.

Lanfas brandit un doigt irrité dans la direction de l'ancien tueur de dragons.

« Je ne partirai pas d'ici avant d'avoir l'assurance que tous ceux qui pourraient miner mon autorité sur l'Austrion sont morts ! De toute façon, les sourni ont un gros colossius pour s'amuser. Nous serons tranquilles. »

Le faciès défiguré de Javor afficha un air dubitatif, mais il s'abstint d'insister. Les guerriers chargés d'éliminer les prisonniers en saisirent un par les épaules et le traînèrent vers la falaise.

« Grâce, monsei... » implora l'individu vêtu d'un uniforme de Volter.

Sa supplique se termina par un cri, l'un des gardes de Xorond l'ayant poussé dans l'abîme.

Des hurlements d'agonie ponctués de bruits de lutte et de corps tombant dans l'eau retentirent au fur et à mesure que les gardes de Xorond s'acquittaient de leur sinistre besogne et que certains prisonniers tentaient de leur opposer une résistance.

« À présent, déclara Lanfas, passons au puceron et à la fourmi. »

Il revint vers Thad et Deirdra. Trois soldats et Javor lui emboîtèrent le pas. Les autres se chargèrent de transporter le corps massif de Desmond à la lisière de l'à-pic afin de le jeter à la mer ou allèrent assister leurs collègues, qui peinaient à maîtriser certains captifs. Les deux troupiers ayant pour mission de fouiller le corps du jeune seigneur demeurèrent seuls à écarter prudemment les habits du mort de leur estoc.

Bien qu'il eût annoncé qu'il voulait d'abord s'occuper de Deirdra, ce fut devant Thad que Lanfas se campa, au grand désarroi de son escorte qui levait à tout moment une expression préoccupée vers le ciel. La jeune femme remarqua que même Javor semblait éprouver de plus en plus de difficulté à garder son calme et qu'il serrait nerveusement la main autour de la poignée de son épée.

« Eh bien, Thad, il semble qu'il ne reste plus que toi pour t'opposer à ma domination absolue sur l'Austrion ! débuta Lanfas.

— Je n'ai que faire du pouvoir, monseigneur, je vous l'assure. Comme mon père, une seule chose m'importe : la paix.

— Aujourd'hui peut-être, mais qui me dit que tu ne changeras pas d'avis dans quelques mois ?

— Lanfas, s'immisça Deirdra d'une voix faible, tu as promis de nous épargner…

— Je n'ai jamais prétendu être digne de confiance, répliqua le seigneur avec un rictus torve. Éliminez-les ! »

Thad se dressa entre la tueuse de dragons et les soldats de Xorond. Ces derniers dégainèrent leurs épées.

« Monseigneur ! appela l'un des soldats qui avait examiné le cadavre de Petrior. Il n'a pas l'appeau sur lui !

— Voilà qui est fâcheux », commenta Lanfas.

Il parut alors se rappeler quelque chose et se tourna vers Deirdra :

« Alors, où est-il ? Où est la partie manquante de l'appeau ?

— Épargne-nous et je te le dirai.

— Monseigneur, il faut vous hâter ! s'impatienta l'un des guerriers qui l'entouraient. Les sourni vont finir par nous repérer !

— Faites-la fouiller au lieu de négocier, monseigneur, proposa Javor. Comme ça, vous gagnerez un temps précieux. »

Lanfas approuva d'un hochement de tête.

« Vous avez entendu Javor ? lança-t-il à ses guerriers. Fouillez-la. Et éliminez le capitaine, par la même occasion. »

Les soldats approchèrent de Thad et Deirdra. La jeune femme rassembla le peu de forces qui lui restait et décida de jouer son va-tout :

« Arrêtez ! s'écria-t-elle. Sinon, j'appelle les sourni ! »

Les hommes de Lanfas s'immobilisèrent, en proie à l'hésitation.

« Où est l'appeau ? demanda Javor d'un ton sceptique. Tu vas en avoir besoin, si tu veux mettre ta menace à exécution !

— Il est ici », dit-elle en posant la main sur sa cuirasse.

Un rictus carnassier souleva les lèvres tombantes du seigneur.

« Tu sais quoi ? Je pense que tu frimes. Les sourni vont te tuer aussi, si tu les appelles. Et si tu ne les appelles pas, ce sont mes hommes qui vont t'exécuter.

— Fais-le, Deirdra », l'encouragea Thad.

En dépit de la mine déterminée de son compagnon, Deirdra lut l'incertitude dans ses yeux marron. Elle ne fut d'ailleurs pas la seule.

« J'ai toujours dit que mentir n'était pas ton fort, Thad, s'amusa Lanfas. Allez, vous trois, supprimez-les, qu'on en finisse ! Et, Javor, je veux l'appeau ! »

Les trois soldats et le tueur de dragons levèrent leurs armes. Réfugiée derrière l'officier, la jeune femme ne quittait pas Javor des yeux. Ce dernier s'éloigna de ses confrères afin de contourner Thad et se rua sur elle. Elle avait prévu le mouvement et, de sa main libre, elle avait ramassé une poignée de neige. Elle lança la boule compacte et glacée à la figure de Javor. Surpris et aveuglé, ce dernier freina brusquement, lâcha son bouclier et essuya son visage d'un geste furieux. Deirdra plongea, saisit les jambes de l'homme entre ses bras et, en criant de douleur sous l'effort, elle le fit basculer. Javor heurta le sol gelé. Les doigts qui enserraient la poignée de son épée relâchèrent leur prise. La tueuse de dragons rampa le plus vite possible vers la lame, son champ de vision embrouillé par les larmes de souffrance qui s'échappaient de ses yeux. Au moment où elle allait saisir l'arme, Javor referma sa main sur son épée. La jeune femme attrapa son poing et tenta de lui faire lâcher prise d'une main, tout en repoussant le bras libre du tueur de dragons de l'autre. Cependant, le balafré était en meilleure forme qu'elle : il la fit rouler sur elle-même et se retrouva au-dessus d'elle, une grimace sauvage sur sa bouche défigurée. Il leva sa lame à deux mains pour la frapper. Deirdra tendit les doigts, attrapa l'écu que le tueur de dragons avait échappé et bloqua la lame. Javor abattit de nouveau son arme, la jeune femme se protégea encore une fois.

Javor se releva prestement et asséna un autre coup à Deirdra. Elle se dressa à demi et écarta la lame en effectuant un mouvement de balayage à l'aide de son bouclier, puis ramassa une deuxième poignée de neige. Son adversaire plongea sur elle. Elle lui lança sa balle de neige à la figure. Aveuglé et emporté par son élan, Javor perdit de précieuses secondes à conserver son équilibre et à retirer la neige de ses yeux. Deirdra se dressa sur ses jambes tremblantes et percuta l'homme de son écu. Son coup manquait de vigueur, mais comme le tueur de dragons était déjà en train de vaciller, ce fut suffisant pour le précipiter au sol et lui faire échapper son épée. La jeune femme la ramassa. Le métal était chaud et humide dans sa paume, là où la main de son adversaire l'avait tenu. Son bras tremblant échouait à la brandir seul, elle laissa tomber son bouclier et tint la lame à deux mains pendant que Javor se redressait. Incapable de lever l'épée à la hauteur nécessaire pour fracasser le crâne de son adversaire, la tueuse de dragons se contenta de l'enfoncer au-dessus du genou de l'homme. Il hurla de douleur. Deirdra retira l'arme. L'homme retomba, prit sa jambe blessée entre ses mains et se mit à déverser un flot d'injures, mais ne fit pas mine de se remettre debout.

Faute de pouvoir en faire plus, Deirdra s'appuya sur la poignée de l'épée comme s'il s'agissait d'une béquille. La douleur lui donnait le tournis. Elle n'était absolument pas en état de poursuivre le combat.

Un coup d'œil en direction de Thad lui apprit qu'il avait désarmé un premier attaquant en lui lançant une balle de neige en pleine face, pour ensuite lui passer son épée à travers le corps. Le capitaine, luttant à présent avec fougue contre deux soldats à la fois, esquivait le coup de l'un pour bloquer celui d'un autre.

L'un de ses ennemis chargea, bouclier et épée brandis. Thad fonça à sa rencontre. Les lames s'entrechoquèrent, puis le capitaine exerça une pression suffisante pour contraindre son opposant à reculer. L'homme dérapa dans la neige et agita les bras pour garder son équilibre. L'officier l'attrapa par la taille et le contraignit à pivoter. Le second soldat, qui s'apprêtait à abattre le tranchant de sa lame, enfonça son arme dans l'épaule de son confrère. Le capitaine poussa son bouclier humain contre son assaillant et les deux hommes s'écroulèrent.

Soudain, une bourrasque souleva la neige au sommet de la colline et deux silhouettes apparurent dans les cieux blafards. Il y eut un instant de flottement parmi les guerriers au pied de la butte. Les chevaux s'agitèrent violemment et poussèrent des cris de terreur. Un jet de venin s'abattit sur quelques soldats de Xorond, qui se jetèrent au sol en se tordant de douleur.

« Les sourni ! Fuyez ! » cria quelqu'un.

Ce fut la débandade. Les gardes encore en selle relâchèrent leur prise autour des rênes de leurs coursiers affolés, qui foncèrent en direction du nord sans se faire prier. Certains des hommes qui avaient quitté le dos de leurs montures s'enfuirent à pied, tandis que d'autres tentaient de rattraper les chevaux pris de panique pour grimper sur leur dos. Les sourni plongèrent sur les fugitifs, en attrapèrent plusieurs entre leurs dents et leurs griffes et reprirent de l'altitude. Les quelques prisonniers de Volter encore en vie profitèrent de la panique de leurs geôliers pour détaler.

Lanfas mit quelques instants à surmonter sa stupéfaction. Il paraissait incapable de détacher les yeux des sourni qui venaient d'apparaître. Deirdra tituba vers Thad qui courait à sa rencontre, ses adversaires ayant abandonné le combat pour sauver leur peau. Tout en soutenant la jeune femme par la taille d'une main, il passa l'un de ses bras autour de ses épaules de l'autre.

« Venez, monseigneur ! » appela un cavalier qui passait en trombe près d'eux, la main tendue en direction de Lanfas.

Le dirigeant de Xorond saisit les doigts offerts et monta en croupe, le soufflet brisé serré contre lui.

« Monseigneur, aidez-moi ! » lui cria Javor.

Le tueur de dragons s'était redressé péniblement et avait levé la main vers son seigneur, pendant qu'il gardait l'autre pressée contre sa jambe blessée. Lanfas et le soldat qui menait la monture foncèrent sur lui sans lui adresser le moindre geste. Javor n'eut d'autre choix que de se laisser tomber dans la neige pour ne pas être piétiné. Lanfas et le cavalier disparurent dans la cohue de fuyards à cheval et à pied.

« Fichons le camp », dit Thad.

Deirdra acquiesça. Ils s'enfuirent à cloche-pied vers l'ouest et la tour de guet, tandis que les hommes de Xorond et deux ou trois prisonniers de Volter fuyaient à toute allure dans la direction opposée. Un coup d'œil jeté par-dessus son épaule apprit à la jeune femme que Javor avait fini par se relever. Dos aux fugitifs, il se maintenait debout malgré ses jambes vacillantes et brandissait son épée en direction des sourni. Deirdra comprit que, faute de pouvoir courir, Javor avait décidé de vivre jusqu'au bout son existence de tueur de dragons. Il y avait eu un temps où elle aurait pris la même décision. Pas aujourd'hui : Thad ne la laisserait probablement pas faire, avec sa manie de la détourner de la chasse aux dragons. Et puis, elle avait un appeau à récupérer. Elle se désintéressa de Javor et tâcha de suivre la cadence imposée par l'officier.

Les chevaux s'étant tous enfuis avec ou sans cavalier, Thad fut contraint de servir de béquille à Deirdra. En longeant la falaise, ils s'éloignèrent le plus rapidement possible de la colline. Des cris d'horreur et de douleur montaient des buttes sur leur droite. La jeune femme vit à plusieurs reprises les sourni descendre en piqué puis remonter dans un ballet aérien meurtrier, emportant avec eux des humains qu'ils jetaient dans la mer ou qu'ils déchiquetaient à l'aide de leurs dents, mangeant la chair, mais recrachant les vêtements et les armures.

Soudain, un hurlement furieux aux accents familiers déchira l'air. Sans même se consulter, Thad et Deirdra s'immobilisèrent et repérèrent la femelle sournius qui s'éloignait rapidement en direction du sud, portée par un vent favorable. Dans ses griffes, elle transportait Lanfas vers la mer. Le seigneur était toujours vivant, à en juger par les mouvements violents qui agitaient son corps. Arrivée à la falaise, la femelle plongea et disparut quelques instants. Quand elle remonta, ses pattes étaient vides.

Distraite par la scène, Deirdra dérapa sur le sol glissant et faillit entraîner Thad dans sa chute. Le capitaine parvint de justesse à conserver son équilibre. Il grommela entre ses dents serrées par l'effort :

« Attention !

— Désolée. »

La tueuse de dragons se concentra sur le trajet à parcourir et laissa les enfants des esprits de la nature régler le sort des hommes de Lanfas et de Petrior.

◆

Thad et Deirdra atteignirent sans encombre la tour de guet du cap de Klovius. Sur leur droite, ils virent la gigantesque dépouille du colossius, couchée sur une vaste tache de neige rouge. Autour du corps, des cadavres d'humains et de chevaux à demi dévorés étaient dispersés.

« C'est les minusi qui vont être contents… » murmura Deirdra.

Elle examina l'horizon d'un regard inquiet, mais ne distingua aucun signe des petits charognards à travers l'averse de neige qui perdait en intensité. Néanmoins, elle savait que ce n'était qu'une question de temps avant qu'ils rappliquent.

Le vent chargé d'embruns poussa jusqu'à elle les relents de l'odeur aigre qu'elle avait répandue sur la tour de guet. Risquait-elle d'attirer d'autres dragons ? Elle se rappela les deux sourni mâles qui avaient assailli le château de Jeriad et songea qu'il valait mieux quitter les lieux au plus vite.

À ses côtés, Thad s'immobilisa, le souffle court, les traits crispés par la souffrance, le visage ruisselant de sueur.

« C'est dangereux de rester ici ! s'affola Deirdra.

— Je sais, mais je n'en peux plus… »

Ils clopinèrent jusqu'à la tour de guet désertée et y entrèrent. Thad aida sa compagne à s'asseoir, puis il se laissa tomber lourdement à ses côtés. La porte étant restée ouverte, Deirdra put voir la chute des flocons s'interrompre.

Quand sa respiration fut plus régulière, le capitaine se tourna vers Deirdra, inspecta ses blessures et renoua les bandages qui les couvraient.

« Il faudrait désinfecter tout ça avec du venin de minusius, mais je ne peux pas faire mieux pour l'instant, dit-il avec une pointe de frustration.

— Tu en as déjà fait plus qu'assez, répondit Deirdra d'une voix douce.

— Plus qu'assez ? releva-t-il, un sourire amusé étirant sa grande bouche. Ce n'est pas moi qui ai pris cet endroit d'assaut à moi tout seul ! »

Même s'il s'efforçait de plaisanter, la jeune femme détectait son profond épuisement.

« Ce n'est pas pire que d'en arriver à se passer de dragonne », répondit-elle.

Elle voulait badiner, mais une grimace de douleur déforma son expression complice.

« Ne t'agite pas, s'empressa de dire Thad.

— Vu l'endroit que tu as choisi pour t'arrêter, c'est facile à dire ! souffla-t-elle entre ses dents serrées.

— Chut », fit le capitaine.

Ses doigts caressèrent le cuir chevelu râpeux de la tueuse de dragons. Cette dernière se détendit peu à peu, le temps que les élancements décroissent. Ensuite, elle rouvrit les paupières et découvrit que les yeux marron de Thad étaient rivés sur les siens.

Quelques instants s'écoulèrent sans que l'un ou l'autre ne bouge, puis le capitaine se laissa tomber à côté d'elle.

« Je suppose que les esprits de la nature sont satisfaits, à présent: les sourni ont balancé l'appeau dans la mer en même temps que Lanfas…

— Une partie, du moins », répondit Deirdra sans réfléchir.

Elle mordit aussitôt sa lèvre inférieure: elle avait parlé trop vite.

« Où est le reste ? »

Elle dit d'une voix neutre, tout en évitant de fixer le visage de l'officier:

« Je l'ignore. Il a dû se perdre pendant le combat.

— Pourtant, Petrior et Lanfas croyaient que tu l'avais toujours…

— Eh bien, ils se trompaient. »

Cette fois, elle soutint le regard de Thad, le défiant de l'accuser de mentir. Malgré les sentiments qu'elle éprouvait pour lui, il était hors de question qu'elle le laisse mettre la main sur l'appeau. L'instrument était à elle. Or, si le capitaine apprenait qu'elle l'avait caché, il le réclamerait assurément. N'avait-il pas affirmé à la devineresse aveugle qu'il pourrait protéger les habitants de l'Austrion des dragons s'il détenait un tel objet ? Et l'augure, en retour, ne lui avait-elle pas demandé de détruire le sifflet, afin qu'il bénéficie de l'appui des esprits de la nature ?

Un bruit saccadé de chevaux lancés au galop s'éleva soudain dans le lointain. Thad se releva tant bien que mal, tira son épée et se rendit jusqu'à une meurtrière.

« Des cavaliers approchent !

— Tu peux voir qui c'est ? demanda Deirdra d'une voix lasse, découragée à l'idée de devoir en découdre.

— Non, pas enco... commença Thad en plissant les paupières. Non ! C'est pas vrai !

— Qu'est-ce qu'il y a ?

— C'est Vosas et Carleg ! Allons-y ! »

Il aida la jeune femme à se remettre sur pied et l'entraîna à l'extérieur de la tour. Une dizaine de cavaliers arrivant du nord-ouest descendait une colline à toute allure et fonçait vers le couple.

« Capitaine !

— Vosas ! » salua Thad en retour.

Les hommes à cheval entourèrent bientôt les deux tueurs de dragons. Vosas menait une monture sans cavalier par la bride.

« Nous venions vous porter secours, capitaine, annonça Carleg. Avec l'aide des nôtres et des serfs de Valeg, Siroeus nous a fait évader, puis lui et sa bande ont réussi à capturer le capitaine Maneg et les membres de l'état-major de Xorond. Les nôtres sont maîtres du château de Volter, à présent ! Siroeus s'occupe d'organiser nos troupes et de mettre celles de Xorond en déroute.

— Les serfs de Valeg ? répéta Thad, étonné.

— C'est un peu compliqué, capitaine, mais Kantas, le père de la récente conquête de Siroeus, a convaincu les serfs de nous aider, expliqua Vosas. Il faut dire qu'il désire ardemment garder Siroeus en vie. Ce qu'un père ne ferait pas pour l'amour de sa fille...

— Dis plutôt pour son honneur, ricana Carleg. Le père de Mischa ne veut surtout pas perdre Siroeus avant qu'il soit devenu officiellement son gendre ! »

Les autres hommes joignirent leur rire au sien. Thad esquissa un sourire las et ordonna :

« Ramenez-nous au château.

— Où sont Lanfas, Petrior et Desmond ? demanda Vosas en scrutant les alentours.

— Petrior est mort, tout comme Desmond. Et un sournius a jeté Lanfas dans la mer. »

Les cavaliers s'entreregardèrent.

« Si Lanfas et Petrior sont morts… commença Vosas.

— Vous devenez donc le seigneur de tout l'Austrion ! » compléta Carleg, éberlué.

Une expression ravie apparut sur les traits des soldats.

« Il faut d'abord trouver des devins pour obtenir l'approbation des esprits de la nature », les prévint Thad.

Deirdra songea aux paroles de la devineresse aux yeux blancs :

Au lieu de chercher à les contrôler, comprends et respecte les enfants des esprits de la nature. Et surtout, quand tu auras découvert l'abomination qui permet d'appeler les fils de Deirdris à une grande distance, détruis-la. Alors, tu auras droit à l'appui des esprits.

Et si, depuis le début, les esprits de la nature manipulaient les événements pour que Thad retrouve l'appeau qui permettait de contrôler leurs enfants ? Et si elle-même était le jouet des esprits qui avaient tout mis en œuvre pour placer un homme bon et respectueux de leurs lois sur le trône de l'Austrion, un homme qui comprendrait et craindrait les dragons et ne chercherait pas à les contrôler ? Avait-elle donc été l'esclave des desseins des esprits de la nature, qui avaient placé leurs créatures monstrueuses sur sa route de manière à ce qu'elle découvre l'instrument qui les dirigeait et qu'elle le donne à Thad ?

Un vertige s'empara d'elle, tant à cause de ce questionnement que du froid, de la douleur et de l'épuisement.

« Regardez ! »

Tous suivirent l'index tendu de Vosas. Dans le lointain, le mâle et la femelle sourni volaient côte à côte et s'éloignaient en direction du nord.

« Deirdra, demanda Thad à voix basse pendant que l'attention de ses hommes était rivée sur les dragons, pourquoi est-ce que l'appeau a attiré une femelle sournius ? Je pourrais comprendre à la rigueur qu'il attire un mâle colossius et un mâle sournius, mais une femelle… »

La jeune femme secoua la tête.

« Je n'en ai aucune idée, répondit-elle en ne mentant qu'à demi.

— Et si tu en avais une ? insista l'officier, un sourire flottant sur sa grande bouche.

— C'est toi qui es censé être le mauvais menteur, pas moi ! plaisanta-t-elle avant d'enchaîner d'un ton pensif : Peut-être que ce sont les esprits de la nature qui les ont envoyés pour tuer les seigneurs qui contrevenaient à leurs lois. Après tout, ils ont éliminé Lanfas et ils se seraient peut-être occupés de Petrior, si le venin du colossius ne l'avait pas atteint avant…

— Tu ferais une bonne devineresse, tu sais ? commenta l'officier, pince-sans-rire. J'étais certain que tu me parlerais plutôt d'une distorsion des sons à cause de la distance ou que tu me dirais que le colossius avait dû envahir le territoire des sourni et que ceux-ci le pourchassaient…

— Pourquoi me poses-tu la question si tu connais déjà la réponse ? répliqua-t-elle.

— Il faudrait partir, les pressa Carleg. Les minusi sont probablement déjà en route. »

Thad acquiesça.

« Venez, capitaine, dit Vosas en lui remettant les rênes de la monture dépourvue de cavalier.

— C'est plus notre capitaine, Venin, lui rappela son collègue, c'est notre seigneur !

— Par les plumes de Noevas ! jura l'autre. Je n'y avais pas pensé ! Pardon, monseigneur !

— Voyons, Vosas… » commença Thad.

Pendant qu'ils échangeaient, Deirdra se détacha du groupe et clopina en direction de la falaise.

« Deirdra, où vas-tu ? s'enquit l'officier alors qu'elle passait entre deux des chevaux des hommes de Volter.

— Une minute ! » répondit-elle sans se retourner.

Elle se traîna difficilement jusqu'à l'endroit où elle avait laissé l'appeau. Le tas de neige sous lequel elle l'avait dissimulé ne formait plus qu'une petite bosse à peine apparente. Elle tomba à genoux et déblaya l'instrument de bois. Le son de cavales qui s'approchaient s'éleva derrière elle. Elle s'empressa de glisser l'ancien pendentif de son maître dans ses habits. Ensuite, elle se tourna vers les soldats.

« Allez, dit Thad, rentrons à Volter. »

Joignant le geste à la parole, il l'aida à se hisser sur sa monture et l'installa devant lui.

« Qu'est-ce que tu faisais ? lui demanda-t-il tandis qu'ils s'éloignaient en suivant la côte.

— Je voulais m'assurer que le soufflet avait bien coulé dans la mer en compagnie de Lanfas », dit-elle.

Elle n'aurait pu trouver pire explication, mais Thad n'émit aucune remarque sur son mensonge. Pourtant, il ne pouvait pas ignorer qu'elle lui dissimulait la vérité…

« Et qu'est-ce que tu vas faire, maintenant que cette histoire est terminée ? lui demanda-t-il au lieu de la questionner plus avant.

— Gagner les monts de Maestas », répondit-elle machinalement.

Toutefois, ces paroles sonnaient creux à ses oreilles, car l'idée de quitter le capitaine lui déplaisait profondément. Pourtant, sa mésaventure avec Saras et l'histoire de Thad auraient dû lui apprendre que la vie en couple n'était pas pour les tueurs de dragons. Tôt ou tard, le besoin de tuer ressurgirait, ou alors son entourage lui ferait comprendre qu'elle n'était pas à sa place.

Elle se remémora la caresse du vent sur son crâne rasé, l'enivrante impression d'être totalement libre qui s'emparait d'elle lorsqu'elle sillonnait les seigneuries à la recherche d'un dragon, les battements de son cœur qui accéléraient lorsqu'elle repérait une piste et, surtout, la sensation d'être pleinement en vie qui la gagnait quand elle affrontait un monstre…

Il fallait qu'elle reprenne la chasse. C'était la seule existence possible pour elle, tout comme périr sous les griffes et les dents d'un dragon constituait la seule mort acceptable. C'était l'unique façon pour elle d'être libre et de connaître le bonheur.

Le doute que les esprits de la nature la gouvernaient depuis le début la tarauda de nouveau : était-elle réellement libre, alors que les esprits avaient peut-être placé les dragons sur sa route afin qu'elle mène Thad à l'appeau et qu'elle l'aide à devenir le seigneur de tout l'Austrion ?

Allons, elle délirait. L'épuisement et la douleur avaient le même effet sur son esprit que les effluves de dragonne brûlée sur celui des devineresses !

« Dommage, fit le capitaine d'une voix neutre. Comme l'appeau semble avoir disparu dans la bataille, j'aurais eu bien besoin de l'expertise de la plus grande tueuse de dragons de l'Austrion pour m'aider à protéger la population contre ces monstres…

— Et si tu avais eu l'appeau ?

— J'aurais eu besoin de quelqu'un pour m'aider à l'utiliser correctement », dit-il en souriant.

Sous la chemise de Deirdra, la surface rude de l'appeau frottait contre sa poitrine. Le contact lui rappela les nuits où il était attaché au cou de Bradeus et où il irritait sa peau tandis que l'homme allait et venait en elle.

Certes, avec l'instrument, elle avait l'assurance de devenir la plus grande tueuse de dragons de l'Austrion. Mais avec l'ancien pendentif de son maître, c'était aussi le souvenir de Bradeus qu'elle gardait vivant dans sa mémoire et sur sa peau et qu'elle devrait affronter jour après jour, jusqu'à ce qu'un dragon l'en délivre à coups de griffes et de dents. Tuer les dragons n'équivalait pas à s'affranchir de son passé, au contraire…

Était-ce cela, le bonheur dont lui avait parlé la devineresse de la montagne de Faureg ?

La jeune femme se rappela les paroles de l'augure aux yeux blancs :

C'est le sens que la réceptrice accorde aux prédictions qui fait toute la différence.

Au bout du compte, sa liberté et son bonheur ne dépendaient que de cela, et non des esprits de la nature, de la dragonne, des devins, ni même de l'atteinte de l'objectif qu'elle s'était fixé à l'âge de huit ans et qui, après tout ce qu'elle venait de traverser et ce qu'elle avait appris sur les dragons, lui semblait moins… fondamental.

Avec un soupir de regret, Deirdra glissa la main dans son vêtement et sortit l'appeau.

Remerciements

Merci d'abord aux lectrices et aux lecteurs dont les bons mots et l'enthousiasme à chaque nouvelle parution m'encouragent à poursuivre dans le domaine de l'écriture.

Merci à toute l'équipe d'Alire (ce qui inclut mes confrères et consœurs écrivains et écrivaines), avec qui c'est toujours un privilège de collaborer et d'échanger, et tout particulièrement à Joël Champetier et à Jean Pettigrew, dont les conseils et commentaires me poussent à aller au bout de mes idées.

Merci au Royal Ontario Museum, dont l'exposition sur les dinosaures a été une source précieuse d'inspiration, tout comme à Michael Crichton, Jean-Marie Privat et aux autres auteurs consultés afin de trouver un angle d'entrée original pour aborder un sujet assez répandu dans la littérature fantasy.

Merci enfin à tous les gens qui, de part et d'autre de l'autoroute 20, ont été là pour moi pendant l'écriture (et les réécritures) de ce roman. Il y aurait tant de personnes à nommer qu'il me faut me contenter d'une trop courte liste. Merci évidemment à toute ma famille, ainsi qu'aux membres du CRÉUM, à la bande de la balle au mur du Cavendish et du PEPS, à Catherine et Gautier, Joëlle, Manon, Marie-Jo, Nicola, Pascale, Pascal, Valérie et Richard.

HÉLOÏSE CÔTÉ

Née en 1979 à Québec, Héloïse Côté s'intéresse depuis toujours à la mythologie, aux contes et aux légendes. Cette passion l'a amenée à commencer à écrire très tôt des histoires mettant en scène des créatures fabuleuses, des dieux et de la magie. Entre 2004 et 2006, elle publie aux éditions Alire sa première trilogie, *Les Chroniques de l'Hudres*, pour ensuite rédiger *Les Exilés* (Alire, 2008). Au cours de l'hiver 2008, tout en s'attaquant à une première version de *La Tueuse de dragons*, elle obtient son doctorat en fondements de l'éducation de l'Université Laval. Depuis 2005, elle a également écrit de nombreux articles scientifiques et professionnels, ainsi que *Langue et culture dans la classe de français. Une analyse de discours*, en collaboration avec Denis Simard (Presses de l'Université Laval, 2007). Grâce au financement du Conseil de recherches en sciences humaines du Canada (CRSH), elle a effectué un stage postdoctoral au Centre de recherche en éthique de l'Université de Montréal (CRÉUM). En 2006, l'Association des diplômé(e)s de l'Université Laval lui a décerné la médaille Raymond-Blais, qui souligne le mérite d'une jeune diplômée (moins de trente-cinq ans) s'étant illustrée de façon remarquable dans sa carrière naissante.

Extrait du catalogue

Collection « Romans » / « Nouvelles »

023	*Or* (Les Chroniques infernales)	Esther Rochon
024	*Les Lions d'Al-Rassan*	Guy Gavriel Kay
025	*La Taupe et le Dragon*	Joël Champetier
026	*Chronoreg*	Daniel Sernine
027	*Chroniques du Pays des Mères*	Élisabeth Vonarburg
028	*L'Aile du papillon*	Joël Champetier
029	*Le Livre des Chevaliers*	Yves Meynard
030	*Ad nauseam*	Robert Malacci
031	*L'Homme trafiqué* (Les Débuts de F)	Jean-Jacques Pelletier
032	*Sorbier* (Les Chroniques infernales)	Esther Rochon
033	*L'Ange écarlate* (Les Cités intérieures -1)	Natasha Beaulieu
034	*Nébulosité croissante en fin de journée*	Jacques Côté
035	*La Voix sur la montagne*	Maxime Houde
036	*Le Chromosome Y*	Leona Gom
037	(N) *La Maison au bord de la mer*	Élisabeth Vonarburg
038	*Firestorm*	Luc Durocher
039	*Aliss*	Patrick Senécal
040	*L'Argent du monde -1* (Les Gestionnaires de l'apocalypse -2)	Jean-Jacques Pelletier
041	*L'Argent du monde -2* (Les Gestionnaires de l'apocalypse -2)	Jean-Jacques Pelletier
042	*Gueule d'ange*	Jacques Bissonnette
043	*La Mémoire du lac*	Joël Champetier
044	*Une chanson pour Arbonne*	Guy Gavriel Kay
045	*5150, rue des Ormes*	Patrick Senécal
046	*L'Enfant de la nuit* (Le Pouvoir du sang -1)	Nancy Kilpatrick
047	*La Trajectoire du pion*	Michel Jobin
048	*La Femme trop tard*	Jean-Jacques Pelletier
049	*La Mort tout près* (Le Pouvoir du sang -2)	Nancy Kilpatrick
050	*Sanguine*	Jacques Bissonnette
051	*Sac de nœuds*	Robert Malacci
052	*La Mort dans l'âme*	Maxime Houde
053	*Renaissance* (Le Pouvoir du sang -3)	Nancy Kilpatrick
054	*Les Sources de la magie*	Joël Champetier
055	*L'Aigle des profondeurs*	Esther Rochon
056	*Voile vers Sarance* (La Mosaïque sarantine -1)	Guy Gavriel Kay
057	*Seigneur des Empereurs* (La Mosaïque sarantine -2)	Guy Gavriel Kay
058	*La Passion du sang* (Le Pouvoir du sang -4)	Nancy Kilpatrick
059	*Les Sept Jours du talion*	Patrick Senécal
060	*L'Arbre de l'Été* (La Tapisserie de Fionavar -1)	Guy Gavriel Kay
061	*Le Feu vagabond* (La Tapisserie de Fionavar -2)	Guy Gavriel Kay
062	*La Route obscure* (La Tapisserie de Fionavar -3)	Guy Gavriel Kay
063	*Le Rouge idéal*	Jacques Côté
064	*La Cage de Londres*	Jean-Pierre Guillet
065	(N) *Treize nouvelles policières, noires et mystérieuses*	Peter Sellers (dir.)
066	*Le Passager*	Patrick Senécal
067	*L'Eau noire* (Les Cités intérieures -2)	Natasha Beaulieu
068	*Le Jeu de la passion*	Sean Stewart
069	*Phaos*	Alain Bergeron
070	(N) *Le Jeu des coquilles de nautilus*	Élisabeth Vonarburg
071	*Le Salaire de la honte*	Maxime Houde
072	*Le Bien des autres -1* (Les Gestionnaires de l'apocalypse -3)	Jean-Jacques Pelletier
073	*Le Bien des autres -2* (Les Gestionnaires de l'apocalypse -3)	Jean-Jacques Pelletier
074	*La Nuit de toutes les chances*	Eric Wright
075	*Les Jours de l'ombre*	Francine Pelletier
076	*Oniria*	Patrick Senécal
077	*Les Méandres du temps* (La Suite du temps -1)	Daniel Sernine
078	*Le Calice noir*	Marie Jakober

079	*Une odeur de fumée*	Eric Wright
080	*Opération Iskra*	Lionel Noël
081	*Les Conseillers du Roi* (Les Chroniques de l'Hudres -1)	Héloïse Côté
082	*Terre des Autres*	Sylvie Bérard
083	*Une mort en Angleterre*	Eric Wright
084	*Le Prix du mensonge*	Maxime Houde
085	*Reine de Mémoire 1. La Maison d'Oubli*	Élisabeth Vonarburg
086	*Le Dernier Rayon du soleil*	Guy Gavriel Kay
087	*Les Archipels du temps* (La Suite du temps -2)	Daniel Sernine
088	*Mort d'une femme seule*	Eric Wright
089	*Les Enfants du solstice* (Les Chroniques de l'Hudres -2)	Héloïse Côté
090	*Reine de Mémoire 2. Le Dragon de Feu*	Élisabeth Vonarburg
091	*La Nébuleuse iNSIEME*	Michel Jobin
092	*La Rive noire*	Jacques Côté
093	*Morts sur l'Île-du-Prince-Édouard*	Eric Wright
094	*La Balade des épavistes*	Luc Baranger
095	*Reine de Mémoire 3. Le Dragon fou*	Élisabeth Vonarburg
096	*L'Ombre pourpre* (Les Cités intérieures -3)	Natasha Beaulieu
097	*L'Ourse et le Boucher* (Les Chroniques de l'Hudres -3)	Héloïse Côté
098	*Une affaire explosive*	Eric Wright
099	*Même les pierres…*	Marie Jakober
100	*Reine de Mémoire 4. La Princesse de Vengeance*	Élisabeth Vonarburg
101	*Reine de Mémoire 5. La Maison d'Équité*	Élisabeth Vonarburg
102	*La Rivière des morts*	Esther Rochon
103	*Le Voleur des steppes*	Joël Champetier
104	*Badal*	Jacques Bissonnette
105	*Une affaire délicate*	Eric Wright
106	*L'Agence Kavongo*	Camille Bouchard
107	*Si l'oiseau meurt*	Francine Pelletier
108	*Ysabel*	Guy Gavriel Kay
109	*Le Vide -1. Vivre au Max*	Patrick Senécal
110	*Le Vide -2. Flambeaux*	Patrick Senécal
111	*Mort au générique*	Eric Wright
112	*Le Poids des illusions*	Maxime Houde
113	*Le Chemin des brumes*	Jacques Côté
114	*Lame* (Les Chroniques infernales)	Esther Rochon
115	*Les Écueils du temps* (La Suite du temps -3)	Daniel Sernine
116	*Les Exilés*	Héloïse Côté
117	*Une fêlure au flanc du monde*	Éric Gauthier
118	*La Belle au gant noir*	Robert Malacci
119	*Les Filles du juge*	Robert Malacci
120	*Mort à l'italienne*	Eric Wright
121	*Une mort collégiale*	Eric Wright
122	*Un automne écarlate* (Les Carnets de Francis -1)	François Lévesque
123	*La Dragonne de l'aurore*	Esther Rochon
124	*Les Voyageurs malgré eux*	Élisabeth Vonarburg
125	*Un tour en Arkadie*	Francine Pelletier
126	(N) *L'Enfant des Mondes Assoupis*	Yves Meynard
127	(N) *Les Leçons de la cruauté*	Laurent McAllister
128	(N) *Sang de pierre*	Élisabeth Vonarburg
129	*Le Mystère des Sylvaneaux*	Joël Champetier
130	*La Faim de la Terre -1* (Les Gestionnaires de l'apocalypse -4)	Jean-Jacques Pelletier
131	*La Faim de la Terre -2* (Les Gestionnaires de l'apocalypse -4)	Jean-Jacques Pelletier
132	*La Dernière Main*	Eric Wright
133	*Les Visages de la vengeance* (Les Carnets de Francis -2)	François Lévesque

La Tueuse de dragons
est le cent ciquante-huitième titre publié
par Les Éditions Alire inc.

Il a été achevé d'imprimer
en août 2010 sur les presses de

Transcontinental

Imprimé au Canada par
Transcontinental Métrolitho

Imprimé sur Rolland Enviro 100, contenant
100% de fibres recyclées postconsommation,
certifié Eco-Logo, Procédé sans chlore, FSC
Recyclé et fabriqué à partir d'énergie biogaz.